1953: Stepmouth, an der südenglischen Küste: Die sechzehnjährige Rachel verliebt sich – ausgerechnet in Tony Glover, dessen Bruder ihren Vater auf dem Gewissen hat. Ihr Bruder Bill verbietet ihr, Tony jemals wieder zu sehen. Als eine Flutkatastrophe über Stepmouth hereinbricht, nimmt das Unheil seinen Lauf …

2003: Laurie Vale nimmt das Telefon im Haus ihres Vaters Bill ab. Am Apparat ist Rachel, die Kontakt mit Bill aufnehmen wollte. So erfährt die ahnungslose Laurie, dass sie eine Tante und eine Cousine hat, die auf Mallorca leben. Obwohl Bill es ihr verbietet, beschließt Laurie, nach Mallorca zu fahren, um die andere Hälfte ihrer Familie kennen zu lernen.

Sie weiß nicht, dass sie damit eine Kette verhängnisvoller Ereignisse in Gang setzt: Denn auf der Beerdigung begegnet sie Sam wieder. Sam, mit dem sie die schönsten Tage ihres Lebens verbracht hat, der sie jedoch ohne ein Wort verlassen hat. Sam, dem Ehemann ihrer Cousine.

In der glühenden Hitze Mallorcas muss Laurie sich entscheiden: für ihre Familie oder die Liebe ihres Lebens.

Anna Freedman

Ein letzter Sommer in Sa Costa

ROMAN

Deutsch von Gabriele Gockel
und Blanca Dahms

Rowohlt Taschenbuch Verlag

Deutsche Erstausgabe
Veröffentlicht im Rowohlt Taschenbuch Verlag,
Reinbek bei Hamburg, Juni 2005

Redaktion Martina Sahler
Die Originalausgabe erschien 2004 unter dem Titel
«We Are Family» bei William Heinemann, London

Umschlaggestaltung any.way,
Barbara Hanke/Cordula Schmidt
(Foto: Barbara & René Stoeltie/TASCHEN)
Satz Aldus PostScript bei
Pinkuin Satz und Datentechnik, Berlin
Druck und Bindung Clausen & Bosse, Leck
Printed in Germany
ISBN 3 499 23852 7

Für roxie

Danksagung

Wie stets gilt auch diesmal mein Dank Vivienne Schuster und Jonny Geller, meinen beiden unvergleichlichen Ratgebern für ihre Hinweise, ihre Kommentare und insgesamt für ihre Unterstützung. Vielen Dank auch an Carol Gambrill, «die Verheiratete», an Diana, Emma, Kate, Sarah und Gill. Ebenso an alle Mitarbeiter bei Random House, insbesondere Susan Sandon und Andy McKillop für ihre Ratschläge und ihre Fachkenntnisse, an Georgina, Mark, Ron, Justine, Cassie und Glenn (für ihre unermüdliche Geduld!). Und natürlich schulde ich wie immer auch meiner Familie und meinen Freunden Dank für ihre unablässige Hilfe und Ermutigung, insbesondere Tallulah, die dafür sorgte, dass ich stets mit einem Lächeln arbeiten konnte.

1. Kapitel

LONDON, FEBRUAR 2003

Trotz ihres sicheren Gespürs in solchen Dingen brauchte Laurie Vale eine ganze Weile, ehe sie sich eingestand, dass diese private Vernissage – ihre erste seit über zehn Jahren – recht erfolgreich zu werden versprach. Sie zog sich für einen Moment in eine Ecke der hell erleuchteten Londoner Galerie zurück, nippte an ihrem Sekt und schaute ihren Gästen zu, die sich in dem kleinen Raum drängten und die Bilder betrachteten, die sie eigenhändig und mit großer Sorgfalt an den frisch geweißten Wänden aufgehängt hatte. Jetzt war ihr vor Erschöpfung so schwindelig, dass sie kein Lampenfieber mehr empfand. Doch beim anschwellenden Pegel des kunstbeflissenen Geplauders, beim Klirren der Sektgläser und dem konstanten Klappern der Stiletto-Absätze auf den polierten Holzdielen durchströmte sie eine große Zufriedenheit. Im Hintergrund lief die beschwingte kubanische Salsa-CD, die sie ausgesucht hatte. Plötzlich hörte sie durch das Stimmengewirr ein schallendes Lachen.

Wie immer gerade rechtzeitig zur Party erschien Lauries Agentin Roz. Sie winkte ihr schon von der Tür her zu und stöckelte dann zu ihr herüber. Weder ihre schenkelhohen Schaftstiefel noch ihr bodenlanger Schaffellmantel schienen in irgendeiner Weise unter dem feuchtkalten Februarwetter, das draußen herrschte, gelitten zu haben.

«Was für ein Besucherandrang!», schwärmte Roz, die Laurie um Haupteslänge überragte, und hielt der Künstlerin einen riesigen Strauß rosa Rosen vor die Nase. Dabei ließ sie ihren Mantel von den Schultern gleiten, und zum Vorschein kam das kleinste aller ‹Kleinen Schwarzen›. «Der Taxifahrer hat sich total verfranzt. Sind wir hier wirklich noch im East End?»

«Was Besseres konnte ich mir nicht leisten», fiel Laurie zu ihrer Entschuldigung ein. Sie gab Roz ein Küsschen und nahm ihr die Rosen und den voluminösen Mantel ab. «Brick Lane ist gleich um die Ecke – ehrlich!»

Roz schnappte sich ein Glas Sekt vom Tablett eines Kellners, den sie genüsslich taxierte. «Ist ja auch egal. Es sind bestimmt fünfzig Leute hier. Schön für dich.»

«Danke, aber ich werde das Gefühl nicht los, ich hätte mich in eine Sendung wie ‹Versteckte Kamera› verirrt», gestand Laurie. «Ich denke die ganze Zeit, irgendwo lauert hinter einer Pappwand eine Meute, die nur darauf wartet, dass ich mir eine Blöße gebe.»

«Sei doch nicht albern, Süße. Die Ausstellung ist echt, und du bist echt. Schon was verkauft?»

«Ein paar vage Anfragen», sagte Laurie. Sie sah sich nach einem Platz um, an dem sie die Blumen und Roz' Mantel ablegen konnte. «Siehst du den Typ da drüben, den in der Tweedjacke?» Sie deutete in die hinterste Ecke der Galerie. Dort stand ein Mann, der sich ständig mit dem Zeigefinger an die Lippen tippte, während er sich mit einem anderen potenziellen Käufer unterhielt, der Laurie vorher gar nicht aufgefallen war. «Er interessiert sich für den großen Sonnenuntergang, soll für so 'nen protzigen Privatclub in Soho sein.» Laurie wies mit dem Kinn zu einer in Rot- und Orangetönen bemalten Leinwand gigantischen Ausmaßes, welche die gesamte gegenüberliegende Wand einnahm. «Vielleicht bin ich zu teuer.»

«Keinen Rabatt», riet ihr die Agentin. «Bloß keine falsche Scham.» Mit funkelnden Blicken spähte Roz durch den Raum. Sie liebte solche Events. «Wo steckt denn eigentlich dein Toyboy?»

Toyboy war wohl kaum die passende Bezeichnung für James. «Er ist achtundzwanzig. Für deine Verhältnisse ziemlich alt», stellte Laurie klar.

«Aber doch zu jung für deine», erwiderte Roz, während sie an ihren langen Fingern abzählte: «Sechs Jahre.»

«Fünfeinhalb.»

«Und? Habe ich dir nicht immer zu 'nem Jüngeren geraten?», meinte Roz hämisch. «Du Glückliche, James ist einfach göttlich! Und im Bett bestimmt eine Wucht, könnte ich wetten!»

Laurie schüttelte den Kopf. Auch wenn es Roz' Lieblingsthema war – sie hatte keine Lust, sich in eine Diskussion über ihr Sexualleben verwickeln zu lassen.

«Aber er ist viel besser als Du-weißt-schon-wer», setzte Roz nach. «Gott sei Dank hast du dir den endlich aus dem Kopf geschlagen.»

Laurie würdigte diese Bemerkungen keines Kommentars. Sie wusste, dass Roz ihr auf ihre Weise nur Mut machen wollte. Wahrscheinlich meinte sie, seit ihrem verheerenden Urlaub damals sei genügend Zeit verstrichen, um endlich mit der Wahrheit rauszurücken. Schließlich war es schon drei Jahre her, dass ihre gemeinsame Reise in Lauries unglückseliger Affäre gegipfelt war. Allerdings hatte Laurie die gesamten drei Jahre gebraucht, ehe sie sich überhaupt wieder auf ein Rendezvous einlassen konnte. Doch was immer Roz auch dachte, Laurie hatte keine Lust, es sich anzuhören. Vor allem nicht heute Abend. Nicht jetzt, wo alles so gut lief.

«Weißt du was, ich suche mal eine Vase für die Blumen, und dann stürze ich mich wieder ins Getümmel», sagte Laurie. «Vielen Dank, dass du die ganzen Einladungen verschickt hast und so. Du hast dir so viel Arbeit gemacht. Überhaupt haben sich alle so viel Mühe gegeben – Janey mit der Galerie, Toby mit dem Wein, und Heathers Agentur stellt mir sogar ihre Mitarbeiter kostenlos zur Verfügung. Für diese Unterstützung bin ich wirklich dankbar.»

«Dafür sind Freunde schließlich da, meine Süße, wir sind ja deine neue Familie.» Roz legte Laurie einen Arm um die Schultern und zog sie an sich. Dann winkte sie Janey und Heather quer durch den Raum zu.

In der kleinen Teeküche im Obergeschoss holte Laurie kurz Luft, während sie Wasser in einen Plastikbecher laufen ließ. Was war eigentlich los mit ihr? Warum fühlte sie sich unter den vielen Menschen da unten so beengt? Dabei waren doch etliche Freunde eigens gekommen, um ihr beizustehen. Vielleicht verunsicherte es sie nach den vielen Jahren, in denen sie allein vor sich hin gewerkelt hatte, nun plötzlich so der Öffentlichkeit preisgegeben zu sein.

Dann kam ihr der Gedanke, sie hätte vielleicht ihren Vater lieber ausdrücklich einladen sollen, statt ihn abzuwimmeln. Warum hatte sie das getan? War es pure Selbstsucht von ihr gewesen, dass sie nicht seine Gesellschafterin spielen wollte? War er ihr peinlich, weil er so normal war? Oder wollte sie ihn nur nicht allein einladen, weil es zu schmerzlich gewesen wäre, ihre Mutter nicht mehr an seiner Seite zu sehen? Um ihm wohlmeinende Fragen wegen seines Verlusts zu ersparen?

Voller Schuldbewusstsein trank Laurie einen Schluck Wasser. Ihrer Mutter hätte der heutige Abend zweifellos viel bedeutet. Doch wenn sie ehrlich zu sich war, musste sie zugeben, dass sie eigentlich gar nicht um Jean Vale trauerte, die Frau, die vor knapp einem Jahr nach langer Krankheit dahingeschieden war und am Schluss nur noch in einer Dämmerwelt vor sich hin vegetiert hatte. Lauries eigentlicher Verlust betraf das Ideal einer Mutter, wie sie nie eine gehabt hatte. Die Frau, die ihr fehlte, war ihre perfekte Phantasiemutter, die den heutigen Abend gekrönt hätte mit ihrem freundlichen Wesen, ihrer Eleganz und ihrem Humor, der all ihre Freunde zum Lachen gebracht hätte. Laurie hatte Sehnsucht nach einer Frau, die sie in aller Öffentlichkeit in den Arm genommen, ihr Mut zugesprochen und ihr den Rücken gestärkt hätte, die eins ihrer Bilder erworben und anderen Besuchern der Vernissage auf freundliche, aber energische Weise ebenfalls zu einem Kauf geraten hätte.

Jean Vale hatte diesem Ideal in keiner Weise entsprochen. Vielleicht hätte sie es irgendwann, wenn sie nicht jahrelang vor sich hingesiecht und langsam von innen her verfault wäre, bis man es in ihrer Nähe kaum noch aushalten konnte. Laurie kippte den Rest Wasser aus dem Becher in den Ausguss. Sie hätte sich wirklich mehr engagieren sollen. Sie hätte diese Bürde auf sich nehmen sollen, statt die Pflege ihrer Mutter ihrem Vater zu überlassen, der am Ende sogar ständig an ihrem Bett im Hospiz gewacht hatte.

Sicher, seine unbeugsame Entschlossenheit, sie nicht mit der Pflege ihrer Mutter zu belasten, damit sie ihr Leben weiterleben konnte, hatte er zweifellos aus Liebe getroffen. Dennoch empfand Laurie es als Zurückweisung; es hatte ihr das Gefühl gegeben, auf Armeslänge entfernt gehalten zu werden, als solle sie vor etwas beschützt werden, wovor sie keinen Schutz brauchte. Dieses Gefühl kannte sie, seit ihre Eltern sie mit elf Jahren auf ein Internat geschickt hatten.

Laurie seufzte. Alles wäre viel einfacher, wenn sie Geschwister hätte – jemanden, mit dem sie ihre tiefe Trauer teilen konnte, aber sie war immer ganz allein gewesen. Doch was nützte es, jetzt in Selbstmitleid zu versinken oder sich zu wünschen, ihr Leben wäre anders verlaufen? Sie hatte ihren Freundeskreis, und sie war unabhängig. Und vielleicht hatte Roz Recht. Vielleicht war ihr Freundeskreis besser als eine Familie.

Laurie starrte auf Roz' rosa Rosen im Waschbecken hinunter. Sie durfte ihre Freunde nicht im Stich lassen. Seit ewigen Zeiten erklärte sie ihnen, einen letzten Versuch, ihren Lebensunterhalt mit ihrer Kunst zu verdienen, werde sie noch unternehmen, und jetzt bot sich die Chance, der Welt zu beweisen, dass sie tatsächlich eine Künstlerin war. Die durfte sie nicht verpatzen.

Als James sie am nächsten Morgen weckte, hatte Laurie keine Vorstellung, wie spät es war. Während sie langsam aus ihrem erschöpften, alkoholisierten Schlaf zu Bewusstsein kam, merkte sie, dass ihre Schenkel liebkost wurden. Sie grinste und reckte sich unter dem Deckbett wohlig James' Zunge entgegen.

Laurie seufzte vor sich hin, als sie spürte, wie trotz ihrer rasenden Kopfschmerzen ihre Erregung wuchs. Sie überlegte kurz, an wie vielen Frauen James Cadogan diese spezielle Wecktechnik schon praktiziert haben mochte, doch dann verwarf sie den Gedanken wieder. In den drei Monaten, die sie zusammen waren, hatte sie sich wohlweislich nicht nach seinem vorherigen Liebesleben erkundigt. Und, was noch wichtiger war, er sich auch nicht nach ihrem. Laurie war fest entschlossen, diese Beziehung frei von Altlasten zu halten – und bislang hatte das funktioniert.

«Guten Morgen», japste er, als er zehn Minuten später unter der Decke auftauchte und Laurie mit einem postorgastischen Stöhnen zurücksank. Zufrieden pustend ließ er seinen Kopf auf das Kissen neben ihr plumpsen.

Dann setzte er sich sofort wieder auf. «Himmel, habe ich einen Durst!», sagte er und kratzte sich den Kopf, worauf sein üppiger schwarzer Haarschopf in einem noch aberwitzigeren Winkel in die Höhe stand. In Windeseile hatte er sich aus der Decke gepellt und stand auf dem Flokati neben seinem Futon.

Laurie prustete vor Lachen.

«Was ist denn?», wollte er wissen. Mit einem schelmischen Grinsen sah er sie über die Schulter an.

Aber Laurie schüttelte nur den Kopf. Sie konnte ihm unmöglich erklären, warum sie ihn so komisch fand. Und seinen Mangel an Ernsthaftigkeit so erfrischend. Ihr gefiel seine Einstellung zu Sex, stellte sie fest, während sie sich aufsetzte und die Knie unter der Decke anzog. Sie mochte es, dass er Sex generell als eins seiner – beziehungsweise ihrer – körperlichen Grundbedürfnisse betrachtete, die befriedigt werden mussten. Trotz seiner modischen Klamotten, seiner Trendfrisur und seiner hoffnungsträchtigen Karriere als angehender Musikproduzent war James im Grunde seines Herzens so primitiv wie ein Höhlenmensch. Sobald das eine niedere Verlangen gestillt war, wandte er sich umgehend dem nächsten zu. Und das war in diesem Falle das nach Flüssigkeit.

Während er sich einen Weg durch sein vollgemülltes Zimmer bahnte, sah sie seinem knackigen Po hinterher. Er schien sich vollkommen wohl in seinem Körper zu fühlen, als wäre seine Statur mit den langen schlanken Beinen und dem straffen, muskulösen Oberkörper das Normalste der

Welt. Vermutlich verschwendete er keinen Gedanken daran, was für ein Glück er hatte, von der Natur mit einem solchen Aussehen und solcher Gesundheit ausgestattet zu sein, und diese mangelnde Eitelkeit fand Laurie ausgesprochen anziehend.

Sofort rief sie sich zur Raison. Sie hatte sich geschworen, James oder ihre Gefühle für ihn keiner allzu genauen Analyse zu unterziehen und auch seine Persönlichkeit nicht in angenehme und unangenehme Bestandteile zu zerlegen, sonst würde es garantiert schief gehen. Sie zwang sich zur Konzentration auf die Gegenwart, indem sie versuchte, sich an die Details zu erinnern, die dazu geführt hatten, dass sie jetzt in James' Bett lag.

Nach einem Frühstück mit Kaffee und Bagels hatte er sie um vier Uhr morgens in der Brick Lane in ein Taxi bugsiert. Nach der Vernissage war sie zu müde und zu betrunken gewesen, um zu protestieren, doch jetzt wünschte sie, in besserer Verfassung gewesen zu sein. Nicht, dass sie den Morgensex mit James nicht genossen hätte, aber in ihrem eigenen Bett fühlte sie sich wohler dabei.

Ziemlich snobistisch von ihr, musste sie zugeben. Immerhin bewohnte James das größte Zimmer in seiner Wohngemeinschaft, aber trotzdem hatte das ganze Haus für sie so etwas penetrant Studentisches, zum Beispiel die schwankende Anzahl von Mitbewohnern, die James ohne vorherige Prüfung bei sich einziehen ließ. Im Augenblick hörte sie jemanden im ersten Stock Bongos spielen.

James' Zimmer lag im Erdgeschoss. Es war groß und luftig und von oben bis unten weiß gestrichen, einschließlich des Dielenbodens, allerdings wirkte der Anstrich dermaßen lieblos hingeschmiert, dass ein ziemlich unordentlicher Gesamteindruck entstand, nicht unähnlich dem vom Kinderkritzeleien auf einer Tafel. An einer Seite des Zimmers befand sich ein großes Fenster, dessen Vorhänge Laurie bisher nur zugezogen gesehen hatte. Darunter ein Wirrwarr von Kabeln und Computern auf einer durchhängenden Schreibplatte. An der Wand lehnte eine Elektrogitarre, und überall türmten sich abenteuerlich schwankende Stapel von CDs und Kassetten. Den meisten Platz nahmen ein hässlicher weißer Schrank und eine dazu passende Kommode ein, aus denen Kleidungsstücke quollen. Außerdem stand ein lebensgroßer Papp-Elvis aus seinen besten Zeiten in Las Vegas mitten im Raum, der nachts phallische Schatten an die Decke warf.

Den Rest des Zimmers füllte der riesige Futon, auf dem Laurie jetzt saß, inmitten von Bücher- und Zeitschriftenbergen, schmutzigen Socken sowie drei Lavalampen, in denen das geschmolzene Wachs in fötusförmigen Skulpturen auf und ab schwebte.

James kehrte mit einer Flasche Evian zurück, die er neben der Stereoanlage in der Ecke gefunden hatte.

Nachdem er einen Schluck davon getrunken hatte, fragte er: «Auch was?» und schwenkte die Flasche in ihre Richtung.

«Wie alt ist es denn?», erkundigte sie sich, selbst amüsiert darüber, dass sie zwar durchaus bereit war, mit James Körperflüssigkeiten auszutauschen, nicht jedoch, abgestandenes Wasser mit ihm zu teilen.

James trank glucksend einen weiteren Schluck und studierte dann das Etikett, als würde es ihm einen Hinweis auf den Jahrgang geben. «Keine Ahnung», meinte er. «Höchstens ein paar Monate.»

Mit einem aufmunternden Hochziehen seiner buschigen Augenbrauen forderte er sie auf, auch einen Schluck von dem Zeug zu trinken, aber sie schüttelte den Kopf. James zuckte die Achseln und schlüpfte wieder zu ihr unter die Decke. Dann kuschelte er sich an sie und legte ihr seine eiskalten Füße auf die Beine.

«Also, Miss Kunstschnepfe», fragte er, als er sie wieder in die Arme nahm, «was macht Ihr Kater?»

«Den hättest du lieber nicht erwähnen sollen», sagte sie und stöhnte auf. Sie langte über James hinweg und griff nun doch nach der Wasserflasche. Dabei fiel ihr Blick auf den kleinen Reisewecker auf dem Fußboden. «Ach du Scheiße!», fluchte sie und sank auf James' unbehaarte Brust.

«Wie bitte?»

«Ich war mit Tamsin zum Frühstück verabredet.»

«Tamsin ... Tamsin?» James war sichtlich bemüht, dem Namen ein Gesicht zuzuordnen.

«Meine Mitbewohnerin», erklärte Laurie und bedachte ihn mit einem leidenden Lächeln. Schließlich kannte sie die Namen all *seiner* Freunde.

«Ach so ... diese Blonde.»

Über so viel Ignoranz verdrehte Laurie die Augen. «Ich habe ihr versprochen, heute mit ihr frühstücken zu gehen. Ich muss sofort nach Hause, duschen.»

«Geh nicht», ächzte James verschlafen und zog sie wieder unter die Decke. «Du kannst doch hier duschen.»

«In eurem Bad?»

«Stimmt etwas nicht damit?»

«Sagen wir mal, mir ist mehr an meinem leiblichen Wohl gelegen als dir. Hat wahrscheinlich mit dem Alter zu tun. Wenn du willst, kannst du ja aufstehen und mitkommen. Und dann könnten wir ...»

Aber James hatte die Augen schon wieder geschlossen und zog sich die Decke unters Kinn. Laurie kletterte aus dem

Bett und zog sich ihre Kleider vom Vorabend an. Sie stanken nach abgestandenem Rauch.

«Bis nachher, du Schlafmütze», flüsterte sie und wuschelte ihm durch die Haare, dann küsste sie ihn auf die Stirn. «Ruf mich an, wenn du wieder bei Bewusstsein bist.»

Laurie war eine große Bewunderin von Tamsin, schon seit ihren gemeinsamen Zeiten im Internat, als sie zusammen Zigaretten geraucht, Gedichte gelesen, sich die Fingernägel schwarz lackiert hatten und völlig indiskutablen Jungs hinterher gelaufen waren. Seitdem hatte sich Tamsins Leben allerdings viel radikaler verändert als Lauries. Sie bekleidete eine respektable Position als Rechtsberaterin, was nicht zuletzt beinhaltete, erster Klasse um die Welt zu jetten. Sie hatte sogar einen gut aussehenden Piloten zum Lover.

Zwei Stunden später saß Laurie der zierlichen, blonden Tamsin, die in einen blauen Kashmirpulli gewandet und mit Goldschmuck behängt war, in ihrem Lieblingscafé am Borough Market gegenüber, um ihr in allen Einzelheiten von der Vernissage zu erzählen. Sie selbst steckte in einer Jeans voller Farbkleckse und trug kein Make-up; ihre nassen Haare hatte sie unter eine Wollmütze gestopft.

«Also, interessiert waren einige, aber es hat jetzt keiner direkt mit dem Scheckbuch gewedelt. Bloß der große Sonnenuntergang ist verkauft», berichtete Laurie. «Das war aber allein Roz' Verdienst», fügte sie, sich lässig am Tisch lümmelnd, hinzu.

«Ich wäre so gern dabei gewesen!», murmelte Tamsin nun schon zum dritten Mal.

«Jetzt hör aber mal auf damit», protestierte Laurie und streichelte über den Tisch hinweg Tamsins Arm. «Du kannst doch nichts dafür, dass dein Flug Verspätung hatte. Ich weiß, wenn du gekonnt hättest, wärst du gekommen.»

«Kann ich dir nicht wenigstens ein Bild abkaufen, um es wieder gutzumachen?»

«Red keinen Unsinn. Meine Bilder hängen sowieso in der ganzen Wohnung verteilt. Da brauchst du doch keins zu kaufen.» Als die Kellnerin einen großen Teller Bananenpfannkuchen mit Ahornsirup servierte, setzte sich Laurie wieder gerade hin. «Apropos Wohnung, ich glaube, die Dusche ist schon wieder kaputt. Sobald ich das Geld von der Ausstellung bekomme, renoviere ich die Bude mal. Was hältst du davon?»

Tamsin gab keine Antwort und nippte nur an ihrem Caffè Latte. Dann fuhr sie mit dem Finger am Tischrand entlang. Laurie wollte sich gerade einen großen Happen in den Mund stecken und sah dabei ihrer Freundin ins Gesicht. Etwas in Tamsins zarten Zügen veranlasste sie, die Gabel auf den Teller zurückzulegen und sich den Mund abzuwischen.

«Also gut, raus mit der Sprache», ermunterte sie ihre Freundin, dann schlürfte sie mit dem Strohhalm einen Schluck aus ihrem frisch gepressten Fruchtsaft-Smoothie.

«Was? Ach nein. Nein, es ist nichts, ehrlich nicht.»

Laurie stellte das Glas wieder ab. «Stimmt was nicht mit Captain Mike?» Laurie sprach seinen Namen mit tiefer, sonorer Stimme aus und machte ein Doppelkinn dazu. Normalerweise fand Tamsin das lustig, aber heute konnte sie nicht darüber lachen.

«Wir haben beschlossen zusammenzuziehen», platzte sie heraus.

«Aber … ich dachte, ihr wärt gerade erst …» Laurie stoppte mitten im Satz. «… frisch zusammengekommen», hatte sie sagen wollen, aber wer war sie denn, darüber zu richten?

Wenn es wirklich Liebe war, dann musste Tamsin selbstverständlich sofort mit ihm zusammenziehen. Sie strahlte, erhob sich von ihrem Sitz und gab Tamsin zu verstehen, sie solle sich vorbeugen, um sie etwas unbeholfen zu umarmen. «Wow!», meinte sie.

Tamsin drückte sie auch. «Ja, ist das nicht toll? Ich muss mich ständig zwicken, sonst glaube ich's nicht.»

Laurie setzte sich wieder hin und lächelte tapfer, doch eigentlich war sie traurig. Schon wieder eine gute Freundin verloren, dachte sie. So war es ihr fast immer ergangen. Ehe man sich's versah, gab es eine kostspielige Hochzeit, darauf folgten – peng – Schwangerschaft und Baby, und in weniger als einem Jahr würde Laurie keinerlei Gemeinsamkeiten mehr mit ihr haben. Obwohl sie Tamsin gerade noch alles über die Vernissage erzählt hatte, fühlte sie sich plötzlich einsam und verlassen.

«Tja dann ...», meinte sie, den Blick auf den Teller gerichtet, aber ihr war der Appetit vergangen.

Tamsin strahlte und schwärmte von Mikes romantischem Antrag zusammenzuziehen, als sie ihm beim Flug über die Alpen im Cockpit seiner 747 einen Besuch abgestattet hatte.

Doch Laurie war in Gedanken schon weiter vorgeprescht. Die kleine Wohnung hatten Tamsin und sie vor zehn Jahren zusammen gekauft. Damals war ihnen das viel sicherer erschienen, als wenn eine von ihnen den Hypothekenvertrag mit ihrem jeweiligen Freund unterzeichnet hätte. Zudem barg der Kauf kaum ein Risiko, die Wohnung war billig gewesen, und das Unternehmen hatte sich über die Jahre für beide als vorteilhaft erwiesen. Und nachdem Tamsin neuerdings immer weniger Zeit in London verbrachte, hatte Laurie die Wohnung meist für sich. Der Gedanke, sich jetzt eine neue Mitbewohnerin suchen zu müssen, erfüllte sie mit Entsetzen.

«Und, was hast du vor?», fragte Laurie, um ihre Freundin sanft auf die Erde zurück zu bringen.

«Na ja, die Sache ist die … Ich weiß ja, dass du zurzeit kein Geld hast. Und ich dachte … Mike und ich dachten, er könnte zu mir ziehen. Oder kannst du mich auszahlen?», beeilte sich Tamsin zu sagen. «Das geht natürlich auch, wenn du willst. Dann würden Mike und ich uns etwas anderes suchen, und du könntest die Wohnung behalten.»

Zweifellos hatte Tamsin ein schlechtes Gewissen. Sie wurde feuerrot, und als Laurie sie anstarrte, wich sie ihrem Blick aus. An die Möglichkeit, Tamsin auszuzahlen, konnte Laurie nicht einmal im Traum denken.

«Laurie, es ist so: Ich weiß ja, du stehst mit deiner Malerei kurz vor dem großen Durchbruch, und na ja … ich habe schon eine Weile gewartet, bis …»

«Bis was?»

«Du weißt schon … bis sich deine Lage stabilisiert.»

Laurie war völlig baff. Sie hatte das Gefühl, von Tamsin, die sie als wahre Freundin betrachtete, verraten zu werden. Schlimmer noch, plötzlich entsetzte es sie zutiefst, ihr all die Jahre vertraut zu haben. In der Zeit der Trauer um ihre Mutter, der Verwirrung in ihrem Liebesleben und der Planung ihrer Karriere hatte sie sich von Tamsin unterstützt gefühlt. Und nun musste sie erkennen, dass Tamsin nur den richtigen Augenblick abgepasst hatte.

«Es ist wohl am besten, wenn ihr die Wohnung nehmt», erklärte sie. «Wenn ihr es so haben wollt, ziehe ich eben aus.»

Tamsin lächelte erleichtert. «Ich wusste ja, dass du bestimmt ganz toll reagierst. Ich habe schon alles mit einem

Notar geklärt. In einem Monat spätestens kriegen wir den Papierkram über die Bühne, aber ich will dich natürlich nicht unter Druck setzen.» Als Laurie nichts darauf erwiderte, hakte sie nach: «Und was machst du dann? Wo willst du denn wohnen?»

«Mir wird schon etwas einfallen.»

«Typisch Laurie», kicherte Tamsin. Damit war für sie das Thema erledigt. «Immer eine gute Idee auf Lager. Du könntest doch auch zu James ziehen, oder?»

Laurie gelang nur noch ein müdes Lächeln. «Wohl kaum.»

Darauf entstand ein kurzes Schweigen.

«Aha. Sag mal, hast du nächsten Sonntag schon etwas vor? Da habe ich nämlich Mikes Eltern zum Essen eingeladen, und ich dachte, ich könnte ja zu Hause kochen. Du bist mit James natürlich auch willkommen.»

«Nein. Danke trotzdem. Ich glaube, ich werde mal Dad besuchen.»

«Wie geht es ihm denn?», erkundigte sich Tamsin teilnahmsvoll.

«Ach, prächtig!», antwortete Bill Vale, als Laurie ihm am folgenden Sonntag dieselbe Frage stellte. «Besser denn je», behauptete er, um dann doch einzuschränken: «Na ja, den Umständen entsprechend.»

Laurie fragte sich, wie oft ihr geliebter, wenn auch etwas befremdlicher Vater diese Antwort wohl schon gegeben haben mochte. Deshalb wusste sie jetzt nicht, ob er es nur ihr zuliebe sagte oder ob er es wirklich so meinte. Sicher steckte ein Körnchen Wahrheit in seinen Beteuerungen. Seine Wangen waren rosig, und er hatte zugenommen, was dem großen, hageren Mann gar nicht schlecht zu Gesicht stand. Sein weißes Haar war ordentlich gescheitelt, und er trug ein braun kariertes Hemd mit roter Krawatte, dazu eine alte Strickjacke und eine graue Hose. Laurie folgte ihm in das kleine Reihenhaus in Tunbridge Wells, in dem er jetzt allein lebte.

«Wie war die Vernissage?», erkundigte er sich, als sie in das kleine, gemütliche Wohnzimmer traten.

«Anstrengend. Ich fand's schade, dass du nicht dabei warst, Dad.»

«Na, ich wollte dir nicht den Abend verderben», scherzte er, doch sie merkte ihm an, dass er gekränkt war. «Keine Sorge, es wird bestimmt noch viele solcher Gelegenheiten geben.»

«Ich weiß nicht so recht», räumte Laurie ein und ließ sich auf dem beigefarbenen Samtsofa nieder.

«Was zu trinken?», fragte ihr Vater und tappte in seinen Lederpantoffeln über den grünen Teppich zu der kleinen Hausbar, in der seine säuberlich aufgereihten Kristallgläser funkelten. Bei seiner formellen Art, die er sich in vielen Jahren als Mathematiklehrer an einem Internat in Canterbury angeeignet hatte, fühlte sich Laurie immer eher als Besuch denn als seine Tochter.

Sie nickte, dann zog sie ihre Mütze vom Kopf. Sie hatte eine üble Woche hinter sich. Nach der Bombe, die Tamsin bezüglich der Wohnung hatte platzen lassen, hatte ihr der Abbau der Ausstellung den Rest gegeben. Sie fühlte sich elend und erschöpft. Doch ihren Vater um emotionale Unterstützung zu bitten war zwecklos. Er hatte noch nie verstanden, dass sie gar nicht von ihm verlangte, jedes Problem für sie zu lösen, sondern sich lediglich wünschte, dass er ihr einmal zuhörte. Wenn sie sich wirklich ihre Bedrängnis von der Seele reden, ihm von ihrer unmittelbar drohenden Obdachlosigkeit erzählen würde, dann würde er bestimmt versuchen, auf seinem neuen Computer eine Tabelle ihrer Ausgaben anzulegen, sich dabei verheddern und zu guter Letzt sein Scheckbuch zücken. Dabei hoffte sie, dass ihm noch mehrere gesunde Jahrzehnte als Rentner vergönnt waren und er seine Ersparnisse dafür zurücklegte, statt sie mit Geld aus einer misslichen Lage zu befreien.

«Also, bist du zu Reichtum gekommen?», fragte er.

Laurie hasste es zu lügen, konnte sich aber auch nicht zu dem Geständnis durchringen, dass sie sich mit dieser Aktion schrecklich verschuldet hatte. «Da ging es weniger ums Geld als darum, meinen Namen bekannt zu machen», redete sie sich heraus.

Seufzend setzte sich ihr Vater in seinen Sessel und zog dabei im letzten Moment die Sonntagszeitung unter sich hervor. «Tja, deine Mutter wusste schon bei deinen allerersten Kritzeleien, welches Talent in dir schlummert. Es lohnt sich eben, seinen Träumen nachzugehen.»

«Ich weiß, ja, aber es wäre auch gut, wenn ich allmählich mal davon leben könnte, und sei's auch nur bescheiden», platzte es aus ihr heraus, noch ehe sie Gelegenheit zur Selbstzensur fand.

«Am Ende wird sich alles regeln, du wirst schon sehen. Irgendetwas oder irgendjemand wird sich schon finden.»

Dieser kleinmütige Ratschlag machte Laurie völlig fertig. Sicher meinte er es gut, aber mit seinem grenzenlosen Vertrauen in ihre Fähigkeiten bewirkte er seltsamerweise immer den gegenteiligen Effekt, dass Laurie nämlich ihrerseits allen Glauben an sich verlor. Sie hätte an die Decke gehen können. Bei ihm klang alles immer furchtbar schicksalsgegeben. Als ob alles so einfach wäre.

«Und, was hast du so getrieben?», erkundigte sie sich, um das Thema zu wechseln, und nippte an ihrem Gin Tonic.

«Na, hier gab's großen Trubel bei der Eigentümerversammlung. Trevor Sandler lässt sich eine künstliche Hüfte einsetzen. Er hat sich einstweilen vom Vorsitz beurlauben lassen, und jetzt suchen wir verzweifelt nach einer Vertretung für ihn …»

Als Laurie ihm später in seiner engen Küche half, das Abendessen vorzubereiten, staunte sie, wie rasch Bill Vale gelernt hatte, allein zurechtzukommen, und wie geschickt er sich dabei anstellte. Er kam nur noch einmal auf ihre Mutter zu sprechen, und selbst da fasste er sich rasch wieder, holte tief Luft und blickte aus dem beschlagenen Fenster in den Garten.

«Um diese Jahreszeit hätte sie Blumenzwiebeln gesetzt», sagte er wehmütig. «Damals im alten Schulhaus hatten wir immer den ganzen Garten voller Osterglocken.»

«Ich weiß», tröstete Laurie ihn leise. Sie sah die Falten um seine Augen noch tiefer werden. Dann strich er sich über die buschigen weißen Augenbrauen.

«Na komm», sagte er, als wäre Laurie diejenige, die den alten Zeiten nachgetrauert hätte. «Sie würde nicht wollen, dass wir hier Trübsal blasen. Das nutzt doch nichts, überhaupt nichts.»

Laurie nickte. Sie fand es schade, dass ihr Gespräch damit beendet war. Aber wahrscheinlich war dies ohnehin das Äußerste an Eingeständnis seiner Gefühle, zu dem ihr Vater in der Lage war. Mehr würde er nicht preisgeben. Andererseits, dachte Laurie – auch nicht zum ersten Mal –, gab es da vielleicht auch nicht mehr preiszugeben. Möglicherweise zählte ihr Vater zu den Glücklichen, die nicht unter allzu großem emotionalen Tiefgang litten.

Schon vor geraumer Zeit hatte sie einsehen müssen, dass ihr Vater Gefühlsäußerungen jeder Art als kindisch und albern abtat. Nicht einmal unmittelbar nach dem Tod ihrer Mutter hatte Laurie ihn weinen sehen. Stoisch und tapfer hatte er angesichts des Unglücks, das über ihn hereingebrochen war, die Beherrschung bewahrt – eine Eigenschaft, die er zeitlebens auch Laurie beizubringen versucht hatte, wenn auch vergeblich.

Trotzdem war Laurie überzeugt, dass ihr Vater ihre Mutter auf seine Weise geliebt hatte. Die Beziehung ihrer Eltern schien eben eher auf einer Partnerschaft gegründet gewesen zu sein als auf Leidenschaft. Immer wenn Laurie an die beiden als Paar dachte, sah sie vor sich, wie sie nebeneinander saßen und ihre Zuneigung durch eine leise Berührung der Hände ausdrückten, indem sie einander einen Tee bereiteten oder ein anderes ihrer unzähligen Rituale vollzogen. Sie hatte nie etwas Spontanes bei ihnen erlebt, etwa dass sie zusammen getanzt hätten, und im Gegensatz zu manchen Freundinnen hatte sie ihre Eltern auch nie beim Küssen ertappt.

Im Internat hatte Laurie ständig gerätselt, ob ihre Eltern wohl ein heimliches Liebesleben führten. Doch sobald sie nach Hause kam, erkannte sie, wie albern diese Mutmaßung war. Und im Lauf der Jahre hatten die diskrete Art ihrer Mutter und ihre scheinbare Zufriedenheit mit ihrer Ehe Laurie stets davon abgehalten, ihr allzu persönliche Fragen nach ihren Gefühlen zu stellen. Und jetzt war es zu spät dazu. Sie würde nie mehr erfahren, wie es um die Gefühlswelt ihrer Mutter wirklich bestellt gewesen war. Und bei ihrem Vater hatte sie nicht die blasseste Ahnung, wonach sie ihn überhaupt fragen könnte.

Nach dem Mittagessen ging er auf einen Sprung zu den Nachbarn, um den Rundbrief der Eigentümerversammlung zu holen. Lauries Angebot, ihn zu begleiten, lehnte er ab, und so blieb sie allein im Haus zurück. Sofort beschlich sie eine vertraute Mischung aus Langeweile und schlechtem Gewissen, begleitet von einem lähmenden Schmerz in den Gliedern. Die Zweige des wuchernden Pfirsichbaums draußen im Garten pochten gegen die Verandatüren wie trommelnde Finger. Die Nistkästen an dem niedrigen Schuppen wirkten traurig und verlassen.

Ihr Vater war in dieses Haus gezogen, als man ihre Mutter ins Hospiz gebracht hatte, und Laurie hatte sich hier nie richtig wohl gefühlt, obwohl die Möbel natürlich dieselben waren und altbekannte Gegenständen sie umgaben: der Silberrahmen mit dem Hochzeitsfoto ihrer Eltern, auf dem ihre schon fast vierzigjährige Mutter in einem schlichten weißen Kostüm scheu in die Kamera blickte, und die Aufnahme einer fröhlichen, glücklich aussehenden Laurie auf ihrem ersten Fahrrad, dann sämtliche selbstgebauten Modellautos ihres Vaters sowie seine Sammlung von Heldenromanen im Heftchenformat in einem Vitrinenschrank.

Laurie trank ihr Glas leer und ging in die kleine Küche, um die Reste des Mittagessens aufzuräumen. Das Hähnchenskelett prangte auf dem Tranchierbrett neben dem Spülbecken, daneben standen ordentlich aufgestapelt die Teller und Suppenschüsseln.

Neben dem kleinen Tischchen hing eine Pinnwand voller Postkarten. Laurie sah sie sich an – manche waren schon alt und arg ramponiert, andere neueren Datums. Dann fiel ihr Blick auf die Ecke einer Postkarte, die sie ihren Eltern geschickt hatte. Sie erstarrte vor Schreck. «Nein», sagte sie laut, der Gedanke allein ließ sie erschaudern. Nur nicht daran denken. Sie durfte ihn gar nicht in ihren Kopf hineinlassen. Doch ihre Hand hatte sich schon nach der Karte ausgestreckt, sie von der Pinnwand genommen und umgedreht.

Liebe Mum, lieber Dad – amüsiere mich prächtig. Bin mit Roz, Heather und den anderen hier und habe jemanden kennen gelernt. Bin bis über beide Ohren verliebt! Und glücklich. Wenn ich zurückkomme, erzähle ich euch alles. Falls ich überhaupt zurückkomme. Das IST es! Grüße aus dem Paradies! L. Küsschen!

Einen Moment lang packte sie die blanke Wut auf ihren Vater. Wie konnte er es wagen, solch ein Erinnerungsstück aufzuheben, wo sie selbst doch alle vernichtet hatte? Andererseits durfte sie ihm keinen Vorwurf machen. Er hatte sich bestimmt riesig gefreut, ihrer Mutter am Krankenbett diese Karte vorzulesen.

Der Gedanke, dass sie ihre Eltern ebenso im Stich gelassen hatte, wie sie selbst im Stich gelassen worden war, brachte sie noch mehr in Rage. Sie zerriss die Karte in kleine Stücke und versenkte sie im Mülleimer. Dann warf sie das Hähnchenskelett obendrauf und knallte die Unterschranktür zu.

Wie eine trockene Alkoholikerin oder eine Drogensüchtige auf Entzug musste sie die Erinnerungen an ein anderes Leben tilgen, musste sie auslöschen, ihnen widerstehen. Sie würde keinen Gedanken mehr an ihn zulassen. Hände reibend beglückwünschte sie sich im Geiste dazu, dass sie die Situation gemeistert hatte. Die Gefahr war gebannt. Aus und vorbei. Und zwar für immer. Jetzt hatte sie James. James und ein neues Leben. Mochte sein, dass sie einmal vom Gleis abgekommen war, aber das war Vergangenheit. Sie war wieder in der Spur und rauschte in Richtung Zukunft.

Plötzlich klingelte das Telefon. Sie schrak auf, rannte ins Arbeitszimmer, um an den nächstgelegenen Apparat zu kommen, und hechtete an den großen Holzschreibtisch. Dabei bemerkte sie, dass ihr Vater einen neuen Computertisch aufgebaut hatte.

«Fünf-vier-neun-null», imitierte sie den Tonfall ihres Vaters.

«Hallo? Ist Bill da?», fragte eine Frau zögernd.

Laurie musste insgeheim lächeln angesichts der schockierenden Möglichkeiten, die ihr in den Sinn kamen. Was, wenn es im Leben ihres Vaters eine neue Frau gab? Wenn er sich mit einer anderen traf? Sah er vielleicht deshalb so gesund und glücklich aus? Nein, das konnte nicht sein! Doch nicht Bill Vale!

Aber, wer weiß ... vielleicht steckte ja doch noch ein Fünkchen Leben in ihm ...

Laurie zog das spiralförmige Kabel lang, ging um den Tisch herum und setzte sich in den ledernen Drehstuhl, froh, dass sich jemand zum Plaudern gefunden hatte. «Er ist kurz mal weggegangen. Kann ich Ihnen vielleicht helfen? Ich bin seine Tochter.»

Langes Schweigen am anderen Ende der Leitung. So lang, dass Laurie den Hörer anstarrte und schließlich nachfragte: «Hallo? Sind Sie noch dran?»

«Ja, ich bin noch dran.»

«Was soll ich Daddy denn sagen, wer angerufen hat?»

«Könnten Sie ihm ... könnten Sie ihm wohl etwas ausrichten?»

«Ja, natürlich. Nur zu.» Laurie drehte einen leeren Briefumschlag um, der auf der Schreibunterlage aus grünem Leder lag, und angelte aus dem Stiftebecher einen Kugelschreiber.

«Richten Sie ihm doch aus ... sagen Sie ihm bitte, dass Tony ... dass Tony gestorben ist.»

«Tony?» Laurie wiederholte den ihr unbekannten Namen. «Entschuldigen Sie, aber war Tony ein Freund von Dad?»

«Nein. Das bestimmt nicht», sagte die Frau. «Aber ich möchte, dass Bill Bescheid weiß. Nächste Woche ist die Beerdigung. Wenn er kommen möchte, sagen Sie ihm …» Die Stimme stockte. Laurie wollte ihr schon auf die Sprünge helfen, als die Frau weitersprach. Jetzt hatte ihre Stimme einen geschäftsmäßigen Ton angenommen, als hätte sie sich wieder gefasst. «Sagen Sie ihm, er soll mich anrufen.»

Laurie notierte die Nachricht und die Telefonnummer und versuchte, den seltsamen Klang in der Stimme der Frau zu ergründen.

«Okay», sagte sie freundlich, «ich richte es Dad aus. Würden Sie mir vielleicht noch Ihren Namen verraten?»

«Rachel.»

«Rachel», wiederholte Laurie beim Schreiben. «Und dann weiß er, wer Sie sind?»

«O ja.»

«Dann sind Sie wohl eine Freundin von ihm?», fragte Laurie neugierig.

«Nein», erwiderte Rachel nachdrücklich. «Ich bin keine Freundin.» Sie machte eine kleine Pause. «Ich bin seine Schwester.»

Nun verschlug es Laurie die Sprache. Ihr schoss das Blut in die Wangen, ihre Hand am Hörer wurde feucht.

«Seine *was*?»

«Hat er denn nie von mir gesprochen?», wollte Rachel wissen.

«Hören Sie», sagte Laurie mit heiserer Stimme, «ich kenne Sie zwar nicht, und ich bedauere den Todesfall, aber ich glaube, Sie haben sich verwählt. Mein Vater hat keine Schwester. Das muss ein Irrtum sein.»

«Nein, das ist bestimmt kein Irrtum», beharrte die Frau müde. «Tut mir Leid, wenn ich dich erschreckt habe. Das ist bestimmt ein Schock für dich. Du bist Laurel, nicht wahr?»

«Ich verstehe nicht ganz …» Diesmal versagte Laurie die Stimme völlig. Dann: «Ja, ich heiße Laurel Vale … Laurie.»

«Er hat dir den Namen unserer Mutter gegeben.»

Laurie schluckte schwer. Es stimmte, dass sie nach ihrer Großmutter hieß, doch woher in aller Welt konnte diese komische Frau, diese Rachel, das wissen?

«Laurie, können wir uns treffen?», fragte Rachel. «Ich glaube zwar nicht, dass dein Vater zu Tonys Beerdigung kommt, aber ich würde mich sehr gern mit dir unterhalten. Es wird nämlich Zeit, dass du deine Familie kennen lernst.»

2. Kapitel

Stepmouth, März 1953

Um neun Uhr morgens herrschte in der Hauptstraße von Stepmouth schon geschäftiges Treiben. Vom Hafen bliesen eiskalte Böen herauf. Zwischen den Schornsteinen und Giebeln der bunten Ladenfronten flogen pfeilschnelle Schwalben und Mauersegler hin und her. Möwen und Kormorane lieferten sich im frostig blauen Himmel kreischende Duelle.

Die Leute standen in Gruppen zusammen. Einige warteten an der Haltestelle auf den Linienbus, schlugen die behandschuhten Hände aneinander, rauchten Zigaretten oder besprachen Einkaufslisten; vor der Gemischtwarenhandlung Vale Supplies erzählte man sich den neuesten Tratsch, beugte sich gurrend über Kinderwägen und tauschte Rezepte und Lebensmittelmarken aus.

Gegenüber, vor der Fischhandlung, feilschten Mark Piper, der kahlköpfige, bärtige Besitzer, und seine Frau Eileen mit Stephen Able, dem Kapitän der *Mary Jane*, um eine Karrenladung Fische, Hummer und Krebse, die er noch in Gummistiefeln vom Kai heraufgeschoben hatte, um sie hier oben zu verkaufen.

Vor dem Pub mit dem Namen Channel Arms rollten rotgesichtige Brauereiarbeiter mit schmuddeligen Kappen und schweißgefleckten Westen Bierfässer die Rampe ihres Lastwagens hinunter. Bei der Anwaltskanzlei Ackroyd & Partner putzte Nick Meades gerade die Fenster, und sandig braunes Seifenwasser rann an den Scheiben hinunter. Ein blank polierter schwarzer Citroën schnurrte die Hauptstraße entlang in Richtung Summerglade Hill – eine Szene wie in einem Gangsterfilm aus Chicago, dachte Tony Glover, als der Wagen an ihm vorüberfuhr.

Tony stand ein paar Schritte vom Ende der Schlange an der Bushaltestelle entfernt, den Arm um die zierliche Taille von Margo Mitchell gelegt, mit der er seit zweieinhalb Wochen ging.

Der Duft der ofenfrischen Brote und Pasteten, der aus der offenen Tür der Bäckerei herüberwehte, brachte Tony halb um den Verstand. Sein Magen knurrte, und er wünschte, er hätte sich doch von seiner Mutter überreden lassen, die ihm etwas von dem übrig gebliebenen Essen hatte warm machen wollen, ehe er aus dem Haus ging.

Doch er war spät dran gewesen und hatte keine Zeit mehr dafür gehabt. Denn Margo Mitchell war ein Mädchen, das man lieber nicht warten ließ. Vor allem, wenn man versprochen hatte, sie zum Einkaufsbummel auszuführen – und zwar in die piekfeinen Läden der benachbarten Weltstadt Barnstaple. Und ganz besonders, wenn man solchen Eindruck bei ihr schinden wollte, dass sie endlich ihren bastionsartigen Büstenhalter öffnete und sich mit ihm auf den Wiesen oben vergnügen ging – was er inständig hoffte.

Um noch pünktlich zu kommen, war Tony mit seinem Fahrrad in halsbrecherischer Geschwindigkeit die tückisch steile Serpentinenstraße hinuntergerast, die von seinem drei Meilen entfernten Dorf oben im West Step Valley herunterführte.

Und es war das mörderische Tempo schließlich wert, oder? *Margo* war es wert, oder vielleicht nicht? Tony schnupperte an ihrem süßen Zitronenparfüm und küsste sie auf ihren kirschroten Schmollmund, dann musterte er sie noch einmal von Kopf bis Fuß.

Sie war wirklich süß, mit ihrer puscheligen cremefarbenen Strickjacke, dem himmelblauen Polyesterkleid und dem hoch gesteckten goldenen Haar, das die silbernen Ohrringe, die sie sich von ihrer Mutter geliehen hatte, schön zur Geltung brachte. Auch wenn Tony und Margo genau genommen nur wenig gemeinsam hatten, sprachen doch ein paar gewichtige Gründe dafür, mit einem hübschen Mädchen wie ihr zusammen zu sein.

«Ja, zum Beispiel ihre Möpse, die sind ja so groß wie Strandbälle», hatte Tonys bester Freund Pete erst letzte Woche mit sehnsuchtsvoller Miene festgestellt.

«Und der Mund, damit könnte sie ja glatt einen Golfball durch einen Strohhalm saugen», hatte ihr gemeinsamer Freund Arthur seufzend hinzugefügt.

Mit anderen Worten, Margo war ein echtes Prachtexemplar, und ganz bestimmt das schönste Mädchen, mit dem Tony je gegangen war. Allerdings konnte er selbst auch mit einigen Qualitäten aufwarten: Er war groß – etwas über eins achtzig – und geschmeidig, noch aus den Zeiten, als er für seine alte Schule zu Boxkämpfen angetreten war (also vor seinem Rausschmiss). Er war elegant gekleidet – heute zum Beispiel trug er seinen schwarzen Mantel bis zum Hals geknöpft (im Stil von Richard Burton), dazu eine graue Hose mit rasiermesserscharfen Bügelfalten und glänzende schwarze Lederstiefel. Und hinter seinen langen schwarzen Wimpern blitzten verschmitzte Augen hervor, blau wie das Meer, wenn man bei strahlendem Sonnenschein oben von den Klippen schaute. «Richtige Blaulichter», nannte seine Mutter sie.

Doch so schön er zur Welt gekommen war, so sehr hatte er sich seitdem bemüht, diese Tatsache zu verbergen. Sein Gesicht war ein offenes Buch über die vielen Blessuren, die er sich zugezogen hatte. An einem Schneidezahn fehlte eine Ecke, seitdem er bei einer Wette Bierflaschen mit den Zähnen geöffnet hatte. Im vergangenen Sommer hatte er versucht, ein paar jungen Touristinnen am Strand zu imponieren, und sich beim Kopfsprung in einen Gezeitentümpel mit dessen Tiefgang derart verschätzt, dass er sich an einem Felsen die Nase gebrochen hatte, die seitdem krumm war. Auf seiner linken Schläfe prangte eine dicke Narbe, die Erinnerung an eine Schulprügelei an seinem siebzehnten Geburtstag im vergangenen September – was übrigens seinen Verweis nach sich gezogen und jegliche Hoffnungen auf eine höhere Ausbildung zunichte gemacht hatte.

Die Beulen und Schrammen bereiteten ihm allerdings keine schlaflosen Nächte. (Der Schulverweis dagegen grämte ihn immer noch … Seitdem arbeitete er im Sea Catch Café an der East Street als Küchenhilfe, schrubbte das Fett von den Tellern und polierte Gläser, was seine Armmuskeln erheblich gestählt hatte.) Vielmehr kamen sie dem entgegen, was seiner Meinung nach zählte: wie ein harter Kerl auszusehen, jedenfalls hart genug, dass keiner auf die Idee kam, sich mit ihm anzulegen. Deswegen kämmte er sein volles Haar mit Brillantine zurück, wie die berüchtigten Halbstarken in London, deren Bilder er in der Zeitung gesehen hatte.

Den Mädels gefielen harte Kerls, meinte Tony, jedenfalls war es im Kino so. Er bildete sich ein, sich mit den Frauen ein wenig auszukennen. Dass man ihnen ein Lächeln entlockte, wenn man ihnen Komplimente über ihre Frisur machte oder ihnen sagte, wie umwerfend man ihr neues Kleid fand. Aus Erfahrung wusste er, beim ersten Rendezvous wurde geknutscht, beim zweiten obenrum gefummelt, und alles Weitere war eine Frage von Intuition und Glück.

Doch allmählich begann er zu ahnen, dass Margo Mitchell – mit der er in der ganzen Zeit ihrer Bekanntschaft noch nie übers Knutschen hinausgekommen war – ein ausgesprochen harter Brocken war.

«Tony Glover, liebst du mich?», flüsterte sie ihm gerade ins Ohr. «Sag. Liebst du mich wirklich?»

Normalerweise hätte so etwas – so eine alberne, zickige Mädchenfrage – Tony zur Weißglut gebracht. Da Margo nun aber schon zum zehnten Mal seit fünf Minuten dasselbe fragte, reagierte er nur mit einem Achselzucken.

«Wollen wir nicht mal über etwas anderes reden?», erwiderte er wie bei den letzten neun Malen. Er ging einen Schritt auf Abstand, steckte sich eine Craven «A» zwischen die Lippen und kramte in seiner Manteltasche nach seinem Feuerzeug.

«Weil nämlich ...»

Tony sollte nie erfahren, was Margo sagen wollte, denn just in diesem Moment wurde sein Blick abgelenkt von einem grellbunten Leuchten genau über seinem Kopf. Oben auf dem verwitterten Balkon des Gemeindehauses – der über die Bushaltestelle ragte und bereits zur Hälfte neu gestrichen war – standen zwei Mädchen mit in der Meeresbrise flatternden gelben Schals.

Sie hatten ihn schon die ganze Zeit angegafft, und nun hatte er sie dabei ertappt. Starr vor Schreck und schlechtem Gewissen erwiderten sie seinen Blick. Er kannte die Gesichter zur Genüge: Pearl Glaister und Rachel Vale. Alle beide – die eine blond, die andere rothaarig – waren sie zum Anbeißen, echte Zuckerpuppen, die in der Stadt alle Jungs in Tonys Alter kannten.

Die rothaarige Rachel, hübsch wie ein Pin-up-Girl aus der *Picture Post*, war die kleine Schwester von Bill und die

Tochter von Edward und Laurel Vale. Sie hasste Tony aus ganzer Seele und hatte seit dem Tod ihres Vaters vor acht Jahren kein Wort mehr mit ihm gesprochen.

Wenn überhaupt, sprach die schöne, scharfzüngige Rachel nur *über* ihn, und zwar meist, wenn er sich in Hörweite befand, um sich über ihn und die Seinen ihr Schandmaul zu zerreißen. Sie weigerte sich, ihn auch nur anzusehen; einmal hatte sie sogar die Straßenseite gewechselt, um ihm aus dem Weg zu gehen. Warum also, rätselte er, starrte sie ihn jetzt so an?

Doch im selben Augenblick bekam er auch schon die Antwort: In der Hand hielt sie eine geöffnete Farbbüchse, die sie offenbar genau über seinem Kopf auskippen wollte.

Dann rutschte ihr die Büchse aus der Hand. Aus Versehen oder mit Absicht? Er wusste es nicht. Wie auch immer, jedenfalls stürzte sie jetzt auf ihn zu.

Tony blieb nicht mehr die Zeit, zur Seite zu springen. Stattdessen ging er tief in die Hocke, setzte zum Hechtsprung an und schmetterte die Büchse mitten im Flug mit einer Rückwärtsbewegung der Handfläche ab.

Während er sich seitlich abrollte, konnte er beobachten, wie sich die Dose in der Luft um sich selbst drehte – einmal, zweimal – und wie in hohem Bogen weiße Farbtropfen herausflogen, wie Funken aus einem Feuerrad. Halb auf der Straße, halb im Rinnstein gelandet, betrachtete er seine schmerzende Hand und seinen Mantel; nicht einmal einen Tropfen Farbe hatten sie abbekommen.

Glück musste der Mensch haben …

Erst jetzt hörte er das Kreischen.

Er brauchte sich gar nicht nach Margo umzudrehen, er kannte diesen schrillen Schrei. Vorige Woche hatte er sie ins Kino ausgeführt, zu Bogey und Hepburn in *African Queen*, und er hatte sich die halbe Nachmittagsvorstellung lang mit Zungenküssen abgerackert und dabei versucht, ein bisschen blanke Haut zu ergattern, aber sie hatte sich bloß immer, wenn die Musik dramatischer wurde, von ihm losgerissen und angesichts jeder neuen Gefahr, die auf der Leinwand drohte, hysterisch gekreischt.

Doch dieser neue Schrei – schon drei Sekunden lang und anschwellend wie eine Sirene beim Luftangriff – übertraf Margos letztwöchige Ausbrüche bei weitem, sowohl an Dauer als auch an Lautstärke. Es war der Schrei des wahren Entsetzens, nicht des imaginierten. Als Tony sein Gleichgewicht wieder gefunden hatte und zu Margo hochblickte, konnte er unschwer feststellen, woran das lag.

Von Margo Mitchells Gesicht war kaum noch etwas zu sehen.

Tony kniff verblüfft die Augen zusammen. Seine Prinzessin war verschwunden, und an ihrer Stelle stand nun ein kalkweißes Gespenst vor ihm.

Endlich ging Margo die Luft aus, die Straße lag in plötzlichem Schweigen. Die Leute, die an der Haltestelle in ihrer Nähe gestanden hatten, waren zur Seite gewichen, als hätte sie die Pest. Mit weit aufgerissenen Augen starrte sie hinter ihrer weißen Clownsmaske hervor. An einem Mundwinkel blähte sich eine einsame Farbblase auf, die kläglich zerplatzte. Dann hob sich ihre Brust, und sie fing mit hängenden Armen laut zu heulen an.

Tony blickte noch einmal zum Balkon des Gemeindehauses hinauf. Aber Rachel Vale und ihre Komplizin hatten sich aus dem Staub gemacht. Das war doch nicht zu fassen. Er konnte gar nicht glauben, was Rachel Vale Margo da angetan hatte. Und was sie versucht hatte, *ihm* anzutun.

«Also gut», rief er und sprang auf die Füße. So einfach

würden sie nicht davonkommen. Er würde sie schon finden und sie dazu bringen, sich zu entschuldigen, bei Margo *und* bei ihm. Und Margos ruinierte Kleider zu bezahlen. Und …

«Verdammt, ich schlag dich tot», hörte er noch, ehe der Fausthieb im rechten Winkel auf seinem Kinn aufprallte und ihn zum zweiten Mal an diesem Morgen zu Boden schickte.

Der 45-jährige Bernie Cunningham mit seiner Kartoffelnase und seinen Blumenkohlohren war Schweinemäster von Beruf und Kneipenschläger aus Passion, zudem stark wie ein Ackergaul und störrisch wie ein Maultier.

«Steh auf», brüllte Cunningham, riss sich seine farbbespritzte Tweedjacke vom Leib und schleuderte sie in den Rinnstein. Er stemmte beide Füße fest auf die Erde und ragte vor Tony auf wie ein Baum. «Hältst dich wohl für komisch, was, Glover? Lässt mich wie einen Trottel dastehen … Über und über mit Farbe bekleckert … Los, steh auf, du Schwein!»

Tony rutschte eilig ein Stück auf dem Hosenboden rückwärts. «Es ist nicht so, wie Sie denken», erklärte er Cunningham mit angespanntem Gesicht. «Ich habe die Dose nicht geworfen … na ja, vielleicht schon, aber nur, weil jemand anderes sie auf mich … ich meine …»

Cunningham hörte ihm gar nicht zu.

«Margo!», rief Tony seiner Flamme zu. Sie musste doch gesehen haben, was passiert war, oder etwa nicht? «Sag's ihm», bat er sie dringend. «Sag ihm doch, dass ich es nicht war.»

Aber auch Margo hörte ihm nicht zu. Sie wartete nicht einmal mehr ab, was als Nächstes passierte. Die arme Margo Mitchell stand unter Schock. Sie drehte sich um und rannte nach Hause zu ihrer Mum.

Tony forschte in der kleinen Menschentraube, die inzwischen um ihn versammelt stand, nach einem hilfsbereiten

Gesicht. Doch niemand sah ihm in die Augen. Als zählte er überhaupt nicht. Als wäre ihnen vollkommen egal, welches Schicksal ihm blühte.

Tony rappelte sich erneut hoch. «Bitte, Mr. Cunningham», flehte er.

Cunningham räusperte sich und spuckte auf den Boden vor Tonys Füßen. «Genug geredet», sagte er und stellte sich in Schlagposition. Dann winkte er Tony mit erhobenen Fäusten zu sich heran.

Tony konnte nur hypnotisiert zusehen, als der bullige, viel größere Mann hin- und herschaukelte wie ein Orang-Utan im Käfig. Die Leute feuerten ihn lautstark an.

Der erste Schlag – ein kurzer Haken – landete auf Tonys Schläfe und ließ seinen Kopf in den Nacken schnellen. Ein stechender Schmerz durchfuhr ihn. Aber er hatte in seinem Leben schon viele Schläge eingesteckt, von seinem Vater und seinem Bruder ebenso wie im Boxring. Automatisch korrigierte er seine Haltung, hielt die Fäuste schützend vor das Gesicht und zog die Ellbogen eng an den Körper, um Magen und Rippen zu decken. Die Zähne zusammengebissen, den Nacken gestrafft, so schluckte er das Blut hinunter, das sich auf seiner Zunge gesammelt hatte.

Das war doch bloß ein Jab, ermahnte er sich, und beobachtete Cunningham jetzt mit Adleraugen. Ein Uppercut oder ein Schwinger aus dieser Entfernung, und er wäre k. o. gegangen. Da sah er das Funkeln in Cunninghams Augen. Der wollte ihn austesten. Ein bisschen spielen, ehe er richtig zuschlug.

Tonys Adrenalinpegel fuhr hoch. Er konzentrierte sich nicht mehr nur auf Cunninghams Gesicht, sondern unterteilte den Rest seines Körpers in Zonen, zerlegte ihn im Geiste in Fäuste und Ellbogen, Rippen, Zähne, Augen, wie ein Schlachter einen Tierkadaver, und taxierte seine Drohgebärden und Schwächen.

Als Cunningham wieder einen Jab versuchte, machte Tony einen Satz nach hinten. Dem zweiten Schlag wich er durch einen Seitenschritt aus. Der Alte sollte kein leichtes Spiel mit ihm haben. Von diesem Gedanken beflügelt, versuchte Tony es mit einem Trick, den er im Sparring seiner Schule gelernt hatte. Mit einem Satz nach vorn täuschte er eine Linke an und verlockte Cunningham damit zu einem Abstauberhaken, der seine ganze rechte Seite ungedeckt ließ. Tony griff mit Wucht an und erwischte Cunningham hart am Ohr.

Die Zuschauer hielten die Luft an.

Cunningham lachte.

Jetzt hätte Tony die Beine in die Hand nehmen sollen, das wäre das Vernünftigste gewesen. Für Cunningham war das Ganze ein Sport. Was bedeutete es schon, dass es Tony gelungen war, ihm an seiner Deckung vorbei eins aufs Ohr zu hauen? Für Cunningham war Tony nur ein dummer Junge, dem er eine Lektion erteilen würde.

Aber Tony war in seinem ganzen Leben noch nie vor etwas weggelaufen. Vor seinem Bruder nicht und auch nicht vor irgendwelchen anderen Bengeln, die ihn in diesen letzten acht Jahren hatten vermöbeln wollen, um den eigenen Ruhm auf seiner Asche aufzubauen. Diese Stadt hatte eintausend Bewohner, und wenn er jetzt davonrannte, dann würde es jeder Einzelne von ihnen erfahren.

«Na dann komm doch, du alter Fettsack», höhnte er. «Woll'n doch mal sehen, was du drauf hast!»

Cunningham gehorchte aufs Wort. Und was er draufhatte, war eine Kombination, die ihm während seines Militärdienstes eine Platzierung bei zwei Regiments-Finalkämpfen sowie nach dem Krieg eine County-Meisterschaft eingebracht hatte: ein linker Aufwärtshaken, gefolgt von einem rechten Schwinger.

Beide trafen ins Schwarze. Tony wankte und fiel um. Seine Wange berührte das Pflaster. Er hörte etwas rauschen wie einen Fluss bei Hochwasser, nur dass es in seinem Kopf stattfand und nicht draußen. Etwas Feuchtes rieselte seine Kehle hinab. Er musste husten, es schmeckte süß. Als er an seine Nase fasste, sah er, dass ihm Blut von den Fingern troff.

«Steh auf», röhrte Cunningham. «Ich bin noch nicht fertig mit dir!»

Tony versuchte angestrengt, sich auf die verzerrte Silhouette Cunninghams zu konzentrieren, die er über sich sah wie eine Spiegelung auf einem vom Wind gekräuselten Teich. Er wollte aufstehen, doch als er das Gewicht auf die Beine verlagerte, wurden sie weich wie Gummi. Cunningham packte ihn und zerrte ihn wieder auf die Füße.

Plötzlich kam sie aus dem Nichts: Rachel Vale. Einer Brechstange gleich keilte sie sich zwischen die beiden Männer und stemmte sie auseinander.

«Lass ihn in Frieden», sagte sie zu Cunningham.

«Du!» Tony hörte das Erstaunen in Cunninghams Stimme. «Ausgerechnet du … Geh zur Seite, Kleine, sonst …»

«Was sonst?», forderte sie ihn heraus. «Wollen Sie mich etwa auch verprügeln? Wenn Sie mir auch nur ein Haar krümmen, hol ich meinen Bruder Bill, und der …»

Tony hörte wieder das Wasser in seinen Ohren rauschen. In seinem Magen wogte die Übelkeit. Er sackte auf den Gehsteig zurück. Die Leute rückten näher und sahen auf ihn hinunter.

«Er hat Ihnen die Wahrheit gesagt», hörte er Rachel Vale

eindringlich erklären. «Es war nicht seine Schuld, sondern meine. Ich …»

Tony robbte in den Rinnstein und würgte.

Als Nächstes bekam er mit, dass sie ihm beim Aufstehen half. Zum zweiten Mal an diesem Tag, zum zweiten Mal in ihrem Leben, sahen sich Tony Glover und Rachel Vale in die Augen. Dann hakte sie ihn unter und führte ihn langsam von Cunningham und den anderen weg.

«Keine Sorge», tröstete sie ihn, «dir geht's bald wieder besser. Gleich ist alles wieder gut.»

Sie wiederholte es pausenlos, während sie ihn die Hauptstraße entlang gestützt hielt, ihn an der Fish-and-Chips-Bude vorbei und unter den klappernden Kneipenschildern hindurch führte, um am Ende der Hauptstraße links abzubiegen, die Kais und den Hafen hinter sich lassend, über den Parkplatz bis hinauf zum Friedhof von Saint Jude.

Sie setzte ihn auf die niedrige Steinmauer, die den Friedhof einfasste. Von der frischen Meeresbrise bekam Tony allmählich wieder einen klaren Kopf, und auch sein Blick klärte sich. Aus ihrer Rocktasche zog Rachel ein Taschentuch und reichte es ihm.

«Glotz nicht so», sagte sie. «Das gehört sich nicht.»

Aber er konnte den Blick nicht von ihr wenden. Dass sie ein hübsches Mädchen war, hatte er schon gewusst, aber er hatte sie noch nie aus solcher Nähe gesehen. Nun stellte er fest, dass ihre Haut zart und ihr Haar eigentlich gar nicht rot, sondern von einem tiefen Rostbraun war. Ihre Nase, ihre Ohren, ihr Mund … alles an ihr wirkte streng und zornig. Doch hinter der Maske – in ihren hellen moosgrünen Augen – entdeckte er etwas ganz Weiches verborgen, mit Absicht versteckt. Vor ihm versteckt. In diesem Moment hätte er alles dafür gegeben, sie lächeln zu sehen.

«Leg den Kopf in den Nacken und kneif den Nasenrücken fest zusammen», befahl sie und drückte ihm das Taschentuch in die Hand. «Das stoppt die Blutung. Hab ich in der Schule gelernt.»

Sie hockte sich neben ihn auf das Mäuerchen und blickte zum massiven Summerglade Hill hinüber, der hinter der Stadt steil in den Himmel ragte.

«Du hast ja gehört, was ich zu Cunningham gesagt habe», meinte sie dann. «Ich bin schuld an dem, was passiert ist, nicht du. Für die Kleidung deiner Freundin komme ich auf ...»

«Seit wann kannst du so was denn von deinem Taschengeld bezahlen?», fragte er mit matter Stimme. «Lass mich raten, dein Bruder streckt es dir vor, weil er mein größter Fan ist ...»

«Lass meinen Bruder aus dem Spiel», fauchte sie und sah ihm ins Gesicht. «Und zerbrich dir nicht den Kopf darüber, wie ich an das Geld komme. Wenn ich sage, ich tue es, dann tue ich es auch. Ich stehe in deiner Schuld, und das will ich nicht. Kapiert?» Ihre Augen funkelten vor Entschlossenheit. «Ich will dir keinen Penny schuldig bleiben, Tony Glover.»

«Und ich will dein Geld nicht», wehrte er ab. «Jetzt, wo du dich entschuldigt hast.»

Ihr Gesicht lief puterrot an. «Ich habe nie behauptet, ich hätte mich entschuldigt. Ich habe nur gesagt, ich stehe in deiner Schuld. Was ich getan habe, tut mir nicht Leid. Der Spaß ist nur ein bisschen zu weit gegangen.»

«Zu weit?»

Sie verzog das Gesicht. «Dass ich die ganze Dose fallen gelassen habe, war keine Absicht. Ich wollte dir ein paar Tropfen auf den Kopf kippen, bloß damit du dumm dastehst.»

«Na, das ist ja tröstlich ...»

«Wieso tröstlich?» Sie sah ihn mit zusammengekniffenen Augen an, den Kopf zur Seite geneigt.

Er lächelte reumütig. «Weil ich bis vor kurzem noch dachte, du hättest vielleicht etwas gegen mich.»

Sie sah ihn verblüfft an. Dann merkte sie, dass er sich selbst auf die Schippe genommen hatte, und alle Spannung wich aus ihrem Gesicht. Sie gluckste vor Lachen.

«Weißt du was, Tony Glover?», meinte sie dann. «Vielleicht bist du ja doch nicht so ein mieser Dreckskerl.»

«Wieso gerade heute?», wollte er wissen.

«Wieso was?»

«Wieso kamst du ausgerechnet heute darauf, mich mit Farbe zu übergießen?»

Sie starrte auf ihre blassen, knochigen nackten Knie, die unter dem Faltenrock hervorlugten. «Ach, ich weiß nicht. Pearls Onkel verwaltet ja die Schlüssel vom Gemeindehaus, da schleichen wir uns manchmal zum Rauchen auf den Balkon. Und heute haben wir eben die Farbe entdeckt, die die Anstreicher da vergessen hatten. Keine Ahnung, es war bloß, weil …» Sie zuckte wieder verlegen die Achseln.

«Bloß, weil was?»

Da ertönte eine Hupe. Sie blickten zum Parkplatz hinüber, dort stand Christopher Ashbury, ein ehemaliger Klassenkamerad von Tony, ein reicher Junge, dessen Vater ihn liebte und ihm so weit vertraute, dass er ihm am Wochenende sogar seinen Wagen lieh.

Den Beifahrersitz teilten sich ein anderer Junge und Anne, ein Mädchen, mit dem Tony Rachel auch schon zusammen gesehen hatte. Und hinten lehnte Pearl Glaister, Rachels Komplizin, aus dem Fenster.

«Rachel Vale, steig sofort ein!», rief Pearl herüber.

Rachel stieg von der Mauer und strich ihren Rock glatt.

«Bloß, weil was?», hakte Tony nach.

In ihren Augen flammte plötzlich ein Feuer auf. «Bloß, weil ich dir dein selbstgefälliges Grinsen vom Gesicht wischen wollte, als ich dich da mit Margo Mitchell stehen sah …»

«Na, das ist dir ja gelungen.»

«Ja», bestätigte sie. Und endlich sah er den Ärger aus ihrem Gesicht weichen und entdeckte einen Anflug jenes Lächelns, das er sich so sehr gewünscht hatte. «Ja, das ist mir tatsächlich gelungen, was?»

Damit war sie fort. Sie rannte zu dem Wagen hinüber und ließ ihn allein auf dem Mäuerchen in der Kälte sitzen.

Tony Glover radelte die steile Serpentinenstraße hinauf, die im Zickzack den Summerglade Hill hoch führte, und dann noch gut drei Kilometer weiter, an der Abzweigung ins Hochmoor vorbei, bis er schließlich das Dorf Brookford erreichte.

An der schwarz-gelben Notrufsäule bog er ab. Brookford Cottages bestand aus acht schmalen Reihenhäusern, allesamt Sozialbauten. Tony war 1936 in Nummer 8 geboren, dem rot gestrichenen Haus am Ende der Straße.

Vor der Tür parkte der alte Vauxhall seines Stiefvaters, der Tony darin in den letzten Monaten Fahrunterricht erteilt hatte. Tony hatte noch am Vorabend eifrig Karten studiert, um zu planen, wohin er Margo bei der nächsten Verabredung kutschieren würde. Diese Pläne konnte er sich jetzt wohl aus dem Kopf schlagen.

Tony schlüpfte durch eine Lücke im langen, weiß getünchten Lattenzaun auf der rechten Seite des Grundstücks. Seine Mutter wusch für mehrere Pensionen unten in der Stadt die Wäsche, und der Garten war ein wogendes Meer aus Bettlaken und Kissenbezügen. Waschmittelgeruch erfüllte die Luft.

«Ach du lieber Himmel!», rief Don, der auf den Stufen an der Hintertür saß und an einem alten Radio bastelte, nach einem Blick in Tonys Gesicht.

Tonys Stiefvater war ein großer Mann mit langsamen Bewegungen, dessen Gesicht aussah, als hätte er Nesselfieber. Doch der Eindruck, er sei ein Säufer, täuschte. Er hatte Elektriker gelernt und arbeitete im Wasserkraftwerk von Watersbind. Tony mochte ihn und vertraute ihm, und zwar schon seit Don ihm vor fünf Jahren eröffnet hatte, er beabsichtige, seine Mutter zu heiraten und sich bis zum Lebensende um sie zu kümmern.

Don hob einen vernarbten Zeigefinger an die Lippen und legte eine Glasröhre, die er gerade gereinigt hatte, beiseite. Dann stand er auf und zog seine Strickjacke und sein Hemd zurecht, die hoch gerutscht waren und seinen behaarten Bauch entblößt hatten.

Tonys Halbbrüder, vierjährige Zwillinge, die in einer Ecke des Hofs mit Murmeln gespielt hatten, sprangen gleichzeitig auf. Vom Körperbau her waren sie das glatte Gegenteil ihres Vaters und so flink wie Tony, doch ihre Geschmeidigkeit gab ihnen etwas Vogelartiges, was Tony immer an seine Mutter erinnerte. Beide hatten pechschwarzes Haar und einen geraden Pony, den seine Mutter jeden Samstag nach dem wöchentlichen Bad mit der Stoffschere entlang dem Rand einer Puddingschüssel trimmte.

«Was hast du denn angestellt?», brüllte Mikey. Er trug abgewetzte braune Schnürschuhe, einen blauen Pulli mit V-Ausschnitt und eine geerbte graue Flanellhose. Nun kam er angerannt, um sich die Sache von Nahem anzusehen.

Sein identisch gekleideter Zwillingsbruder Adam wetzte

hinterdrein. Die Jungen standen nebeneinander und musterten mit ihren intelligenten schwarzen Augen andächtig Tonys Gesicht.

«Du hast Prügel gekriegt», meldete Adam. «Jemand hat ihn gehauen, Dad, guck mal. Siehst du, Mikey?» Ihm stiegen Tränen in die Augen. «Jemand hat unseren Tony verprügelt.»

«Wer denn?», erkundigte sich Mikey. Er sah sich im Garten um, als könnte der Übeltäter noch irgendwo in der Nähe herumlungern. «Wer war das? Wo ist er hin? Und warum hat er das getan?»

Tony wollte, dass sie stolz auf ihn waren, anders als er auf seinen großen Bruder Keith. Deshalb gefiel es ihm überhaupt nicht, dass sie ihn so sahen. «Geht mir prächtig», versuchte er sie zu beruhigen.

«Das wirst du nicht mehr sagen, wenn du dich in diesem Zustand deiner Mutter zeigst», sagte Don. Er tippte den Zwillingen auf die Schultern. «Jetzt aber ab zu euren Murmeln, Jungs, Tony und ich müssen uns mal unterhalten.»

Missmutig zogen die Jungen von dannen und hockten sich unter den knorrigen alten Pfirsichbaum. Nach einigem Geflüster sammelte Adam die Kugellagerkugeln und die blitzenden Glasmurmeln ein, legte sie auf ein Häufchen, und Mikey zog eine Linie auf der Erde, von wo aus sie schießen wollten.

«Was gibt's da zu grinsen?», erkundigte sich Don staunend.

«Ach, nix», erwiderte Tony, «bloß dass Keith und ich damals auch da Murmeln gespielt haben, als wir noch klein waren.» Er wurde wieder ernst und sah Don an. Don wollte nichts von Keith hören. Niemand wollte etwas von Keith hören.

«Am besten kümmern wir uns erst mal um deine Kratzer», meinte Don.

Sie schlängelten sich durch die Laken und Kissenbezüge hindurch bis zu dem Holzschuppen am hinteren Ende des Gartens, in dem sich der Abtritt befand. Don drehte den Wasserhahn auf, der aus dem Boden neben dem Schuppen spross wie ein junger Baum aus Metall.

«Da», sagte er, wobei er Tony das abgenutzte Stück antiseptischer Karbolseife aus der Blechbüchse hinstreckte, die außen am Schuppen angenagelt war.

Tony hielt die Hände unter den Wasserhahn und rieb die Seife, bis sie schaumig war.

«Wer war es?», wollte Don wissen.

«Cunningham.» Das Leitungswasser rauschte tosend in die Erde.

«Bernie Cunningham?», zischte Don ungläubig. «Mein Gott, Tony. Was hast du denn angestellt, dass er sich dich vorgeknöpft hat?»

«Ich war's nicht. Es war nicht meine Schuld …»

Ein unmelodisches Pfeifen unterbrach seine Worte. Don drehte sofort den Wasserhahn ab, die Männer blickten sich unbehaglich an. Durch die wogenden Laken hindurch kam Tonys Mutter, einen leeren Weidenkorb hinter sich her schleifend, auf sie zu. Sie trug ein fadenscheiniges braunes Kleid und hatte ihr schwarzes Haar adrett mit einem rot-weiß karierten Baumwolltuch hochgebunden. Mit ihren siebenundvierzig war sie vier Jahre jünger als Don.

Nun reckte sie sich, um die Wäscheklammern von der Leine zu nehmen, und ließ eine Ladung trockener Laken in den Wäschekorb plumpsen. Da entdeckte sie plötzlich ihren Mann und ihren Sohn, die in konspirativem Schweigen neben dem Wasserhahn standen.

Im Nu war sie bei ihnen und zeterte los.

«Du hast es mir versprochen!», schrie sie Tony an. «Du hast mir versprochen, dass du das bleiben lässt. Du wolltest es nie wieder tun.» Voller Verachtung starrte sie auf das getrocknete Blut in seinem Gesicht.

Don stellte sich zwischen die beiden. «Jetzt warte mal, Sissy», versuchte er, Tonys Mutter zu beschwichtigen. «Wir wissen doch noch gar nicht, was passiert ist. Er sagt, es war …»

«Verdammt nochmal, ich sehe doch, was passiert ist», schrie sie ihn an, schob ihn zur Seite und baute sich direkt vor Tony auf. «Er hat sich verdammt nochmal wieder geprügelt, das ist passiert. Na los!», forderte sie Tony heraus. «Leugne es doch!»

Adam und Mikey fingen an zu heulen.

«Hörst du! Siehst du, was du uns antust», zischte Tonys Mutter.

«Es tut mir …», hob Tony zu einer Entschuldigung an.

Aber seine Mutter schüttelte heftig den Kopf. «Nein! Das reicht nicht!»

Er streckte die Hand aus, um sie an der Schulter zu berühren, um sie zu trösten, denn er hasste es, sie so zu sehen, und es war bitter für ihn, dass sie seinetwegen so litt. «Bitte …», flehte er sie an.

Wie von einer Nadel gestochen fuhr sie zurück. In ihren Augen sah er nur Hass, kein Leid. Sie wandte sich an Don. «Du weißt ja, was ich letztes Mal gesagt habe.»

«Das ist doch nicht nötig», sagte er beruhigend. «In einem halben Jahr kommt er sowieso zur Armee.»

«Das ist mir egal. Das mache ich nicht noch einmal mit.» Sie spie die Worte aus, als hätte sie seit Monaten darauf herumgekaut. «Nicht noch einmal. Ich mache bei ihm nicht denselben Fehler wie bei …»

Sie hielt inne und sah zur Seite, doch Tony hörte das Ende ihres Satzes, auch ohne dass sie es aussprach: *Ich mache nicht denselben Fehler wie bei Keith.*

Tonys Rückgrat wurde zu Eis. Er zwängte sich an ihr vorbei und rannte zum Haus.

«Hau doch ab!», kreischte seine Mutter ihm hinterher. «Hau ab und lass dich hier nie wieder blicken!»

Er sah nicht zurück, wollte nicht zu ihr zurückblicken. Sie irrte sich. Weder hatte er den Streit verursacht, noch hatte er sein Versprechen gebrochen, sich nie wieder zu prügeln. Sie irrte sich gewaltig, am meisten aber, wenn sie ihn mit Keith verglich. Er glich Keith in keiner Weise. Keith? Sie wusste doch gar nicht mehr, wer das war.

Im Haus angekommen, stürmte Tony an der modrig riechenden Speisekammer vorbei durch die dampfigen Schwaden in der Küche und die wackelige Treppe hinauf.

Sein Zimmer lag neben dem seiner Mutter, er teilte es mit den Zwillingen. Von den Plakaten an den Wänden blickten ihn die Gesichter von Roy Rogers und Dan Dare an. Als er über einen platten Lederfußball stolperte, kickte er ihn hart zur Seite, wobei ein Modell der *Golden Hind* mit abgeplatzter Farbe zu Bruch ging, das in der Ecke neben dem Papierkorb gestanden hatte.

In diesem Zimmer fühlte er sich wie Gulliver bei den Liliputanern. Das war nicht mehr sein Zimmer, er war aus ihm herausgewachsen. Er war hier überflüssig, das Überbleibsel einer nicht mehr bestehenden Ehe. Seine Mutter, Don, die Zwillinge … sie mussten mit ihrem Leben zurechtkommen, und er musste hier raus und mit seinem beginnen.

Seine Mutter hatte sich zwar in ihm geirrt, aber in einem hatte sie Recht: Je eher er hier fort kam, desto besser, und zwar für sie alle.

Die Treppe hinauf klapperten Schritte. Seine Mutter knallte ihre Schlafzimmertür so fest zu, dass die dünne Wand wackelte. Dennoch konnte er nicht einfach abziehen. Noch hatte er den Impuls, nach nebenan zu gehen, mit ihr zu sprechen und ihr das Haar zu streicheln, damit alles wieder gut wäre. So wie er sie als Kind immer beruhigt hatte.

Aber diesmal versteckte sie sich nicht vor seinem Vater da drin. Sein Vater war am Neujahrstag 1939, nachdem er die frostige Silvesternacht betrunken im Rinnstein eingeschlafen war, an einer Lungenentzündung gestorben. Diesmal verschloss sie ihre Tür auch nicht vor Tonys Bruder, denn Keith war schon seit acht Jahren hinter Schloss und Riegel.

Nein, diesmal war sie vor Tony in ihr Zimmer geflüchtet. Und die einzige Art, ihr zu beweisen, dass er anders war als sein Bruder oder sein Vater, bestand darin, das zu tun, was die beiden niemals getan hatten: sie in Ruhe zu lassen.

Er holte seine Reisetasche unter dem Bett hervor und warf seine wenigen Habseligkeiten hinein: ein Buch, ‹Der Graf von Monte Cristo›, halb gelesen, ein Töpfchen Brillantine, Kamm, Rasiermesser und Rasierseife sowie einen Handspiegel. Seine Kleider stopfte er oben auf.

Als er hochsah, stand Don an der Zimmertür.

«Sie beruhigt sich schon wieder», erklärte er Tony. «Lass ihr ein paar Stunden Zeit, dann wird sie …» Doch ihm gingen die Worte aus – sie wussten beide, dass das nicht stimmte. Tonys Mutter war eine Frau, die zu ihrem Wort stand. Es war ihr gelungen, Keith völlig aus ihrem Leben zu entfernen, und nun ging sie daran, Tony ebenfalls daraus zu verbannen.

«Wo willst du hin?», fragte Don.

«In Opas Hütte.»

«Aber die ist doch …»

«Wird schon gehen.»

«Brauchst du Geld?»

«Nein, danke. Sag den Zwillingen …» Tony hievte sich die Tasche auf die Schulter.

«Ich habe ihnen gesagt, sie sollen im Garten bleiben.»

«Grüßt du sie von mir? Ich gehe vorn raus.»

«Aber sie werden …»

Tony blieb hart. «Mum will bestimmt nicht, dass ich sie nochmal sehe, also lasse ich es lieber. Nicht ehe ich ihr bewiesen habe, dass sie falsch liegt. Wenn sie nicht hören will, was ich ihr sage, muss ich es ihr eben zeigen, Don. Ich werde ihr beweisen, wer ich bin und wer ich nicht bin.»

Die beiden Männer sahen sich in die Augen.

«Viel Glück», sagte Don und streckte die Hand aus.

Tony drückte sie fest, dann verließ er das Haus.

Zitternd, in zwei Pullover, den Mantel und eine dicke Decke gehüllt, saß Tony auf einem kaputten Schaukelstuhl in einer Ecke des Schuppens. Von der Prügelei dröhnte ihm noch der Kopf. Über ihm prasselte der Regen auf das verrostete Blechdach, und der Wind pfiff gespenstisch durch die Wände.

Sein Großvater hatte dieses Gebäude immer als Schuppen bezeichnet, doch eigentlich war es wesentlich mehr. Es lag eine Meile östlich von Brookford auf einem Stückchen Brachland. Farmer Dooley hatte noch vor Tonys Geburt dem Großvater zum Dank dafür, dass er ihn unter einem Trecker hervorgezogen und ihm damit das Leben gerettet hatte, dieses ansonsten unbrauchbare Stück seiner Ländereien geschenkt. Tonys Opa hatte hier eine Hühner- und Karnickelaufzucht betrieben und war in späteren Jahren vor seiner ewig nörgelnden Ehefrau hierher geflüchtet.

Die alte Sturmlampe, die an einem Haken an der Decke

baumelte, flackerte in der Zugluft. Das Öl war schon auf den letzten Tropfen niedergebrannt, und so zischte sie in der feuchten, modrigen Luft und drohte jeden Moment zu verlöschen.

Tony weigerte sich allerdings, seine Lage als verzweifelt zu bezeichnen. Myriaden von Staubkörnern glitzerten im Lampenlicht. Das Leben eröffnete einem jede Menge Möglichkeiten. Er wusste, dass es richtig gewesen war, fort zu gehen. Dies war keine Sackgasse, sondern eine Weggabelung.

Natürlich musste er den Schuppen richtig isolieren, wenn er sein Zuhause werden sollte, was bereits beschlossene Sache war. Denn schließlich wollte er den Lohn für seine Arbeit im Café keinesfalls für die Anmietung eines Zimmers unten in der Stadt verschwenden. Nicht, wo ja bald der Sommer und das schöne Wetter kamen. Draußen gab es fließendes Wasser und ein Waschbecken. Und sobald er einen Gasofen und eine Matratze zum Schlafen aufgetrieben hatte, war alles bestens.

Er würde ohnehin nicht ewig hier bleiben. Ein halbes Jahr, mehr nicht. Don hatte Recht. In sechs Monaten würde er vor einer Musterungskommission stehen, die ihn, wenn alles mit rechten Dingen zuging, für tauglich befinden würde. Dann käme er nach Aldershot zur Grundausbildung. Und danach stünde ihm die große weite Welt offen, oder etwa nicht? Er musste nur noch bis dahin durchhalten.

Die Lampe verlosch, und Tony bibberte vor Kälte. Ohne dass er es verhindern konnte, musste er an seine Familie zu Hause denken. Er stellte sich vor, wie er im Wohnzimmer saß, die orange und grünen Flammen im Kohlenfeuer züngeln sah und dabei Radio hörte. In diesem Bild rauchte Don gerade Pfeife, und die Stimme seiner Mutter, die die Zwillinge zu Bett brachte, klang aus dem Obergeschoss herunter.

Aber Tony saß jetzt hier – frierend, hungrig und mutterseelenallein.

Er versuchte, an etwas Schönes zu denken, um einschlafen zu können. An Margo zum Beispiel, wie er mit ihr am sonnigen Strand lag und mit einem roten Seidenband in ihren goldenen Haaren spielte, während seine Lippen mit den ihren verschmolzen.

Doch dieser Gedanke entglitt ihm wie ein Aal aus der bloßen Hand. Margo Mitchell wollte ihn nie mehr wieder sehen. Das hatte ihm jedenfalls ihre Mutter gesagt – auf der Schwelle zu ihrem Haus, den Besenstiel auf ihn gerichtet wie ein Bajonett –, als er sich nach der Schlägerei bei Margo entschuldigen wollte.

«Sie will nie wieder mit dir sprechen», war ihm unmissverständlich beschieden worden.

Er zog die Decke fester um die Schultern.

Dann fiel ihm Rachel Vale ein, die hübsche rothaarige Rachel Vale.

«Bloß, weil was?», hatte er sie gefragt, als sie nebeneinander auf der Mauer des Friedhofs von St. Jude gesessen hatten.

«Bloß, weil ich dir dein selbstgefälliges Grinsen vom Gesicht wischen wollte, als ich dich da mit Margo Mitchell stehen sah …»

Plötzlich war dieses Grinsen wieder auf seinem Gesicht. Allerdings war es diesmal überhaupt nicht selbstgefällig, sondern nachdenklich. Denn auch wenn sich Tony Glover zuvor eingebildet hatte, er kenne sich mit den Frauen aus, so hatte ihn diese eine doch nachhaltig verwirrt. Ein Grund dafür, jemanden mit Farbe zu überschütten, war Hass, so viel stand fest. Aber konnte Eifersucht nicht auch ein Grund sein? Andererseits war Eifersucht doch sicher das Letzte, was Rachel Vale da oben auf dem Balkon des Gemeindehauses empfunden hatte …

Und so galt der letzte Gedanke, der Tony im Kopf herumging, ehe er in einem tiefen, traumreichen Schlaf versank, Rachel Vale.

3. Kapitel

Somerset, 2003

Rachel Glover warf den Stapel von Briefen und ungelesenen Beileidskarten hin und nahm den Telefonhörer ab. Sie fluchte ob der neuerlichen Störung. Es war Antoine Philippe.

«Ich habe gerade die traurige Nachricht erhalten», sagte er mit seinem französischen Akzent in tragischem Tonfall. «Ich kann es kaum fassen. Seien Sie meines aufrichtigen Beileids versichert, Mrs. Glover.»

«Tony hat sehr gern Geschäfte mit Ihnen gemacht», meinte Rachel schroff und nahm ihre Brille ab.

«Er war einer meiner treuesten Kunden. Mehr noch, er war ein unglaublicher Mensch. Ein wahrer Freund …»

«Danke für Ihren Anruf, Antoine.»

«Falls ich irgendetwas für Sie tun kann …»

Warum die Leute das nur immer sagten, rätselte Rachel. Vermutlich war es ein natürlicher Reflex, ein frei bleibendes und mit größter Wahrscheinlichkeit folgenloses Angebot, denn es gab einfach nichts, was Antoine oder sonst jemand tun konnte, um ihr Tony wiederzugeben. Niemand konnte diese Qual auch nur annähernd lindern.

In jeder anderen Situation hätte sie Antoine mit ihrem üblichen Charme erzählt, er allein habe sich über die Jahrzehnte um Tonys und ihre Liebe zur Kunst verdient gemacht und sich damit den unvergänglichen Respekt und die ewige Dankbarkeit ihres Gatten errungen. Sie hätte die Unterhaltung mit Anekdoten und Erinnerungen an ihre legendären gemeinsamen Restaurantbesuche in Paris gespickt und Antoine damit zweifellos zu Tränen gerührt. Doch heute war sie nicht in der Stimmung für Schmeicheleien.

Während Antoine weiter plauderte, betrachtete Rachel das abstrakte Gemälde, das auf der anderen Seite des Salons über dem weißen Marmorkamin hing. Tony hatte es speziell für diesen Platz in Dreycott Manor, ihren Landsitz in Somerset, gekauft, als der Künstler gerade frisch vom College kam. Heute stellte er in der Tate Modern aus, und das Bild war ein Vermögen wert. Nachdem es schon fünfzehn Jahre da hing, würde sie es jetzt in ihre Londoner Wohnung mitnehmen, wo sie sich in Zukunft wohl hauptsächlich aufhalten würde. Es hatte doch keinen Sinn, auf dem Land Trübsal zu blasen. Außerdem würde sie hier nur von lauter Beileidstouristen belagert, die sie als einsame Witwe sehen wollten. Sie fühlte sich aber nicht als Witwe. Jedenfalls noch nicht.

Allein die Erwägung, das Bild umzuhängen, und dass sie das tatsächlich tun *konnte* und wohl auch tun *würde*, hatte für Rachel den Reiz des Verbotenen. Sie war selbst erstaunt über diese Anwandlung, die zugegebenermaßen eher zu einem ungezogenen Schulmädchen passte. Es kam ihr vor, als sei sie in ihre renitenteste Phase zurückgefallen, als räche sie sich damit an Tony, weil er sie mit seinem Tod so schmählich im Stich gelassen hatte. In den vielen Jahren ihrer Ehe hatte sie sich ihm nie ernsthaft widersetzt. Es verstieß gegen die wesentlichen Grundlagen dessen, womit sie den Erfolg ihrer Partnerschaft zementiert hatte – gegen ihre Kompromissbereitschaft und ihre Fähigkeit, Tony stets das Gefühl zu vermitteln, er sei der Herr im Haus. Jetzt wollte sie ihn provozieren, ihn reizen, als könne sie ihn so zu einer Reaktion bewegen. Offenbar war sie außer Stande, sich damit abzufinden, dass er nie wieder auf sie reagieren würde, dass sie von nun an ganz auf seine Gegenwart verzichten musste. Es konnte einfach nicht wahr sein.

Schaudernd ließ sich Rachel auf einen der breiten Sessel am Fenster fallen. Während sie auf die rote Stopptaste des Telefons drückte, sah sie zu ihrem Sohn Christopher hinüber, der auf der flachen Ottomane beim Kamin saß und aus einer Porzellankanne Kaffee ausschenkte. Neben ihm lag Benson, Tonys Springerspaniel, missmutig auf dem Teppich.

Hinter Christopher loderte das Feuer im Kamin, doch der Raum – sonst immer das gemütlichste und freundlichste Zimmer im ganzen großen Haus – bot Rachel heute keinen Trost. In einer Ecke stand ein glänzender Flügel, darauf Familienfotos in Silberrahmen. Vier niedrige, bequeme Sofas mit cremefarbenen Lederbezügen waren über den Raum verteilt. An den beiden Panoramafenstern, die den Blick über die Rasenflächen zu den nebelverhangenen Pferdekoppeln freigaben, hingen üppige Draperien, und überall im Raum, in jeder Vase, verströmten riesige Blumenbouquets, die Freunde und Verwandte geschickt hatten, den Duft von Lilien und Rosen.

«Das war Antoine», erklärte sie, wobei ihr auffiel, dass ihr Ältester, der sich soeben über das Tablett beugte, allmählich kahl wurde. Zwar hatte er ihre Anlage zur Rothaarigkeit geerbt, doch im Gegensatz zu ihr, die dank regelmäßiger monatlicher Besuche in ihrem Lieblingssalon in Knightsbridge nach wie vor eine üppige kastanienbraune Mähne trug, hatte Christopher zeitlebens die blassere Variante mit einem Stich ins Gelbliche besessen und kämmte sein schütteres Haar schon seit seinen Zeiten als Chorknabe immer quer über den Kopf.

Ihrem Sohn stand das Älterwerden nicht besonders, befand Rachel, während sie einen weiteren der dicken elfenbeinfarbenen Umschläge aus dem Stapel neben sich öffnete. In ihren Augen hatte er mit etwa sieben Jahren am besten ausgesehen. Dass er sich als Erwachsener das verkniffene Pokerface seines Berufsstands – er war Anwalt – zugelegt hatte, trug nicht gerade zu seiner Schönheit bei. Nun, mit Mitte vierzig, hatte er zwar eine gewisse Ähnlichkeit mit seinem Vater, aber seinen Zügen fehlten die Wildheit, die Narben und das Charisma, die Tonys Gesicht so attraktiv gemacht hatten.

«Den hast du aber schnell abgewimmelt», bemerkte Christopher, als er ihr eine Tasse Kaffee herüberbrachte. «Wird es dir bestimmt nicht zu viel? Ich würde dir ja gern die Telefonate abnehmen, wenn du mich nur ließest.»

Rachel tat, als ob sie nicht zugehört hätte, las noch eine Kondolenzkarte und nahm ihm die Tasse ab, ohne ihn anzusehen. «Von den Richards. Konnten die sich keine teurere Karte leisten? Diese Verse, ich bitte dich! Grauenhaft! Die sind so schlecht, dass ich am liebsten auch sterben würde.» Sie warf die Karte auf den Haufen zurück.

«Immerhin haben sie Blumen und eine Karte geschickt. Hätten sie das nicht getan, dann hättest du sicher …»

«Ich weiß, ich weiß. Dann hätte ich ihnen nach dreißig Jahren die Freundschaft gekündigt.»

«Ich weiß gar nicht, was du eigentlich willst, Mutter.»

«Gar nichts will ich. Ich will, dass sie es alle nicht erwähnen.»

«Aber …»

«Versuch doch zu verstehen, Christopher. So bin ich eben. Sagen sie was, ist es falsch, sagen sie nichts, ist es auch falsch. Ich bin zurzeit eben *schwierig*, wie dein Vater sagen würde.»

Christopher verstummte, worauf Rachel ein schlechtes

Gewissen bekam. Das Feuer im Kamin prasselte mit einem Mal besonders laut.

«Heute hab ich Lucy noch gar nicht gesehen», sagte sie schließlich. Lucy war Christophers Frau.

Christopher räusperte sich. «Sie macht sich Sorgen, weißt du, weil das Baby nicht schläft.»

Rachel trank einen Schluck Kaffee und stellte die Tasse sacht auf die Untertasse. Letzte Nacht hatte sie der kleine Thomas mit seinem Geschrei sogar aus ihrem Tablettenschlaf geweckt. «Langsam sollte Lucy das Kind mal an einen festen Rhythmus gewöhnen», meinte Rachel. «Das habe ich ihr auch schon gesagt.»

«Ja, ich weiß», erwiderte Christopher eisig. Sein missbilligender Ton blieb ihr nicht verborgen.

«Sieh mich nicht so an. Ich sage nur, was zu sagen ist. Letztlich leidet sie selbst darunter.»

«Das ist nicht so einfach, Mutter.»

«Du liebe Zeit, er ist doch bloß ein Baby. Ihr braucht nicht auf jeden Pups von ihm einzugehen. Je eher ihr das in den Griff kriegt, desto einfacher wird es mit ihm, und desto glücklicher seid ihr.»

Christopher sah aus, als müsste er sich auf die Zunge beißen, daher verkniff Rachel sich einen weiteren Kommentar. Sie konnte sich lebhaft vorstellen, wie er seinem Frust später bei Lucy Luft machen, dabei im Zimmer hin- und hergehen und sich über seine Mutter beklagen würde. Aber das war Rachel gleichgültig. Wenn Christopher nur einmal Manns genug wäre, ihr entgegenzutreten, dann wäre ja alles in Ordnung. Aber das hatte er noch nie getan, und vermutlich würde er es auch nie tun.

«Sag mir, dass du anderer Meinung bist, und ich spreche das Thema nie wieder an.»

Christopher mied ihren Blick.

«Eben. Kinder brauchen eine feste Hand», sagte Rachel. Die Doppeldeutigkeit dieser Worte entging ihnen beiden nicht. Dann legte sie die Briefe neben sich und fing an, sie noch einmal durchzublättern.

Als Christopher gegangen war, setzte Rachel seufzend ihre Brille wieder ab. Sie fuhr sich mit den Fingerkuppen über die Brauen und strich unter den geschwollenen Augen entlang. Ihr war klar, dass sie gar nicht so übel aussah, wie sie sich fühlte. Die meisten Menschen, denen sie begegnete, hielten sie für Mitte fünfzig und hatten keine Ahnung, dass sie schon zehn Jahre älter war.

«Ja, ja, ich weiß», sagte sie laut, als spräche sie mit Tony. «Ich habe schlechte Laune, aber du hast ja keine Ahnung, wie viel Arbeit das alles bedeutet.»

Rachel schüttelte den Kopf. Bei der Vorstellung, was für einen Blick Tony ihr jetzt zugeworfen hätte, musste sie lächeln. Sie konnte seine Anwesenheit förmlich spüren, als wäre alles nur ein Scherz und er wäre am Leben und mit ihr im Raum.

«Es ist so ein verfluchter Stress, und das ist alles deine Schuld!»

«Mum! Mit wem redest du?»

Rachel schrak auf. An der Tür stand ihr jüngerer Sohn und beobachtete sie.

«Nick!», rief sie und stand auf. «Ich habe dich gar nicht kommen hören.»

Sie ging zu ihm, um ihn zu begrüßen, reckte sich zu ihm hoch und fasste ihn an den Schultern. Er war braun gebrannt, denn er war im Skiurlaub gewesen, den er nun wegen des Todes seines Vaters abgebrochen hatte. Sein blondes Haar war von der Sonne noch heller gebleicht als sonst. Er ging auch schon auf die vierzig zu, hatte sich aber den seinem frivolen Lebensstil entsprechenden, strahlenden Playboy-Look bewahrt. Rachel wollte ihn schon fragen, ob er eine Freundin im Schlepptau hätte, doch als sie ihn auf die Wange küsste, schluchzte er auf, und sein hübsches Gesicht verzerrte sich vor Gram. So hielt sie sich mit ihrem Spott zurück.

Rachel schloss ihren Sohn in die Arme. Sein ganzes Gewicht lastete auf ihr. Sie war es nicht gewöhnt, Männer weinen zu sehen. Tony hatte nie geweint – höchstens vor Freude. Alles, was ihm das Leben zugemutet hatte, war er couragiert und mit eisernem Willen angegangen. Warum schlugen seine Söhne nicht mehr nach ihm, warum rissen sie sich jetzt nicht zusammen? Wenn Nick schon so weinerlich war, wie würde sich erst Claire anstellen, wenn sie aus Palma zur Beisetzung anreiste? Rachel graute davor. Jedes Mal, wenn sie in der letzten Woche mit ihr telefoniert hatte, hatte Claire völlig aufgelöst geklungen.

Schließlich nahm Rachel ihren Sohn an die Hand und führte ihn liebevoll zu dem Sofa am Kamin. Benson, der sich bei Nicks Eintreten von seinem Plätzchen auf dem Teppich erhoben hatte, drehte sich nun im Kreis und ließ sich wieder fallen. Unbeeindruckt hob er eine Augenbraue in Nicks Richtung und schnaubte.

«Entschuldige», sagte Nick. Rachel zog ein Papiertaschentuch aus einem silbernen Spender auf dem Kaminsims und reichte es ihrem Sohn. «Ich hätte mich nur gern von ihm verabschiedet. Ich habe ihn gar nicht mehr gesehen. Ich habe ihm nie gesagt …»

Warum ließ sie das kalt? Warum spürte sie nichts außer diesem leicht distanzierten Gefühl, als wäre sie gar nicht beteiligt? Es fehlte nicht viel, und sie hätte laut gelacht, hätte ihrem Sohn erzählt, es sei nur einer von Tonys Späßen.

«Ich kann es selbst nicht glauben.»

«Aber wie werden wir … wie sollen wir ohne ihn weiterleben?»

«Wir werden es schon schaffen», beteuerte sie, aber es klang auch in ihren Ohren wie eine Lüge. So fragte sie Nick lieber nach seinem Skiurlaub. Doch Nick, sonst eher sprunghaft veranlagt, ließ sich heute nicht ablenken. Tonys Tod hatte ihn offensichtlich in Panikstimmung versetzt.

«Was wird denn jetzt aus dir? Und was wird aus Ararat? Wer kümmert sich jetzt darum?»

«Ich wüsste nicht, was sich da großartig ändern sollte», erwiderte Rachel. Sie wurde langsam böse. Es schien Nicks Aufmerksamkeit entgangen zu sein, dass es sich bei Ararat Holdings um ein Gemeinschaftsunternehmen handelte, dass also seine Eltern das erfolgreiche Unternehmen *gemeinsam* ins Leben gerufen und *gemeinsam* betrieben hatten. Sie bemühte sich, nicht zu zeigen, dass sie sich gekränkt fühlte, und rückte ein paar Schritte von ihrem Sohn ab. «Kein Grund zur Besorgnis.»

«Wäre es nicht besser, wenn wir es verkaufen würden?»

Damit du deine Hände nach dem ganzen Geld ausstreckst, dachte Rachel verbittert, die das ‹wir› in Nicks Frage sehr wohl bemerkt hatte. «Nein. *Ich* könnte Ararat gar nicht verkaufen. Das wäre weder in deines Vaters noch in meinem Sinne.»

Rachel war dieses Gespräch über das Geschäft zuwider. Sie wollte nicht darüber reden, jetzt nicht und schon gar nicht mit Nick. Ararat Holdings gehörte ihr und Tony, und Nick hatte nichts damit zu tun, auch nicht Christopher. Tony und sie hatten schon vor langer Zeit die Entscheidung getroffen, ihren Söhnen eine gute Ausbildung zukommen zu lassen, damit sie ihre eigenen Wege gehen konnten.

Christopher hatte, wohl als Reaktion auf das selbstzerstörerische Leben seiner älteren Schwester Anna, zielstrebig und ohne Umschweife eine Laufbahn als Jurist eingeschlagen. Nick dagegen hatte seine Jobs so oft gewechselt wie seine Autos, und Rachel hatte längst den Überblick verloren, wie oft ihm Tony aus der Patsche geholfen hatte.

Jetzt kam Rachel der Gedanke, nach dem Ableben seines Vaters und ihrer Ankündigung, dass ein Verkauf für sie nicht infrage kam, könnte Nick womöglich darauf spekulieren, dass sie ihn an Ararat beteiligte. Sie liebte Nick, aber er war nicht der Zuverlässigste ihrer Kinder, und Ararat war ein zu wertvolles und erfolgreiches Unternehmen, als dass sie zulassen durfte, dass er es aufs Spiel setzte. Nein, die Zukunft von Ararat lag allein in ihren Händen und denen des gegenwärtigen Finanzchefs, ihrem angeheirateten Enkel Sam Delamere.

Das konnte sie Nick allerdings nicht sagen. Er war von jeher furchtbar neidisch auf Claire und ihren Ehemann Sam gewesen und konnte es nie ertragen, dass Tony Claire immer als sein Prinzesschen und Sam wie seinen Lieblingssohn behandelt hatte.

Tony hatte Sam unter seine Fittiche genommen und ihn in die Firma eingearbeitet. Anfangs hatte er ihm die Verwaltung von Ferienhäusern anvertraut, später übernahm Sam eine Reihe von Boutique-Hotels, womit er das Firmenspektrum beträchtlich erweiterte. Und Tony hatte es auch eingefädelt, dass sich Sam und Claire überhaupt begegnet waren. Er hatte die Beziehung der beiden von Anfang an sehr gefördert, und mit ihrer Heirat im vorletzten Jahr war für ihn ein Traum in Erfüllung gegangen.

Das Logischste wäre, Sam zu bitten, die Firma nach Tonys Tod weiter zu führen. Das lag für Rachel klar auf der Hand. Es wurde ihr in der Tat zu viel, und da Sam ohnehin die Geschäfte der Ararat Holdings vom zentralen Büro auf Mallorca aus lenkte, schien es nahe liegend, ihm Tonys Posten anzubieten. Ja, dachte sie, Sam war das einzige Mitglied ihrer Familie, dem sie blind vertraute. Er war ihr Fels in der Brandung.

«Aber meinst du nicht …», fuhr Nick beharrlich fort.

«Mein lieber Nick, müssen wir jetzt über Geschäfte reden?», fiel sie ihm ins Wort. «Es war ein anstrengender Vormittag, und ich bin ziemlich erschöpft …»

Sie musste ihre Kräfte schonen, um Claire zu trösten, und brauchte sich nicht vor ihrem Sohn zu rechtfertigen. Claire war diejenige, die sie am meisten brauchte.

«Natürlich. Wie egoistisch von mir. Arme Mummy. Dir geht es bestimmt ganz schrecklich.»

In ihrem Schlafzimmer im Obergeschoss streifte Rachel die Schuhe ab und ging über den dicken Veloursteppich zu ihrem begehbaren Schrank. Beim Öffnen der Tür schaltete sich das Licht automatisch ein und beleuchtete etliche Kleiderstangen mit Modellkleidern und Designerschuhen sowie Regale voller Casuals, die sie hier auf dem Land zu tragen pflegte.

Sie trat ein und begann, nach etwas Passendem für die Trauerfeier zu stöbern. Eigentlich hätte sie noch rasch nach London fahren sollen, um etwas ganz Besonderes zu besorgen, aber bei dem Gedanken an all die Anstrengungen, die ihr in der nächsten Woche bevorstanden, hatte sich ihre sparsame Natur mit einem plötzlichen Überdruss zusammengetan. Zwar würden aller Augen auf sie gerichtet sein, andererseits wäre Tony der Erste gewesen, der ihr gesagt hätte, sie solle sich seinetwegen nicht in Unkosten stürzen. Zumal er sie in ihrer Neuanschaffung gar nicht zu Gesicht bekommen würde.

Sie suchte ein paar Kostüme heraus und warf sie über einen Stuhl. Dann hielt sie inne und rieb sich das Gesicht. Sie konnte sich ruhig den wahren Grund dafür eingestehen, warum es sie erneut in ihre Kleiderkammer zog. Sie kniete sich hin und zog die Hutschachtel hervor, die sie erst vor einer knappen Woche wieder hervorgekramt hatte.

Zwar hatte sie seit fünfzig Jahren nie den Boden unter den Füßen verloren, aber ihr erster Gedanke nach Tonys Tod war gewesen, sich an ihren Bruder Bill zu wenden. Mit schlafwandlerischer Sicherheit war sie nach Somerset gefahren, ins Haus gegangen, die Treppe hoch gestiegen und hatte sofort die Hutschachtel gefunden. Darin lag ein Ordner mit den Unterlagen, die ein Privatdetektiv ihr besorgt und die sie seitdem kontinuierlich mit Details über Bills Aufenthalt ergänzt hatte.

Das war das einzige Geheimnis, das sie je vor Tony gehabt hatte. Ein Geheimnis, das sie die ganze Zeit in ihrer Kammer gehütet hatte wie einen Schatz. Als sie die Papiere auf dem Bett ausbreitete, das sie mit ihrem Ehemann geteilt hatte, wurde ihr flau. Ja, es war ein schlimmeres Gefühl, als wenn sie sich mit einem neuen Liebhaber hineingelegt hätte.

Seit langem hatte Rachel die Vorstellung gehegt, dass an dem Tag, an dem sie mit ihrem Bruder Kontakt aufnehmen würde, die Vergangenheit wie von Zauberhand ausgelöscht würde. Mit ihrem Anruf war sie einem spontanen Impuls gefolgt und hatte automatisch angenommen, Bill würde ans Telefon kommen. Irgendwie war sie davon ausgegangen, er würde spüren, dass sie ihn in dieser schweren Stunde brauchte, und hätte nur darauf gewartet, ihr zur Hilfe zu eilen.

Womit sie nicht gerechnet hatte, war, dass Laurel am Apparat sein könnte – beziehungsweise Laurie, wie sie offenbar genannt werden wollte. Rachel hatte ihren Namen zwar in dem Detektivbericht gelesen, ihn aber nie mit einer realen Person in Verbindung gebracht. Doch Lauries Stimme, ihr Misstrauen und ihre offenkundige Verwirrung hatten Rachel mit einem Schlag in die Wirklichkeit zurückgeholt. Sie lebte nicht in einer Phantasiewelt, wo Bill angerannt käme, um ihr zu verzeihen. Sie steckte in der Klemme, befand sich in einer schrecklich verfahrenen Situation, und plötzlich wurde ihr klar, wie viel Zeit schon vergangen war.

Rachel hatte Laurie zwar beschworen, sie zu treffen, doch nachdem sie aufgelegt hatte, begriff sie, dass sie sich zum Narren gemacht hatte. Die Frau, die mittels geschickter Verhandlungen und Spekulationen ein erfolgreiches Imperium aufgebaut hatte, musste sich plötzlich eingestehen, einen taktischen Fehler begangen zu haben. Sie hatte ihre Karten offen auf den Tisch gelegt und war dadurch verwundbar. Was, wenn Laurie ihren Anruf Bill gegenüber gar nicht erwähnt hatte? Was, wenn er nicht zur Beerdigung kam?

Wahrscheinlich hatte sie mit ihrem Anruf eher Bills Zorn hervorgerufen als sein Mitgefühl. Was wäre, wenn sie zusätzlich zu Tonys Verlust noch die Gewissheit bekäme, dass sie auch Bill auf ewig verloren hatte? Schon so lange Zeit hatte sie ein letztes Fünkchen Hoffnung genährt. Musste sie nun vielleicht auch diese fahren lassen? Ihr schauderte bei dem Gedanken. Es war zu schrecklich, als dass sie überhaupt darüber nachdenken konnte.

Daher richtete sie ihre Aufmerksamkeit lieber auf die Papiere in der Schachtel – die Zeitungsartikel über die Folgen der Flutkatastrophe, inzwischen fünfzig Jahre alt und ganz vergilbt. Dennoch schockierten sie Rachel nach wie vor – die Fotos der vertrauten Häuser, die durch die bloße Wucht der Wassermassen fortgeschwemmt worden waren, und der Autowracks in den Straßen, die auf dem Dach liegend im metertiefen Schlamm steckten. Und – noch schlimmer – der Baum oberhalb der Hafenbrücke, in dem sie ihre tote Mutter gefunden hatten, nachdem der Wasserspiegel gesunken war. Sie hatte in den Ästen gehangen, als schlüge sie gerade ein Rad.

Es gab auch Bilder von den durchnässten Überlebenden in den Notlagern, die nach der Flut errichtet worden waren. Trotz der schlechten Qualität der Zeitungsfotos ließ sich der gehetzte Ausdruck in den Gesichtern der Obdachlosen erkennen, die ihre Angehörigen verloren hatten. Rachel erinnerte sich daran, als wäre es gestern gewesen.

Sie nahm einen Stapel an Bill gerichteter Briefe in die Hand, die ungeöffnet zurückgekommen waren, von der Post mit Plastikbändern umschnürt und versehen mit der Aufschrift «Zurück an Absender». Darunter kam die einzig verbliebene Aufnahme von Bill und ihr mit ihren Eltern zum Vorschein. Ein Freund der Familie hatte es Rachel nach der Flut geschickt, doch inzwischen war auch dieses Foto nur noch ein braunstichiges Relikt aus einer anderen Zeit. Es war in den vierziger Jahren aufgenommen worden, während des Krieges – ihr Vater trug Uniform, ihre Mutter lächelte und hielt ihren Hut fest, das Haar darunter in einem modischen Haarnetz. Rachel war damals noch ein Kind gewesen und trug braune Sandalen und ein schlichtes Kattunkleid. Sie stand neben Bill, hielt seine Hand, und er lächelte zu ihr herunter. Eine Familie in vollkommener Eintracht.

Ein Gedanke hatte sich bei ihr im Chaos der letzten Tage

durchgängig gehalten: Sollte Tonys Tod überhaupt zu etwas nutzen, dann zur Versöhnung mit ihrem Bruder. Nach Tonys Tod war Bill ihre einzige Verbindung zur Vergangenheit, und es gab noch so viele ungelöste Fragen. So vieles, was sie erst noch verstehen musste.

Rachel schloss für einen Moment die Augen, ihr war etwas schwindelig. Vergangenheit und Zukunft kamen ihr plötzlich so ungreifbar und fließend vor, als könnte sich alles, was sie je als gegeben betrachtet hatte, über Nacht verändern. Bis zur vergangenen Woche hatte sie zu Tony gehört, und zwar für immer. Unumstößlich.

Und nun fing sie an, jede Einzelheit aus ihrem Leben zu hinterfragen. Die Tatsache, dass sie seit langem nur nach vorn und nie zurück geblickt hatte. Dass sie nie über ihre Vergangenheit gesprochen und sich auch nie mit den Folgen der Flutkatastrophe in Stepmouth auseinandergesetzt hatte. Dass sie Tony schon vor Jahren das Versprechen gegeben hatte, Bill niemals mehr zu erwähnen, als könnte Rachel durch bloßes Nicht-Erwähnen seines Namens jeden Gedanken an ihn von sich fern halten. Doch heute war sie zum ersten Mal in der Lage, sich die gewichtigste Tatsache einzugestehen – dass sie niemals aufgehört hatte, an Bill zu denken, nie aufgehört, sich nach ihm zu sehnen, nach einer Versöhnung mit ihm, nach seinem Verständnis und seiner Vergebung. Nun war sie auf seine Gnade angewiesen. Bis er zurückrief oder ihr irgendein anderes Zeichen gab, musste sie sich einfach in Geduld fassen.

Am nächsten Morgen erwachte Rachel tief deprimiert. Das Baby hatte sie wieder wach gehalten, doch sie hätte ohnehin nicht schlafen können. Sie zog sich früh an und ging in ihr Arbeitszimmer, wo sie in Tonys großem Chefsessel wippend und mit verschränkten Händen ein gerahmtes Foto an der Wand anstarrte, die Luftaufnahme einer alten Finca auf Mallorca. Sa Costa war ihr Familiensitz, den sie mit Tony restauriert hatte, doch heute erfüllte Rachel der Anblick nicht mit frohen Erinnerungen und der Sehnsucht, sofort dorthin zu fahren, sondern mit dem Gefühl, als hätte sie Tony und das Leben, das sie mit ihm aufgebaut hatte, verraten.

Er hielt jeden ihrer Gedanken besetzt. Es kam ihr vor, als stünde er direkt vor ihr und schimpfte mit ihr, weil sie mit dem Anruf bei ihrem Bruder so eine überstürzte, unüberlegte Entscheidung getroffen hatte. Sie versuchte, ihm in Gedanken ihre Gefühlslage zu erklären, doch er brachte sie mit der Heftigkeit seiner Emotionen völlig durcheinander. Obwohl zwischen ihnen beiden nur sehr selten ein böses Wort gefallen war, empfand sie ihn nun als ausgesprochen zornig und stur. Dabei fielen ihr die wenigen Streitgespräche ein, die sie bei aller Harmonie dennoch gehabt hatten, was sie wiederum mit Scham- und Schuldgefühlen erfüllte.

Es war schon fast Mittag, als Brenda, die Haushälterin, an die Tür klopfte und sie damit aus ihren finsteren Gedanken holte. Brenda war klein, hatte graue Locken, und solange sich Rachel erinnern konnte, trug sie immer einen Kittel. So auch an diesem Tag. Wie sie so durch die Tür spähte, strahlte ihr ungeschminktes Gesicht eine beruhigende Vertrautheit aus.

«Anruf für Sie, Rachel», sagte sie. In all den Jahren, die sie in Somerset lebte, hatte sie nie ihren schottischen Akzent abgelegt. «Haben Sie das Telefon nicht gehört?»

«Wo sind denn die anderen?», erkundigte sich Rachel.

«Christopher und Lucy sind mit dem Baby spazieren, und ich habe Nick dazu verdonnert, mit dem armen alten Benson Gassi zu gehen. Brauchen Sie einen Kaffee?»

Rachel lächelte erschöpft. Nach vielen Jahren einvernehmlicher Bekanntschaft verstand Brenda sie ohne große Worte. Sie nickte, dann hob sie den Hörer ab.

«Ja?»

«Rachel? Hier ist Laurie. Laurie Vale. Wir haben neulich miteinander telefoniert.»

Rachel fuhr von Tonys Chefsessel hoch und packte den Hörer mit beiden Händen.

«Ich weiß nicht, ob es richtig von mir ist … Ich meine, ich muss ja verrückt sein …» Lauries Stimme klang sehr bewegt. Rachel versuchte, sich vorzustellen, wie ihre Nichte wohl aussah, doch es gelang ihr nicht, sie sah ständig nur eine jüngere Ausgabe ihrer selbst. «Ich kenne dich überhaupt nicht, du bist eine völlig Fremde. Eigentlich sollte ich gar nicht mit dir sprechen, aber ich habe mich entschlossen, zur Beerdigung zu kommen … wenn dir das recht ist?», platzte Laurie heraus.

«Aber natürlich ist mir das recht!», rief Rachel. «Und … was ist mit deinem Vater? Hast du Bill von meinem Anruf erzählt?»

«Das mit Dad erkläre ich dir, sobald wir uns treffen.»

«Aber … aber du kommst? O …» Zum ersten Mal seit einer Woche lächelte Rachel. Sie konnte es nicht fassen, dass sie sich tatsächlich mit ihrer Nichte unterhielt. Sie fühlte sich, als bekäme sie eine zweite Chance.

In ihrem kurzen Gespräch überredete Rachel Laurie, schon am Vorabend der Trauerfeier anzureisen und über Nacht zu bleiben. Beim Auflegen senkte sie den Kopf und küsste das Telefon. «Danke!», flüsterte sie in den Hörer.

Lauries Anruf verschaffte Rachel den nötigen Energieschub, um Tony aus ihren Gedanken zu vertreiben. Am nächsten

Morgen befand sie sich wieder in ihrem natürlichen Zustand der Hyperaktivität. Sie hatte schon das beste Gästezimmer für Laurie hergerichtet, die Blumenarrangements für die Trauerfeier bestimmt, jede Menge Anrufe entgegengenommen und sogar mehrere Stunden mit dem kleinen Thomas gespielt, damit Lucy sich einmal richtig ausschlafen konnte.

Ein nicht enden wollender Strom von Beileidsbesuchern traf an diesem Vormittag in Dreycott Manor ein – Freunde der Familie und Leute aus dem Ort. Rachel empfing alle mit derselben zurückhaltenden Höflichkeit. Sie wusste, dass sie misstrauisch beäugt wurde, insbesondere von Christopher, der sich ständig in ihrer Nähe aufhielt, für den Fall, dass sie wieder in ihre «schwierige» Laune vom Vortag zurückfiele und jedermann vor den Kopf stieße.

Rachel brach frühzeitig auf, um Laurie vom Zug abzuholen. Sie lenkte ihr Mercedes-Coupé auf den kleinen Parkplatz vor dem Bahnhof und stellte den Motor ab. Dann holte sie ihre kleine silberne Puderdose aus der Handtasche, prüfte ihr Spiegelbild und zog ihren dunkelroten Lippenstift nach.

Sie hatte versucht sich einzureden, Lauries Besuch sei keine große Affäre und Laurie selbst bloß ein Name auf der immer länger werdenden Gästeliste für die morgige Beerdigung. Doch nun wurde ihr bewusst, dass die Begegnung mit Laurie einen riesigen Schritt in Richtung auf ihre Versöhnung mit der Vergangenheit bedeutete. Alles hing davon ab, ob es ihr gelingen würde, mit dieser unbekannten jungen Frau eine Verbindung aufzubauen. Mit Laurie Vale auf ihrer Seite könnte sie vielleicht auch Bill zurückgewinnen. Und wenn Bill wieder auf ihrer Seite wäre – dann, ja dann könnte das Leben wieder einen Sinn bekommen.

Als der Zug in den kleinen Bahnhof einfuhr, begann ihr

Puls zu rasen. Sie stieg aus dem Wagen. Und zum ersten Mal seit Tonys Tod fühlte sich Rachel wirklich allein. Sie hatte das Gefühl, sich mit jedem Schritt auf dem Bahnhof weiter von Tony und allem, was sie mit ihm verbunden hatte, zu entfernen. Sie sah sich kurz nach ihrem Wagen um, doch zum Umkehren war es zu spät. Sie musste dies hinter sich bringen, ungeachtet der möglichen Folgen.

Und dann erblickte sie Laurie, die allein am Ausgang zum Parkplatz stand. Ihre Ähnlichkeit mit Bill war unverkennbar. Rachel holte tief Luft. Laurie trug einen bodenlangen, sackartigen bunten Wollmantel, einen langen Schal mehrfach um den Hals geschlungen und hohe schwarze Schnürstiefel. Eine rote Kurzhaarfrisur betonte ihre hohen Wangenknochen und die selbst auf diese Entfernung auffallend großen Mandelaugen. Rachels Herz klopfte bis zum Hals, als sie den Arm hob, um zu winken.

Sie hatte erwartet, dass Laurie groß gewachsen wäre, doch als sie sich dann auf halbem Weg gegenüberstanden, stellte Rachel fest, dass sie ihre Nichte um einen ganzen Kopf überragte.

«Hallo, Laurie», sagte Rachel. Sie schwankte noch, ob sie ihre Nichte nun umarmen oder ihr lieber die Hand geben sollte. «Ich bin Rachel, deine Tante …»

Eigentlich hatte Rachel vorgehabt, ihre Nervosität durch freundliches Geplauder zu überspielen und sich zunächst nach Bill zu erkundigen. Doch etwas an der offenen Art, wie ihre Nichte sie ansah, verschlug Rachel die Sprache. Zum ersten Mal seit Jahren errötete sie.

Doch zu ihrer Überraschung lachte Laurie und brach damit die Spannung.

«Tut mir Leid», sprudelte Laurie, offenbar völlig verwirrt, hervor. «Wenn ich aufgeregt bin, muss ich immer lachen.

Bloß … du bist so *anders* als mein Dad! Ich will nicht unhöflich sein, aber ich hatte ehrlich gesagt eine kleine alte Dame mit grauen Haaren erwartet.»

Rachel lachte erleichtert. Ihr wurde jetzt erst bewusst, was für ein Risiko sie eingegangen war, als sie Laurie zu sich nach Hause eingeladen hatte. Wenn sie nun schüchtern gewesen wäre oder unsicher oder unverschämt? Wenn sie aggressiv gewesen wäre oder zornig? So aber hätte sie diese unbekannte junge Frau am liebsten in die Arme geschlossen, weil sie so normal war.

«Glaub mir», versicherte sie, «in mir steckt tatsächlich eine kleine alte Frau mit grauen Haaren.»

«Ach, entschuldige bitte, wie taktlos von mir! Mein Beileid …»

«Nicht nötig», fiel Rachel ihr rasch ins Wort. «Du hast ihn ja gar nicht gekannt, und außerdem habe ich es langsam satt, dass mich alle in Watte packen. Hör mal, wir haben noch ein wenig Zeit, ehe wir zu Hause erwartet werden. Wollen wir in den Pub gehen und für eine Weile aufhören, Trübsal zu blasen?»

Rachel war schon seit Jahren nicht mehr in den örtlichen Pub gegangen, aber ihr schien es sinnvoll, Laurie zunächst in die strohgedeckte alte Wirtschaft zu führen. So gern sie ihrer Nichte ihr Bilderbuchdorf zeigen wollte, so sehr wünschte sie sich, Laurie zunächst auf neutralem Grund kennen zu lernen, zum Auftauen sozusagen.

Tony war manchmal hier eingekehrt, mit den Söhnen bei ihren weihnachtlichen Heimatbesuchen oder gelegentlich auf eine Partie Poolbillard. Als Rachel den Türriegel anhob und einen Fuß auf die ausgetretene alte Treppe setzte, erinnerte sie der Geruch des Holzfeuers zusammen mit dem

Zigarettenqualm und dem Bierdunst so stark an Tony, dass es ihr für einen Moment den Atem raubte.

Sie ließen sich an dem kleinen Tisch am Kamin nieder. Bei ihrem Plausch auf dem Weg hierher hatte Rachel schon einiges über Lauries Leben in London erfahren. Nun wollte sie das Gespräch auf Wichtigeres lenken.

«Wie geht es Bill?» Sie nippte an ihrem Weißwein und gab sich Mühe, die Frage beiläufig klingen zu lassen, nicht so dringlich, doch es gelang ihr nicht.

Laurie seufzte. «Er ist sehr aufgebracht, richtig wütend. Bis jetzt hatte ich noch nie mit ihm Streit. Er hat mir verboten, dich zu treffen. Er sagte, du würdest mein Leben genauso ruinieren, wie du seins ruiniert hättest. Tut mir Leid, das klingt hart, aber ich sage dir lieber gleich die Wahrheit.»

Rachel nickte. Sie spürte, dass plötzlich etwas in ihr zerbrach. Aber sie hatte eigentlich auch nichts anderes erwartet, ermahnte sie sich. Sie durfte nicht allzu enttäuscht sein. Schließlich gab es Hoffnung. Es gab ja Laurie, diese tapfere junge Frau, zu der sich Rachel sofort hingezogen fühlte.

«Und trotzdem bist du gekommen?», staunte sie.

«Ich war neugierig», gab Laurie zu. «Weißt du, ich wollte schon immer eine große Familie haben. Ich war immer ganz allein. Keine Geschwister, keine Cousinen oder Cousins, überhaupt niemanden. Auch nicht von Seiten meiner Mutter. Ich kann es einfach nicht glauben, dass Dad dich von mir fern gehalten hat. Er hat dich mir tatsächlich verheimlicht. Er hat so getan, als wärst du eine … Keine Ahnung, aber anscheinend bist du nicht das, wofür er dich hält.»

Rachel lächelte freundlich, voller Mitgefühl für Laurie und deren offenkundige Gefühlsverwirrung. «Ich vermute mal, Bill hatte seine Gründe, mir böse zu sein.»

«Was denn für Gründe? Weswegen seid ihr denn zerstritten?»

«Hauptsächlich ging es um unsere Mutter. Er hat so seine eigenen Ansichten über Mums Tod. Wie über vieles andere auch. Ich habe den Überblick verloren.»

«Aber eure Mutter – also meine Großmutter – ist doch in dem Ort gestorben, wo ihr beide aufgewachsen seid, oder? In der Flut umgekommen. Oder war das auch gelogen?»

«Nein, das ist wahr. Immerhin hat er dir davon erzählt.»

«Er hat mir Zeitungsberichte davon gezeigt. Großmutters Name stand auf der Liste der Opfer.» Laurie hielt inne. «Oh, mein Gott!», rief sie dann.

«Was denn?»

«Jetzt fällt es mir wieder ein. In der Zeitung stand auch, ihr Sohn und ihre Tochter hätten überlebt. Dad sagte, das sei ein Irrtum. Aber das stimmte gar nicht. Die meinten dich. Das verzeihe ich ihm nie.»

«Ach Laurie, sag das nicht. Wir sollten alle unsere Fähigkeit zum Verzeihen nutzen.»

Doch Laurie hörte gar nicht zu.

«Du warst die Einzige, ja? Oder gibt es noch andere Geschwister – ich meine Onkel und Tanten –, die er mir verschwiegen hat?»

«Nein, ich bin die Einzige.»

«Und was war mit meinem Großvater Edward? Dad meinte, er sei im Krieg gefallen.»

«Ja, er starb während des Krieges.»

«Dad sagte, er sei erschossen worden. Mehr hat er mir nie erzählt.»

«Nein, keiner von uns hat gern darüber gesprochen.» Damit zog Rachel einen Schlussstrich unter diese Unterhaltung. Dann erhellte ein Lächeln ihr Gesicht. «Mach dir keine

Sorgen. Dein Vater wird sich schon wieder einkriegen, ganz sicher», versuchte sie, ihre Nichte zu trösten.

«Nein, das glaube ich nicht. Ich kenne ihn. Ich habe sein Gesicht gesehen. Wenn er wüsste, dass ich hier bin, würde er mich umbringen.»

Rachel senkte den Kopf. «Ich wollte dir keinen Kummer bereiten, Laurie, das musst du mir glauben. Und nur damit du es weißt: Ich habe nicht vor, dir dein Leben zu ruinieren.»

Dann unterhielten sie sich über andere Dinge. Rachel erzählte Laurie von ihrer Familie. Sie fand es eigenartig, Leute zu beschreiben, die sie so gut kannte. Natürlich wollte sie jeden im günstigsten Licht darstellen. Sie wollte, dass Laurie sie und ihre Familie ebenso sehr ins Herz schloss wie sie inzwischen ihre Nichte.

«Und Tony? Ich will ja nicht neugierig sein, aber … wie ist er denn gestorben?», erkundigte sich Laurie schließlich.

«Er hatte einen Herzinfarkt. Es ging alles sehr schnell.»

«Es tut mir Leid.»

«Während unseres Urlaubs.» Das hatte Rachel noch niemandem erzählt, nicht einmal Christopher und Nick. «Ich dachte, er macht nur Spaß. Ja, wirklich, am Anfang dachte ich, er will mich necken. Und dann … dann war er auf einmal tot.»

Warum konnte sie das Laurie erzählen, wo sie doch ihren eigenen Kindern nicht einmal ansatzweise ihre Gefühle vermitteln konnte? Warum war es so einfach, zu dieser Fremden, die nur halb so alt war wie sie, ehrlich zu sein? Ohne Tony hatte sie kaum noch jemanden, dem sie sich anvertrauen mochte, aber vielleicht lag es daran, dass Laurie ihrer Familie so fern stand, dass sie ihr die Wahrheit zumuten zu können meinte. Einfach mit ihr zu reden, zum ersten Mal seit Tonys Tod wieder sie selbst sein zu dürfen, erleichterte Rachel ungemein.

«Habt ihr euch sehr nahe gestanden?», wollte Laurie wissen.

Rachel starrte sie verblüfft an.

«Ach Laurie», sagte sie dann, wobei sich ihr Brustkorb vor Schmerz verkrampfte und ihr die Tränen in die Augen schossen. «Du ahnst gar nicht, wie nahe ...»

4. Kapitel

Stepmouth, März 1953

Ärgerlich raufte sich Bill Vale das schüttere rotbraune Haar, während er mit den Handrücken den Schweiß von seiner sommersprossigen Stirn wischte. Er war groß und stämmig, und sein schweißnasses Hemd spannte sich über den breiten Schultern und dem kräftigen Rücken.

Er hieb die Hacke in den schweren Boden des kleinen Gartens, immer und immer wieder die gleiche Bewegung, und arbeitete sich so Zentimeter um Zentimeter vorwärts, zerteilte Brombeerwurzeln, köpfte Nesseln, grub den schweren Boden um, damit er dort etwas pflanzen konnte. Nur hin und wieder, wenn die Hacke auf einen Widerstand stieß, hielt er inne, um kleinere und größere Steine aufzuheben und in die nahe Hecke zu werfen.

Sein freundliches Gesicht ließ auf den ersten Blick auf ein umgängliches Wesen schließen: scharf geschnittene Wangenknochen, eine kurze, gerade Nase und ein eckiges Kinn, das Zuverlässigkeit verriet. Nur seine hellbraunen Augen wirkten hart und kalt wie Teakholz.

Als er das Ende des Rechtecks erreichte, das er mit Rohren und einer Länge Paketschnur abgesteckt hatte, richtete er sich gerade auf. Er stieß die Hacke so heftig in den Grund, dass sie nachzitterte wie ein Speer. Trotz der Erschöpfung kräuselten sich seine Mundwinkel zu einem Lächeln. Er war gern allein hier oben, fernab der Stadt und des Ladens und nur für sich selbst verantwortlich.

Der Garten gehörte zu einem gemeindeeigenen Feld

oben auf dem Summerglade Hill, das während des Krieges in dreißig Parzellen aufgeteilt worden war. Bis vor wenigen Wochen war das Terrain von einem Dickicht aus Unkraut und Dornengestrüpp überwuchert gewesen. Es war Bills eigene Schuld – er hatte es nach dem Tod seines Vaters verwildern lassen. Doch nun hatte er gründlich aufgeräumt und brauchte nur noch zu pflanzen.

Zur Belohnung zog er ein dünnes, flaches Quadrat Nestlé-Milchschokolade aus der Tasche, entfernte das Aluminiumpapier, steckte es in den Mund und ließ es genüsslich auf der Zunge zergehen.

Bills Vater hatte den Garten übernommen, als die Armee ihn 1944, rechtzeitig zu Weihnachten, zu seiner Familie nach Hause geschickt hatte, nachdem ein deutscher Granatsplitter eine sechs Zentimeter lange Schnittwunde in sein Gesicht gerissen hatte und sein rechtes Auge zusammengeschmolzen war wie Eis in der Sonne. Das Glasauge, das man ihm gab, hatte er nie benutzt. Stattdessen trug er eine Augenklappe aus braunem Leder.

«So sehe ich eher wie ein Pirat aus und weniger wie ein Monster», hatte er Bill erklärt, als sie an einem sonnigen Sonntag hier oben gesessen hatten, während in ganz Europa der Krieg weiter wütete. «Hält die Leute davon ab, mich ständig anzustarren.»

Bill hatte seinen Vater stets verehrt. «Sie starren dich an, weil du ein Held bist, Dad», hatte er geantwortet. «Weil wir dank dir und deinesgleichen den Krieg gewinnen werden.»

Sie hatten sich auf einem umgestürzten Baum ausgeruht, sie beide allein, nachdem sie den ganzen Nachmittag lang Rote Bete, Kartoffeln und Zwiebeln aus der Erde gezogen hatten. Die Brise trug verzerrte Satzfetzen von den Gesprächen der anderen Stadtbewohner, die ihre Gärten bestellten, zu ihnen herüber, und Stechmücken und Fliegen summten träge in der lauen Luft.

«Bei dem Riesenglück, das ich hatte, ist es eigentlich komisch, dass ich mich noch darum schere, was die Leute denken», fuhr Bills Vater fort, als hätte sein Sohn kein Wort gesagt. «Aber ich tue es trotzdem.» Er trug schmuddelige braune Cordhosen und einen abgetragenen roten Pullover («Emmentaler» nannte er ihn immer, wegen der vielen Löcher).

«Wieso Riesenglück, Dad?»

«Weil die beiden Jungs, die dabei waren, als diese Granate einschlug, es nicht mehr raus geschafft haben.»

Der Gedanke, dass sein Vater blutend unter Staub und Schutt in einem ausgebombten Bauernhaus gelegen hatte, war für Bill stets unvorstellbar gewesen. Bill hatte noch nie jemandem wehgetan, aber den Schweinehunden, die seinen Dad verletzt hatten, hätte er es gern heimgezahlt. Und zwar kräftig. Nächstes Jahr würde er das achtzehnte Lebensjahr vollenden, aber bis dahin, so meinten alle, würde der Krieg vorüber sein. Und dann war niemand mehr da, gegen den er kämpfen konnte.

«Ich wünschte, ich hätte bei dir sein können, Dad», sagte Bill. «Ich wünschte, ich wäre dabei gewesen und hätte dir helfen können.»

«Ich nicht, mein Sohn.»

«Wieso nicht?»

«Weil jemand hier sein musste, um auf deine Mutter und deine Schwester aufzupassen.»

«Aber …»

Sein Vater sah ihn streng an. «Das meine ich ernst. Und wenn dir wirklich daran liegt, mir zu helfen, dann ist das Beste, was du tun kannst, immer für sie zu sorgen. Für sie zu sorgen, wenn ich nicht da bin. Da zu sein, wenn sie dich brauchen, was auch immer passiert.»

«Aber jetzt bist du ja wieder da, Dad ...»

«Ich sagte, was auch immer passiert.»

«In Ordnung, Dad», versprach Bill. «Das werde ich tun. Was auch immer passiert.»

Der Geruch von brennendem Laub stieg ihnen in die Nase, und sie hörten Zweige knacken. In knapp hundert Meter Entfernung schwenkte eine spindeldürre Gestalt eine Decke über einem Feuer, bis die Flammen hoch empor züngelten. Bill starrte den winzigen grauen Wölkchen nach, die in den Himmel stiegen, wobei der Abstand zwischen ihnen immer größer wurde. Wie Rauchsignale, dachte er, von einem Indianerfeuer.

«Du bist ein guter Junge», sagte sein Vater und erhob sich.

Bills Mutter stand, die bloßen Arme ausgestreckt, über die Himbeersträucher gebeugt, und ihre strahlend weißen Schürzenbänder leuchteten in der Sonne. Die achtjährige Rachel saß zu ihren Füßen. Ihr Haar hatte die gleiche Farbe wie die Flammen und züngelte hinab bis zur Taille. Bill beobachtete, wie sein Vater zu ihnen hinüberging. Neben Rachel stand ein mit Stoff ausgekleideter Weidenkorb, aus dem sie heimlich ganze Hände voll Himbeeren herausschmuggelte, wenn die Mutter ihr den Rücken zuwandte. Als Rachel, noch mit vollem Mund, ihren Vater bemerkte, sprang sie auf und flitzte davon.

«Haltet den Dieb!», brüllte ihr Vater wild gestikulierend, ehe er die Verfolgung aufnahm.

Das Lachen der beiden war ansteckend, und Bill sah grinsend zu, wie sie zwischen den Himbeersträuchern und um das Salatbeet herum rannten.

Doch jetzt war ihr Gelächter verstummt.

Neun Sommer waren seit jenem Tag ins Land gegangen. Der umgestürzte Baum, auf dem Bill gesessen hatte, war längst verrottet und wieder zu Erde geworden. Mit stumpfem Blick betrachtete er das trostlose Stück Land, auf dem seine Familie einst unbeschwert herumgetollt hatte.

«Was auch immer passiert», sagte er laut vor sich hin.

Er wandte sich um und starrte in die Ferne.

Die Aussicht von dort oben auf dem Summerglade Hill glich einer Luftaufnahme. Unterhalb und geradeaus in nördlicher Richtung lag Bills Heimatstadt Stepmouth, jenseits davon war der Bristolkanal zu erkennen. Gen Osten und gen Westen erstreckte sich an der Küste entlang die hügelige Moorlandschaft mit ihren Grün- und Brauntönen wie aus dem Aquarellkasten.

Der Summerglade Hill lag zwischen den beiden tiefen bewaldeten Tälern des East und des West Step River. Gewöhnlich trieben die beiden Flüsse gemächlich dahin, doch die Regenfälle der letzten Zeit hatten sie anschwellen lassen, das Gefälle war steiler geworden, und sie rauschten nun in einer Folge kurzer Kaskaden talwärts wie über eine Reihe von Treppenstufen.

Knapp zweihundertfünfzig Meter unterhalb, am Fuße des Summerglade Hill, vereinigten sich die beiden Wasserläufe bei Watersbind; dort machte sich ein Kraftwerk ihre Energie zu Nutze. Aus dem brodelnden, schäumenden Becken rauschte nur ein einziger Fluss, der Step, zunächst unter dem gewaltigen steinernen Bogen der Watersbind Bridge hindurch, von wo er nach weiteren dreißig Metern Stromschnellen schließlich durch das Step Valley verlief und in einen tief in die Landschaft geschnittenen Kanal mündete, der genau durch den Stadtkern von Stepmouth führte.

Die Stadt an der Flussmündung dehnte sich von dort nach Osten und Westen aus, während sie im Norden durch das große grüne Auge des Meeres mit dem grauen Lid der Felsküste begrenzt war. Zwei Brücken verbanden die beiden Hälften von Stepmouth: Die South Bridge führte dort über den Fluss, wo er die Stadt erreichte, und die Harbour Bridge querte ihn an der Stelle, wo er ins Meer floss.

Ein Wirrwarr windschiefer Häuser und Hotels drängte sich zu beiden Seiten des Flusskanals gleich einer Herde Tiere, die ihren Durst stillen wollen. Mitten unter ihnen stand die zweistöckige, in Ziegelbauweise errichtete Doppelhaushälfte, in der Bill wohnte und seinen Lebensmittelladen Vale Supplies betrieb. Es war eines der ersten Geschäfte, auf die man stieß, wenn man auf der Hauptstraße in die Stadt kam. Dort war Bill sechsundzwanzig Jahre zuvor, im Jahre 1927, zur Welt gekommen.

«Aber sterben will ich da nicht auch noch», sagte er und war selbst überrascht, dass er die Worte laut ausgesprochen hatte.

Der Gedanke, für den Rest seines Lebens in diesem Winkel der Welt festzusitzen, erfüllte ihn mit Grauen. Doch im gleichen Augenblick kamen ihm Zweifel, ob er überhaupt in der Lage war fortzugehen. Er hatte bereits einen Versuch unternommen und war gescheitert.

1948 hatte er einen Fluchtversuch unternommen, indem er nach dem Wehrdienst ein Ingenieurstudium an der Universität Durham aufnahm. Doch schon nach sechs Monaten war er wieder heimgekehrt, um den Laden zu führen. Die Erschöpfung hatte bereits tiefe Falten in die Stirn seiner Mutter gegraben und sich unter ihren Augen zu dunklen Ringen gestaut, als er in den Semesterferien nach Hause kam. Sie hatte sich zwar kein einziges Mal beklagt, doch er brauchte sie nur anzusehen, um zu erkennen, dass es wirklich zu viel für sie war, das Geschäft zu betreiben und gleichzeitig Rachel großzuziehen. Also hatte er sein Studium aufgegeben.

Und jetzt konnte – *wollte* – er auch nicht fortgehen. Nicht, solange er hier noch gebraucht wurde. Das hatte er seinem Vater hoch und heilig versprochen.

Sterben will ich hier nicht auch noch. Aber wahrscheinlich wird es so kommen.

Jahre zuvor hatte er sich oft vorgestellt, wie diese Aussicht von Bauwerken verstellt war, die er selbst entworfen hatte. Er hatte von phantastischen Brücken geträumt, die sich über die Flüsse spannten, von einer gewaltigen Kaianlage, die es mit der in Brighton aufnehmen konnte, von Seilbahnen, die die Hügel erklommen, und vom in den Himmel strebenden First eines Opernhauses.

Die Zeichnungen lagen immer noch zu Hause unter seinem Bett, zusammen mit dem kaputten Reißbrett und dem Foto, das ihm von Susan Castle geblieben war, der jungen Frau, mit der er in seiner Universitätszeit verlobt gewesen war. Als er sein Studium aufgab, hatte sie die Beziehung beendet, anstatt mit ihm zu kommen, wie er gehofft hatte.

Aber genug der Träumerei. Und des Bedauerns. Er sah auf seine versilberte Armbanduhr. Das Glas war gesprungen. Diese Uhr hatte sein Vater am Tag seines Todes getragen. Bill hatte sie nie reparieren lassen, denn er zog es vor, bei jedem Blick darauf an das Geschehene erinnert zu werden. Er wollte seinen Vater niemals vergessen.

Bill ging hinüber zu seinem alten schwarzen Norton-Motorrad, das er mit Hilfe seines besten Freundes Richard Horner in Stand gesetzt hatte. Er stieg auf, erweckte die Maschine mit dem Anlasser zum Leben und schob das Gefährt über das holprige Gelände zur Straße. Es war bereits halb acht – Zeit, in den Laden zurückzukehren und den Arbeitstag zu beginnen.

An der Kreuzung am Fuße des Summerglade Hill fuhr Bill geradeaus und dann auf die Hauptstraße. Auf halbem Wege, vor dem *Viva Zapata!*-Poster, das an dem grünen Buswartehäuschen in der Nähe des frisch gestrichenen Gemeindesaals klebte, spielten ein paar Schuljungen Krieg. Auf dem Parkplatz am hafenseitigen Ende der Straße standen mehrere Autos.

Kurz dahinter bog Bill rechts ab, fuhr unter den herabhängenden Zweigen einer hohen Eiche hindurch und erreichte dann die Gasse, die zwischen Vale Supplies und der benachbarten Eisenwarenhandlung von Giles Weatherly lag.

Bill schaltete den Motor aus, bockte die Norton hinter Giles Lieferwagen auf und drehte sich dann eine Zigarette – eine Angewohnheit aus seiner Militärzeit. Damals hatte er gehofft, etwas von der Welt zu sehen – und wenn es nur der Krieg war –, doch stattdessen war er in einer Kaserne in Yorkshire gelandet und hatte hauptsächlich gelernt, Stiefel zu putzen und in ihnen zu marschieren.

Von der Gasse aus führte eine Tür direkt in sein Elternhaus, doch Bill nahm den Weg durch den kleinen Hinterhof. Er streifte sein Hemd ab und wusch sich mit dem eiskalten Wasser aus dem Hahn den Dreck von Händen und Gesicht. Während er sich abtrocknete, spähte er über den Zaun, den sein Vater errichtet hatte, um ihn und seine Schwester als Kinder in Sicherheit zu wissen.

Wenige Meter unterhalb glitzerte der Step in seinem kanalisierten Bett. Alle paar Kilometer brachen Felsblöcke, grau und glitschig wie Seehunde, die Wasseroberfläche auf. Bill liebte das Gemurmel des Wassers. Er war damit buchstäblich aufgewachsen. Sein auf Pfeilern ruhendes Zimmer überdachte einen Teil des Hofes und ragte ein Stück weit über den Fluss.

Die Reihenhäuschen zu beiden Seiten des Flusskanals boten alle das gleiche Bild. Da es sonst keinen Platz für Anbauten gab, dehnten sie sich nach hinten aus, sodass der Abstand zwischen den Gebäuden des Ost- und Westteils der Stadt inzwischen nicht mehr als sechs Meter betrug.

In der Küche roch es nach Politur und Desinfektionsmittel mit Kieferduft. Getrocknete Lavendelsträuße hingen von dem Balken, der die weiß verputzte Decke in zwei Hälften teilte. Der Gasofen brannte noch genauso gut wie vor fünf Jahren, als sie ihn eingebaut hatten. An der Wand glänzten Kupfertöpfe und -pfannen neben Schöpfkellen und Messern aus rostfreiem Stahl.

Bill ging durch das Wohnzimmer in den halbdunklen Flur und fand seine Mutter, in einen dicken blauen Morgenrock gehüllt, geduldig am unteren Ende der Treppe sitzend. Sie war eine schöne Frau von sechsundvierzig Jahren mit dunklem Haar und einem großzügigen Lächeln, das aber nicht vollständig von ihren stets traurigen Augen ablenken konnte.

«Guten Morgen, William.»

«Mum …» Während er sich hinunterbeugte, um sie zu küssen, runzelte er erstaunt die Stirn. «Was …» *machst du hier,* hatte er fragen wollen. Doch inzwischen war es ihm klar geworden. Er fuhr hoch. «Rachel», schrie er die Treppe hinauf.

«Schon deine Stimme», sagte Mrs. Vale. «Sie kann dich nicht hören.»

«Sie will mich nicht hören, meinst du wohl», gab Bill zurück und fragte dann: «Wie lange wartest du schon hier?»

«Na ja, nicht so lange … weißt du, ich wollte sehen, ob ich …» Mrs. Vale sah ihn beim Sprechen nicht an, und er vermutete, dass sie Rachel schonen wollte. Dabei wartete sie wahrscheinlich schon seit einer halben Stunde.

«Sie hätte herunterkommen und dir helfen sollen.»

«Ach, jetzt bist du ja da», sagte seine Mutter voller Hoffnung, «also sollten wir einfach …»

«Einfach was, Mum? So tun, als wäre nichts geschehen? So tun, als wäre sie nicht selbstsüchtig und faul? Rachel!», rief er erneut die Treppe hinauf.

Immer noch keine Antwort.

«Du warst genauso, als du so alt warst wie sie», gab Mrs. Vale zu bedenken.

Doch Bill hörte nicht zu. Er und seine Schwester hatten keinerlei Ähnlichkeit miteinander. Er schuftete, sie tat so wenig wie nur irgend möglich: Das war die ganze nackte Wahrheit.

«Sie wusste, dass ich deinen Stuhl gestern Abend bei Giles abgegeben habe», erklärte er. «Ich habe es ihr gesagt, bevor ich zu Bett ging. Und ich habe ihr auch gesagt, dass ich heute Morgen ganz früh in den Garten fahre, dass sie dir also beim Aufstehen helfen muss.»

Es ging um den Rollstuhl seiner Mutter. Ein Rad war blockiert, und er hatte ihn seinem Nachbarn Giles Weatherly zum Reparieren gebracht.

Mrs. Vale konnte ihre Beine nicht mehr gebrauchen, hatte aber von Anfang an versucht, möglichst unabhängig zu bleiben. Sie war eine Frau, die systematisch vorging. Die Buchhaltung des Ladens erledigte sie nach wie vor fehlerfrei, und sie hatte sogar Mittel und Wege gefunden, sich im Haus beinahe ohne jede Hilfe fortzubewegen. Sie besaß zwei Rollstühle, von denen einer oben stand und einer unten, und die dazwischen liegenden Stufen konnte sie aus eigener Kraft bewältigen. Aber an diesem Morgen – und das hatte Rachel gewusst – musste Mrs. Vale mit einem einzigen Stuhl auskommen.

«Ich hole ihn dir sofort runter», versprach Bill.

Kaum war die Mutter in die Küche gerollt, um das Frühstück zuzubereiten, rannte Bill wieder die Treppe hinauf und warf einen wütenden Blick zum Dachgeschosszimmer seiner Schwester, das man über eine Leiter erreichte. Die abgeschlagene Falltür am oberen Ende war geschlossen. Rachel hatte einen Zettel daran geheftet, auf dem in ihrer unregelmäßigen Handschrift zu lesen stand:

Rachels Reich!
Plakate kleben verboten!
Kein Zutritt für Bill Vale!

«Selbstsüchtige dumme Kuh», knurrte er.

Er kletterte die Leiter hinauf und stieß die Falltür rüde mit der Hand auf. Mit grimmiger Befriedigung hörte er sie umkippen und auf den Boden aufschlagen.

Das wird ihr eine Lehre sein, dachte er. Sie wird hochschrecken und lauschen.

Als er den Kopf durch die Öffnung in das Halbdunkel des nach einem Duftgemisch riechenden Zimmers steckte, rührte sie sich nicht einmal. Auf ihrem Gesicht lag ein friedlicher Ausdruck. Ja, eigentlich alles an ihr – von den majestätischen Falten des weißen Leintuchs, das ihren Körper bedeckte, bis zu der gesunden Röte auf ihren Wangen – strahlte eine große Ruhe aus, als wäre sie keine Normalsterbliche, sondern vielmehr ein Engel, der nachts vom Himmel geschwebt war.

Und das alles machte Bill in einem Maße wütend, dass ihm die Worte dafür fehlten.

Er riss den grünen Stoff beiseite, mit dem das Oberlicht abgehängt war, und ließ das Sonnenlicht hereinfluten.

Aber sie rührte sich immer noch nicht.

Er streckte den Arm aus, um sie zu schütteln, doch mitten in der Bewegung hielt er inne. Ihm war eine bessere Idee gekommen. Bill war kein grausamer Mensch, und trotz seiner gegenwärtigen Stimmung liebte er seine hochnäsige kleine Schwester im Grunde. Aber ein wohldosierter Schrecken würde ihr gut tun. Er beugte sich noch weiter über sie und brachte seinen Mund so nah wie möglich an ihr Ohr, füllte seine Lunge mit Luft … und dann …

Es war ein großartiges Brüllen, ein kaiserliches Brüllen, das Brüllen zweier halb verhungerter, 250 Kilo schwerer bengalischer Tiger, die um eine Mahlzeit kämpfen. Es war jene Art Gebrüll, die Regale in solche Schwingungen versetzt, dass das Geschirr herunter fällt; jene Art Gebrüll, die die Mauern von Jericho zum Einstürzen gebracht hätte, und zweifellos die richtige Art von Gebrüll, um einem faulen, nichtsnutzigen siebzehnjährigen Mädchen Gottesfurcht einzuflößen und ihr zu zeigen, wer der Boss war.

Dagegen sprach nur eine wichtige Tatsache: Es war Rachel, die brüllte, nicht Bill.

Gerade als Bills Lungen bis zum Platzen gefüllt waren, er den Mund öffnete, um Rachel ins Ohr zu bellen, so laut er konnte, und sie auf diese Weise in ein zitterndes, stammelndes ehrfurchtsvolles Etwas zu verwandeln … hatte sie schlagartig die Augen geöffnet und selbst ein ohrenbetäubendes Geschrei von sich gegeben.

Bill war emporgefahren und hatte sich dabei den Schädel an einem Balken angeschlagen, von dem sich daraufhin eine Staublawine löste.

«Steh auf!», schrie er und rieb sich wütend die Augen.

«Mach ich», keifte sie zurück. Und sie tat es wirklich, wie er jetzt sehen konnte. Sie hatte die Laken beiseite geworfen, war aus dem Bett gesprungen und stürmte nun in ihrem verknitterten weißen Nachthemd auf ihn zu. «Raus!»

«Wie bitte?»

«Raus!», wiederholte sie. «Und zwar sofort!»

«Jetzt hör mir mal zu ...», begann er.

«Nein, jetzt hör du mir mal zu. Du weißt genau, was an der Tür steht. Du weißt, dass du hier keinen Zutritt hast.»

Er versuchte, ruhig zu bleiben, sich erwachsen zu verhalten. «Ich werde nicht gehen, bis du dir angehört hast, was ich zu sagen habe.»

«Na schön, spuck's aus, quatsch mir die Ohren voll, solange du willst, und hau *dann* ab.» Sie hatte sich vor ihm aufgerichtet und funkelte ihn wütend an.

«Weißt du, was ich hier vorgefunden habe, als ich aus dem Garten zurückkam?»

«Lass mich raten», sagte sie. «Eine Atombombe?»

«Nein, das nicht gerade», gab er zurück, ohne auf die Ironie einzugehen. «Mum. Sie saß unten auf der Treppe.»

Rachels Lippen kräuselten sich. «Mannomann. Unsere eigene Mutter. In unserem eigenen Haus. Was willst du, einen Orden?»

«Weißt du, warum sie da gesessen hat?»

«Gleich werde ich die schockierende Wahrheit erfahren.»

«Weil du Miststück verdammt nochmal zu faul warst, aufzustehen und ihren Rollstuhl herunterzutragen», schnauzte er.

«Fluch nicht in meiner Gegenwart», sagte sie.

«Warum nicht?»

«Weil ich sonst einfach zurückfluche, verdammt nochmal.» Doch dann veränderte sich ihre Miene plötzlich. «Du meinst, Mum brauchte Hilfe, um in ihren Stuhl zu kommen? Oje», fuhr sie fort, wobei ihr Gesicht wieder einen anderen Ausdruck annahm. «Du hast den anderen Stuhl gestern Abend zu Giles gebracht, stimmt's? Und ich sollte ... Mist ...» Niedergeschlagen legte sie die Hand auf den Mund. «Es tut mir Leid», sagte sie. «Es tut mir Leid. Ich hab's vergessen.»

Er war versucht, seine Tirade fortzusetzen. Ihr vorzuhalten, es reiche nicht, sich zu entschuldigen. Dass sie zusammenarbeiten müssten, weil sonst alles – das Geschäft und die Familie – kaputtgehen würde. Und dass er die Verantwortung für sie alle trug und für ihre Sicherheit zu sorgen hatte. Er wollte sie daran erinnern, dass er nur aus diesem Grund nach Stepmouth zurückgekommen war.

«Sag das Mum», riet er ihr stattdessen.

Weil es keinen Sinn hatte, Rachel belehren zu wollen. Weil er bereits wusste, was sie von ihm dachte: dass er eine Nervensäge, kleinlich und langweilig war. Und dass sie von ihm nicht wie von einem Vater behandelt werden wollte, weil sie alt genug war, selbst auf sich aufzupassen.

Und wenn er sie jetzt so ansah, musste er sich eingestehen, dass sie wahrscheinlich Recht hatte.

Bill hatte an diesem Nachmittag nur wenige Lieferungen zu machen. Als er auf das Fahrrad stieg, war er glatt rasiert, seine Fingernägel sauber, sein gestärktes weißes Hemd makellos gebügelt und sein zuvor nicht zu bändigendes Haar mit dem nassen Kamm glatt gestriegelt. Er wirkte in jeder Hinsicht genauso ordentlich und präsentabel wie der Laden selbst.

Auf der Hauptstraße ging es ruhig zu, denn die morgendlichen Einkäufe waren zum größten Teil erledigt, und die meisten Leute saßen beim Mittagessen. Aus den Fenstern der beiden Kneipen Channel Arms und Smuggler's Rest drang berauschender Bier-, Apfelwein- und Tabakdunst, während aus der Tür des Captain Ahab, das Fish and Chips anbot, die essigsauren Schwaden von paniertem Kabeljau herüberwehten.

Bill strampelte schnell vorbei und winkte dabei dem grauhaarigen John Mitchell zu, der sich aus dem oberen Fenster lehnte und die Narzissen in den Blumenkästen über seiner leuchtend orangefarbenen Eingangstür goss.

An der Ecke Bay Street hielt ihn die geschwätzige Mrs. Carver mit den vielen auffälligen Leberflecken an und entließ ihn erst wieder, als er hoch und heilig versprochen hatte, seine Mutter an das Treffen der Landfrauen am kommenden Sonntag zu erinnern.

Dann ging es wieder weiter. Am Ende der Hauptstraße bog Bill nach rechts ab und holperte dann den mit Kopfsteinen gepflasterten Hafendamm entlang, wobei er den herumspringenden Katzen und den achtlos hingeworfenen zinnoberroten Makreleneingeweiden auswich. Es war Ebbe, und die Fischerboote lagen zur Seite geneigt auf dem schokoladenbraunen schlammigen Grund des Hafenbeckens zu seiner Linken. In der Luft hing der bestialische Gestank zum Trocknen ausgelegter Fischernetze.

Bills Magen hüpfte wie ein Hampelmann, als er den steinernen Buckel überquerte, den die Harbour Bridge bildete. Er trat fester in die Pedale und scheuchte wie ein Ritter auf seinem Ross eine flatternde Schar ungehalten kreischender Seevögel auf.

Seine erste Lieferung – Tee, Kaffee und Cadbury's Fingers – hatte er im Rathaus abzugeben, einem zweckmäßigen, langweiligen Gebäude aus rotem Backstein, das direkt an die St. Hilda's Church grenzte. Bill selbst, seine Mutter und seine Schwester gehörten dieser Kirchengemeinde an, seit er denken konnte. Am vergangenen Sonntag hatte er zwanzig Minuten lang im kühlen Schatten des Kirchturms hinter dem Rollstuhl seiner Mutter gestanden und das makellose Granitkreuz angestarrt, das das Grab seines Vaters schmückte.

Auch die zweite Lieferung führte Bill zu Stammkunden: Mr. und Mrs. Alun Jones, die seit dreißig Jahren das Sea Catch Café führten. Allerdings hatte in letzter Zeit das Gerücht die Runde gemacht, sie wollten das Lokal verkaufen. Den Stoff dazu lieferte hauptsächlich Mr. Jones, der darauf brannte, sich in seine walisische Heimat zurückzuziehen. Nur seine Frau Mavis musste noch überredet werden, weil sie niemanden hatten, dem sie den Betrieb übergeben konnten. Ihr einziges Kind und natürlicher Nachfolger war eine in Ungnade gefallene Tochter, die während des Krieges mit einem Amerikaner durchgebrannt war.

Das Sea Catch Café befand sich in einem dreistöckigen Gebäude, das doppelt so breit war wie Vale Supplies und mit der Rückseite an den Flusslauf grenzte. Im Erdgeschoss waren das Café und das Restaurant untergebracht, und oben wohnten Mr. und Mrs. Jones, die auch ein paar Gästezimmer vermieteten.

Bill lehnte das Fahrrad in der Seitengasse an die Hauswand neben die Mülltonnen, aus denen es nach gekochten Kartoffeln und gebratenen Zwiebeln stank. Er klemmte sich die vorbereitete Einkaufstüte aus braunem Papier unter den Arm und hob die Hand, um an die Tür zu klopfen.

Doch noch bevor seine Knöchel das Holz berührten, ging

die Tür auf und Tony Glover, aus dessen Gesicht augenblicklich alle Farbe wich, stand vor ihm.

«Ach, immer noch hier?», sagte Bill und sah Glover direkt in die Augen, ohne mit der Wimper zu zucken. «Hat Alun dich immer noch nicht gefeuert? Dir die Kündigung in die Hand gedrückt?»

Glover kratzte sich an der Stirn, gab jedoch keine Antwort.

«Das tut er schon noch», fuhr Bill fort. «Du wirst Mist bauen. Du wirst es nicht vermeiden können. Und wenn das passiert ist, wird auch niemand sonst dir einen Job geben. Und dann wirst du wissen, dass es an der Zeit ist, diese Stadt zu verlassen.»

Glover senkte die Hand, und dann sah Bill sein Gesicht: die Schwellung über Glovers Auge, die Schnittwunde darunter und den blauen Fleck auf seiner Nase.

«Auf wen muss ich anstoßen?», fragte Bill.

«Wie bitte?»

«Wer hat dir die Abreibung verpasst, die du ohne jeden Zweifel verdient hast?», spezifizierte Bill.

«Ich bin gestürzt.»

Bill wollte Glover verletzen, genau wie derjenige, der das getan hatte, wer immer es auch sein mochte. Er wollte es unbedingt. Aber dann wäre er selbst nicht besser als Glover, überlegte er. Dann wäre auch er ein Tier.

Bill schleuderte Glover die Tüte entgegen.

«Sag Alun, es ist alles drin», schnauzte er Glover an und warf ihm einen kalten Blick zu. «Und beeil dich», fügte er hinzu. «Sonst beschwere ich mich wieder bei deinem Chef.»

Als Bill die Eingangstür zu Vale Supplies öffnete und eintrat, erklang das schrille Läuten der Türglocke. Der schwarz-weiß geflieste Boden war fleckenlos sauber, denn er hatte ihn am Morgen gewischt. Produkte für die ganze Familie standen, in symmetrischer Ordnung bis ganz nach oben aufgestapelt, in den Regalen: voluminöse zylinderförmige Glasbehälter mit Süßigkeiten, Dosensuppen und -gemüse, Schraubgläser mit Würstchen, Instantkaffee und Kakao, Rindertalg und Griespackungen sowie Scheuerpulver, Schmierseife und Haferflocken.

Mrs. Macgregor stand eingezwängt in der öffentlichen Telefonzelle des Ladens. Sie hielt den Hörer aus schwarzem Bakelit wie einen Totschläger, während sie ihrem Sohn Arthur, der drei Jahre zuvor nach Bristol gezogen war, seine wöchentliche Lektion in puncto Gefahren der Trunksucht verpasste. Hinter dem blank gewienerten Tresen stand Rachel auf der alten hölzernen Ladenleiter, um ein Glas Getreidekaffee aus dem obersten Regal zu holen. Wieder herabgestiegen, tippte sie den Preis in die schwarze Ladenkasse ein und packte den Kaffee dann in eine Tüte, die sie Norman Miller mit einem Lächeln überreichte.

«Bill», sagte Norman höflich und tippte sich zur Begrüßung an den Filzhut. Er hatte einen Sohn in Bills Alter – Alan, der gleichzeitig mit Bill fortgegangen war, um zu studieren, und der nun in London lebte, mit einem guten Job bei einer Bank, einer hübschen Frau und einem kleinen Söhnchen.

«Hütet euch vor Bristol», bemerkte Mrs. Macgregor kryptisch, während sie Mr. Miller nach draußen folgte. «Das reinste Sündenbabel …» Im Laden war es drückend heiß, und so klemmte Bill einen Keil unter die offene Tür, als sie das Geschäft verlassen hatte. Dann drehte er sich zu seiner Schwester um, die gerade eine Zeitschrift in die Hand nahm. Sie sah auf und lächelte ihn an, als hätte der morgendliche Streit nie stattgefunden. Kapriziös war nicht der richtige Ausdruck. Diese Teenager-Gören, dachte er. Er hatte sie schon damals nicht verstanden, als er selbst ein Teenager war, und jetzt hatte er erst recht keine Chance.

Rachel schlug ihre Zeitschrift zu. Es war eine Ausgabe von *Illustrated*, und die Titelseite zierte eine mit glitzernden Diamanten behängte Marilyn Monroe in einem tief ausgeschnittenen rot-schwarzen Spitzenkleid.

«Was hältst du davon?», fragte sie und hielt das Gesicht der Monroe neben ihr eigenes.

«Von den Diamanten?», neckte er sie. «Prima, sie würden dir wirklich gut stehen.»

Sie rollte die Augen. «Das Haar meine ich. Meinst du, ich sollte meines im gleichen Ton färben?»

«Würde dich das glücklich machen?»

«Vielleicht würde ich dann einen neuen Freund finden.»

Er entschied sich, das Wort «neu», das implizierte, dass sie bereits einen gehabt hatte, zu ignorieren.

«Du bist zu jung, um einen Freund zu haben», sagte er.

«Und du bist zu alt, um keine Freundin zu haben», konterte sie.

«Und was ist mit mir? Bin ich im richtigen Alter, um bedient zu werden?»

Bill fuhr herum und sah, dass hinter ihm eine Frau stand. Irgendetwas in ihrem Gesicht kam ihm bekannt vor, und einen Augenblick lang glaubte er, ihr bereits begegnet zu sein, doch wahrscheinlich hatte er sich getäuscht.

Wie Bill war sie etwa Mitte zwanzig. In der Hand trug sie einen kleinen schwarzen Lederkoffer, auf dem Transportaufkleber verschiedener Reedereien prangten. Sie wirkte unglaublich modern. Und … stilvoll? War das das richtige Wort, um eine Frau wie diese zu beschreiben? Ihre Kleidung – ein verwirrend kurzer Rock mit dazu passender leuchtend blauer Jacke, um die Taille mit einem breiten weißen Gürtel gehalten – war von einem Schnitt, wie er ihn bisher allenfalls in Zeitschriften gesehen hatte, ganz sicher aber nicht hier in seinem Laden und so nah, dass er sie hätte berühren können. Nicht dass er auch nur mit dem Gedanken gespielt hätte, sie zu berühren… Er errötete.

«Hallo», sagte sie mit einem strahlenden Lächeln.

Bill öffnete den Mund, brachte aber kein Wort heraus.

Sie trat einen Schritt auf ihn zu. Und noch einen. Dann suchten ihre Augen seinen Blick. «Alles in Ordnung?», fragte sie. Ihr Akzent klang amerikanisch, nur weicher. Kanadisch vielleicht, dachte er.

«Äh …»

Während sie ihn anstarrte, ja in ihn hineinstarrte, glaubte er plötzlich, unbedingt etwas Interessantes erwidern zu müssen – sie gehörte zu den Frauen, die eine interessante Antwort *verdient* hatten, nein, *erwarteten,* und sie würde furchtbar enttäuscht sein, wenn er sie jetzt im Stich ließe.

«Äh …»

«Ist er immer so?», wollte die Frau von Rachel wissen.

«Nur an den Tagen, in denen ein T vorkommt», gab Rachel zur Antwort.

Die Frau grinste. «Sehr schlagfertig», sagte sie. «Gefällt mir.» Während sie ihren Koffer absetzte, schien die Dame das Interesse an Bill zu verlieren und begann sich stattdessen im Laden umzusehen. Auf ihrem kurzen blonden, stark gelockten Haar thronte ein knallroter Hut, der farblich zu ihrem Lippenstift und Nagellack passte. Am Kinn, links neben ihren vollen, schön geschwungenen Lippen, hatte sie einen Schönheitsfleck.

«Ich suche was zum Naschen», verkündete die Frau dann

und blieb vor dem Teil der Theke stehen, wo unter einer Glasscheibe die teurere Ware lag. «Ich meine Süßigkeiten. Als Geschenk.»

«Gestatten Sie ...», begann Rachel.

«... dass ich Ihnen helfe», beendete Bill den Satz seiner Schwester. Er trat hinter den Tresen und streifte dabei Rachel. Den wütenden Blick, den sie ihm zuwarf, ignorierte er. Nun stand er der Frau gegenüber, und während sie die in Reih und Glied angeordneten Schokoladentafeln unter der Glasscheibe betrachtete, waren seine Augen starr auf sie gerichtet.

«Ich gehe in die Pause», verkündete Rachel, die hinter ihm stand.

«Lass dir Zeit», bot Bill an, ohne sich zu ihr umzudrehen.

«Wie wär's mit der großen Tafel Rowntree's York-Schokolade?», meinte die Frau und klopfte mit dem Fingernagel auf die Glasabdeckung.

«Selbstverständlich.» Bill lächelte sie an. Die Frau lächelte zurück. Mein Gott, dachte er. Von ihr angelächelt zu werden war ein ziemlich gutes Gefühl. «Aber zunächst müssen Sie sich anmelden», fuhr er fort, als er wieder zu sich kam.

«Anmelden?»

«Wegen des Bezugsscheinbuchs. Bevor Sie etwas kaufen.»

«Sie nehmen mich wohl auf den Arm?»

«Äh, nein ...»

«Sie meinen, ich kann nicht einfach bar bezahlen?»

«Nein», erklärte er. «Süßwaren sind nach wie vor rationiert.»

«Herrgott nochmal. Das ist ja wohl der Gipfel! Aber wahrscheinlich käme nicht mal er da oben bei Ihnen weiter», überlegte sie laut, «wenn er sein Bezugsscheinbuch nicht dabei hätte, stimmt's?»

«Stimmt», gab Bill zurück und versuchte, sich das Lächeln zu verkneifen.

«Na dann … Mist, Mist, Mist aber auch. Oje», sagte sie, «und verzeihen Sie bitte …» Sie machte eine entschuldigende Armbewegung. «Verzeihen Sie, dass ich geflucht habe. Und dass ich den Namen des Herrn missbraucht habe. Beides Unsitten, die ich wahrscheinlich besser ablegen sollte, jetzt, wo ich in die Heimat zurückgekehrt bin.»

Bill wusste nicht, was er sagen sollte, und zuckte nur die Achseln. Im Grunde gefiel ihm ihre Art zu fluchen ziemlich gut. «In die Heimat?», forschte er nach.

«Genau.» Ihre grauen Augen suchten die Regale hinter ihm ab. «Eine Büchse Sardinen wäre wohl kein besonders tolles Geschenk, was?»

«Nein.»

Ihr Blick, plötzlich ernst, wanderte wieder zu ihm. «Ich weiß nicht mehr weiter. Da komme ich von New York und habe noch nicht mal ein Geschenk dabei. Mann, ich bin ein solcher Trottel.» Sie warf einen letzten, sehnsüchtigen Blick auf die Tafel Rowntree's, dann seufzte sie und wandte sich zum Gehen.

Da fiel ihm etwas ein. «Nein, warten Sie.»

«Was ist?»

«Ich habe eine Idee.»

Sie sah ihn erwartungsvoll an. «Schießen Sie los.»

«Ich könnte Sie ein paar Süßwaren auswählen lassen und sie von meiner Ration für nächste Woche abziehen.»

«Nein.» Sie schüttelte energisch den Kopf. «Das kann ich unmöglich annehmen.»

Doch plötzlich wollte er unbedingt etwas für sie tun. «Ich

bestehe darauf.» Er nahm eine rot-weiße Tafel Rowntree's heraus und reichte sie ihr.

Sie starrte die Schokolade an. «Nun, ich muss zugeben», sagte sie, «da würden Sie mir wirklich aus der Patsche helfen. Aber was ist mit Ihnen?»

«Ich werd's überleben. Ehrlich gesagt mache ich mir sowieso nicht viel aus Süßigkeiten», log er.

«Ach, wirklich? Na, also schön». Sie strahlte ihn an, nahm die Schokolade und steckte sie in die Jackentasche. «Aber nur, wenn ich mich revanchieren darf.»

«Ich darf kein Geld nehmen für …», setzte er an.

«Nein, ich meine, wenn ich mich hier angemeldet habe. Sie verstehen, wenn ich ein eigenes Bezugsscheinbuch habe.»

«Ach so. Wie lange bleiben Sie denn?»

«Ein Weilchen.» Sie lachte nervös. «Vielleicht sogar eine lange Zeit, wer weiß das schon?»

Er ging um die Theke herum auf sie zu. «Haben Sie es weit?»

«Nein.»

«Darf ich Ihnen die Tasche tragen?», erbot er sich.

«Danke… aber nein, danke.»

Er senkte verlegen den Blick.

«Entschuldigen Sie.» Sie berührte seinen Arm. «Es war nicht so gemeint. Ein anderes Mal würde ich gern mit Ihnen gehen, es ist bloß so, dass ich lange weg war, das sagte ich ja schon. Und, na ja, ich würde lieber allein ankommen.»

«Schon in Ordnung. Ich verstehe.»

Sie lächelte ihn freundlich an und klopfte auf ihre Jackentasche. «Danke für's Schokoladeleihen.» Sie streckte ihm die Hand entgegen. «Übrigens, ich bin Emily.»

Er schüttelte ihr die Hand. Ihre Haut fühlte sich kalt an, aber er hätte sie trotzdem gern länger gehalten. «Bill.»

Sie blickte ihm in die Augen und fügte dann hinzu: «Emily Jones.» Er zuckte die Achseln, als wäre das nicht von Belang, obwohl das Gegenteil der Fall war. Emily Jones. Die Tochter von Alun und Mavis, den Eigentümern des Sea Catch Cafés. Emily Jones, deretwegen die ganze Stadt einen kurzzeitigen Schock erlitten hatte, weil sie gegen Ende des Krieges, gerade achtzehn geworden, ihre Eltern verlassen hatte und mit einem amerikanischen Seemann durchgebrannt war.

Also hatte er sie doch erkannt. Obwohl sie sich in den acht Jahren ihrer Abwesenheit so verändert hatte. Er hatte damals nie ein Wort mit ihr gewechselt, konnte sich aber noch gut daran erinnern, wie die Leute getratscht hatten und dass ihre Mutter seitdem tat, als wäre sie in Trauer. Er überlegte, ob Emily über ihn und seinen Vater Bescheid wusste – und über den weitaus größeren Skandal, der sich kaum einen Monat nach ihrer Abreise hier abgespielt hatte. Doch ihr strahlendes Lächeln verriet das Gegenteil.

Dieses Lächeln sollte ihn für den Rest des Tages nicht mehr loslassen. «Na dann, willkommen zu Hause, Emily Jones», sagte er.

«Vorausgesetzt, meine Mutter ist der Meinung, dass ich nach wie vor ein Zuhause habe, in das ich zurückkehren kann», sagte sie. «Klopf auf Holz, was?» Sie schlug mit den Fingerknöcheln hart an den Tresen.

«Viel Glück», sagte er und meinte es ernst. «Hoffentlich sehe ich Sie mal wieder hier», fügte er hinzu. Auch das war ernst gemeint.

«Danke», antwortete sie. «Bestimmt.»

Er folgte ihr bis zur offenen Eingangstür und sah ihr nach, wie sie davonging.

Dann hörte er, wie hinter ihm Rachel den Laden wieder betrat.

«Also, wer ist sie?», platzte sie heraus.

«Einfach eine Neue», meinte Bill, ohne den Blick von Emily Jones zu wenden, bis sie am Ende der Straße um die Ecke bog.

5. Kapitel

Somerset, 2003

Sam Delamere starrte durch die regennasse Windschutzscheibe. Claire roch nach Rauch, denn sie hatte auf dem Weg vom Ankunftsterminal des Flughafens bis zum Parkplatz zwei Marlboro unmittelbar hintereinander geraucht.

«Du glaubst wohl, du bist hier auf dem Nationalen Dorftrottel-Tag? Fahr rüber! Mach verdammt nochmal den Weg frei!», schrie Claire den geistesabwesenden Fahrer eines rostigen roten Mini an, der vor ihnen über die von Schlaglöchern übersäte Straße zuckelte. «Weißt du, warum ich das bescheuerte englische Hinterland hasse?», wollte sie von Sam wissen, der am Steuer saß. «Weil es da nur so wimmelt von bescheuerten englischen A …»

«Hör bitte auf», bat Sam.

«Womit?»

«Du weißt genau, womit.»

«Nein, natürlich nicht. Denn wenn ich es wüsste, würde ich dich verflucht nochmal nicht fragen, oder?»

«Genau das meine ich», sagte Sam. «Die Flucherei. Verdammt, verflucht, was auch immer. In Gegenwart von Archie. Lass es einfach, okay?»

«Aber du hast es doch gerade selbst gesagt», spottete sie.

«Nur, um zu erklären, was ich meine.»

«Gesagt hast du's trotzdem.»

Seufzend strich er sich das sandfarbene Haar aus der Stirn. Es war wieder so weit, immer die gleiche Geschichte: Sobald sie in die Defensive geriet, versuchte sie jedes Gespräch auf das Niveau einer kindischen Zankerei zu reduzieren. Sie war achtundzwanzig, nur sieben Jahre jünger als Sam, aber manchmal vermittelte sie ihm das Gefühl, er wäre eher der Vater, den sie nie kennen gelernt hatte, als ihr Ehemann.

Natürlich hatte er den Impuls, seinen Standpunkt zu verfechten, aber er gab ihm nicht nach. Kaum war ein Konflikt in Sicht, war Claire in ihrem Element, und jede Reaktion seinerseits würde sie lediglich dazu benutzen, ihren Streit in einem handfesten Krach eskalieren zu lassen. So weit wollte er es nicht kommen lassen, nicht heute, nicht wenn sie eigentlich seiner Unterstützung bedurfte.

Stattdessen bemühte er sich, die Situation realistisch einzuschätzen: Sie suchte Streit, und er stand nur zufällig in der Schusslinie. Sie war wütend und fassungslos wegen des Todes ihres Großvaters Tony, und über Sam herzufallen war ihre Art, damit umzugehen. Er verstand sie. Auch er war aus der Fassung.

«Na gut», sagte er. «Ich habe also geflucht. Das war ein Fehler.» Er wusste, dass er dieses Thema am schnellsten beendete, indem er ihr das Gefühl vermittelte, gewonnen zu haben.

«Ein Fehler», bestätigte Claire zustimmend.

Sams blassblaue Augen wurden dunkel. «Ich werde also nicht mehr fluchen. Und es wäre mir recht, wenn du es auch sein ließest.»

Claire wandte sich um und starrte Archie an, der angeschnallt in einem schwarzen Kindersitz auf der Rückbank des gemieteten Vans saß, den sie zwei Stunden zuvor am Flughafen Luton abgeholt hatten.

«Unser kleiner Archie versteht das sowieso nicht, stimmt's, Schätzchen?» Wie immer, wenn sie mit ihrem Sohn sprach, nahm ihre Stimme einen seltsamen Kleinkindersingsang an. Sie streckte die Hand aus, fuhr glättend über das braune Kraushaar des Zweieinhalbjährigen und sah zu, wie es sich sofort wieder aufrichtete, wie Farnkraut nach einem Gewitter. «Versucht, verrucht», sagte sie, «verbucht, verflucht … ist für dich doch eh alles das Gleiche, oder etwa nicht, mein Goldstück? Alles blöde Erwachsenenwörter …»

«Ich habe Jo-jo», verkündete Archie und hielt das neongelbe Plastikspielzeug in die Höhe, das Sam in Palma am Flughafen gekauft hatte. «Ich will Gramps und Nanna», fügte er hinzu.

Das waren die Namen, die Archie Sams Eltern gegeben hatte.

«Heute nicht. Heute fahren wir Oma Rachel besuchen», antwortete Claire.

«Gramps und Nanna», beharrte Archie.

Claires Stimme verriet jetzt Anspannung. «Nicht heute, habe ich gesagt.»

«Gramps und …»

«Es reicht, Archie», fuhr sie ihn an. «Sei jetzt still.»

Archie begann zu weinen.

«Mummy meint doch bloß», beruhigte Sam, «dass du sie ein anderes Mal besuchen kannst. Ganz bald. Daddy fährt bald mit dir hin. In Ordnung?»

«Sie verwöhnen ihn, weißt du», sagte Claire. «Darum jammert er immer, dass er sie besuchen will.»

«Woher willst du denn das wissen?» Sam spielte darauf an, dass Claire seine Eltern seit Archies Geburt nur ein einziges Mal besucht hatte. Er selbst fuhr alle paar Monate mit ihm hin, doch Claire musste dann immer dringend etwas anderes erledigen.

Claire stöhnte. «Lass uns jetzt bitte nicht davon anfangen», sagte sie.

Sam überholte den Mini und fuhr nun schneller die kurvenreiche Landstraße entlang.

«Ich hab dich lieb, Mummy», sagte Archie.

Claire streckte die Hand nach hinten und drückte Archies Knie. «Ich dich auch, mein Goldstück.»

Sam blickte in den Rückspiegel, und das strahlende, schiefe Lächeln, das Archie ihm zuwarf, ließ sein Herz schmelzen.

«Trotzdem», fuhr Claire fort, «immerhin besitzen deine Eltern den Anstand, in einer Stadt zu wohnen. Wieso Grandma und Pops darauf bestanden haben, diesen trübsinnigen alten Steinhaufen hier draußen in der Pampa zu kaufen, werde ich nie verstehen.»

Damit sie dich auf das teure katholische Mädchenpensionat gleich in der Nähe schicken konnten, lautete die Antwort, die Sam darauf einfiel, die er aber nicht aussprach. Weil du in Mallorca von der Internationalen Schule geflogen bist, nachdem du deinen Mitschülern Gras verkauft hast. Weil deine Großeltern eine Höllenangst hatten, du könntest werden wie deine Mum, die dich direkt nach deiner Geburt im Stich gelassen und ein Jahr später in einem besetzten Haus in Paris eine Überdosis genommen hat.

Allerdings hatte bei Claire weder die zwangsweise Umsiedlung noch die teure Schule etwas genutzt, überlegte Sam. Auch in England war sie von der Schule geflogen, nachdem man sie mit einem gut aussehenden Gitarrenlehrer in der Dunkelkammer der Foto-AG erwischt hatte. Anschließend war sie zurück nach Mallorca gezogen. Anstatt sie zu bestrafen, hatten ihr Rachel und Tony, nachsichtig wie immer, eine Wohnung in einer kleinen Seitenstraße in der Altstadt von Palma überlassen, mit Blick auf die Strebebögen und Sandsteinfialen der Kathedrale La Seu. Dort waren Sam und sie einander begegnet.

Sam bog von der Landstraße in die lange gerade Einfahrt mit den Schlaglöchern ein, die zum Dreycott Manor hinauf führte. Unter den Reifen knirschte der Kies. Als er Claire ansah, bemerkte er, dass ihr Gesicht tränenüberströmt war. Er hielt an, nahm ihre Hand und drückte sie sanft. Regen prasselte auf das Dach.

«Ich hätte nie gedacht, dass er mal stirbt. Nicht ein einziges Mal habe ich mir darüber Gedanken gemacht», klagte Claire, während sie sich die Augen rieb und die Wimperntusche in ihrem Gesicht verschmierte. «Ich dachte, Pops ist unverwüstlich.»

«Ich weiß.» Sam hatte fast ein Jahrzehnt lang für Tony gearbeitet. Und Tony, der sich Claire gegenüber wie ein Vater verhielt, hatte begonnen, auch Sam wie einen seiner Söhne zu behandeln. Oder sogar besser als seine Söhne, hatte Claire einmal geäußert, und diese Bemerkung kam ihm jetzt wieder in den Sinn.

Sam hielt noch immer Claires Hand. Sie starrten die Allee verwitterter, winterkahler Kastanien hinauf, die auf Dreycott Manor zuführte. Vor dem Haus stand nur der verbeulte blaue Ford der Haushälterin Brenda. Demnach waren die übrigen Familienmitglieder – Rachel, Nick, Christopher und Lucy – in ihren Aston Martins und Mercedes-Limousinen wohl bereits zur Kirche gefahren, um die anderen Trauergäste bei deren Eintreffen zu begrüßen.

«Sehe ich furchtbar aus?», fragte Claire.

«Nein.» Ihr langes schwarzes Haar war zu einer kunstvollen Hochfrisur gesteckt, doch ihre fahle Gesichtsfarbe beunruhigte Sam, ebenso wie die aschgrauen Ringe unter ihren Augen. Dünn war sie, das kam von den vielen Zigaretten und den langen Nächten. Er drückte ihre Hand fester. «Du siehst schön aus, genau wie immer», versicherte er. «Du bist genauso schön wie damals, als wir uns kennen gelernt haben.»

Die Beziehung zwischen Sam und Claire hatte Knall auf Fall begonnen, buchstäblich mit einem Bums. Kaum fünf Minuten nach ihrer ersten Begegnung an einem warmen Septembernachmittag des Jahres 1994 waren sie miteinander ins Bett gesprungen.

Das Letzte, was Sam in den Sinn gekommen wäre, als er im kühlen gefliesten Flur ihrer Wohnung in Palma zugesehen hatte, wie sie seine Levis aufknöpfte, war die Vorstellung, sie könnten fast zehn Jahre später immer noch zusammen sein.

Er hatte es für eine einmalige Sache gehalten. Das war ihm kurz nach seinem Universitätsabschluss gelegentlich passiert – an Abenden, die er in lauten Londoner Clubs damit zugebracht hatte, nach Rauch schmeckende und oftmals betrunkene fremde Frauen zu küssen. Aber in nüchternem Zustand hatte er das nie erlebt, und auch nie in diesem Tempo und nie am helllichten Tag. Das hier war einzigartig.

Während sie sich das lange dunkle Haar aus dem Gesicht schüttelte – «sie», weil er ihren Namen noch nicht kannte – und er ein leises Stöhnen von sich gab, ging ihm durch den Kopf, wie hübsch sie war und dass sie mit ihren braunen Augen und der sonnengebräunten Haut unglaublich exotisch wirkte, ganz im Gegensatz zu dem stillen, bleichen Mädchen, von dem er sich einen Monat zuvor in London getrennt hatte.

Ihm fiel der winzige gelbe Smiley an ihrem bloßen Fußknöchel ins Auge, und er fragte sich, ob das wohl wehgetan hatte und mit wem sie wohl zusammen gewesen war, als sie es sich eintätowieren ließ. Er überlegte auch, ob sein neues

Aftershave wohl aphrodisierend wirkte – das wäre eine Erklärung für die ansonsten vollkommen unbegreifliche, wenn auch schicksalhafte Wendung gewesen, die die Dinge genommen hatten. Auch über ihr Alter dachte er nach.

«Wann hattest du zuletzt Sex mit einem geilen neunzehnjährigen Luder?», hatte sie ihn nur eine Minute zuvor mit gespielter Unschuld gefragt.

Er hatte mit keiner Neunzehnjährigen mehr geschlafen, seit er selbst neunzehn Jahre alt gewesen war, und das war jetzt sieben Jahre her. Er war immer davon ausgegangen, dass neunzehnjährige Mädchen nicht viel zu sagen hatten, was für ihn von Interesse hätte sein können, und umgekehrt. Fast alle seine Freunde waren älter als er, sehr viel älter sogar. Er hatte stets freundschaftlichen Umgang mit Menschen gepflegt, die bereits ganz oben waren.

Doch nun, als diese neunzehnjährige Fremde aufstand und ihm erklärte, sie wolle unbedingt mit ihm schlafen, ihn durch den Flur in ihr Schlafzimmer lotste, ihn auf die verknitterten weißen Laken warf und den Deckenventilator einschaltete, um ihm anschließend zu sagen, er sehe umwerfend aus und sie wolle jetzt und hier von ihm genommen werden – nun entdeckte er, dass er in Wirklichkeit doch an jeder einzelnen rauchigen neunzehnjährigen Silbe, die sie von sich gab, höchst interessiert war.

«Claire», antwortete sie, als sie zwei Stunden später Zehe an Zehe in der Badewanne lagen.

«Sam», stellte er sich seinerseits vor (obwohl sie nicht gefragt hatte). Er hatte nur bei ihr geklingelt, um die Telefonnummer der Gaswerke zu erfragen, da die darunter liegende Wohnung, die er gerade bezogen hatte, noch nicht angeschlossen war. Dass sich der Rest seines Nachmittags entwickelt hatte wie der reichlich unglaubhafte Handlungs-

strang eines Softpornos, konnte er immer noch nicht recht fassen. Er starrte Claire durch den Wasserdampf an und sog den Aloeduft ein. «Ist das bei dir, äh, immer so …», setzte er zu seiner Frage an.

«… dass ich mit Typen ins Bett gehe, bevor ich ihnen auch nur meinen Namen gesagt habe?», beendete sie den Satz für ihn. «Nein. Aber ausprobieren wollte ich das immer schon mal.»

Der Badewannenhahn tropfte, und auf der öligen Wasseroberfläche bildeten sich kleine Wellen in Regenbogenfarben. Vielleicht log sie ja, dachte er. Vielleicht tat sie so etwas ständig. Vielleicht war sie Nymphomanin und holte sich auf diese Weise ihren Kick. Oder aber sie sprach die Wahrheit. Vielleicht war sie einfach nur neunzehn Jahre alt und neugierig, ob sich die schlüpfrigen Romanzen, die sie aus dem Fernsehen kannte, auch in der Realität reproduzieren ließen. Sicher wusste er nur drei Dinge: Sie hatte ein gewinnendes Lächeln; es galt nach wie vor ihm; und auch er war neugierig.

«Ich würde dich gern wieder sehen», sagte er.

«Was?», neckte sie. «Welchen Teil von mir?»

«Ich dachte an ein Abendessen. Ich würde gern mit dir ausgehen. Ich bin neu hier auf der Insel. Vielleicht könntest du mir ein bisschen was zeigen, wenn du magst. Ich dachte, wir könnten uns unterhalten und einander ein wenig besser kennen lernen. Einfach ein paar Sachen machen, die andere Leute tun, *bevor* sie zusammen in die Badewanne steigen …» Sofort fragte er sich, ob er zu viel Interesse gezeigt und sie damit möglicherweise abgeschreckt hatte.

Um herauszufinden, ob er es ernst meinte, betrachtete sie sein Gesicht eingehend wie ein Juwelier einen Edelstein. Ihre Zehen flochten sich in die seinen. «Vielleicht», antwortete sie schließlich, während sie aufstand und aus der Badewanne stieg.

Wassertropfen perlten über ihre goldene Haut.

«Heißt das vielleicht ja oder vielleicht nein?», fragte er.

«Vielleicht schneller, als du glaubst ...»

Sie behielt Recht. Eine halbe Stunde später verließ er ihre Wohnung, und drei Stunden später saß er neben ihr in einem exklusiven Hafenrestaurant, füllte ihr Glas bis zum Rand mit Chianti und flüsterte ihr ins Ohr: «Du hast es die ganze Zeit über gewusst, stimmt's, du verrücktes kleines Luder?», worauf sie nur mit einem Lachen antwortete.

Denn natürlich hatte sie die ganze Zeit über gewusst, wer er war. Sie hatte es sofort erraten, als er ihr erzählt hatte, er sei in die Wohnung unter ihr gezogen, denn sie war darüber informiert gewesen, dass ihr Großvater dieses Apartment für seinen neuen Spitzenmitarbeiter vorgesehen hatte. Indem sie Sam verführte, hatte sie voll auf Risiko gesetzt, und sie spielte das Spiel jetzt beim Abendessen weiter: unter dem Schutz der Tischdecke ließ sie ihre Hand über seinen Schenkel gleiten.

Ihnen gegenüber saß Tony Glover, Vorstand der Ararat Holdings, Sams neuer Chef und Claires Großvater, den sie, wie Sam bereits bemerkt hatte, gern «Pops» nannte. Zwischen Tony und Morgan Cole, dem Finanzchef von Ararat, saß Tonys Frau und Geschäftspartnerin Rachel.

Sam und Claire tuschelten miteinander, und als Sam, den Blick wieder hob, sah er, dass Tony ihn anlächelte. Es war das gleiche Lächeln wie sechs Wochen zuvor, als Sam die angebotene Position des Marketingdirektors angenommen hatte, nachdem die anderen Bewerber in fünf Runden ausgesiebt worden waren. Als Tony am Ende der Mahlzeit fragte, ob Sam dafür sorgen könne, dass Claire gut nach Hause kam, überlegte Sam, ob Tony ihn vielleicht nicht nur des Jobs wegen auf Herz und Nieren geprüft hatte.

«Sie ist meine Prinzessin, Sam, also passen Sie gut auf sie auf, ja?», sagte Tony.

In Claires Wohnung angekommen, tranken Sam und Claire bis um vier Uhr früh Champagner und lachten über das, was sie getan hatten, dann vögelten sie bis um fünf. Gegen sechs hatte er sich bereits verliebt, verliebt in ihre Stimme, in die Mittelmeerhitze, in die Konturen ihrer Brüste, die Berührungen ihrer Zunge, den Geruch ihrer Laken und in das Ölgemälde an ihrer Schlafzimmerwand, auf dem das Kloster Santo Bartolomeo zu sehen war. Hals über Kopf hatte er sich in ihr Leben verliebt und glaubte, eines Tages vielleicht daran teilhaben zu können.

Als er gegen Mittag erwachte und das Sonnenlicht durch die Musselinvorhänge sickern sah, bastelte er in seiner Phantasie bereits an einer langen Zukunft auf dieser schönen Insel vor der spanischen Küste. Denn wenn mit seinem Job alles gut ging und mit ihm und diesem verrückten, faszinierenden, nach Alkohol riechenden, schönen, verspielten Mädchen auch, dann konnte sich sein Leben innerhalb weniger Jahre vollkommen verändern, ja womöglich sogar interessant werden.

Überhaupt, war das nicht der Anlass gewesen, warum er seine Arbeit in London aufgegeben und hier hergezogen war? Dass er ein anderes Leben führen wollte als seine Kollegen an der Börse, deren Lebensentwürfe einander seltsam glichen – langweilig, aber gut bezahlt? Und war das nicht auch der Grund, warum er sich vor kurzem von seiner Freundin getrennt hatte, mir der er die vergangenen drei Jahre zusammen gewesen war? Angesichts ihres Lebens – eines Vorstadttraums, in dem es in erster Linie um das leibliche Wohl ging – hätte er nämlich am liebsten laut geschrien.

Er beugte sich zu der schlafenden Claire hinüber und küsste sie sanft auf die Lippen; weil sie seine Welt erschüttert und ihm genau den Neuanfang geschenkt hatte, nach dem er sich sehnte. Viel mehr noch aber, weil er hoffte, dass mit diesem Mädchen jeder Tag sein würde wie ein Neustart in einer gerade erschütterten Welt.

Inzwischen waren fast zehn Jahre vergangen, und Sam begehrte sie noch immer. Das war eines der wenigen Dinge in ihrer Beziehung, die sich nicht verändert hatten. Er saß auf dem ungewohnten Bett in dem ungewohnten Schlafzimmer im Dreycott Manor, band seine schwarze Seidenkrawatte auf dem frisch gestärkten weißen Hemd und sah Claire zu, wie sie sich für Tonys Beerdigung anzog. Mit den Handflächen glättete er sein Haar.

Claire setzte sich neben ihn und zog ihre Lederstiefel an, dann erhob sie sich und wandte ihm den Rücken zu. «Sei ein Engel, Schatz», sagte sie.

Als er den Reißverschluss ihres schlichten schwarzen Kleides zuzog, spürte er, wie sie zitterte. Sie hatte noch einmal geweint, nachdem Brenda sie in dieses selten benutzte und ziemlich schäbige Gästezimmer im hinteren Teil des Hauses, dem ehemaligen Angestelltentrakt, geführt hatte. Der Raum wirkte ein wenig verwahrlost und irgendwie hoffnungslos. Sam fühlte sich an das Schlafzimmer seiner Eltern in dem modernen Wohnblock erinnert, in dem er aufgewachsen war. Man hatte das Gefühl, in einem Seufzer gefangen zu sein.

Sam kannte die Vorliebe seiner Frau für Dramen und vorgespielte Gefühle nur zu gut, aber so ehrlich erschüttert hatte er sie noch nie erlebt. Auch nicht so gehemmt. Es war, als hätte ihr Tonys Tod den Boden unter den Füßen weggezogen und sie müsste erst wieder festen Grund ertasten.

Sam küsste sie sanft in den Nacken. Sie hielt seinen Kopf einen Augenblick in dieser Position fest, um den Rückhalt zu spüren, den er ihr gab; dann ließ sie ihn los und ging zu dem blind gewordenen großen Spiegel an der Wand hinüber.

«Na, hoffentlich ist sie wenigstens etwas Besonderes, wer auch immer sie sein mag», sagte sie, während sie sich zu schminken begann. Sie warf Sam einen raschen Blick zu. «Ich komme immer noch nicht darüber hinweg. Verdammt nochmal.»

Die «neue Cousine». So hatte Brenda den Eindringling bezeichnet, dessen Gepäck momentan im größten und eindrucksvollsten Gästezimmer im Vorderhaus untergebracht war, in dem Raum, den Claire bewohnt hatte, als sie dort in der Nähe zur Schule gegangen war, und in dem Sam und Claire bisher bei all ihren Besuchen übernachtet hatten.

«Ich will keine neue Cousine», grummelte Claire.

«Na ja, genau genommen ist sie auch nicht deine Cousine», stellte Sam fest. «Sie ist die Tochter deines Großonkels Bill, also ist sie deine ...»

«Selbst wenn sie die gute Fee persönlich wäre oder sonst was, ich scheiß drauf», fauchte Claire. «Sie hat hier trotzdem nichts zu suchen. Noch dazu in meinem ehemaligen Zimmer. Zwischen meinen ganzen alten Sachen.» Claire seufzte. «Pops wäre auch entsetzt, weißt du. Er hat nicht mal geduldet, dass Bills Name erwähnt wurde. Auf gar keinen Fall hätte er gewollt, dass dessen Tochter hier auftaucht.»

Sam kannte die Geschichte von dem Streit zwischen Tony und Rachel einerseits und deren Bruder Bill andererseits so gut wie alle anderen. Also nicht besonders gut, denn

Rachel und Tony waren, was die Details anging, stets bemerkenswert wenig mitteilsam gewesen. Es ging alles auf irgendeine verrückte Auseinandersetzung zurück, die fünfzig Jahre zuvor im Zusammenhang mit dem Tod ihrer Mutter ihren Anfang genommen hatte. Soweit Sam informiert war, hatte es sich um einen tragischen Unfall gehandelt, und die Gründe für die ganze Aufregung, die im Nachhinein entstanden war, waren ihm verborgen geblieben. Er wusste nur eines, nämlich dass Rachel nun offenbar ein Friedensangebot unterbreitet hatte, um den Riss zu kitten, der die Familie spaltete. Und darum waren sie in den hinteren Teil des Hauses verbannt worden.

«Aber Rachel will es anscheinend», gab er zu bedenken. «Sonst hätte sie sie ja wohl kaum eingeladen.»

«Wahrscheinlich ist sie so durcheinander, dass sie nicht mehr weiß, was sie tut.»

«Das wage ich zu bezweifeln.» Sam hatte nur wenige Menschen kennen gelernt, die einen so klaren Kopf besaßen wie Rachel. Am Tag von Tonys Tod war er in Begleitung seines Anwalts zu ihr nach Biarritz geflogen. Er hatte dort sein wollen, um sie zu trösten, aber auch, um ihr bei dem Behördenkram und dem Papierkrieg zu helfen, mit dem sie sich jetzt sicher herumschlagen musste. Doch in beiden Punkten hätte er sich die Sorgen sparen können. Nur mit einem Telefon bewaffnet, hatte Rachel, noch ehe Sam eintraf, alles Nötige in die Wege geleitet, bis hin zum Rücktransport von Tonys Leichnam nach England. Ihre Zähigkeit und ihre Kraftreserven hatten ihn mit Ehrfurcht erfüllt.

«Was hat Brenda gesagt, wie sie heißt?», dachte Claire laut nach. «Laura? Louise?»

Sam wusste es ebenso wenig. Er war in dem Moment zu sehr damit beschäftigt gewesen, den zappelnden, kichernden

Archie die Treppen hinaufzutragen, und hatte das Gespräch zwischen Claire und Brenda nur in Bruchstücken mitbekommen.

«Jedenfalls fängt der Name mit L an», schloss Claire.

«Vielleicht ist sie ja nett», meinte Sam. «Und Brenda sagt, sie ist nur ein paar Jahre älter als du, also … wer weiß, vielleicht werdet ihr sogar Freundinnen.»

«Klar, wenn im Himmel Jahrmarkt ist.» Claire zündete sich eine Zigarette an. «Sie ist wahrscheinlich nur hinterm Geld her, weißt du. Darauf wette ich. Wahrscheinlich hat sie sich ausgerechnet, was Pops wert war, und glaubt, wir könnten was entbehren.»

«Das weißt du doch gar nicht.» Er zog seine Anzugjacke an.

«Ausschließen kann ich es aber auch nicht. Einen anderen Grund, warum eine längst vergessene Verwandte anlässlich einer Beerdigung aus der Versenkung auftaucht, kann ich mir nicht vorstellen. Du etwa?»

«Selbst wenn das der Grund wäre», beschwichtigte Sam, «bekommen wird sie ohnehin nichts.»

«Woher willst du das wissen?»

«Weil sie dazu erst Rachel loswerden müsste. Und mich auch.»

Die letzten Worte hatte Sam eigentlich gar nicht laut aussprechen wollen. Aber jetzt war es heraus, und Claires Intuition funktionierte bestens. Ihre Augen leuchteten auf – das interessierte sie.

«Dann hat sie also mit dir gesprochen, stimmt's?», wollte sie wissen, während sie herumwirbelte, um ihm ins Gesicht zu sehen. Jeder Gedanke an die geheimnisvolle «neue Cousine» war augenblicklich vergessen. Sie drückte ihre Zigarette auf dem reich verzierten Gedenkteller aus, den sie als Aschenbecher verwendete, und eilte zu ihm hinüber. Sie packte den Kragen seiner Anzugjacke mit den Fäusten, zog ihn an sich und blickte ihm tief in die Augen.

«Sie hat *dich* gebeten, Ararat zusammen mit ihr zu führen, und nicht Onkel Chris und Onkel Nick, stimmt's?»

Claire hatte richtig geraten. Rachel hatte Sam an diesem Morgen angerufen, um ihm einen Fünf-Prozent-Anteil an der Firma sowie den Posten des Hauptgeschäftsführers anzubieten. Von nun an würde Sam – zusammen mit dem Vorstand, dem auch die übrigen Familienmitglieder angehören sollten, und unter dem Vorsitz von Rachel selbst – über das Schicksal von Ararat bestimmen.

Einerseits hatte er es erwartet, denn ihm war klar, dass er von allen Familienmitgliedern am besten qualifiziert war, dieses Amt zu übernehmen. Andererseits wusste er, dass Rachel sehr wohl fähig war, die Firma selbst zu leiten. Anscheinend hatte sie einfach keine Lust mehr dazu. Vielmehr hatte sie bereits während der vergangenen zwei Jahre begonnen, sich aus der Geschäftsleitung zurückzuziehen. Für Tony galt das Gleiche. Rachel hatte sich gewünscht, dass sie beide ihr Geld noch genießen konnten, bevor sie zu alt dazu waren.

Infolgedessen hatte man Sam immer freiere Hand bei der Planung von Ararats Zukunft gelassen. Er hatte sich darauf konzentriert, die Verwaltung in Palma zu zentralisieren, während er gleichzeitig im gesamten Mittelmeerraum aggressiv auf Expansionskurs ging. Die Vielseitigkeit seiner Arbeit hatte Sam immer schon gefallen, und er hatte seine Kenntnisse konsequent erweitert. Jedes kleinste Detail des Geschäfts hatte er zur Chefsache gemacht, angefangen bei der Buchhaltung der einzelnen Hotels und Ferienhäuser bis hin zu der Personalführung der vierhundert Angestellten von Ararat.

Sein aktiver, persönlicher Ansatz hatte sich bewährt. Er hatte die Betriebsgewinne um fast 30 Prozent gesteigert. Tony und Rachel waren hocherfreut gewesen, doch überrascht hatte es sie nicht. Und Sam hatte jede einzelne Minute genossen.

Und darum hatte er Rachels Angebot an diesem Morgen auch ohne zu zögern angenommen. Während er sich die günstigen Bedingungen anhörte, die sie beschrieb, hatte er sich im Stillen geschworen, ihr Vertrauen in ihn mit Zins und Zinseszins zurückzubezahlen. Anschließend hatte Rachel ihm erklärt, dem Rest der Familie wolle sie die Neuigkeit nach dem Begräbnis enthüllen und ihn dabei an ihrer Seite haben. Sie hatte Sam gebeten, bis dahin mit niemandem darüber zu sprechen und selbst auch eine kurze Ansprache vorzubereiten.

«Ich hab's gewusst», kreischte Claire. Sie schlang die Arme um Sams Taille und drückte die Stirn gegen seine Brust. «Du hast so hart gearbeitet. Ich bin so stolz auf dich! Auf uns.» Mit Tränen in den Augen sah sie zu ihm auf. «Pops hätte die Geschäfte sowieso an dich abgegeben, wenn er sich zur Ruhe gesetzt hätte, weißt du. Das hat er mir selbst gesagt. Ich wünschte bloß, er hätte lang genug gelebt, um es dir persönlich zu sagen.»

Bebend lehnte sie sich an ihn. Sam zog sie fest an sich und schloss sie in die Arme – genau wie drei Jahre zuvor, als er aus Frankreich zurückgekommen war, um ihr zu eröffnen, dass er sich in eine andere verliebt hatte und sie verlassen würde.

X. Seine Ex. So nannte er sie, wenn er jetzt an sie dachte, die andere Frau, die Frau, in die er sich im Sommer 2000 in Südfrankreich innerhalb von kaum drei Wochen verliebt hatte – oder, besser, verliebt zu haben *geglaubt* hatte. X, als hätte er versucht, sie aus seinem Kopf zu streichen, und das war ihm auch gelungen. X, als existiere sie nicht mehr, und das war in seiner Welt tatsächlich der Fall. Die wenigen Fotos, die er von ihr besaß, hatte er verbrannt.

Obgleich er damals bereits seit mehreren Jahren mit Claire zusammen gewesen war, hatten sie nicht geheiratet. Nicht, dass er das als Entschuldigung für sein Tun hätte gelten lassen. Er wusste, dass Untreue nichts mit Ehe zu tun hat, aber eine Menge mit Liebe. Entweder hatte er Claire nicht genügend geliebt, um ihr treu zu bleiben, oder er hatte X mehr geliebt oder begehrt.

Unmittelbar nachdem er die Affäre beendet hatte, versuchte er X vor sich selbst als Sirene darzustellen, die in sein Leben eingedrungen war und deren Gesang er nicht hatte widerstehen können. Doch schon bald war er zu der Erkenntnis gelangt, dass das nur eine billige Ausrede war. Die Schuld hatte bei ihm gelegen. Wie ein Teenager hatte er sich in die fixe Idee hineingesteigert, Liebe mache alles möglich. So einfach war das. Eine Zeit lang hatte er alles abgeschüttelt und sich von seinen Gefühlen davontragen lassen. Aber dann war er zur Besinnung gekommen, und die Wirklichkeit hatte einen weiteren Tribut von seinem Leben gefordert.

Im Vorfeld der Affäre hatte Sam mit Claire eine kleine *Finca* in Deià, einem Bergstädtchen im Nordwesten Mallorcas, bewohnt, während ihr neues Penthouse in Portals Nous – Claire zufolge unendlich viel schicker als Palma – in einem aufwändigen, zeitraubenden Verfahren nach Claires Geschmack umgestaltet wurde.

Sechs Jahre waren seit ihrer ersten Begegnung vergangen, und die Nachmittage, an denen sie einander gegenüber im nach Aloe duftenden Badewasser lagen, hatten längst seinen geschäftlichen und ihren gesellschaftlichen Verpflichtungen weichen müssen.

Wochentags arbeitete er, sie hingegen nicht. Abends, nach dem Dinner im Kreis ihrer Familie und Freunde (mit denen sie oft mehr sprachen als untereinander), kehrte Sam heim und Claire ging aus. Wenn er, was selten genug vorkam, am Wochenende einmal nicht arbeitete, erkundete er im Alleingang die Berge mit ihren Olivenhainen, während sie ans Meer fuhr, um sich am Strand in der Sonne zu aalen oder in den Bars herumzuhängen.

Natürlich war ihm klar, dass etwas nicht stimmte. Sein Problem war, dass er nicht erkannte, was es war. Jedenfalls nicht klar genug, um etwas dagegen zu unternehmen. Claire und er hatten einfach unterschiedliche Interessen, und er sah keinen Weg, sie unter einen Hut zu bringen. Das Zusammenleben mit ihr begeisterte ihn zwar nicht sonderlich, aber es machte ihn auch nicht unglücklich. Meist kamen sie gut miteinander aus, auf eine freundschaftliche Art. Manchmal hatten sie Spaß miteinander. Gelegentlich liebte er sie auch tatsächlich. Und dann war da noch die sexuelle Ebene, auf der sie sich immer noch verstanden. Alles zusammengenommen, nicht zu vergessen der Job, an dem er hing, und der Chef, der seine Verbindung mit Claire positiv sah, ergab einen attraktiven Status quo.

Dann, im Jahre 2000, war er X begegnet – auf dem Boden eines Swimmingpools in Südfrankreich. Für ihn war es eine Offenbarung gewesen, als hätte er plötzlich entdeckt, dass er unter Wasser atmen, dass in seinem Leben Wunder geschehen konnten.

Er hielt sich dort auf, um die letzte Bauphase eines bei Cannes gelegenen Hotels zu überwachen, und hatte die Gelegenheit genutzt, um sich auch die drei Ferienhäuser anzusehen, die Ararat in der Gegend besaß. Claire hatte er seit mehr als zwei Wochen nicht gesehen und seit vier Tagen nicht gesprochen.

X wohnte mit einer Gruppe von Freundinnen in einem der Ferienhäuser. Das Wasser im dazugehörigen Swimmingpool war über Nacht ausgelaufen. Während der verärgerte Ararat-Repräsentant, der Sam herumgefahren hatte, das unvorhergesehene Problem telefonisch zu lösen versuchte, stieg Sam in den ausgetrockneten Pool hinab, um sich selbst ein Bild zu machen.

Sie stand bereits da unten, einen Sarong um die gebräunten Hüften geschlungen. Die Füße beiderseits des Risses in der Plane, mit der der Pool ausgekleidet war, inspizierte sie den Sprung im darunter liegenden Beton. Als sie zu Sam hochblickte, lächelten sie sich an. Eine Woche später würde er sie und sich selbst davon überzeugt haben, sie hätten sich angelächelt, weil sie füreinander bestimmt waren; einen Monat später sollte er sich selbst zu überzeugen versuchen, es sei nichts weiter gewesen als eine Verliebtheit, ausgelöst durch die Hitze der Mittagssonne.

«Was da wohl passiert ist?», fragte sie. «Ein Erdbeben?»

«Wenn es eins war», wollte er zurückgeben, «dann dauert es immer noch an», denn das entsprach genau seinen Empfindungen, wenn er in ihre Augen sah.

Und er wünschte sich ein Erdbeben. Das wurde ihm plötzlich klar, nachdem er sich eine Stunde lang mit ihr unterhalten hatte. Er wünschte sich, dass sein kostbarer Status quo im Innersten erschüttert würde. Er wollte seine Lebendigkeit spüren und sich daran erinnern, wie man sich beim Flirten fühlt. Er wünschte sich, dass sein Gefühlsleben außer Kontrolle geriet, er wollte loslaufen, um zu sehen, was sich hinter der nächsten Ecke verbarg.

Am nächsten Tag kam er wieder, angeblich, um den Pool zu kontrollieren. Und am Tag darauf ganz unverhohlen, um sich diese Frau genauer anzusehen. Immer, wenn er nicht dort war, vermisste er das Lächeln, das sie auf sein Gesicht zauberte. Er vermisste ihre Stimme, die ihm mehr über ihr Leben erzählte. Schließlich lud er sie zu einem Drink ein und dann zum Abendessen, und am Ende, als ihre Freunde bereits die Koffer packten, bat er sie, doch noch eine Woche zu bleiben. Den Moment, in dem sie einwilligte, hielt er für den glücklichsten seines Lebens.

Bevor sie miteinander schliefen, erzählte er ihr von Claire. Und er erzählte ihr von Ararat. Er erklärte ihr, dass er nicht mehr unterscheiden konnte, wo sein Berufsleben endete und sein Privatleben anfing. Er erzählte ihr, dass er sich bei diesem Spagat irgendwo in der Mitte verloren hatte. Er hatte seine Leidenschaft geopfert, um seinen Ehrgeiz zu stillen, das sei ihm jetzt klar geworden. Er lebte ein halbes Leben, eine Lebenslüge. Es war, als würde er langsam ersticken, sagte er. X sei für ihn wie Sauerstoff. Sie sei außergewöhnlich, und mit ihr könne er auch außergewöhnlich sein. Er machte deutlich, dass sie ihn daran erinnert habe, wer er sei.

Wenn auch sie ihn wolle, würde er alles für sie aufgeben. Das versprach er ihr. Er würde zurückfahren und Claire erklären, er habe sich in eine andere verliebt und werde sie verlassen. Das würde er auch Tony und Rachel sagen, und dann würde er kündigen. Er wolle mit X zusammen sein, weil sie so sei, wie sie sei, und nicht wegen der Leute, die sie kenne, oder wegen ihres Wohnorts. Er würde sie in England besuchen. Wenn sie nur wolle, könnten sie dann zusammen einen neuen Anfang wagen. Alles, was sie tun müsse, sei, ja zu sagen …

Sie sagte ja.

Die Kirche war bereits fast bis auf den letzten Platz mit Trauergästen besetzt, als Sam und Claire eintrafen. Sam hielt sich nicht damit auf, die meist wettergegerbten, sonnengebräunten Gesichter der wohlhabenden Männer und Frauen zu betrachten, die still und respektvoll in den überfüllten Sitzreihen auf den Beginn des Gottesdienstes warteten. Stattdessen eilte er mit Claire durch den Mittelgang und schob sie neben Rachel auf die lange eichene Kirchenbank ganz vorne, die für die Familie reserviert war.

Claire küsste ihre Großmutter und flüsterte ihr etwas ins Ohr, während Sam den Arm ausstreckte und Rachels Hand berührte. Reglose Regentropfen glitzerten wie Pailletten an ihrem feuchten Hut und Mantel.

Sam saß da und starrte Tonys schlichten Holzsarg an. Darauf und daneben stapelten sich aufwendige Blumengestecke, und auf einer Seite stand ein schmiedeeisernes Rednerpult, hinter dem Sam wenig später seine Ansprache halten würde.

Jenseits des Gangs saß ein eineiiges Zwillingspaar Anfang fünfzig. Beide Männer hatten den Blick stur geradeaus gerichtet. Sam nahm an, dass es sich um Tonys Halbbrüder handelte, die in Kanada lebten und mit denen Sam nicht bekannt war, da die Verbindung zwischen ihnen und Tony im Laufe der Zeit abgerissen war.

In den vielen Jahren seiner Bekanntschaft mit Tony hatte dieser das Kapitel seiner Jugend immer geflissentlich ausgespart, als wolle er diesen Lebensabschnitt am liebsten aus seinem Gedächtnis tilgen.

Die Orgelmusik – es wurde Bach gespielt – schwoll an, und Sam sah erneut nachdenklich auf den Sarg. Draußen grollte der Donner.

Es war das erste Mal, dass Sam ein Begräbnis wirklich etwas bedeutete. Ansonsten war er nur bei Beerdigungen entfernter Verwandter dabei gewesen, die er kaum gekannt hatte. Sams Eltern lebten beide noch und erfreuten sich bester Gesundheit. Sie spielten Golf, schauten ihre Vorabendserien im Fernsehen an und verzehrten ihre in der Mikrowelle aufgewärmten Fertiggerichte. Auch sein Bruder Tom, der sechs Jahre zuvor zu seinem Freund nach Australien gezogen war, und sogar seine Großeltern waren glücklich und wohlauf.

Der schwere Duft von Lilien stieg Sam in die Nase. Er erschauderte. Es fiel ihm schwer, den Gedanken zu verkraften, dass Tony – ein wahrer Freund, der Vertrauen in ihn gesetzt und ihn so viel gelehrt hatte – nicht mehr da war. Zum ersten Mal, seitdem ihn die Nachricht von Tonys Tod erreicht hatte, war Sam kurz davor, in Tränen auszubrechen.

Er dachte an Archie und daran, dass er jederzeit für ihn sein Leben geben würde. Das Band zwischen Sam und seinem Sohn war stark wie Eisen, geschmiedet eine Sekunde nachdem Claire ihm gesagt hatte, dass sie schwanger war, und eine Sekunde bevor er ihr um ein Haar verkündet hätte, dass ihre Beziehung zu Ende sei.

Als Claire die Arme um ihn geschlungen und ihren Bauch an seinen gedrückt hatte, waren all seine Gedanken nur noch um das Kind darin gekreist. Wie konnte er mit X irgendwo anders ein neues Leben beginnen, wenn in Claire ein neues Leben zu wachsen begann, das er gezeugt hatte und das auf ihn angewiesen war?

Er hatte gespürt, wie ihn mit jeder Sekunde, die verstrich, der Wille verließ. Bis er am Ende überhaupt nichts gesagt hatte.

Und er hatte gut daran getan, oder etwa nicht? War es etwa nicht richtig gewesen, jeden Kontakt zu X abzubrechen? Das andere Leben, das sie vielleicht zusammen hätten führen können, aufzugeben, um seinem Sohn ein Vater zu sein? Alles andere war Illusion, eine Phantasie, die fernab der Strömungen und Gezeiten der wirklichen Welt entstanden war.

Das hatte er sich eingeredet, als er mit Claire ihr neues Zuhause in Portals Nous bezogen hatte. Und das hatte er sich immer wieder gesagt, Tag für Tag, Woche für Woche, Monat für Monat. Bis er es schließlich selbst für die Wahrheit gehalten hatte.

Jetzt sah er Claire von der Seite an. Das war seine Realität, diese Frau, die ihm sein Kind geboren hatte, diese Frau, der er ein besserer Ehemann zu sein versucht hatte und der er, das schwor er sich, in Zukunft treu bleiben würde.

Dass zwischen ihnen nicht alles stimmte, wusste er. Ohne Beweise dafür zu haben, ahnte er, dass auch sie ihm untreu gewesen war, vor etwas mehr als einem Jahr. Er hatte gesehen, wie sie mit einem anderen, jüngeren, gut aussehenden Mann in der Bar «La Boveda» in Palma zu Mittag gegessen hatte. Als er an diesem Abend von der Arbeit gekommen war, hatte Claire ihn angelogen, sie sei den ganzen Tag bei ihrer besten Freundin Sadie auf dem Boot gewesen. Bei einer anderen Gelegenheit war Sam früher als sonst nach Hause zurückgekehrt und hatte gesehen, wie der gleiche Mann ihr Apartmenthaus verließ und ein Taxi heranwinkte. Doch Sam hatte Claire nie zur Rede gestellt. Nach dem, was er selbst getan hatte, fehlte ihm dazu die Berechtigung, fand er.

Die Orgel verstummte keuchend, und der Vikar nahm seinen Platz am Rednerpult ein. Regen trommelte gegen die Buntglasscheiben, während der Gottesdienst begann.

Als Sam an der Reihe war, ging er nach vorn und wandte sich der Gemeinde zu. Er zog ein Blatt Papier aus der Innentasche seiner Jacke und faltete es auseinander. Darauf stand in seiner sorgfältigen Handschrift ein Gedicht von Christina Rossetti, das Tony auswendig gekannt hatte.

Sam ging es noch einmal durch und prägte sich die Worte ein:

> Mein Herz ist wie ein singender Vogel,
> das Nest gebaut an ein rauschendes Wehr.
> Mein Herz ist wie ein Apfelbaum
> Mit Ästen hängend von Früchten schwer.
> Mein Herz ist wie eine schimmernde Muschel,
> friedlich treibend durch stilles Meer.
> Mein Herz ist nimmermehr beklommen,
> denn meine Liebe ist gekommen.

Dann steckte er das Blatt Papier wieder in seine Jackentasche, räusperte sich und richtete den Blick auf die Kirchenbank, aus der er sich gerade erhoben hatte. Eigentlich hatte er Rachel Glover ansehen wollen, sobald er das Gedicht zu rezitieren begann, sie ansehen, als sei sie die einzige Frau auf der Welt, das Gedicht wahrhaftig zu ihrem machen, während er es laut sprach.

Stattdessen musste er feststellen, dass er X ansah. Seine Ex. Die andere Frau, die Frau, in die er sich im Sommer 2000 in Südfrankreich innerhalb von kaum drei Wochen verliebt hatte – oder besser, verliebt zu haben *geglaubt* hatte.

Bloß dass sie jetzt – wo er sie leibhaftig da sitzen sah, zwischen Nick und Christopher, so nah, dass er sie beinahe hätte berühren können – keineswegs mehr X für ihn war. Sondern Laurie, Laurie Vale, die Frau, der er einst sein Leben versprochen und die er dann im Stich gelassen hatte.

6. Kapitel

Stepmouth, März 1953

«Autsch!», schrie Rachel, als die Stecknadel sie in die Kniekehle piekte.

«Halt still», nuschelte Laurel Vale, während sie die letzte Nadel zwischen ihren Lippen hervorzog.

Rachel stand auf einem Stuhl im Wohnzimmer hinter dem Laden. Draußen herrschte Dunkelheit, und der gelbe Glaslampenschirm, der an goldfarbenen Ketten von der Decke hing, verbreitete in dem kleinen Raum ein warmes Licht. Im Kamin zischte ein Stück Kohle auf und verrutschte, während aus dem Radio auf dem Sideboard die Ankündigung des Abendkonzerts der BBC krächzte.

Von hier oben konnte Rachel die Spinnweben sehen, die vom Luftzug gegen die beiden alten Gasmasken auf dem Schrank geweht wurden. Auf dem Bilderrahmen mit dem Porträt des verstorbenen Königs und auf der Einfassung des ovalen Holzspiegels lag eine Staubschicht. Rachel überlegte, dass sie wirklich ein wenig gründlicher putzen musste, bevor auch Bill den Staub bemerkte. Andererseits, dachte sie, hätte sie ihn nicht gesehen, wenn sie nicht auf einem Stuhl gestanden hätte; vermutlich kam sie also noch ungeschoren davon, bis ihre Mutter zum jährlichen Frühjahrsputz blies – das würde Anfang April der Fall sein.

Rachel blickte nach unten, wo Laurel Vale, gekleidet in ihren grauen Morgenmantel über dem gewohnten schwarzen Hauskleid, in ihrem Rollstuhl saß. Ihr Haar war mit einem rosa und purpur gemusterten Seidenschal zusammengebunden, und sie beugte sich vor und starrte angestrengt durch ihre Hornbrille, während sie sorgfältig den Saum von Rachels neuem Kleid hochsteckte. Neben ihr auf der ausgezogenen Tischplatte standen die neue elektrische Singer-Nähmaschine sowie mehrere leere Xox-Dosen, in denen sie Spulen, Garn, Bänder in leuchtenden Farben, Knöpfe und Spitzen aufbewahrte. Auf dem braunen Linoleum lagen wie abgefallene Blüten rote Stoffreste von Rachels neuem Kleid.

Rachel hob das Handgelenk an die Nase, um festzustellen, ob sie den Spritzer Rosenwasserduft, den sie zuvor Annie abgebettelt hatte, noch riechen konnte, doch er hatte sich verflüchtigt. Stattdessen schnupperte sie einen Hauch des Abendessens – Kohlsuppe und eine Süßspeise aus Rindertalg, Mehl und Brotkrumen –, das ihre Mutter und sie mit gespieltem Genuss verzehrt hatten. Sie betrachtete den Ärmel des Schnittmusters und das Bild, auf dem ein Modell mit in die Hüften gestemmten Armen dastand, um die schmale Taille zu betonen – die Frau sah aus, als wären Sorgen ein Fremdwort für sie. Rachel versuchte, die Pose nachzuahmen, und übte im oberen Teil des gegenüber hängenden Spiegels ein sonniges Lächeln.

Dann waren die starken, warmen Hände ihrer Mutter an ihren Beinen und drehten sie auf dem Stuhl, bis sie mit dem Gesicht zur anderen Wand stand. Gleichzeitig erklangen im Radio die vollen Töne einer Beethoven-Symphonie. Auf dem Regal über der Flurtür befand sich eine Sammlung von Affen aus Messing, die einst ihrem Großvater gehört hatten. Die andere Wand nahm eine überdimensionale Anrichte ein, in der neben dem guten Porzellan auch die Sammlung von Dickens-Romanen ihrer Mutter untergebracht war. Rachel hatte keines der Bücher selbst gelesen, obgleich ihre Mutter sie immer wieder dazu ermunterte. Nicht auszudenken, was ihre Mutter sagen würde, wenn sie geahnt hätte, dass unter Rachels Kopfkissen *Unbezähmbare Angélique* lag, der anspielungsreiche Roman, der gerade in der Schule die Runde machte.

Die Mutter lehnte sich zurück. «Fertig.»

Endlich befreit, sprang Rachel vom Stuhl und wackelte mit den Hüften, sodass der Rock um ihre Knie raschelte.

«Wie findest du's?», fragte sie, während sie die Hände in den Vordertaschen des Rockes versenkte und auf dem kleinen Flickenteppich herumwirbelte.

Die Mutter zog das Maßband herunter, das um ihren Hals gehangen hatte, und lachte. Dann nahm sie die Brille ab und legte sie auf den Tisch. Ohne sie sah sie um Jahre jünger aus. Trotzdem, ihre schwarzen Locken, die unter dem Tuch hervorlugten, wurden an den Schläfen bereits grau, und sie hatte tiefe Falten um die sanften braunen Augen. Nur an ihrem Hals erkannte man, dass sie immer noch eine Frau in den besten Jahren war: lang, glatt und stolz und stets mit einem kleinen silbernen Kreuz geschmückt, das sie oft wie einen Talisman in der Hand hielt.

Rachel blickte auf ihre Mitleid erregend flache Brust herab und mokierte sich: «Ich wünschte, ich hätte Kurven.»

«Du bist schön, so wie du bist», sagte Rachels Mutter und rollte mit geschickten Fingern das Maßband zusammen.

«Ich sehe aus wie ein Junge.»

Laurel Vale schloss die Augen und schüttelte den Kopf, wie sie es oft tat, wenn sie verzweifelt war. Zwischen ihren Augenbrauen stand eine steile Falte, die noch tiefer wurde, als sie Rachel jetzt mit diesem für sie typischen wissenden Blick bedachte.

«Wir haben mitbekommen, was wir mitbekommen haben», sagte sie. «Wünsch dir nicht dauernd etwas anderes. Du hast die schönen Beine deiner Großmutter. Was willst du mehr?»

Rachel sah auf ihre Beine hinunter und konnte dann nicht umhin, auch die Beine ihrer Mutter zu betrachten, reglos unter der karierten Decke über ihren Knien. Auch sie hatte einmal zwei schöne Beine gehabt – hatte sie noch immer, nur funktionierten sie nicht mehr.

Es erstaunte Rachel, dass die Beine ihrer Mutter so normal aussahen und sie sie trotzdem überhaupt nicht bewegen konnte. Zunächst hatte Rachel insgeheim gehofft, ihre Mutter würde nur so tun als ob. Dass sie nur der Wille, sich zu bewegen, verlassen hätte. Dass sie damit irgendetwas ausdrücken wollte.

Das jedoch war nichts als eine kindliche Phantasie gewesen. Ihre Mutter besaß einen eisernen Willen und den Stolz einer Löwin. In ihrer stillen Qual, wenn Rachel ihr jeden Abend die Stufen zu ihrem Schlafzimmer hinauf half, war nichts Gespieltes. Rachel wusste, dass ihre Mutter es verabscheute, von der Tochter abhängig zu sein. Dabei legte sie eine solche Stärke und Würde an den Tag, dass Rachel manchmal vergaß, dass ihre Mutter überhaupt behindert war. Verglichen mit den meisten anderen Menschen wirkte sie sogar erstaunlich agil.

«Pearl hat neue Strümpfe», sagte Rachel.

«Ich habe diesen Monat kein Geld für Strümpfe.»

«Könntest du mir dann nicht wenigstens eine Naht hinten aufs Bein malen?», bettelte Rachel, warf ihrer Mutter einen Blick über die Schulter zu und streckte ihr eine sommersprossige weiße Wade entgegen. «Das hat Annes Mutter auch gemacht.»

«Das ist mir egal. Du wirst nicht herumlaufen wie

eine …» Rachel sah ihre Mutter an, um sie zu einem Fluch oder einem schlimmen Wort herauszufordern, doch sie wusste, dass sie das nicht fertig brachte. «… du weißt schon was», fuhr sie fort. «Und jetzt ab mit dir. Raus aus dem Kleid, damit ich es säumen kann, während du badest.»

Rachel spähte durch den Türspalt in die Küche, wo neben dem Herd die Zinnbadewanne aufgestellt war. Sie wusste, dass sie ihren Atem würde sehen können, sobald sie den Raum betrat.

«Können wir die Badewanne nicht hier rein stellen? Hier ist es viel wärmer.»

«Nein.»

Es war eines der speziellen «Neins» ihrer Mutter – das Nein des Haushaltsvorstands. Das Nein, das einfach nein bedeutete, ohne dass irgendwelche Erklärungen für nötig befunden wurden.

Mit einer einzigen geschickten Bewegung hatte ihre Mutter den Rollstuhl umgedreht, die Tür aufgestoßen und war die Rampe zur Küche hinuntergefahren. Bei dem kalten Luftstoß spürte Rachel einen Stich in der Lunge. Sie sah zu, wie ihre Mutter den schweren Wasserkessel vom Herd nahm und ihn mit geübter Hand in die Blechbadewanne entleerte.

«Nun komm schon. Und mach nicht so ein Gesicht», sagte sie aus einer Dampfwolke heraus, während Rachel aus dem Kleid schlüpfte und es sorgfältig über die Stuhllehne hängte. «Dein Bruder will auch baden, wenn er kommt.»

Ihre Mutter kannte da kein Pardon: Freitagabend wurde gebadet, und Laurel Vale bestand in ihrem Haushalt auf Hygiene. Rachel fragte sich, ob ihre Mutter die Routine, die ihr Leben bestimmte, nicht wenigstens ein einziges Mal aufgeben konnte.

Widerstrebend folgte Rachel ihr in die Küche. Sie zitterte.

«Soll ich dir die Haare waschen?», fragte die Mutter.

«Das mache ich schon selbst», antwortete Rachel selbstbewusst. Sie hasste es, wenn ihre Mutter nicht von ihrer Seite wich, als wäre sie noch ein Kind.

Die Mutter nickte und rollte davon. «Dann überlass ich dich jetzt deinem Schicksal.»

«Mum», rief Rachel ihr hinterher. «Danke für das Kleid. Es ist wunderschön.»

Die Mutter wandte sich im Halbdunkel um. Ihr Gesicht sah traurig aus. «Ich wünschte, dein Vater könnte dich sehen, jetzt, wo du erwachsen bist», sagte sie.

Angesichts der Tatsache, dass das Fehlen des Vaters in ihrem Haushalt ein derart wichtiges Thema war, fand Rachel es seltsam, dass sie sich überhaupt nicht an die Zeit erinnern konnte, als er noch bei ihnen war. Bill oder ihrer Mutter gegenüber hätte sie das niemals zugegeben, doch je öfter sie nach dem Tod von Thomas Vale das Foto auf dem Spitzendeckchen neben dem hohen Mahagonibett ihrer Mutter betrachtet hatte, desto ferner war er ihr erschienen. Schließlich hatte sie sich damit abgefunden, dass das steife Schwarzweißporträt ihres Vaters alles an Erinnerung darstellte, was ihr geblieben war.

Sie hegte keinen Zweifel daran, dass ihr Vater sie geliebt hatte (ihre Mutter hatte es ihr oft genug gesagt), aber sie besaß keinerlei Beweis dafür – keinen Talisman, keinen Brief, nicht einmal eine Haarlocke oder einen wertlosen Schmuckgegenstand, der ihr ganz allein gehörte. Sie wusste, dass sie ihn mehr hätte vermissen sollen und dass es schrecklich war, ein Elternteil zu verlieren, doch ihre Mutter vermisste ihn so sehr, dass es für sie beide reichte. Rachel hatte schon vor langer Zeit beschlossen, dass sie das Trauern ebenso gut ihrer Mutter überlassen und sich auf das Leben konzentrieren konnte. Schließlich wurde in ihrer Familie der Blick ohnehin meist auf die Vergangenheit gerichtet, und Rachel fand die Zukunft einfach viel faszinierender.

Erzählen wollte sie niemandem von ihren Plänen – nicht einmal ihren besten Freundinnen Anne und Pearl –, doch sie hatte bereits eine genaue Vorstellung von ihrer Zukunft: Fernreisen (insbesondere Afrika reizte sie), eine höchst aufregende Liebesaffäre mit einem exotischen und außergewöhnlichen Mann (auf die eine Hochzeit im großen Stil folgen würde), grenzenloser Reichtum (das Allermindeste, was sie brauchte, war ein großes Stadthaus und ein Auto mit Chauffeur); und das Wichtigste: Sie würde es aus eigener Kraft zu etwas bringen.

Rachel hatte viel über Florence Nightingale und Emily Pankhurst gelesen und war überzeugt davon, dass sie mit solchen Frauen mehr gemeinsam hatte als mit den Hausmütterchen, die ihre Mutter von den Treffen der Landfrauen her kannte. Nein, dachte sie, während sie die Finger verschränkte und die schmalen Arme von sich streckte, ein Leben, das daraus bestand, drei Mahlzeiten am Tag zuzubereiten und den Windfang zu schrubben, war nichts für sie. Sie war anders, sie würde Leute haben, die für sie kochten und sauber machten.

Rachel rekelte sich im Badewasser und behielt die Seife so lange in der Hand, bis sie sich auflöste. Sie wusste, dass Bill sich ärgern würde, wenn das Wasser trüb und die Seife nur noch eine schleimige Masse war, aber sie war viel zu sehr mit ihren Tagträumen beschäftigt, als dass sie das gekümmert hätte. Eines Tages würde sie in einem Haus mit eigenem Badezimmer leben, in dem es große goldene Wasserhähne und Spiegel überall geben würde. Sie hatte zwar keine Ahnung, wie sie das erreichen sollte, wusste aber, dass es so kommen würde. Bill war vielleicht dafür geschaffen, den Laden zu führen und ein guter Bürger von Stepmouth zu sein, auf sie selbst jedoch, da war Rachel ganz sicher, traf das nicht zu.

Und sie wusste auch, dass sich hier nie irgendetwas verändern würde. Nach dem Tod ihres Vaters, sogar schon vor dem Gerichtsverfahren, war sie davon ausgegangen, dass sie alle wegziehen und einen neuen Anfang versuchen würden. Sie hatte angenommen, dass die Menschen sie wie Aussätzige behandeln würden. Dass sie jedes Mal, wenn sie den Laden betraten, daran erinnert würden, was dort geschehen war. Dass den Vales für immer ein Makel anhaften würde.

Stattdessen hatte ihre Mutter das erbärmliche bisschen Geld, das ihr Vater hinterlassen hatte, benutzt, um den Laden zu renovieren, frisch zu streichen und alle möglichen Sicherheitsvorkehrungen zu treffen. Damals hatte sie eine wahre Besessenheit entwickelt, was Schlösser betraf. Drei an der Vordertür, drei an der Hintertür, zwei an jedem Fenster. Sie hatte aus dem Laden eine Festung gemacht, die unbezwingbarer war als die Bank von England. Und als sie endlich zufrieden und davon überzeugt war, dass bestimmt nie wieder jemand einbrechen würde, hatte sie – während die Schlüssel wie Warnglocken an dem eisernen Ring in ihrer Gürtelschlaufe klingelten – erklärt, alles werde weiter laufen wie bisher. Sie hatte sich jedem widersetzt, der sie von ihren Plänen abbringen wollte oder Mitleid zeigte, als könnten ihr Geist und ihre bloße Willenskraft alles Geschehene ausradieren.

Und sie hatte Recht behalten. Nach einer Weile hatte Laurel Vales Entschlossenheit, alles weiter laufen zu lassen wie bisher, bewirkt, dass es auch tatsächlich so kam. Auch wenn die Leute anfangs jedes Mal, wenn sie den Laden betraten, das Gefühl haben mochten, sich am Schauplatz eines Verbrechens zu befinden – mit der Zeit schien es in Vergessenheit zu geraten. Es war, als legten sich allein dank der Tatsache, dass sich jeden Tag die gleichen Abläufe wiederholten – der Laden öffnete und schloss, die Kunden kamen und gingen – immer mehr dünne Lagen Seidenpapier, wie ihre Mutter es verwendete, um das gute Porzellan einzupacken, auf den Laden, bis mit der Zeit die Tragödie an Bedeutung verlor, erstickt vom Gewicht der Normalität.

Zu Hause sprachen sie nie darüber. Natürlich wirkten die Geschehnisse nach, aber nur unter der Oberfläche. Tagsüber stand ihre Mutter fröhlich und höflich im Laden, und abends zog sie sich, sobald das Abendessen vorüber und die Teller gespült waren, auf ihr Zimmer zurück.

Und das waren die Momente, in denen Rachel das ganze Gewicht des heimlichen Kummers ihrer Mutter spürte. Es lastete auf ihr, wenn das erstickte Weinen und die inbrünstigen Gebete durch die geschlossene Schlafzimmertür drangen oder wenn sie die Ansammlung schwarzer Kleider auf der Wäscheleine betrachtete. Es war da, wenn am Todestag und Geburtstag ihres Vaters ebenso wie am Hochzeitstag der Eltern bedrückendes Schweigen über dem Haus lag. Und es war in der Galerie religiöser Bilder, die ihre Mutter im liebevollen Gedenken an Thomas Vale im dunklen oberen Flur aufgehängt hatte.

Manchmal sehnte sich Rachel danach, einen Weg zu finden, ihre Mutter von all der Trauer und Bill von seiner Wut zu erlösen. Sie wünschte sich, dass sie sich daraus befreien, dass sie wenigstens einmal wirklich glücklich sein könnten. Aber dazu würde es niemals kommen. Wenn sie besonders düsterer Stimmung war, dachte Rachel, Bill und ihre Mutter verdienten einander. Ihre Mutter *wolle* ihren Schmerz festhalten, und Bill *wolle* maßlos wütend sein. Das machte sie zu dem, was sie waren. Sicher war nur eines: Sie selbst war anders.

Rachel hörte die Hintertür schlagen und dann Bill rufen: «Ich bin wieder da.»

«Ah, da bist du ja», sagte ihre Mutter. Ihre Stimme klang jetzt munterer. Rachel blickte mürrisch drein, während sie sich vorstellte, wie Bill sich hinunterbeugte, um seine Mutter zu küssen. Manchmal verursachte ihre innige Zuneigung zu ihm ihr fast Bauchschmerzen. Sie hörte, wie ihre Mutter das Radio ausschaltete.

«Ich sterbe vor Hunger», sagte Bill.

«Ich habe dir das Abendessen aufgehoben. Es steht im Herd.»

Rachel verschränkte die Arme über der Brust und ließ sich tiefer in die Badewanne sinken.

«Untersteh dich», schnappte sie, als sich ihr Bruder durch die Tür schob.

«Aber …»

«Raus!»

«Na, dann beeil dich aber.»

Während Bill sich zurückzog, hob Rachel ein Bein aus dem Wasser, streckte die Zehen und inspizierte ihren schlanken Unterschenkel wie eine Ballerina. Dann nahm sie mit einem Lächeln Bills höllisch scharfes Rasiermesser, das sie aus der Außentoilette geholt hatte, und begann, sich die Beine zu rasieren. Sie hatte keineswegs die Absicht, sich zu beeilen. Er war nicht ihr Vater. Er besaß nicht das Recht, sie herumzukommandieren. Einmal wenigstens sollte Bill Vale sich ihren Wünschen fügen.

Am frühen Samstagmorgen waren die Lumpensammler unterwegs. Rachel kannte das Pferdegetrappel und die Klingel draußen auf der Hauptstraße. Kurz darauf hörte sie Bill rufen, sie solle aufstehen und ihm helfen, eine alte Matratze hinauszuschleppen. Sie ignorierte ihn und zog sich das Kissen über den Kopf. Doch dann fiel ihr ein, dass sie an diesem Abend tanzen gehen wollte. Da hatte es keinen Sinn, Bill gegen sich aufzubringen, denn wenn sie zu weit ging, machte er ihr vielleicht einen Strich durch die Rechnung.

Draußen war der Himmel wolkenlos, und die Vögel jagten einander zwitschernd über den Fluss. Bill stand mit aufgerollten Hemdsärmeln vor dem Laden bei der Tür zur Gasse, neben sich eine zusammengesunkene Matratze.

«Oh», sagte er. «Du bist wach.»

«Tut mir Leid, dass ich nicht früher gekommen bin, aber ich wollte zuerst noch eine halbe Karotte für das Pferd suchen», sagte Rachel und wedelte mit dem schlappen Gemüse, das sie aus dem Komposteimer neben der Hintertür gezogen hatte.

Bill hatte keine Zeit, etwas dazu zu sagen, denn Rachel lachte und deutete über die Gasse hinweg auf James Peters, der aus seiner ärmlichen Kate gerannt kam, während er noch seine Hosenträger hinaufstreifte, und anschließend in Windeseile den Pferdedung in einen Kohleeimer schaufelte, um ihn in seinem Rosengarten zu verteilen.

«Morgen, James», rief Bill, doch der war zu beschäftigt, um zu antworten.

«Wir sollten das Zeug im Laden verkaufen», meinte Rachel zu Bill, während sie das riesige Shirepferd tätschelte und mit der Karotte fütterte. «Damit könnten wir ein Vermögen verdienen.»

Bill lachte und hievte die Matratze hoch. «Ich kann mir

nicht vorstellen, dass Mom das gutheißen würde. Hilf mir mal schnell mit dem Ding, ja?»

Wieder im Haus half Rachel ihrer Mutter beim Aufstehen und massierte ihr das vom Liegen steife Kreuz. Anschließend half sie ihr die Treppe hinunter und in die Küche, wo Bill Spiegeleier mit Speck zubereitet hatte. Rachel blätterte während des Essens die Zeitung durch, und als Bill um zehn vor neun die Rollläden vor der Ladentür hochzog, schienen alle guter Laune.

Es gab sofort eine Menge zu tun, denn die Ortsansässigen legten Wert darauf, die notwendigen Einkäufe für das Wochenende zu erledigen, bevor die unvermeidlichen Touristenbusse eintrafen. Erst um zehn ebbte das Geschäft ein wenig ab.

«Ich liefere jetzt die Bestellungen aus», verkündete Bill und band sich die Schürze ab, die er im Laden häufig trug. «Sind nur ein paar wenige in der Stadt, und eine drüben bei den Jones. Ich werde nicht lange brauchen. Wenn Ralph mit der Milchbestellung kommt, sag ihm, er soll warten.»

«*Ich* gehe», sagte Rachel, schoss hinter dem Tresen hervor und stellte sich Bill in den Weg. «Lass mich das erledigen.»

«Unmöglich. Es ist wichtig, dass du hier bleibst und Mum hilfst. Und wenn ich sage: hier bleiben, dann meine ich das auch so. Nicht dass du mit Anne und Pearl an den Strand verduftest.»

«Aber wenn du doch auf eine Lieferung wartest, wäre es da nicht besser, ich ziehe mit dem Fahrrad los?», gab Rachel hilfsbereit zu bedenken. «Komm schon», sagte sie und nahm Bill die Pakete ab. «Ich erledige das.»

«Nein», setzte Bill an, während er nach den Paketen griff.

Rachel wandte sich an ihre Mutter. «Das ist ungerecht. Immer sagt er, ich soll mehr tun, und jetzt biete ich meine Hilfe an, und er lässt mich nicht.»

«Lass sie gehen, Bill», sagte Laurel Vale, die gerade den Tresen abwischte. «Es ist sicher besser, wenn du hier bist.»

«Na schön!», gab er schließlich nach und drückte Rachel die Pakete so unwirsch an die Brust, dass sie fast das Gleichgewicht verlor. «Aber ich will, dass du anschließend sofort wiederkommst. Heute wird jede Hand gebraucht.»

«Du könntest wirklich langsam aufhören, immer so misstrauisch zu sein.»

«Dann gib mir Grund, dir zu vertrauen», zischte Bill.

«Hört auf, ihr beiden», schritt die Mutter ein. «Bill, es reicht.»

Rachel kam sich dumm vor, weil sie so neugierig auf Emily Jones war, aber alle Mädchen, die sie kannte, waren in ihrem Alter, und deren Mütter waren nichts als das: Mütter. Abgesehen von den verschrobenen Exzentrikern gab es in Stepmouth niemanden, der auch nur ein wenig anders war. Mit der Mode ging jedenfalls niemand, und da wirkte Emily wie eine frische Brise, eine Brise der Hoffnung aus der großen weiten Welt. Jener Welt, zu der Rachel eines Tages auch gehören würde.

«Hallo, guten Tag», sagte Emily mit ihrem wunderbar exotischen Akzent, als sie Rachel wenige Minuten später an der Eingangstür des Sea Catch Café begrüßte. «Wo ist denn dein Bruder?»

«Er hat im Laden zu tun. Das Wetter, wissen Sie. Deshalb bin heute ich gekommen.» Rachel stieg ab und lehnte das Rad an die Wand.

Emily tat einen tiefen Atemzug und seufzte. «Ich kann

dir nicht verdenken, dass du raus wolltest. Die Luft schmeckt nach Frühling, stimmt's?»

Emily sah noch bezaubernder aus, als Rachel sie in Erinnerung hatte. Sie trug einen eng anliegenden weißen Pullover und einen blauen Rock, und diese Kleidung betonte ihre Kurven auf eine Weise, die Rachel an das Modell denken ließ, das sie gestern auf dem Schnittmuster bewundert hatte. Ihr blondes Haar war aufgedreht und wurde seitlich von einer hübschen blauen Spange aus der Stirn gehalten. Die Lippen waren rosarot geschminkt, und sie rauchte eine lange Zigarette mit goldenem Filter – eine Marke, die Rachel zum ersten Mal sah. Noch nie hatte sie sich gewünscht, wie jemand anderes auszusehen, mit Ausnahme von Marilyn Monroe natürlich, aber die kannte sie nur aus dem Kino. Jetzt ertappte sie sich bei dem heißen Wunsch, Emily zu gleichen.

Rachel reichte Emily das kleine Päckchen Lebensmittel aus dem Korb vorn am Fahrrad.

«Heute sind wahrscheinlich alle beschäftigt», sagte Emily, nachdem sie sich bedankt hatte. «Aber irgendwann musst du mit deiner Familie mal zum Essen herkommen. Ich weiß, dass wir momentan nur ein Café betreiben, aber ich werde ein Diner daraus machen oder ein Restaurant.» Sie deutete hinter sich in den Raum. «Ich habe mir überlegt, dass wir abends eine Jazzband spielen lassen könnten. Damit hier was los ist. Was meinst du dazu?»

Rachel fand keine Worte. Sie wusste nicht, was ein Diner war, und in einem Restaurant war sie mit ihrer Familie auch noch nie gewesen. Sie ging mit ihrer Mutter nie irgendwo hin, außer ab und zu Freunde besuchen oder in die Kirche. Wenn sie einmal mit dem Bus einen Tagesausflug machten, nahmen sie Räucherheringspaste und mit Frühstücksfleisch belegte Brote mit. In einem Restaurant zu essen, in dem eine

Jazzband spielte, erschien Rachel als der Gipfel an Extravaganz. Doch sie kannte die Bewohner von Stepmouth auch gut genug, um mit Sicherheit sagen zu können, dass die Stadt eine solche Einrichtung als Skandal empfinden würde.

«Ich finde, das hört sich großartig an.»

«Das Diner, oder das Restaurant?»

«Was ist ein Diner?»

Emily lachte, aber es klang keineswegs herablassend. «Ein Diner? Hm, das ist eine Art Milchbar. In New York gibt's ein tolles, wo ich immer hingegangen bin. Da gibt es kleine Nischen, in denen man sitzen und Milchshakes trinken und Burger essen kann. Und es gibt sogar eine eigene kleine Juke Box an jedem Tisch.»

«Irgendwann gehe ich auch nach New York.» Ohne es zu wollen, hatte Rachel ihren Gedanken laut ausgesprochen.

«Es wird dir gefallen», sagte Emily, als sei Rachels Bekenntnis die natürlichste Sache der Welt und vollkommen realistisch. «Du musst ins Empire State Building gehen. Ja, und zu Macy's natürlich. Du kannst dir gar nicht vorstellen, was es da alles gibt. Ich kann dir genau sagen, was du unbedingt sehen solltest.»

Es entstand eine kurze Pause. Rachel merkte, dass Emily sie ansah, war aber zu verlegen, um ihrem Blick zu begegnen. Sie wagte es nicht, ihre Pläne weiter auszuführen. Emily drückte ihre Zigarette auf der Schwelle aus.

«Jetzt sag mal, was hast du denn heute so vor?», fragte sie im Plauderton und wechselte damit das Thema. «Ich meine, wo amüsiert man sich hier am Samstagabend? Das habe ich noch nicht herausgefunden.»

«Ich gehe zum Tanzen. Ist aber keine große Sache.»

«Immerhin besser als gar nichts», meinte Emily. «Und was ziehst du an?»

«Meine Mutter hat mir ein Kleid genäht.»

«Komm doch mal einen Augenblick herein», sagte Emily lächelnd, als hätte sie gerade eine Idee gehabt. «Vielleicht habe ich da etwas für dich.»

Rachel hatte das Café noch nie betreten, denn das taten nur Touristen. Es war größer, als sie es sich vorgestellt hatte. Auf den Tischen lagen rot karierte Decken, und ein Panoramafenster gab den Blick auf den weit darunter liegenden Fluss frei. In allen Blumenkästen blühten gelbe und violette Veilchen. Es sah ein bisschen aus wie in einer Skihütte in den Alpen, die Rachel in einer Zeitschrift gesehen hatte.

«Ach, da ist ja meine rechte Hand», sagte Emily, und Rachel folgte ihrem Blick zu der Tür, die sich in der hinteren Wand neben der Durchreiche öffnete. Rachels Herz machte einen Sprung, denn im Türrahmen stand Tony Glover und wischte sich die Hände an einem Tuch ab. Er erstarrte, als er sie sah.

«Tony ist meine Rettung in der Küche», fuhr Emily fort. «Wirklich, ich wüsste nicht, wie ich ohne ihn zurechtkäme. Irgendwann wird er, glaube ich, ein großartiger Koch sein. Kennt ihr einander?»

Emily wusste von nichts.

Der Gedanke traf Rachel wie ein Schlag, sodass sie Emily nur noch sprachlos ansah. *Emily wusste von nichts.* Sie wusste nicht, was sich zwischen den Vales und den Glovers abgespielt hatte. Sie hatte keine Ahnung, dass man Tony und sie aus Millionen von Gründen niemals miteinander allein lassen durfte.

Sollte sie etwas sagen? Sollte sie Emilys Illusionen zerstören? Auf der Suche nach einer Antwort sah Rachel Tony aus dem Augenwinkel an. Ein Sonnenstrahl fiel durch das

Fenster zwischen ihnen, in der Luft leuchteten Staubkörnchen. Als sich ihre Blicke trafen, konnte sie in seinen Augen die Antwort lesen, und es verschlug ihr den Atem.

Wieder einmal löste sich ihre vorgefasste Meinung in Nichts auf, und Rachel hatte das gleiche Gefühl wie damals nach der Schlägerei: als würde ein Vorhang weggezogen und sie hätte freien Blick auf die Wahrheit. Denn sie konnte die Tatsache nicht leugnen, dass Tony Glover, wie er so dort stand, vollkommen normal aussah. Er sah wie ein richtiger Mensch aus, überhaupt nicht wie der nichtsnutzige Schurke, der er zweifellos war. Er sah nicht aus wie der Buhmann der Stadt. Er sah aus wie jemand, den Emily eingestellt hatte. Jemand, den Emily mochte, respektierte und vertrauenswürdig fand. Und dann sah er auch noch unleugbar anziehend aus in dem hellen Sonnenlicht, das sein Gesicht von der Seite beleuchtete.

«Also? Kennt ihr euch oder nicht?», fragte Emily erneut und ließ den Blick sichtlich verwirrt zwischen Rachel und Tony hin und her wandern.

«Kann man wohl so sagen», sagte Tony schließlich. Er rieb sich die Backe.

Emily nickte. «Prima. Dann amüsiert euch. Ich bin gleich zurück», verkündete sie, während sie die Tür zum Flur öffnete.

Als Emily fort war, herrschte eine solche Spannung im Raum, dass Rachel kaum sprechen konnte. Sie versuchte sich vorzustellen, sie wären in einem Skiort, weit weg von Stepmouth und allen, die sie kannten. Das war nicht weiter schwierig. Auch ohne dass sie ein Wort sprachen, war es, als schwebten sie in ihrer eigenen Luftblase, in der sämtliche Regeln, nach denen sie immer gelebt hatten, außer Kraft gesetzt waren.

«Wie geht es deinen Blessuren?», fragte sie. Die blauen Flecken im Gesicht waren heller geworden.

«Ist schon viel besser.»

«Na ja, ich hab ja schon gesagt, tut mir Leid.» Sie versuchte, einen harten, beinahe abweisenden Ton anzuschlagen, doch stattdessen hörte sich ihre Stimme heiser an.

«Nicht nötig. Ich bin zu Hause rausgeflogen. Aber es war sowieso Zeit zu gehen ... Zeit, mich auf eigene Füße zu stellen. Also hast du mir vermutlich sogar einen Gefallen getan. Meine Mum, weißt du. Sie hat was gegen Raufereien.»

Rachel starrte ihn an, denn diese Enthüllung überraschte sie. Tonys Mutter, dieser Drachen, diese skandalöse Mutter ohne Schamgefühl, hatte moralische Grundsätze? Sie hatte ihren eigenen Sohn aus dem Haus geworfen, weil er sich geprügelt hatte?

«Und wo wohnst du jetzt?», fragte sie.

«In einem Schuppen auf dem Land vom alten Dooley. Er hat ihn meinem Großvater geschenkt, weil der ihm das Leben gerettet hat.»

Wieder war Rachel wie vom Donner gerührt. Ein Glover, der Leben *rettete*?

«Tatsächlich?»

In diesem Moment stürmte Emily wieder herein, und Rachel fuhr zusammen.

«Hier», sagte sie außer Atem, während sie Rachel ein kleines quadratisches Päckchen hinhielt.

Rachel riss ihren Blick von Tony los und nahm das Päckchen. Es war eine schwarz-weiß karierte Schachtel, verziert mit der Zeichnung einer sich bückenden Frau. Ein Fenster aus durchsichtigem Zellophan im Deckel verriet, dass sich darin ein Paar hauchdünner, gerippter Seidenstrümpfe befand.

«Da. Die besten, die zu kriegen sind», sagte Emily und lächelte Rachel an.

«Ich kann nicht.» Zutiefst erstaunt über dieses großzügige Geschenk, suchte Rachel stammelnd nach Worten.

«Ach, komm schon. Dein Bruder hat mir neulich einen Riesengefallen getan. Er hat mir Schokolade gegeben, damit ich meiner Mum etwas mitbringen konnte. Ich schulde ihm also einen großen Gefallen. Allerdings weiß ich, dass er Schokolade hasst ...»

«Wie bitte? Er liebt Schokolade», unterbrach Rachel sie. «Mehr als alles andere auf der Welt. Hat er Ihnen etwa das Gegenteil erzählt?»

Ein geheimnisvolles Lächeln huschte über Emilys Gesicht. «Das spielt keine Rolle», sagte sie. «Aber danke. Ich werde ihm ein bisschen Schokolade besorgen, um mich zu revanchieren. Und im Übrigen sind die da für dich. Mädchen brauchen doch ständig neue Seidenstrümpfe. Jedenfalls alle, die ich bisher kennen gelernt habe.»

Rachel fand keine Worte. Es waren die schönsten Seidenstrümpfe, die sie je gesehen hatte. Anne würde grün werden vor Neid.

«Zieh sie heute Abend zum Tanzen an. Ab und an braucht ein Mädchen ein kleines Extra, um die Jungs zu beeindrucken.» Emily blinzelte Rachel zu und warf dann absichtsvoll einen Blick in Richtung Küche, doch Tony war verschwunden.

«Und? Nun sag doch was», beharrte Emily, freudig erregt über ihr Geschenk.

«Danke», würgte Rachel hervor.

Vor dem Café nahm Rachel das Rad und bog in die Seitengasse ein. Sobald sie sicher war, dass sie sich außer Sichtweite befand, holte sie das Päckchen Zigaretten hervor, das sie von ihrem Taschengeld gekauft hatte. In der Ferne vernahm sie das Klirren der Masten von den Fischerbooten, die im Hafen lagen, und das Geräusch eines Wagens, der auf der Harbour Bridge den Gang wechselte. Und ganz nahe hörte sie beinahe ihren eigenen Herzschlag.

Sie nahm einen tiefen Zug von ihrer Zigarette und dachte daran, wie bezaubernd schön Emily heute ausgesehen hatte. Und dann, ohne es zu wollen, hatte sie nur noch das Bild von Tony im Kopf, vom Sonnenlicht auf seinem Gesicht und seinen tiefblauen Augen, die sie anstarrten. Tony Glover. Mehr denn je wünschte sie sich jetzt, er stünde hier neben ihr. Sie wollte ihn herausfordern, mit ihm streiten, ihm eine Erklärung dafür abringen, warum es sie so verwirrt hatte, ihn zu sehen.

Rachel schloss kurz die Augen, stieß den Zigarettenrauch aus und spürte im Kopf den leichten Schwindel. Aber da war noch etwas anderes: ein Gefühl von Weichheit und Wärme, das sich in ihrem Bauch ausbreitete, als sie an Tonys Gesicht dachte.

Sie öffnete abrupt die Augen, als fühlte sie sich ertappt. Das durfte nicht sein. Sie durfte Tony Glover nicht begehren. Das ging einfach nicht. Sie warf die Zigarette weg und steuerte zitternd das Rad zurück auf die Straße. Sie durfte nicht von jemandem aus diesem Fleisch und Blut träumen. Das war ihr nicht erlaubt.

Denn Tonys Fleisch und Blut war schlecht. Durch und durch schlecht. Es war Tonys Fleisch und Blut, das ihre Familie zerstört hatte. Schließlich war sein Bruder Keith Glover mit einer Maske vor dem Gesicht und einer Waffe in der Hand mitten in der Nacht in den Laden eingedrungen und hatte auf der Suche nach Bargeld die Kasse aufgebrochen. Keith Glover war es gewesen, der sich zu ihrem Vater, der entsetzt im Schlafanzug herbeigeeilt war, umgedreht und ihn aus nächster Nähe erschossen hatte. Keith Glover war es gewesen, der eiskalt zugesehen hatte, wie er tot zu Boden fiel, während hinter ihm seine Frau auftauchte. Und Keith Glover war es gewesen, der, ehe er die Flucht ergriff, noch einmal abgedrückt und damit Laurel Vale das Becken zertrümmert hatte, sodass sie für den Rest ihres Lebens gelähmt sein würde.

7. Kapitel

Mallorca, 2003

Vor der Einfahrt nach Sa Costa stieg Laurie aus dem Taxi. Als ihr die Mittagshitze entgegenschlug, seufzte sie wohlig auf. Die hübsche junge Frau, die an der staubigen Zypressenallee auf sie gewartet hatte, beugte sich zum Fenster herunter und sprach in schnellem Spanisch auf den Fahrer ein, ehe sie sich Laurie zuwandte.

«Mrs. Glover hat mich angerufen. Ich bin Maria», stellte sie sich vor und schüttelte Laurie die Hand. Sie hatte dunkle Ringellöckchen und trug ein Kleid mit Blumenmuster sowie eine modische Sonnenbrille. Im Vergleich zu ihr fühlte sich Laurie durch und durch als Engländerin auf Reisen, wie eine Wühlmaus, die sich nach einem langen Winter im Londoner Nieselregen ans Licht gearbeitet hatte.

«Ich arbeite im Ararat-Büro in Palma», fuhr Maria fort, während der Taxifahrer den Kofferraum aufschnappen ließ und mit einer Kippe im Mund um den Wagen herum ging, um Lauries Gepäck herauszuheben. «Ich kümmere mich um das Anwesen. Leider können wir nicht mit dem Taxi bis zum Haus vorfahren, weil die Auffahrt frisch geteert worden ist.»

Maria arbeitet bestimmt mit Sam zusammen, dachte Laurie spontan und spürte den Kitzel des Verbotenen bei diesem winzigen Einblick in Sams Welt, der da aufblitzte – eine Welt, die in erschreckend greifbarer Nähe lag. Vielleicht würde Maria ihm sogar von Lauries Ankunft auf Mallorca berichten …

Laurie rief sich sofort wieder zur Ordnung und konzentrierte sich auf ihr Gepäck. War sie verrückt geworden? Wie konnte sie so etwas auch nur denken? Diesem verdammten Sam Delamere würde sie nicht das kleinste Plätzchen in ihren Gedanken einräumen. Dazu war sie nicht hier. Mit ihm wollte sie absolut nichts zu tun haben. Sie war auf Einladung ihrer wunderbaren neuen Tante hergekommen, und nichts und niemand – und schon gar nicht Sam – sollte die neu entstandene Beziehung zu ihrer Familie gefährden.

«Von hier aus gehen wir zu Fuß weiter», sagte Maria und nahm Laurie einen der Fünf-Euro-Scheine aus der Hand, mit denen sie den Taxifahrer bezahlen wollte. «Einheimischentarif», erklärte sie. «Sie gehören doch zur Familie.»

Laurie steckte das übrige Geld in ihr Portemonnaie zurück und dachte zum wiederholten Male, dass Rachels Einfluss hier fast einen Mafia-Charakter zu haben schien. Was Tony für ein Mensch gewesen war, konnte sie nur mutmaßen, doch Rachel benahm sich wie der Pate persönlich. Sie setzte ihre Wünsche mit einer derartigen Leichtigkeit und Anmut durch, dass es praktisch unmöglich war, sich ihnen zu widersetzen.

Nicht dass Laurie Rachels großzügiges Angebot, ihre Villa auf Mallorca für einige Monate zu nutzen, um ungestört arbeiten zu können, hätte ausschlagen wollen. Es kam genau zum richtigen Zeitpunkt – das war Schicksal, da hatte sie nicht nein sagen können.

Und jetzt, wo sie hier war, schienen sich sämtliche Zweifel, die sie je gehabt haben mochte, in der dunstigen mallorquinischen Luft aufzulösen. Während das Taxi abfuhr und dabei eine Staubwolke aufwirbelte, merkte Laurie, wie ruhig es hier war. Die Stille wurde nur vom Gezwitscher der Vögel in den Bäumen und dem Zirpen der Zikaden durchbrochen.

«Mrs. Glover ist sehr freundlich zu mir und meiner Familie. Wir trauern sehr um Mr. Glover. Wir sind alle sehr, sehr traurig», sagte Maria, indem sie ein kleines schmiedeeisernes Tor neben den großen Automatiktoren aufschloss. «Für Sie ist es bestimmt ein schmerzlicher Verlust gewesen.»

Laurie hörte ihr kaum zu. Sie war völlig von der Villa in Bann geschlagen. Die Mauern zur schmalen Straße hin waren über und über mit Bougainvillea in der Farbe von Himbeerpudding bedeckt, und hinter den Toren entlang der gewundenen Einfahrt entdeckte sie blühende Kakteen und kleine Palmen, als ginge es in den Dschungel. Von solcher Ehrfurcht erfüllt, fiel ihr erst reichlich spät auf, dass Maria ihr kondolieren wollte und sie mit einem Blick grenzenlosen Mitgefühls bedachte.

«Ach ja», stammelte sie und kam sich dabei wie eine Betrügerin vor, «das war ein großer Schock.» Laurie versuchte ihre Verlegenheit dadurch zu verbergen, dass sie am Griff des großen Koffers zerrte, um ihn auf seinen Rädchen vorwärts zu ziehen. Außerdem hatte sie eine große Tasche voller Leinwände, Pinsel und Farben mitgebracht, die sie sich jetzt über die Schulter hievte. Sie hatte sogar einen Hammer dabei, mit dem sie die Rahmen zusammenzimmern wollte.

Laurie folgte Maria am Rand der neu asphaltierten Einfahrt entlang. Sobald das Seitentor hinter ihnen ins Schloss gefallen war, überwältigte sie eine Mischung aus Blütendüften, kombiniert mit dem Geruch des frischen, glänzenden Asphalts. Sie vernahm den trägen Pulsschlag diskret verborgener Rasensprenger und hatte das Gefühl, in einen geheimen Garten geraten zu sein, Lichtjahre entfernt von den Belastungen ihres eigenen Lebens.

«Wir vermissen Mr. Glover sehr», sagte Maria gerade.

«Er hat sich immer ganz rührend um uns alle gekümmert. Ohne ihn wird es nicht mehr dasselbe sein. Er hat dieses Haus geliebt. Als er es kaufte, war es eine Ruine. Mein Vater meint, es hätte über fünfzig Jahre lang leer gestanden. Aber das wissen Sie ja sicher.»

Sie waren der Einfahrt um eine Kurve gefolgt, und Marias Stimme verlor sich in der Entfernung, denn Laurie hatte bei dem Anblick, der sich ihr bot, einfach stehen bleiben müssen. Das Haus, ursprünglich ein altes Bauernhaus, war absolut zauberhaft. An den verblichenen, rustikalen Ziegeln rankten sich üppige rote Blumen hinauf und einen hölzernen Türbogen entlang. Drei riesige Palmen mit kreuz und quer gestreiften Stämmen und hoch aufragenden Wedeln standen davor. Dahinter entdeckte Laurie durch die gestutzten Hecken einen mit wildem Wein bewachsenen Essplatz an einem riesigen Grill, einen Platz, wie sie ihn bisher nur in den allerfeinsten, teuersten Urlaubskatalogen gesehen hatte. Und hier sollte sie wohnen. Sie allein.

«Sie haben großes Glück. Ihre Familie … das sind lauter wunderbare Menschen», sagte Maria, die gewartet hatte, bis Laurie sie wieder einholte.

«Ich hatte bis vor kurzem gar nicht so viel Kontakt zu ihnen», murmelte Laurie, doch Maria ging gar nicht auf diese Andeutung ein, die die buchstäbliche Wahrheit enthüllte. Stattdessen schloss sie die Haustür auf und sah auf ihre kleine goldene Armbanduhr.

«Es tut mir sehr Leid, aber ich muss Sie jetzt verlassen. Ich muss wieder ins Büro. Mein Cousin Fabio kommt den Pool reinigen, und wenn Sie möchten, bringt er Ihnen auch frische Lebensmittel ins Haus. Wenn die Familie hier ist, holt er immer Fisch und Obst vom Markt.»

Das ist das Paradies, dachte Laurie. Noch nicht einmal

zum Einkaufen brauchte sie aus dem Haus zu gehen. Es war genauso, wie Rachel es versprochen hatte. Sie wäre hier ganz allein, kein Mensch würde sie stören.

Maria reichte Laurie die Schlüssel und zog dann eine Visitenkarte aus ihrer winzigen Handtasche. «Dante, der Gärtner, kommt zwar jeden Tag, aber er spricht nicht gut Englisch. Sollten Sie Probleme haben oder irgendeine Frage, rufen Sie mich bitte an.»

«Vielen Dank, sehr nett von Ihnen.»

Maria lächelte und winkte, dann marschierte sie die Einfahrt entlang davon.

Allein zurückgeblieben, schob Laurie die schwere Haustür auf und seufzte angesichts der Kühle, die sie sofort umfing, dankbar auf. Die Diele war in einfachem Dekor gehalten, mit Terrakotta-Fliesen auf dem Fußboden und schlichten weißen Wänden, an denen vereinzelt geschmackvoll gerahmte abstrakte Bilder hingen. Sie blieb stehen und betrachtete ein Schwarz-Weiß-Foto auf einem Regal. Sie lächelte, als sie Christopher und Nick als kleine Jungen erkannte, und ebenso wie am Vorabend von Tonys Beerdigung in Dreycott Manor, als man ihr ähnliche Bilder gezeigt hatte, tat es ihr Leid, dass sie nicht auch mit auf den fröhlichen Familienfotos zu sehen war. Dennoch, die verlorene Zeit ließ sich noch aufholen, dachte sie, und stellte das Foto zurück.

Eine alte hölzerne Standuhr tickte im Takt ihrer Schritte, als sie zum Fuß der Marmortreppe ging, wo mehrere schwere Eichentüren von der Diele ab führten. Laurie öffnete versuchsweise eine davon. Sie schwang auf und gab den Blick auf eine geräumige, offene Wohnlandschaft mit gemütlichen Rattansofas, einigen verstreut stehenden Sesseln sowie einem riesigen rustikalen Bauerntisch mit achtzehn Plätzen frei. Von den hohen Decken hingen große hölzerne Ventilatoren, und durch einen Torbogen erblickte sie eine gediegene Küche mit altmodischem Kohleofen, einem modernen Herd und einer schicken Frühstückstheke mit integrierter Jukebox.

Am meisten beeindruckten sie allerdings an diesem Zimmer die Fensterwände mit Schiebetüren. Laurie überquerte auf Zehenspitzen den hellen Teppich, öffnete den Riegel an einem der Schiebefenster und trat auf die Terrasse hinaus. Nun erst offenbarte sich ihr die wahre Pracht von Sa Costa. Die Aussicht war einfach umwerfend: über den unermesslich großen Swimmingpool und den perfekt getrimmten Rasen hinweg, durch einen Baldachin von Oliven-, Eukalyptus- und Zitronenbäumen hindurch öffnete sich der Blick zur weiten, glitzernden Fläche des blauen Meers tief unter ihr. Rachel hatte zwar einen Pfad erwähnt, der durch ein Wäldchen zum Strand führte, doch Laurie war davon ausgegangen, dass ihre Tante von einem öffentlichen Weg sprach. Keine Sekunde lang war ihr der Gedanke gekommen, Rachel könnte gemeint haben, dass ihr Ferienhaus über einen Privatstrand verfügte.

Nun fühlte sie sich hin- und hergerissen zwischen dem Bedürfnis, einen Freudentanz aufzuführen, und dem Gefühl, vor Scham im Erdboden zu versinken. Bei Rachel hatte es so selbstverständlich geklungen, dass Laurie zum Arbeiten herfahren sollte, doch jetzt fühlte sich Laurie, als hätte sie gedankenlos ein Geschenk angenommen, ohne es auszupacken, und erst zu Hause festgestellt, wie wertvoll es eigentlich war. Doch wie hätte sie auch ahnen können, dass Rachels Villa so ein Traum war?

«O mein Gott!», rief sie laut, atmete die warme Luft ein und beobachtete die Schmetterlinge, die direkt vor ihrer

Nase tanzten. Als an ihrem Ohr pfeilschnell ein Eisvogel vorüberflog, der seinen Schnabel kurz in den Pool tunkte und über das weiße Sprungbrett davonflatterte, machte sie regelrecht einen Satz.

Plötzlich zerriss das Klingeln ihres Handys die Stille. Roz, die die Tatsache, dass Laurie für ein paar Monate im Ausland arbeiten würde, mindestens ebenso aufregend fand wie Laurie selbst, war am Apparat. Sie lauschte ihrem Bericht über die Villa gespannt. Nach der Ausstellung hatte sie ein paar Aufträge an Land gezogen und drängte darauf, dass Laurie daran weiterarbeitete. Auch war sie vollkommen überwältigt von dem Gedanken, dass Laurie jetzt eine neue Familie hatte, und wollte alle Einzelheiten über Tonys Beerdigung wissen. Und Laurie berichtete nur allzu gern darüber, mit einer großen Ausnahme.

Aus mehreren Gründen schaffte sie es nicht, Roz von ihrem Wiedersehen mit Sam zu erzählen. Zum einen konnte sie nicht sicher sein, dass sie diesbezüglich völlig abgeklärt wirken würde, und zum anderen war ihr klar, dass ihr eine Standpauke drohte, sobald Roz von ihrer Gefühlsverwirrung Wind bekäme. Wenn Roz von Sam wüsste, hätte sie Lauries Entscheidung, nach Mallorca zu gehen, wo sie möglicherweise ganz in seiner Nähe sein würde, in jeder Hinsicht hintertrieben.

«Wann will James denn nachkommen?», fragte Roz schwärmerisch, nachdem Laurie ihr die schöne Aussicht beschrieben hatte.

«Jetzt mach aber mal einen Punkt! Ich bin buchstäblich in dieser Minute angekommen. Außerdem hat James zu tun. Er nimmt gerade ein Album auf, das nächsten Monat erscheinen soll.»

«Du Ärmste! Meinst du nicht, dass dir langweilig wird?

Dass du mir bloß nicht mit dem Poolboy auf- und davonrennst!»

Laurie lachte. «Keine Chance. Ich muss ja arbeiten, erinnerst du dich?»

«Na, wenn du mal Gesellschaft brauchst: Ich kann jederzeit in den Flieger hüpfen. Und vergiss nicht, mich anzurufen. Du fehlst mir jetzt schon.»

Laurie legte auf. Trotz des gut gelaunten Geplänkels mit Roz schämte sie sich, dass sie ihr nicht die ganze Wahrheit gesagt hatte. Dasselbe ungute Gefühl hatte sie beschlichen, als sie ihrem Vater erzählt hatte, sie wolle verreisen, um im Ferienhaus «einer guten Freundin» zu arbeiten. Laurie verschränkte die Arme; sie fühlte sich erbärmlich. Wie hatte sie es nur hingekriegt, vom ehrlichsten Menschen weit und breit zu einem Wesen zu werden, das den beiden liebsten Menschen auf der Welt, denen sie am meisten Vertrauen schenkte, einen Schwall von Notlügen auftischte, ohne mit der Wimper zu zucken?

Doch ihr war keine Wahl geblieben. Zwischen ihrem Vater und ihr hatte eine unerträgliche Spannung geherrscht, seit Laurie ihm gestanden hatte, dass sie zu Tonys Beerdigung gereist war, und Laurie konnte den Gedanken nicht ertragen, alles noch zu verschlimmern.

«Ich hatte dir doch gesagt, du sollst in meiner Gegenwart nicht den Namen dieser Frau erwähnen», hatte ihr Vater nach einem hörbar scharfen Atemzug gesagt, als Laurie ihn bei ihrer Rückkehr aus Somerset angerufen hatte.

«Aber Dad, Rachel ist nicht so schlimm wie …»

«Tu, was du nicht lassen kannst, Laurel», hatte er sie unterbrochen. «Ich kann dich nicht davon abhalten, Entscheidungen zu treffen, die ich nicht gut heiße. Aber du kennst meine Einstellung in dieser Angelegenheit. Du hast dich meinen Wünschen ausdrücklich widersetzt und mich dadurch mit Absicht tief verletzt. Daher schlage ich vor, dass du diese Sache mir gegenüber nie wieder ansprichst, wenn wir weiter gut miteinander auskommen wollen.»

Das war eine direkte Drohung gewesen, deren Bedeutung so klar war wie das Wasser im Pool vor ihr. Ihre Wahl hatte geheißen – und hieß immer noch – Rachel oder ihr Vater.

«Du bist unvernünftig», hatte Laurie am Telefon eingewandt.

«Und du provozierst mich absichtlich. Ich will mich nicht mit dir streiten, nichts würde mich mehr betrüben, aber wenn du weiter darauf herumreitest, dann wird es so kommen. Wenn du also nicht aufhörst, dich mit dieser Frau zu verbünden …»

«Also willst du gar nichts hören? Willst du nicht wissen, wie es ihr geht? Oder wie ich mich fühle? Oder der Rest deiner Familie? Übrigens auch *meiner* Familie?»

«Nein, will ich nicht.»

«Aber …»

«Auf Wiederhören», hatte er abrupt gesagt und aufgelegt.

Na, sein Pech, beschloss Laurie, die nun wieder ins Haus ging. Wenn er nicht sehen wollte, wie freundlich und großzügig und reizend Rachel war, dann war das sein Problem. Laurie würde ihm nicht erlauben, ihre neue Bekanntschaft mit Rachel zu zerstören, bloß weil er irgendeinen lächerlichen Groll hegte, über den er nicht sprechen wollte. Sie jedenfalls wollte ihren neu gefundenen Status als Mitglied einer reichen Familie genießen.

Nachdem sie eine ganze Packung kühlen Pfirsichsaft aus dem amerikanischen Kühlschrank ausgetrunken hatte, begann Laurie, die Villa zu erkunden. Während sie von Raum zu Raum schlenderte, beeindruckte sie vor allem, wie geschmackvoll und sauber alles war. Als befände sie sich in einem stilvollen Hotel und nicht in einem Wohnhaus.

Erst im Obergeschoss fand sie ihr Lieblingszimmer. Sie ließ sich auf das Bett mit dem hübschen grün-weiß gemusterten Quilt fallen und wippte ein wenig auf der weichen Matratze, die blanken Holzsparren an der hohen Decke über sich. Dann wandte sie den Kopf und sah durch das kleine Fenster, über dessen weißes Fensterbrett sich die roten Blüten rankten, in der Ferne die Felsengipfel der Tramuntana-Berge.

Hier oben überkam sie eine heitere Gelassenheit, und sie beschloss, ihren Koffer heraufzuholen und sofort damit anzufangen, ihre hoffnungslos schäbigen Klamotten in den schlichten, aber edlen alten Kleiderschrank und die dazugehörige Aufsatzkommode zu räumen. Sobald sie sich eingerichtet hätte, würde sie sich von dem Haus bestimmt nicht mehr so eingeschüchtert fühlen.

Erst da entdeckte sie es. Sie konnte gar nicht glauben, dass sie es nicht sofort gesehen hatte. Dabei stach es dort auf dem kleinen Holztisch doch ins Auge wie ein abgetrennter Kopf im Einmachglas, und es war auch ebenso schockierend. Sie sprang auf und wich vor dem Foto mit dem strahlenden Hochzeitspaar, Sam und Claire, zurück.

Als sie wieder Luft bekam, zwang Laurie sich, um das Bett herumzugehen und das Bild in die Hand zu nehmen. Angesichts dieser hellblauen Augen, die sie nur allzu gut kannte, fiel ihr die Beerdigung wieder ein, und ihr Blick verschwamm. Dann wurde es noch schlimmer. Während sie Sams Gesicht studierte, erinnerte sie sich daran, wie sie ihn vor jenem Moment des Schreckens zum letzten Mal gesehen hatte.

Es war vor drei Jahren gewesen. Vor drei langen, elenden,

schweren Jahren, die im Nu ausgelöscht waren. Sam hatte die ganze Zeit über in Technicolor in den Schatten ihrer Erinnerung herumgespukt und nur auf diesen Augenblick gewartet, um wieder hervorzukommen und sie für sich zu beanspruchen.

Es war ein heißer September gewesen, ein wunderschöner September, doch nun war er zu Ende. In der Abflughalle des Flughafens von Nizza hielt Sam Delamere Laurie umklammert wie ein liebeskranker Teenager, als ihr Heimflug nach England aufgerufen wurde. Verzweifelt küsste er ihre Augenlider, ihre Nase, ihr Kinn, ihre Ohrläppchen, bis sie unter Tränen lachen musste. Sie war ihm so nahe gewesen, hatte so viel Zeit eng an ihn geschmiegt verbracht, dass sich seine Haut für sie anfühlte wie ihre eigene, als seien sie in den drei Wochen ihres Zusammenseins zu ein und derselben Person verschmolzen. Der Gedanke, jetzt wieder auseinander zu gehen und unterschiedliche Luft zu atmen, schmerzte mehr als alles andere, was sie je erlebt hatte.

«Laurie Vale, ich liebe dich», sagte er. «Wir sind füreinander bestimmt. Ich verspreche, dass wir für den Rest unseres Lebens zusammen sein werden. Das gelobe ich, hörst du? Sag, dass du mich verstanden hast.»

«Ich habe dich verstanden, Liebling. Ach, Sam, ich ertrage das nicht.»

Er lehnte seine Stirn an ihre.

«Ich kann mich nicht von dir verabschieden», flüsterte er. «Ich weiß, es ist lächerlich, aber es geht nicht.»

Sie schüttelte den Kopf, und er wischte ihr eine Träne von der Wange.

«Ich regle alles», sagte er sanft. «In maximal einer Woche bin ich wieder bei dir.»

Doch außer dem Trennungsschmerz empfand Laurie plötzlich eine Welle des Mitleids – oder waren es Schuldgefühle? – für die andere Frau, Claire, zu der Sam nur zurückkehrte, um mit ihr Schluss zu machen. Laurie war schon mal sitzen gelassen worden, sie wusste, wie hart es für beide werden würde. Selbst wenn eine Beziehung – wie in diesem Fall – praktisch schon beendet war.

«Sei freundlich zu ihr, Sam», bat sie. «Tu ihr nicht mehr weh als unbedingt nötig.»

Er nickte. Er verstand. Aus dem Lautsprecher über ihnen plärrte der letzte Aufruf für die noch fehlenden Passagiere ihres Fluges.

Laurie klammerte sich an Sam.

«Geh doch. Geh einfach schnell. Je eher du gehst, desto eher sind wir wieder zusammen», sagte er, und der Schmerz in seiner Stimme brach ihr fast das Herz.

In England war sie zunächst eine Zeit lang euphorisch gewesen, hatte überall herumerzählen müssen, dass sie die Liebe ihres Lebens gefunden habe, und stürzte sich in die Planung ihrer gemeinsamen Zukunft. Sie hatten ewig darüber gesprochen, welche Orte sie zusammen besuchen wollten, und Laurie war ganz besessen von der Idee einer Weltreise, um ihr Kennenlernen gebührend zu feiern.

Innerhalb weniger Tage war ihre Wohnung bis unter die Decke mit Prospekten und Reiseführern voll gestopft, und außerdem sammelte sie für den Fall, dass Sam es vorzog, zuerst umzuziehen, Informationen über Eigentumswohnungen in fünf verschiedenen Londoner Stadtbezirken. Während sie auf Sams Anruf mit der guten Nachricht wartete, er sei unterwegs zu ihr, räumte sie ihre und Tamsins Wohnung um, unter dem Gesichtspunkt, dass Sam alles gefiele. Sie bereitete sogar schon eine Willkommensparty vor, damit Sam gleich alle ihre Freunde und Bekannten kennen lernen konnte.

Dann traf, zwei Tage nach dem erwarteten Beginn ihres neuen Lebens mit Sam, eine Postkarte ein. Die Abbildung zeigte die Bucht von Palma. Es war eine billige Karte ohne besondere Bedeutung. Darauf stand: *Entschuldige, ich kann es nicht erklären, aber es hätte nie funktioniert. Versuch bitte nicht, mich zu erreichen. Wir können uns nie wieder sehen. Vergiss mich einfach. Pass auf dich auf, Sam.*

Laurie las die Karte wieder und wieder, und es verschlug ihr den Atem. Beunruhigt wendete sie die Karte hin und her, um ihre Bedeutung zu ergründen. Am besten einfach vergessen – was sollte das heißen? *Vergessen?* Wie könnte sie jemals vergessen?

Es ergab keinen Sinn. Er war der perfekte Mann für sie. Er hatte sie zum Lachen gebracht, mit ihm hatte sie sich so lebendig gefühlt, als sei sie in jeder Minute mit ihm die bestmögliche Variante ihrer selbst. Er hatte sie leuchten lassen. Er hatte sie inspiriert. In der Zeit mit ihm war sie auf die besten Ideen gekommen, die sie je gehabt hatte. Sicher, es war eine stürmische Romanze gewesen, aber er hatte sich doch in sie verliebt … oder? Das hatte er ihr doch oft genug gesagt.

Weil sie es nicht glauben konnte, redete sie sich ein, Sam sei bestimmt etwas Schreckliches zugestoßen und er brauche sofort ihre Hilfe. Sie wählte all seine Nummern, doch nirgends meldete sich jemand, nicht einmal ein Anrufbeantworter. Dann hatte sein Mobiltelefon plötzlich keinen Anschluss mehr. Sie rief bei der internationalen Auskunft an, wo sie erfuhr, die Nummer sei nicht mehr vergeben.

Und in diesem Moment begriff sie schlagartig, dass es die Wahrheit war. Bei der Postkarte handelte es sich nicht um einen Irrtum oder einen versteckten Hilferuf. Die Wahrheit war nicht, dass er bei einem schrecklichen Autounfall zum Krüppel geworden war und jetzt nicht anrufen und ihr alles erklären konnte, weil er im Koma lag. Die Wahrheit war, dass er zu Claire zurückgekehrt war und Laurie eine Absage erteilt hatte. Und dass er es genauso meinte, wie er es geschrieben hatte. Sam wollte wirklich keinen Kontakt mehr zu ihr. Was immer sie verbunden hatte, war vorbei. Für immer vorbei.

Ein dumpfer Schmerz durchfuhr sie. Ihr gesamtes Wissen, ihr gesamtes Urteilsvermögen, die Grundfesten ihrer Persönlichkeit, alles schien unterzugehen wie ein gekentertes Boot. Roz und Tamsin, Heather und Janey versicherten ihr abwechselnd, bei Urlaubsbekanntschaften sei ein trauriges Ende ganz normal, aber Laurie blieb untröstlich.

Wie hatte sie sich dermaßen täuschen können? Er hatte sie die ganze Zeit an der Nase herumgeführt. Die nächtelangen, tief schürfenden Gespräche über den Sinn des Lebens, die sie bis zum Morgengrauen geführt hatten, waren nur Theater gewesen, ihr seelisch wie körperlich berauschender Sex bloß Show. Sie hatte sich in einen Heuchler verliebt, und daran konnte sie sich ausschließlich selbst die Schuld geben.

Laurie verließ das Schlafzimmer und schloss die Tür. Finstere Zeiten waren das gewesen. Finstere Zeiten, die zu überwinden sie sehr angestrengt hatte. Und jetzt *lagen* sie hinter ihr. Wenn Laurie an die Person zurückdachte, die damals am Flughafen Nizza schluchzend zusammengebrochen war, dann kam es ihr vor, als betrachte sie eine völlig Fremde.

Sie war über Sam hinweg, rief sie sich streng zur Ordnung. Die Gefühle von damals waren nicht mehr als eine

Folge verhängnisvoller Zufälle. Natürlich hatte das Wiedersehen mit Sam die Vergangenheit heraufbeschworen. Doch die Vergangenheit war, wie das Wort schon sagte, vergangen. Mit Erinnerungen daran gewann man rein nichts.

Jetzt war alles anders, sagte sie sich, als sie in der Diele ihren Pareo umband und den prall gefüllten Koffer dort geöffnet auf dem Fußboden liegen ließ. Mit etwas Konzentration und gutem Willen konnte man die Dinge lassen, wie sie waren, und dazu würde sie sich zwingen. Sie wollte nicht wochenlang wie eine Hausangestellte mit schlechtem Gewissen durch Rachels Villa schleichen, nein, sie wollte es sich gut gehen lassen. Und jetzt musste sie erst einmal dringend schwimmen. Das würde ihr einen klaren Kopf verschaffen und diese Gefühle, diese schmerzvollen Erinnerungen, die sie keineswegs noch einmal durchleben wollte, vertreiben.

Sie hatte bereits die Hälfte des steilen, steinigen Abhangs durch das Wäldchen hinter sich, als sie aufsah und einen ersten Blick auf die kleine Strandbucht unter ihr erhaschte. Der Anblick ließ sie ihr Erlebnis im Dachzimmer vorübergehend vergessen. Der Strand war vollkommen leer, bis auf ein baufälliges Bootshaus, das sich auf der anderen Seite der Bucht an die Felsen schmiegte. Ob sich das Bootshaus wohl als Atelier benutzen ließe?, überlegte sie. Das wäre absolut perfekt!

Atemlos vor Freude rannte sie den Rest des Weges, zog sich den Pareo von den Hüften und warf ihn in den Sand. Dann stakste sie mit großen Schritten in das warme Wasser und tauchte in die kleinen, sich kräuselnden Wellen. Als sie wieder aufstand, griff sie mit den Zehen den Sand vom Meeresboden. Von der Berührung mit dem Wasser kribbelte es sie am ganzen Körper.

Was soll's, dachte sie. Sie blickte sich kurz um, dann

schlüpfte sie aus ihrem Bikini, knüllte ihn zu einem Ball zusammen und schleuderte ihn so kräftig an Land, dass er klatschend auf dem Strand landete. Es war Zeit, ein wenig zu leben. Sie ließ sich auf dem Rücken treiben, das Wasser füllte ihre Ohren mit dem Klang des Meeres, und sie spürte die Sonne auf ihrer Haut.

Doch ihre Gedanken ließen sich nicht so einfach zur Ruhe bringen. Dies alles – diese Villa, dieser Privatstrand, ihre neue Familie – das war doch alles zu seltsam. Warum war sie nur zu Tonys Beerdigung gefahren?, rätselte sie. Welche Laune des Schicksals hatte sie bloß dazu getrieben, einem Mann die letzte Ehre zu erweisen, dem sie im Leben nie begegnet war? Das konnte sie immer noch nicht begreifen. Sie dachte über ihren verstorbenen Onkel nach, während sie den Blick genoss, der ihm sicher bis vor kurzem sehr viel Freude bereitet hatte. Und dann dachte sie an seinen Sarg in der kleinen Kirche in Somerset.

Zunächst hatte sie das Gefühl gehabt, auf einer Zeitreise zu sein. Sie sagte sich, es sei eine Halluzination. Es könne einfach nicht Sam sein, sondern ein anderer Mensch, der Rachel, ihrer Familie, Tony, diesem Ort und dem Sarg vor ihr nahe stand. Doch die Achterbahnfahrt, die ihr Inneres veranstaltete, sagte ihr, dass es keine Halluzination war. Dass der Mann, der in letzter Minute die Kapelle betreten hatte, der Mann, der jetzt eine Ansprache hielt, der einzige Mann war, der ihr je das Herz gebrochen hatte.

Als Sam ein Liebesgedicht vorlas und dabei Rachel unentwegt ansah, fuhr ein Adrenalinstoß durch Lauries Körper. Sie spähte die Kirchenbank entlang zu ihrer Tante hinüber, die die Hand einer jungen Frau umklammert hielt. Waren sie und Sam …?

Laurie konnte gar nicht hinsehen. Solche Worte aus Sams Mund zu hören war dermaßen absurd, dass ihr ganz elend wurde. Wie konnte ausgerechnet er von der Liebe sprechen? Wie konnte er darüber hinaus den Anschein erwecken, als meine er jedes Wort ernst? Wie konnte er mit Rachel in Verbindung stehen? Rachel war ihre neue Tante, und nun kam er daher und verdarb alles wieder.

Während er seine Ansprache abschloss und sich anschließend wieder in die Kirchenbank setzte, als sei er das Familienoberhaupt, musste ihn Laurie einfach anstarren. Sie beobachtete, wie Rachel sich zu ihm neigte und ihm einen Kuss gab. Und als die Frau neben ihm dann traurig lächelte und ihm die Wange streichelte, da zerbrach etwas in Laurie.

Dann war der Gottesdienst zu Ende, und sie stand auf und bewegte sich auf das Ende der Bankreihe zu, wo Rachel auf sie wartete. In ihrem schwarzen Kleid strahlte sie Ruhe und Gelassenheit aus, doch ihre Augen waren umflort, schon fast jenseits der Tränen.

«Laurie», sagte sie und streckte ihr beide Hände entgegen. «Das ist Claire.»

Angestrengt, wie ein Roboter, wandte Laurie sich der hübschen Frau neben Rachel zu. Claire. Natürlich war das Claire. Als Rachel am Abend zuvor von ihr gesprochen hatte, war Laurie überhaupt nicht auf die Idee gekommen, es könne sich um dieselbe Claire handeln. Wie hätte sie das auch ahnen können? Sam hatte den Nachnamen seiner Freundin Laurie gegenüber nie erwähnt. Und nun stand sie ihr leibhaftig gegenüber.

«Ach, *du* bist Laurie», sagte Claire.

Da sie während des gesamten Gottesdienstes geweint hatte, waren ihre Augen geschwollen und ihre Nase gerötet. Dennoch konnte Laurie mit einem Blick feststellen, dass sie eine makellose Haut besaß, und die Art, wie ihr langes dunkles Haar über die Schultern fiel, ließ auf extrem häufige Friseurbesuche schließen. Je länger Laurie ihre neue Verwandte betrachtete, desto klarer wurde ihr, dass Claire vom Typ her vollkommen anders war als sie. Claire gehörte zu der Kategorie Frauen, die Sam damals zu verachten behauptet hatte: der Typ Frau, der zur Maniküre geht, der Typ Frau, dem Äußerlichkeiten mehr bedeuten als innere Werte. Dennoch fühlte sich Laurie neben ihr klein und hässlich.

Hunderte von Fragen drängten sich Laurie auf. Was war, wenn Sam ihr alles erzählt hatte? Wenn Claire über ihre Affäre Bescheid wusste? Und wenn sie jetzt eine Szene machte? Laurie war verzweifelt. Sie wollte Rachel gegenüber nicht ihre Glaubwürdigkeit verlieren, schon gar nicht hier.

«Es tut mir sehr Leid um Tony», sagte Laurie mit einem unschönen Krächzen in der Stimme und reichte Claire die Hand. Sie merkte, dass Claire sie durchdringend musterte, doch sie konnte nicht einschätzen, wie viel sie tatsächlich über sie wusste. «Es muss ganz schrecklich für dich sein ...»

Ihre letzten Worte waren kaum mehr hörbar, doch Claire schien das nicht zu kümmern. Enthusiastisch zupfte sie Sam am Ärmel.

«Das ist Sam, mein Mann», sagte sie und schob ihn ein Stück nach vorne. «Später lernst du auch unseren Sohn Archie kennen. Er ist zu Hause geblieben, das hielten wir für besser ... Sam, das ist sie, das ist Laurie, meine geheimnisvolle Cousine.»

Sam Delamere. Nach so langer Zeit stand Laurie ihrem Ex-Geliebten gegenüber. Und er war verheiratet. Und zwar mit ihr, Claire, der Frau, die er angeblich nicht, aber offensichtlich doch liebte. Und sie hatten ein Kind.

Wenn Laurie sich vorgestellt hatte, sie würde Sam wieder

treffen – was oft der Fall gewesen war –, hatte sie niemals in Erwägung gezogen, er könnte ein Kind haben. Bei dieser Erkenntnis überfiel sie eine derart törichte Eifersucht, dass sie die Hände zu Fäusten ballen musste, um das Bedürfnis zu unterdrücken, ihm eine Ohrfeige zu verpassen.

«Schön, dich kennen zu lernen, Laurie», sagte er. Seine vertrauliche Art, ihren Namen auszusprechen, erfüllte sie mit einer unbändigen Wut, und das Gefühl, betrogen worden zu sein, drohte sie zu verschlingen. Einen Moment lang war sie versucht, ihn mit einer spöttischen Bemerkung zu entlarven, ihn bloßzustellen. Sie spürte, dass Rachel sie beobachtete. Die Zeit stand förmlich still. Sie stellte sich vor, sich zu Rachel umzudrehen und ihr alles zu erzählen, was sie über Sam wusste. Dass er ein Heuchler war. Ein Lügner und Betrüger. Ein Mann, der seine Versprechen brach.

Stattdessen ließ sie sich von ihm mit in sein Lügennetz einspinnen, denn sie fühlte sich so ohnmächtig und kraftlos, dass ihr nichts anderes übrig blieb, als auf seine Strategie einzusteigen, das Gesicht zu wahren. Sie ließ sich kaum anmerken, wie angespannt sie war, und zwang sich, ihm ihre schweißnasse Hand zu geben, als er ihr seine entgegenstreckte. Bei der Berührung bekam sie eine Gänsehaut.

«Hallo», grüßte sie und konnte ihm dabei nur auf die Brust sehen.

«Wir gehen jetzt zum Krematorium», sagte Rachel.

«Nur im engsten Familienkreis», fügte Claire hinzu. «Aber du bist natürlich eingeladen …»

Laurie schüttelte den Kopf.

«Es fahren mindestens zwei Wagen hin», versuchte Rachel sie zu überreden, allerdings schien die ihr sonst eigene Entschlusskraft zu schwinden. Es war, als hätte jetzt Claire das Sagen.

«Vielleicht treffen wir uns lieber zu Hause wieder», stammelte Laurie, während Claire Rachel unterhakte und sie sanft in den Mittelgang dirigierte.

«Wirklich, Laurie?», erkundigte sich Claire mit besorgtem Blick. Laurie lächelte matt und nickte. «Dann plaudern wir später miteinander», sagte Claire im Gehen über die Schulter hinweg. «Es dauert ja nicht lange.»

Dann betrat Sam hinter ihnen den Mittelgang und sah Laurie an. Nur eine Sekunde lang. Es war nur ein Blick, doch er traf sie, als hätte Sam ihr aus unmittelbarer Nähe mit einer Pistole mitten in die Brust geschossen. In Zeitlupe nahm sie wahr, dass er ihr zuzwinkerte, dann ging er von ihr fort.

Natürlich war sie Hals über Kopf geflüchtet. Sie hatte keine andere Wahl gehabt. Zu bestürzt war sie gewesen über den grausamen Zufall, zu verblüfft und aufgewühlt angesichts dieser Wendung des Schicksals, das Sam zum zweiten Mal ihren Weg kreuzen ließ. Unter keinen Umständen hätte sie Rachel jetzt in die Augen sehen oder gar mit Claire Smalltalk halten können.

In die Sicherheit ihres Londoner Lebens zurückgekehrt, hatte sie beschlossen, Rachel ein für alle Mal aus ihrem Leben zu verbannen. Ihr Vater hatte Recht behalten. Sie hatte lange genug ohne Rachel gelebt, um zu wissen, dass sie bestens zurechtkam. Was konnte sich schon Gutes aus dem Kontakt zu einer Familie ergeben, in der Sam eine derart zentrale Rolle spielte? Stattdessen hatte sie sich auf James konzentriert und sich darum gekümmert, aus ihrer Wohnung auszuziehen, ehe Mike und Tamsin sie mit Beschlag belegten.

Wütend war Laurie trotzdem gewesen. Zwar hatte sie niemandem von ihrer Begegnung mit Sam erzählt, doch sein Wiederauftauchen in ihrem Leben wühlte in ihren Eingeweiden. Sie wurde ihn nicht los. Überdies hatte sie ihrem Vater gestanden, dass sie bei der Beerdigung gewesen war, und seine Sturheit hatte sie noch zusätzlich aus der Fassung gebracht.

Mitten in diesem Chaos hatte dann ihre Tante angerufen und ihr angeboten, für ein paar Monate die Villa auf Mallorca zu nutzen. Dass Rachels Anruf genau im richtigen Moment kam, hatte Laurie endgültig durcheinander gebracht. Sie hatte nicht gleich zugesagt, doch als sie den Hörer auflegte, war ihr ein gemeiner, sadistischer und doch sehr verlockender Gedanke gekommen. Rachels Angebot anzunehmen war *die* Gelegenheit, sich an Sam zu rächen. Die perfekte Strafe für alles, was er ihr angetan hatte.

Die Tatsache, dass sie neuerdings Rachels Lieblingsnichte war, die Tatsache, dass sie dort quasi direkt vor Sams Nase auftauchen würde – auch wenn sie nicht die Absicht hatte, ihm zu begegnen –, würde ihn Tag für Tag an seinen Betrug erinnern. Wenn sie auf Mallorca war, würde er sich winden müssen, und zur Abwechslung wäre Sam Delamere derjenige, der von Fragen gepeinigt würde. Genau, dachte sie, sie würde den Spieß umdrehen.

Also rief sie Rachel zurück und nahm ihr Angebot dankend an. Am nächsten Tag schon räumte sie mit James' Hilfe ihr Zeug aus der Wohnung in ein Speditionslager, und sofort ging es ihr besser. Sie hatte für den Sommer ein Dach über dem Kopf, und James hatte versprochen, sie zu besuchen, sobald sein Terminplan es erlaubte.

Doch nun, während sie im Meer vor sich hin dümpelte, verloren Lauries eiskalte Rachegelüste an Bedeutung. Tatsächlich an diesem Ort zu sein hatte sie bereits aus dem

Konzept gebracht, und dabei war sie erst vor einer Stunde angekommen.

Laurie senkte ihre Füße, strich sich die Haare aus dem Gesicht und richtete sich wieder auf. Sie wollte nicht gleich am ersten Tag einen Sonnenbrand bekommen, aber sie fühlte sich wesentlich besser, nachdem sie eine Ewigkeit dahingetrieben war. Während sie langsam aus dem Wasser stieg, spürte sie eine große Entschlossenheit. Sie hatte sich entschieden, Rachels Angebot anzunehmen; ob aus Verzweiflung, Rachegelüsten oder Habgier: Jetzt war sie hier. Und zwar zum Arbeiten.

Gerade als sie ihren Pareo aufhob, bemerkte sie, dass jemand den Pfad vom Haus herunterkam. Laurie raffte das Tuch eilends, um ihre Blöße zu bedecken. Da erkannte sie die perfekt frisierte Gestalt in Designerkleidung, die ihr aufgeregt zuwinkte. Und während ihr Gefühl von Bedrohung abebbte, erkannte sie plötzlich, welchen Haken ihr Aufenthalt in Sa Costa hatte: Claire Delamere wollte ihr einen Besuch abstatten.

8. Kapitel

Stepmouth, April 1953

Die meisten Männer, die Tony kannte – sei es aus der Schule, aus dem Pub oder den Billardsalons –, unterhielten sich ausschließlich über handfeste Angelegenheiten: wohin sie fahren wollten, wie man dort hinkam und was sie dort vorhatten. Immerzu waren sie damit beschäftigt, irgendwelche Dinge zu zerbrechen, irgendwelche Dinge herzustellen oder einander über Diagramme und Zeichnungen irgendwelcher Dinge hinweg anzuschnauzen. Oder aber sie betranken sich dermaßen, dass sie über gar nichts mehr nachdenken oder sprechen mussten.

Frauen dagegen schienen über alles reden zu können. Auch über weniger handfeste Angelegenheiten, zum Beispiel über Stimmungen oder Träume oder Tratsch. Schenke einer Frau eine Stunde, und sie füllt sie mit Worten. Und das liebte Tony über alles: das Zuhören. Das war es, was ihm am meisten fehlte, seit er nicht mehr zur Schule ging. Er war ein guter Schüler gewesen und hätte seine Prüfungen mit Bravour bestanden, wenn er nicht vorher rausgeflogen wäre. Selbst jetzt las er jede Woche mehrere Bücher – Romane, Biographien, Reiseberichte. Er liebte es, dazuzulernen und von Orten zu erfahren, an denen er nie gewesen war.

Deshalb war er auch gern in Gesellschaft seiner neuen Chefin, Emily Jones, die schneller sprach als ein Berichterstatter beim Pferderennen und mehr von der Welt gesehen hatte, als Tony Glover sich überhaupt vorstellen konnte.

«Streng genommen heiße ich ja gar nicht mehr Jones, verstehst du.»

Es war mitten am Vormittag, und Tony und Emily saßen am Lieferanteneingang des Sea Catch Cafés auf der Türschwelle. Neben ihren in Stiefeln steckenden Füßen stand ein verbeulter Blecheimer voller geschälter Kartoffeln, daneben ringelten sich die Schalen wie Sägespäne. Auf der anderen Seite des Hofs gluckste der Fluss, und die Sonne brannte vom wolkenlosen Himmel.

«Jedenfalls nicht in den Augen Gottes», fuhr Emily fort. Sie trug eine weite Nietenhose und ein kurzärmeliges weißes Männerhemd, das sie in der Taille geknotet hatte. «Und in den Augen meiner Mutter auch nicht. Sie findet, wenn man einen Mann heiratet, dann nimmt man seinen Namen an, und das ist was fürs Leben. Selbst wenn man den Kerl zutiefst verachtet. Und selbst wenn sich herausstellt, dass er ein totaler Wichser ist.»

Tony verschluckte sich an seinem heißen Tee. Emily sprach von ihrem Exmann Buck, dem amerikanischen GI, den sie nach dem Krieg geheiratet hatte und mit dem sie nach Amerika durchgebrannt war (und vor dem sie nach der anschließenden Scheidung wieder nach Hause geflüchtet war).

«Letzteres stammt natürlich von mir, nicht von ihr», stellte Emily klar. «Ich hab's ihr auch nicht ins Gesicht gesagt, sonst hätte sie womöglich noch geheult. Wahrscheinlich wüsste Mum nicht mal, was ein Wichser überhaupt ist», überlegte sie. «Nicht mal, wenn einer daherkäme und sich vor ihren Augen einen herunterholen würde. Aber das tut ja eh keiner.»

Tony prustete vor Lachen.

«Was gibt's denn da zu lachen?», fragte sie und zog nachdenklich an ihrer Zigarette.

Aber sie musste selbst grinsen, denn sie wusste nur zu gut, worüber er lachte: über ihre Flüche und ihren Gossenjargon. Den hatte sie im Restaurant von Bucks Onkel in New Jersey aufgeschnappt, wo sie zweiundfünfzig Wochen im Jahr sechs Abende die Woche gekocht hatte. Und jetzt wurde sie den verdammten Jargon einfach nicht mehr los. Er war an ihr kleben geblieben, ebenso wie der amerikanische Akzent.

«Nee, nee, Mum meint, Gott hat was gegen Scheidungen, also hat sie auch was gegen Scheidungen. Für sie heiße ich nach wie vor Emily Drane, und so heiße ich bis ans Ende meiner Tage. Drane», sagte sie bitter. «Ich bitte dich. Klingt doch wie ‹drain›, wie Gosse. Bei dem Nachnamen sollte man doch annehmen, ich hätte schon geahnt, dass Buck sich als ein Haufen Scheiße erweist.»

Tony grinste. «Würdest du je wieder heiraten?», fragte er und nahm die qualmende Pall Mall mit den Lippenstiftspuren entgegen, die sie ihm hinhielt.

«Vielleicht. Wenn der Richtige daherkäme. Aber ich habe keine Pläne in der Richtung, und ich will auch nichts übers Knie brechen.» Aus dem Kirschbaum in der Mitte des Hofs flatterte eine Amsel. Blütenblätter stoben wie Flakfeuer in die Luft. «Echt nicht. Gebranntes Kind scheut das Feuer, das trifft hundertprozentig auf mich zu.»

Tony wischte eine Aschenflocke von seiner ausgebeulten blauen Küchenhose. «Und wie hältst du es mit Verabredungen?»

«Wieso?», fragte sie kokett zurück. «Kennst du einen, der mit mir ausgehen will?»

Tony wurde rot. Er musste sich erst daran gewöhnen, mit seiner neuen Chefin über solche Dinge zu reden. Ihre Eltern hatten ihn immer nur herumkommandiert. «Nein», sagte er, «aber irgendwann kommt bestimmt einer an und fragt. Die wären ja verrückt, wenn nicht», fügte er wahrheitsgemäß hinzu. Wäre er ein paar Jahre älter und nicht gerade so sehr mit einer anderen beschäftigt, dann hätte er vielleicht sogar selbst sein Glück bei ihr versucht.

«Wenn einer käme, den ich mag, würde ich wahrscheinlich schon mit ihm ausgehen. Nur würde ich diesmal Vergnügen nicht mit Liebe verwechseln. Nicht wie bei Buck. Und du? Hast du Rachel Vale schon gefragt, ob sie mit dir ausgeht?»

Auf diese Frage war Tony nicht vorbereitet. Sein Herz pochte bis zum Hals. Verblüfft starrte er sie an.

Diesmal war es an ihr zu grinsen. «Ist bloß eine Frage der Zeit, bis du's tust», erklärte sie. «Sonst fragt sie halt dich ...» Sie knuffte ihn kumpelhaft in die Seite. «Na komm, sei doch nicht so zugeknöpft. Ich habe mit eigenen Augen gesehen, wie ihr euch angeschaut habt, als sie neulich vorbeikam. Beziehungsweise eben *nicht* angeschaut, was ja noch viel bezeichnender ist ...»

Tonys Erinnerung spulte zurück, er dachte an die quälend peinliche Stimmung zwischen ihnen beiden, als er mit Rachel allein im Café war, während Emily die Nylonstrümpfe holte. Er dachte auch an die Nylons und dass er an jenem Abend im Schuppen seines Großvaters wach gelegen und vor sich gesehen hatte, wie Rachel in den Armen eines anderen tanzte. Er war nicht zu dem Ball gegangen, weil er kein Geld übrig hatte. Er hatte sich vorgestellt, wie sich die Nylons wohl anfühlten ... und Rachels warme Haut darunter ...

«Wetten, sie würde ja sagen», erklärte Emily bestimmt. «Bestimmt sitzt sie gerade zu Hause und hofft, dass du mal vorbeikommst und sie fragst. Das solltest du unbedingt tun, weißt du. So ein hübsches junges Ding wie Rachel wartet bestimmt nicht ewig. Ehe du dich versiehst, klopft ein anderer bei ihr an, und dann hast du deine Chance vertan.»

«Woher willst du wissen, dass mir nicht schon jemand zuvor gekommen ist?» Zum ersten Mal gab er zu, dass er hin und wieder an Rachel dachte. Es war ein Gefühl, wie über morsche Bodendielen zu laufen, die jeden Augenblick nachgeben konnten.

«Das weiß ich nicht. Und du auch nicht.»

«Vergiss es», sagte er, eigentlich mehr zu sich selbst. «Das würde nie klappen.»

«Warum denn nicht?»

«Weil zwischen mir und der Familie Vale Dinge stehen, von denen du keine Ahnung hast.»

«Zum Beispiel, was dein Bruder Mr. Vale angetan hat? Zum Beispiel, dass Mrs. Vale jetzt im Rollstuhl sitzt? Oder dass Bill Vale dich verantwortlich macht, weil dein hassenswerter Bruder nicht greifbar ist?»

«Du hast also davon gehört.» Natürlich wusste sie Bescheid. Für Geheimnisse war diese Stadt zu klein. Dass er nie mit ihr darüber gesprochen hatte, hieß noch lange nicht, dass es ihr nicht längst zu Ohren gekommen war.

«Dad hat's mir erzählt», gab sie zu.

«Dann weißt du ja auch, warum es zwischen Rachel Vale und mir nie etwas geben kann.»

«Dad hat auch gesagt, du wärst ein guter Junge, der hart arbeitet. Und da bin ich zufällig mit ihm einer Meinung.»

«Manche Leute sehen das aber anders.»

«Bill Vale zum Beispiel?»

«Und seine Mutter auch.»

«Aber Rachel doch nicht, oder?»

«Das weiß ich nicht.» Er dachte daran, wie er nach seiner Prügelei mit Cunningham neben Rachel auf der Friedhofsmauer gesessen hatte. Ob sie die Farbe vielleicht wirklich aus Eifersucht über ihn gekippt hatte? Oder machte er sich etwas vor, das auch nur zu hoffen? «Kann sein», meinte er.

«Find's doch heraus.»

Er schnippte die Kippe weg. Er wollte es lieber nicht herausfinden, für den Fall, dass er sich irrte.

«Du musst positiv denken», sagte sie, als könnte sie seine Gedanken lesen.

Er hoffte, dass sie Recht behielt, dass Enthusiasmus allein genügte, um es zu ermöglichen. Denn er wollte Rachel unbedingt wieder sehen, wenn auch bloß, um mit ihr zu reden, um sie noch einmal lächeln zu sehen.

«Bill würde mich umbringen, wenn ich auch nur in ihre Nähe käme», sagte er.

«Nicht, wenn du einen guten Grund dazu hättest.»

«Was soll das heißen?»

Doch Emily war bereits aufgestanden, reckte sich und strich ihre Jeans glatt. «Zeit, wieder an die Arbeit zu gehen», bestimmte sie.

In der Küche hing eine ganze Batterie von Kochtöpfen und Pfannen von der Decke. Die Kräuterbüschel auf der Arbeitsplatte – Basilikum, Rosmarin, Petersilie und Thymian – verströmten einen intensiven Geruch. Emily inspizierte die schmalen Linguine-Streifen, die Tony unter ihrer Aufsicht sorgsam auf dem fleckigen hölzernen Hackbrett ausgerollt hatte, ehe sie sich draußen hingesetzt und eine Pause eingelegt hatten. Bisher hatte er Pastagerichte nur aus der Dose gekannt.

Unaufgefordert holte er sich einen hohen Topf und füllte ihn zur Hälfte mit kaltem Wasser. Im knisternden Radio sang Guy Mitchel ‹Look at that Girl›, und Tony summte mit, während er die Kartoffeln viertelte, damit sie schneller garten, und eine nach der anderen in den Topf plumpsen ließ. Wie sie da unter Wasser lagen, erinnerten sie ihn an Kugeln aus Vanilleeis.

«Viehfutter aufgesetzt», verkündete er, als der Topf auf dem Herd stand.

Vieh. So nannte Emily die Touristen, die zum Essen ins Sea Catch Café kamen. Vieh, weil sie sich in Herden bewegten. Und weil sie immer das gleiche langweilige Futter verlangten.

Die Speisekarte im Fenster des Cafés hatte sich in den acht Jahren, die Emily in Amerika verbracht hatte, nicht verändert. Sämtliche faden englischen Gerichte waren darauf vertreten: Tee mit Keksen, Toast mit Marmelade und nicht zu vergessen natürlich Kartoffeln. Kartoffeln gab es zu allem: Bratkartoffeln zu Leber mit Zwiebeln, gekochte Kartoffeln zu Kutteln und Kohl, freitags Pommes frites zum Fisch und samstags Kartoffelbrei zu Hähnchen.

«Das werden wir alles ändern», hatte Emily Tony bereits an dem Tag verkündet, an dem ihre Mutter ihr die Küche überließ. «Nach und nach. Tony, wenn du und ich als Team zusammenarbeiten, werden wir diesen Banausen schon noch beibringen, wie man isst.»

Vorher hatte man ihm immer nur niedere Hilfsarbeiten zugewiesen: Böden schrubben, Gemüse putzen und Geschirr spülen. Das Kochen hatte Emilys Mutter besorgt, während ihr Vater sich um das Café kümmerte.

«Ich will aber nicht so mit dir arbeiten», hatte Emily ihm erklärt. «Ich bilde dich zum Chefkoch aus. Schließlich will ich mich auf dich verlassen können, falls ich mal nicht da bin, und dazu muss ich wissen, dass ich nicht die Einzige bin, die königliche Gerichte zubereiten kann.»

Nicht dass bisher allzu viele Könige bei ihnen eingekehrt

wären, musste sie einräumen. Nicht solange das Café noch so altmodisch und heruntergekommen aussah wie jetzt. Doch auch das würde sich mit der Zeit ändern. Das Ehepaar Jones plante ernsthaft, sich in nächster Zeit nach Wales aufs Altenteil zurückzuziehen, und Emily wollte ihnen das Café mit ihrer Abfindung aus der Scheidung von Buck abkaufen. Dann konnte sie es auch ihren Vorstellungen entsprechend umgestalten.

«*Salsa di pomodoro*», verkündete sie nun und winkte Tony zu sich herüber. «Das Grundrezept für italienische Tomatensoße.» Sie stellte einen gusseisernen Topf auf den Herd und kippte aus einer raschelnden braunen Papiertüte eine Handvoll Tomaten auf die Arbeitsfläche. In jede schnitt sie oben und unten ein Kreuz. «So löst sich beim *Blanchieren* die Haut leichter ab», erklärte sie.

In diesen letzten Wochen hatte Tony das Arbeiten für Emily ausgesprochen genossen. Bei ihr durfte er zum Kochen nicht nur seine Hände, sondern auch seinen Kopf benutzen, und sie brachte ihm Tag für Tag neue Arbeitsweisen und Rezepte bei. Allerdings gab es da etwas, was er ihr seit langem erzählen wollte, weil es, wie er befürchtete, ihre Pläne durchkreuzen könnte. Und er mochte Emily zu gern, um sie weiter darüber im Unklaren zu lassen.

«Dir ist schon klar, dass ich weg muss, wenn ich achtzehn werde, oder?», fragte er sie. «Im September. Dann muss ich nämlich zur Armee, meinen Militärdienst leisten.»

Nachdem er endlich mit der Sprache herausgerückt war, war ihm leichter. Wenn sie ihn jetzt hinausschmiss, na, dann war er wenigstens ehrlich gewesen. Dann ließe wenigstens sie ihn hängen und nicht umgekehrt.

«Mhm.» Sie nickte, reichte ihm ein scharfes Messer und deutete auf drei Knoblauchzehen.

«Und warum bringst du mir das alles trotzdem bei?», fragte er, während er den Knoblauch schälte.

«Weil es hier immer noch Arbeit für dich gibt, wenn du zurückkommst.»

Wie sie das sagte, klang es vollkommen nahe liegend, doch er hatte diese Möglichkeit gar nicht in Betracht gezogen. «Meinst du das im Ernst?», fragte er zurück.

«Warum denn nicht?»

«Ich weiß nicht.» Doch er wusste es; er konnte sich nicht vorstellen, dass sie fand, er sei das lange Warten wert.

«Du begreifst schnell, Tony. Eines Tages wirst du einen hervorragenden Chefkoch abgeben. Natürlich will ich dich wieder haben.»

Sie zog einen Notizblock aus der Tasche ihrer Nietenhose und kritzelte mit einem stumpfen Bleistift etwas hinein.

Tony zupfte ein Blatt Basilikum ab und hielt es sich vor die Nase, um sein Lächeln zu verbergen. Chefkoch. Ihm gefiel der Klang des Wortes. Solange ihn die Armee nicht nach Korea schickte oder sonst wohin, wo er vorher sein Leben einbüßte, hatte Emily vielleicht sogar Recht, dachte er. Vielleicht konnte er wirklich zurückkommen und da weitermachen, wo er aufgehört hätte. Und dann … tja, womöglich konnte er dann eines Tages sein eigenes Restaurant eröffnen.

Emily riss das Blatt von ihrem Notizblock und holte einen Briefumschlag aus der Schublade der Anrichte. «Du musst etwas für mich erledigen», sagte sie. «Aber geh dir erst mal die Hände waschen, du riechst so nach Knoblauch. Reib sie mit einem Löffel aus Edelstahl, davon geht der Geruch weg.»

«Soll das ein Witz sein?», keifte Rachel Vale. Ihre Wangen waren puterrot, als hätte sie einen Satz Ohrfeigen bekommen.

Ihr Haar war feucht und ungekämmt, denn als Bill sie bat, sich um den Laden zu kümmern, während er im Hof eine Lieferung Kohle entgegennahm, hatte sie sich gerade an der Küchenspüle die Haare gewaschen. Eine Arterie an ihrem Hals, über dem Kragen ihrer rot karierten Bluse, pochte in wütendem Puls. Wie sie da stand, die Arme in die Seiten gestemmt und die Hände zu Fäusten geballt, erinnerte sie Tony an einen Comicstrip über Calamity Jane, in dem sie zwei Cowboys, die ihr Pferd stehlen wollten, vertrimmt hatte.

«Was denn?», fragte er zurück.

Sie schleuderte ihm über den Tresen hinweg den Zettel entgegen. «Da fragst du noch?»

Auf dem Tresen lag noch der Umschlag, in dem Tony ihr den Zettel gebracht hatte, mit Rachels Namen in Emilys schwungvoller Handschrift darauf. Tony nahm den Zettel in die Hand und las die Worte, die Rachel dermaßen erbost hatten:

> Liebe Rachel,
> ich möchte mich gern mit dir verabreden. Komm bitte heute Abend um sieben zum Kirchturm von St. Hilda, damit wir ausmachen können, wann und wo.
> Voller Vorfreude,
> Dein Tony Glover.

Er schluckte. Er blinzelte. Er schnappte nach Luft. Er las die Worte noch einmal und starrte ungläubig den Zettel an. Vor Verblüffung hatte es ihm die Sprache verschlagen. *Verabre-*

den? Emily hatte ihm gesagt, es sei eine Einkaufsliste. *Um sieben an der Kirche?* Emily hatte ihm gesagt, er solle Rachel den Brief so rasch wie möglich bringen. («Aber auf keinen Fall Bill geben», hatte sie hinzugefügt, und jetzt verstand Tony auch, warum.) *Voller Vorfreude?* Hatte Emily völlig den Verstand verloren? Die konnte was erleben. Wofür hielt sie sich eigentlich, sich dermaßen in sein Leben einzumischen? Die, mit ihrer Scheidung und ihrem Exmann auf der anderen Seite des Atlantik ... seit wann war sie Expertin für Herzensangelegenheiten? Vor Entrüstung wurde ihm ganz übel. O Gott, was hatte sie bloß angerichtet?

«Na?» Rachel stach mit dem Finger auf den Zettel ein, als meinte sie eigentlich Tonys Augen.

Sie hatte keine Zeit gehabt, sich die Haare auszuspülen, und Tony roch das Shampoo: Silvikrin, seine Mutter benutzte es auch, aber der vertraute Geruch konnte ihn jetzt auch nicht trösten. «Ich kann dir alles erklären», setzte er an.

Da wurde ihm schlagartig klar, dass er gar nichts erklären konnte. Das heißt, natürlich hätte er können. Er hätte Rachels Verdacht bestätigen können, dass es sich um einen üblen Scherz handelte. Er hätte ihr sagen können, es sei Emilys Einfall und ihre Handschrift. Aller Wahrscheinlichkeit nach würde Rachel ihm das aber nicht abnehmen, geschweige denn Emily eines solch üblen Streiches für fähig halten. Eher würde Rachel das Gegenteil annehmen: dass es sich um *seinen* Streich handelte, um *seine* Handschrift, und dass er ihr damit wehtun wollte.

«Na, was ist? Hast du deine Zunge verschluckt?»

Tony öffnete den Mund, schloss ihn wieder und klappte ihn wieder auf. Seine Eingeweide krampften sich zusammen. Selbst wenn er die Wahrheit sagte und Rachel ihm glaubte, dass der Brief von Emily stammte, wäre sie dennoch verletzt, weil sie denken musste, sie sei einem gemeinen Scherz zum Opfer gefallen. Und das wollte Tony vermeiden.

Vor allem, da er ja wusste, dass das Ganze gar nichts mit Gemeinheit zu tun hatte. Es war bloß Emilys verrückte Art, helfen zu wollen. «Nicht, wenn du einen guten Grund dazu hättest.» Das hatte sie im Hof hinter dem Restaurant gesagt. Und den guten Grund hatte sie ihm jetzt geliefert.

«Wenn du nämlich glaubst, du könntest hier einfach hereinspazieren und mich an der Nase herumführen, Tony Glover, dann kannst du was erleben», sagte Rachel und zerriss den Brief. «Du dachtest doch nicht etwa, ich falle darauf herein, was? Erzähl mir nicht, dass du so blöd warst zu glauben, ich würde tatsächlich an der Kirche auftauchen, dir und deinen Kumpels zum Gespött?»

«Ich …»

«Das würde nämlich nie passieren. Und willst du auch wissen, warum? Weil ich dich nicht leiden kann, Tony Glover. Ich kann dich nicht ausstehen. Du bist hochnäsig. Und dumm. Und du siehst ungefähr so gut aus wie ein Schweineschinken. So!», erklärte sie triumphierend. «Wie findest du das?»

Tony fand sie ehrlich gesagt umwerfend. Selbst dass sie solche Gehässigkeiten sagte. Selbst *wie* sie solche Gehässigkeiten sagte. Und obwohl sie ihm offenbar Tod und Teufel an den Hals wünschte. Er spürte ihre geballte Energie voll auf sich konzentriert, wie gebündelte Sonnenstrahlen, die durch ein Vergrößerungsglas fielen. Es fühlte sich toll an. So toll, dass er sich plötzlich wünschte, er hätte den Brief *tatsächlich* selbst geschrieben. Plötzlich wollte er am liebsten genauso verrückt sein wie Emily Drane, die ihm jetzt allerdings gar nicht mehr so verrückt vorkam.

«Es ist kein Scherz», sagte er. Es war ja auch keiner. Jetzt jedenfalls nicht mehr. Er nahm die beiden Fetzen, hielt sie aneinander und drehte sie um, damit sie sie lesen konnte. «Ich will mich mit dir verabreden.» Er sprach langsam und deutlich, um jedes Missverständnis aus dem Weg zu räumen.

In diesem Moment betrat Bill Vale den Laden durch die Hintertür.

«Was tust du hier?», stellte er Tony mit eisiger Miene zur Rede.

Tony hatte verloren, das war ihm klar. Jetzt würde er Rachel nicht mehr überzeugen können, dass er es mit seiner Einladung ernst meinte. Er warf einen kurzen Blick auf das zerrissene Blatt Papier und versuchte krampfhaft, nicht mehr hinzusehen, so als würde der Zettel für Bill unsichtbar bleiben, wenn er selbst ihn nicht sah. Aber es war zu spät.

Gleichzeitig mit Tony griff Bill nach dem Brief. Doch Rachel kam ihnen zuvor.

«Von Emily», erklärte sie ihrem Bruder und machte einen Schritt von ihm weg. «Ihre Einkaufsliste. Sie hat vorhin angerufen und angekündigt, dass sie ihren …» – sie musterte Tony mit offenkundigem Abscheu – «… *Dienstboten* damit schickt. Irgendwie hat er es fertig gebracht, den Zettel unterwegs zu zerreißen …»

Tony konnte es nicht fassen. Warum deckte sie ihn? Sie brauchte ihrem Bruder doch bloß den Zettel zu geben und könnte in aller Ruhe zusehen, wie das Feuerwerk begann.

«Zwei Pfund Maismehl», las Rachel von den Fetzen in ihrer Hand ab, «zwei Büchsen Kondensmilch …»

«Du wartest draußen», sagte Bill zu Tony. «Wag dich nie wieder hier herein, ganz egal, für wen du Besorgungen machst. Raus jetzt.»

«Tony Glover!», rief Rachel Tony hinterher.

Sie packte irgendwelche Lebensmittel in einen kleinen Karton und hielt den zerrissenen Zettel in die Höhe, sodass Bill und er ihn sehen konnten. Tony hatte es ja gewusst: Sie spielte mit ihm. Gleich würde sie Bill alles verraten.

«Die Antwort heißt ja», sagte sie.

«Worauf?», wollte Bill wissen.

«Auf die Anfrage auf der Liste.»

«Welche Anfrage denn?», hakte er nach.

«Nicht so wichtig», antwortete Rachel und holte ein Päckchen Mehl aus einem der oberen Regale.

Doch während ihre Worte noch in ihm nachklangen, fand Tony, dass sie zumindest aus seiner Sicht mit «nicht so wichtig» so falsch lag wie noch nie.

Tony schaute über den Friedhof und wohl schon zum zehnten Mal zum Glockenturm hinauf. Über dem Turm schnappten Fledermäuse lautlos Insekten aus der Luft und flitzten vor dem kreisrunden Perlmuttmond hin und her wie die Elritzen in einem Tümpel im Wald. Reglos und pechschwarz hingen die Blätter der Ahornbäume von den langen Zweigen. Die Kirchturmuhr zeigte eine Minute nach sieben: Rachel Vale kam zu spät.

Oder sie kam überhaupt nicht, was noch wahrscheinlicher war. Dass sie es sich anders überlegt oder von vornherein gar nicht vorgehabt hatte, ihn zu treffen. Wer konnte schon wissen, ob sie sich nicht ihrerseits einen Jux mit ihm erlaubte und ihn hier allein stehen ließ, damit er sich klein und dumm vorkam.

Tony versuchte sich an Emilys Rat zu halten und positiv zu denken, doch es gelang ihm nicht. Stattdessen befürchtete er das Schlimmste, denn plötzlich war Rachel so wichtig, dass er sie auf keinen Fall verlieren wollte.

Aber warum eigentlich?, fragte er sich im selben Atemzug. Warum ausgerechnet sie? Woher kam dieser verzweifelte Wunsch, sie zu treffen? Tat er es um seiner selbst willen? Oder tat er es um ihretwillen? Wollte er alles daran setzen, sie glücklich zu sehen, um das Unglück, das sein Bruder über sie gebracht hatte, ungeschehen zu machen? Ging es darum? Vergebung? Wiedergutmachung? Oder gar Erlösung?

Oder tat er es für sie beide? Weil er sich erhoffte, durch ihr Zusammensein könnten sie einen tiefen Glückszustand erlangen, der ihnen verwehrt bleiben würde, solange sie getrennt waren?

Ihn fröstelte. Die Wahrheit war: Er wusste es nicht. Und das spielte jetzt auch keine Rolle mehr. Er lauschte ein letztes Mal angestrengt in die Nacht hinaus, versuchte jedes Geräusch herauszufiltern, das ihm vielleicht ihr Kommen ankündigte. Doch er bekam nur die Bestätigung dessen, was er bereits wusste – er war allein.

Er stand neben einer modrigen, morschen Holzbank. Auf der anderen Seite des Friedhofs war vor acht Jahren Edward Vale beigesetzt worden. Am Tag der Beisetzung hatte Tonys Mutter ihn hinter zugezogenen Vorhängen zu Hause behalten und ihm verboten, zur Schule zu gehen. Er hatte hingehen wollen, hatte ihr erklärt, er habe nichts zu verbergen. Doch sie hatte erwidert, so ginge das nicht, so ginge es nie. Und nun sah es so aus, als hätte sie Recht behalten und Emily hätte sich geirrt.

Erdrückend lang erschien ihm jetzt die vor ihm liegende Radfahrt im Dunkeln zum Schuppen seines Großvaters zurück. Die letzten Abende hatte Tony es jedes Mal so lange wie möglich hinausgezögert, nach Hause zu fahren. Gestern Abend zum Beispiel war er mit Pete und Arthur im

Billardclub an der Bay Road geblieben, bis dort um elf Uhr geschlossen wurde.

Die Einsamkeit war es, die er nicht mehr ertrug, obwohl er Don, der in der vergangenen Woche vorbeigekommen war, um sich nach Tonys Wohlergehen zu erkundigen, das Gegenteil erzählt hatte. «Sie hat ein schlechtes Gewissen», hatte Don ihm berichtet und damit Tonys Mutter gemeint. «Sie hat es zwar nicht ausdrücklich gesagt, aber ich kenne sie gut genug, um zu wissen, dass es sie belastet.» Von da an war ihm alles, was er Don gezeigt hatte – den reparierten Herd, die Isolierung und die Blechbadewanne draußen –, bedeutungslos erschienen, als gehöre es zu einem kindischen Spiel. Wenn seine Mutter ihn zurückhaben wollte, warum sagte sie es ihm nicht einfach? Warum konnten sie nicht einfach darüber reden und ihren Streit beilegen?

Gleichzeitig wusste er aber genau, warum das nicht ging: Was sie auseinander gebracht hatte, waren nicht Worte, sondern Taten gewesen, und zwar *seine* Taten.

Und deshalb musste er durchhalten. Um ihr zu zeigen, dass er es allein schaffte. Dass er erwachsen war. Um wieder nach Hause zu dürfen, so viel war ihm klar, musste er seiner Mutter erst beweisen, dass er auf eigenen Beinen stand.

Er schob sein Fahrrad den moosbewachsenen Pfad entlang, der sich zwischen den Grabsteinen auf das Friedhofsgatter zu schlängelte. Plötzlich wurde er starr vor Schreck. Er hatte etwas gehört.

Ein Knacken.

Und wieder: das Knacken eines Zweiges. Dann ein Zischen. Und noch eins. Bis er endlich erkannte, dass jemand seinen Namen flüsterte.

«Tony? Tony, bist du da?»

Kaum hatte er sie entdeckt – sie stand neben einer marmornen Grabstätte –, war ihm danach, Luftsprünge zu machen, in den Himmel zu boxen. Aber er beherrschte sich. Zumindest wollte er sicher gehen, dass sie aus demselben Grund hier war wie er. Er lehnte sein Fahrrad gegen die Friedhofsmauer und trat aus dem Schatten, damit sie ihn sehen konnte.

«Hier», antwortete er.

Eigentlich hatte er vorgehabt, etwas anderes zu sagen, etwa: «Du siehst toll aus» und «Seit wir uns nach der Prügelei unterhalten haben, konnte ich nur noch an dich denken». Denn das war die Wahrheit. Doch war «Hier» alles, was er herausbrachte, denn jetzt zählte nur noch, dass sie gekommen war.

Sie gingen aufeinander zu, blieben dann stehen. Ihr Atem vermischte sich in der kalten Nachtluft. Ein weißes Band hielt Rachels Haar aus der Stirn. Sie trug einen dicken dunklen Pullover mit V-Ausschnitt und einen Schal. Ihre Haut schien zu leuchten, in der Farbe des Mondes. Sie sah ätherisch aus, als stamme sie aus einer anderen, viel schöneren Welt. Bis zum Tag seines Todes würde er sie so in Erinnerung behalten, so viel war klar.

«Du hast es geschafft wegzukommen?»

«Ich habe Mum und Bill erzählt, ich wollte kurz mal zu Pearl rüber, mir ein Schulbuch ausleihen …» Sie war ganz außer Atem vor Erregung – oder vor Angst …

«Du hältst mich für verrückt, oder?», wollte er wissen.

Ihre Augen flackerten aufgeregt. «Deswegen bin ich doch hier.»

«Wieso? Magst du Verrückte?»

«Vielleicht wäre ich auch gern verrückt …»

Bill … Keith … Über diese beiden und ihren Einfluss auf sein und Rachels Leben zu sprechen, wie Tony ursprünglich vorgehabt hatte, war ihm jetzt nicht mehr wichtig. Er wollte sich diesen Moment nicht von den Brüdern stehlen lassen. Er gehörte ihnen beiden allein.

Sie trat nahe an ihn heran und sah ihn so durchdringend an, dass er einen wahnsinnigen Moment lang überzeugt war, sie wolle ihn küssen.

«Du siehst komisch aus», sagte sie dann aber nur und zog seine Krawatte aus dem Jackett.

Er musste lachen. Dabei wich die Spannung aus seinen Schultern, und seine Stirn glättete sich.

«Ich meine ja nicht, dass du schlecht aussiehst», berichtigte sie sich. «Überhaupt nicht. Du siehst bloß älter aus. Wahrscheinlich liegt es am Schlips.»

Älter hatte sie gesagt, aber er nahm an, sie meinte langweilig. Ihm war klar, dass es ein Fehler gewesen war, die Krawatte anzulegen, doch er hatte keine Wahl gehabt. «Ein Geschenk», erklärte er. «Von Emily.»

Emily hatte schon damit auf ihn gewartet, als er nachmittags von seiner Begegnung mit Rachel Vale im Laden zurückgekommen war. Damit er nicht so aussähe, als hätte er den ganzen Tag in der Küche geschuftet, meinte sie. Sie hatte ihn nach oben ins Badezimmer geschickt und ihm auch ein gebügeltes blaues Hemd geliehen. Er hatte sich die Fingernägel geschnitten, die Haare gekämmt und seine Schuhe poliert, bis sie glänzten wie Quarz. Dann hatte er Emily das Versprechen abgenommen, keiner Menschenseele zu verraten, dass er zu einem Rendezvous mit Rachel Vale ging. Und Bill Vale gegenüber niemals ein Sterbenswörtchen zu erwähnen – ganz egal, was daraus wurde.

«Seid ihr zwei befreundet?», wollte Rachel wissen.

Waren sie das? Er hoffte es. «Ja, soweit das geht – schließlich arbeite ich ja für sie», räumte er ein.

«Ich hätte auch gern eine Arbeit», stellte sie fest.

«Na, eines Tages kriegst du bestimmt eine.»

Grinsend zuckte sie die Achseln. «Nicht unbedingt. Ich könnte auch einen reichen Mann heiraten. Oder besser noch: selber reich werden und mich mit dreißig aus dem Berufsleben verabschieden.»

«Ja, wer weiß.» Sie machte nur Spaß, das war ihm klar, doch dann fiel ihm ein, wie sie ihn am Nachmittag im Laden zurechtgestutzt hatte. Er dachte, wahrscheinlich war sie tatsächlich zu allem fähig, was sie sich in den Kopf setzte.

«Gefällt dir dein Job?», erkundigte sie sich. «Besser als die Schule?»

Dieser Vergleich war ihm noch nie in den Sinn gekommen. «So groß ist der Unterschied eigentlich gar nicht», meinte er. «Hier wie dort geht es darum, etwas zu lernen und sich genügend Kenntnisse anzueignen, um die nächste Stufe zu erklimmen.»

«Und wie sieht deine nächste Stufe aus?»

«Keine Ahnung.» Er lächelte. «Du stellst aber ganz schön viele Fragen, weißt du?»

«Ich versuche nur, aus dir schlau zu werden.»

«Dazu bist du hier?», fragte er erstaunt.

«Ich weiß es nicht. Ich hätte nicht herkommen sollen. Ich dürfte gar nicht hier sein.»

«Wir dürften beide nicht hier sein.»

Ihr Gesichtsausdruck wurde ernst. «Über die Gründe dafür können wir uns unterhalten, bis wir tot umfallen», meinte sie. «Ich habe auf dem Weg hierher darüber nachgedacht.»

«Und worüber hast du sonst noch nachgedacht?»

«Darüber, dass es ziemlich mutig von dir war, was du heute Nachmittag gemacht hast. Bei uns reinzuspazieren und ein Treffen vorzuschlagen.»

Mit ein bisschen Hilfe, dachte Tony bei sich.

«Und dass keiner von uns hier wäre, wenn wir es nicht beide wollten», fuhr sie fort.

Sie schauten einander schweigend an. Er spürte den Moment verrinnen, aber ihm fiel nichts ein, womit er ihn hätte festhalten können.

Rachel fröstelte. «Ich muss bald wieder gehen», sagte sie. «Sonst fangen Mum und Bill an, Fragen zu stellen ...»

Tony fühlte sich elend, wie zerschlagen. Er wich ihrem Blick aus. «Na dann, man sieht sich, irgendwie ...»

Plötzlich zupfte sie ihn am Jackettkragen. «Küss mich», flüsterte sie in drängendem Ton.

Ehe er sich versah, ehe er ihr auch nur bewusst seinen Kopf genähert hatte, berührten sich ihre Lippen, und sie küssten sich. Er schloss die Augen und hatte das Gefühl, durchs Weltall zu schweben.

Mit einem Ruck, als hätte sie einen Stromschlag oder einen Schock erlitten, riss sie sich von ihm los und trat einen Schritt zurück. Dabei stieß sie mit dem Absatz an eine gesprungene Blumenvase, die halb versteckt unter einem Haufen verwelkter Narzissen lag. Von einem Grabstein in der Nähe sah ihnen mit großen Augen eine weiße Eule zu.

Tony hatte schon viele Mädchen geküsst, aber so war es noch nie gewesen. Er hatte sich Rachel unerklärlich verbunden gefühlt, als würden sie ineinander aufgehen, und sich gewünscht, der Kuss möge niemals enden.

Rachel streckte die Hand aus und band ihm die Krawatte los. Sie schob den Knoten nach unten und zog daran, sodass er von seinem Hals glitt wie eine Schlange.

«So ist es besser», sagte sie. «Jetzt siehst du mehr wie der Tony aus, den ich kenne. Dabei kenne ich dich eigentlich kaum.»

Diese Bemerkung holte ihn wieder auf den Boden der Tatsachen zurück.

«Darf ich ihn behalten?», fragte sie, während sie den Schlips in ihrer Hand knüllte.

«Ich dachte, er gefällt dir nicht.»

«Tut er auch nicht.» Sie hielt sich den Schlips vor die Nase und atmete die Nachtluft dadurch ein. «Aber er wird mich an dich erinnern.»

Sie küsste ihn stürmisch auf die Lippen.

«Ich muss los», erklärte sie.

Die Endgültigkeit dieser Aussage versetzte ihn in Panik. «Wann kann ich dich wieder sehen?», entfuhr es ihm. Alles, was er je darüber gelernt hatte, wie man es mit Mädchen locker angehen lassen sollte, war vergessen – wichtig war nur noch, ihr unmissverständlich zu verstehen zu geben, wie sehr er sie begehrte.

«Das entscheidest du. Schreib mir noch einen Brief.»

«Und Bill?» Der Gedanke daran, dass ihrem Bruder schon der letzte Brief beinahe in die Hände gefallen wäre, weckte in ihm die Furcht, er könnte den nächsten tatsächlich finden.

Rachel sah sich um. Ihr Blick blieb an der Vase zu ihren Füßen hängen. «Schreib mir doch hierher», schlug sie vor, kniete sich hin, stellte die Vase auf und deckte einen flachen Stein darüber. «Und ich kann dir auch hierher schreiben. Das ist jetzt unser Briefkasten.»

Dann küsste sie ihn ein letztes Mal, ehe sie seine Hände so fest drückte, dass sie schmerzten. «Bleib immer so romantisch», flüsterte sie ihm ins Ohr.

Dann war sie verschwunden, von der Dunkelheit verschluckt.

9. Kapitel

Mallorca, 2003

Durch das Oberlicht schien die Sonne. Als Sam unter den kalten Strahlen der Dusche hervortrat, schaltete sie sich automatisch ab, und schaumiges Wasser gurgelte in den Abfluss. In der Luft lag der Duft des Kamille-Duschgels. Das Wasser tropfte von seinem Körper auf die weißen Fliesen des Badezimmers, während Sam sich im indirekt beleuchteten Rasierspiegel betrachtete, wobei er die ersten kleinen Fältchen in seinen Augenwinkeln entdeckte.

Krähenfüße. So hatte seine Mutter ihre Fältchen genannt, wenn er als Kind naiv darauf gedeutet hatte. Ihm fiel ein, wie uralt sie ihm damals vorgekommen war. Wenn er jetzt zurückrechnete, musste er lächeln. Damals war sie etwa Mitte dreißig gewesen, so alt wie er jetzt. Ob sie da wohl daran gedacht hatte, wie viele Jahre ihres Lebens noch vor ihr lagen? Oder ob sie geahnt hatte, wie schnell sie vergehen würden?

Lachfalten waren das, keine Krähenfüße, beschloss er, als er bemerkte, wie sie sich beim Lächeln vertieften. Entweder das oder unzureichender Sonnenschutz. Jedenfalls hatte es nichts mit dem Alter zu tun, beruhigte er sich. Auch nichts mit Stress. Er strich sich das Haar zurück und massierte seine Schläfen mit den Daumenballen, so wie seine Ärztin es ihm gezeigt hatte. Stress, sagte er sich, war nur eine Frage der Einstellung.

Er verließ das Bad, um nach Archie zu sehen. Sam hatte ihn erst vor zehn Minuten ins Bett gebracht und ihm eine

Gutenachtgeschichte vorgelesen, doch Archie war schon eingeschlafen. Sam stellte sich an sein Bettchen, lauschte den Atemzügen und genoss den Anblick seines Sohnes, der zusammengerollt mit seinem Plüschpanda im Arm kuschelte. Ganz egal, wie bedeutungslos Sam das Leben manchmal erschien, Archie erinnerte ihn stets daran, dass alles einen Sinn hatte.

Er dachte an den heutigen Morgen, als Archie ins Elternschlafzimmer geschlichen war und ihn an den Fingern gezogen hatte. Dabei hatte er geflüstert: «Aufstehen, Daddy, auf, auf, auf», bis Sam endlich aus dem Bett gekrochen war. In der Küche hatten sie aus Brotscheiben Fische ausgeschnitten, die Sam dann getoastet und mit Rührei belegt hatte. Und er hatte festgestellt, dass Archie seine Frühstücksflocken jetzt aus einer Porzellanschüssel essen wollte und nicht mehr aus einer Plastikschüssel. «Wie die ‹*Wachsenen*›, Daddy!» Sam musste lächeln. Allerdings war es ein trauriges Lächeln, denn bei jedem neuen Wort, das Archie aussprechen konnte, wurde Sam bewusst, wie sein Leben verrann, Stunde für Stunde, Tag für Tag, Jahr für Jahr.

«Träum süß, mein wundervoller Sohn», sagte er leise und schloss die Tür beim Hinausgehen.

Auf dem Weg hinüber zu Claires und seinem Schlafzimmer trocknete er sich ab. Der Abend war so schwül, dass er das Gefühl hatte, geradezu durch Schweiß zu waten. Von der Abkühlung durch die kalte Dusche war schon nichts mehr zu spüren. So stellte er die Klimaanlage mit der Fernbedienung auf die höchste Stufe. Es klickte, und das Gerät an der Wand setzte sich summend in Gang.

Sam ließ das Handtuch fallen, stand nackt unter dem Deckenventilator und spähte durch die Damastvorhänge auf die angestrahlten Silhouetten der Jachten, die unten im Hafen von Puerto Portals mit dem Heck am Dock aufgereiht lagen. Eine davon, die *Ark Angel*, gehörte Claire: eine 35-Meter-Benetti-Jacht mit Stahlrumpf, die Tony ihr vermacht hatte (zumindest im Geiste; auf dem Papier gehörte das Boot nach wie vor der Firma).

Auf der *Angel* war Tony während seines Urlaubs vor der Küste bei Biarritz gestorben. Heute jedoch würde auf dem Boot eine Party gefeiert. Beide Decks waren bereits mit roten Luftballons dekoriert – Rot war Claires Lieblingsfarbe – für die Cocktailparty anlässlich von Sams und Claires Hochzeitstag, die wegen Tonys Beerdigung um ein paar Wochen verschoben worden war.

Claire war ein Fan von Jahrestagen; sie war überhaupt ein Fan von allem, was ihr einen Vorwand für eine Party lieferte. Diesmal allerdings sollte die Feier kleiner ausfallen als geplant, denn sie hatten – auf Sams Anregung hin – die Familienmitglieder wieder von der ursprünglichen Gästeliste gestrichen. Um die Erinnerung an Tonys Beerdigung nicht zu schmälern, hatte er gemeint.

Claire saß auf der Bettkante, in Büstenhalter und Hüftgürtel aus roter Spitze, die Sam in ihrer Lieblingsboutique am Westbourne Grove für sie ausgesucht hatte, als er das letzte Mal geschäftlich in London gewesen war. Der cremefarbene seidene Morgenmantel, den sie getragen hatte, als er vom After-work-Squash nach Hause gekommen war, lag zusammengeknüllt auf dem Sisalteppich. Aus diskret versteckten Lautsprechern wummerten die Bässe. Ihr gegenüber an der Wand lief auf einem Flachbildschirm – einem von dreien, die Claire in ihrer Sechszimmerwohnung hatte installieren lassen – *MTV Dance*. Sie schaute das Programm, ohne zu zwinkern. Ohne ihr Make-up sah sie in dem flimmernden Licht aus wie ein Vampir.

Der durchgestylte Raum mit der grau-beige Einrichtung besaß etwas seltsam Unpersönliches. Die Einrichtung hatte Claire besorgt, die schon immer ein Faible für Innenarchitektur besessen hatte. Seit Sam sie kannte, sprach sie davon, eines Tages einen Beruf daraus zu machen. Er wünschte, sie täte es tatsächlich, denn dass sie ihrem Mutterdasein kaum Befriedigung abgewinnen konnte, erkannte er schon daran, dass sie es weitgehend an Isabel Salvador, ihre Kinderfrau, delegiert hatte. Warum sollte sie es also *nicht* mit etwas anderem probieren? Außerdem hätten sie dann ein anderes Gesprächsthema als den Haushalt und den Inseltratsch … Ehrgeiz und Fleiß … Sam war überzeugt, dass jeder Mensch diese charakterlichen Merkmale in sich trug und sie entwickeln konnte. Er schätzte diese Eigenschaften hoch und hätte sie auch bei *ihr* hoch geschätzt. Doch jedes Mal, wenn er ihr seine Hilfe angeboten hatte, ihre Geschäftsidee in die Tat umzusetzen, hatte sie Bedenken geäußert. Jedes Mal hatte sie behauptet, es sei der falsche Zeitpunkt. Und die Art, wie sie es jedes Mal gesagt hatte, hatte in ihm den Verdacht erregt, der richtige Zeitpunkt würde nie kommen.

«Wie findest du das?», fragte sie ihn nun, während sie mit den Zehen in seine Richtung wackelte. Ihre Zehennägel waren golden lackiert.

In Sam stieg eine verschwommene Kindheitserinnerung an einen verregneten Nachmittag kurz vor Weihnachten auf, als er Cadbury-Schokolade knabbernd einen Film im neuen Farbfernseher anschauen durfte. «Du siehst aus wie ein Bond-Girl», antwortete er.

«Gold-Zehen-Girl», sang sie kunstvoll zur *Goldfinger*-Melodie und öffnete langsam die Beine, um ihm zu zeigen, dass sie keinen Slip trug. «Oder vielmehr Pussy Galore», kicherte sie, als er seinen Blick über ihre sonnengebräunten

Beine schweifen ließ. «Sag mir, Göttergatte», erkundigte sie sich, «sehe ich nach diesen vielen Ehejahren immer noch appetitlich aus?»

Sie liebten sich – jawohl, liebten, daran hielt er fest, daran wollte er unbedingt glauben – in der kalten Atmosphäre der Klimaanlage, im Wind des wirbelnden Ventilators über ihnen.

Gegen Ende gruben sich Claires Fingernägel tiefer in Sams Schultern. Ihre Augen waren fest geschlossen, ebenso ihr Mund. Er wusste aus Erfahrung, dass die Leidenschaft sie beide nach wie vor mitriss. Ob mit oder ohne Liebe. Ob mit mehr oder weniger Liebe.

«Fester», forderte sie ihn auf. Sie öffnete blitzartig die Augen. «Sieh mich an, Sam. Sieh mir in die Augen.»

Sein Herz klopfte. Er tat wie geheißen. Er musste ihr beweisen, dass er sie begehrte. Sich selbst musste er es auch beweisen. Es schien, als brächte sie jeder Stoß einander näher, ließe sie verschmelzen. Er wollte mit ihr eins werden. Er wollte, dass sie wie zwei chemische Substanzen zu einer untrennbaren Verbindung wurden.

Sie rollten herum, Claire an ihn geklammert. Sie beugte sich nach vorn, ihre Jadekette baumelte zwischen ihren spitzen Brüsten und glitt ihm über Gesicht und Brust. Als sie sich fest auf ihn presste, küsste er ihr Gesicht wie im Fieber. Er stieß schneller, fester zu, bis er endlich kam.

Verschwitzt plumpste sie neben ihn. «Fröhlichen Hochzeitstag», japste sie.

Er lag keuchend da und dachte an den Moment, als sie plötzlich die Augen aufgeschlagen und ihn angeblickt hatte, als sie ihm befohlen hatte, sie anzusehen. An seinem Kiefer und seinem Hals rann eine Schweißperle hinunter.

Als sich ihre Hand in seine stahl und fest zupackte, traf

es ihn wie ein Schlag. In diesem Augenblick der scheinbar vollkommenen Einheit stockte sein Herz, dann raste es los. Heiß wie Feuer strömte ihm der Atem aus den Lungen. Er fühlte sich in der Falle, wie unter Wasser. Seine Stirn wurde schweißnass. Damit Claire es nicht sah, drehte er sich von ihr weg.

Er verspürte den Impuls, unters Bett zu kriechen und sich auf dem Fußboden zu einer Kugel zusammenzurollen. Bloß weg von ihr, schrie es in ihm. Doch er beherrschte sich. Er wusste, was mit ihm los war. Dasselbe Schwächegefühl hatte ihn in der Kirche ergriffen, als er vom Lesepult aus plötzlich Laurie Vale entdeckt hatte. Es war die nackte Angst, und die durfte er nicht zulassen. Wenn er ihr nachgab, würde er von einer ausgewachsenen Panikattacke überfallen: Atemlosigkeit, Schwindelgefühle und Krämpfe.

So war es ihm nach der Beerdigung ergangen, als Rachel auf Dreycott Manor dem Rest der Familie verkündete, dass Sam die Leitung von Ararat übernehmen würde. Als sie ihn bat, ein paar Worte zu sprechen, hatte er angefangen zu stottern, wie es ihm seit seiner Kindheit nicht mehr passiert war. Die ganze Familie hatte ihn entsetzt angestarrt, doch es war ihm gerade noch gelungen, sich zu entschuldigen und hinauszugehen. Dann hatte er sich im Badezimmer eingeschlossen. Und dann hatte ihn echte Panik ergriffen.

«Sam, alles in Ordnung mit dir?», erkundigte sich Claire jetzt.

Die Bässe wummerten heftiger. Langsam fing Sam an, bis zehn zu zählen. Er konzentrierte sich auf die beleuchtete Wanduhr, sagte sich, das seien psychosomatische Symptome, die mit der Zeit wieder vergehen würden. Das war ihm versichert worden. Genauso wie seine Nervosität. Mit der Zeit, so war ihm gesagt worden, würde sich all das wieder geben.

Am Tag, nachdem er von der Beerdigung nach Mallorca zurückgekehrt war, hatte er sich gründlich untersuchen lassen. Die Firmenärztin hatte den kleinen Zwischenfall auf Stress zurückgeführt. Kein Wunder, hatte sie gemeint, wenn man bedachte, was mit Tony passiert war. Dann hatte sie Sam nach seinen Träumen befragt und ob er manchmal das Gefühl habe, die Kontrolle über sein Leben zu verlieren. Mehr Erholung, hatte ihr Rat gelautet, als er die Frage verneinte. Weniger Alkohol (dabei trank er ohnehin nicht viel), viel Schlaf. Und natürlich Zeit. Denn die Zeit heilte bekanntlich alle Wunden.

«Sam?» Er hörte den drängenden Ton, den Claires Stimme inzwischen angenommen hatte.

Acht, zählte er. Neun ... Der Sekundenzeiger sprang weiter. So schnell, wie er gekommen war, verschwand der Schmerz wieder aus seiner Brust, als hätte die Hand eines Riesen ihren festen Griff gelöst. Seine Schultern senkten sich. Sein Herzschlag beruhigte sich. Er holte tief Luft und schloss die Augen.

Mit höchster Anstrengung gelang es ihm zu sprechen. «Alles klar», antwortete er. Als er sich Claire wieder zuwandte, zwang er sich zu einem Lächeln. Doch dann wurde es ein echtes Lächeln, denn er besann sich, dass er sie – seine Besorgnis, seine Angst – gemeistert hatte, genauso, wie die Ärztin es ihm vorhergesagt hatte. Dann kam der Zorn, Zorn auf sich selbst, dass er sich diese Schwäche erlaubt hatte.

«Was war denn los?», fragte Claire.

«Nichts.»

«Du hast plötzlich gar nicht mehr geantwortet.» Sie musterte sein Gesicht. «Und du hattest so eine merkwürdige Gesichtsfarbe.»

Er stand auf, hob sein Handtuch vom Boden auf und wischte sich den Schweiß von der Stirn. Dann setzte er sich auf die Bettkante. «Vielleicht habe ich nur zu wenig getrunken.» Das Krächzen in seiner Stimme ließ die Lüge glaubhaft klingen.

Sie kroch zu ihm, reckte sich vor und sah ihm skeptisch ins Gesicht. «Sicher, dass das alles ist?»

«Ja.»

Sie reichte ihm eine Flasche Evian von ihrer Frisierkommode.

«Hier, trink.»

Er leerte die Flasche in einem einzigen Zug – einen ganzen Liter.

«Jetzt kriegst du wieder ein bisschen Farbe», stellte sie fest. «Geschieht dir ganz recht.»

«Wieso?»

«Bei diesem Wetter Squash zu spielen und dann noch zu vögeln … Was hattest du da anderes erwartet?»

Er atmete aus. Na, bitte. Es gab eine Erklärung, und er war nicht einmal selbst darauf gekommen: Er hatte nach der Arbeit mit seinem Freund und Kollegen Günther Squash gespielt. Dabei hatte er fünf Mal hintereinander verloren – die einzigen fünf Mal, die Günther je gewonnen hatte. Sam zuckte die Schultern und grinste Claire an, erleichtert, dass er darüber scherzen konnte. Jetzt, wo er sich wieder normal fühlte, wo sein Herz wieder regelmäßig schlug wie ein Metronom.

«War ein bisschen dumm von mir, was?», stimmte er zu.

Sie nickte lächelnd. Schließlich entspannten sich ihre Züge. «Aber es hält dich in Top-Form», bemerkte sie, kniete sich auf dem Bett hinter ihm hin und strich mit den Händen über seine wohlgeformten Arme. Dann fing sie an, seine Schultern zu kneten. «Du bist furchtbar verspannt. Du machst dir doch wegen heute Abend keine Sorgen, oder?»

«Nein.»

«Sicher?»

«Ganz sicher. Warum sollte ich mir Sorgen machen?»

Sie antwortete nicht. Sie wussten beide, warum: Wegen seines für ihn untypischen Verhaltens nach der Beerdigung, als Rachel ihn gebeten hatte, eine Rede zu halten. Als er wieder aus dem Badezimmer herausgekommen war, hatte er allen erzählt, er habe gar nicht gestottert, sondern nach Luft geschnappt, weil er sich an einem Kaugummi verschluckt habe. Damals hatte er selbst nicht damit gerechnet, dass ihm das jemand abnehmen würde, und jetzt hatte er den Beweis. «Ich meine ja nur», fuhr Claire fort, «du brauchst ja nicht unbedingt eine Rede zu halten.»

«Habe ich dir nicht gerade gesagt, dass ich mir keine Sorgen mache?», fauchte er. Bisher hatte kein Mensch diesen peinlichen Vorfall erwähnt, und so war er davon ausgegangen, die Sache sei in der allgemeinen Trauer jenes Tages untergegangen. Aber natürlich war es registriert worden.

«Kein Grund, gleich sauer zu werden», tadelte sie ihn. «Aber wenn es nicht die Party ist, die dich stresst, was könnte es denn dann sein, frage ich mich.» Ihm gefiel ihr spöttischer Ton nicht, doch was sie dann sagte, gefiel ihm noch weniger: «Sag bloß, du hast immer noch eine Schwäche für Laurie Vale?»

Er spürte, wie sich ihre Finger anspannten. Er musste mit seiner Antwort auf der Hut sein. Claire war klug. Das war auch einer der Gründe gewesen, die ihn überhaupt zu ihr hingezogen hatten. Doch er war auch nicht dumm – schlau genug jedenfalls, um zu wissen, dass er ihre Fragen nicht einfach als Neugier abtun konnte.

Ob sie schon misstrauisch geworden war? Das war seine größte Angst. Hatte ihn, als er sich Laurie bei der Trauerfeier vorstellte wie einer gänzlich Unbekannten, vielleicht seine Körpersprache verraten? Hatte Claire sich etwa Gedanken gemacht, warum er es so sorgfältig vermied, ihre hübsche neue Verwandte auch nur anzuschauen? Oder hatte Claire den Schrecken in seinen Augen gelesen, als sie ihm gestern Abend von Lauries Eintreffen auf der Insel erzählt hatte? Wäre es möglich, dass Claire intuitiv die Diagnose gestellt hatte, die der Ärztin nicht geglückt war: dass nämlich die Ursache seiner Angst eine Frau war, die zum zweiten Mal in seinem Leben aufgetaucht war und die Macht besaß, es zu zerstören?

Bei seiner Antwort brauchte er seinen Widerwillen vor dieser neuesten Wendung der Ereignisse nicht zu heucheln: «Ich kann es nicht fassen, dass sie mich nicht vorher konsultiert hat.»

«Wer?»

«Rachel. Ich kann einfach nicht fassen, dass sie dieser Frau die Villa überlässt, ohne es mit mir abzusprechen.» Laurie Vale würde den ganzen Sommer in Sa Costa verbringen, hatte Rachel gestern in einer E-Mail erklärt.

«Aber warum sollte sie das tun?»

Weil ich Laurie Vale nicht in unserer Nähe haben will, lautete die Wahrheit, die er nicht aussprechen durfte.

«Es hätte ja sein können, dass ich für die Zeit schon jemand anderen dort untergebracht habe», sagte er stattdessen. Was ebenfalls der Wahrheit entsprach. In den vergangenen Jahren waren schon viele Geschäftspartner von Ararat in Sa Costa einquartiert worden. Tony und Rachel hatten die Villa stets auch als Aktivposten der Firma betrachtet, in dem ihre Abschlüsse in angenehmer Atmosphäre besiegelt wurden. «Jemand wichtigen», fügte Sam hinzu.

«Rachel hält Laurie anscheinend für wichtig.»

«Sie kennt Laurie doch kaum.» Seit fünfzig Jahren hatte es keinerlei Verbindung zwischen Lauries und Claires Seite der Familie gegeben. Sams Pech, dass Rachel ausgerechnet jetzt beschlossen hatte, die Zeit sei reif, wieder neue Brücken zu schlagen. Sams Pech, dass ausgerechnet Laurie Vale als Erste darüber spaziert war.

«Das hat aber auch schon mal ganz anders geklungen, weißt du nicht mehr?», fragte Claire.

«In welcher Hinsicht?»

«Vielleicht werdet ihr sogar Freundinnen», zitierte sie ihn. «Hast du mir das nicht vor Pops' Beerdigung noch erzählt?»

Ja, er erinnerte sich an das Gespräch. «Und du hast dazu gemeint: ‹Wenn im Himmel Jahrmarkt ist›. Du hattest Recht: Wahrscheinlich ist sie wirklich bloß eine kleine Goldgräberin, die mal gucken kommt, was sie absahnen kann.»

«Oje, oje, es stimmt anscheinend, was man sagt: Ein kleines bisschen Macht, und schon …» Claire drückte grob auf einem Muskelknoten an Sams Nacken herum.

Er fuhr vor Schmerz zusammen, dann drehte er sich zu ihr um. «Es ist schließlich mein Job, diese Firma zu schützen.»

Sie grinste vor Freude, dass er ihr so leicht auf den Leim gegangen war, dann setzte sie an, etwas zu sagen, ließ es aber bleiben. Stattdessen rollte sie wieder an die andere Seite des Bettes, zündete sich eine Zigarette an und sah mit amüsiertem Blick zu ihm hinüber.

«Was ist?», fragte er.

Der Luftstrom des rotierenden Ventilators verwehte die dünne Rauchfahne, die sie ausatmete. «Was du gerade gesagt hast … über Laurie Vale … dass sie eine Goldgräberin ist …»

«Was ist damit?»

Claires Grinsen wurde breiter. «Ich hatte vorhin vergessen, es zu erwähnen …»

Ihr Ton gefiel ihm überhaupt nicht.

«Was zu erwähnen?»

«Dass du es ihr auch selbst sagen kannst …»

Sam wurde es eiskalt. «Ich kann dir nicht ganz folgen.»

«… wenn sie heute Abend zur Party kommt. Und ehe du jetzt meinst, das geht nicht: Dafür ist es schon zu spät. Ich habe sie schon eingeladen, und sie hat zugesagt.»

Um halb zehn stand Sam auf der Laufbrücke der *Angel*. Neben ihm brannte ein Windlicht mit Citronella-Kerze, deren Duft ihn an die Zitronenhaine in der Gegend von Deià erinnerte, durch die er früher gern gewandert war. Um Interesse an der Diskussion zwischen dem Pariser Immobilienanwalt der Ararat Holding, Luc Laporte, und dem größten Jachtbroker der Insel, Jamie Dodd, über die jeweiligen Vorzüge zweier konkurrierender Motorjacht-Hersteller zu heucheln, nickte er in regelmäßigen Abständen.

Sam war selbst auch Segler, im Gegensatz zu Jamie und Luc aber kein fanatischer Motorjachtliebhaber. Er besaß eine Schonerjacht, die auf den Namen *Flight* getauft war, klein genug, um ohne Crew auszukommen. Sam brauchte nur die Segel zu hissen und konnte über die Bucht lavieren. Wenn er dann an klaren Tagen die Sonne auf seiner Haut spürte, den Wind in den prall aufgeblähten Segeln, den kraftvollen Puls des Meeres an der Ruderpinne in seiner Hand, dann war er von der schlichten Harmonie des Ganzen schier überwältigt.

Glücklich zu sein, dachte er oft, bedeutete, an überhaupt nichts zu denken. Glücklichsein bedeutete nur Sein. Am richtigen Ort. Mit der richtigen Person. Und das Ganze nicht hinterfragen zu müssen. Genau das hatte er allerdings in letzter Zeit ständig getan, täglich, wenn nicht stündlich.

Zum letzten Mal war Sam mit Tony hier auf der *Angel* gewesen. Bei einem Mittagessen hatten sie Möglichkeiten erörtert, im boomenden kroatischen Tourismusgewerbe Fuß zu fassen. Damals war ihm alles viel einfacher vorgekommen, und Gewissheit war ihm als leicht erreichbares Ziel erschienen. Während er unkonzentriert an seinem Champagner nippte, dachte Sam ein wenig wehmütig an Tony.

Er hatte dieses Schiff geliebt. Genauer gesagt hatte er es geliebt, darauf gesehen zu werden. Sam musste lächeln bei dem Gedanken daran, wie Tony mit schöner Regelmäßigkeit Sprit im Wert von tausend Pfund verjubelt hatte, beispielsweise für einen Abstecher nach Ibiza-Stadt, wo die *Angel* dann direkt vor Rachels Lieblings-Fischrestaurant am Kai festmachte und wartete, bis sie beide mit dem Abendessen fertig waren, um sie anschließend wieder nach Hause zu bringen.

Sam war das glatte Gegenteil von Tony. Wenn es ihm einmal gelang, Claire von der Stadt wegzulocken, dann fuhr er mit ihr auf einen Berg zu einem der weniger feinen Lokale, wo man in Ruhe sitzen und essen konnte. Er fand, dass sie dort auf eine Weise über sich sprechen konnten, wie es ihnen sonst nicht möglich war. Es war, als müssten sie das chaotische Leben, das sie miteinander aufgebaut hatten, erst beiseite wischen, um wenigstens einen kurzen Blick auf die beiden Menschen zu erhaschen, die sie damals gewesen waren, als sie sich kennen gelernt hatten.

«Das ist ja eben der Punkt, Jamie, *genau* im richtigen

Moment zu investieren», erklärte Luc gerade, «weil das von den anderen garantiert keiner tut.» Von Lucs Zigarre bröckelte etwas Asche aufs Deck. «Was sagst du denn dazu, Sam?»

Beide, Luc und Jamie, sahen ihn erwartungsvoll an. Sam vermutete, dass ihr Gespräch inzwischen von Booten zu einem anderen Thema umgeschwenkt war, hatte aber nicht mitbekommen, worum es jetzt ging.

«Ich halte das für eine ziemlich verzwickte Sache», redete er sich heraus. «Aber macht ruhig weiter», forderte er sie auf, «mich interessiert eure Meinung.»

Jamie bedeutete der Bootsstewardess, Champagner nachzuschenken, und ergriff wieder das Wort. «Das Risiko ist viel zu groß», behauptete er. «Ich halte es für weitaus sicherer, wenn man …»

Ohne sie anzusehen, hinderte Sam die Stewardess daran, auch sein Glas wieder aufzufüllen. Er wollte nicht trinken. Er hatte keinen Anlass zum Feiern. Außerdem musste er wachsam bleiben. Er blickte die Treppe zum Achterdeck hinunter und sah Laurie immer noch dort stehen, umringt von einer schnatternden Horde von Claires Freundinnen, die alles Mögliche von ihr wissen wollten. Während sie alle, wie auch Claire selbst, in uniformes Schwarz gekleidet waren, trug Laurie ein schlichtes weißes Kleid. Er hatte beobachtet, wie sie, als sie an Bord kam, ihre flachen weißen Birkenstock-Sandalen vom Fuß gekickt hatte. Und er fand sie wesentlich schöner als alle anderen, sogar schöner als Claire, und er hasste sich dafür.

Sie sah kurz zu ihm hoch und kehrte dann zu ihrer Unterhaltung zurück, als wäre er bloß ein Schatten.

War es Rache? Bosheit? Nur so zum Spaß? Sam ging alle Möglichkeiten durch. Dass sie zum Arbeiten auf der Insel war, glaubte er keine Sekunde lang. Im Gegensatz zu Rachel und Claire.

«Schließlich gehört sie zur Familie», hatte Claire ihm kurzerhand entgegengehalten, als er protestierte, weil sie Laurie zur Party eingeladen hatte. «So kann ich sie auch besser im Auge behalten», hatte sie wahrheitsgemäß hinzugefügt. «Und außerdem hat Rachel mich darum gebeten.»

Nein, Sam hatte keine Ahnung, weswegen Laurie hier war. Eins aber wusste er: Er würde nicht zulassen, dass sie ihm eine Szene machte. Nicht vor all diesen Leuten. Er würde auch nicht zulassen, dass sie sich auf dieser Insel – *seiner* Insel – breit machte wie das Epizentrum eines Bebens, das seine Welt zu sprengen drohte. Als Claire zum Bug des Schiffes zeigte, löste sich der Kreis der Frauen um Laurie auf. Laurie entfernte sich in der angedeuteten Richtung und war für Sam nicht mehr zu sehen. Er wartete ab, bis Claire ihm den Rücken zudrehte.

Dann sagte er:

«Gentlemen, entschuldigen Sie mich bitte.»

Er lief die Treppe hinunter und dann in Richtung des Bugs. Das Partygeschnatter verlor sich hinter ihm. Plötzlich blieb er wie angewurzelt stehen.

Da war sie. Sie lehnte allein am Bug und sah auf die Hafeneinfahrt hinaus, die sich als Silhouette vor dem schimmernden Mittelmeer-Nachthimmel abzeichnete. Er wollte zu ihr gehen, um die Geschichte so rasch wie möglich hinter sich zu bringen. Aber das Risiko war einfach zu groß, dort zusammen entdeckt zu werden, im Mondschein badend wie das Liebespaar, das sie früher einmal gewesen waren.

Um ungesehen abzuwarten, zog er sich wieder in den Schatten des leeren Ruderhauses zurück.

Neben der *Angel*, auf einer Jacht namens *Moondance*,

fand ebenfalls eine Party statt. Sam betrachtete den tadellos gekleideten Skipper mit seiner prunkvollen Schirmmütze und den glitzernden Epauletten, der an der Gangway stand und die Gäste an Bord begrüßte. Die Musik auf den beiden Booten fusionierte zu einem berauschenden Partymix: Salsa von der *Moondance* und von der *Angel* Pariser Loungecore, den Claire ausgesucht hatte.

Wo Sam auch hinsah – auf der *Moondance* wie auch auf dem Achterdeck der *Angel* – sah er lächelnde Menschen, die Champagnerflöten hoben, Kanapees aßen und Zigaretten rauchten.

Als er endlich Lauries leise Schritte auf dem Teakdeck auf sich zukommen hörte, trat er aus dem Schatten und stellte sich ihr in den Weg.

Erschrocken hielt sie sich eine Hand vor die Brust. Als sie ihn erkannte, nahm ihr Gesicht einen verbitterten Ausdruck an.

«Wir müssen reden», sagte er.

«Ach ja?»

«Das weißt du auch.»

«Worüber denn?»

Auch jetzt, während sie sich unterhielten, konnte Claire unbemerkt hinter ihm auftauchen. «Über uns», flüsterte er.

«Gibt es ‹uns› denn?»

«Ja. Nein.» Er wusste nicht, was er sagen sollte. «Es gab uns mal», antwortete er, «früher.»

Ihre Miene verriet nichts. «Nach deinem Verhalten bei der Beerdigung meines Onkels habe ich allerdings angenommen, wir beide wären uns noch nie begegnet.»

Etwas Unwirkliches beherrschte die Situation. Ebenso wie er anfangs seinen Augen nicht traute, als er Laurie bei Tonys Beerdigung vom Rednerpult aus entdeckt hatte, weigerte sich jetzt ein Teil von ihm weiterhin zu glauben, dass sie wirklich Rachels Nichte war. Oder dass sie jetzt vor ihm stand. Aber es *war* so. Daran gab es nichts zu rütteln. Ob es ihm gefiel oder nicht, das waren die Karten, die ihm das Schicksal zugeteilt hatte, und jetzt lag es an ihm, damit zu spielen.

«Es tut mir Leid», sagte er, doch selbst in seinen eigenen Ohren klangen die Worte völlig fehl am Platze.

«Leid?»

«Ja.»

«Dass du so getan hast, als ob du mich nicht kennst?»

«Ja.»

«Sonst noch was?»

«Wie bitte?»

«Du hast es doch gehört.» Zum ersten Mal wurde sie laut.

«Hör mal … können wir vielleicht …» Er wies auf die geöffnete Tür des Ruderhauses neben sich.

Sie beendete den Satz für ihn: «… dieses Gespräch drinnen fortsetzen?»

«Ja.»

«Wozu denn? Was einmal zwischen uns war, hast du doch schon längst beendet, Sam. Wie kommst du bloß darauf, dass ich dir noch etwas zu sagen hätte?»

«Es gibt da einiges, was ich dir noch sagen möchte.»

«Damit du dich besser fühlst? Vergiss es.»

Sie versuchte, sich an ihm vorbeizudrängen, doch er blieb stehen.

«Geh mir aus dem Weg», sagte sie.

Im Reflex packte er sie am Handgelenk. «Bitte … nur eine Minute.»

«Lass mich los», warnte sie ihn, «sonst schreie ich.» In ihrem Blick bemerkte er eine Härte, die er sonst nur von

Rivalen im Geschäftsleben kannte, und er überlegte kurz, ob er selbst womöglich die Ursache dafür war. Vielleicht war es verrückt von ihm gewesen anzunehmen, er könne sie überzeugen, stillschweigend nach Hause zu fahren, einfach wieder aus seinem Leben zu verschwinden. Aber in ihrer Nähe hatte er sich wohl schon immer verrückt benommen.

«Dazu bist du doch hergekommen, oder?», fragte er, entschlossen, nicht klein beizugeben, entschlossen, ihr wenigstens vor Augen zu führen, was sie ihm da androhte. «Um zu schreien, um dich an mir zu rächen, damit jeder weiß, was für ein Arschloch ich bin. Um mich zu ruinieren.»

«Und, würdest du es mir verdenken?»

«Nein», antwortete er, ohne zu zögern. Ihm war klar, dass sie nach allem, was er ihr angetan hatte, jedes Recht dazu besaß. «Aber mir wäre es lieber, du würdest es nicht tun.»

«Gut, ich gebe dir zwei Minuten», sagte sie. Als sie ins Ruderhaus trat, streifte sie ihn.

Drinnen glimmte ein orangefarbenes Sicherheitslicht neben den leuchtenden grünen und gelben Tasten, ansonsten war der kleine Raum dunkel. Sam war froh, dass er ihr Gesicht nicht erkennen konnte. Dadurch fiel es ihm leichter, zu sagen, was er zu sagen hatte. Sie stand mit dem Rücken zum Steuerrad.

«Und?», fragte sie.

«Warum bist du hier, Laurie?»

«Weil Claire – deine *Frau* –», korrigierte sie sich betont, «mich eingeladen hat.»

«Nein, ich meine, auf der Insel.»

«Weil Rachel – Mitglied deiner und meiner Familie – mich eingeladen hat.»

Allmählich trieb sie ihn zur Verzweiflung. «Ich meine, warum bist du wirklich hier?», bohrte er nach.

«Zum Malen.» Sie lachte harsch auf. «Dachtest du etwa, ich wäre deinetwegen hier?»

«Ich wusste es nicht.»

«Blödes Gefühl, nicht wahr?»

«Was?»

«Nicht zu wissen, was los ist. Nicht zu wissen, warum jemand etwas tut. Warum jemand etwas mit dir tut.»

«Das hier ist doch kein Spiel», entgegnete er.

«Ach nein?»

«Nein.»

«Wahrscheinlich hast du Recht.» So nah, wie er sie hier im Dunkeln neben sich atmen hörte, hätte er auch im Bett neben ihr liegen können, hellwach mitten in der Nacht. «Aber ich war ein Spiel, nicht wahr?», fragte sie. «Für dich.»

«Nein.»

«So habe ich mich aber gefühlt, Sam. Danach. Nachdem deine Karte kam. Oder erinnerst du dich nicht daran? So ist das doch mit Spielen, oder, Sam? Sobald sie vorbei sind, haben sie keine Bedeutung mehr. Dann steht man einfach auf, geht weg und macht mit dem wirklichen Leben weiter.»

Aber er erinnerte sich sehr wohl daran. So gut, als sei es heute gewesen. «Ich habe die Karte geschrieben, weil ich mich nicht dazu durchringen konnte, dich anzurufen.»

«Du konntest dich nicht durchringen, mich anzurufen», wiederholte sie langsam. «Mir nachsteigen, ja. Das konntest du. Mit mir schlafen. Und mir sogar erzählen, du hättest dich in mich verliebt.» Ihre Stimme klang ungläubig und bitter. «Aber mich anzurufen, dazu konntest du dich nicht durchringen. Ein großer, erwachsener Geschäftsmann wie du. Dazu konntest du dich nicht durchringen?»

Doch sie irrte sich. Damals hatte er gewusst, dass ein Anruf bei ihr genügt hätte, um Claire erneut zu verlassen. Ein

Anruf war ein zu hohes Risiko gewesen, denn der hätte aus ihm den schlechten Kerl gemacht, der er um keinen Preis werden wollte.

«Hast du eine Ahnung, wie ich mich damals gefühlt habe, Sam?»

Er erinnerte sich, wie es ihm ergangen war, als er sie bei Tonys Beerdigung wieder gesehen hatte. Ihr Anblick – der allererste Blick auf sie – hatte ihn spontan mit solcher Freude erfüllt, dass er am liebsten laut ihren Namen gerufen hätte, dass er am liebsten zu ihr hingerannt wäre und sie auf der Stelle in den Arm genommen und geküsst hätte. Doch dann war ihm – ebenso unmittelbar – wieder eingefallen, wie sehr er sie verletzt hatte und wie sehr er sich deswegen schämte. «Ich hatte keine andere Wahl.»

«Wir haben immer eine Wahl.»

Sein Verhalten widerte ihn an, er selbst widerte sich an. Auf einmal wusste er nicht mehr, wer der schlimmere Kerl war – derjenige, der Claire betrogen hatte, oder derjenige, der die Frau im Stich gelassen hatte, die er liebte.

«Du musst hier verschwinden», erklärte er ihr. «Du musst von diesem Boot verschwinden, und du musst von dieser Insel verschwinden.»

Sie schwieg. Dann: «Was ich tue, geht nur mich etwas an. Du hast kein Recht, mir zu sagen, was ich tun oder lassen soll.»

Sie starrten einander an.

«Wart ihr schon verlobt, als du mit mir zusammen warst?», fragte sie dann. «Hattest du da schon beschlossen, dein Leben mit Claire zu verbringen?

«Nein», antwortete er und fügte, ehe er sich's versah, noch hinzu: «Aber damals war ich auch noch nicht Vater. Ich wusste es nicht mal. Verstehst du, das war schon passiert, ehe ich dich traf. Aber dass sie schwanger war, erzählte mir Claire erst, als ich zurückkam.»

«Laurie!», rief eine gedämpfte Stimme vor der Tür.

«Ich habe getan, was ich für richtig hielt», erklärte er. Dann öffnete er die Tür und rief: «Hier drinnen, Claire!»

«Na, sieh mal einer an», sagte Claire, während sie sich durch die Tür zwängte und in die Dunkelheit hinein blinzelte, «da hocken die beiden hier drinnen wie ein altes Liebespaar.»

«Ich erkläre Laurie hier drin gerade ...», hob Sam an.

«... wie man navigiert», fiel Laurie ihm ins Wort. «Sam war gerade dabei, mir zu erklären, wie leicht es heutzutage ist, von einem Ort zum anderen zu kommen.»

Irgendwie entging Claire ihr bissiger Unterton.

«Wie schrecklich langweilig von dir, Sam», kritisierte sie ihren Mann, legte die Arme um ihn und küsste ihn auf die Wange. «Na, ihr beiden habt jetzt lange genug geturtelt. Jetzt wird es Zeit für euch, zur Party zurückzukommen und mir zu helfen, mal richtig Stimmung in die Bude zu bringen.»

10. Kapitel

Stepmouth, April 1953

«Buh!»

Rachel fuhr zusammen, als Tony hinter der Mauer hervor hechtete und ihre Hüfte umfasste.

«Du hast mir einen ganz schönen Schrecken eingejagt», sagte sie und versuchte, verärgert zu wirken, spürte jedoch gleichzeitig, wie sich ihre Wangen röteten, während sie herumschnellte und ihn anlächelte.

Heimlich schob sie den zwei Tage alten Zettel in die Tasche, den sie die ganze Zeit umklammert gehalten hatte. Dabei fragte sie sich, wie sie nur jemals daran hatte zweifeln können, dass das, was darauf stand, wahr werden würde. Aber so war es. Tony war gekommen. Zur baptistischen Kirche um Punkt zehn Uhr am Samstag, genau, wie er geschrieben hatte. Er hatte sich ziemlich in Schale geworfen, und sie war gerührt, dass er sich für sie diese Mühe gemacht hatte, genauso wie sie für ihn. Sie trug ihren roten Lieblingsrock, eine weiße Bluse und ein Band im Haar, er ein kurzärmeliges blaues Hemd, das am Hals offen stand, sodass sie sehen konnte, wo das spärliche Brusthaar begann.

Rachel biss sich auf die Lippen vor Erstaunen und Scham darüber, wie heftig ihr Verlangen nach ihm war. Ob er ahnte, wie oft sie in den schier endlosen drei Tagen seit ihrem letzten Treffen an ihn gedacht hatte? Dass sie, als sie das Wohnzimmer daheim einem Frühjahrsputz unterzogen hatte, seinen Namen in den Staub gekritzelt hatte?

Sie würde vor Scham im Erdboden versinken, wenn Tony

um das Ausmaß ihrer mädchenhaften Phantasien wüsste. Überzeugt, dass man sie ihr vom Gesicht ablesen konnte, versuchte sie, sich zu beruhigen und zurückhaltend und gesittet zu wirken, doch es gelang ihr einfach nicht, die Aufregung zu bändigen, die sie bei seinem bloßen Anblick empfand. Als würde er ihre Gedanken lesen, senkte er seinen Blick in ihren – zwei Augenpaare wie starke Magneten, die man nicht mehr voneinander trennen konnte.

«Komm», sagte er, ihr Schweigen brechend, «bevor uns jemand sieht.»

Er nahm ihre Hand, half ihr, über die Mauer zu springen, und lief dann weiter den steilen Fußweg hinauf, der sich durch die Kiefern hinter der Baptistenkirche wand. Rachel gab sich Mühe mitzuhalten und war froh, dass sie sich in letzter Minute doch für die Turnschuhe entschieden hatte.

Obwohl Tony einen schweren grauen Armeetornister auf dem Rücken trug, stürmte er sehr schnell den Berg hinauf und sprang über die Steinmauer weiter oben. Dort blieb er stehen, um auf Rachel zu warten, und lächelte sie an, als sie sich, jeden Stolz fahren lassend, vornüber beugte und, die Hände auf die Knie gestützt, um Atem rang. Dann ging es auch schon weiter, den holprigen Weg hinunter, quer über die Koppel und wieder aufwärts zu dem kleinen Wäldchen auf dem Kamm.

Rachel war noch nie hier oben gewesen, vor allem deshalb, weil sie nie auf den Gedanken gekommen war, die steile Abkürzung schnurstracks über den Berg zu nehmen. Aber so war das, wenn man mit Tony ging. Noch vor wenigen Wochen war ihr Stepmouth so langweilig vorgekommen, dass sie zu ersticken glaubte, doch mit Tony an ihrer Seite entdeckte Rachel in ihrer Geburtsstadt neue Ecken, von deren Existenz sie nichts geahnt hatte.

Anfangs hatte sie befürchtet, sie würden nie die Möglichkeit haben, einander allein zu treffen, aber Tony hatte sie ausgelacht und sie zu all seinen Lieblingsorten geführt, wo sie niemand stören würde: zu dem ausrangierten Zigeunerwagen am Aussichtspunkt von Summerglade Hill, zu dem versteckten Sonnenplätzchen auf dem Dach der Rettungsstation, zum Unterstand im Autokinogelände, zu der Garage hinter der Bäckerei und einmal sogar zu seinem Schuppen.

Rachel genoss bei diesen Exkursionen jede Minute. Während ihre Freundinnen über die banalsten Klatschgeschichten der Stadt kicherten, schwebte Rachel im siebenten Himmel, wohl wissend, dass ein Satz von ihr genügt hätte, um die anderen Mädchen mit der größten Sensation aller Zeiten zum Schweigen zu bringen. Aber ihr würde nie ein Wort entschlüpfen. Zu niemandem. Natürlich brannte sie darauf, es jemandem zu erzählen, besonders Pearl, aber irgendetwas hielt sie davon ab. Wenn sie darüber sprechen und versuchen würde zu beschreiben, was das Besondere an dieser Sache mit Tony war, würde womöglich der Zauber verfliegen.

Sie blieb stehen, fuhr sich glättend durchs Haar und staunte über die Vögel, die überall um sie herum sangen, das leuchtende, frische Gras und den Blütenduft, der die Luft erfüllte. Tony wartete weiter vorn auf sie und streckte ihr die Hand entgegen. Sie lief, lachend vor Freude über seine Begeisterung, zu ihm und legte ihre Hand in seine.

Sie hatten bis hier oben bestimmt vierzig Minuten gebraucht, aber es kam ihnen vor, als wäre es nur ein Wimpernschlag gewesen. Abgesehen von den Kaninchen, die Schutz suchend hinter die Birken huschten, waren sie vollkommen allein. Rachel blickte auf das Dach der Baptistenkirche weit unter ihnen und die Stadt, die von hier aussah wie ein Modell. Aus dieser Perspektive betrachtet schien die Flucht viel leichter, als sie sich je vorgestellt hatte, und sie konnte gar nicht mehr glauben, dass sie sich so geängstigt hatte. Bill und ihrer Mutter hatte sie erzählt, sie werde den Nachmittag mit Pearl in Barnstaple verbringen, was ausgesprochen glaubwürdig klang. Jetzt betete sie stumm, Bill möge bloß nicht ihrer Freundin oder deren Eltern über den Weg laufen.

«Wir sind fast da», meinte Tony und stürmte schon wieder davon durch das Wäldchen und auf die lange Hecke zu, hinter der die Straße lag.

«Wohin gehen wir eigentlich?», fragte sie atemlos, während er sie weiter zog und mit einem Stock eine Bresche durch das Dickicht schlug.

«Ich habe dir doch gesagt, es ist eine Überraschung», erwiderte er, während sie sich hinter ihm durch das Gebüsch zwängte und ihm in den trockenen Straßengraben folgte. Sie half Tony auf der anderen Seite hinauf, und dann lagen sie erschöpft auf dem Abhang und starrten in die flaumigen Wolken vor dem strahlend blauen Himmel.

Als Rachel über die Schulter auf die freie Straße blickte, stellte sie überrascht fest, dass sie nur ein paar Meter von der Bushaltestelle entfernt waren. Eine Busfahrt war nicht ohne Risiko, aber wahrscheinlich hatte sich Tony gedacht, es sei besser, hier einzusteigen als in der Stadt.

Unterdessen zog Tony ein kleines Fernglas aus seinem Rucksack und sah sie viel sagend an. Dann, noch ehe sie fragen konnte, war er schon wieder auf der anderen Seite des Grabens und kletterte ins Geäst einer Eiche.

«Was machst du?», rief ihm Rachel nach und beschirmte mit der Hand die Augen gegen die Sonne.

«Das Fernglas habe ich mir von Arthur geliehen. Hier oben kann ich sehen, wenn der Bus um die Kurve kommt und wer darin sitzt. Ob keine Gefahr besteht.»

«Du hast aber auch an alles gedacht», meinte sie lachend.

Schließlich tauchte oben auf der Kuppe der Bus auf. Kaum Schritttempo erreichend, zuckelte er lautstark im ersten Gang heran. Es war ein beliebtes Spiel unter den Kindern der Stadt, das Geräusch des Motors mit anfeuernden Schlachtrufen zu begleiten, wenn sich der Bus dem Gipfelpunkt näherte, denn es sah immer aus, als werde er jeden Augenblick zurückrollen, was er jedoch wundersamerweise nie tat.

Rachel dachte an all die Geschichten, die sie über die Frauen der Résistance im Krieg gehört hatte. Ihr gefiel das prickelnde Gefühl drohender Gefahr, wenn sie mit Tony zusammen war. Als wäre die Welt ihr Feind und sie auf sich allein gestellte Freiheitskämpfer. Irgendwie, dachte sie, waren sie das ja auch.

«Runter mit dir!», schrie Tony. Rachel duckte sich in den Graben, während sie den flaschengrünen Bus die letzten Meter des steilen Hangs hinaufkeuchen hörte, und spähte durch das hohe Gras.

Sie kreuzte die Finger und betete, dass niemand von den Stammkunden des Ladens oder aus der Schule darin saß, denn es gäbe unter Garantie einen Riesenzirkus, wenn man sie zusammen sähe.

«Die Luft ist rein», rief Tony und war auch schon an ihrer Seite, als sie den Bus anhielt. Beim Einsteigen zwinkerte er ihr zu.

Tony kaufte zwei Fahrkarten nach Wolcombe.

«Du möchtest doch, oder?», fragte er sie noch einmal.

«Natürlich.»

«Ich frage nur, weil du so besorgt guckst.»

«Lass mich die Hälfte bezahlen.» Rachel grub in ihrer Tasche nach der Geldbörse. Sie hatte Tonys spärlich eingerichteten Schuppen gesehen und wusste, dass er nicht viel Geld besaß.

Aber Tony hielt sie zurück. «Nein, du bist eingeladen.»

Der Busfahrer blickte zwischen ihnen hin und her.

«Aber …»

«Kein Aber, wir werden uns amüsieren, und du wirst dir keinerlei Gedanken machen.»

Tony schien die Ruhe selbst, während Rachel vor Aufregung der Kopf schwirrte, als er sie durch den Gang des schaukelnden Busses zu der durchgehenden Bank am hinteren Ende führte. Sie konnte sich nicht erinnern, jemals etwas so Gewagtes getan zu haben. Bei dem Gedanken, den ganzen Tag mit ihm allein zu verbringen, fernab von Stepmouth und all den dort lauernden Gefahren, zitterte sie vor Erwartung.

«Ich dachte, wir könnten ein Picknick machen», sagte Tony und klopfte auf seinen Rucksack, während er sich schwungvoll neben sie setzte.

Rachel lächelte ihn verschmitzt an. Sie wollte gerade etwas erwidern, als ein Hüne von einem Mann Ende zwanzig auf die Metallstange über der Rückenlehne vor ihnen schlug und sie beide boshaft angrinste. Eine hässliche Tätowierung zog sich über seinen Unterarm, und eine bräunliche, grobe Narbe ließ sein rotfleckiges Gesicht riesig erscheinen.

«Na, wenn das nicht Anthony Glover ist», feixte der Mann in schleppendem Tonfall. Schaumiger Speichel quoll ihm aus den Mundwinkeln, und sein Atem stank nach abgestandenem Bier.

«Siehst du deinen Bruder Keith ab und zu? Dann kannst

du ihm ausrichten, ich habe ein Wörtchen mit ihm zu reden.»

Tony sah dem Mann ruhig und gelassen ins Gesicht. «Ich kümmere mich um meine eigenen Angelegenheiten, Douglas, wie wär's, wenn du dich um deine kümmertest?»

Aber es war eigentlich gar keine Frage. Der drohende Unterton in Tonys Stimme verriet Rachel, dass es zu Handgreiflichkeiten kommen würde, sollte Douglas auch nur noch einen Muckser von sich geben.

Sie legte die Hand auf Tonys Arm und spürte die angespannten Muskeln unter ihren Fingerspitzen. Wie eine kalte Flüssigkeit breitete sich Angst in ihr aus. Douglas sah Tony an, dann blickte er über seinen Nasenrücken verächtlich auf Rachel herab, als wäre sie ein Nichts. Einen winzigen Augenblick lang glaubte sie, er werde gleich eine Beleidigung oder eine Drohung ausstoßen, aber seine grauen Zellen schienen ihren Dienst zu versagen, und er verzichtete darauf. Stattdessen hustete er laut und spuckte aus dem offenen Fenster, bevor er sich in den vorderen Teil des Busses zurückzog.

«Sag Keith, dass du mich getroffen hast», fauchte er im Weggehen. «Er ist mir noch was schuldig.»

«Wer war das?», fragte Rachel, als er fort war. Tony wirkte angespannt, als wäre ihm die gute Laune gründlich vergangen. Er saß wie versteinert auf seinem Platz.

«Niemand. Hing immer mit meinem Bruder herum, das ist alles.»

«Ach.»

Rachel schwieg und folgte Tonys Blick, der starr auf Douglas' Nackenschwarte gerichtet war. Obwohl sie inzwischen eine Ahnung davon hatte, was es für Tony bedeutete, dass ihm Keith immer und überall ins Leben pfuschte, hatte sie doch große Zweifel, ob ausgerechnet sie der Mensch war, der ihn trösten konnte.

Rachel fuhr mit den Fingern über den zerfurchten roten Ledersitz und legte ihre Hand auf Tonys, aber er reagierte nicht. Wie gern hätte sie etwas gesagt, was ihn ablenkte, ihn aus der Deckung holte, sodass er wieder ihr Tony war, nicht der harte Kerl, den alle anderen sahen, der stets auf der Hut und jederzeit bereit war, sich zu verteidigen.

Sie sah aus dem Fenster, spürte ihre Hand auf seiner und zwang sich, sie dort zu lassen, obwohl sie das Gefühl hatte, ihn zu verbrennen. In der Scheibe spiegelte sich undeutlich ihr besorgtes Gesicht. Trotz der Berührung fühlte sie, wie die Innigkeit zwischen ihnen dahinschwand. Es war allein Douglas' Schuld. Er hatte alles kaputtgemacht.

Aber vielleicht würde es immer und überall einen Douglas geben, jemanden, der in seiner Gegenwart Keith erwähnte. Was, wenn es dann immer so war wie jetzt?, fragte sie sich, und Panik stieg in ihr auf. Was, wenn sie die Vergangenheit niemals überwinden würden? Wenn das Geschehene sie immer wieder zurückwerfen und zu den Menschen machen würde, die sie vor ihrer ersten Begegnung gewesen waren?

Rachel drehte sich wieder zu Tony um. Sie würde es nicht zulassen. Sie war schon zu viele Risiken eingegangen, um jetzt tatenlos zuzusehen, wie alles entzwei ging. Außerdem, fand sie, durfte es zwischen zwei Menschen, die zusammen waren, keine Schranken geben.

«Tony? Ich frage mich … Ich weiß, wir haben noch nie darüber gesprochen, aber jetzt, wo das Thema nun mal zur Sprache gekommen ist …» Sie verlor die Nerven. Was tat sie da? Natürlich hatten sie deshalb nie darüber gesprochen, weil sie sich bewusst dagegen entschieden hatte. Besser gesagt, sie alle beide. Weil sie beide wussten, dass dieses Thema sie, einmal angeschnitten, auseinander bringen konnte.

Aber Rachel wusste, dass sie jetzt nicht mehr ausweichen konnte. Selbst wenn Douglas nicht aufgetaucht wäre, hätten sie früher oder später über Keith reden müssen. Sie konnten das Geschehene nicht einfach unter den Teppich kehren. Noch nie hatte sie so viel Angst vor einer Frage gehabt, doch je länger sie damit wartete, desto schwieriger würde es.

Sie holte tief Luft. «Ich frage mich … hm, was du über deinen Bruder denkst.»

«Keith? Du möchtest über Keith reden? Jetzt? Hier?»

Tony klang so barsch und verärgert, dass sie sich von ihm zurückzog. Er sah auf seine Hand, auf der eben noch ihre gelegen hatte, als würde ihm die Berührung erst durch den Verlust bewusst.

«Was möchtest du wissen?», fragte er etwas freundlicher.

«Ich weiß nicht. Alles. Alles, was du mir erzählen möchtest.»

Sein Gesicht wirkte düster, beinahe, als hätte er Angst zu sprechen. Sie wartete eine halbe Ewigkeit und war schon bereit nachzugeben und das Thema zu wechseln, als Tony endlich zu reden begann.

«Er schrieb immer an Mum, nachdem … na, du weißt schon. Jedenfalls warf Mum seine Briefe einfach in den Papierkorb, aber er hörte nicht auf. Monat für Monat. Fast ein ganzes Jahr lang. Immer wieder trudelte Post von ihm ein. Eines Tages habe ich dann einen Umschlag geöffnet.»

Rachel hielt den Atem an. Sie hatte nie weiter gedacht, als dass Keith eingesperrt war, abgeschrieben und vergessen. Dass er die Kraft besessen hatte, mit der Außenwelt Kontakt aufzunehmen – oder zumindest mit seiner Familie –, faszinierte sie auf eine morbide Weise.

«Und was hat er geschrieben?»

«Die Worte ... die Sätze an sich waren ziemlich belanglos. Nur alltägliches Zeug über das Leben im Gefängnis, über das Essen und so. Es war mehr die Haltung, die daraus sprach. Sie hat mich verblüfft. Als wäre das nicht mehr der alte Keith, wie ich ihn kannte.»

«Inwiefern?»

Tony sah an ihr vorbei aus dem Fenster. «Ich weiß nicht. Einfach anders. Weiser. Reifer. Ehrlicher in Bezug darauf, wer er war und was er machte.»

Tony wandte den Blick wieder zu Rachel, einen ängstlich fragenden Blick. Aber sie würde ihm weiter zuhören, auch wenn sie sich dazu zwingen musste. Schließlich hatte sie ihn aufgefordert zu erzählen.

«Red weiter.»

«Also, nachdem ich diesen Brief gelesen hatte, habe ich ihm geantwortet.»

«Du hast was?» Rachel schrie fast.

«Seitdem schreiben wir uns.»

Rachel hatte zu hören erwartet, dass Tony seinen Bruder hasste. Wie sonst hätte er sich mit ihr treffen können? Jetzt warf sie diese unglaubliche Enthüllung völlig aus der Bahn, und sie war außer Stande ihre Bedeutung zu erfassen. Wie konnte Tony mit seinem Bruder Kontakt halten und gleichzeitig mit ihr zusammen sein? Das ergab keinen Sinn.

Ihr war, als sähe sie sich vom Dach des Busses aus. Sie hatte sich eingeredet, bei Tony könne ihr nichts passieren, aber jetzt fielen ihr lauter Gründe ein, warum sie nicht hier sein und sich nicht von allem entfernen sollte, was ihr vertraut war. Sie hörte, wie der Fahrer einen höheren Gang einlegte, da sie den geraden Abschnitt der Küstenstraße erreicht hatten, und hinter Tonys Kopf schienen die hohen Hecken mit

Schwindel erregender Geschwindigkeit am Fenster vorbei zu fliegen.

Am liebsten hätte sie auf ihn eingeprügelt. Ihn angeschrien. Gebrüllt. Wie konnte er nur? Wie konnte er auch nur das Geringste mit diesem Mörder zu tun haben wollen, mit dieser Bestie, die ihren Dad umgebracht und ihre Mutter zum Krüppel gemacht hatte? Aber sie brachte es nicht fertig, nicht hier im Bus. Und nicht, ehe sie sich alles angehört hatte, was Tony zu sagen hatte. Das war sie ihm schuldig.

«Und … hast du ihn auch besucht?», fragte sie kühl und spitz wie ihre Mutter.

«Nein, denn als Allererstes schrieb er mir, dass ich ihn niemals besuchen sollte. Dass ich niemals auch nur einen Fuß in das Gefängnis setzen dürfe.»

In Tonys Blick lag die drängende Bitte um Verständnis, aber Rachel hatte plötzlich das Gefühl, als wüsste sie gar nichts mehr über ihn. Als hätte sie sich zu viel selbst zusammengereimt.

«Bitte, sieh mich nicht so an. Als würdest du mich hassen.»

«Ihn hasse ich.»

«Ich weiß. Und das musst du auch. Ich hasse ihn auch für das, was er getan hat. Für das, was er war, aber nicht für das, was er jetzt ist. Darum geht es nämlich: Er hat sich verändert.»

«Das kann nicht sein. Menschen verändern sich nicht.»

«Keith schon. Vielleicht ist es zu spät für ihn, aber immerhin hat er erkannt, dass ich gut bin. Dass ich derjenige bin, der es schaffen wird. Er meint, es gäbe Vorstellungen und Dinge, die nicht in meinen Kopf gehörten. Den Krieg zum Beispiel, die Tabletten, die er genommen hat, oder das

Innere eines Gefängnisses. Er schreibt mir immer wieder, ich solle auf dem Pfad der Tugend bleiben.»

Die Erinnerung an den Tony, der sich prügelte, lief wie ein Film vor Rachel ab. Und als Tony ängstlich über den Sitz zu Douglas spähte, der sich erhoben hatte, um bei der Farm auszusteigen, wusste sie, dass sie ebenfalls aufstehen und den Bus verlassen sollte. Sie sollte sich von Tony entfernen und niemals zu ihm zurückkehren. Sie sollte nach Hause gehen, zu ihrer Mutter, zu Bill, zu den Menschen, die sie liebte.

Doch da sprang ein anderer Teil von ihr bereits Tony – *ihrem* Tony – bei. Keith Glover hatte kein Recht, sich über seinen Bruder Gedanken zu machen, weil Tony selbstverständlich gut war. Natürlich wandelte er auf dem Pfad der Tugend. Er brauchte keine Belehrungen. Und er *würde* es schaffen. Wo auch immer. Das musste er sich nicht von einem Mörder sagen lassen.

«Ich verstehe nicht, wie du es aushältst, mit ihm Kontakt zu haben», sagte sie, als der Bus wieder Fahrt aufnahm. Tony wandte sich ab, als Douglas vom Straßenrand aus in den Bus spähte.

«Er ist mein Bruder.»

«Willst du damit sagen, dass du ihm verzeihst? Ist es das? Nur weil er dein Bruder ist?» Ihr wurde eng in der Brust. Einen Augenblick lang war sie versucht, den Bus anzuhalten, auszusteigen und den ganzen Weg nach Hause zu laufen. Selbst Douglas die Stirn zu bieten erschien ihr besser als die Angst, die sie jetzt empfand.

«Dass er ein Teil meiner Familie ist, hat nichts damit zu tun. Was er getan hat, war schrecklich, es war abgrundtief schlecht, und er verdient die Strafe, zu der man ihn verurteilt hat. Er wäre der Erste, der das zugeben würde.»

«Du meinst … du meinst … es tut ihm Leid?»

«Natürlich tut es ihm Leid. Kannst du dir vorstellen, wie es ist, mit einer solchen Tat zu leben?»

«Ja», sagte sie bitter.

Tony strich sich über das Gesicht. «Entschuldige, so hatte ich es nicht gemeint.»

Rachel zupfte an einem losen Faden im Saum ihres Rockes. Sie war furchtbar verwirrt. «Willst du mir sagen, dass ich auf irgendeine Weise Mitleid mit ihm haben sollte?»

«Ich habe einfach nur die Erfahrung gemacht, dass mein Leben viel leichter geworden ist, seit ich ihm verziehen habe. Wenn man dem Menschen vergibt, den man am meisten hasst, befreit man sich selbst.»

Sie schwiegen lange.

«Wirst du dich mit ihm treffen, wenn er wieder draußen ist?», fragte sie schließlich.

«Das wird noch Jahre dauern.»

Als sie Tony ansah, war ihr nach Weinen zumute. Wie er so dasaß, die Hände im Schoß, sah er so traurig aus, so beschämt. Rachel sehnte sich nach der Nähe zurück, die vor diesem Gespräch zwischen ihnen geherrscht hatte, und wünschte sich, es wäre nie dazu gekommen. Mit einem Mal schien alles anders zu sein.

Und dann begegneten sich ihre Blicke, und sie sah in seinen Augen die Zärtlichkeit, von deren Existenz nur sie wusste. Das war Tony, ihr Tony. Niemandes sonst. Sie konnte ihn einfach nicht verlassen, denn das hätte einen erneuten Sieg für Keith bedeutet.

«Es tut mir Leid», sagte sie und berührte seinen Arm. «Ich bin dir nicht böse. Es ist nicht deine Schuld.»

«Dann hasst du mich nicht?»

«Nein. Uns kann nichts etwas anhaben, weißt du noch?»

Er beugte sich zu ihr und küsste sie sanft. Seine Lippen verweilten lange auf ihren. Rachel schloss fest die Augen und besiegelte einen unausgesprochenen Pakt mit Tony – und mit sich selbst. So mit Tony verbunden zu sein gab ihr das Gefühl, sich im freien Fall zu befinden, als wären sie gemeinsam über eine Klippe getreten. Und da wusste sie, dass sie im Begriff war, alles hinter sich zu lassen, was sie kannte. Was immer sie zuvor geglaubt hatte, war mit einem Schlag ausgelöscht. Anstelle dessen stand jetzt nur noch Tony. Sie hatte keine Vorstellung davon, wohin ihr Glaube an ihn sie führen würde, doch sie wusste jetzt, dass er alles war, was sie besaß.

Wolcombe hatte längst nicht so viele Einwohner wie Stepmouth, protzte jedoch mit einem Landungssteg, auf dem seit Ende des Krieges eine kleine Kirmes abgehalten wurde. Als Rachel und Tony auf alten Seilmatten die lange spiralförmige Rutsche hinuntersausten, an die goldenen, sich drehenden Stangen eines Karussells gelehnt hoch über dem Meer schwebten, verdrängte ihr Lachen die Erinnerung an das ernste Gespräch im Bus. Wenige Stunden später war es, als hätte es nie stattgefunden.

Sie gingen bis zum Ende des Landungsstegs, bis Tony den geeigneten Platz für ihr Mittagessen gefunden hatte. Er rollte sich die Hosenbeine hoch und legte eine Decke aus seinem Rucksack auf die groben Planken. Rachel setzte sich in die Sonne und ließ die Beine über den Rand des Stegs baumeln. Sie waren ausgelassener Stimmung, als thronten sie auf einer Wolke.

Unter ihnen tauchten die Seemöwen kreischend ins Wasser und schossen zwischen dem Gewirr der Eisenkonstruktion unter dem Landungssteg hin und her. Hinter ihnen wehte die salzige Brise das Klimpern der schmissigen Kirmesmusik zu ihnen herüber, während von unten das Auf- und Abschwellen des Meeres zu ihnen drang, das zu beiden Seiten der Landungsbrücke auf dem langen Sandstreifen des Strandes auslief und an den Wellenbrechern in dramatischen weißen Spritzern hoch sprühte.

Rachel rutschte weiter vor, lehnte sich an das Eisengeländer und legte den Kopf so auf die Arme, dass sie den Wind im Gesicht spürte. Ihr Rock rutschte an den Schenkeln hoch. Ein Auge geschlossen, um sich gegen die gleißende Sonne zu schützen, blinzelte sie zum anderen Ende des Strands hinüber, wo sich die ausgebleichten rot-weiß gestreiften Badehütten weit hinaus zogen wie eine Reihe verlassener Kasperletheater.

«Ich bin seit meiner Kindheit nicht mehr hier gewesen», sagte Rachel, als die Wellen eine vage Erinnerung an ihren Vater wachriefen, wie er mit Eimer und Schaufel in der Hand am Strand gestanden hatte. Sie hatte gelacht, wenn die Wasserrinnsale seine Füße im Sand versinken ließen und er so tat, als würde er kopfüber in die seichte Brandung fallen. Es war das erste Mal, dass sie sich an einen glücklichen Moment mit ihm erinnerte, und sie sog die salzige Luft ein in der Hoffnung, damit noch mehr Einzelheiten heraufzubeschwören, doch es kam nichts mehr.

«Was ist los?», fragte Tony und berührte ihre Schulter.

«Ach, nichts.»

«Komm schon. Sag mir, woran du gerade denkst.»

Ihr fiel wieder ein, dass sie im Bus zu Tony gesagt hatte, er könne ihr alles erzählen. Sie drehte sich zu ihm um.

«Daddy.» Mit diesem einzigen kleinen Wort überfiel sie ein Gefühl äußerster Verwundbarkeit.

«Wie war er?»

«Das ist es ja», gestand Rachel. «Ich kann mich nicht erinnern. Aber als ich jetzt auf den Strand geschaut habe, musste ich an ihn denken. Er machte ständig irgendwelche Späße, um mich zum Lachen zu bringen. Und er trug mich auf seinen Schultern. Ich weiß noch, dass ich mich an seinen Ohren festhielt und sie verdrehte. Und er streckte dann jedes Mal die Zunge raus.» Sie lachte, dann verfielen sie in Schweigen.

«Ich wollte, ich hätte ihn kennen gelernt.»

«Ich auch», erwiderte Rachel. «Ich glaube, er hätte dich gemocht.»

Sie sahen einander lange an. Rachel traten Tränen in die Augen, aber sie weinte nicht.

«Du musst Hunger haben», meinte Tony schließlich und wischte damit den bittersüßen Augenblick weg. Dann packte er seinen Rucksack aus.

«Ich habe aber nur ein paar Kleinigkeiten gekauft.»

Kurz darauf musste Rachel über Tonys Bescheidenheit lachen. Die paar Kleinigkeiten entpuppten sich als ein Festmahl, das einer Königin würdig gewesen wäre. Und das Beste daran war, dass er alles selbst zubereitet hatte. Ihre Geschmacksknospen wurden ganz neuen Erfahrungen ausgesetzt, die ihr das Gefühl echter Exotik gaben: Salat aus selbst gemachten Nudeln und eine Quiche mit Schinken, und so ging es schier endlos weiter. Als er den selbst gebackenen Kuchen hervorzauberte, grinste sie. In ihrem ganzen Leben hatte sie noch nie so viele Köstlichkeiten auf einmal gegessen.

«Und du hast das wirklich alles selbst gemacht?» Er musste die ganze Nacht mit Kochen und Backen zugebracht haben.

«Emily hat mir gezeigt, wie es geht. Sie ist eine gute Lehrerin. Und sie meint, ich sollte Koch werden.»

«Ich kann mir bloß nicht vorstellen, wer deine Gerichte essen soll», neckte sie ihn, doch als sie sah, wie geknickt er war, fügte sie schnell hinzu: «Jedenfalls sind sie für die Leute hier viel zu gut.»

Tony schien mit ihrer Antwort zufrieden. Er lag ausgestreckt auf der Decke und hatte einen Ellbogen aufgestützt. «Vielleicht gehe ich eines Tages nach London und eröffne ein Restaurant.»

Rachel lächelte ihn an. Sie hatte sich nie vorstellen können, in Stepmouth jemand Gleichaltrigen zu finden, der ebenso ehrgeizig war wie sie. Am liebsten hätte sie Tony von ihren eigenen Zukunftsplänen erzählt, aber im Vergleich zu seinen Überlegungen schienen sie ihr jetzt ziemlich verstiegen. Er hatte handfeste Vorstellungen, und der Beweis für seine Begabung befand sich in ihrem Magen, deshalb fand sie seine Pläne viel aufregender. Und außerdem war sein Ziel im Gegensatz zu ihren eigenen auch wirklich erreichbar.

«Dann komme ich als deine Restaurantchefin mit.» Rachel setzte sich auf die Knie.

«Du willst das Sagen haben, stimmt's?»

«Warum nicht? Emily ist ja schließlich auch Chefin in ihrem Restaurant. Warum sollte ich nicht auch eine solche Aufgabe übernehmen? Ich würde dafür sorgen, dass wir ein Vermögen verdienen.»

Tony lächelte zurückhaltend. Dann hob er seine Flasche Ingwerbier und stieß mit ihr an. «Ja, warum eigentlich nicht, Rachel Vale? Auf die Chefin», sagte er.

Rachel lächelte zurück. Der Mensch, der sie sein wollte, war in greifbarere Nähe gerückt als jemals zuvor.

11. Kapitel

Mallorca, 2003

«Nein so was! Du gleichst wirklich aufs Haar deinem Daddy.» Rachel kitzelte Archie unter dem Kinn und lachte, als er sich fröhlich grinsend ihrem Griff entzog.

«Oma, guck … Ball!», rief er und schleuderte den roten Ball mit erstaunlicher Kraft weg, sodass er die Terrassenstufen hinunter und auf den mit Flint und Marmor gepflasterten Innenhof hüpfte.

«Na, dann lauf und hol ihn.»

Rachel war glücklich, endlich wieder lachen zu können, glücklich, dass sie den Mut aufgebracht hatte, nach Mallorca zu kommen. Und glücklich, dass sie immer noch etwas Sinnvolles tun konnte, wie zum Beispiel einen Vormittag für Claire auf das Kind aufzupassen, wenn das Kindermädchen frei hatte und ihre Enkelin zur Pediküre ging. Es gab Rachel das Gefühl, ein normales Familienmitglied mit normalen Aufgaben zu sein, und nicht ein Wesen, um das alle einen Bogen machten, um ihm nicht zu nahe zu treten.

Tony war nun schon seit Monaten tot, und in dieser Zeit war ihr der Realitätssinn ein bisschen abhanden gekommen. Vielleicht empfand sie alles nur deshalb als so unwirklich, weil sie ausgelaugt und müde war, erschöpft von der Trauerarbeit – jedenfalls kam es ihr vor, als wäre sie zehn Jahre lang nicht mehr in Sa Costa gewesen. Jetzt bereute sie es, nicht schon früher gekommen zu sein. Stattdessen hatte sie in Dreycott Manor gesessen und Tag für Tag den kalten, grauen Nieselregen und das unheimliche Heulen des Windes ertragen, das sie in jenen dunklen Nächten keinen Schlaf finden ließ. Eigentlich hatte sie in die Londoner Wohnung ziehen wollen, sich aber dann doch nicht dazu durchringen können.

Doch nachdem sie an diesem Morgen von den hellen Sonnenstrahlen, die durch das Fenster hereinströmten, geweckt worden war und die Vögel in den Dachvorsprüngen des Hauses hatte zwitschern hören, hatte sie sich endlich wieder halbwegs normal gefühlt. Und als sie die Fenster geöffnet, den Duft der Blumen eingesogen und das ferne Wispern des Meeres gehört hatte, war ihr gewesen, als wäre sie nach Monaten aus dem Koma erwacht.

Und jetzt, da sie in der sanften Vormittagsbrise saß und die Wärme sie durchdrang, hatte sie den Eindruck, während ihrer Abwesenheit habe sich alles verändert. Sie hatte vergessen, wann die schnurgerade Reihe stacheliger orangefarbener Blumen, die vor den getrimmten Hecken so hübsch aussahen, ausgesucht und gepflanzt worden waren; sie wusste nicht mehr, dass der Rasen jemals von so intensivem Grün gewesen und die blau-weiß gestreifte Markise über der Terrasse so ausgebleicht war. Nie hatte sie die vielen Geckos wahrgenommen, die an den Wänden hoch huschten und dort im Schatten des Weins verweilten, noch war ihr aufgefallen, dass der Wein selbst so üppig blühte.

Und nicht nur ihr Haus hatte sich verändert, sondern auch Archie. Bei Tonys Beerdigung hatte sie ihm nicht viel Beachtung geschenkt, doch inzwischen hatte er richtig sprechen gelernt, und er wuchs unglaublich schnell.

Wenn sie bloß die Zeit stillstehen lassen könnte und er so bliebe, wie er jetzt war, sinnierte sie, während sie zusah, wie er in seinen kleinen karierten Shorts zu der Stelle auf dem Holzboden der Veranda sauste, wo seine Spielsachen lagen, und dabei etwas über seinen Ball und seinen Zug vor sich hin plapperte.

Sicher, sie war zu nachsichtig mit ihm. Aber sie hatte so viele Jahre lang Schuldgefühle gehabt, weil sie ihre eigenen Kinder begünstigt hatte – was also war so schlimm daran, wenn sie zugab, dass sie Archie viel mehr liebte als Christophers Sohn Thomas? Thomas weinte ständig und war ein richtiges Muttersöhnchen, Archie hingegen erinnerte in seiner Zartheit an Claire als Kind und weckte in ihr den Wunsch, ihn zu beschützen. Er war ihr Vermächtnis. Die Erinnerung an all das Gute, das sie und Tony gemeinsam geschaffen hatten.

Als sich hinter ihr leise die Terrassentür öffnete, drehte sich Rachel um. Laurie erschien mit einem Tablett, auf dem eine Espressokanne und Tassen standen. Der Duft frisch gemahlener Kaffeebohnen und des frischen Gebäcks, das Fabio am Morgen geliefert hatte, stieg ihr in die Nase. Rachel stand auf und räumte die Papiere beiseite, die sie gelesen hatte, um auf dem rohen Holztisch Platz für das Tablett zu schaffen.

Als Rachel am Abend zuvor spät eingetroffen war, hatte Laurie beteuert, ihr Wochenendbesuch störe sie nicht im Geringsten, doch nun fragte sich Rachel, ob ihre Nichte vielleicht einfach nur höflich gewesen war. Wie auch immer, dachte Rachel, sie jedenfalls war froh, dass sie nun die Gelegenheit hatten, sich einmal ausführlich miteinander zu unterhalten. Ihre letzte Begegnung hatte ihre Neugier nämlich noch geschürt, und sie hatte viel über ihre Nichte nachgedacht, die jetzt seit drei Wochen hier draußen arbeitete.

«Um ehrlich zu sein, ich schmelze dahin, wenn ich den Kleinen sehe», sagte Rachel und deutete mit einem Nicken zu Archie, der seinen Ball zum Blumenbeet warf und dann zu dem nagelneuen Fahrrad rannte, das auf dem Rasen lag. «Er ist so ein schlaues Kerlchen.»

Laurie erwiderte darauf nichts, aber Rachel meinte festzustellen, dass sie einen ziemlich strengen Blick zu Archie warf, während sie das Tablett abstellte.

«Ich kann nicht besonders gut mit Kindern umgehen.»

«Unsinn. Ich glaube, dass Archie dich mag. Außerdem ändert sich das, wenn du selbst mal Kinder hast. Du wirst schon sehen.»

«Ehrlich gesagt, ich glaube kaum, dass das so bald passieren wird.»

Laurie trug einen breitrandigen Strohhut und ein dunkelgrünes Strandkleid, das ihre von der Sonne geküsste sommersprossige Haut betonte. Rachel hätte ihr gern gesagt, sie solle nicht zu lange mit der Gründung einer Familie warten, war ihr doch durch Tonys Tod erst so recht bewusst geworden, wie kostbar jeder Augenblick war. Doch trotz des offenen Gesprächs am Morgen war ihr klar, dass sie sich nicht in Lauries Privatleben einmischen durfte. Trotzdem, merkwürdig fand sie es schon, dass eine so attraktive junge Frau wie sie nicht wenigstens mit einem gut aussehenden Künstlertypen verlobt war. Aber vielleicht war das heutzutage gar nicht mehr das, was sich junge Frauen wünschten. Schließlich hatte Laurie keinen Zweifel daran gelassen, dass ihre Karriere für sie vorrangig war.

Jetzt rief Archie, Rachel solle gucken, wie er mit seinem Rad über den Rasen strampelte, und sie applaudierte ihm.

«Enkel sind etwas Wunderbares. Es ist so herrlich, sie bei sich zu haben, und noch herrlicher, sie zurückzugeben, wenn sie einem zu viel werden.» Sie nahm die Tasse, die Laurie ihr reichte.

Rachel war entschlossen, ein paar Fakten aus der Familiengeschichte zu enthüllen. Jedoch fiel es ihr schwer, die richtigen Worte zu finden, und ihr versteckter Hinweis auf die Wahrheit war offensichtlich bei Laurie nicht angekommen.

Schon seit Jahren hatte sie nicht mehr über Anna gesprochen. In dieser Zeit war Claire so sehr zu ihrer eigenen Tochter geworden, dass Rachel gelegentlich ganz vergaß, dass sie das nicht war. Ob Laurie sie wegen jener Ereignisse damals verurteilen würde? Würde sie denken, Rachel sei Anna eine schlechte Mutter gewesen? «Manchmal fühle ich mich furchtbar alt, besonders wenn ich sehe, wie schnell Archie wächst», sagte sie seufzend. «Du weißt ja sicher, dass er eigentlich mein Urenkel ist. Darum ist er so etwas Besonderes. Claire ist nämlich meine Enkelin. Allerdings haben Tony und ich sie aufgezogen wie unser eigenes Kind.» Rachel nippte an ihrem Kaffee. Jetzt hatte sie Lauries ganze Aufmerksamkeit. «Claires Mutter Anna starb mit kaum zwanzig Jahren, und Claire war damals noch ein Säugling. Also haben wir sie adoptiert. Deshalb ist sie so viel jünger als Christopher und Nick.»

Es gelang Rachel, die Angelegenheit wie das Natürlichste von der Welt klingen zu lassen. Und sie staunte selbst, wie gut sie im Laufe ihres Daseins als Geschäftsfrau gelernt hatte, unangenehme Dinge zu übertünchen und selbst das schrecklichste Trauma in ein Märchen zu verwandeln, an dessen Ende alle glücklich und zufrieden waren. Doch es genügte ein Blick zu Laurie, um zu sehen, dass sie sich von Rachels lockerem Ton nicht hatte täuschen lassen.

«Ich hatte ja keine Ahnung. Was ist denn damals passiert?»

«Mit Anna?»

Rachel beschloss, ihr doch die Einzelheiten zu erzählen. «Es ist schon so lange her … Damals … nun, was Claire betrifft, hat sich alles zum Besten entwickelt. Anna war sehr krank und litt an Depressionen.» Doch dann brach ihre Stimme. «Weißt du was? Lass uns ein anderes Mal darüber reden. Ich ertrage es nicht, an Anna zu denken. Es erinnert mich an Tony und ...»

«Oh, es tut mir so Leid, Rachel. Jetzt haben wir die ganze Zeit geplaudert, und dabei habe ich dich gar nicht gefragt, wie es dir geht.»

Rachel nahm ihre Sonnenbrille ab und legte sie auf den Tisch. Sie wusste, dass sie ohne diesen Schutz müde und abgespannt aussah, und fühlte sich verwundbar.

«Meistens funktioniere ich, obwohl mir alles ganz unwirklich erscheint. Es ist ein ständiges Auf und Ab – im einen Moment fühle ich mich richtig wohl, und gleich darauf bin ich am Boden zerstört. So wie jetzt.» Sie war wütend auf sich, weil sie mit den Tränen kämpfte. «In den letzten Wochen hatte ich einen furchtbaren Zorn auf Tony. Alles hat mich wütend gemacht. Armer Tony. Ich gebe ihm immer noch für alles die Schuld.»

«Ich denke, das ist nur natürlich.»

Rachel schüttelte abwehrend den Kopf. Wie konnte sie ihr bloß erklären, wie sehr sie das alles quälte? Sie hasste diesen Zustand, diese Labilität und den Verlust der Selbstkontrolle. Warum nur kam sie nicht besser mit alledem klar? Und warum offenbarte sie dieser jungen Frau schon wieder ihre Gefühle? Aber irgendwie schien es ihr richtig, Laurie ins Vertrauen zu ziehen.

«Entschuldige bitte», sagte sie und sah ihre Nichte an, die ruhig, die Arme auf dem Tisch verschränkt, da saß.

Laurie wehrte mit einem Kopfschütteln ab und lächelte sanft. «Aber das macht doch nichts.»

«Weißt du, es ist mir sehr schwer gefallen, hierher zu

kommen», gestand Rachel. «Tony und ich haben hier viele schöne Stunden verbracht. Ich dachte, es wäre zu schmerzlich. Und in gewisser Hinsicht ist es das auch. Ich bin so froh, dass du hier bist, Laurie.»

«Vielleicht sollte ich dich trotzdem lieber allein lassen?»

«Nein, bitte nicht.»

«Du darfst kein schlechtes Gewissen haben. Ich denke, es ist vollkommen normal, Wut zu empfinden. Dad ging es bestimmt auch so, als Mom starb, obwohl das wohl etwas anderes war. Sie war so lange krank, dass er am Ende bereit war, von ihr Abschied zu nehmen. Wahrscheinlich hat er sich deshalb so schnell wieder erholt.»

Rachel ließ den Blick zum Horizont schweifen. Bill konnte sich glücklich schätzen, weil er von seiner Frau Abschied nehmen konnte, wohingegen ihr dies bei Tony versagt geblieben war. Das Grausamste, was einem widerfahren konnte, war, dass einem der Mensch, den man liebte, unerwartet entrissen wurde. Konnte sie erwarten, dass Laurie dafür Verständnis aufbrachte?

Sie wollte nicht in Bitterkeit verfallen, nicht wie ihre Mutter, aber in letzter Zeit konnte Rachel sich des Gefühls nicht erwehren, bestraft worden zu sein. Die Art, wie Tony von ihr gegangen war, erschien ihr einfach zu grausam. Deshalb hatte sie einen Pakt mit sich selbst geschlossen: Wenn ihr das Eine gelang, was ihr während ihres ganzen Erwachsenenlebens nicht möglich gewesen war – wenn sie sich mit ihrem Bruder versöhnen konnte –, dann hatte sie den Beweis, dass das Unmögliche möglich war. Und dann würde Tony zurückkommen und alles wäre wie immer. Zumindest aber würde sie dann akzeptieren können, dass er von ihr gegangen war.

Doch dann riss sie sich zusammen. «Wie geht es Bill?»,

fragte sie. «Hast du ihm von der Beerdigung erzählt, hast du ihm gesagt, dass du hierher fährst?»

Laurie schüttelte den Kopf, lehnte sich zurück und legte die Hände auf ihrem flachen Bauch zusammen. Als sie dann über ihren Vater sprach, sah Rachel sich selbst vor fünfzig Jahren, wie sie sich über dasselbe Problem beklagte. Er war stur wie eh und je. Und er verletzte jetzt seine Tochter genauso wie einst sie. Rachel stellte die Kaffeetasse auf den Tisch.

«Ich muss ihn sehen, Laurie. Die Sache ist … Ich möchte, dass du ihn bittest, dich hier zu besuchen. Nicht gleich, aber bald. Wir könnten zusammen überlegen, wann.»

«Er würde nicht kommen.»

«Aber er müsste ja nicht erfahren, dass ich hier bin. Eigentlich ist es sogar ideal, dass er nicht Bescheid weiß. Du brauchst ihn nur dazu zu bringen herzukommen. Dann kann ich den Rest …»

Rachel stockte. Sie merkte, dass sie zu weit vorgeprescht war. Eigentlich hatte sie eine Weile warten und Laurie besser kennen lernen wollen, ehe sie sie in ihr Vorhaben einweihte, anstatt geradewegs damit herauszuplatzen. Es war, als würde sie Laurie auffordern, Partei zu ergreifen, und sie wusste nur zu gut, wie sehr sie sich dabei unter Druck gesetzt fühlen musste.

Doch etwas in Lauries Gesichtsausdruck sagte Rachel, dass ihre Nichte ohnehin gerade nicht zuhörte. Und fast im selben Augenblick hörte sie vom Swimmingpool her ein lautes Platschen.

Laurie stieß beim Aufstehen ihren Stuhl so heftig zurück, dass er umfiel. Ihre Kaffeetasse krachte auf die Terrasse, doch Laurie hielt keine Sekunde inne, sondern rannte auf den Pool zu.

Rachel erhob sich ebenfalls, wie in Zeitlupe, und stieß dabei einen so lauten Schrei aus, dass die Krähen in den Bäumen jenseits des Beckens mit den Flügeln schlugen und sich kreischend in die Luft erhoben. Archie war ins Wasser gefallen.

Lauries Sprint ging nahtlos in einen Sprung in das Becken über, und Rachel sah, wie ihre Schuhe und ihr Hut dabei davonflogen. Einen entsetzlichen Augenblick lang war sie von der Bildfläche verschwunden, doch kurze Zeit später tauchte ihr Kopf wieder auf und schließlich auch der von Archie. Sie umfasste ihn am Bauch und hievte ihn aufrecht auf den Beckenrand, dann stemmte sie sich hoch und setzte sich neben ihn. Als Rachel bei den beiden ankam, zog Laurie den Jungen gerade sanft auf ihre Knie und klopfte ihm den Rücken, während er hustete.

«O mein Gott!», rief Rachel von Panik erfüllt. «Ich hätte besser aufpassen sollen. O mein Gott! Ach Archie ...»

«Es war ein Unfall.»

«Wenn ihm etwas passiert wäre ...»

«Aber das ist es nicht», erwiderte Laurie mit fester Stimme. Wie konnte sie so gelassen bleiben? Rachel starrte ihre Nichte an – ihr Kleid klebte an ihrem Körper, aus dem Haar tropfte das Wasser in ihr Gesicht, aber sie wirkte kein bisschen beunruhigt. «Es ist alles in Ordnung. Stimmt's, Archie?»

Der Junge nickte und schaute dabei so perplex drein, dass Laurie lächeln musste. Sie drückte ihn fest an sich. «Siehst du, jetzt ist alles vorbei. Aber schau dir das an, wir sind beide nass von oben bis unten. Was wird deine Mummy bloß dazu sagen?»

«Er hätte ertrinken können», sagte Rachel. «Und es wäre meine Schuld gewesen. Ich habe nicht aufgepasst. Und jetzt denkt ... jetzt denkt Claire bestimmt ...»

Dann spürte sie, wie Laurie ihr auf die Beine half und den Arm um ihre Schulter legte.

«Es ist vorbei», sagte sie mit fester Stimme und flüsterte ihr anschließend ins Ohr: «Du machst Archie Angst, Rachel. Versuch dich zu beruhigen. Ich gehe und trockne mich und Archie ab. Du solltest dich ein wenig hinlegen. Es ist alles in Ordnung. Machen wir keine große Sache daraus, okay?»

Rachel fuhr abrupt aus dem Schlaf hoch. Durch die offene Doppeltür konnte sie sehen, dass Claire im Flur mit Laurie sprach. Mit einem Gefühl tiefer Scham, das an ihr klebte wie ein dicker Schweißfilm, mühte sie sich aus dem Bett. Sie wusste nicht, was ihr peinlicher war: dass sie nicht gut genug auf Archie aufgepasst hatte, dass sie so überreagiert hatte oder dass sie unerklärlicherweise eingeschlafen war und sich Laurie deshalb allein um Archie kümmern musste. Brenda hatte also wohl doch Recht gehabt, als sie ihr riet, den Arzt aufzusuchen und sich etwas zur Stabilisierung verschreiben zu lassen.

Rachel glättete ihre weiße Leinenhose. Sie war nie hysterisch gewesen, hatte nie vor den Augen ihrer Familie die Fassung verloren. Ein Glück, dass Laurie da gewesen war, dachte sie, als sie in den Flur hinaus eilte.

«O Claire …», begann Rachel, doch Laurie brachte sie mit einem Blick zum Schweigen.

Sie hatte inzwischen eine mit Farbklecksen übersäte weiße Weste und ausgefranste Jeansshorts angezogen, die ihre gebräunten Beine und ihre schmutzigen bloßen Füße zum Vorschein brachten. Neben Claire wirkte sie wie ein junger Wildfang. Rachels Enkelin trug eine silbergraue Hose aus Rohseide und ein farblich abgestimmtes rückenfreies Satintop, und die bronzefarbenen Strähnen in ihrem Haar reflektierten die Sonnenstrahlen, die durch die offene Tür hereinfielen. Ihre frisch lackierten Zehennägel glitzerten in den hochhackigen Sandalen.

«Wie gesagt», erklärte Laurie mit Nachdruck, während sie Claire eine Tasche überreichte. «Tut mir Leid, dass seine Sachen ein bisschen nass geworden sind. Es ist meine Schuld. Wir haben herumgespielt …»

Rachel war erstaunt, wie leicht es Laurie offenbar fiel, eine glatte Lüge so überzeugend vorzubringen.

«Ach, mach dir keine Gedanken», erwiderte Claire und sah gleichgültig in den tropfenden Sack und dann hinunter zu Archie, der einen viel zu kleinen Overall anhatte. Rachel fragte sich, wo Laurie den bloß aufgetrieben hatte.

«Wir sind geschwommen», erklärte Archie mit einem Blick zu Laurie, die ihm zuzwinkerte und mit den Fingerspitzen durchs Haar fuhr.

«Ja, stimmt. Du bist ein richtiger Teufelskerl, hab ich Recht, junger Mann?»

Aber Claire beachtete die beiden nicht weiter und wandte sich zu Rachel. «Da bist du ja. Ich führe dich zum Mittagessen aus. Wir setzen Archie bei der Kinderkrippe ab und fahren zu Reed's. Ich habe einen Tisch für zwei reserviert.»

Rachel sah Laurie an.

«Nein, nein, ich meine, zwei Uhr, nicht unbedingt für zwei Personen», korrigierte sich Claire rasch, als sie ihren Schnitzer bemerkte.

«Danke, aber ich habe zu arbeiten», erklärte Laurie, quetschte sich an Rachel vorbei und verschwand über die Marmortreppe. «Tschüs, Archie. Pass gut auf dich auf.»

Einen Augenblick lang herrschte Schweigen. Als Claire dann ihre Großmutter anlächelte, merkte Rachel, wie sehr sie sie vermisst hatte.

«Bitte, mein Liebes, können wir nicht hier bleiben?», bat sie. «Ich fühle mich, als wäre ich gerade erst gekommen. Und außerdem ist es bei Reed's doch so protzig.»

«Wir müssen nicht hin, wenn du wirklich nicht willst. Ich wollte dich nur ein bisschen verwöhnen», erwiderte Claire, doch Rachel merkte ihr an, wie enttäuscht sie war. «Wir sind doch schon eine Ewigkeit nicht mehr zusammen ausgegangen. Ich dachte, es wäre vielleicht schön …»

«Na gut. Ich komme mit, aber dann musst du mir versprechen, morgen zum Abendessen zu kommen. Ich möchte ein bisschen Familienleben haben.»

«Ich muss Sam erst fragen.»

Rachel hörte an ihrem Tonfall, dass sie damit nicht sagen wollte, Sam hätte zu viel zu tun. Sie sah Claire an, die beobachtete, wie Archie mit den Schirmen im Ständer neben der Tür spielte.

«Was meinst du damit, Liebes?»

«Ach nichts. Er ist nur nicht mehr wie sonst.» Rachel wusste, dass Claire es gar nicht erwähnt hätte, wenn es nicht wirklich ein Problem darstellte. «Er wirkt einfach ein bisschen gereizt. Wahrscheinlich ist es nur der Stress.»

Rachel dachte daran, wie Sam bei der Beerdigung gestottert und so merkwürdig reagiert hatte, als sie verkündete, er werde die Firma übernehmen. Aber zu diesem Zeitpunkt hatte sie sich vor allem Sorgen wegen Christopher und Nick gemacht, denn die beiden waren offensichtlich eifersüchtig und wütend gewesen. Deshalb hatte sie sie beiseite genommen und daran erinnert, dass Sam als Vertrauter der Familie mehr für sie und Tony getan hatte, als sie beide sich auch nur vorstellen könnten. Sie ärgerte sich jetzt noch darüber, dass sie sie so hatte beschämen müssen, um ihre Zustimmung zu bekommen.

Im Nachhinein jedoch plagte Rachel das schlechte Gewissen, weil sie Sam nicht mehr Aufmerksamkeit geschenkt und nicht nachgefragt hatte, wie es ihm ginge.

«Er ist doch hoffentlich nicht verärgert darüber, dass ich ihn gebeten habe, die Firma zu übernehmen, oder? Ich dachte, er hätte sich das gewünscht. Jedenfalls hat Tony es sich gewünscht. Ich dachte, er würde sich freuen. Dass es das Richtige wäre …»

«O mein Gott», stöhnte Claire und schüttelte den Kopf. «Ich hätte nichts sagen sollen. Hör zu, vergiss, was ich gesagt habe. Sam ist ganz aus dem Häuschen wegen der Beförderung, und ich auch. Er nimmt sich nur nicht genug Freizeit, das ist alles. Ständig sage ich ihm, er solle sich entspannen, aber du weißt ja, wie er ist. Nur noch Arbeit, Arbeit, Arbeit. Ich sehe ihn kaum noch.»

Rachel spürte, wie aufgebracht Claire war. Sie liebte Sam leidenschaftlich.

«Ich werde mit ihm reden», versprach Rachel.

«Bitte nicht», bat Claire etwas halbherzig. Dann nahm sie Archie hoch. «Ich bin nicht hierher gekommen, um über meine Probleme zu sprechen. Komm, lass uns gehen.»

Erst spät am nächsten Nachmittag hatte Rachel Gelegenheit, noch einmal unter vier Augen mit Laurie zu sprechen. Sie war überrascht, von Dante, dem Gärtner, zu erfahren, dass ihre Nichte das alte Bootshaus unten am Strand, das abgeschieden und schwer zugänglich war, als Atelier benutzte, wo doch das Haus selbst so wunderbare Lichtverhältnisse bot.

Auf dem Weg dorthin fiel Rachel ein, dass sie schon eine halbe Ewigkeit nicht mehr am Strand gewesen war. Sa Costa hatte so viele wunderbare Seiten, die zu genießen sie offenbar verlernt hatte. Allerdings hatte sie auch kaum Zeit dafür gefunden, denn ständig waren Freunde von der Insel vorbeigekommen, zum Beispiel Marias Mutter, die alle Einzelheiten über die Beerdigung wissen wollten, oder Fabio, der neben einer Lieferung auch sein kürzlich geborenes Baby auf dem Moped mitbrachte. Und sie hatte den Büros der Firma einen kurzen Besuch abgestattet, um sich über das Personal zu informieren.

Obwohl sie die ganze Zeit über per Fax mit dem Büro in Kontakt gestanden hatte, war dieser persönliche Besuch ein Schock für sie gewesen. Die luxuriösen Räume in der Altstadt von Palma, die Rachel selbst ausgesucht hatte, waren vollkommen umgestaltet worden. Sam hatte eine neue Sekretärin, eine neue Empfangsdame und ein komplett neues Marketingteam eingestellt. Zunächst hatte Rachel ihre Bestürzung zu verbergen versucht, doch als Maria ihr das Vorstandszimmer mit der neuen, rein zweckmäßigen Einrichtung gezeigt hatte, war sie den Tränen nahe gewesen. Seit sie die Führung abgegeben hatte, hatte sich die Atmosphäre in der Firma grundlegend verändert.

Immerhin schienen alle, denen sie begegnete, erfreut, sie zu sehen. Allerdings hatten die erstaunten Blicke der neuen Angestellten sie ein wenig aus dem Konzept gebracht. Da sie das Gefühl hatte, nur im Weg zu stehen, war sie nicht lange geblieben. Trotzdem hatte sie ganz diskret ein paar Erkundigungen über Sam einziehen können, aber nichts Negatives über ihn gehört. Im Gegenteil. Alle, mit denen sie sprach, schienen zufrieden, und die Geschäfte gingen hervorragend.

Doch gerade das hatte Rachel beunruhigt. Denn wenn Sam nicht der Arbeit wegen so unter Druck stand, warum um Himmels willen dann? Tony. Es konnte nur wegen Tony sein. Sam trauerte wahrscheinlich genauso um ihn wie sie selbst. Und wie sie brauchte auch Sam ein wenig Zeit, um sich davon zu erholen.

Rachel ging zum Seiteneingang von Lauries neuem Atelier am Strand. Vorder- und Hintertür standen weit offen, sodass der alte Schuppen von Licht durchflutet war und man das Wasser sanft ans Ufer plätschern hörte.

Laurie arbeitete im hinteren Teil des Raums an einem Bild. Da sie ihr den Rücken zukehrte, konnte Rachel zwar nicht sehen, wie konzentriert sie dabei war, aber sie spürte es trotz der Entfernung. Auf einem umgedrehten rostigen Ölfass lagen mehrere Farbpaletten. Daneben standen ein Krug mit Wasser und ein kleines Radio, aus dem ein spanisches Gitarrensolo schepperte. Der verwitterte Betonboden war mit Sand und knorrigen Treibholzstücken übersät. In der Mitte lag ein altes, mit zahllosen Kissen ausgelegtes Ruderboot, von dem die Farbe abblätterte und über dessen Seitenwand ein Handtuch und ein Badeanzug zum Trocknen hingen.

An den Wänden waren mehrere Bilder aufgestellt, zum Teil zusätzlich von alten Seilen gehalten, die an der Decke befestigt waren. Die Motive ähnelten einander alle – große, abstrakte Sonnenuntergänge und Seestücke in wunderschönen, lichtvollen Farbkombinationen.

Doch als Rachel eintrat, um sich die Gemälde aus der Nähe anzusehen, stieß Laurie einen spitzen Schrei aus und stürzte mit hochroten Wangen auf sie zu.

«An der Hälfte davon arbeite ich noch», erklärte sie und versperrte Rachel die Sicht. «Ich würde sie dir lieber erst zeigen, wenn sie fertig sind.»

Rachel trat einen Schritt zurück, aus dem Schuppen hinaus. Solange sie denken konnte, war ihr noch nie jemand begegnet, der so stur war wie Laurie. Besser gesagt, seit sie Bill zuletzt gesehen hatte.

«Ich möchte mich wegen gestern entschuldigen», sagte Rachel, während Laurie zu ihr hinaustrat. «Ich habe wohl ein bisschen überreagiert.»

Laurie zog einen schmutzigen Lappen aus dem Gürtel ihrer Shorts und wischte sich die Hände ab. «Ich fand, dass sie es nicht zu wissen brauchte. Warum sollte sie sich unnötig aufregen?»

«Jedenfalls vielen Dank. Für alles. Dafür, dass du das für mich getan hast.»

«Am besten, ich gewöhne mich daran, nicht wahr? Wenn ich Dad überreden soll, hierher zu kommen.»

Sie sagte es leichthin, als wäre es keine große Sache, aber Rachel spürte deutlich, dass es ihr ernst war.

«Noch etwas?», fragte Laurie, die offensichtlich ihre Arbeit fortsetzen wollte.

«Nein.»

«Gut, dann mache ich mal weiter. Wenn das Licht nicht mehr reicht, komme ich zum Haus hoch», meinte Laurie und wandte sich ab.

Doch jetzt fiel Rachel ein, dass sie Laurie noch darüber informieren wollte, dass Sam und Claire zum Abendessen kommen würden. Aber ihre Nichte stand bereits wieder vor der Leinwand, und Rachel wollte sie nicht weiter stören. Nach kurzem Zögern kehrte sie um und ging zum Weg hinauf.

Rachel hatte in ihrem Leben nur mit Menschen zu tun gehabt, die berechenbar oder zumindest klar in ihren Absichten gewesen waren. Doch als sie später das Abendessen zubereitete, ging ihr durch den Kopf, dass es sich bei Laurie anders verhielt. Bei ihr spürte sie eine geheime, leidenschaftliche Seite, die sie faszinierte. Schon wie sie das alte Bootshaus umgestaltet hatte, zeigte Rachel, wie sinnlich ihre Nichte war, und Lauries Geheimnistuerei machte sie noch faszinierender.

Deshalb zögerte sie auch keine Sekunde, als Lauries Handy kurz vor der Essenszeit läutete. Sie hatte es auf dem Tisch neben der Tür liegen lassen. Doch kaum hatte Rachel die grüne Taste gedrückt, merkte sie, wie dumm das war. Und wenn nun gerade Bill anrief?

Doch es meldete sich ein James Cadogan, und jeder Gedanke an Bill verschwand augenblicklich. Das war er also, dachte Rachel und freute sich über ihren Glückstreffer, während sie die roten Paprikaschoten röstete und sich gleichzeitig den interessanten jungen Mann ein wenig vorknöpfte. Endlich hatte sie den Spalt in Lauries Panzer gefunden. Ihre Nichte hatte einen Liebhaber! Und in null Komma nichts hatte sich Rachel eine Strategie ersonnen.

Als sie auflegte, lächelte sie. Sie hatte nicht nur mit James zusammen einen todsicheren Plan ausgeheckt, um Laurie aufzuheitern und ihr etwas Entspannung zu verschaffen. Nein, in diesen wenigen Minuten hatte sie auch mehr über Laurie erfahren, als wenn sie sich einen ganzen Morgen lang mit ihr unterhalten hätte. Warum um alles in der Welt hatte sie James nie erwähnt? Er war ein wunderbarer Mann.

Doch dann wurde sie plötzlich unsicher. Was, wenn Laurie gute Gründe dafür gehabt hatte, James nicht zu erwähnen? Schließlich hatte es während ihrer Unterhaltungen zahllose Gelegenheiten gegeben, über ihr Liebesleben und ihre Gefühle zu sprechen. Jetzt überkam Rachel Panik und sie schalt sich dafür, dass sie so überstürzt gehandelt hatte. Womöglich hatte sie sich viel zu weit vorgewagt und war kräftig ins Fettnäpfchen getreten.

In diesem Moment wurde sie durch das Quietschen der Reifen auf der Zufahrt zum Haus in ihren Gedanken unterbrochen. Rachel drehte den Grill kleiner und trat an die offene Eingangstür. Claire und Sam stiegen aus Claires hellblauem Audi Cabrio. Ein leichter Gummigeruch lag in der Luft, weil sie so scharf gebremst hatte. Claire schlug die Fahrertür zu und stürmte in ihren hochhackigen Schuhen wackelig zum Eingang.

«Sag ihm, er soll seine schlechte Laune an jemand anderem auslassen», keifte sie und ging an Rachel vorbei ins Haus.

Dann kam Sam, nachdem er die Beifahrertür etwas sanfter geschlossen hatte, auf Rachel zu, die ihm die Tür aufhielt. Dabei warf er sich seine cremefarbene Anzugjacke, die er am Aufhänger hielt, über die Schulter. Es sah aus, als käme er soeben erst von der Arbeit.

«Hallo.» Sam küsste Rachel auf die Wange. Er wirkte erschöpft. Ihr kam es vor, als hätte ihn die zusätzliche Verantwortung, die sie ihm aufgebürdet hatte, mit einem Schlag altern lassen. Sein braun gebranntes Gesicht wirkte nicht mehr so jungenhaft, und die Fältchen um seine Augen waren zahlreicher, als sie in Erinnerung hatte. Allerdings stand ihm das gut. Sam gehörte zu den Männern, die mit zunehmendem Alter immer attraktiver wurden. Und selbst mit einem Zweitagesbart am Kinn sah er ausgesprochen anziehend aus.

Rachel hätte ihn am liebsten umarmt und ihm gesagt, dass sie, was immer er mit Claire auszufechten hatte, stolz auf ihn sei. Archie und Claire um sich zu haben, ganz zu schweigen von Laurie, hatte in den letzten Tagen so belebend auf sie gewirkt. Jetzt, wo auch Sam hier war, war der mallorquinische Zweig ihrer Familie komplett.

«Sam, mein Liebling, ich habe dich so vermisst», gestand

sie, zog ihn ins Haus und schloss die Tür hinter sich. «Du lässt dich kaum noch hier sehen.»

Er lächelte müde, aber sie bemerkte auch den verschmitzten Charme, der ihr so vertraut war. «Man kann nicht alles haben», erwiderte er. «Wenn du mir die Leitung einer Firma überträgst, was erwartest du da anderes?»

Rachel lächelte zurück. Aus Angst, er könnte ihren morgendlichen Besuch im Büro als Einmischung empfinden, erwähnte sie ihn erst gar nicht. Schließlich hatte sie ihm das Regiment übergeben, also musste sie ihm auch vertrauen. Wenn sie das Gespräch auf Ararat brachte, könnte er denken, sie würde hinter seinem Rücken herumschnüffeln. Nein, jetzt war die Familie wichtiger, und sie musste endlich lernen, die Dinge auseinander zu halten.

«Kann ich euch beiden vielleicht irgendwie helfen?», fragte sie und schaute dabei durch die offene Flügeltür ins Wohnzimmer in Richtung Terrasse, wohin Claire sich zurückgezogen hatte. In der Luft hing ein Hauch von Zigarettenrauch, gemischt mit dem Duft ihres Parfüms.

«Nein», meinte Sam, «Es ist nichts. Es geht nur um eine banale Kleinigkeit, Archie betreffend», fügte er hinzu, aber es klang wenig überzeugend. «Du weißt ja, wie Claire ist – in einer Minute ist sowieso alles vergessen. Soll ich uns etwas zu trinken holen?»

«Das wäre nett.»

Aber das entspannende Abendessen, das Rachel sich vorgestellt hatte, kam nicht zu Stande. Als Laurie vom Strand zurückkehrte, wirkte sie verärgert, weil Rachel sie nicht darauf vorbereitet hatte, dass man sie bei Tisch erwartete und dass überhaupt jemand zum Essen kam. In ein Handtuch gehüllt, das Haar von ihrem abendlichen Bad im Meer in rattenschwanzartigen Strähnen herabhängend, begrüßte sie

Sam und Claire mit einer gewissen Distanziertheit, die Rachel einen Stich versetzte.

Rachel versuchte darüber hinwegzugehen, als wenn nichts wäre, doch als Laurie geduscht hatte und sich zu ihnen nach draußen setzte, wirkte sie in sich gekehrt und nachdenklich. Es war zu spät, sich für ihren Schnitzer zu entschuldigen, und sie machte sich Vorwürfe, weil sie Laurie nicht vorgewarnt hatte. Nun konnte sie nur noch so tun, als wäre nichts vorgefallen. Doch je mehr sie versuchte, dem Abend eine heitere Note zu geben, desto mehr Spannung spürte sie am Tisch. Nur Claire bemühte sich offensichtlich, Laurie in das Gespräch mit einzubeziehen, allerdings vergeblich.

Sam wiederum beschäftigte sich ausschließlich mit dem Grill auf der Terrasse, starrte finster vor sich hin und zeigte kein Interesse an dem Gespräch. Rachel beobachtete, wie er die Hähnchenspieße und Steaks wendete, von denen ein aromatischer Geruch nach der Marinade ausging, die sie mit frischen Gartenkräutern und Wein aus der Region angerührt hatte. Offenbar war er immer noch verstimmt wegen des Streits mit Claire.

Erst als sie mit dem Essen fertig waren, alle zu frösteln begannen und Claire bereits die Teller hineingetragen hatte – nicht ohne Rachel im Vorbeigehen einen Blick zuzuwerfen, der ausdrückte: «Hab ich's dir nicht gesagt?» –, fand Rachel, es sei Zeit, Sam zur Rede zu stellen.

«Sam, ich denke, du musst Laurie einmal auf der *Flight* mitnehmen», sagte sie und beobachtete dabei sein Gesicht im sanften Schein der Tischkerzen.

«Laurie hat bestimmt Besseres zu tun, als zum Segeln mitzukommen …»

«Unsinn. Es würde dir gefallen, stimmt's, Laurie?»

«Hm, ich …» Laurie zog die Augenbrauen hoch. Zweifellos, so schloss Rachel, war sie peinlich berührt von Sams zurückhaltender Antwort, doch Rachel ließ sich nicht so leicht einschüchtern. Sie reckte sich über den Tisch, um Laurie von dem Rotwein nachzuschenken, und füllte dann auch ihr eigenes Glas erneut.

«Das Schiff ist Sams ganzer Stolz. Und er segelt hervorragend.»

«In letzter Zeit komme ich kaum noch dazu», murmelte Sam und legte die Hand auf sein Glas, um Rachel zu verstehen zu geben, dass er keinen Wein mehr mochte. Enttäuscht stellte sie die Flasche zurück. Sie wusste, dass Sam entspannter und lockerer sein würde, wenn er noch ein paar Gläser trank. Wie oft hatten sie alle auf diesen Stühlen mit den roten Kissen gesessen, in dieser Oase der Ruhe, die erfüllt war vom Jasminduft.

«Also ein Grund, es mal wieder zu versuchen. Nimm Laurie zu einer Spritztour mit. Zeig ihr die Bucht. Ich wette, du hast noch nie die ganze Bucht von Palma vom Meer aus gesehen.»

«Nur auf einer Ansichtskarte», meinte Laurie leise.

Sam hielt den Stiel seines leeren Glases und starrte es an. Rachel kannte ihn gut genug, um zu wissen, dass er verärgert war, konnte sich aber beim besten Willen nicht erklären, warum er sich so hartnäckig gegen ihren Vorschlag sperrte. Warum bemühte er sich nicht, freundlich zu Laurie zu sein? Es passte gar nicht zu ihm. Eine der Eigenschaften, die Rachel an ihm immer besonders bewundert hatte, war seine Begabung, Menschen das Gefühl zu geben, sie seien etwas Besonderes. Wo war sein Charme geblieben?

«Sam, ich weiß nicht, warum du dich so anstellst, aber ich finde, du solltest jetzt gleich einen Termin mit ihr festlegen.

Sonst tust du es überhaupt nicht. Du wirst zu beschäftigt sein …»

«Rachel, das ist nett von dir, aber ich möchte wirklich mit meinem Bild weiterkommen», bat Laurie. «Können wir nicht …»

Was war nur mit den jungen Leuten los? Sie benahmen sich wie verzogene Kinder. Na gut, dann würde sie sie eben auch so behandeln und sie zwingen, ob sie es wollten oder nicht. Schließlich war es zu ihrem eigenen Besten.

«Nächsten Dienstag», sagte sie und warf ihre blaue Leinenserviette auf den Tisch. «Sam, du arbeitest offensichtlich viel zu viel. Ich möchte, dass du dir den ganzen Tag frei nimmst und dich amüsierst. Und du, Laurie, brauchst ebenfalls eine Pause. Ich dulde keinen Widerspruch. Nächsten Dienstag. Es ist ein Feiertag, also dürfte es, was die Arbeit betrifft, keine Probleme geben.»

«Was ist nächsten Dienstag?», fragte Claire, die mit einer Strickjacke für Rachel aus dem Haus kam.

«Sam nimmt Laurie zum Segeln mit.» Rachel zog die Strickjacke an.

«Tatsächlich? Na, besser dich als mich.» Claire lachte. «Ich kann es nicht ausstehen. Es … es spritzt so furchtbar. Und ich muss dich warnen, beim Halsen erdrückt er dich förmlich.»

Laurie nippte an ihrem Wein und schwieg. Sie lächelte nicht einmal.

«Nun, ich denke, es wird euch beiden sehr gut tun», sagte Rachel in der Hoffnung, Claire werde froh darüber sein, dass sie ihr Versprechen gehalten und Sam gezwungen hatte, sich ein wenig freie Zeit zu nehmen. Dass es allerdings so schwierig sein würde, hatte Rachel nicht vorhergesehen.

«Auf jeden Fall. Das sage ich ihm schon die ganze Zeit», meinte Claire, stellte sich hinter Sam und küsste ihn auf den Kopf. «Ich versuche ja schon, ihn so gut wie möglich fit zu halten, aber das ist wahrscheinlich nichts im Vergleich zu frischer Luft.»

Offensichtlich irritiert und durch ihre deutliche Anspielung in Verlegenheit gebracht, rückte Sam ein Stück von ihr weg.

«Aber, aber!» Claire lachte ihn an.

Plötzlich schob Sam seinen Stuhl zurück, sodass Claire gezwungen war, beiseite zu treten. «Weißt du was?», sagte er. «Mir wird auch kalt. Ich denke, es ist Zeit, nach Hause zu gehen.»

«Ihr könnt unmöglich schon gehen.» Rachel hielt das für einen Scherz.

«Ich habe morgen sehr früh eine Besprechung», erklärte Sam und erhob sich. «Danke für das Abendessen, Rachel.»

Trotz Claires Protest ließ sich Sam nicht umstimmen. Er küsste Rachel auf die Wange und nickte Laurie mit den Worten zu: «Also dann, bis nächste Woche.»

Kaum fünf Minuten, nachdem Claires Wagen davongebraust war, entschuldigte sich auch Laurie und zog sich in ihr Zimmer zurück.

Allein geblieben, zog Rachel die Strickjacke fester um sich und grub die Nase in den weichen Stoff, der ein wenig nach Zigarrenrauch roch. Das erinnerte sie so stark an Tony, dass sie erneut ein Anflug von Trauer überkam.

Der Abend war eine Katastrophe gewesen. Um sie herum löste sich alles auf, und da sie nichts dagegen tun konnte, fühlte sie sich einsamer denn je. Wenn Tony heute Abend nicht gefehlt hätte, dann wären Sam und Claire bester Laune gewesen und Laurie wäre …

Laurie wäre gar nicht dabei gewesen. Kein Wunder, dass es so schwierig war, die glückliche Familie zu spielen – schließlich hatte Rachel selbst alle Regeln verändert.

12. Kapitel

Stepmouth, Mai 1953

Bills Freund Richard Horner summte leise vor sich hin, während er langsam den Jowett Jupiter umkreiste, ihn genau betrachtete und dabei liebevoll über die schlanke Karosserie strich, die er und Bill den ganzen Morgen über poliert hatten.

«He, das ist doch keine Frau», sagte Bill lachend.

«Nein», stimmte Richard ihm zu, «aber es gibt 'ne Menge, die gern mit dir darin sitzen würden, und außerdem ist er vermutlich weitaus zuverlässiger als sie alle.» Er zwinkerte Bill zu. «Obwohl du bestimmt auch nicht enttäuscht bist, wenn sich herausstellt, dass die Mädchen schneller sind als der Wagen.»

Richard war Bills bester Freund in der Stadt, ein harter Bursche, der kein Blatt vor den Mund nahm, mit drahtigem Körper und kantigem Gesicht und fast dreißig Zentimeter kleiner als er.

Die Freundschaft der beiden reichte in die Zeit zurück, als sie in der Schule und in Vereinen zusammen Football gespielt hatten. Richard hatte beim Militär eine Mechanikerausbildung absolviert, und Bill war sein Trauzeuge gewesen, als er vor vier Jahren seine Sandkastenliebe Rosie geheiratet hatte.

Rosie hatte ihm bereits zwei Mädchen geboren, und die Ältere, die dreijährige Joan, war Bills Patenkind. Immer wenn Bill zum sonntäglichen Mittagessen in Richards bescheidenes Häuschen kam oder seinen Freund mitsamt Frau und

Kindern zu einem Ausflug an den Strand begleitete, erfüllte ihn eine tiefe Zuneigung, und er blickte erstaunt auf diese Familie, die Richard wundersamerweise zu Stande gebracht hatte. Wie, fragte er sich, war das möglich? Und würde ihm auch einmal solches Glück beschieden sein?

Bill und Richard hatten die Werkstatt in der Lydgate Lane gemietet, um den Jowett Jupiter zu restaurieren. Beide trugen blaue Overalls voller Ölflecken, die Richard bei seinen Arbeitgebern, den Karosseriebauern im benachbarten Tarnworth, ausgeliehen hatte. Die Luft im Raum war muffig, und es stank nach Öl, Lack und Schweiß.

Der Jupiter war Richards Idee gewesen. Er hatte Bill sofort angerufen, als der Wagen nach einem Zusammenstoß mit einem Laster auf einem Abschleppwagen an seinem Arbeitsplatz eingetroffen war. Richards Chef hatte dem reichen jungen Besitzer des Jupiter erklärt, er verkaufe ihn besser als Wagen mit Totalschaden, anstatt ihn für teures Geld reparieren zu lassen. «Das wäre ein echter Liebesdienst», hatte er mit einem Blick auf das arg lädierte Wrack verkündet. «Die vielen Arbeitsstunden, die man investieren müsste, lohnen sich einfach nicht.» Bei diesen Worten war Richard hellhörig geworden.

Bill brauchte er nicht lange zu überreden. Tief in seinem Innern gefiel ihm diese Herausforderung, denn sie hatte etwas Romantisches, und er malte sich aus, wie er mit einem unendlichen Gefühl der Freiheit am Steuer saß und durch die Landschaft flitzte.

So hatten er und Richard ihre wenigen Ersparnisse zusammengelegt und die nötigen Ersatzteile erworben, um den Jupiter in den tadellosen Zustand zu versetzen, in dem er jetzt vor ihnen stand.

Ein halbes Jahr hatten sie dafür gebraucht – sechs Monate, in denen Bill eine Menge gelernt und Richard sich Fähigkeiten als Lehrmeister erworben hatte. Und für beide ein halbes Jahr, in dem sie abends und an den Wochenenden jede freie Minute geopfert hatten.

Jetzt standen sie hier und fanden, es war die Sache wert gewesen. Der Jupiter, *ihr* Jupiter, war eine echte Schönheit, ein Meisterwerk der Technik, das zu kaufen sie sich nie hätten leisten können, nicht einmal als Gebrauchtwagen. Dank ihrer Zielstrebigkeit und Plackerei gehörte er ihnen, und Bill hoffte, dass er jetzt tatsächlich fahrbereit war.

Richard beugte sich über den schimmernden Motor unter der aufgeklappten Haube.

«Und – was meinst du?», fragte Bill.

Richard klappte die Motorhaube herunter und ließ sie einrasten. Dann richtete er sich wieder auf und legte eine Hand väterlich auf das Verdeck des Wagens, als wäre es der Kopf einer seiner Töchter.

«Du fährst als Erster damit», sagte Richard und warf ihm den Zündschlüssel zu.

Bill fing ihn auf. «Lass uns doch zusammen fahren.»

Richard drehte sich eine Zigarette. «Ich hatte meinen Spaß beim Reparieren», meinte er. «Nun mach schon. Ich weiß doch, dass du darauf brennst, ihn überall herumzuzeigen.»

Das entsprach durchaus der Wahrheit. Ohne sich die Zeit zu nehmen, zuerst seine ramponierten Arbeitsstiefel auszuziehen, streifte Bill seinen Overall ab, wobei er unbeholfen von einem Bein aufs andere hüpfte. Unter dem Arbeitsanzug trug er eine alte Freizeithose, ein blaues Baumwollhemd und Hosenträger. Als er einstieg und den Zündschlüssel umdrehte, schnurrte der 1,5-Liter-Boxenmotor wie ein Kätzchen.

Richard klopfte ans Seitenfenster, und Bill kurbelte die Scheibe herunter.

«Fährst du bei ihr vorbei?», fragte Richard.

«Bei wem?»

«Na, bei wem wohl?.»

«Bei meiner Mutter?»

«Rate nochmal», forderte Richard ihn mit einem grässlichen Akzent auf, der amerikanisch klingen sollte.

«Hm.» Bill kratzte sich die Wange, um zu verbergen, dass er rot wurde.

Emily. Richard meinte Emily Jones. Bill sprach zu oft von ihr, hatte Richard einmal festgestellt. So oft, dass sie kaum einfach nur eine Kundin sein konnte, wie Bill beteuerte.

Allerdings musste Bill zugeben, dass er in letzter Zeit tatsächlich oft an sie gedacht hatte. Er freute sich mittlerweile schon richtig auf ihre Besuche in seinem Geschäft. Ja, immer wenn die Ladenglocke läutete, hoffte er, sie würde vor ihm stehen, wenn er gleich den Kopf hob. Und obwohl sich ihre kurzen Gespräche immer um Emilys Bestellungen drehten, hatte er dabei doch kleine Bruchstücke aus ihrem Leben erfahren: dass ihre Eltern von hier wegzuziehen planten, dass sie ein neues Schild für das Café gemalt hatte, wie aufregend sie es fand, zum ersten Mal in ihrem Leben Chefin zu sein. Er selbst wiederum ertappte sich dabei, dass er die Stadt, von der er gar nicht so begeistert war, über den grünen Klee lobte, weil er wollte, dass sie hier blieb.

«So klasse, wie du da darin aussiehst», meinte Richard, «würde ich unbedingt beim Sea Catch Café vorbeifahren. Zweimal mindestens», fügte er noch hinzu. «Eventuell sogar dreimal.» Er grinste. «Man weiß ja nie: So nimmt sie vielleicht irgendwann mal Notiz von dir.»

«Tja, ich bin eben nicht du», erwiderte Bill kurz angebunden. «Und darum wirst du mich auch nie dabei ertappen, dass ich etwas derartig Lächerliches mache.»

Und es *war* lächerlich. Das jedenfalls dachte Bill, als er nun schon zum fünften Mal innerhalb von fünf Minuten am Sea Catch Café vorbeifuhr.

Gleichzeitig war es aber auch aufregend, dieses Gefühl von Beklommenheit, dieses Ausbrechen aus dem Alltagstrott – einfach die Zeit zu vertrödeln und nicht zu wissen, was als Nächstes passierte. Es war wie eine Befreiung. Ein Spiel. Ein Vergnügen. Und hatte er sich das etwa nicht verdient? Hatte er nicht schon seine halbe Jugend vertan? War es nicht Zeit, ein bisschen Bewegung in sein gleichförmiges Leben zu bringen?

Verlegen lächelte er durch die Windschutzscheibe der geschwätzigen Freundin seiner Mutter, Mrs. Carver, zu, die sich vor dem Metzgerladen auf ihren Schirm stützte und in den letzten fünf Minuten mit wachsendem Argwohn durch ihre halbmondförmigen Brillengläser beobachtet hatte, wie er auf und ab fuhr.

Aber das kümmerte Bill nicht weiter. Der Jupiter war Ausrede genug für sein seltsames Verhalten. Warum sollte man ihm nicht glauben, wenn er notfalls erklärte, dass er nur den Wagen testete?

Er fuhr um die Ecke auf die Winstanton Parade, um sich dem Blick Mrs. Carvers zu entziehen, und lenkte das Auto an den Straßenrand. Lächerlich, sagte er sich erneut. Für einen erwachsenen Mann wie ihn war es einfach lächerlich, nach einer erwachsenen Frau wie Emily Jones zu schmachten.

Wenn er nur mehr der Mann von Welt gewesen wäre, wie es der Jupiter vermuten ließ. Er wünschte, er könnte auf mehr Erfahrung zurückgreifen. Aber gerade die fehlte ihm.

Nein, was Frauen betraf, war er noch nie besonders geschickt vorgegangen. Zum Beispiel im Fall von Susan Castle, dem Mädchen, mit dem er sich in der Studienzeit verlobt hatte. Er hatte die Sache gründlich verpfuscht. Sie war die erste Frau gewesen, mit der er geschlafen hatte – die einzige, um ehrlich zu sein –, und er hatte sich gewünscht, sie möge auch die letzte sein. Er war überzeugt gewesen, sie würden bis an ihr Lebensende glücklich zusammenleben – wie seine Eltern. Doch als es dann darauf angekommen wäre, als er nach Hause zurückgekehrt war, um seiner Mutter bei der Führung des Geschäfts zu helfen, und Susan in einem Brief ihr Verhältnis mit ihm beendet hatte, war er nicht einmal zu ihr gefahren, um sie umzustimmen. Er hatte sie gehen lassen. Und was war das für eine Liebe, für die man nicht einmal zu kämpfen bereit war? Zweifellos überhaupt keine.

Und nachdem er sich bei Susan Castle so getäuscht hatte, wie sollte er wissen, wann er bei einer anderen richtig lag? Seit er wieder in Stepmouth lebte, war er nur mit drei Mädchen ausgegangen. Und aus keinem dieser sonntäglichen Kaffee-und-Kuchen-Flirts war mehr entstanden als steife Unterhaltung und unbeholfenes Fummeln im Dunkeln.

Aber die Schuld daran trug er selbst. Jedes Mal war er es gewesen, der die Sache abgebrochen hatte. Nicht dass er die Mädels unattraktiv gefunden hätte, aber sie waren ihm zu naiv gewesen. Oder zu normal. Naivität war nämlich in dieser Gegend die Norm bei Leuten seines Alters, oder etwa nicht? Abgesehen davon, dass weiter oben an der Straße ein Luftwaffenstützpunkt errichtet worden war, hatte man hier sogar den Krieg kaum zu spüren bekommen. Keine Bomben, keine Leichen, die man in Säcke steckte. Wenn überhaupt war der Tod in federleichten Telegrammen leise auf ihre

Fußmatten geschwebt oder ihnen durch die zusammengepressten Lippen eines überlebenden Verwandten zugeflüstert worden.

Keine unmittelbare Konfrontation also. Nicht wie in jener Nacht, als Keith Glover wie ein Zyklon durch das Haus gejagt war, in dem Bill aufgewachsen war. Damals hatte dem achtzehnjährigen Bill seine hysterische neunjährige Schwester durchs Kasernentelefon den Namen Tod ins Ohr geschrien.

Emily Jones hingegen … Bill vermutete in Emily Jones einen Menschen, der anders war. Nicht nur, weil sie diese Stadt verlassen hatte und gereist war. Sondern auch, weil sie geheiratet hatte und sich dann hatte scheiden lassen. Weil sie mehr gesehen und erlebt hatte als alle übrigen Mädchen der Stadt zusammen.

Darin sah er das Gemeinsame zwischen sich und Emily: Sie unterschieden sich von allen anderen.

Lächerlich also? Ja. Aber auch unwiderstehlich.

«Ein letztes Mal», flüsterte er leise wie in einem Gebet – nur allzu bereit zu vergessen, dass er das schon beim letzten Mal gesagt hatte.

Als er nun in die East Street einbog, sah er sie: Emily Jones schlenderte so sorglos auf die Fahrbahn, als ginge sie über eine Wiese. Bill bremste scharf, sodass der Wagen ins Schlingern geriet und nur wenige wertvolle Zentimeter vor ihr zum Stehen kam.

Sie ging um den Wagen herum und lugte hinein.

«Na so was», sagte sie, «wenn das nicht Bill Vale ist.»

Was sie anhatte, war wohl ihre Arbeitskleidung, vermutete Bill: eine weite braune Hose, deren Beine in alte braune Lederstiefel gestopft waren, eine khakifarbene Bluse und eine weiße Leinenschürze. Schmuddelig wie ein Mädchen vom Lande, dachte Bill und fühlte sich an die hübschen Frauen aus London erinnert, die während des Krieges hierher gekommen waren, um auf den Feldern der umliegenden Höfe bei der Ernte zu helfen. Als Teenager war Bill mit seinen Schulkameraden über die Feldwege gelaufen und über Gräber und Zauntritte gestiegen, nur um einen Blick auf die sonnengebräunten Schultern und Beine der älteren Mädchen zu erhaschen.

«Guten Tag», sagte Bill ein bisschen förmlich. Er hatte sie mit einem Kompliment begrüßen wollen, aber dazu war es schon zu spät.

Schmunzelnd ließ sie den Blick über den Wagen schweifen. «Sie sind wohl das heimliche Rennpferd hier, was?»

Zum ersten Mal sah er sie aus der Nähe und ohne Make-up. Ihre Haut war blass wie die von Rachel, und ihre grauen Augen wirkten ohne den Lidschatten, der das Funkeln darin unterstreichen sollte, tiefgründig und klug wie die einer Katze.

«Ich dachte nämlich, Sie wären bloß Lebensmittelhändler», fuhr sie fort. «Und dann erzählt mir Ihre Schwester gestern, dass Sie Ingenieur werden wollten. Und dass Sie zu Hause Kisten voller Zeichnungen haben … von Konzertsälen, Brücken und … Sachen, die Sie bauen wollten …»

«Das hat sie Ihnen erzählt?»

«Ja. Sie ist ziemlich stolz auf Sie und meinte, wenn Sie nicht hätten nach Hause zurückkommen und sich um sie und Ihre Mum kümmern müssen, wären Sie inzwischen berühmt.»

Bill machte große Augen. Die unerwartete Prahlerei seiner Schwester war ihm peinlich, aber gleichzeitig fand er es aufregend zu hören, dass sie solche Dinge über ihn erzählte. Vor allem Emily gegenüber.

«Meine Schwester äußert sich selten so schmeichelhaft», meinte er.

«Sie sollten diese Zeichnungen wieder ausgraben. Es ist schlimm, seine Talente ungenutzt zu lassen. Sehen Sie sich nur mal um …» Sie deutete zum Ende der East Street, wo das heruntergekommene alte Badehaus mit Blick auf den Strand zu erkennen war. «Wir könnten Ihre Fähigkeiten gut gebrauchen, um diesem Ort ein bisschen Glanz zu verleihen.»

Zum ersten Mal seit Jahren nahm Bill das Gebäude in seiner ganzen Hässlichkeit wirklich wahr und nicht nur als Hintergrund, als ein dem Verfall preisgegebenes weißes Wahrzeichen. Sicher, das Dach fehlte fast ganz, aber die Mauern standen noch, obwohl der Bau fast zwanzig Jahre lang nicht benutzt worden war. Mit ein bisschen Arbeitseinsatz ließe sich wirklich etwas daraus machen.

«Ich dachte erst, Sie wären ein Urlauber», sagte Emily.

«Ein was?»

«Ein Urlauber», wiederholte sie.

Wahrscheinlich wegen des Jupiters, vermutete Bill. Weil man hier zu Lande ein Auto wie dieses nicht allzu oft zu sehen bekam.

«Ich mache eine Testfahrt», erklärte er und hielt damit an seinem ursprünglichen Plan fest, so zu tun, als wäre diese Begegnung reiner Zufall.

«Und das gilt auch für die anderen vier Male, stimmt's?»

«Wie bitte?»

«Die anderen vier Male, die Sie in den letzten fünf Minuten am Café vorbeigefahren sind», erläuterte Emily.

Ach du liebe Güte. Ihm wurde ganz flau im Magen.

«Das gehörte alles zu dem Test, habe ich Recht?», fuhr sie fort.

Bill richtete den Blick auf das Armaturenbrett aus Walnussholzfurnier mit den zahlreichen Instrumenten und hätte beinahe aufgestöhnt. Sie hatte ihn also beobachtet … die ganze Zeit über … Er fühlte sich wie damals mit sieben Jahren, wenn seine Mutter ihn dabei ertappte, wie er in der Speisekammer Plätzchen aus der Blechdose stibitzte.

«Genau», erwiderte er jetzt.

Emily musste schmunzeln, als er auf dem Ledersitz unbehaglich hin und her rutschte, und wartete, bis er sich wieder beruhigt hatte, ehe sie ihm mit unschuldigem Blick in die Augen sah. Erst dann versetzte sie ihm den Todesstoß: «Dann dient das Ganze also gar nicht dazu, meine Aufmerksamkeit zu erregen?»

«Nein», antwortete er mechanisch.

Warum log er? Hatte er sich nicht genau das gewünscht: Mit ihr über sie beide zu reden – über die Frage, ob die *Möglichkeit* bestand –, anstatt darüber, wie viel Mehl und wie viele Dosen Bohnen sie brauchte? Aber er kam einfach nicht gegen das Schamgefühl an, das er empfand, weil er sich ertappt fühlte.

«Schade», sagte sie.

Er runzelte die Stirn. «Ach?»

«Tja, auf jeden Fall hätte mir das sehr geschmeichelt. Wenn Sie tatsächlich versucht hätten, meine Aufmerksamkeit zu erregen, meine ich. Aber keine Sorge», fügte sie unbeschwert hinzu. «Ich bin mir sicher, dass mein Selbstbewusstsein das verkraften wird.»

Sag etwas!, schrie eine Stimme in seinem Inneren. *Sag etwas! Sag etwas! Dies könnte deine einzige und letzte Chance sein!* Doch bevor er der Aufforderung Folge leisten konnte, hatte sie schon wieder das Wort ergriffen.

«Wissen Sie was?» Emily beugte sich zu ihm hinein.

«Was?»

«Ich bin noch nie in einem solchen Wagen gefahren.»

«Wirklich nicht?»

«Ehrlich. Nicht ein einziges Mal. Nicht einmal in den USA.» Sie trommelte mit den Fingernägeln an die Wagentür. «Ist ja ganz schön viel Platz da drinnen.»

«Ja.» Er hatte noch nie bemerkt, wie lang ihre Wimpern waren.

«Besonders für eine Person», ergänzte sie.

«Ja.» Oder wie ihre Nasenflügel ganz leicht bebten, wenn sie einatmete.

«Außerdem wette ich, dass es einen Riesenspaß macht und man die Geschwindigkeit kaum spürt.»

«Allerdings.» Inzwischen betrachtete er ihren Mund und die strahlend weißen Zähne, die zwischen ihren Lippen zum Vorschein kamen.

Jetzt, sagte er sich. Jetzt oder nie.

«Möchten Sie …», begann er.

«Ja?» Sie lächelte ihn aufmunternd an.

Gefasst auf eine Ablehnung schluckte er, sein ganzer Körper spannte sich an. «Möchten Sie vielleicht einmal einen Ausflug mit mir machen?»

«Ich hatte schon befürchtet, Sie würden nie fragen.»

Ihm kam gar nicht in den Sinn, sein Grinsen zu verbergen. «Beinahe *hätte* ich das auch nicht.»

«Sehr gerne», sagte sie.

«Sagen wir …»

«Nächsten Samstagabend?», schlug sie vor.

Dann bemerkte er, dass Mrs. Carver an der Tür des Sea Catch Cafés stand und sie anstarrte.

«Eine Freundin von Ihnen?», fragte Emily, als sie seinem Blick folgte.

«Von meiner Mutter», erklärte Bill. «Sie ist eine ziemliche Tratschtante.»

«Wirklich?»

«Ja, leider.»

«In dem Fall», meinte Emily, «wie wär's, wenn wir ihr etwas zum Tratschen geben?»

Er öffnete den Mund, um zu antworten, doch bevor er auch nur eine Silbe herausbrachte, legte sie die Hände an den Fensterrahmen, beugte sich in den Wagen und küsste ihn sanft auf die Lippen. Und während sie den Kopf wieder aus dem Auto zog, strich sie ihm mit den Fingern langsam durchs Haar. Ihre Wangen waren leicht gerötet.

«Jetzt muss ich aber wieder an die Arbeit», erklärte sie und ging zur Eingangstür ihres Cafés, wobei sie stolperte und beinahe hingefallen wäre. «Nächsten Samstag», rief sie und winkte ihm. «Sieben Uhr. Dass du mir ja nicht zu spät kommst!» Dann wandte sie sich zu Mrs. Carver, die mit weit offenem Mund dastand. «Sieht gut aus, der Mann, finden Sie nicht auch?», sagte Emily so laut zu ihr, dass Bill es hören konnte.

Der saß wie versteinert in seinem Wagen. Er spürte noch den Kuss auf seinen Lippen, als hätte sich ein Schmetterling dort niedergelassen. Und als er schließlich Luft holte, roch er Rosmarin und Thymian. Die ganze Welt duftete natürlich und frisch.

Obwohl eigentlich Rachel mit der Hausarbeit an der Reihe gewesen wäre, hatte ihre Mutter darauf bestanden zu kochen und festgelegt, dass Bill und Rachel um Viertel vor sieben zum gemeinsamen Abendessen erscheinen sollten, während es normalerweise um sechs Uhr stattfand und um diese Zeit schon wieder beendet war. Warum wohl? Nun, es erforderte nicht viel Grips, diese Frage zu beantworten. Bills Mutter hatte nämlich von Edith Carver erfahren, dass ihr Sohn auswärts erwartet wurde – und zwar von einer Person, die sie absolut missbilligte.

«Ausgesprochen dreist nenne ich das», erklärte sie scharf.

Bill ignorierte Rachel, die ihn schielend angrinste und jede Sekunde seines Unbehagens genoss. Er kaute mechanisch weiter an der fettigen grauen Mischung aus Leber, Speck und Kartoffeln, die seine Mutter gerade eben erst in seine Schüssel geschöpft hatte.

«Und dann mit diesem Amerikaner … obwohl sie noch ein Mädchen war.»

Bill riss sich ein Stück Brot von dem runden Laib mit der röschen Kruste, der in der Mitte auf dem Tisch lag, und tunkte damit die braune Soße in seiner Porzellanschale auf, sodass für Sekunden ein blau-weißes Blumenmuster auftauchte, bevor die Soße wieder darüber schwappte und den Farbfleck unter sich begrub.

«In meinen Augen ist das einfach unreif», fuhr seine Mutter fort. «Sich so aus dem Staub zu machen. Das zeugt von einem, gelinde gesagt, flatterhaften Charakter.»

«Sie ist weggegangen, um zu heiraten», hielt Bill ihr entgegen.

«Und um sich dann wieder scheiden zu lassen.»

«Ich kann mir kaum vorstellen, dass sie das vorhatte, als sie ging. Schließlich ist sie erst einmal sieben Jahre lang bei ihm geblieben.»

Seine Mutter sah ihm fest in die Augen. «Ich bin bei deinem Dad bis zu dem Tage geblieben, als er starb.»

Wütend, dass sie den Tod seines Vaters so gegen ihn verwendete, erwiderte er ihren Blick. «Trotzdem heißt das nicht, dass du die Beziehung mit ihrem Mann als unreife Schulmädchenschwärmerei abtun kannst», zischte er.

«Umso mehr Grund, dich nicht auf sie einzulassen.»

«Was? Du meinst, sie taugt nichts, nur weil sie mit einem anderen Mann zusammen gelebt hat?»

Ihre Augen blitzten herausfordernd auf.

«Ich finde sie wunderbar», sagte Rachel plötzlich. Sie hatte aufgehört zu lachen und schnitt auch keine Grimassen mehr.

«Wie bitte?», fragte Bill, der glaubte, nicht richtig gehört zu haben.

«Emily. Ich finde sie wunderbar. Und überhaupt nicht flatterhaft. Und es stimmt auch nicht, dass sie nichts taugt. Oder sonst was von dem, was Mum sagt.»

Bill konnte kaum fassen, dass seine Schwester ihm so unverhohlen beisprang.

«Was weißt du denn schon?», schnauzte ihre Mutter. «Ein Mädchen in deinem Alter.»

Diese Frage hatte Bill ihr auch schon stellen wollen. Was wusste sie? Über die Liebe, über Beziehungen? Jedenfalls mehr als bis vor kurzem, daran bestand kein Zweifel. Und vielleicht auch mehr, als ein Mädchen in ihrem Alter wissen sollte. Ihm war nicht entgangen, dass in letzter Zeit Veränderungen mit ihr vorgegangen waren. In ihren Augen lag etwas Verträumtes, das ihren Wangen Glanz verlieh. Gelegentlich hatte er sie schon dabei überrascht, wie sie die banalsten Gegenstände im Haus – zum Beispiel eine Schachtel Schmierseife auf einem Regal oder eine gesprungene Fliese auf dem Boden – mit einem unerklärlichen Lächeln anstarrte, das ihm bereits vertraut war. Er hatte es in Richard Horners Gesicht gesehen, als er Rosie kennen gelernt hatte. Und gerade eben vor einer halben Stunde im

Spiegel, als er sich für seine Verabredung mit Emily Jones rasiert hatte.

Jetzt fragte sich Bill, wer die Ursache dafür war, dass seine Schwester sich so verändert hatte. Aber das würde er sicher bald herausfinden. In Stepmouth ließen sich Geheimnisse nicht lange wahren.

«Du hältst dich da gefälligst raus und isst», ermahnte Mrs. Vale ihre Tochter.

Rachel wollte etwas erwidern, besann sich dann aber eines Besseren und lud sich etwas auf die Gabel.

«Und was ist mit mir, Mum?», fragte Bill. «Ich war auch schon verlobt, hast du das vergessen? Heißt das, auch ich soll keine zweite Chance bekommen?»

«Diese miese Schlampe hat dich verlassen, nicht umgekehrt.»

Miese Schlampe. Sie hatte der Versuchung, diesen Ausdruck zu gebrauchen, einfach nicht widerstehen können. So würde sie immer über Susan Castle denken, und wahrscheinlich auch über Emily. Und zwar einzig und allein deshalb, weil sie es sich anders überlegt hatten.

«Weil ich sie verlassen habe, Mum. Weil ich wieder hierher gezogen bin.»

Sein Stuhl schrammte laut über den Boden, als er aufstand. Bill nahm seine Jacke – sie gehörte zu seinem einzigen guten Anzug aus schwarzem Stoff und mit Seidenfutter, den er zur Beerdigung seines Vaters gekauft hatte – von der Stuhllehne, ging um den Tisch herum und stellte sich neben seine Mutter. Als er sich hinunterbeugte, um ihr einen Kuss zu geben, streckte sie die Hand aus und berührte sein Gesicht. Ihre Finger rochen nach den bitteren Schalen der Zwiebeln, die sie für das Abendessen geschnitten hatte.

«Ich möchte ja nur dein Bestes», sagte sie.

«Ich weiß.» Und Bill wusste ebenfalls, wie viel sie verloren hatte und wie sehr sie bestrebt war, den Rest ihrer Familie zu beschützen. Aber er brauchte nicht beschützt zu werden. Nicht vor Emily Jones. Das musste seine Mutter einfach begreifen lernen.

Als er zur Hintertür ging, hatte er das Gefühl, der Flur würde jeden Moment über ihm einstürzen. Er nahm die Blumen aus der Vase neben dem Hutständer – ein Strauß aus Schneeglöckchen, Veilchen und Glockenblumen, den er am Morgen auf der Wiese neben dem Grundstück gepflückt und mit Packband zusammengebunden hatte.

«Warte», sagte Rachel, die ihm nachgelaufen kam.

Sie zog eine Glockenblume aus dem Strauß und steckte sie ihm in ein Knopfloch. Dann trat sie einen Schritt zurück und lächelte.

«Du siehst toll aus», meinte sie.

«Danke.» Er lächelte ebenfalls. «Und danke auch dafür, dass du mir vorhin so beigesprungen bist. Das werde ich dir nie vergessen.»

Als er auf die Gasse trat, zog er den Schlüsselbund aus seiner Hosentasche und blickte zum Fenster hinauf, das wie alle Schaufenster des Ladens vergittert war. Schlösser, Schlösser und nochmals Schlösser: mindestens drei an jeder Tür. So viele wie in einer Bank. Oder in einem Gefängnis. Und während er die Tür hinter sich verriegelte, ging ihm durch den Sinn, dass Schlösser manchmal in beide Richtungen funktionierten. Sie hielten nicht nur Menschen davon ab, ins Haus einzudringen, sondern konnten sie auch darin einsperren.

Draußen vor dem Sea Catch Café ließ Bill den Jupiter im Leerlauf tuckern, während er auf Emily wartete. Gerade eben hatte er ihr den Strauß Feldblumen überreicht.

Sie hatte ihn erst in Wasser stellen wollen, damit sie nicht verwelkten, und war so schnell wieder im Haus verschwunden, dass er sich fragte, ob er sie unabsichtlich verärgert hatte und ob sie ihn für einen Knicker hielt, weil die Blumen nichts gekostet hatten.

Er blickte auf die kleine Handtasche aus rotem Leder, die sie auf dem Sitz neben ihm liegen gelassen hatte. Sie wirkte deplatziert auf ihn, als hätte er nichts damit zu tun, wie ein Fundgegenstand, den er zurückgeben sollte.

Wie aus heiterem Himmel fühlte er sich verunsichert und hatte Angst, einen Fehler begangen zu haben, indem er sie zu diesem Ausflug eingeladen hatte. Oder sich von ihr hatte einladen lassen? Und genauso erging es ihm mit dem Kuss. War er echt gewesen und hatte ihm gegolten? Oder aber Mrs. Carver – um des Skandals willen?

Dann sah er die wohlgeformte Silhouette im hell erleuchteten Café-Eingang auftauchen. Emily Jones war ein Rätsel, aber er würde es lösen.

Sie rief einen Abschiedsgruß, ließ die Tür hinter sich zufallen und lief zu ihm herüber, der graue Rock in gewagter Knielänge wippte um ihre Beine. Er wollte gerade aussteigen, um ihr die Beifahrertür zu öffnen, aber sie war schneller, bedeutete ihm mit einer Geste, er solle keine Umstände machen, ließ sich in den Sitz fallen und schlug laut die Wagentür zu.

«Also, wohin willst du mich entführen?», fragte sie atemlos, zupfte den roten Schal um ihren Hals zurecht und sah ihn an.

Er hatte die Eintrittskarten für die Tanzveranstaltung im

Barnstaple Plaza schon in der Hand. Nun hielt er sie hoch und hoffte, sie würde einwilligen. Es war Rosies Idee gewesen, sie hatte gemeint, eine Tanzveranstaltung sei ideal. Emily schnappte sie ihm aus der Hand.

«Das Barnstaple Plaza Tanzkomitee schätzt sich glücklich, Ihnen Dick Grewcock und seine Travelling Trumpeters zu präsentieren», las sie mit einem amüsierten Lächeln vor.

Plötzlich kam Bill in den Sinn, wie verschieden Emily und Rosie waren. «Wir müssen ja nicht hingehen», meinte er. «Nicht, wenn du nicht willst.»

«Nein, es klingt großartig ...»

Ihm fiel auf, dass sie ihr lockiges blondes Haar gezähmt hielt, indem sie es mit einer einzigen weißen Spange oben auf dem Kopf kringelförmig befestigt hatte. Abwesend fuhr sie mit den Eintrittskarten über die silberne Halskette, die sie über ihrem Blusenkragen trug.

«Du musst ein guter Tänzer sein, Bill», meinte sie, «dass du ein Mädchen gleich beim ersten Mal zum Tanzen ausführst ... Gehst du oft tanzen?»

Seit der Universität nicht mehr, also seit 1948. Nicht seit er mit Susan Castle getanzt hatte, hätte er beinahe geantwortet. Eigentlich fürchtete er sich davor, seitdem er die Karten am Schalter abgeholt und die Fotos an der Wand gesehen hatte, auf denen Männer und Frauen einander herumwirbelten wie Akrobaten. Die ganze Zeit über hatte er sich vorgestellt, welches Unheil seine beiden linken Füße auf Emilys Schuhen anrichten würden. Nun erinnerte er sich an seinen letzten peinlichen Versuch, Emily anzulügen, und beschloss, die Wahrheit zu riskieren.

«Nein», erwiderte er, «ich bin ein furchtbar schlechter Tänzer.»

«Dann geht es dir wie mir.»

Sie warfen einander einen kurzen Blick zu und brachen dann in Gelächter aus.

«Wir können ja einfach hingehen und uns die Band anhören», schlug er vor.

«Meinst du, dass die was taugt?»

«Ich bezweifle es.»

«Wer ist dieser Dick Grewcock? Klingt ein bisschen geschwollen …»

«Ich habe überhaupt keine Ahnung …», setzte Bill zu einer Antwort an, bevor ihr prustendes Gelächter ihn unterbrach. «Ah», meinte er und lachte ebenfalls, «wegen des Namens …»

Sie steckte sich eine Zigarette zwischen die Lippen, und er gab ihr mit einem Streichholz Feuer. Eine Wolke aus Rauch und Schwefel schwebte zwischen ihnen.

«Ich weiß was», sagte sie dann. «Machen wir doch das, was wir ursprünglich vorhatten: eine Spritztour. Aufs Land. Irgendwo hin.»

«Aber wohin? Es ist schon dunkel.»

«Und klar. Und frisch. Und schön. Ich kenne ein Plätzchen, das wie geschaffen für uns ist.»

Er nahm ihr die Eintrittskarten ab, riss sie säuberlich entzwei und ließ die Hälften wie Blätter in seinen Schoß fallen. Seltsam, aber jetzt, da sich alle seine Vorbereitungen als vergeblich erwiesen hatten, schienen sie auch keine Bedeutung mehr zu haben. Nicht, wenn sie ihn so anlächelte wie gerade jetzt.

«Du dirigierst mich», sagte er und löste die Handbremse.

Zunächst ging es unter den Straßenlaternen der Stadt Richtung South Bridge und anschließend die steile, dunkle Barnstaple Road hinauf. Dabei redeten sie ununterbrochen. Oder vielmehr, Bill stellte Fragen, und Emily antwortete

– eine Rollenverteilung, die ihm gut zupass kam. Schließlich gab es unzählige Dinge, die er wissen wollte, über die unzähligen Augenblicke in ihrem Leben, die er bereits versäumt hatte.

Sie erzählte von ihrer Beziehung mit Buck. Was für ein Wildfang sie gewesen war, als sie ihn während des Krieges beim Tanzen kennen gelernt hatte.

«Ich dachte, du könntest nicht tanzen», warf Bill ein.

«Wenn du erst erfährst, was für Probleme mir das verschafft hat, weißt du auch, warum ich es nicht mehr tue», erwiderte sie.

Dann erzählte sie ihm, wie ernst sie sich damals genommen hatte. «Ehrlich, Bill, so, wie ich um Buck herumscharwenzelt bin, hätte man meinen können, wir wären die ersten Menschen gewesen, die sich jemals ineinander verliebt hätten. Wir haben uns gegenseitig furchtbar unter Druck gesetzt. Deshalb möchte ich, dass alles, was mir von jetzt an in meinem Leben geschieht, egal was und egal mit wem, seinem eigenen Rhythmus folgt. Nicht, weil man es erzwingt. Ich möchte nämlich, dass die Freude daran bleibt und nicht so schnell wieder versiegt.»

Egal was, egal mit wem … Bill fragte sich, ob sie womöglich ihn damit meinte.

Als er sie fragte, wie es dann weitergegangen und dazu gekommen war, dass sie Stepmouth verließ, ahmte sie ihre Mutter nach.

«‹Es ist mir wurscht, wie viele Restaurants seine Familie besitzt, Emily›», sagte sie. Bill musste lachen. «‹Jedenfalls bist du zu jung, um dich mit ihm zu treffen, und das ist mein letztes Wort.›»

Dann erzählte sie ihm, dass Buck sie immer «Süße» und «Püppchen» genannt hatte und dass er von zwei Messerschmitts abgeschossen worden war, als er Deutschland überflog.

«Also bin ich weggelaufen, um bei ihm zu sein. Im Militärkrankenhaus in Kent. Monate lang habe ich Mum und Dad geschrieben, es ginge mir gut, aber nicht, wo ich war. Damit sie mir nicht nachreisen und mich zurückholen konnten. Was sie mit Sicherheit auch getan hätten.»

Nach dem Krieg waren sie nach Amerika übergesiedelt. «Wir hatten bereits im Krankenhaus geheiratet, bevor er als Invalide entlassen wurde. Sein Kommandeur hatte das arrangiert, ohne Fragen zu stellen.»

Emily hatte sich in Amerika verliebt und ihre Liebe zu Buck verloren. Sie zählte die Gründe auf – seine durchzechten Nächte, seine gelegentliche Untreue –, die zusammengenommen schließlich ausschlaggebend gewesen waren, ihn zu verlassen.

Mittlerweile befanden sie sich hoch oben über der Stadt, bogen Richtung Westen ab und fuhren auf der alten Küstenstraße durch das Moor.

«Ich wäre auch gern drüben geblieben», vertraute sie Bill an. «Aber das Scheitern meiner Ehe mit Buck … und dass ich mit ihm nicht wie geplant eine Familie gründen würde … das alles hat in mir den Wunsch geweckt, wieder bei meiner eigenen Familie zu sein. Ich wollte nach Hause. Und einen neuen Anfang machen.»

«Also keine Kinder?»

«Nein, in diesem Punkt hatten wir Glück, auch wenn wir es damals anders sahen.»

Entgegen seinen Erwartungen war Bill kein bisschen eifersüchtig auf ihre Erfahrungen mit Buck, denn sie hatte darüber gesprochen, als wäre all das einer vollkommen anderen Person widerfahren.

«Und würdest du wieder hingehen? Nach Amerika, meine ich.»

«Vielleicht, eines Tages. Es ist ein wunderbares Land. Voller Möglichkeiten. Mit dem richtigen Mann würde ich gern wieder hingehen.»

Seit sie losgefahren waren, war ihnen kein einziges Auto begegnet, als wären sie die einzigen Menschen auf der Welt.

«Wie hast du es geschafft, deine Eltern dazu zu überreden, dich wieder bei sich einziehen zu lassen?», fragte Bill. «Deine Mutter war doch schrecklich wütend auf dich … Wo sind all die Ressentiments geblieben? Die können sich doch nicht einfach in Luft aufgelöst haben …»

Sie seufzte. «Die Zeit vergeht. Die Leute vergeben einem. Das ist so. Und es ist gut so. Nur so kann sich die Welt weiter drehen.»

«Es freut mich, dass du dich mit deinen Eltern einigen konntest», meinte Bill. «Ich weiß noch, wie nervös du warst, als du zum ersten Mal zu mir in den Laden kamst. Klopf auf Holz, hast du damals gesagt.»

«Daran kannst du dich noch erinnern?», fragte sie erstaunt.

«Ein hübsches Mädchen wie du, das in den Laden spaziert, vergisst man nicht so schnell wieder.»

«Du bist einfach entzückend, Bill Vale», meinte sie und küsste ihn sanft auf die Wange. «Und außerdem ein guter Zuhörer. Das ist eine Eigenschaft, die ich an Männern schätze.»

Sie fuhren noch gut einen Kilometer weiter den Berg hinauf und befanden sich bereits über Summerglade Hill.

«Die nächste links», sagte sie. «Dort, bei dem Baum.»

Die mächtige Silhouette einer Rosskastanie ragte in der

Dunkelheit auf. Bill bog in den holprigen Forstweg ein und verlangsamte das Tempo. Als sie unter dem Baum hindurch fuhren, kratzten die Zweige der Rosskastanie wie Katzenklauen über Windschutzscheibe und Dach des Wagens. Nach etwa fünf Metern stellte Bill den Motor ab. Schweigen hüllte sie ein. In der Ferne erkannten sie das Meer, das im Licht des Halbmonds und der flimmernden Sterne schimmerte.

«Willkommen in Desolation», sagte Emily.

«Was?»

«So heißt das hier. Dieser Ort. Ich habe den Namen auf einer Karte entdeckt.»

Desolation … Dabei wirkte der Platz keineswegs trostlos, jedenfalls nicht auf Bill. Für ihn war es der schönste Ort, an dem er je gewesen war.

«Sieh dir den Himmel an», sagte sie und lugte durch die Windschutzscheibe.

«Möchtest du eine noch bessere Sicht haben?»

«Natürlich.» Sie machte Anstalten auszusteigen.

«Nein», sagte er. «Warte.»

Er stieg aus, löste das Faltdach, zog es nach hinten und ließ es hinter dem Sitz verschwinden. Dann stieg er wieder ein.

«Wunderbar», sagte sie, den Blick zum Himmel gerichtet. Er spürte, wie sie auf der Sitzbank zu ihm hin rutschte. Dann legte sie den Kopf auf seine Schulter.

«So viele Sterne», sagte Bill. «Als ich ein kleiner Junge war, hat mein Vater immer gesagt, es seien Engel. Er deutete hinauf» – Bill hob den Arm, um es zu demonstrieren – «und sagte Sachen wie: ‹Da ist meine Tante Ada, und das ist Ivor, der Bruder deines Großvaters, der einen echten Blick für die Frauen hatte …›» Bill räusperte sich und senkte langsam den Arm. «Aber dann geht man in die Schule, und da erzählen sie einem natürlich, dass es nur Sterne sind, nichts weiter, und danach sieht man sie nie mehr so wie vorher ...»

«Das mit deinem Vater», sagte sie «tut mir Leid. Ich wollte es dir schon sagen, seit ich wieder hier bin. Aber ich hatte nie die Gelegenheit dazu. Und wenn, dann standen immer andere Leute herum ...»

Bills Körper spannte sich wie eine Feder. Er hasste es, über seinen Vater zu sprechen, über das, was vorgefallen war.

«Mein Vater hat es mir geschrieben, nachdem ich in die Vereinigten Staaten gezogen war», fuhr sie fort. «Als es passierte, lebte ich nämlich schon in Kent, wo Buck sich in einem Krankenhaus erholte.» Sie legte die Hand auf Bills Handgelenk. «Ich erinnere mich noch an deinen Vater. Als kleines Mädchen fand ich, dass er ein netter, freundlicher Mann war. Ganz ähnlich wie du. Du musst ihn sehr vermissen.»

«Ja, das stimmt.»

Wieder diese Enge in der Brust ... wie ein Gewicht, das ihn hinabdrückte ... plötzlich empfand er das dringende Bedürfnis, sich davon zu befreien. «Ich wünschte, er wäre nicht bei dir angestellt, Keith Glovers Bruder.»

«Du meinst Tony.»

«Er ist gefährlich», meinte Bill. «Du weißt, dass er deshalb von der Schule geworfen wurde ... weil er sich prügelt ...»

«Geprügelt hat. Er tut es nicht mehr.»

«Nur weil er beim letzten Mal von Bernie Cunningham zusammengeschlagen wurde.»

«Der zweimal so groß ist wie er und außerdem ein Trinker und Stänkerer. Manchmal», erklärte sie ihm, «verdienen Menschen eine zweite Chance.»

«Und manchmal auch nicht.»

Sie sahen einander an.

«Hast du mich deshalb hierher gefahren?», fragte sie dann. «Um mit mir zu streiten?»

Die Frage traf ihn tief. «Nein.»

«Dann lass uns dieses Gespräch beenden. Denken wir lieber daran, warum wir hier sind.»

«Aber …»

«Ich führe das Café, wie ich es will, Bill. Und ich beschäftige, wen ich will. Aber eins darfst du mir glauben: Wenn Tony jemals vom rechten Weg abkommt, schmeiße ich ihn raus, wie ich jeden anderen auch rausschmeißen würde.» Ihr Blick war fest, kompromisslos.

«Schwörst du es?»

«Ja.»

Mehr hatte er in diesem Punkt nicht zu erwarten, das spürte er. «Lass uns nicht mehr davon reden», schlug er vor.

Bill war sich unsicher, ob es richtig war, nicht weiter zu versuchen, sie von seiner Sichtweise zu überzeugen. Was würde seine Mutter dazu sagen? Natürlich, dass es falsch war. Und sein Vater? Ihm hätte Emily gefallen, und er hätte sie ebenso wie er selbst wegen ihrer Haltung respektiert. Doch sein Vater war nicht mehr da, und Bill blieb nichts anderes übrig, als sich auf seine Intuition zu verlassen, die ihm sagte, dass er Emily vertrauen konnte. Keith Glover hatte ihm bereits ein Mädchen geraubt, und auf keinen Fall würde er zulassen, dass nun ein Streit um seinen jüngeren Bruder auch noch seine Chancen bei Emily zunichte machte.

«Es gibt bestimmt eine Menge anderer Dinge, über die wir uns unterhalten können», meinte Emily.

«Das denke ich auch.»

«Schöne Dinge», fügte sie hinzu. «Das Leben ist viel angenehmer, wenn man sich darauf konzentriert. Ich habe ein gutes Gefühl, was uns betrifft.» Sie kuschelte sich noch enger an ihn, und ihr liebevolles Lächeln ließ alle Kälte in ihm schmelzen. «Wir brauchen aber auch nicht unbedingt zu reden», meinte sie dann.

Ihm kam es vor, als wäre es das erste Mal, dass sie ihn auf den Mund küsste. Denn der erste Kuss, vor den Augen von Mrs. Carver, war vorbei gewesen, noch bevor er richtig begonnen hatte. Nun aber hatte er Zeit zu genießen: die Weichheit ihrer Lippen, die sich langsam öffneten, das sanfte und erregende Spiel ihrer Zunge mit seiner. Aus ihren Nasenlöchern strömte ihm warmer Atem entgegen. Er hatte die Arme um ihre Taille gelegt, und sie fuhr ihm mit den Händen durchs Haar.

Dann überkam sie beide ein anderes Verlangen – nicht, sich voneinander zu lösen, sondern einander noch näher zu sein. Sie krallte sich in sein Haar und zog ihn an sich. Als sie sich auf dem Sitz zurücklehnte, bis ihr Kopf an der Beifahrertür ruhte, folgte er etwas unbeholfen ihrer Bewegung, wobei seine Hosentasche an der Handbremse hängen blieb und schließlich zerriss.

Bilder schossen ihm durch den Kopf. Von der Kirche am folgenden Morgen und dass seine Mutter und Mrs. Carver den Riss in seiner Hosentasche bemerken würden. Aber sie verschwanden so schnell, wie sie gekommen waren. Das hier war ihm jetzt wichtiger.

Bill lag jetzt ganz dicht an Emily geschmiegt. Ihr Rock war weit nach oben gerutscht, bis zum Rand ihrer schwarzen Nylonstrümpfe, doch sie unternahm keinen Versuch, ihn wieder zurecht zu ziehen, und Bill erhaschte einen Blick auf ihren weißen Schlüpfer. Dann küssten sie sich erneut.

Der Ledersitz unter ihnen ächzte bei jeder Bewegung. Sie zog seine Hand an sich und presste sie auf ihren Busen. Bill spürte unter dem dünnen Stoff ihrer Bluse das pulsierende warme Fleisch. Dann beugte sie sich nach vorn und drückte die Handflächen fest an seine Brust. Langsam wanderten sie unter die Ärmel seines Jacketts und schoben sie nach hinten.

Sie bebte, als er den letzten Knopf ihrer Bluse öffnete. Darunter trug sie einen Unterrock, der so glatt und weich war, dass er wohl aus Seide sein musste. Bill schob ihn über ihre Brüste und küsste sanft ihren Hals. Sie stöhnte auf und reckte ihm das Becken entgegen.

Dann war sie plötzlich über ihm, mit einem Arm an die Windschutzscheibe gestützt. Jeweils auf einem Fuß balancierend, schleuderte sie ihre Schuhe fort, zog Rock und Schlüpfer bis zu den Fesseln hinunter, streifte sie ab. Ungeduldig nestelte sie an seiner Kleidung, schob seine Krawatte mit einer heftigen Bewegung auf die Seite und knöpfte sein Hemd auf. Wenig später hatte sie auch die Knöpfe seiner Hose geöffnet und schob die Hand hinein.

Für einen Augenblick stockte ihm der Atem, er setzte sich auf und zog Hose und Shorts bis zu den Knien hinunter. Sie nahm seinen Penis in die Hand und setzte sich mit gespreizten Beinen auf ihn. Als er in sie eindrang, rang sie nach Luft. Ihre Brüste, im Mondlicht milchfarben schimmernd, bebten. Sie senkte sich auf ihn, hielt mit den Oberschenkeln seine Hüften umklammert, und dann bewegten sich ihre Körper rhythmisch auf und ab, in vollkommener Harmonie.

Es war, als wären sie in einem Boot. In dem großen schwarzen Meer des Moores, das sie umgab, über ihnen der endlose weite Himmel, als könnten sie überall hin reisen, nur sie beide, zusammen. Wohin auch immer sie wollten.

13. Kapitel

Mallorca, 2003

Laurie sah dem Taxi nach, das sie an der Stichstraße zum kleinen Hafen hinunter abgesetzt hatte, bis es in der Kurve, die zur Hauptstraße hinauf führte, verschwand. Es war Dienstagvormittag, eine Woche nach dem grässlichen Abendessen in Sa Costa. Der Tag, den Sam und Laurie auf Rachels Wunsch hin gemeinsam auf der *Flight* verbringen sollten. Es sollten für sie beide ein paar Stunden der – wie hatte Rachel es so schön ausgedrückt? – «Ruhe und Entspannung» werden. Ziemlich ironisch, fand Laurie: Sie fühlte sich angespannter denn je.

Sie hatte erwartet, einen Hafen voll schicker Restaurants und mit eleganten Frauen in Designerkleidung vorzufinden, die in kleinen Boutiquen shoppen gingen. Daher war sie überrascht zu entdecken, dass der Ort eher schlicht wirkte. An der Kreuzung saßen drei alte Frauen unter dem Vordach eines baufälligen Hauses, in dem sich ein kleines Café befand, nebeneinander auf einer Bank. Sie hielten ein Schwätzchen und häkelten mit feinem weißem Baumwollgarn. Im Vorübergehen roch Laurie den Duft frischer Paella, der aus der offenen Tür wehte. Im Haus dröhnte aus einem an der Wand befestigten Fernseher lautstark die Stimme eines Mannes, der in rasend schnellem Spanisch etwas sagte, worauf ein Studiopublikum in Gelächter ausbrach.

Laurie verlangsamte ihren Schritt und blieb an der Ecke stehen. Allmählich verließ sie der Mut. Sie hätte nicht herkommen sollen. Indem sie hier war, verstieß sie gegen sämtliche festen Vorsätze, die sie gefasst hatte.

Wie mechanisch ging Laurie weiter zum Hafen, ihre Haut war von der Hitze mit einer glänzenden Schweißschicht überzogen. Ihr Herz pochte laut, und ihr Magen krampfte sich vor Übelkeit zusammen, so stark waren ihre Schuldgefühle. Schließlich war sie eine scheinheilige Schwindlerin, die dabei war, ihre neue Familie zu hintergehen. Und nicht nur ihre Familie. Machte sie nicht auch ihren Freunden, James und letztlich auch sich selbst etwas vor? Sie sollte lieber auf der Stelle umkehren und so schnell wie möglich das Weite suchen.

Doch etwas in ihr war stärker als der gesunde Menschenverstand. Ihre morbide Faszination für den Tausendsassa Sam hatte sie dazu verleitet, Rachels Einladung nach Mallorca zu folgen und dann auch Claires Einladung zu ihrer Hochzeitstagsparty auf der Jacht. Und nun, zu guter Letzt, konnte sie einfach nicht der Versuchung widerstehen, zu einem Date mit ihrem Ex-Lover zu spazieren.

Sie redete sich ein, ihr wäre keine andere Wahl geblieben. Rachels Angebot, in der Villa zu wohnen, hatte sie annehmen müssen, weil es einfach zu verführerisch war. Claires Einladung zur Party nicht Folge zu leisten wäre fürchterlich unhöflich gewesen. Und Rachels Wunsch, sie möge den Tag mit Sam verbringen, musste sie sich ebenfalls beugen.

Sie fühlte sich in der unerbittlichen Folge Gloverscher Familienereignisse gefangen und sah keine Möglichkeit, sich daraus zu befreien, ohne Verdacht zu erregen. In Rachels Villa zu wohnen war, wie in der Mitte eines riesigen Spinnennetzes gefangen zu sein. Sicher, sie hatte ihre Tante kennen lernen wollen, doch der Preis dafür war, dass Rachel sie als Teil der Familie betrachtete. Und zu dieser Familie gehörten auch Sam und seine Frau und ihr gemeinsames Kind. Laurie blieb nichts anderes übrig, als gute Miene zum bösen Spiel zu machen und so zu tun, als wäre alles völlig normal.

Tief in ihrem Inneren wusste sie, dass es falsch war, grundverkehrt, auch nur an Sam zu denken. Und dass sie schon gleich an ihrem ersten Tag auf Mallorca, nach Claires Besuch am Strand, ihre Koffer hätte packen und die Flucht ergreifen müssen. Aber sie hatte törichterweise zugestimmt, Sam auf seiner eigenen Party zu begegnen.

Seine Entschuldigungen, seine hastig vorgebrachten Erklärungen und seine offenkundige Panik, weil sie erneut in sein Leben getreten war, hatten sich wie ein Messer in ihr Herz gebohrt, hatten eine alte Wunde wieder aufgerissen, die seitdem nicht mehr heilen wollte. Neuerlich war sie von dem Mann besessen, den sie vor langer Zeit einmal für ihre Zukunft gehalten hatte. Wie eine Droge war Sam in ihr Unterbewusstsein eingedrungen. In jedem Pinselstrich sah sie sein Gesicht, in jedem Murmeln des Meeres hörte sie seine Stimme.

Die Fakten aber, so mahnte sie sich, waren dieselben geblieben. Sam hatte sich entschieden, und zwar nicht für sie. Jetzt war er verheiratet, hatte eine Frau und ein Kind, und sie waren in eine Familie eingebunden, die zerbrechen würde, wenn ihr Geheimnis jemals bekannt wurde. Daher wäre es kindisch davonzulaufen. Es würde gar nichts lösen, sondern im Gegenteil einen ganzen Rattenschwanz von Fragen aufwerfen, die Rachel keine Ruhe lassen würden, bis sie die Wahrheit herausfand. Und so sah sich Laurie gezwungen, das heutige Programm konsequent durchzuziehen.

Unten im Hafen plätscherte das Wasser sacht an die Betonmauer. Farbenfrohe Boote tanzten auf den Wellen, ein Fischer mit einer Kippe im Mundwinkel spritzte einen kleinen

Trawler mit dem Schlauch ab. Im seichten, smaragdgrünen Wasser flitzten kleine schwarze Fische hin und her, und am Ufer stand eine Schar einheimischer Jungen, die mit einem am Strick befestigten Plastikeimer angelten.

Am Ende des Pfades, wo die Fischerhäuser von ein paar verstreut liegenden alten Schuppen abgelöst wurden, erstreckte sich eine Mole, an der zu beiden Seiten kleine weiße Jachten und Motorboote vertäut waren. Der Himmel war strahlend blau, nur ein hauchdünner Wolkenschleier lag über der von Algen verkrusteten Hafenmauer.

Laurie spazierte langsam an der Kaimauer entlang und blieb am Anfang der Mole stehen, wo sie beim Anblick der Boote überlegte, welches davon wohl die *Flight* war. Sie hatte von Sam nur sehr vage Instruktionen auf Rachels Anrufbeantworter in der Villa vorgefunden. Wäre es nicht eine ironische Wendung, dachte sie, wenn jetzt, nachdem sie sich derart den Kopf zerbrochen hatte, Sam derjenige war, der kniff? Vielleicht war ihm bei dem Gedanken an die heutige Verabredung genauso unbehaglich zumute wie ihr, und er war nervös geworden?

Dann entdeckte sie ihn. Er stand am Ende der Mole und wuchtete gerade eine schwere Tasche an Bord eines Schiffes. Barfuß, in einer khakifarbenen kurzen Hose und mit nacktem Oberkörper, balancierte er mit einem Fuß auf dem Bug und dem anderen auf der Betonmole. Sein dunkelblondes Haar fiel ihm ins gebräunte Gesicht. Er wirkte unerwartet jungenhaft, während er so arbeitete, woraus sie sofort den Schluss zog, dass er allein hier war.

Da passierte genau das, was sie befürchtet hatte. Sie blieb stehen, um ihm zuzusehen, spürte, wie etwas in ihr umschlug, wie ihr die Knie weich wurden und die Kehle austrocknete. Verdammt! Warum war er nur so höllisch attraktiv? Sie verfluchte die Chemie, die diese körperlichen Reaktionen bei seinem Anblick in ihr hervorrief.

O Gott, dachte sie panisch. So konnte sie den Tag nicht durchstehen. Sam hatte sie noch nicht entdeckt, es war also noch nicht zu spät zur Flucht. Dem Gedanken, mit ihm allein zu sein, war sie nicht gewachsen.

Laurie zwang sich, an Claire zu denken. Ihre *Verwandte*. Na gut, eigentlich fand Laurie sie ja ein klein wenig oberflächlich und materialistisch, vielleicht war sie auch insgeheim neidisch auf Claires Aussehen, aber Claire hatte ihr seit ihrer ersten Begegnung nur unbedingtes Vertrauen entgegengebracht. Sie hatte sich sehr bemüht, freundlich zu ihrer neuen Cousine zu sein. Was würde sie wohl davon halten, wenn sie wüsste, dass Laurie hier stand und diese Gefühle für ihren Ehemann hegte? Sie wäre entsetzt. Außerdem würde sie sich schamlos hintergangen fühlen. Du liebe Güte, schließlich war Sam der Vater ihres Kindes. Laurie schloss einen Moment lang die Augen und stellte sich krampfhaft Archies Gesicht vor, zwang sich, an den niedlichen kleinen Jungen zu denken, dessen Zukunft jetzt in ihrer Hand lag. Doch das Herzklopfen bei dem Gedanken, dass sie den Tag mit Sam verbringen würde, blieb.

Konzentrier dich auf Archies, Claires und Sams derzeitige Situation, sagte sie sich. Sie musste stark bleiben, ihre Gefühle wirklich und wahrhaftig verbergen. Ja, beschloss sie, als sie sich dem Boot näherte, sie würde sich einfach ein Beispiel an Sam nehmen und sich erwachsen verhalten. Sie würde sich den Anschein geben müssen, als hielte sie dies ebenso wie Rachel und Claire für das Normalste der Welt – zwei Menschen, die erst vor kurzem Bekanntschaft geschlossen haben, gingen gemeinsam auf Segeltörn. Nicht mehr und nicht weniger.

Auf den kleinen Jachten und Motorbooten zu beiden Seiten der Mole war niemand zu sehen. Wo waren die Leute bloß alle, rätselte sie, und machte einen großen Schritt über eine schwarze Katze, die sich auf dem Beton in der Sonne rekelte. Dann tauchte Sams Jacht vor ihr auf.

Rachel hatte ihr erzählt, die *Flight* sei ein klassischer Elf-Meter-Schoner, als wäre das etwas Besonderes. Laurie hatte dem keine besondere Beachtung geschenkt, doch jetzt wurde ihr klar, warum Sam so stolz darauf war.

Da es am Bug vertäut war, sah sie die glatten, in schimmerndem Mitternachtsblau gestrichenen Seitenwände. Aus dem wunderschönen, klar lackierten Teakdeck erhoben sich stolz Mast und Baum, und sie konnte auch das altmodische hölzerne Steuerrad erkennen.

In diesem Moment kletterte Sam aus der Kabine und sprang aufs Deck. Sie räusperte sich, um seine Aufmerksamkeit auf sich zu lenken.

«Du bist schon da?», fragte er erstaunt mit einem Blick auf seine Armbanduhr. Er hangelte sich an den Klampen entlang über das Vordeck zum Bug und nahm sein kurzärmeliges Leinenhemd von der Reling. Hastig zog er es über.

«Komm doch an Bord», sagte er.

Laurie zog sich die Schuhe aus und nahm sie in die Hand. Dann packte sie Sams ausgestreckte Rechte und setzte ihren Fuß schwungvoll auf die Bugspitze. Sam stützte sie noch einen Moment, bis sie sicher stand, dann ließ er ihre Hand los, ohne sie auch nur anzusehen. «Du hast doch nichts dagegen, wenn wir gleich ablegen, oder?», fragte er und wandte sich zur Kajüte. Sie folgte ihm und sah, wie er ins Cockpit und dann durch die kleine, offen stehende Luke in die darunter liegende Kabine sprang, wo er die große Tasche hervorzerrte. «Ich weiß nicht genau, wie viel Wind wir heute haben werden», sagte er. «Wenn du in die Bucht raus und wieder zurück willst, müssen wir uns also beeilen.»

Laurie war irritiert. Sie *wollte* gar nicht in die Bucht hinaus und wieder zurück. Schließlich hatte sie ihn nicht überredet, sie zum Segeln mitzunehmen. Es war ja nicht *ihre* Idee gewesen.

Ärgerlich verschränkte sie die Arme. Ihr war nicht in den Sinn gekommen, dass Sam sich in dieser intimen Situation genauso benehmen könnte wie neulich bei dem Abendessen in Gegenwart der anderen. Sie fühlte sich gekränkt.

Wieder auf Deck, gab Sam seine Anweisungen und erklärte in aller Ruhe die Anatomie des Bootes. Sie erfuhr, dass die beiden Segel ‹Großsegel› und ‹Fock› heißen und dass sie beim Lavieren dafür zuständig sein würde, die Fock ‹hochzuwinschen›. Bei seiner Aufzählung der Sicherheitsmaßnahmen an Bord verkniff sie sich den spöttischen Hinweis auf die eindeutig beschilderten Notausgänge. Sam war zweifelsfrei nicht zu Scherzen aufgelegt.

Dann half sie ihm, die Anker zu lichten, und wenig später hatten sie die Segel gehisst. Während das Boot mühelos die Wellen durchschnitt, beobachtete sie Sam, der am Ruder stand und so tat, als würde er sich voll und ganz auf den Kurs konzentrieren. Vor ihnen lag das unermesslich weite Meer, auf dem Hunderte von weißen Segeln dem Horizont zustrebten. Laurie konnte nicht einmal ahnen, was in Sam vorging, da seine Augen hinter einer dunklen Sonnenbrille verborgen waren.

«Okay. Da kommt die Fähre von Barcelona, also wenden wir jetzt, wenn es dir recht ist», sagte er und drehte an dem hölzernen Steuerrad, damit sie noch vor der Bugwelle des riesigen stählernen Schiffs, das sich ihnen mit Besorgnis erregender Geschwindigkeit näherte, kreuzen konnten. «Würdest du bitte diese Leine losmachen?»

Laurie tat, wie ihr gesagt wurde, und ihre Verärgerung wuchs. Bitte! Wenn er noch ein einziges Mal ‹Bitte› zu ihr sagte! Er war von so ausgesuchter Höflichkeit, dass sie ihn am liebsten beschimpft hätte. Doch dann fing das Großsegel Wind, und das Tau sauste ihr durch die Hände, dass sie brannten.

«Autsch!», kreischte sie und ließ los.

«Winschen! Winschen!», schrie Sam, da das Segel wütend im Wind flatterte.

Laurie stürzte quer über das Cockpit zur anderen Seite und zerrte an dem Tau, während das Boot wendete und der Wind das Großsegel nun auf der anderen Seite aufbauschte. Sie kurbelte mit aller Kraft an der Winsch, doch von der Stelle im Cockpit aus, an der Laurie kauerte, ließ sie sich nur schwer bewegen.

«Genauso. Und bitte ein bisschen schneller», rief Sam.

«Ich mache ja schon, so schnell ich kann!», protestierte Laurie, doch Sam schob sie nur sanft beiseite.

«Entschuldigung, darf ich …», fragte er höflich und kurbelte gekonnt den Rest des Taus ein.

Laurie setzte sich mit schmerzenden Händen hin, während das Boot sich aufrichtete und sie hinter der Fähre entlang kreuzten.

«Schon ganz gut», lobte Sam. «Gar nicht schlecht fürs erste Mal.»

Eine weitere Viertelstunde verging, dann eine halbe, während sie auf ihrem Weg zu einem unbekannten Ziel noch ein, zwei Manöver fuhren. Doch Sam sagte kein Wort, abgesehen von gelegentlichen höflichen Aufforderungen, diese oder jene Kleinigkeit zu übernehmen. Und schließlich blieben auch diese aus. Ihm schien der Gesprächsstoff auszugehen. Dabei konnte sie ihm im Gesicht ablesen, dass er nur so tat, als wäre er aufs Segeln konzentriert. Wollte er ihr den ganzen Tag den höflichen Fremden vorspielen? Auf keinen Fall würde sie diejenige sein, die das Eis brach.

Also starrte sie über die Bordwand ins Wasser und dachte darüber nach, wie tief das blaugrüne Meer an dieser Stelle sein mochte.

Sie ließ eine Hand über die Seitenwand hängen und streckte die Fingerspitzen zum Wasser aus, wobei sie die durchscheinenden Reflektionen der kleinen Wellen auf dem glänzenden Blau der Bootswand beobachtete. Die Stille zwischen Sam und ihr lastete wie Blei auf ihr.

Er hatte also tatsächlich nicht vor, noch ein Wort über ihre Beziehung zu verlieren. Offenbar war er damit zufrieden, so zu tun, als sei nie etwas gewesen.

Was bin ich für eine Närrin gewesen, dachte sie verblüfft und zutiefst enttäuscht. In den letzten Wochen hatte sie so viel geistige Energie darauf verwendet, über Sam nachzudenken, und in der vergangenen Nacht hatte sie vor lauter Sorge, wie der heutige Tag verlaufen würde, nicht mal schlafen können, und Sam war es scheißegal. Er hatte ihr nichts mehr zu sagen. Zweifellos bedeutete sie ihm gar nichts.

Doch dann schlug er plötzlich heftig mit der flachen Hand auf das Ruder. Sie war so sehr in ihre Gedanken vertieft gewesen, dass sie erschrocken aufsprang.

«Was ist passiert? Stimmt was nicht?», fragte sie ihn.

«Wir haben Flaute.»

«Was?»

«Kein Wind mehr.» Verärgert sah Sam zu den Segeln hoch.

Das Großsegel verlor zusehends an Spannkraft und schlackerte bald nur noch schlaff hin und her. Sam holte zunächst die Fock ein, die sich ordentlich um den Mast wickelte, und dann auch das Großsegel.

«Und was machen wir jetzt?», fragte sie.

«Aussitzen. In einer Weile frischt der Wind wieder auf. Es hat keinen Zweck zu motoren. So was kommt manchmal vor.»

Laurie starrte auf ihre Füße. Das Boot dümpelte träge auf den Wellen, und nur das sanfte Klatschen am Bootsrumpf unterbrach die Stille.

Jetzt wünschte sie sich geradezu, Sam müsste sich aufs Segeln konzentrieren. Dann hätten sie wenigstens einen Grund, nicht miteinander zu sprechen. Aber so? So war es unerträglich. Es gab keine Fluchtmöglichkeit, sie waren mitten auf dem Meer, und sie hatte keine Lust, an Land zu schwimmen.

«Na», meinte Sam endlich, «wie wär's mit 'nem Picknick? Isabel, unsere Kinderfrau, hat uns was eingepackt. Das könnten wir jetzt essen.»

Er streckte sich und sprang die drei Stufen in die Kabine hinunter. Gleich darauf hievte er den Picknickkorb ins Cockpit. Dann war er wieder auf der Treppe und kniete sich hin, um die Lederriemen an dem Weidenkorb zu lösen.

«Himmel, Champagner», sagte Sam. Dann erforschte er, was sich sonst noch in dem Korb befand. Laurie rutschte zum Rand des Cockpits vor und entdeckte außer der Sektflasche noch einen Laib Brot, eine Wurst, Manchego-Käse, ein Stück in Pergamentpapier eingeschlagene Tortilla, Kartoffelchips, selbst gebackene Mandelkekse sowie Besteck, Teller und Gläser. «Anscheinend ist kein anderes Getränk dabei, also bleibt's wohl bei dem Champagner», sagte Sam.

Während er die Folie entfernte, warf er einen Blick auf das Etikett der beschlagenen Flasche. «Auch noch ein guter. Entschuldige.»

«Du brauchst dich nicht zu entschuldigen.»

«Scheint mir ein bisschen verschwenderisch, wo es doch gar nichts zu feiern gibt.»

So offen hatte bisher noch keiner von ihnen die Wahrheit angesprochen. Laurie wappnete sich für den Fall, dass Sam so tapfer – beziehungsweise so dumm – wäre, das Thema weiter zu vertiefen.

«Stoßen wir auf unser neues Leben an.» Es sollte enthusiastisch klingen, aber Sam hielt es möglicherweise für reine Gehässigkeit. Sie sah zu, wie er den Korken zog und ihn in seine Hand drehte, wobei ein gedämpftes Zischen zu hören war. Er schenkte ihr ein Glas ein und reichte es ihr.

Dann füllte er sein eigenes Glas und schaute hinein. Augenscheinlich hatte er keine Lust, den Toast auszusprechen, den sie vorgeschlagen hatte. «Freut mich, dass du glücklich bist», sagte er schließlich.

«Das bin ich wirklich», erwiderte sie. Es klang freudiger, als ihr lieb war.

Und dann plötzlich, in dem Moment, als Sam sich vorbeugte und die Ellbogen auf die Knie stützte, erkannte sie, dass sie, ohne es zu wollen, dem Spiel ein Ende bereitet hatte.

Während er seine Sonnenbrille abnahm und sich die Augen rieb, schluckte sie schwer. Sie hatte seine Gefühle getroffen, aber sie durfte die Dinge nicht entgleisen lassen. Sie musste das, was sie eben gesagt hatte, bekräftigen … und zwar schnell. Natürlich gab es in ihrem Leben etliches Neues, das sie feiern konnte: James, ihre Karriere oder auch Rachel und ihre neue Familie.

Doch als sie jetzt Sam ins Gesicht blickte, konnte sie nicht anders, als sich ebenfalls deprimiert zu fühlen. Sie überlegte, was sie sagen könnte, doch es gab nichts, woran sie sich festhalten konnte, nichts, womit sie ihr Glücklichsein untermauern konnte. Als triebe sie, welche Ironie, in einer Nussschale einsam und verlassen auf hoher See. Sie besann sich auf ihre Strategie, die sie sich auf der Mole zurechtgelegt hatte. Sie musste sich auf die Gegenwart konzentrieren: auf Sams Frau und Kind.

«Wir sind zwei völlig unterschiedliche Menschen», sagte sie. «Das Leben geht doch weiter, oder? Es gibt viel zu feiern. Ich meine … da ist Archie … du bist Vater geworden, das muss dir doch eine Menge geben … Ich weiß nicht … so was wie Erfüllung. Und mit meinen Bildern habe ich allmählich Erfolg … und … na ja …»

Der Champagner blieb in ihrem Glas. Nachdem Lauries Worte wie Säuretropfen zwischen sie gefallen waren, starrten sie lange schweigend auf den Boden des Cockpits.

Schließlich hob Sam sein Glas und sah ihr zum ersten Mal in die Augen, und über die Traurigkeit in seinem Blick hätte sie weinen mögen.

«Ich finde, wir sollten auf die Vergangenheit anstoßen. Auf die, die wir waren. Daran kann ja nichts Schlechtes sein, jetzt, wo wir diese Menschen wirklich hinter uns gelassen haben.»

«Auf die, die wir waren», sagte sie, trank hastig einen Schluck Champagner und behielt die prickelnde Flüssigkeit im Mund. Wenn sie jetzt weinte, würde sie sich verraten, also zwang sie sich, stark zu bleiben. Sie wollte ihm nicht zeigen, wie verwirrt sie war. Sie wollte ihm keinen Blick in ihr Innenleben gewähren oder ihm auch nur Anlass zu der Vermutung geben, sie wäre in irgendeiner Weise verwundbar. Doch sie spürte, wie ihre Entschlossenheit schwand und ihre Gefühle langsam ihrer Kontrolle entglitten.

Sam wandte den Kopf und blickte Richtung Festland. In der Ferne lag die Stadt Palma, die einer stolzen Flamencotänzerin gleich aus dem Hitzeschleier stieg.

Laurie folgte seinem Blick auf diese grandiose Ansicht. Es war nicht nötig, die Postkarte zu erwähnen, die er ihr geschickt hatte, geschweige denn ihre höhnische Bemerkung darüber beim Abendessen vor einer Woche. Sie dachten ohnehin beide daran.

«Meine Entschuldigung hat wohl nicht ausgereicht.» Zweifellos war dies eine Feststellung, keine Frage. Er sah sie nicht an. «Du bist immer noch sauer, was?»

«Ich bin nicht sauer. Ich bin darüber weg», log sie und zwang sich, mit fester Stimme zu sprechen. «Ich glaube, ich verstehe inzwischen ein wenig besser, warum du das alles getan hast. Aber es bleibt dabei, dass du es kaputt … dass du es beendet hast. Wie auch immer, es ist lange her.»

Sam nickte. Kaum war es heraus, sehnte sie sich mehr als je zuvor danach, sein Gesicht zu berühren. Nachdem sie nun die Machtverhältnisse in Sams Familie selbst kennen gelernt hatte, wusste sie: So hart es auch für sie gewesen sein mochte, vielleicht war es für ihn ja noch viel schlimmer – vielleicht.

«Also dann …», sagte sie in einem verzweifelten Versuch, sich selbst aufzuheitern. Sie mussten aufhören, über die Vergangenheit zu sprechen, sonst würde sie völlig den Boden unter den Füßen verlieren. «Dieses Boot ist ein Traum, nicht? Ich hatte ja keine Ahnung, dass es so … ähm …»

«… dass es so beschissen wird, wolltest du sagen? So peinlich, so qualvoll, so schrecklich?»

Er hielt seinen Sektkelch in der Hand und sah sie so offen und ehrlich an, dass sie sich von Grund auf durchschaut fühlte. Damit fegte er ihren Versuch, höfliche Konversation zu treiben, vom Platz wie einen missglückten Aufschlag beim Tennis.

«Wir hätten uns nicht auf das hier einlassen dürfen», seufzte er.

Laurie spürte ihren Puls schlagen, sah ihn fragend an. «Und warum hast du's doch getan?», fragte sie.

«Weil ich dich wieder sehen wollte.»

Seine Ehrlichkeit verblüffte sie erneut. Sein Satz hing in der Luft wie der Widerhall einer Kirchenglocke. Das wurde ihr jetzt alles zu echt. Zu schmerzhaft. Zu gefährlich. Sie schwieg, doch Sam ließ sich nicht bremsen.

«Und ich denke, das gilt auch für dich, Laurie. Du bist gekommen, weil wir beide da durch müssen. Wo sonst finden wir so ein neutrales Terrain wie hier auf dem Boot?» Er wies auf die Weite des Meeres, das sie umgab.

Sie war immer noch nicht in der Lage, ihn anzusehen. «Wir können doch nicht …»

«Reden. Wir brauchen nur zu reden.»

Für einen Moment brauste sie auf, verärgert, dass er in dieser Situation solche Reife zeigte, während sie einfach feige war.

«Worüber willst du denn konkret reden, Sam?», gab sie abweisend zurück. Er hatte sie schon einmal zum Reden aufgefordert, und das hatte zu nichts geführt. Warum sollte sie sich noch einmal darauf einlassen? Warum sollte denn alles nach seinem Willen gehen?

Doch als sie schließlich zu ihm hochsah, schien er sie mit seinem Blick geradezu zu durchbohren.

«Du willst also nicht mit mir sprechen?»

Laurie hatte das Gefühl, ihr ginge die Luft aus. Sie kam

nicht gegen ihn an. Sie vermochte nicht, gegen das, was immer noch zwischen ihnen vorhanden war, anzukämpfen. Die Versuchung war einfach zu groß.

Sie spürte seinen Blick.

«Also. Wie ist es dir ergangen?», fragte er mit sanfter Stimme, als wäre es die einfachste Frage der Welt. Dabei war es die schwerste.

Nun kam ihr wieder zu Bewusstsein, was an Sam so besonders war, was ihn von allen anderen Männern unterschied, denen sie jemals begegnet war: dass er ihr das Gefühl gab, das einzige Wesen auf der Welt zu sein, das für ihn zählte.

Laurie erwog kurz, ihm eine Lüge aufzutischen, mit einer flapsigen Bemerkung zu kontern und sich auf ihre frühere Taktik zu besinnen. Doch obwohl sie nach wie vor am selben Fleck trieben, schien es ihr jetzt, als hätten sie in den letzten Minuten gemeinsam einen ganzen Ozean überquert. Sie befanden sich in einem völlig anderen Land.

«Willst du's ehrlich wissen?», fragte sie, obwohl die Antwort darauf auf der Hand lag. «Nicht besonders.»

«Mir auch nicht.»

Laurie lachte und neigte den Kopf zur Seite, um das Gefühl der Erleichterung zurückzuhalten, das sie zu überwältigen drohte und ihr die Tränen in die Augen trieb. Gleichzeitig hätte sie ihn am liebsten geprügelt, weil er sie mühelos knackte wie eine Auster. Es war verrückt, aber die ganze Situation erschien ihr mit einem Mal intimer, als wenn er ihre Haut berührt hätte. «Oh, mein Gott, Sam», sagte sie endlich und gab jeden Widerstand auf. «Also gut. Fangen wir an.»

Und dann war es plötzlich, als hätte es die vergangenen drei Jahre nie gegeben. Die Schleusentore öffneten sich, und sie erzählte ihm alles – vom Tod ihrer Mutter, von dem Streit mit ihrem Vater, von ihren Freunden, der privaten Vernissage in der Galerie, von Rachel und von ihrem Aufenthalt auf Mallorca.

«Ich würde liebend gern deine neuen Bilder sehen», sagte Sam, nachdem sie ihm geschildert hatte, wie sehr es ihr gefiel, im Bootshaus zu malen. «Ich erinnere mich noch an den Skizzenblock, den du in Frankreich dabei hattest. Ich fand deine Zeichnungen großartig. Hast du die Skizzen noch?»

«Nein, ich habe sie verloren.» Sie zögerte. Wozu diese Lüge? «Nein, stimmt gar nicht», fuhr sie fort. «Wir sind ja ehrlich zueinander, nicht?»

«Das hoffe ich doch.»

«Ich habe den Block damals weggeworfen. Ich konnte ihn nicht behalten, das war zu … schwer.» Jetzt erinnerte sie sich mit Bedauern, dass sich darin einige ihrer besten Skizzen und Ideen befunden hatten, inspiriert von den Orten, die sie zusammen mit Sam besucht hatte. Nun wurde ihr auch klar, dass sie in den letzten drei Jahren nur versucht hatte, zu ihrem damaligen Niveau und ihrer enormen Kreativität zurückzufinden.

Sam nickte, und sie war erleichtert, dass sie ihm die Wahrheit gesagt hatte, auch wenn sie für sie beide schmerzlich war.

Sie holte tief Luft, und ehe sie sichs versah, erzählte sie ihm in allen Einzelheiten, wie es ihr ergangen war, nachdem sie seine Karte erhalten hatte.

Sie verheimlichte ihm nichts, sondern beschrieb ihre Orientierungslosigkeit und ihre Wut und dass sie es letztendlich akzeptiert hatte. Sam hörte zu, ohne irgendetwas davon als Vorwurf aufzufassen. Und während sie erzählte, merkte sie, dass die Dinge an Bedeutungsschwere verloren. Sie gehörten jetzt der Vergangenheit an, und sie spürte keine

Verbitterung mehr. Dann kamen sie auf ihr jetziges Leben zu sprechen, auf ihre Gefühle bei diesem letzten Versuch, von ihrer Kunst zu leben, und von dem Verlust ihrer Wohnung.

Das Einzige, was Laurie verschwieg, war ihre neue Beziehung zu James. Warum eigentlich?, fragte sie sich, kaum dass die Gelegenheit ungenutzt verstrichen war und Sam nun seinerseits begann, von sich zu erzählen. Warum? Sie wusste es nicht genau. Weil sie diese Situation so genoss? Weil es so wohltuend war, mit Sam zu plaudern? Weil sie sich und Sam noch für eine kostbare Weile von der wirklichen Welt und all den Komplikationen fern halten wollte? Es spielte keine Rolle. Was wirklich zählte, fand hier und jetzt statt.

Und so hörte sie Sam zu, der ihr von Tonys Tod erzählte und von seiner Arbeit bei Ararat. Er erzählte von Claires Schwangerschaft, seiner überstürzten Heirat und seinen überwältigenden Gefühlen bei Archies Geburt. Er erzählte ihr von seinen Schuldgefühlen und dem Schock, sie bei Tonys Beerdigung zu entdecken, seinem Schrecken darüber, dass das Schicksal sie wieder zusammengeführt hatte.

Dann kam Laurie auf den bevorstehenden Besuch ihres Vaters zu sprechen. Sie erklärte Sam, dass Rachel ihn unbedingt wieder sehen wollte und wie sie gemeinsam den Plan ausgeheckt hatten, ihn einfach zu überraschen.

«Eigentlich fühle ich mich da schon ein bisschen in die Ecke gedrängt», räumte sie ein, erleichtert, dass sie sich endlich jemandem anvertrauen konnte. «Ich weiß wirklich nicht, ob das richtig ist. Rachel will Dad unbedingt treffen, aber ich habe jetzt das Gefühl, dass ich mich auf eine Sache eingelassen habe, aus der ich nicht mehr heil herauskomme.»

Sam lachte und schüttelte den Kopf. «Das ist Rachel, wie sie leibt und lebt. Meistens kriegt sie auch, was sie sich in den Kopf setzt.»

«Ich weiß, sie meint es gut, aber ich komme mir vor, als würde ich Dad hintergehen. Wenn er herausfindet, dass ich die ganze Zeit in Rachels Haus gewohnt habe, flippt er aus.»

«Du bist ein guter Mensch, Laurie. Das weiß dein Vater sicher auch. Er wird schon verstehen, dass du im Grunde deines Herzens nur das Beste willst.»

Laurie wusste gar nicht mehr, was das Beste war, doch es tat ihr gut, ihre Ängste auszusprechen.

«Meinst du?»

Sam lächelte sie liebevoll an. «Was immer zwischen Rachel und deinem Vater gewesen ist, du kannst es getrost den beiden überlassen, das zu klären. Du kannst das Leben anderer Leute nicht für sie leben, und du kannst sie auch nicht vor schmerzlichen Erfahrungen bewahren. Das gilt übrigens für Kinder wie für Eltern.»

Sie dümpelten immer noch ohne Wind vor sich hin, lagen nebeneinander im Cockpit auf dem Rücken und schauten in den endlos weiten blauen Himmel.

«Was machen wir, wenn nie mehr eine Brise aufkommt?», wollte sie wissen.

«Na ja, wenn uns nicht gerade eine Fähre, ein Tanker oder ein Motorboot rammt, könnten wir tagelang vor uns hintreiben, bis wir irgendwo stranden.»

«Du meinst, zum Beispiel auf einer unbewohnten Insel?»

«Wäre doch möglich. Hier in der Gegend gibt es bestimmt welche.»

«Und was würden wir dort tun?»

«Wir müssten dort ausharren, bis wir eines Tages gerettet werden.»

Laurie lächelte.

«Klingt aufregend.»

Sam stützte sich auf einen Ellbogen, sodass er nun von oben in ihr Gesicht blicken konnte. «Wir könnten das Boot als Schutzhütte benutzen. Außerdem habe ich Streichhölzer dabei, damit könnten wir ein Feuer entfachen, das uns warm hält.»

«Würde uns nicht mit der Zeit langweilig?»

«Ich hätte da ein paar Ideen, wie wir uns die Zeit vertreiben könnten. Ehrlich gesagt, Dutzende von Ideen.»

Sie wandte den Kopf und sah ihn an. Seine Augen blitzten fröhlich, und er lächelte sie an. Sein Gesicht war nur wenige Zentimeter von ihrem entfernt, und als sie die Reihe von Sommersprossen über seiner linken Augenbraue sah, fragte sie sich, wie sie ein so wichtiges Detail jemals hatte vergessen können.

«Du meinst, wir könnten Lieder singen?»

«Lieder, ja. Oder Seemannsknoten üben.»

«Knoten? So was machen Segler, ja? Knoten binden?»

Seine Lippen waren jetzt ganz nah. Sie fühlte sich ganz von ihm umschlossen, als sänke sie in ihn ein, nahezu osmotisch. Doch dann, keinen Atemzug später, fingen sich ihre Blicke, und die Welt geriet aus den Fugen. Er schwieg, das Lächeln wich aus seinem Gesicht.

«Das Problem ist nur, manche von uns Seglern binden so dicke Knoten, dass wir sie nicht mehr aufkriegen.»

Ihr Blick hing an seinem. Nur eine winzige Drehung des Kopfes würde genügen, dann wäre sie ihm nahe genug, um ihn zu küssen. Keine Sekunde würde es dauern, um ihrer beider Leben für immer zu verändern.

Doch dann sah Laurie ihr Spiegelbild in Sams Augen. Sie erkannte, wer sie war, und ihr kam wieder zu Bewusstsein, wo sie war und mit wem. Ganz gleich, wie fest der Knoten war, den Sam geknüpft hatte, sie war nicht diejenige, die ihn lösen konnte. Sam war verheiratet. Er hatte einen Sohn. Sie und ihn verband eine Familie, die zerstört würde, sobald Laurie der Verlockung nachgab.

Sie rührte sich nicht, hielt seinem Blick stand. Dann holte sie tief Luft.

«Vermutlich ist das Problem, dass die dicken Knoten mit der Zeit immer fester werden. Und dann muss man sie einfach so lassen, sonst verheddern sie sich.»

«Sie lassen sich nicht aufbinden?», staunte er.

«Beim besten Willen nicht.»

Er berührte ihr Gesicht, und sie schmiegte ihre Wange einen Moment lang in seine Hand. Es fühlte sich an wie das weichste Kissen der Welt. Sie schloss die Augen.

«Sag jetzt nichts», flüsterte sie.

Sie spürte, wie Sam ihr sanft über die Haare strich. «Wir haben es vermasselt, nicht wahr, Laurie Vale?»

Sie nickte stumm. Er nahm eine Strähne von ihrem Pony und wickelte ihn sich um den Finger. «Auch wenn es vernünftig ist, ich werde es mein Lebtag bereuen.»

Dann flatterte über ihnen der Verklicker, und kurz darauf bauschte sich das Großsegel wieder im Wind.

Viel später, nachdem Sam sie dazu überredet hatte, das Boot eigenhändig nach Palma zu segeln, wobei sie ständig den Kurs korrigieren musste, war Laurie völlig ausgelaugt, aber auf seltsame Weise beruhigt. Und als Sam sie schließlich in seinem Porsche zur Villa fuhr, fühlte sie sich wie geläutert.

Während der Fahrt plauderten sie unbeschwert und unbefangen über Archie. Sam meinte, dass Claire wahrscheinlich erst spät in der Nacht nach Hause käme, und brachte Laurie mit Imitationen ihrer Freundinnen zum Lachen. Er sprach auch über Ararat und die Anforderungen, die seine Arbeit an ihn stellte.

Erst kurz vor dem Ortseingang, als sie den Hügel hinauf zur Villa hochfuhren, nahm Sam den Fuß vom Gas.

«Danke für den Tag», sagte er. «Mir war gar nicht klar, wie sehr ich dich vermisst habe. Ich meine … die Gespräche mit dir …»

Laurie wandte ihm das Gesicht zu. Sie wollte ihm sagen, dass es ihr genauso ging. Und dass ihr nicht nur die Gespräche gefehlt hatten. «Ist doch gut, dass wir noch miteinander reden können, meinst du nicht auch? Dass wir nach allem, was passiert ist, noch Freunde sind.»

Sie wartete auf eine Antwort, doch er langte nur über sie hinweg zum Handschuhfach und holte einen kleinen elektronischen Schlüssel heraus, den er auf die Einfahrt zu Sa Costa richtete. Die Tore schwangen automatisch auf, und sie fuhren schweigend weiter. Gleich darauf hielt der Wagen. Unsicher, wie sie sich voneinander verabschieden sollten, kramte Laurie in ihrer Tasche. Doch als sie wieder aufsah, starrte Sam entsetzt auf die Villa.

«Die Haustür steht offen. Du hast sie doch nicht aufgelassen, oder?»

«Nein, ich habe ja Schlüssel. Und Rachel ist nach London zurückgereist.»

Sams Hand war schon an der Wagentür. «Himmel, das habe ich immer befürchtet», murmelte er. «Was die Sicherheit angeht, ist Rachel ziemlich lax. Hoffentlich ist es kein Einbrecher. Bleib hier, ich gehe mal nachsehen.»

Laurie beobachtete, wie Sam zur Haustür rannte. Sie holte Luft und sog seinen Geruch in sich auf.

Schlagartig kam sie zur Besinnung. Was, wenn wirklich ein Einbrecher im Haus war? Was, wenn Sam jetzt verletzt würde? Und sie saß hier wie eine sentimentale Närrin und wünschte sich, der Tag würde niemals enden.

Mit einem Satz sprang sie aus dem Wagen und rannte hinter Sam her. Erst in der Nähe der offenen Terrassentür hörte sie Rufe.

«Wer zum Teufel sind Sie?», brüllte Sam, der einen Schirm über seinem Kopf schwang wie eine Waffe.

«Hey!» James kletterte aus dem Liegestuhl und hielt beide Hände hoch, mit der einen umklammerte er noch sein Bier.

Laurie rannte an Sams Seite. Ihre Wangen brannten. «James! Verdammt, was tust du denn hier?»

«Ihr kennt euch?» Sam schaute ungläubig zwischen den beiden hin und her. Der Regenschirm fiel zu Boden.

James musterte ihn argwöhnisch. «James Cadogan. Sehr erfreut.» Er machte einen zögernden Schritt nach vorn, um Sam die Hand zu reichen.

«Wir haben Sie für einen Einbrecher gehalten. Ich bin Sam Delamere», erklärte Sam schroff und drückte ihm gerade so lange die Hand, wie es die Höflichkeit gebot. «Laurie war mit mir segeln.»

«Sam, natürlich! Ich weiß alles über Sie. Ich habe mit Rachel gesprochen», sagte James. «Sie fand es eine coole Idee, dass ich hier überraschend auftauche. Sie hat Maria Bescheid gesagt, und die hat mir aufgeschlossen.» James lachte und legte Laurie einen Arm um die Schulter. «Sieht aus, als wäre die Überraschung gelungen. Hey, Prachtstück», sagte er und küsste sie auf den Kopf.

Es entstand eine kurze, peinliche Pause.

«Ich habe Laurie nur nach Hause gefahren», erklärte Sam knapp und geschäftsmäßig. «Ihr habt euch sicher viel zu erzählen.»

Jedes seiner Worte empfand Laurie wie eine Ohrfeige. Sie bemerkte, dass er James von Kopf bis Fuß musterte, dann blickte er ihr kurz in die Augen. «Danke für den schönen Tag, Laurie», sagte er.

«Sam?», rief Laurie ihm hinterher, doch er tat, als hörte er sie nicht. Und dann war er auch schon weg.

14. Kapitel

Stepmouth, Juni 1953

«Du blödes Arschloch», sagte Arthur.

Pete wieherte vor Lachen, worauf Tony einen Blick zu den beiden hinüberwarf. Arthur sprach mit einem Baum hinter ihnen, einer Weide, in deren Blättern sich seine Angelschnur verfangen hatte. Jetzt zerrte er heftig daran, um sie wieder frei zu bekommen.

Der eine klapperdürr mit Frettchengesicht, der andere stämmig, jedoch mit feinen Zügen – Pete und Arthur hätten kaum unterschiedlicher aussehen können. Wie sie da nebeneinander standen, in ihren glänzenden Regenjacken und ihren Gummistiefeln, wirkten sie wie einer Varietényummer entsprungen. Doch Tony war kein bisschen zum Lachen zumute.

Es war Sonntagnachmittag, und die drei waren, ausgerüstet mit Bierflaschen und Sandwichs, mit denen sie bis zur Teestunde durchhalten würden, zum Angeln gegangen.

Hinter ihnen erhob sich der Summerglade Hill bis in den aufgewühlten finsteren Himmel hinein, der wie eine dicke graue Suppe brodelte. Vor kurzem hatten sie einen Blitz gesehen und drei Sekunden gezählt, ehe der Donner über das Tal gerollt war. Demnach befand sich das Gewitter drei Meilen von ihnen entfernt, doch sie hofften, es würde vorüberziehen.

Tony blickte in den Himmel, der mittlerweile noch dunkler geworden war. Da entdeckte er sie: zwei weiße Pfeile, die wie Pistolenkugeln über den Himmel schossen.

«Was zum Teufel …», sagte er und deutete mit dem Finger auf sie.

«Wahnsinn!», keuchte Arthur. «Die sehen ja aus wie Weltraumraketen …»

Pete lachte. «Du liest zu viele Comicstrips, du fetter Klops. Das sind Düsenjäger, vom Luftwaffenstützpunkt drüben.»

Während die Flugzeuge aus seinem Blickfeld verschwanden, überlegte Tony, wie es wohl wäre, da oben zu sein, sich in rasendem Tempo von der Stadt zu entfernen und sie wie ein Staubkorn hinter sich verschwinden zu sehen. Dann holte er mit der Angelrute seines Großvaters aus und ließ die Schnur schwungvoll über den angeschwollenen Step schnellen. Sie zischte wie eine Schlange.

«Guter Wurf», bemerkte Pete, als Tony begann, die glänzende tropfnasse Angelschnur mit gleichmäßigen Bewegungen aufzurollen. Er prüfte ihre Spannung mit den Fingerkuppen und wartete geduldig auf ein Zittern oder einen plötzlichen Ruck, der ihm anzeigte, dass in den Tiefen ein Fisch angebissen hatte.

«Danke.»

Wie alles, was Tony heute sagte, klang seine Antwort wie ein Bellen. Er wollte sich nämlich nicht mit Pete beschäftigen. Er wollte sich mit Rachel unterhalten. Bloß ging das nicht, weil sie strikten Hausarrest hatte und eifrig für ihre Sommerprüfungen paukte, die in knapp zwei Wochen begannen.

Tony hatte schon seit zwei Tagen nicht mehr mit ihr sprechen können. Vorgestern hatten sie sich kostbare fünf Minuten gegönnt, als Rachel eine Lieferung von Bill zum Sea Catch Café gebracht hatte, zusammen mit einem versiegelten Brief an Emily, was Tony nicht verborgen geblieben war. Beim Lesen war seine Chefin rot geworden.

«Eine Verabredung», hatte Emilys für ihre Verhältnisse ungewöhnlich knappe Antwort gelautet, als er sie gefragt hatte. «Wir wollen uns nur ein bisschen amüsieren ...»

Genau das wollte Tony auch. Stattdessen musste er sich mit ein paar gestohlenen Augenblicken begnügen. Und natürlich den wöchentlichen Briefen, die Rachel ihm auf dem Friedhof in die Vase steckte, jeden Sonntag, seit sie vor zwei Monaten ein Paar geworden waren.

Aus ihren Briefen hatte er eine Menge über sie erfahren. Kleine Aspekte ihres Lebens standen ihm jetzt überlebensgroß vor Augen: dass Christina Rossetti ihre Lieblingsdichterin war; welche Verbtabellen sie im Französischunterricht gelernt hatte; dass sie zwar sehr gerne Radio hörte, sich aber heimlich einen Fernsehapparat wünschte; und dass sie jeden Abend beim Zubettgehen zu ihrem Fenster in der Dachschräge hinaufsah und sich inständig wünschte, er möge dort erscheinen...

Doch im Moment spürte er in seiner Hosentasche einen anderen Brief; er stammte von seinem Bruder Keith. Pete hatte ihn mitgebracht, denn Keith schrieb Tony stets an die Adresse seines Freundes, nicht nach Hause, sonst hätte seine Mutter die Briefe nur zerrissen.

Bisher war Tony mit Keith nur deshalb zurechtgekommen, weil er über dessen konkrete Tat nicht nachdachte. Mord war immer nur ein Wort für ihn gewesen, und er hatte sich jegliche bildhafte Vorstellung dessen, was in jener Nacht bei Vale Supplies passiert war, verboten. Den Keith, der den Mord begangen hatte, hielt er säuberlich von seinem Bruder Keith, der zur Zeit im Gefängnis saß, getrennt – genauso, wie er als Kind immer den betrunkenen Keith, der ihn in der Nacht verprügelte, vom nüchternen Keith getrennt betrachtet hatte, der tagsüber sein Freund war.

In letzter Zeit allerdings befürchtete Tony, Keith könnte bald entlassen werden. Keith hatte ihm mitgeteilt, sein Anwalt sei zurzeit bestrebt, neue Argumente für ein Revisionsverfahren zu sammeln.

Das bereitete ihm große Sorgen. Wenn Keith nun tatsächlich freikäme, was dann? Wie würde er sich in das neue Leben, das Tony mit Rachel aufbauen wollte, einfügen? Wie könnte sich Tony dann noch vormachen, Keith hätte nicht getan, was er getan hatte?

Die Antwort lautete: Das konnte und würde er nicht tun. Tony liebte seinen Bruder, aber jetzt hatte er eben auch starke Gefühle für Rachel. Und er würde sie beschützen. Nicht vor dem gewalttätigen Keith, nein, den gab es nicht mehr, davon war Tony aufrichtig überzeugt. Aber vor den Erinnerungen an ihre Vergangenheit, zu denen auch Keith gehörte.

Ihm war klar, dass er Keith schreiben und ihm die Situation erläutern, ihm mitteilen musste, dass sie im Leben getrennte Wege einschlagen mussten, allerdings wusste er noch nicht genau, wie er das anstellen sollte.

«Und, wie ist sie denn so, deine geheimnisvolle Freundin?», erkundigte sich Pete.

Tony, der auf dem umgedrehten Bierkasten aus Holz saß, kurbelte weiter an seiner Winde und schaute mit ausdrucksloser Miene über die tiefe, waldige Schlucht.

Pete rieb sich den rotblonden Schopf und räusperte sich. «Ich habe dich gefragt…»

«Ich hab's gehört», fiel Tony ihm ins Wort. «Die Frage ist bloß dermaßen hirnrissig, dass ich sie keiner Antwort wert fand.»

In Wahrheit hatte Pete ihn mit seiner Frage geradezu kalt erwischt. Bisher hatte er nämlich außer Emily niemandem von Rachel Vale erzählt.

«Na, mit irgendwem musst du doch deine ganze Freizeit verbracht haben», beharrte Pete. «Wir waren's jedenfalls nicht.»

«Falls ihr es noch nicht bemerkt haben solltet, ich arbeite für meinen Lebensunterhalt», erwiderte Tony. «Was man von euch beiden nicht behaupten kann, ihr...»

Tony konnte sich gerade noch bremsen, sie als *Schulkinder* zu beschimpfen, wofür er sie insgeheim hielt. Denn sie waren *tatsächlich* anders, fand er. Sie lernten, er schuftete. Sie wohnten bei ihren Eltern, er dagegen schlug sich allein durch. Sie wollten Mädels betatschen, ihn interessierten Rachels Gefühle für ihn.

«Außerdem kenne ich dich lange genug, um zu wissen, dass mehr dahinter steckt», schalt Pete.

Schon zu lange, dachte Tony. Ihm kam es vor, als wäre der, der früher mit ihnen zusammen Schleudern gebaut und damit Milchflaschen von Mauern geschossen hatte, gar nicht er selbst. Ihr Leben hatte sich weiter bewegt wie der Fluss vor ihnen.

«Ist sie wenigstens hübsch?», zog Pete ihn auf. «'n steiler Zahn, ja?»

Noch vor wenigen Monaten hätte Tony liebend gern sämtliche Details aufgetischt. Er hatte vor anderthalb Jahren als Erster in seinem Freundeskreis die Unschuld verloren, und zwar an eine australische Touristin mit säuerlichem Gesichtsausdruck, die doppelt so alt war wie er. Ihr folgten andere Mädchen, die er geküsst hatte, um dann den anderen Jungs brühwarm davon zu berichten.

Aber mit Rachel Vale war alles anders. Von Anfang an war es für ihn unvorstellbar gewesen, Pete und Arthur zu erzählen, dass sie zusammen schliefen. Nicht nur, weil das – wie übrigens auch jeder andere Gesichtspunkt seiner Beziehung mit Rachel – unbedingt ein Geheimnis bleiben musste, sondern auch, weil Pete und Arthur es schlicht und einfach nicht verstanden hätten.

Zum ersten Mal war es vor vier Wochen passiert. Sie hatten auf dem staubigen Klappbett, das er im Schuppen seines Großvaters aufgestellt hatte, herumgealbert, und da hatte sie ihm ein Kondom gezeigt, das sie aus dem Sprechzimmer von Pearls Vater entwendet hatte, als sie das letzte Mal im Haus ihrer Freundin gewesen war.

Auch jetzt noch war es seltsam, daran zu denken, doch an den körperlichen Akt – das Ausziehen der Kleider, das linkische ineinander Verschränken der Glieder, das einander Umschlingen und schließlich die Vereinigung ihrer Körper –, daran hatte er kaum noch eine Erinnerung. Kurz und unbequem war es gewesen, für sie sogar schmerzhaft, das wusste er noch. So schmerzhaft, dass sie mittendrin aufhören mussten.

Nein, am besten erinnerte er sich daran, was sie danach empfunden hatten, als sie nebeneinander auf den zerwühlten Bettdecken lagen. Durchs offene Fenster war eine kühle Brise hereingeweht und hatte seine verschwitzte nackte Haut gestreichelt. Als er seine Hand zu ihr ausstreckte, kam ihm ihre entgegen. Und als sich ihre Fingerspitzen berührten, hatte er einen tiefen Frieden in sich gespürt wie nie zuvor in seinem Leben. Ein ähnliches Gefühl wie damals, als er in seiner Kindheit einmal allein in der Kirche Saint Hilda gestanden und zur Kuppeldecke hinaufgeschaut hatte. Genauso, nur tausendmal stärker. Sich so lebendig zu fühlen, sich aller Dinge so bewusst zu sein, als hätte er nur noch wenige Augenblicke zu leben, war ein bisschen wie Sterben gewesen.

«Spürst du es auch?», hatte sie gefragt.

«Ja.»

Und sie hatte ganz fest seine Hand gedrückt.

Jetzt starrte er in den Fluss, der unter ihm so trügerisch schwer und zäh vorüberströmte wie erstarrende Lava.

«Aber vielleicht ist sie ja gar nicht hübsch», spann Pete seinen Gedankengang weiter. «Nicht so hübsch wie Margo Mitchell.» Er zwinkerte Arthur zu, der das Stichwort gleich bereitwillig aufgriff.

«Das Mädchen, nach dem die ‹Tittanic› benannt wurde», sagten sie wie aus einem Munde.

Tony rang sich über den alten Scherz ein müdes Lächeln ab. Er stand auf und warf seinen Blinker erneut aus.

«Auch nicht wie Alice Banks mit ihren sinnlichen Lippen und ihrem Jo-Jo-Schlüpfer», fuhr Pete fort. «Ich könnte wetten, Tonys neue Flamme ist eine Vogelscheuche, was der wahre Grund dafür ist, dass er sie vor uns versteckt hält.» Er kicherte. «Ja, die hat ein Schweinegesicht und 'nen Schweinearsch, würde mich nicht wundern.»

Arthur prustete vor Lachen.

«Stülpst du ihr einen Sack über, wenn du es mit ihr treibst?», fragte Pete.

«Wisst ihr was?», erwiderte Tony.

«Was?»

«Warum fischt ihr im Trüben, wo ihr doch was Handfestes angeln könnt?» Damit drückte er Pete seine Angel in die Hand. «Und bis dahin solltet ihr mal 'ne andere Platte auflegen oder einfach mal die Klappe halten.»

«Tony Glover, du bist ein übellauniges Arschloch», stellte Pete fest. «Wer immer sie auch ist, die wird dich auf keinen Fall glücklich machen, so viel steht mal fest.»

Tony kippte den letzten Schluck Guinness runter und schleuderte die Flasche in den Fluss. Sie tauchte unter und schoss erst ein ganzes Stück weiter unten wieder an die Oberfläche.

Tony hatte die Heimlichkeiten gründlich satt. Er schämte sich überhaupt nicht für Rachel, im Gegenteil, sie erfüllte ihn mit Stolz. Das machte ihm am meisten zu schaffen. Er wollte sie gar nicht vor seinen Freunden verbergen und Lügen erfinden, er wollte nicht mehr so tun, als gäbe es sie gar nicht. Nein, er wollte ihren Namen von den Dächern rufen und der ganzen Welt mitteilen, dass sie sein Liebstes war.

Plötzlich überkam ihn Überdruss – und Sehnsucht. Denn der einzige Mensch, der nachvollziehen konnte, was er empfand, war Rachel, und die war zugleich der einzige Mensch, mit dem er nicht sprechen konnte.

«Tut mir Leid», erklärte er Pete.

Sollte Pete darauf etwas erwidert haben, so bekam Tony nichts mehr davon mit, denn just in diesem Moment öffnete sich der Himmel, der Regen prasselte mit einer unglaublichen Heftigkeit herab und bildete eine schier undurchdringliche Wand.

Ihre Taschen und Angelruten hinter sich her zerrend, flüchteten sie rennend, übereinander stolpernd, rutschend und kriechend den Steilhang hinauf und suchten Zuflucht im Schutz der Buchen oberhalb des Tals.

Als sie dort oben lachend, nach Luft schnappend, alle mit dem Rücken an denselben Baum gelehnt standen, fühlte sich Tony zum ersten Mal seit Tagen gelöst und entspannt. Er nahm die Bierflasche, die Arthur ihm geöffnet hatte, trank, den Kopf in den Nacken gelegt, und blickte dabei an dem Baumstamm entlang in die Krone hinauf.

Dann wechselte sein Lächeln zu einem Grinsen. Ihm war eine Idee gekommen, sein Glück noch zu steigern.

Um zehn Uhr am Montagabend waren die Straßen von Stepmouth menschenleer und ruhig. Seit fünf Minuten lehnte Tony im Schatten der alten Eiche neben Vale Supplies an dem breiten Stamm.

In den Zweigen hingen noch die Wimpelgirlanden vom Krönungstag in der vorigen Woche. Es hatte ein Straßenfest gegeben, von dem Tony sich allerdings fern gehalten hatte. Rachel war mit ihrer Familie hingegangen, und mit jemand anderem wollte er nicht feiern. Er zog ein letztes Mal an seiner Zigarette, dann schnippte er sie in den Rinnstein, wo sie auf dem nassen, glänzenden Pflaster zischend verlosch.

Es hatte den ganzen Tag über pausenlos gegossen.

Für das Sea Catch Café, das ohnehin nicht besonders gut lief, war so ein Wetter fatal. Der Strom auswärtiger Gäste, mit denen Emily fest gerechnet hatte, um ihr neues Abendmenü auszuprobieren, blieb völlig aus. In dem Bestreben, das Geschäft anzukurbeln, hatte Emily jeden Nachmittag das Wort *Café* am Türschild mit einem kleineren Schild verhängt, auf dem *Bistro* stand. Doch mangels Zulauf hatte sie es jeden Abend wieder abgenommen. Ihre Saucen und ihre Puddings, mit denen sie sich solche Mühe gegeben hatten, landeten allesamt im Mülleimer.

Sie tat Tony Leid, aufrichtig Leid. Sie hatte ihn gut behandelt, und er wünschte ihr Erfolg. Er hatte auch einiges von seiner eigenen Freizeit investiert, um das Café gemütlicher zu gestalten. Nachdem Emilys Eltern nun nach Wales in den Ruhestand gegangen waren, hing die Zukunft des Cafés allein von ihr und Tony ab. Und so war er froh, dass heute Abend kein Hungriger aufgekreuzt war, der bedient werden wollte, und er deshalb früher frei bekommen hatte.

«Es hat doch keinen Zweck, dass wir hier zu zweit herumhängen und auf Gäste warten, die eh nicht kommen», hatte Emily gemeint und ihm angeboten, ihn im Lieferwagen ihres Vaters nach Hause beziehungsweise zum Schuppen seines Großvaters in der Nähe von Brookford zu fahren. Aber er hatte dankend abgelehnt. Die Radfahrt würde ihm gut tun, hatte er ihr erklärt und seine schwarze Öljacke vom Haken an der Tür genommen.

Sie versuchte nicht, ihn umzustimmen. Einige Wochen zuvor hatte sie ihm ihre Hilfe bei der Suche nach einem Zimmer angeboten, doch auch damals hatte er abgelehnt. Er käme gut allein zurecht, hatte er gemeint, und das hatte sie akzeptiert, ohne noch weiter in ihn zu dringen. Er trat einen Schritt aus dem Schatten der Eiche heraus und besah sich die langen Zweige, die sich wie ein Regenschirm über das Dach von Vale Supplies spannten. Noch einmal berechnete er den Sprung vom obersten Ast und fragte sich, ob das Dach sein Gewicht wirklich tragen würde.

Es war riskant, gefährlich und dumm, schalt er sich und tastete in seiner Jackentasche nach dem zusammengefalteten Blatt Papier. Er dachte an die Worte, die er heute in seiner Mittagspause aus einem Gedichtband in der Stadtbibliothek abgeschrieben hatte.

«Bleib immer so romantisch.»

Das hatte Rachel ihm damals nach ihrem ersten Kuss auf dem Friedhof gesagt. Deswegen war er jetzt auch hier: um ihr zu beweisen, dass er immer so romantisch bleiben würde.

Der Gedanke beflügelte ihn. Er verschwand wieder im Schatten des Baumes, streckte die Arme aus und packte einen Ast. Dann machte er einen Klimmzug, schwang die Beine hoch, es folgte ein Felgaufschwung, und schon war er oben, hing mit gespreizten Gliedern zwischen den Ästen wie eine Fliege im Spinnennetz.

Mit raschen Bewegungen fand er seinen Weg hinauf durch das dichte Laub. Die gebogenen Zweige peitschten zischend zurück, duschten ihn mit Regenwasser. Wahrscheinlich wackelte der ganze Baum. Sein Herz klopfte wie wild. Nur ein Blick von Bill oder seiner Mutter aus dem nahe gelegenen Fenster im ersten Stock, dachte er, und er wäre geliefert. Oder wenn jetzt nur ein einziger Mensch die Straße entlang käme …

Also Beeilung. Schneller, schneller, so schnell er nur konnte. Er schwitzte, glühte förmlich, dann war er in der Krone, auf gleicher Höhe mit dem Dach. Jetzt schob er sich seitwärts, rückte Zentimeter für Zentimeter vom Stamm weg auf das Haus zu. Der Ast unter seinen Füßen wurde dünner, und der über ihm, an dem er sich festhielt, begann sich zu biegen. Dennoch hangelte er sich weiter daran entlang, balancierte wie ein Seiltänzer und konzentrierte sich, um nicht auszurutschen.

Er blickte hinunter und sah die überfließende Regenrinne, die Dachkante, die schlüpfrigen Waliser Schieferplatten und das gelbe Rechteck des Oberlichts von Rachels Zimmer.

Alles lag in seiner Reichweite…

Im Sprung dachte er keine Sekunde lang daran, dass es auch schief gehen könnte. Sonst hätte er womöglich gezaudert und wäre abgestürzt. Dann hätten sie ihn am nächsten Morgen mit gebrochenem Genick auf dem harten Pflaster gefunden.

Doch Tony vertraute auf sein Glück. Er ließ den oberen Zweig los, und als der untere Ast nachgab, machte er einen Satz schräg nach oben, wie eine Katze. Seine innere Überzeugung trug ihn, streckte ihn, schob ihn, brachte ihn zu Rachel.

Er kam hart auf dem Dach auf und rutschte bäuchlings

die Schräge hinab. Es verursachte entsetzlichen Lärm – ein grauenhaftes Krachen. Tony hechtete auf den dünnen Fensterrahmen zu, erreichte ihn, fand dort Halt. Mit letzter Kraft zog er sich hinauf und starrte durch die Fensterscheibe auf Rachel hinunter, die seinen Blick mit glühenden, unerschrockenen Augen erwiderte. An seinem Fuß knackte eine Schieferplatte und rauschte donnernd über die Regenrinne hinweg in die Tiefe. Ein Moment Stille, dann – rums! – zerschellte sie auf dem Pflaster.

Rachel öffnete das Fenster mit einem einzigen raschen Handgriff. Er kletterte hinein. Trunken vor Stolz … er kam sich vor, als wäre er innerhalb eines Wimpernschlags aus der Nüchternheit in den Vollrausch gesprungen.

Er hatte es geschafft.

Ihre Haut wirkte im Dämmerlicht ihrer Schreibtischlampe fast durchscheinend, wie blutleer. Und ihr langes weißes Nachthemd trug ein Übriges zu ihrer geisterhaften Erscheinung bei.

«Du bist ja verrückt», flüsterte sie ungläubig.

Er streckte die Arme nach ihr aus.

«Rachel!», rief ein Mann von unten. Bill – es konnte nur Bill sein! Tony wurde flau im Magen. Wie von der Tarantel gestochen, sprang Rachel zurück und zog das Dachfenster zu.

«Scheiße!», raunte sie. «Scheiße, Scheiße, Scheiße!» Sie blickte sich im Raum um.

«Rachel!», rief Bill erneut, diesmal aus der Nähe.

Auf der Treppe hörten sie eilige Schritte nahen.

Tony sah auf den kleinen Wandschrank in der Ecke, aber in dem hätte sich nicht einmal eine Maus verstecken können.

«Alles okay!», rief Rachel. «Kein Grund zur …»

Noch immer das Klappern von Schritten.

Da entdeckte Tony die offene Bodenklappe, die zum Rest des Hauses hinunterführte. Jeden Moment würde Bill dort erscheinen.

Jetzt fiel auch Rachels Blick darauf. Sie streckte den Arm aus, um sie zuzuknallen, doch Tony packte sie am Handgelenk, schüttelte den Kopf.

«Er wird sie aufstemmen.» Tony formte die Worte nur mit dem Mund und untermalte sie mit der entsprechenden Geste.

Tony war sich ganz sicher. Nach diesem ganzen Krach würde Bill alles daransetzen hereinzukommen. Und dann wäre es vorbei. Bill würde ihn hier finden und sich alles zusammenreimen. Und es seiner Mutter erzählen. Sie würden beide vor Wut rasen. Und ihn und Rachel in Stücke reißen.

«Was ist denn los?» Diesmal war es die Stimme einer Frau. Rachels Mutter.

Dann wieder Bill, der brüllte: «Ich komme jetzt hoch!»

Das Knarren der Stiege: Neunundachtzig Kilo Lebendgewicht kamen auf sie zu. Das Entsetzen in Rachels Augen. Tony stöhnte. Er hätte das nicht tun dürfen, hätte sich in Geduld üben sollen. Er wünschte, er wäre unsichtbar … Doch dann entdeckte er eine Möglichkeit, sich unsichtbar zu machen …

«Der Sturm», zischte er Rachel ins Ohr, duckte sich und schlich geräuschlos über die rohen Holzdielen an ihr vorbei.

Und dann lag er im Dunkeln, unter ihrem Bett, das Gesicht an die Wand gepresst. Er hielt die Luft an und betete.

Noch einmal hastig eingeatmet, dann weitere Schritte, und Bill stand im Zimmer.

«Ist bei dir alles in Ordnung? Was war das für ein Krach?»

«Der Sturm. Draußen.» Rachel hatte sofort begriffen, was Tony gemeint hatte. «Das Dach. Es muss der Wind gewesen sein.»

Tony hatte das Gefühl, nur von Staub umgeben zu sein, der an ihm klebte, ihn bedeckte und in den Nasenlöchern kitzelte, sodass er den unwiderstehlichen Drang zu niesen verspürte. Er kniff die Augen zusammen und zwang sich, keinen Laut von sich zu geben.

«Muss ein ganz schön kräftiger Wind sein, dass er solchen Krach macht ...», hörte er Bill sagen, «... als würde gleich das Haus einstürzen ...»

Nun bewegte sich etwas an Tonys Hals, langsam und zart ... eine Spinne?

Die Dielen knarrten. Bill pirschte durchs Zimmer, umkreiste ihn. Tony stellte sich vor, wie Bill an die Decke sah, wieder zu Boden, dann das ganze Zimmer absuchte, um sich das Geräusch zu erklären. Ob er ihn sehen konnte? Hatte er ihn womöglich schon in seinem Versteck entdeckt? Ging es inzwischen nur noch darum, Tony auf die Folter zu spannen?

«Guck mal, hier ist Wasser», sagte Bill. «Da.»

Tony schloss die Augen und bemühte sich, seine Atmung zu kontrollieren. Eins, zwei: ein. Drei, vier: aus. Was für Wasser? Wo denn? Deutete Bill auf den Fußboden? Hatte Tony nasse Fußspuren hinterlassen? Führten sie womöglich bis zum Bett? Er rechnete schon mit dem Fesselgriff einer Hand um seine Knöchel, wartete auf den plötzlichen Ruck, mit dem er ans Licht gezerrt würde. Eins, zwei: ein. Drei, vier: aus.

Dann hörte er wieder Rachel. «Ich habe das Fenster geöffnet, um nachzusehen, was passiert ist. Da ist das Wasser hineingelaufen. Kann ein Ast gewesen sein», fügte sie eilig hinzu, «der aufs Dach gefallen ist. Oder ein loser Dachschiefer … oder …»

Tony hörte das Klicken beim Öffnen des Dachfensters, das Rauschen des Windes draußen … dann wehte ein Hauch von Bills Rasierwasser heran … Tony konnte es riechen, so wie er es auch immer roch, wenn Bill Emily besucht hatte. Am helllichten Tage. So warb Bill um Emily. Wie ein normaler Mann, nicht wie Tony. Nicht wie ein Dieb in der Nacht, wie ein verschrecktes Tier, das im Dunkeln herumschlich.

Dann ein weiteres Klicken, und der Wind klang nur noch wie ein leises Wehklagen. Auf einmal wünschte sich Tony, erwischt zu werden. Plötzlich wollte er die Konfrontation. Schließlich war er kein Kind mehr. Er sollte nicht so leben müssen.

«Hauptsache, dir ist nichts passiert», sagte Bill.

«Ja», meinte Rachel zustimmend.

«Ich kann aber erst morgen früh danach sehen.»

«Ja.»

«Ist viel zu gefährlich, jetzt da hinauszusteigen.»

«Ja. Morgen früh. Bis dahin ist das Wetter wieder besser.»

«Was ist denn los?» Wieder die Mutter, die von unten rief …

«Geh ins Bett, Mum!», rief Bill hinunter. «Alles in Ordnung. Du solltest dich auch allmählich hinlegen», fügte er zu Rachel gewandt hinzu.

«Mach ich. Gute Nacht.»

«Gute Nacht.»

Tony lauschte dem erneuten Knarren der Dielen und schließlich Bills Schritte die Stiege hinunter. Erst als sie verstummten, wagte er, das Gesicht von der Wand weg zu drehen und den Blick ins Zimmer zu richten. Er schnippte die Spinne von seinem Kinn und sah zu, wie sie sich über die Dielen hastig ins Dunkle verzog. Als Rachel die Bodenklappe leise schloss und sie mit dem Bolzen verriegelte, rollte er unter dem Bett hervor und richtete sich auf.

Im selben Moment stand Rachel vor ihm und hob die Hand, um ihm ins Gesicht zu schlagen. Doch Tony, dem noch immer Adrenalin durch die Adern schoss, war schneller als sie und hielt wenige Zentimeter vor seinem Gesicht ihr Handgelenk fest.

«Was soll das?» Er verstand es nicht.

«Du hättest nicht herkommen dürfen», zischte sie.

«Aber ich wollte dich überraschen», begann er zu erklären. «Ich wollte romantisch sein … Ich dachte, du …»

«Das hätte dich das Leben kosten können.»

«So gefährlich war es doch gar nicht», gab er flüsternd zurück. «Sobald ich erst mal oben im Baum war, war es …»

«Nein, du Hornochse», schimpfte sie. «Ich meine, Bill hätte dich umgebracht, wenn er dich gefunden hätte. Er hatte ein Messer dabei.»

«Ein Messer? Warum denn?»

Ihre Augen verengten sich zu schmalen Schlitzen. «Wie kannst du nur so verdammt bescheuert sein?»

Er hatte sie vorher noch nie fluchen gehört. Sie sackte auf dem Bett zusammen und schlug die Hände vors Gesicht, jedoch nicht rasch genug, um ihre Tränen zu verbergen.

«O Gott», sagte er dann, als ihm dämmerte, was sie meinte.

Daran hatte er überhaupt nicht gedacht. Wie konnte er nur so eine Dummheit begehen? Der Dieb in der Nacht: Wie Recht er damit gehabt hatte – mehr als ihm bewusst gewesen war. Er hatte versucht, in ihr Haus einzubrechen. In Rachels Haus. Bills Haus. In *dieses* Haus. Mitten in der Nacht. Nach allem, was hier geschehen war. Nach allem, was sein Bruder verbrochen hatte …

Er kniete sich vor sie und zog ihr die Hände vom Gesicht. Sie zitterte am ganzen Körper, konnte ihn nicht ansehen. Ihre Augen blieben fest verschlossen wie Flussmuscheln. Über und über bedeckte er ihre Hände mit Küssen.

«Es tut mir Leid», entschuldigte er sich. «Ich habe nicht … habe nicht daran gedacht … Es tut mir wirklich Leid …»

«Mein Gott», stöhnte sie, «allmählich wird das alles zu einer einzigen Katastrophe!»

In seinen Armen ebbte ihr Schluchzen allmählich ab. Sie beugte sich vor und küsste ihn zärtlich mit tränennassem Gesicht. Dann nahm sie ihm die Kappe ab und strich mit beiden Händen über sein mit Brillantine geglättetes Haar.

Also hatte sie ihm vergeben, doch Tony schämte sich für seine Tat. «Sieh uns nur an», sagte er. «So können wir doch nicht weitermachen. Ich werde langsam verrückt.»

«Ist ja gut», hauchte sie. «Wir sind in Sicherheit. Alles wird gut.»

«Nein», widersprach er, «wird es nicht, es wird nicht besser werden. Wir müssen es ihnen sagen. Wir müssen sie dazu bringen, uns zu verstehen.»

«Sie werden es nie verstehen.» Er spürte, wie sich plötzlich ihre Hände verkrampften. «Oh, Tony, was sollen wir nur tun?»

Ich weiß es nicht, lag ihm auf der Zunge. Dann fiel es ihm wieder ein, das Blatt Papier in seiner Jackentasche, und sein Vertrauen in sie beide kehrte zurück. «Weiter aneinander glauben», antwortete er stattdessen.

Er griff in seine Jackentasche und holte den Zettel hervor.

«Was ist das?», fragte sie.

«Ein Gedicht. Von Christina Rossetti. Hör mal zu. Es handelt von dir. Es handelt von dir und meinen Gefühlen zu dir.»

Die ersten vier Zeilen lauteten:

Mein Herz ist wie ein singender Vogel,
des Nest gebaut an rauschendes Wehr.
Mein Herz ist wie ein Apfelbaum
Mit Ästen hängend von Früchten schwer.

Er senkte das Blatt, weil er es nicht mehr brauchte. Es schien, als wären es seine Worte geworden, und als machte er sie durch seinen Vortrag nun auch zu ihren. So rezitierte er die nächsten vier Zeilen:

Mein Herz ist wie eine schimmernde Muschel,
friedlich treibend durch stilles Meer.
Mein Herz ist nimmermehr beklommen,
denn meine Liebe ist gekommen.

Doch dann sah er, dass sie nicht lächelte, obwohl er sich das so sehnlich gewünscht hatte. Darum war es ihm bei seiner Wahnsinnstat an diesem Abend vor allem gegangen – er wollte ihr mit seiner Tat seine Liebe beweisen und sie ihr dann auch in Worten bekennen. Darum hatte er dieses Gedicht ausgesucht. Denn es drückte seiner Meinung nach seine Liebe am besten aus.

«Was ist denn?», wollte er wissen. «Habe ich etwas verkehrt gemacht?» Es hatte Zeiten gegeben, da dachte er, er kenne sich mit den Frauen aus. Doch nun hatte er plötzlich das Gefühl, er wisse gar nichts über die Frau, über die er alles wissen wollte.

«Nein», sagte sie und zog ihn zu sich, umarmte ihn fester, als er je umarmt worden war. «Du hast alles genau richtig gemacht.»

«Ich liebe dich», erklärte er ihr.

Sie schien in seinen Armen ganz klein und dünn zu werden. «Und ich liebe dich», flüsterte sie.

Als sie ihn wieder ansah, war alle Angst aus ihrem Gesicht gewichen. An ihrer Stelle loderte glühende Hoffnung. Sie sprach in schnellen Worten, als wäre alles, was sie nun sagte, Tatsache und nicht nur Spekulation.

«Sobald ich mit der Schule fertig bin und von zu Hause ausziehe, spielt das alles keine Rolle mehr.»

«Aber was ist heute? Heute Abend? Was wird morgen?»

«Wir müssen eben warten», erklärte sie ihm. «Kannst du das? Wirst du das? Kannst du so lange an uns glauben?»

«Du weißt, dass ich das kann.»

«Dann warten wir.»

Er lächelte. Sie lächelten beide. Gleichzeitig. Als wären sie eins.

«Und wenn du dann ausgezogen bist?»

«Dann heiraten wir», sagte sie.

«Dann heiraten wir», sprach er ihr nach.

«Und ziehen fort», sagte sie und küsste ihn. «Irgendwo in eine Großstadt. Dann bist du ein noch besserer Koch … und ich arbeite irgendwo als Kellnerin oder so, während du deinen Militärdienst leistest … und abends lerne ich Buchhaltung … und wenn du aus der Armee kommst, können wir ein Hotel oder ein Restaurant eröffnen, wenn wir wollen … und … und wir können reisen und Leute kennen lernen und Dinge tun, von denen wir heute nicht mal träumen …»

Jetzt lächelte sie verschmitzt, blickte mit großen Augen umher, als sähe sie alles bildlich vor sich, als könnten ihre Worte das gesamte Gefüge ihrer gemeinsamen Welt verändern. Sie stieg vom Bett und zog ihr Nachthemd über den Kopf.

Nackt wie sie war, half sie ihm beim Ausziehen, ging langsam um ihn herum, bis sie einander gegenüberstanden. Er legte die Hände um ihre kleinen Brüste und strich mit den Daumen darüber. Als sie ihm in den Schritt fasste, glitt seine Hand zwischen ihre Beine und streichelte ihre feinen, flaumigen Härchen. Ihre Nase berührte seine, und sie zog ihn mit sich aufs Bett. Er presste seine schmale Hüfte gegen ihre und stöhnte. Sie hatten sich bisher noch nie in einem richtigen Bett geliebt, etwas, das er sich sehnlich wünschte. Es wäre ein Vorgeschmack auf das, was noch kommen würde, eine Momentaufnahme ihrer Zukunft, die sie eines Tages gemeinsam erleben würden, wenn sie erst eine eigene Wohnung hätten.

«Hast du einen?», fragte sie. «Einen Gummi?»

Ein Präservativ. Gleich vom ersten Mal an hatte Rachel immer von ihm verlangt, ein Kondom zu benutzen. Eine Freundin von ihr war nämlich im Jahr zuvor in andere Umstände gekommen und hatte die Schule verlassen müssen. Sie war zu Verwandten geschickt worden, und seitdem hatte sie niemand mehr zu Gesicht bekommen. Tony hatte zwar im Friseursalon an der East Street eine Packung besorgt, jetzt aber dummerweise keins dabei.

«Nein», gab er zu.

Er wollte auf keinen Fall aufhören. Beharrlich strichen seine Finger über die weiche, glatte Haut oben an ihren Schenkeln.

«Bitte», flehte er. «Ich passe auf.»

Sein ganzer Körper drängte sich beschwörend an sie. Er wollte es zu sehr. Diesmal würde es ganz besonders werden – zärtlich, langsam, gefühlvoll –, das spürte er.

Sie nickte und zog ihn mit innigen Küssen zu sich heran.

15. Kapitel

Mallorca, 2003

Weit oben auf der großen Sandsteintreppe, die zur verwitterten Klosterfestung Santo Bartolomeo hinaufführte, saßen Sam und Archie nebeneinander auf den Stufen. In den Lorbeerhainen unter ihnen zirpten die Zikaden. Die Sonne stach vom Himmel herab, Sams Stirn glänzte vor Schweiß. Unterhalb des steilen Berges, auf dem die Benediktinermönche vor langer Zeit ihre Einsiedelei erbaut hatten, streckte sich die Insel weit hinaus, ehe sie in die glitzernde, saphirgrüne Fläche des Mittelmeers überging.

Sam zog seine Baseballkappe vor die Augen, um sie vor dem gleißenden Sonnenlicht zu schützen, und atmete den Duft von Lavendel und wildem Knoblauch ein, der wie das Aroma einer Suppe aus dem rissigen, staubigen Boden aufstieg. Er liebte es, mit Archie hierher zu kommen. Mit ihm allein zu sein. Sicher, er verbrachte zu wenig Zeit mit seinem Sohn, aber zumindest tat er es, sooft sich die Möglichkeit dazu bot. Wie heute – an einem Sonntag –, als er früh aufgestanden war, während Claire leise schnarchend im Bett liegen blieb.

Es war keine große Kunst gewesen, sie nicht zu stören. Sie hatten auf den entgegengesetzten Seiten der Matratze gelegen, wie zwei Magnete, die einander über Nacht abgestoßen hatten. Als Archie und Sam eine Stunde später aufbrachen, schlief sie noch immer.

«Und da, ganz weit hinten in dieser Richtung», erklärte Sam gerade, «da siehst du Palma.» Er zeigte nach Osten, wo sich zehn Kilometer entfernt die weißen Wohnblocks der Stadt wie Festungstürme aus der rostfarbenen Erde erhoben. «Und wer wohnt in Palma?»

«Mummy und Daddy?»

«Genau. Und fällt dir sonst noch jemand ein?»

Archie runzelte die Stirn und betrachtete nachdenklich sein T-Shirt, ein Geschenk von Rachel, auf dem *Ich ♥ meine Oma am allermeisten* stand. «Weiß nicht», sagte er schließlich.

«*Archie.* Archie wohnt auch da.»

«Ja, Archie!», rief der Kleine und grinste Sam an, als hätte er die Antwort die ganze Zeit gewusst und wollte ihn bloß foppen. «Archie und Mummy und Daddy. Familie», fügte er dann strahlend hinzu.

Familie … Sam sah seinem Sohn tief in die Augen. Noch nie zuvor hatte er ihn das Wort in einem sinnvollen Zusammenhang sagen hören. Er überlegte flüchtig, ob Archie den Begriff wohl aus der Spielgruppe oder von einer Miramax-DVD kannte oder ob er ihn bei Isabel, seiner Kinderfrau, oder womöglich von Rachel gelernt hatte. Erst ganz zuletzt kamen ihm er selbst oder gar Claire als mögliche Quellen in den Sinn.

«Stimmt genau», erwiderte er in bemüht lobendem Ton. «Deine Familie.»

«Jetzt habe ich Durst, Papa», klagte Archie und zerrte an dem kleinen Baumwollbeutel, der zwischen Sams gebräunten, in Sandalen steckenden Füßen stand.

Sam kramte zwischen Ersatzwindeln, Feuchttüchern, Keksen und kleinen Rosinenschachteln herum, die er am Morgen eingepackt hatte, ehe sie losgezogen waren. Schließlich beförderte er eine Plastikflasche mit Orangensaft zu Tage, die er Archie in die ausgestreckten Hände drückte: «Da, bitte schön».

Von hier oben, kurz vor dem Gipfel des Berges, sah die Insel eher wie ein Landkarte aus denn wie eine echte Landschaft. Sam hatte sich von dem Ausblick ein Gefühl von Perspektive oder gar Objektivität erhofft. Das war einer der Gründe, warum er das Kloster als Ziel für diesen Sonntagsausflug mit Archie gewählt hatte: Er wollte sich ein umfassenderes Bild verschaffen, so, wie er es bei seiner Arbeit auch immer tat. Sein Leben hatte sich in ein Labyrinth verwandelt, und er suchte einen Weg, der hinausführte.

Stattdessen stellte er fest, dass er wieder einmal dem Gedanken an Laurie Vale nachhing. Und der Tatsache, dass sie sich jetzt irgendwo da unten aufhielt, entweder allein oder mit ihm, James Cadogan, dem Mann, der sie «Prachtstück» genannt hatte, als er ihr am Pool einen Kuss gab. Doch dann verschwand James aus Sams Gedanken, und nur Laurie blieb.

Es gab keine Möglichkeit, dem zu entrinnen: Sam hatte sich wieder von ihr bezaubern und betören lassen. Ihr Gesicht verfolgte ihn bereits, nicht nur bei Nacht, sondern auch tagsüber – in Sitzungen, mitten im Satz, unter der Dusche oder wenn er eine Flasche Bier öffnete und es trank. So wie sich das Bild von etwas Weißglühendem, das man zu lange angeschaut hat, auf der Netzhaut einzubrennen scheint, blieb sie unablässig bei ihm.

Wie konnte sie solche Gefühle bei ihm auslösen, obwohl sie eigentlich gar nichts Besonderes tat? Diese Frage beschäftigte ihn immerzu. Als sie auf der *Flight* bei Flaute in der Bucht lagen, hatte er sie küssen wollen. Wie eine große Welle war das Verlangen in ihm aufgebrandet. Es hätte nur des leisesten Signals von ihr bedurft, dann hätte er diesem Impuls nachgegeben. Er erinnerte sich, wie er sie regelrecht angestarrt hatte, um sie dazu zu bewegen, die Augen zu schließen, wie sehr er sich gewünscht hatte, der Wind würde nie mehr auffrischen und die einsame Insel, über die sie gescherzt hatten, gäbe es wirklich.

Archie seufzte zufrieden. «Fertig.» Zum Beweis seiner Ruhmestat hielt er die leere Flasche hoch. «Daddy, mir ist heiß», sagte er.

«Mir auch.» Sam stand auf und setzte Archie sich auf die Schultern. Er nahm den Beutel, kehrte der Aussicht den Rücken zu und stieg die letzten Treppenstufen zum Klosterhof hinauf. «Wo wäre ich bloß ohne dich, Archie?», fragte er.

Sam schien es, als würde ohne Archie *und* Laurie in seinem Leben ein Stück von ihm absterben. Doch beide zu haben, das war einfach nicht möglich.

Oder vielleicht doch? Er setzte Archie ab und sah ihm nach, wie er durch die offenen schmiedeeisernen Hoftore lief. Dann versetzte er sich an einen anderen, fernen Ort. In ein kälteres Klima. Er machte einen Spaziergang durch die englische Landschaft, in der Archie einen mit Raureif überzogenen Pfad entlang rannte. In der Ararat nur noch eine Erinnerung war und Lauries Hand in seiner lag. Eine andere Welt mit anderen Wünschen und Zielen. War das wirklich so unvorstellbar?

Er ging durch das Tor. Platanen streckten ihre Äste über den Hof, warfen ihre Schatten. Über die kalten Steinmauern schlängelte sich Efeu, und ein alter Mann in farbbekleckstem Overall und abgenutzten Turnschuhen fegte mit einem Reisigbesen Abfälle und knisternde Blätter über das Kopfsteinpflaster. Sam wünschte ihm einen guten Morgen, und der alte Mann grinste ihn an, ehe er weiter seiner Arbeit nachging.

«Daddy, Daddy, Daddy.» Archie zerrte ungeduldig an Sams Arm.

Die eingeschwärzte Tür stand offen, und Sam folgte Archie durch den niedrigen steinernen Eingang. Drinnen war es so kalt wie in einer unterirdischen Höhle. Hinter dem unscheinbaren Altar hing ein schlichtes Kruzifix aus Ebenholz an der weiß getünchten Wand. Durch ein Buntglasfenster mit einer Darstellung Jesu Christi strömte Licht, das die hölzernen Kirchenbänke mit Sprenkeln überzog.

Archie stieg auf eine der Bänke und begann, ein Lied zu summen. Sam betrachtete das Fenster, studierte die meisterhafte Kunstfertigkeit, mit der die Dornen um Jesu Haupt und die durch seine Hände und Füße getriebenen Nägel gefertigt waren.

Christus, Gott, das Jenseits, Himmel und Hölle: Das waren Vorstellungen, die Sam in seiner Jugend und auch noch als Student interessiert hatten, doch im entscheidenden Moment hatte es ihm doch am nötigen Glauben gefehlt. Man lebte, man starb, und damit hatte es sich. Man sollte in diesem Leben nach Glück und Erfüllung streben. Und man sollte Glück verbreiten, wenn es einem gegeben war. Das waren die Maximen, die er sich zu Eigen gemacht hatte.

Doch nun plagten ihn Zweifel. Wie glücklich durfte man überhaupt sein? Und welchen Grad von Erfüllung erreichen? Was, wenn Claire und er ihr Leben damit verschwendeten, nur halbwegs glücklich miteinander zu sein? Er musste wieder an den jungen Mann denken, den er in Palma beim Mittagessen mit Claire und später noch einmal beim Verlassen ihres Hauses gesehen hatte, den Mann, mit dem Claire zweifellos eine Affäre hatte … Was, wenn sie dadurch, dass sie sich miteinander begnügten, anderen Menschen – den anderen, mit denen sie ein neues Leben anfangen könnten – ein glücklicheres Leben vorenthielten? Was, wenn sich um die ganze Welt eine Kette mittelmäßiger Beziehungen zog und es nun Sam und Claire oblag, sie zu durchbrechen?

In der Zeit in Frankreich hatte Laurie ihn etliches gelehrt … über Kunst, Geschichte und wie es war, jung zu sein. Durch ihre Augen betrachtet, war ihm die Welt viel bunter und interessanter erschienen. Ganz im Gegensatz zu Claire, die einerseits noch viel zu jung dazu gewesen war, als sie sich kennen gelernt hatten, und die sich andererseits mehr für den Klatsch ihrer Freundinnen interessierte als für Zeitungen und Bücher.

«Was ist das?», wollte Archie wissen.

Sam schaute zu dem Tisch mit den Kerzen auf der anderen Seite der Kapelle, auf den Archie zeigte. Dann sah er seinen Sohn an. Und was wird aus ihm?, fragte er sich. War es denn richtig, um Archies willen mit Claire zusammenzubleiben? War Sam nicht ohnehin schon in dem Bemühen, seine Ehe zu retten, gescheitert? War das Wiederaufleben seiner Gefühle für Laurie nicht Beweis genug dafür? Würde seine Ehe nicht eines Tages unvermeidlich in einem Kreislauf von Verbitterung und gegenseitigen Vorwürfen zerbrechen? War das wirklich die Zukunft, die er seinem Sohn bereiten wollte?

Archie zog an seinem Hemdzipfel. «Daddy, was sind das für …»

«Kerzen», antwortete Sam.

«Herr Zen?» Archie kicherte verwirrt. Offensichtlich überlegte er, ob Sam da etwas für ihn erfunden hatte oder einen Scherz machte.

Sam nahm Archies kleine Hand, die bequem in seine passte, und führte ihn hinüber zu dem Tisch, auf dem die Gebetskerzen in kleinen gläsernen Haltern standen.

«Gute Menschen zünden sie an», erklärte er, «um an andere Menschen zu denken, die sie geliebt haben.»

«Gute Menschen?»

«Genau.»

Archie rannte zum Altar, dessen Konturen er mit den Fingern nachzog.

Gut? Schlecht? Sam war sich nicht einmal mehr sicher, was diese Wörter bedeuteten. War es schlecht von ihm, zu denken, was er gedacht hatte? War das, was für ihn die richtige Wahl war, in den Augen der anderen die falsche? Er wusste es nicht. Er wusste nur, dass er unglücklich war, unglücklich mit Claire und unglücklich ohne Laurie.

Als Sam und Archie in die Penthouse-Wohnung zurückkehrten, standen die Balkontüren im Wohnzimmer offen. Durch die wehenden Vorhänge erhaschte Sam gelegentlich einen Blick auf Claire, die draußen auf dem geräumigen Balkon saß und telefonierte. Sie schwatzte und lachte.

Archie hatte sie zweifellos auch entdeckt, doch als Sam ihn absetzte, rannte er nicht zu ihr, sondern quer durchs Wohnzimmer zur Küchentür, wo Isabel mit ausgebreiteten Armen auf ihn wartete. Archie quietschte vor Vergnügen, als sie ihn in die Luft warf.

«Ich hab Herr Zen gesehen! Ich hab Herr Zen gesehen!», erzählte er aufgeregt, während Isabel ihn in die Küche trug.

Als Sam auf den Balkon hinaus trat, fiel ihm die Serie sonnendurchfluteter Landschaften ein, die Laurie in Frankreich skizziert hatte. Er hätte alles dafür gegeben, die Bilder zu sehen, an denen sie jetzt arbeitete, und stellte sich vor, wie sie im Bootshaus am Strand malte. Er sehnte sich nach Wärme. Diese Sterilität war ihm zuwider. Lauries Wärme, ihre Vitalität, ihre Kreativität, all das hatte ihn von Anfang an zu ihr hingezogen.

Claire kaufte, während Laurie etwas *machte*. Das war der

entscheidende Unterschied zwischen ihnen, wie Sam jetzt erkannte. Claire konsumierte Kunst, Laurie schuf sie. Laurie gab der Welt etwas, und Claire nahm.

Claires ganzes Gerede darüber, sie wolle sich als Innenarchitektin selbständig machen ... er sah es jetzt als das, was es war: ein Schutzschild, der ihr den Anschein von Kreativität gab, hinter dem sie jedoch ihren Müßiggang versteckte, Gesprächsstoff für Dinnerpartys, ein Vorwand zum Shopping ...

«Ach, Sam, da bist du ja», sagte Claire und bedachte ihn mit einem kurzen, mechanischen Lächeln. Sie hatte ihr Telefonat beendet. «Ich dachte schon, ihr kommt überhaupt nicht mehr wieder. War's schön? Hat's Archie Spaß gemacht?»

Ebenso gut hätte sie Punkte auf einer Einkaufsliste abhaken können. Statt einer Antwort nickte er.

Sie trug einen schwarzen Tanga und eine Diesel-Sonnenbrille, ansonsten war sie nackt. Ihre Schultern glitzerten ölig, und ihr Haar glänzte von dem Gel, mit dem sie es aus dem Gesicht gekämmt hatte. Von ihrem Fußknöchel grinste ihn ihr Smiley-Tattoo an. Sie könnte ein Fotomodell sein, dachte Sam, das sich auf einer Plakatwand an der Einfahrtsstraße nach Palma rekelte. Alles an ihrem Körper war perfekt. Trotzdem ließ sie ihn kalt.

«Hier», sagte sie, «probier mal.» Sie hielt eine halb gerauchte Zigarette in der einen Hand und ein großes Glas in der anderen. Kohlensäurebläschen wanden sich durch einen Mix aus klarer Flüssigkeit, zerstoßenem Eis und Minzeblättern nach oben.

«Nein, danke», erwiderte er. Er sah kurz zu den weißen Segeln der in der Bucht kreuzenden Jachten hinaus, ehe er sich zu ihr umdrehte und sich an die Balustrade lehnte.

«Ich dachte, wir könnten Cocktails reichen», sagte sie.

«Wann?»

«Sobald sie eintreffen.»

«Wer?» Ihm fiel ihr Kalender mit dem roten Ledereinband ins Auge, der auf dem Tisch neben ihr zwischen ihrer Schachtel Marlboro und dem Telefon steckte.

«Sean und Iris. Greta und Sabina. Und die Clique aus dem Club.» Sein Gesichtsausdruck sagte ihr genug. «Ach Sam», stöhnte sie. «Erzähl mir nicht, dass du sie vergessen hast.»

«Wie kann ich denn Leute vergessen, die ich noch nie im Leben getroffen habe?», wandte er schnippisch ein.

«Nicht die *Leute*, sondern die Party.»

«Welche Party denn?»

«Die Party, die wir heute geben. Ich habe dir zwei E-Mails deswegen geschickt», protestierte sie. «Zwei, ich wusste ja, dass du es vergisst.»

«Warum hast du es mir nicht einfach gesagt?»

«Weil ich zu beschäftigt war.»

«Womit denn?» Die Frage kam schroffer heraus als beabsichtigt.

«Mit den Vorbereitungen für die Party natürlich. Das macht sich schließlich nicht von allein. Jemand muss entscheiden, welches Essen es gibt, welche Drinks, und die Gästeliste erstellen. Übrigens habe ich Paula auch eingeladen … und Antonia und Xevi, die den neuen Fitnessclub drüben in Soller leiten», fuhr sie fort, indem sie ihre Zigarette ausdrückte und sich sofort die nächste anzündete. «Eigentlich hast du mich auf die Idee gebracht, sie einzuladen, als du gesagt hast …»

Sam hörte schon gar nicht mehr zu. Wann war er zuletzt wirklich glücklich gewesen?, fragte er sich, während sie weitersprach. Rundum glücklich, nicht nur ein bisschen, nicht nur bei der Arbeit oder wenn er mit Archie allein war, sondern über sein Leben insgesamt? Mit Laurie auf der *Flight*. Und davor? Mit ihr in Frankreich. Als er beschloss, Claire zu verlassen. Ehe er von Archie erfahren hatte …

«… und Alain Tricard. Ich dachte, es interessiert dich vielleicht, mit ihm zu reden, weil er bei Zones aufgehört hat, und du suchst doch einen Koch für …»

Das gesamte Gebilde, das Sam seit seiner Trennung von Laurie aufgebaut hatte, beruhte auf einer Lüge, der Lüge, die er sich seit drei Jahren selbst erzählte: dass Laurie ihm gleichgültig war. In Wirklichkeit hatte er seine Gefühle für sie nur vergraben. Sie lagen schlafend da, wie ein Fundament, auf dem alles ruhte, was aus ihm geworden war. Doch nun geriet das Fundament ins Wanken, Risse wurden sichtbar. Je länger er es dabei beließ, desto wahrscheinlicher wurde es, dass sein gesamtes Lebenskonstrukt über ihm zusammenstürzte.

«… macht zusammen vierzig Gäste. Es wird ein bisschen eng, das ist mir schon klar, aber …»

Was sollte er nur tun? Er wusste es nicht. Er wusste zwar, was er tun wollte, aber das war nicht dasselbe. Er wollte zu Laurie und … und abwarten, was dann geschah … er wollte hier so schnell wie möglich weg …

Claire schob sich die Sonnenbrille in die Stirn und sah ihn forschend an. «Alles okay mit dir?»

«Nein», sagte er.

«Du siehst wieder so gestresst aus.» Es klang wie ein Vorwurf.

«Nein, ich …»

«Ich meine ja nur. Vorige Woche war ich übrigens mit Kayla zum Lunch. Weißt du noch, wie es ihr letztes Jahr nach der Trennung von Andy ging? Da hat ihr Arzt ihr geraten, zum Psychiater zu gehen. Klar, das klingt vielleicht ein bisschen extrem, aber so ist es heutzutage nicht mehr. Alle möglichen Leute …»

Sam hob eine Hand in die Höhe.

«Oh, Gott», sagte sie plötzlich erschrocken, «es stört dich doch nicht, dass ich es ihr gegenüber erwähnt habe, oder? Ich dachte nur …»

«Es ist in Ordnung», fiel Sam ihr ins Wort. «Und nein, ich fühle mich auch nicht gestresst.» Das meinte er ernst; seit er an jenem Abend im Ruderhaus der *Angel* mit Laurie gesprochen hatte, waren seine Panikattacken ausgeblieben, als hätte er dadurch, dass er sie und was früher zwischen ihnen gewesen war, anerkannte, ein Ventil geöffnet, und all der Druck, der sich in seinem Inneren aufgestaut hatte, wäre entwichen.

Claire zog an ihrer Zigarette. «Was dann?»

«Ich schaff's nicht zur Party», sagte er, ohne nachzudenken. Und ebenso rasch fiel ihm auch eine Ausrede ein: «Ich habe noch eine Besprechung.»

Er staunte, wie leicht man ins Lügen verfallen konnte, genauso leicht wie damals, als er Laurie gerade kennen gelernt und Claire am Telefon erzählt hatte, er müsse länger in Frankreich bleiben als ursprünglich geplant.

Jetzt fing Claires Handy an zu trillern und über den Tisch zu wandern. «Es ist doch Sonntag», wandte sie ein und ignorierte den Anruf.

«Ich weiß.»

«Kann das nicht warten? Kannst du nicht einfach absagen? Bitte!»

«Nein.»

«Na gut, wann kannst du denn zurück sein?», erkundigte sie sich.

«Weiß ich noch nicht.»

Er wusste es tatsächlich nicht. Er hatte wirklich keine Ahnung.

Das Handy rutschte vom Tisch und knallte auf die Fliesen. Das Trillern hörte auf.

Claire brummte. Ein weiterer Zug an der Zigarette, und noch einer. Dann explodierte sie. «Mist, das ist ja wieder typisch für dich. Du bist mein Mann. Was sollen die Leute von mir denken, wenn ich alleine eine Party gebe?»

Doch ihre Aggressivität bestärkte ihn nur in seiner Entschlossenheit. «So ist es nun mal.»

«Weißt du was, leck mich, Sam», zischte sie und wedelte mit der Hand in seine Richtung, als wollte sie eine Wespe verscheuchen. «Leck mich am Arsch. Das ist wirklich absolute Scheiße.»

«Hallo?»

Weder Sam noch Claire hatten etwas gesagt.

«Hallo?», erklang das dünne Stimmchen noch einmal.

Sie starrten beide auf das abgestürzte Handy, aus dem die Stimme drang.

«Hallo?», fragte sie. «Bist du das, Claire?»

Mit einem finsteren Blick zu Sam hob Claire das Telefon auf und las auf dem Display den Namen der Anruferin. «Leonie, Schatz», gurrte sie und drehte Sam den Rücken zu. «Ich wusste die ganze Zeit, dass du es bist. Hat dir unser kleiner Sketch gefallen? Dass wir so getan haben, als würden wir uns streiten?»

In weniger als einer Stunde erreichte Sam Sa Costa und parkte seinen Porsche-Geländewagen vor der Haustür. Trotz eingeschalteter Klimaanlage hatte er das Gefühl zu verschmoren. Mit einem Ruck zerrte er sich die Krawatte vom

Hals und schmiss sie auf sein Anzugjackett, das achtlos hingeworfen auf dem Beifahrersitz lag.

Wenn ich alles einmal ehrlich betrachte, dachte er: den Porsche, den schwarzledernen Aktenkoffer, den Maßanzug aus der Jermyn Street und die Krawatte von Cartier, die er zu Hause noch angezogen hatte, um seinen Abgang glaubwürdiger zu gestalten – die Insignien jener Zukunft, die er sich einst zusammenphantasiert hatte, als er nach Mallorca übergesiedelt war. Aber was steckte eigentlich dahinter? Es war erbärmlich, sonst nichts. Nichts als heiße Luft. Glamour … Macht … Erfolg … das alles verlor an Bedeutung, wenn man nicht glücklich war.

Dennoch wusste er, dass es verrückt war, hierher zu fahren. *Er* war verrückt. Es war kein rationaler Schritt. Er besaß zu wenige Informationen, um eine Entscheidung zu fällen. Er wusste nicht einmal, wohin ihn der Kurs, den er bereits eingeschlagen hatte, führen würde.

Er musste Laurie treffen – das war das Einzige, was er sicher wusste. Die Begegnung mit ihr würde alles entscheiden. Und überhaupt, was konnte schlimmer sein als das, was er gerade hinter sich gelassen hatte?

Er ließ die Schlüssel stecken, stieg aus dem Wagen, die Fahrertür sperrangelweit offen, und marschierte zum Hauseingang. Er rüttelte an der Klinke, doch die Tür war verschlossen. Wer würde ihm auf sein Klingeln öffnen – Laurie? Oder *er*. James Cadogan. Ihr Lover. Ob er noch da war? Vielleicht hielt er sich mit ihr unten am Swimmingpool auf und vollführte Kunstsprünge vom Einmeterbrett, worauf sie ihm eifrig applaudierte? Oder ob die beiden oben im Schlafzimmer ineinander verschlungen zwischen den Laken lagen, oder ob er sie in der Dusche befummelte, die Lippen auf ihre duftende Haut gepresst?

Sam überfiel wieder die Eifersucht wie neulich, als er den anderen zum ersten Mal gesehen hatte, als er begriffen hatte, dass die beiden zusammen waren. Bis dahin war ihm gar nicht in den Sinn gekommen, es könnte einen anderen geben. Die pure Arroganz, dachte er plötzlich entsetzt. Wie hatte er nur glauben können, auf Laurie warte zu Hause niemand, bloß weil sie hier draußen arbeitete? Dass Sam es nicht geschafft hatte, sich von ihr zu lösen, hieß ja nicht, dass sie auch noch an ihm hing.

Doch er wollte sich von der Existenz dieses James nicht entmutigen lassen. Schließlich wusste er ja nicht, wie ernst es zwischen den beiden war. Laurie hatte James ihm gegenüber nicht einmal erwähnt. Das konnte zweierlei bedeuten: Entweder war James ihr so wichtig, dass sie ihn von Sam getrennt halten wollte, oder aber er hatte so wenig Bedeutung, dass sie nicht einmal ein Wort über ihn verlor.

Wieder drückte Sam auf den Klingelknopf: immer noch keine Reaktion. Er rannte um die Ecke, die mit Piniennadeln bedeckten Stufen zur unteren Terrasse hinunter. Kein Mensch im Pool, das Wasser glatt wie ein Trommelfell. Ein Rasensprenger sandte zischend seine Strahlen über das Gras, feuerte Regenbögen in die Luft. Auf der anderen Seite des Pools stand Dante auf einer wackeligen Leiter und beschnitt den Kirschbaum. Als er Sams Schritte hörte, drehte er sich um und winkte freundlich.

Sam lief zu ihm hinüber und schüttelte ihm die Hand, ehe er ihn in fließendem Spanisch ausfragte. Laurie war unten im Bootshaus, berichtete er. Und James? Der Engländer? Der war gestern nach Hause geflogen.

Sam machte sich eilends auf den Weg zum Strand. James war abgereist. Es gab also Hoffnung … Doch dann meldeten sich wieder Zweifel. Dass James weg war, hieß noch lange nicht, dass sie ihn abgeschrieben hatte. Und selbst wenn … vielleicht war Freundschaft alles, was Laurie von Sam wollte. Bestenfalls. Schlimmstenfalls hatte sie schon bekommen, was sie wollte: den Schlussstrich unter die Vergangenheit.

Auf dem unebenen Pfad hinunter huschten Eidechsen verschreckt ins Gebüsch. Am Himmel über ihm stießen Seevögel Klagerufe aus. Das Meer blitzte blau durch das Unterholz, dann tauchte in einer Kurve die Bucht mit dem Sandstrand und dem Bootshaus auf.

Sam rannte über den glühend heißen Sand, seine Beine wurden mit jedem Schritt schwerer, als würde er in einen Sumpf gezogen. Doch wenn er jetzt anhielt, würde er sicherlich umkehren, das wusste er.

Schwungvoll riss er die Tür des Bootshauses auf.

Laurie stand hinter dem hölzernen Ruderboot, in schmuddeligen abgeschnittenen Jeans und einem alten grauen T-Shirt. Erschreckt wandte sie sich zu ihm um, den Pinsel in der Hand. Die roten Haare trug sie hochgesteckt, mit einem Bleistift befestigt. Ihre Beine waren mit Farbe besprenkelt: Grau-, Schwarz- und Blautöne. Sie war völlig verschmiert – der schönste Anblick, den er je gesehen hatte.

Hinter ihr stand das Bild, an dem sie gerade arbeitete, eine große graue Leinwand mit bleifarbenen Atlantikwellen. Also ein aus dem Gedächtnis gemaltes Bild mit einem wolkenverhangenen Himmel, der sich völlig von dem Anblick draußen unterschied. Auf einem Wellenkamm blitzte ein Flaschenhals mit Korken auf.

«Sam … du hast mich zu Tode erschreckt!»

So schön das Bild auch war, es war nichts im Vergleich zu ihr. Sie wirkte auf ihn wie ein wildes Tier, das er in seiner natürlichen Umgebung aufgeschreckt hatte. Ihre Wangen färbten sich rosa, dann rot – eine persönliche, intime Reaktion auf sein Erscheinen, als hätte er ihre Haut mit den Fingerspitzen berührt.

«Was tust du hier?», fragte sie.

Ob er sie liebte?, fragte er sich. Ja. Das hatte er sich inzwischen eingestanden. Er hatte aufgehört, dagegen anzukämpfen, wie neulich noch bei der Party auf der *Angel*, wie bei dem Abendessen in Sa Costa, wie jeden Tag seit seiner Entscheidung, zu Claire zurückzukehren.

Ob es die wahre Liebe war? Das spielte nicht die geringste Rolle. Schließlich gab es Millionen Arten von Liebe für Millionen Arten von Menschen. Es gab seine Liebe zu Archie, zu Rachel, zu seinen Eltern und, ja, durchaus auch zu Claire – alle wahr und alle anders.

Seine Liebe zu Laurie war ein Reflex, wie ein spontanes Lächeln oder der Wunsch, umarmt zu werden. Sie hatte nichts mit Pflicht, Verantwortung oder Stolz zu tun. Seine Liebe zu ihr war wie eine schillernde Tänzerin, die sich aufreizend vor ihm bewegte und ihn aufforderte mit zu tanzen. Es war eine Eruption von Möglichkeiten, ein Versprechen, eine Verheißung, das Leben pur. Es war natürlich, instinktiv und rein.

«Was willst du?», fragte sie.

Er trat auf sie zu und blickte ihr tief in die Augen. Er roch die Farbe an ihren Kleidern und spürte die Hitze um sich herum. Er war berauscht.

«Dich», sagte er. Dann beugte er sich vor und küsste sie.

16. Kapitel

Stepmouth, Juli 1953

Bill atmete tief ein und aus und genoss es zu spüren, wie das Blut in seinen Muskeln pulsierte. Er zog die Zinken der Mistgabel durch die durchweichte, torfige Erde. Es war eine harte, zermürbende Arbeit, und der fast schwarze Schlamm klebte wie nasser Zement an seinen Stiefeln. Doch er hatte keinen Grund zu klagen, fand er. Es war schön, draußen zu sein, nachdem er so viele Tage lang zu Hause gesessen und zugesehen hatte, wie die Regentropfen an den vergitterten Fenstern hinunterliefen.

Wie viele Monate waren vergangen, seitdem er angefangen hatte, sein Stück Land zu bestellen, und es zunächst einmal vom Unkraut befreit hatte? Vier? Fünf? Es war an einem Morgen im März gewesen, genau an dem Tag, an dem Emily auf der Suche nach einem Geschenk in den Laden gekommen war. Inzwischen war so viel geschehen. Der Sommer war gekommen, und jetzt holte sich Bill seine Belohnung für die Arbeit im Frühjahr, zog die Kartoffel-, Karotten- und Rote-Rüben-Pflanzen heraus und türmte sie hinter sich zu schlammschweren Haufen auf. Wachstum, darum war es ihm in den letzten paar Monaten gegangen, Wachstum und Fortschritt.

Er hatte Glück, dass nicht alles, was er gepflanzt hatte, dem Regen zum Opfer gefallen war. Bis vor drei Stunden, als sich endlich die Sonne durch die grauen Wolken geschoben hatte und der Himmel unter ihrer sengenden Kraft blau geworden war, hatte es über eine Woche lang ununterbrochen gegossen. Es war noch schlimmer gewesen als im Mai, was niemand für möglich gehalten hätte.

Unten in der Stadt klapperten und flatterten an den Eingangstüren der Pensionen Schilder mit der Aufschrift «Zimmer frei», von denen das Wasser tropfte. Nur die Bank hatte zu tun gehabt und wie ein Geier über der maroden Wirtschaft des Ortes gelauert. Vale Supplies war besser davongekommen als die meisten anderen Unternehmen, weil es weniger von Touristen abhing, aber selbst hier waren die Einnahmen stark zurückgegangen. Nun hofften die Menschen, dass der August die Wende für das Tourismusgeschäft bringen würde.

«So etwas habe ich noch nie erlebt», hatte Bills Mutter geklagt, als er sie am Morgen in ihrem Rollstuhl durch die überfluteten Straßen von der Kirche nach Hause gefahren hatte.

In der Predigt war es um Noah und die Flut gegangen. Um die Wut Gottes über die Ausschweifungen der Menschen. Um Strafe und Läuterung und die Notwendigkeit, uns von unseren Sünden rein zu waschen.

Bill jedoch hatte kaum zugehört. Er war in Gedanken beim Abend zuvor gewesen, als er nackt in Emilys Bett gelegen hatte, während im Kamin ein Kohlenfeuer geknistert hatte. Ja, er wollte sündigen, wieder und wieder und wieder.

Er ließ die Mistgabel zu Boden fallen, nahm den Blecheimer, füllte ihn mit den frisch ausgegrabenen Kartoffeln und schüttete ihn auf dem Feldweg zu seiner Parzelle aus. Wie ein Trommelwirbel prasselten sie auf den Haufen nieder, der sich bereits angesammelt hatte. Er trank Wasser aus der Flasche, die er dort deponiert hatte, zog das grobe Baumwollhemd aus der Hose und fächelte der Haut darunter Luft zu.

Plötzlich wie ein Kinderlachen kam Wind auf, und er starrte über das Grundstück auf die Stelle, wo einst die Himbeersträucher gestanden hatten. Er sah wieder vor sich, wie dort sein Vater, seine Mutter und seine Schwester einander an einem lange vergangenen Sommertag im Kreis gejagt hatten.

Doch dann hörte er sie. Emily rief nach ihm. Sie kam über den schweren Boden auf ihn zu gestapft, von der Stelle aus, wo sie gerade zu retten versucht hatte, was von den Stangenbohnen noch übrig war, die sie dort gepflanzt hatte, kurz nachdem sie sich näher gekommen waren. («Denk daran, wie viel Geld du sparst, wenn du das, was du im Café brauchst, hier anbaust», hatte er damals zu bedenken gegeben, obwohl sie beide gewusst hatten, dass er vor allem eine Ausrede suchte, damit sie mehr Zeit miteinander verbringen konnten.)

Zu den Arbeitsstiefeln aus braunem Leder trug sie eine bequeme schwarze Hose und ein weit geschnittenes, orangefarbenes Hemd mit aufgerollten Ärmeln. Sie fuhr mit den Fingern durch ihre leuchtend blonden Locken, die sie eine Woche zuvor im Badezimmer über dem Sea Catch Café modisch kurz geschnitten hatte, während Bill, der sich genüsslich im dampfenden Badewasser rekelte, zusah.

«Was hast du gerade gedacht?», fragte sie nun und blieb vor ihm stehen.

Um eine Antwort verlegen, sah er sie an.

«Als du da so in die Ferne gestarrt hast …», fuhr sie fort. «Ich habe gewinkt wie blöd, aber es war, als würdest du durch mich hindurch sehen. Als wäre ich ein Geist.»

Ein Geist. Sie hatte den Nagel auf den Kopf getroffen.

Es war Zeit loszulassen. Plötzlich war ihm das sonnenklar. Es war Zeit, der Vergangenheit den Rücken zu kehren. All die Schuldgefühle, mit denen er sich gequält hatte, weil er nicht da gewesen war, um seinen Vater zu retten, all seine Verbitterung über seine Rückkehr nach Stepmouth ... was hatte es ihm gebracht außer noch mehr Leiden? Geister und Erinnerungen ... seine Mutter zehrte seit acht Jahren von ihren Erinnerungen, aber er wollte das nicht mehr, keine Minute länger.

«Ich glaube nicht an Geister», gab er Emily zur Antwort. «Nicht mehr.» Und das war die Wahrheit. Er hatte das Gefühl, sein Leben habe gerade erst begonnen. Mit der Zeit, so hoffte er, würde er seiner Mutter beibringen können, ähnlich zu empfinden. Sie alle sollten nach vorn blicken. Die ganze Familie. Sie alle gemeinsam.

Um Emilys graue Augen bildeten sich winzige Fältchen. Sie lächelte. «Ich hatte gehofft, dass du das sagen würdest.»

Immer, wenn er Emily küsste, hatte er das Gefühl, sie würde ihm neues Leben einhauchen. Vor ihrer Rückkehr war sein Leben wie ein verdunkeltes Zimmer gewesen. Er zog sie fest an sich.

«Da!», sagte sie, als sie sich voneinander lösten. Beunruhigt blickte sie nach oben. «Da sind sie wieder.»

Bill wandte den Kopf und sah die beiden Flugzeuge, die im Tiefflug über das Moor hinwegrasten, ehe sie in einer Wolkenwand am Horizont verschwanden. Das Dröhnen der Düsenmotoren stieg aus dem Tal zu ihnen empor.

«Glaubst du, es stimmt, was sie sagen?», fragte sie.

Überflüssig zu fragen, was sie damit meinte. In der Stadt kursierten bereits seit Wochen Gerüchte darüber, warum die Kriegsflugzeuge über dem Moor auftauchten, und das schlechte Wetter der letzten Zeit hatte ein Übriges dazu getan. An den Wochenenden traf man das Hilfspersonal aus dem nahe gelegenen Stützpunkt der Royal Air Force in den

Pubs der Stadt an, und genau wie während des Krieges sickerte so manches Geheimnis aus bierfeuchten Kehlen.

«Wolkenimpfung.» Das war der Ausdruck, der den betrunkenen Hilfskräften entschlüpft war. Man hatte eine Methode gefunden, künstlich Regen zu erzeugen. Indem man Chemikalien in die Wolken hinauf feuerte. Um sie zum Platzen zu bringen. Um die Schleusen des Himmels zu öffnen und das Wasser herabströmen zu lassen. Man würde es als Mittel gegen die Kommunisten einsetzen, um ihre Staudämme zu überfluten und so die Städte zu zerstören.

«Ich halte das für einen Haufen Mist», verkündete Bill. Er dachte an seine Zeit bei der Armee zurück, erinnerte sich an die altersschwachen Uniformen und Gewehre, mit denen sie ausgerüstet gewesen waren. «Selbst wenn sie über die Technik verfügen würden, was ich bezweifle, warum sollten sie sie dann hier ausprobieren?» Erst zwei Jahre zuvor hatte er im Kino gesehen, wie die Wüste von Arizona durch Atombombenversuche erschüttert wurde. «Warum nicht an irgendeinem sicheren Ort, wo weit und breit niemand betroffen ist?»

«Vielleicht wollen sie ja, dass wir betroffen sind. Vielleicht gehört das zu einem richtigen Testversuch. Das vermutet jedenfalls Dad. Ich habe gestern Abend mit ihm telefoniert.»

Bill prustete vor Lachen. «Und das aus dem Munde eines Mannes, der glaubt, dass man eines Tages Menschen auf den Mond schießt», zog er sie auf. Alun Jones hatte es Bill bei einem Bier erzählt, als er zwei Wochen zuvor mit Mavis zu Besuch gekommen war, um zu sehen, wie Emily zurechtkam.

«Und der es gutheißt, dass wir zusammen sind», gab Emily zurück und stieß Bill in die Rippen.

«Guter Einwand», gab er lachend zu. «Vielleicht ist er

also doch nicht so verrückt.» Er umarmte Emily und blickte erneut zum Himmel hinauf. «Ich glaube trotzdem immer noch, dass an den Gerüchten nichts dran ist. Mit dem wichtigtuerischen Geschwätz wollen die Jungs von der Air Force doch nur die Mädchen beeindrucken.»

«Willst du wissen, wie du dieses Mädchen beeindrucken kannst?», fragte Emily. Noch ehe er antworten konnte, ergriff sie seine Hand und zog ihn den Hang hinauf, bis sie das kleine hölzerne Gartenhaus am höchsten Punkt des Grundstücks erreicht hatten.

Spinnweben bedeckten das winzige, verschmutzte Glasfenster in der verwitterten Holztür. Emily schleuderte ihre Stiefel fort und trat ein.

«Was hast du vor?», fragte er.

«Dreimal darfst du raten», erwiderte sie kichernd, während sie eilig ihre Hose und ihren Schlüpfer abstreifte. Nachdem sie die Kleidungsstücke zu einem provisorischen Kissen zusammengerollt hatte, legte sie sich hin und streckte die Arme nach ihm aus. «Schnell», drängte sie bebend. «Du musst mich beeindrucken. Jetzt gleich.»

Er trat ein und zog die Tür hinter sich zu.

Dann liebten sie sich auf dem Boden, das Sonnenlicht strömte durch die Astlöcher in den Wänden des Schuppens und ließ ihre Haut schimmern, während sich ihre Körper rhythmisch bewegten. Danach lag sie ausgestreckt auf ihm, außer Atem, den Mund fest an seinen Nacken gedrückt. Staubkörnchen, die sie mit ihren Verrenkungen aufgewirbelt hatten, tanzten wie winzige Feuerwerksfunken in der Luft über ihnen.

«Mein Gott, ich ficke wahnsinnig gern mit dir», sagte sie.

Das Wort störte ihn nicht. Nicht, wie sie es aussprach. Es

verriet viel zu viel Begeisterung, um sich unanständig anzuhören.

«Ich auch», antwortete er. Wenn er daran zurückdachte, wie es mit Susan Castle im Bett gewesen war, wunderte er sich darüber, wie unbeholfen er sich damals angestellt hatte. *Im Bett*: das sagte alles. Woanders hatten sie es nie gemacht. Und auch nie bei Licht, so als hätte es dem Ganzen die Romantik genommen, wenn sie einander nackt gesehen hätten.

O ja, er wunderte sich darüber, aber noch viel mehr erstaunten ihn die vielen Jahre, die vergangen waren, nachdem Susan aus seinem Leben verschwunden war, bis Emily plötzlich wie ein Wirbelsturm alles veränderte. Wie hatte er diese Zeit nur ertragen können? Das vor allem war es, was er nicht mehr verstehen konnte. Wie hatte er ohne Emilys Gesellschaft auskommen können, ohne ihr Lachen und ihre Freimütigkeit, ohne ihre Offenheit und Entschlossenheit? Kurz, wie war er überhaupt ohne sie zurechtgekommen?

Plötzlich war er voller Optimismus. Es gab etwas, was er ihr den ganzen Tag schon sagen wollte. Er hatte es für den rechten Moment aufgespart, und dieser Moment war jetzt gekommen.

«Ich will dir etwas ...», begannen beide gleichzeitig. Sie brachen in lautes Gelächter aus und rollten sich auf die Seite.

«Du zuerst», sagte er.

«Nein, du.»

«Ich will dir etwas zeigen.»

«Und ich habe ein Geschenk für dich», gab sie zurück.

«Was denn?»

«Das hier», sagte sie und küsste ihn hingebungsvoll. «So,

jetzt habe ich dir meins gezeigt», meinte sie dann. «Und jetzt deins.»

«Vorher wirst du dich anziehen müssen ...»

Sie sah ihn skeptisch an. «Wieso? Wo gehen wir denn hin?»

Er hob ihren Schlüpfer auf und warf ihn ihr in den Schoß. «Wart's ab.»

«William?»

Bills Mutter rief ihn vom Wohnzimmer aus. Bill und Emily waren gerade aus dem Garten zurück zu seinem Haus gefahren, und Emily wartete draußen im Auto auf ihn. Verärgert starrte Bill auf die knarrende Stufe hinunter, die seinen Versuch, sich unentdeckt in sein Zimmer zu schleichen, vereitelt hatte.

Er ging nach hinten und fand seine Mutter in Gesellschaft von Edith Carver, die noch ihr schwarzes Kirchenkleid trug, und Giles Weatherly, dem Eisenwarenhändler von nebenan. Edith saß am Tisch und schenkte Tee aus, und Giles stand Pfeife rauchend am offenen Fenster. In der Luft hing der süßliche Geruch von Tabak mit Kirscharoma.

«Edith», sagte Bill und freute sich, dass sie bei dieser übertrieben vertraulichen Begrüßung zusammenzuckte. «Giles.»

«William», gab Giles zurück und fuhr mit dem Daumen über seinen dicken schwarzen Schnurrbart.

Bill mochte Giles. Er war verwitwet, kinderlos und ein paar Jahre älter als Bills Mutter. Seine Frau war vor dem Krieg an Tuberkulose gestorben. Mit Bills Vater hatte ihn eine enge Freundschaft verbunden, und er war einer der Ersten gewesen, die in jener Nacht, als Keith Glover den Laden überfallen hatte, herüberkamen, nachdem die Schüsse gefallen waren. Er hatte während des Gerichtsverfahrens gegen Keith Glover ausgesagt.

Bill fiel auf, dass seine Mutter das weiße Seidentuch trug, das er und Rachel ihr zu Weihnachten geschenkt hatten.

«Du siehst hübsch aus, Mum», sagte er.

«Ja, nicht wahr?», stimmte Giles zu.

Mrs. Vale errötete. Während Bill den Blick zwischen ihr und Giles hin und her wandern ließ, kam ihm der absurde Gedanke, sie könnten eines Tages vielleicht mehr sein als bloß gute Freunde. Auf dem Fuß folgte der schon weniger absurde Gedanke, dass sein Vater sich das vielleicht gewünscht hätte – dass seine Mutter nach vorn blickte, so wie Bill jetzt nach vorn blickte. Warum nicht?, dachte er. Es waren schon seltsamere Dinge passiert. Nichts schien ihm unmöglich, erst recht nicht in der Stimmung, in der er sich gerade befand.

«Weißt du was, Giles?», sagte er. «Du solltest irgendwann einmal zum Abendessen vorbeikommen. Vielleicht kann ich Emily überreden, für dich und Mum etwas zu kochen. Das wäre doch nett.»

Edith Carver räusperte sich und blickte kritisch zwischen Giles und Mrs. Vale hin und her. Witterte sie wieder einmal Stoff für Gerüchte? Wollte sie ihre Missbilligung deutlich machen? Bill wusste es nicht, aber es war ihm auch egal.

«Ich glaube wirklich nicht …», wollte seine Mutter protestieren.

«Was für eine schöne Idee», sagte Giles. «Ich habe seit Ewigkeiten kein richtiges selbst gekochtes Essen mehr zu mir genommen.» Zustimmung heischend, wandte er sich Bills Mutter zu. Die polierte Uhrkette aus Messing, die aus der Tasche seiner braunwollenen Weste hing, glitzerte.

«Laurel?», fragte er.

«Äh, ja», sagte sie nervös, «ich denke, das wäre keine schlechte …»

«Gut», sagte Bill. «Dann ist das also beschlossene Sache. Du kannst schon mal anfangen, dich darauf zu freuen», vertraute er Giles an. «Emily ist eine phantastische Köchin.» Und zu seiner Mutter gewandt: «Stimmt's, Mum?»

Bill küsste sie auf die Stirn. Er wusste, dass sie sich darüber ärgerte, wie unverhohlen er vor Edith Carver zeigte, dass die skandalöse Emily Jones in ihrem Haus nun ein gern gesehener Gast war. Aber Emily war nicht skandalös, nicht für Bill. Und für seine Mutter wohl auch nicht mehr, nachdem sich Emily neuerdings so ins Zeug legte, um sie vom Gegenteil zu überzeugen. Je eher alle anderen Bescheid wussten, desto besser.

«Du solltest mal das Sea Catch Café ausprobieren, Giles», fuhr er fort. «Kann ich nur jedem empfehlen. Das beste Lokal der Stadt.»

Giles lachte. «Ein bisschen Schleichwerbung, was?»

Er hatte eigentlich Bills Mutter angesprochen, doch statt ihrer antwortete Edith Carver. «Aber nicht gerade der beliebteste Ort in der Stadt, stimmt's?», bemerkte sie kühl.

«Nur weil ein paar engstirnige Leute ihm wegen ihrer seltsamen und, wenn Sie gestatten, *unchristlichen* Vorurteile keine Chance geben wollen», parierte Bill.

«Also wirklich», wehrte sich Edith Carver und sah mit finsterem Blick zu Bills Mutter hinüber. «Selbst wenn man Emily Jones' eigene Unverfrorenheit beiseite lässt», fuhr sie fort, «bleibt immer noch die Tatsache, dass sie nach wie vor diesen verdorbenen Glover-Jungen beschäftigt und …»

«Wen sie beschäftigt, geht Sie überhaupt nichts an», schnitt ihr Bill das Wort ab. Er merkte, dass seine Mutter ihn fortwährend anstarrte. Bisher hatte er es vermieden, mit seiner Mutter über Tony Glovers Mithilfe im Café zu sprechen, und er würde Edith Carver keinesfalls Gelegenheit geben, jetzt Unruhe zu stiften. «Und auch sonst niemanden», fügte er scharf hinzu, «mich selbst eingeschlossen.»

Seine Mutter sah auf die Uhr und schwieg. Er wusste, dass er ihr damit in den Rücken fiel, aber gleichzeitig empfand er nicht mehr nur puren Hass auf Tony Glover. Für Keith, ja, für den hielt er eine gehörige Portion Hass bereit. Aber nicht für Tony. Tonys Existenz musste man hinnehmen, aber man brauchte nicht darunter zu leiden, hatte Bill beschlossen. Emily war wichtiger. Seine Mutter würde das nie verstehen.

Schließlich brach Giles das unbehagliche Schweigen. «Ich wundere mich, dass du schon zurück bist», sagte er. «Deine Mutter meinte, du wärst den Nachmittag über nicht da.»

«Ich habe etwas vergessen», antwortete Bill. «Wo ist eigentlich Rachel?», fragte er dann. Ihre Abwesenheit war ihm ein willkommener Grund, das Thema zu wechseln.

Der Gesichtsausdruck seiner Mutter war unergründlich wie der einer Wachspuppe. Sie dachte immer noch an Tony Glover. Wenn nicht an ihn, dann an Keith. Der Gedanke hatte sie gleichsam erlöschen lassen wie eine Lampe, die plötzlich ausgeschaltet wird. Alles nur wegen Edith Carver mit ihrem großen Maul.

«Sie ist drüben bei Anne», antwortete sie schließlich, würdigte ihn aber weiterhin keines Blickes.

«Natürlich», erwiderte er. «Na, dann gehe ich wohl besser wieder», fügte er hinzu. «Emily wartet im Auto auf mich.»

Er rannte die Treppe hinauf, nahm dabei mal zwei, mal drei Stufen auf einmal, und verschwand in seinem Zimmer.

Bills Schlafzimmer sah mehr wie das Büro eines technischen Zeichners aus denn wie ein Ort, wo jemand seinen

Tagträumen nachhing und schlief. Nach dem Abend, als er Emily Jones zum ersten Mal ausgeführt hatte, hatte er sein Bett mit dem Eisengestell an die Wand gegenüber der Tür geschoben, unter das Fenster, das auf den Step hinaus ging. Im Zentrum des Zimmers stand nun stattdessen sein Zeichenbrett.

Er hatte seine alten Zeichnungen aus der Universitätszeit hervorgeholt, wie sie ihm geraten hatte. Jetzt hingen an den Wänden die Brücken, Kunstgalerien und Phantasiehäuser, die er während seines Ingenieursstudiums in seiner Freizeit entworfen hatte. Architektur – in diese Richtung hatte er nach seiner Diplomprüfung weitergehen wollen. Und Architektur umgab ihn jetzt immer, wenn er schlief.

An die Wand über dem Bett hatte er zwei Fotos geheftet. Eines davon zeigte Emily, aufgenommen bei ihrer zweiten Verabredung, als er sie zu einem Pub an der Küste gefahren hatte, um mit ihr zu Mittag zu essen. Jetzt nahm er es ab und steckte es in seine Brieftasche – er wollte es plötzlich bei sich haben. Auf dem anderen war das alte Badehaus zu sehen, das leer stehende Gebäude mit Blick auf den Strand, auf das Emily ihn im Mai mit der Bemerkung hingewiesen hatte, es sei schlimm, seine Talente ungenutzt zu lassen.

Auf seinem Nachttisch lagen wohl geordnet seine Zeichenutensilien, und am Reißbrett hing das, was zu holen er gekommen war. Er hatte die vergangenen Wochen daran gearbeitet. Es war zwar noch nicht fertig, aber so gut wie, und er konnte nicht länger warten. Der Zeitpunkt war richtig, das spürte er. Jetzt wollte er es Emily zeigen.

Nachdem er die Zeichnung zusammengerollt und unter den Arm geklemmt hatte, sprang er die Stufen hinab. Mit jedem Schritt steigerte sich sein Gefühl freudiger Erregung.

«He, weißt du was?», sagte er zu Emily, als er wieder zu ihr in den Jupiter stieg. «Rachel ist wieder mal bei Anne.» Das war ein Scherz, über den sie immer wieder gerne lachten. Rachel hatte einen mysteriösen Freund. Sie hatte es Emily gebeichtet, und Emily hatte es Bill erzählt. Anne benutzte sie als Ausrede, um aus dem Haus zu kommen. Bill wollte wissen, wer es war, doch Emily hatte ihn bisher daran gehindert, ihr nachzuspionieren. Aber ewig konnte Rachel ihr Geheimnis nicht für sich behalten, und inzwischen passte der Knabe, wer immer es auch war, hoffentlich gut auf sie auf. Und Rachel wusste sich wohl hoffentlich auch anständig zu benehmen.

«Und, hat sie dir schon erzählt, wer es ist?», fragte er.

Emilys Blick ruhte auf der Papierrolle in seiner Hand. «Nein, aber ich habe auch nicht gefragt. Du solltest es auch nicht tun», warnte sie. «Mädchen in ihrem Alter halten ihre Liebeleien gern geheim. Ich kenne das.»

«Kann ich mir vorstellen», neckte er sie, während er den Motor anließ. «Und bei dir sieht man ja, wohin das führt.»

«Schluss mit der Verzögerungstaktik», sagte sie und schnappte sich die Rolle. «Wo fahren wir jetzt hin, und was ist hiermit?» Sie begann, den Papierzylinder auseinander zu rollen.

«Lass das», sagte er und berührte sanft ihren Handrücken. «Bitte. Ich verspreche dir, das Warten lohnt sich.» So hoffte er zumindest. Er betete darum.

Emily legte das Papier in ihren Schoß, und sie fuhren die Hauptstraße entlang Richtung Hafen.

Am Ende der Hauptstraße bogen sie rechts ab und nahmen über die Harbour Bridge Kurs auf den Ostteil der Stadt. Anstatt nun über die East Street zum Sea Catch Café zu fahren, wie Emily vermutet hatte, hielt Bill vor dem alten Badehaus.

«Was machen wir denn hier?», fragte sie.

«Das zeige ich dir gleich.»

Er nahm ihr die Rolle ab und stieg aus dem Wagen. Das baufällige Gebäude war rechteckig in der Form, vierzig Meter lang und sieben Meter breit. Es war um die Jahrhundertwende als Umkleide- und Waschgelegenheit errichtet worden, damit die prüden Touristen sich umziehen konnten, bevor sie in ihren gestreiften, vom Knie bis zum Nacken reichenden Badeanzügen an den Strand gingen. Der große Sturm im Jahre 1933 hatte das Dach fortgerissen und die Innenräume verwüstet. Doch der Verfall hatte bereits vorher begonnen, seit die Menschen keinen derart extremen Anspruch mehr auf Intimsphäre erhoben. Es war aus der Mode gekommen, und niemand hatte sich bemüht, Geld für einen Wiederaufbau aufzutreiben.

Emily schlängelte sich an einem vom Rost gezeichneten Ölfass vorbei, das halb den Eingang blockierte, und folgte Bill in das Gebäude. Alte Rohre hingen von den Wänden wie Lianen von Dschungelbäumen, der Wind blies durch sie hindurch und ließ sie ächzen wie die Planken eines Schiffs auf See. Emily schob ihre Hand in die von Bill.

«Ich finde es unheimlich hier», flüsterte sie.

«Du wirst dich bald daran gewöhnen», antwortete er.

Raschen Schritts gingen sie unter den tropfenden, schimmligen Holzbalken hindurch, die den offenen grauen Himmel über ihnen in Quadrate teilten.

«Es ist ein Jammer», bemerkte Emily.

Sie gingen weiter, suchten sich einen Weg zwischen zerbrochenen Dachziegeln, geborstenen Flaschen und Bergen durchweichter alter Zeitungen, die als Einwickelpapier für Fish and Chips gedient hatten. In dem Gang, der hinter den türlosen Umkleidekabinen verlief, blieb Bill stehen.

Er ließ Emilys Hand los, kniete sich hin, entrollte das Blatt Papier, breitete es am Boden aus und beschwerte die Ecken mit Schuttbrocken. Es war ein maßstabsgetreuer Entwurf der baulichen Veränderungen, die er für das Gebäude geplant hatte. Jedes kleinste Detail war mit Tinte auf dem Blatt festgehalten.

Er wusste, dass Emily hinter ihm stand und ihm über die Schulter blickte, und so holte er tief Luft, um seine Nerven zu beruhigen.

«Es ist nur so eine Idee», sagte er, ohne den Mut zu haben, sich umzudrehen. «Und ich weiß, dass es sich vielleicht verrückt anhört, nochmal einen Kredit aufzunehmen, obwohl das Café noch nichts abwirft. Aber das liegt nur am Wetter. Und das schlechte Wetter ist auch mal wieder vorbei, stimmt's? Irgendwann geht es immer vorüber.»

Er sprach schneller und schneller, denn er hatte jetzt Angst vor ihrem Schweigen, Angst vor dem, was es bedeuten konnte.

«Und dieses Gebäude kostet nicht viel», fuhr er fort. «Wirklich. Selbst wenn man die ganze Arbeit mitrechnet, die man hineinstecken muss. Ich habe Preise verglichen. In anderen Ferienorten, wo nicht halb so viel los ist wie hier in Stepmouth normalerweise, muss man für ein Haus dieser Größe, das so nah am Meer liegt, das Doppelte bezahlen, und …»

Endlich hielt er inne und betete im Stillen, sie möge etwas sagen. Aber sie schwieg. Er wagte immer noch nicht, sich zu ihr umzudrehen. Stattdessen deutete er mit dem Finger auf den Plan.

«Ich dachte mir, wir könnten das hier alles entkernen», sagte er und zeigte mit einer weit ausholenden Geste auf den Umkleidebereich, «und ihn dann neu einteilen. Wir könnten hier eine Wand hochziehen», sprach er hektisch weiter, wobei er zunächst auf die Zeichnung und dann auf die gegenüberliegende Seite des Raums deutete, «und dahinter die Küchen anlegen.»

«Küchen?» Endlich sagte sie etwas.

«Ja, denn auf diese Weise verschenken wir im vorderen Teil des Hauses keinen Platz und können mehr Tische mit Meerblick anbieten ...»

«Bill», sagte sie. Er spürte ihre Hand auf der Schulter. Ihre Stimme klang fest. «Komm runter. Hör auf.»

«Aber ...»

«Du willst, dass ich dieses Ding kaufe, stimmt's? Ist es das, was du mir sagen willst?»

«Ja. Nein.» Erst jetzt wandte er sich zu ihr um. Perplex starrte er sie an. Hatte er es denn nicht deutlich genug gemacht? «Nicht du. Wir. Ich dachte, das ist dir klar. Ich dachte, wir ...»

Er spürte, wie seine Begeisterung wie ein Meteorit auf die Erde stürzte und abzukühlen begann. Er war zu weit gegangen. Zu schnell gewesen. Er sah es in ihren Augen.

Sie kniete sich neben ihn und starrte erst die Zeichnung an und dann Bill.

«Es tut mir Leid», sagte er. Seine Stimme klang gepresst, er gab sich geschlagen und schloss die Augen.

«Nein», hörte er sie sagen. «Es braucht dir nicht Leid zu tun.» Dann küsste sie ihn, bedeckte sein Gesicht mit vielen kleinen Küssen. «Wirklich nicht, du wunderbarer, wunderbarer Mann.»

17. Kapitel

Mallorca, 2003

Laurie brachte es nicht fertig, die Augen zu öffnen. Das Gefühl, das sie durchströmte, war so vollkommen anders als alles, was sie bisher erlebt hatte, dass sie sich selbst immer wieder vorsagen musste, was geschehen war, um es überhaupt glauben zu können: Sam Delamere hatte gerade mit ihr geschlafen.

Sie lag zwischen vielen zerdrückten Kissen auf dem Rücken in dem alten Boot. Sam war über ihr und hielt ihre Hände über ihrem Kopf fest. Sie schwitzten, und ihr Atem ging stoßweise im Rhythmus der Wellen, die vor dem Bootshaus an den Strand schwappten.

Dann schlug sie langsam die Augen auf. Sam sah ihr ins Gesicht. Er war noch immer in ihr, rührte sich aber nicht mehr. Sie fühlte sich unauflöslich mit ihm verbunden, so als wäre sein so vertrauter und doch so fremder nackter Körper mit dem ihren verschmolzen. Sie merkte, dass sie die Beine um ihn geschlungen hatte und ihm die Fersen fest ins Kreuz drückte. Ihr Herz raste, es konnte sich nach dem Orgasmus, der sie gerade laut hatte aufschreien lassen, noch nicht beruhigen.

Zögernd begann sie zu erkunden, wie ihr Körper sich anfühlte. Ihr Gesicht glühte, auf den Lippen spürte sie das süße Brennen, das ihre leidenschaftlichen Küsse hinterlassen hatte; ihr Haar war aufgelöst, Strähnen hingen ihr in die Stirn; ihr Rücken schmerzte an den Stellen, die sie sich am Holzboden des Bootes aufgeschürft hatte.

Der erste, wortlose Kuss von Sam hatte gewirkt wie ein Streichholz, das ein nicht mehr kontrollierbares Feuerwerk entfachte. Und jetzt fühlte sie sich, als hätte sie um ihr Überleben gekämpft, und starrte ihn durch den Rauch an.

Sam schien ihre Gedanken lesen zu können, denn er ließ ihre Hände los, um ihr sanft das Haar aus dem Gesicht zu streichen. Seine Augen kamen ihr übergroß vor. Außer ihnen sah sie nichts mehr, und denken konnte sie auch an nichts anderes.

Langsam nahm sie die Beine von seinem Rücken. Als er sich aus ihr zurückzog, empfand sie fast Schmerz, als würde er ihr gewaltsam entrissen. Sie richtete sich auf und rutschte ein Stückchen zurück bis zu dem Kissenberg in der Ecke des Bootes. Auch Sam kam zum Sitzen. Dabei hielt er sich an den Seitenwänden des Bootes fest, als schaffte er es nicht aus eigener Kraft. Mit ineinander verschlungenen Beinen sahen sie einander an. Laurie bebte am ganzen Körper.

Sam ergriff ihre Hände, als wollte er sie vor dem Untergehen bewahren. Dann drückte er sie so fest, als wäre wiederum sie sein Rettungsanker.

«Ist das gerade wirklich passiert?», fragte sie, nach Worten ringend. Ihr Hals war trocken, und sie atmete stoßweise. «Sag mir, dass das nicht wahr ist … ich dachte …»

Ja, was dachte sie? Sie wusste es nicht. Sie wusste nicht, ob das hier der Beginn von etwas Neuem war oder das Ende von etwas Altem. Sie wusste nur eins, nämlich dass es real war und in diesem Augenblick wirklich geschah. Hunderte von Fragen türmten sich in ihrem Kopf, aber keine davon konnte sie in klare Worte fassen. Mit Augen, die Antworten verlangten, sah sie ihn an.

«Laurie, wir gehören zusammen», sagte Sam. «Ich kann

nicht mit dem Wissen leben, dass du irgendwo herumläufst und nicht bei mir bist.»

«Aber …»

«Ich bin nicht nur deswegen hergekommen, ehrlich.»

Er zog sie eng an sich, und Laurie spürte, wie selbstverständlich ihr Körper wieder mit dem seinen verschmolz. Ihr Kopf arbeitete fieberhaft, aber ohne Ergebnis. Es war, als gäbe es keinen Widerstand, als versuchte sie auf einem Fahrrad in die Pedale zu treten, während sie zu schnell bergab fuhr.

Warum genoss sie es dermaßen, mit ihm nackt zu sein? Warum empfand sie es als vollkommen natürlich und richtig? Sie waren beide gerade ihren Partnern untreu geworden. Nicht nur körperlich, sondern auch seelisch und geistig – allumfassend, auf allen Ebenen. Warum verspürte sie nicht einmal den Anflug eines schlechten Gewissens? Vielleicht ritt sie immer noch oben auf dem Kamm einer Endorphinwelle, dachte sie. Vielleicht war gleich …

Aber sie wollte nicht weiter darüber nachdenken, wie es weiterging. Sie schloss die Augen, presste ihren Busen gegen das feuchte Haar auf Sams Brust, sog seinen Duft ein, lauschte seinem Herzschlag unter ihrem Ohr. Nur das Jetzt war von Bedeutung. Dass sie wieder in Sams Armen lag und das Gefühl hatte, angekommen zu sein.

Sam küsste sie immer und immer wieder, federleicht. Seine Lippen erkundeten jeden Millimeter ihrer Haut, sie berührten ihre Lider, ihre Schläfen, ihre Nasenflügel, als wollten sie einmal mehr ihren Anspruch darauf anmelden.

«Ich kann einfach nicht glauben, dass das alles wirklich passiert», sagte sie.

«So, jetzt müssen wir schwimmen gehen», sagte er, und sie lachte, als ihr bewusst wurde, dass sie beide schweißgebadet waren.

Sam half ihr aus dem Boot, und als ihre Füße den Boden berührten, zitterten ihr die Beine. Sam griff nach seinen Shorts.

«Ach, vergiss es!», sagte er dann und warf sie wieder zu Boden.

Er streckte die Hand nach ihr aus, und sie stürmten aus dem Bootshaus hinaus auf den glühenden Sand. Es war immer noch brütend heiß und die ruhige See von der Sonne erwärmt. Laurie hörte erst auf zu laufen und ließ Sams Hand los, als sie bereits ganz im Wasser waren und gleichzeitig unter die Oberfläche tauchten.

Sam packte sie, als sie wieder emporkamen und sich prustend aufrichteten.

«Es ist alles wie ein Traum», seufzte sie.

Laurie umarmte ihn und küsste die Wasserrinnsale, die von seinen braun gebrannten Schultern herabliefen. Erst jetzt wurde ihr bewusst, wie sehr sie sich beim Segeln danach gesehnt hatte, ihn zu berühren. Sie empfand ein solches Gefühl der Freiheit, dass sie es am liebsten laut herausgeschrien hätte, und bedeckte seine Haut mit unzähligen Küssen, als wollte sie einen inneren Durst stillen, der nicht nachließ. Bald wanden sich ihre Beine wieder um seine Taille und er umschlang sie mit den Armen.

Dann hielt er sie ein Stückchen von sich weg, um sie besser ansehen zu können.

«Du bist so schön», sagte er und sah ihr dabei in die Augen. «Das habe ich dir noch nicht oft genug gesagt. Du bist die schönste Frau, die mir je begegnet ist.»

Sie lächelte, denn sie spürte, dass er es ernst meinte. Sam legte ihr sacht den Finger auf die Lippen, um sie an einer Erwiderung zu hindern.

«Ich liebe dich, Laurie.»

Und als die Worte, die zu hören sie sich mehr gewünscht hatte als alles andere auf der Welt, sie endlich erreichten, stellte sie fest, dass sie eigentlich kaum eine Rolle spielten. Es war, als bekäme sie den Vertrag für einen Job, den sie bereits in der Tasche hatte. Er brauchte ihr seine Liebe nicht mehr mit Worten zu beweisen, denn sie hatte sie schon von dem Moment an spüren können, als sie sich umgewandt und ihn in der Tür des Bootshauses hatte stehen sehen.

«Aber … aber was ist mit …?» Zweifel und Ängste bestürmten sie, und sie suchte in seinem Gesicht nach Anzeichen dafür, dass es ihm genauso erging. «Du hast Familie, Sam. Da gibt es Claire …»

«Und James», ergänzte er.

Laurie schüttelte den Kopf. Der Versuch zu beschreiben, was für Welten zwischen ihren Gefühlen für James und dem, was sie jetzt empfand, lagen, war gar nicht der Mühe wert.

«Ich will James nicht», flüsterte sie. «Ich liebe dich. Ich habe nie aufgehört dich zu lieben. Keine Sekunde lang.»

Sam lehnte seine Stirn an die ihre. «Da geht es dir nicht anders als mir.»

Und dann spürte sie unter sich im Wasser sein hartes Geschlecht. Während er sanft in sie eindrang, liebkosten die Wellen zärtlich ihre nackte Haut. In Sams Armen fühlte sie sich vollkommen schwerelos, aber lebendiger denn je – als wäre sie gerade aus einem sehr langen Schlaf erwacht und ihre Trennung voneinander nur ein böser Traum gewesen. Während sie sich im Meer liebten, wandte sie keine Sekunde den Blick von Sams Augen, denn sie wusste, dass seine Worte ernst gemeint waren. Sie wusste, dass sie nie zuvor so stark empfunden hatte wie in diesem Moment. Und sie wusste, dass in diesem Augenblick ihre Zukunft begann, was immer sie auch bringen mochte.

Erst später, als sie ihre auf dem sandigen Boden des Bootshauses herumliegenden Kleider aufsammelten, kam Laurie in den Sinn, dass irgendjemand sie gesehen haben könnte. Dass irgendjemand sie im Meer beobachtet haben könnte und sie keinen Gedanken darauf verschwendet hatte.

Während sie den Pfad zur Villa hinauf schlenderten, wurde Laurie unruhig. Sie schloss einen Moment lang die Augen und versuchte verzweifelt, die Magie des Nachmittags festzuhalten, das Gefühl des Ineinander-Verschmelzens wieder heraufzubeschwören, das sie empfunden hatte, während sie sich geküsst und geliebt hatten.

Als sie den höchsten Punkt des Weges erreichten, schlug ihr das Herz bis zum Hals – aber nicht, weil der Anstieg sie so angestrengt hätte, sondern weil sie nachträglich über ihre Unvorsichtigkeit erschrak. Bei den Eukalyptusbäumen blieb sie stehen und riss sich von Sam los. Dante stand mit dem Rücken zu ihnen auf einer Leiter und beschnitt einen Baum. Er hatte sie in dieser Woche bereits mit James gesehen. Was sollte er von ihr denken, wenn er sich jetzt umdrehte und sie an Sams Seite sah?

Warum machte sie sich Gedanken darüber, was der Gärtner von ihr dachte? Warum brachen plötzlich diese alten Moralvorstellungen über sie herein? Dafür war es jetzt zu spät.

Sam raubte ihr einen schnellen Kuss, wie um den Nachmittag zu besiegeln, doch Laurie bemerkte auch bei ihm eine Veränderung. In diesem Augenblick wusste sie, dass für die ungestüme Hingabe, die sie am Strand gemeinsam genossen hatten, hier oben kein Platz war.

Bei den Stufen zur Terrasse blieb Laurie erneut stehen. «Wie soll es jetzt weitergehen, Sam?»

«Schau mich nicht so an», erwiderte er. «Du siehst aus, als hättest du Angst.»

«Ich habe Angst. Ich bin so glücklich wie noch nie, und ich habe mehr Angst denn je.»

«Das geht mir genauso, aber es wird sich alles …» Er hielt inne, und sie starrten einander an. «Wir schaffen es.»

Sie nickte nur, denn ihre Gefühle waren so heftig, dass sie kein Wort herausbrachte. Schweigend betraten sie durch die Terrassentür das Haus. Alles war genauso vollkommen wie bei ihrem Aufbruch an diesem Morgen – die Küche blitzsauber, der niedrige Tisch auf dem Teppich poliert und gewienert. Und doch empfand sie jetzt alles anders, so als wäre das vertraute Wohnzimmer plötzlich ganz fremd und gleichzeitig aufgeladen mit Emotionen.

Während sie auf die beiden großen weißen Sofas zuging, fiel ihr Blick auf das gerahmte Foto an der Wand, auf dem Tony bei einer Segeltörn lächelnd einen Fisch empor hielt. Laurie wandte sich ab von dem Bild des Mannes, den sie nie kennen gelernt hatte. Sie hatte das Gefühl, ihn in seinem eigenen Zuhause betrogen zu haben. Wenn sie schon so empfand, wie musste es dann erst Sam dabei gehen?

«Du weißt, dass Rachel morgen kommt, stimmt's?», fragte sie.

«Du hast also doch endlich deinen Vater hierher eingeladen?», mutmaßte Sam. «Ohne ihm zu sagen, wem das Haus gehört?»

Sie nickte. Bei dem Gedanken, ihren Vater hier zu haben, überfiel sie eine Panik, die ihr Herz beinahe aus dem Takt brachte. Was hatte sie da bloß angerichtet?

«Oh, mein Gott, es ist ein solches Chaos.»

«Kannst du deinen Dad nicht wieder ausladen?», fragte Sam.

«Aber was ist mit Rachel? Ich schulde ihr etwas, bevor … bevor …?»

Sie brachte es nicht fertig, es sich auszumalen, geschweige denn, es laut auszusprechen: bevor sie Rachels Welt in Flammen setzte, bevor sie ihren ahnungslosen Vater verletzte. Bevor sie jedermanns Vertrauen erschütterte.

«Mach jetzt keinen Rückzieher, Laurie. Nicht nach dem, was geschehen ist.»

«Tue ich ja gar nicht! Es ist nur … ich weiß nicht …»

«Wir können nicht vermeiden, es ihnen zu sagen», erklärte Sam. «Wir können nicht einfach davonlaufen.»

«Ich weiß.»

«Und vielleicht ist es sogar besser, wenn Rachel hier ist. Wenn schon, dann richtig. Wir warten, bis sie sich mit deinem Vater auseinandergesetzt hat, und dann … dann … für Claire ist es sicher gut. Heute Abend kann ich sie nicht damit konfrontieren, weil sie irgendeine blöde Party gibt. Ja, es ist bestimmt besser, es ihr morgen zu sagen, wenn Rachel da ist, um sie … um …»

Um Ordnung in das Chaos zu bringen?, dachte Laurie. Es verschlug ihr geradezu den Atem, als er Claires Namen nannte. So viele Menschen waren betroffen. So viele Menschen, die verletzt zu werden drohten. Plötzlich hatte sie das Gefühl, der Preis sei zu hoch. Sie war sich nicht darüber im Klaren gewesen, dass es viel schwerer und schmerzhafter war, egoistisch zu sein, als sich in Selbstlosigkeit zu üben.

Ihr war, als hätte ein Trittstein, auf dem sie mitten in einem Fluss gestanden hatte, unter ihr nachgegeben. Jetzt wusste sie nicht, ob sie weiter gehen oder umkehren sollte.

«Was soll jetzt geschehen? Ich meine jetzt, unmittelbar?», fragte sie.

In seinem Gesicht spiegelte sich ihre eigene angstvolle Miene. Es schien ihr unerträglich, dass dieser Nachmittag schon zu Ende sein sollte.

«Ich muss gehen. Nur für kurze Zeit. Es gibt ein paar Dinge, die ich erledigen muss, bevor … bevor … also … ich muss vorbereitet sein.»

Sie wussten beide, dass er womöglich alles zurücklassen musste, wofür er so schwer gearbeitet hatte. Rachel würde ihn keinesfalls in seiner Position belassen, wenn sie erfuhr, dass er Claire aufgab.

Sam räusperte sich. «Und was Archie betrifft, muss ich mir auch etwas überlegen.»

Die plötzliche Unsicherheit in seiner Stimme machte ihr Angst.

«Sam, du musst an uns glauben», sagte sie. Er ging zu ihr und umfasste sie wortlos, als könnte die Kraft seiner Umarmung sie davon überzeugen, dass sie daran nicht zu zweifeln brauchte. Und doch spürte sie, dass sein Herz unter dem weichen Stoff seines Hemdes genauso heftig schlug wie das ihre.

Sam setzte sie bei den Strandcafés in Sóller ab und versprach, am nächsten Tag zu ihr in die Villa zu kommen. Es war ein unbeholfener Abschied. Sie hatten vereinbart, dass er es Claire so bald wie irgend möglich sagen und dann sofort zu Laurie kommen würde.

Doch jetzt, wo sie langsam über das Pflaster schlenderte, während die Cafés sich mit Touristen füllten, die die Abendsonne genossen, und die Kellner frische Papierdecken an den quadratischen Tischen befestigten, hatte Laurie das Gefühl, durch ein Gummiband mit Sam verbunden zu sein, das sich immer mehr dehnte. Und ihr einziger Wunsch war, dieses Gummiband würde zurückschnellen.

An diesem Nachmittag am Meer hatte sie sich so sicher gefühlt – als wäre die Welt ganz und gar in Ordnung, als hätte sie endlich Frieden mit sich selbst geschlossen. Sie hatte sich leicht und glücklich und frei gefühlt. Doch als sie jetzt ein Internet-Café betrat, lastete die Tragweite dessen, was Sam und sie zu tun im Begriff standen, schwer auf ihr. Plötzlich erschienen ihr ihre Pläne zu unausgegoren, und sie wünschte, sie hätten sich mehr Zeit genommen, um zu entscheiden, was genau passieren sollte. Sams Versprechen, Claire irgendwann in den nächsten vierundzwanzig Stunden alles zu gestehen, wies zu viele Schwachstellen auf und bot keinerlei Garantie.

Sie bestellte eine Flasche Cola Light und setzte sich in den kleinen Gastraum. Ein wenig fröstelte sie in der von einer Klimaanlage gekühlten Luft und wünschte, sie hätte den Computer zu Hause benutzt. Rachel hatte es ihr angeboten, aber vielleicht war ihr erster Impuls, einen neutralen Ort zu wählen, ja doch richtig.

Sie hatte beschlossen, James sofort zu schreiben. Ihm gegenüber ehrlich zu sein und ihre Beziehung zu beenden war ein erster Schritt, um das, was zwischen Sam und ihr war, realer werden lassen.

Als sie ihren E-Mail-Account öffnete, war sie überrascht über die große Zahl von Nachrichten. Sie wusste, dass ihre Freunde verärgert waren, weil sie sich so zurückgezogen hatte, aber sie sah sich nicht in der Lage, auch nur eine der Nachrichten zu beantworten. Sie fühlte sich ihnen zu fern und hatte ein zu schlechtes Gewissen. Ihr Leben hatte sich von Grund auf verändert, und es schien unmöglich, Heather oder Roz auf schriftlichem Weg zu erklären, was geschehen war, seitdem sie sich in Mallorca aufhielt.

James gegenüber jedoch musste sie es versuchen. Sie klickte den Button «Neue E-Mail» an und starrte lange Zeit auf die Stelle des Bildschirms, wo der Cursor blinkte. Es ließ sich nicht vermeiden, sie würde die Wahrheit schreiben müssen.

Jetzt zwang sie sich, über James nachzudenken. Der Gedanke, dass er erst ein paar Tage zuvor abgereist war, schockierte sie. Als sie ihn vor Rachels Villa neben dem Pool hatte stehen sehen, war sie vollkommen durcheinander gewesen, und nachdem Sam gegangen war, hatte sie sich so schuldig gefühlt, dass sie versucht gewesen war, James die Abreise nahe zu legen. Aber er hatte ihr gar keine Gelegenheit dazu gegeben.

Vielmehr hatte er ihr all die Orte aufgezählt, die er während seines kurzen Aufenthalts aufsuchen wollte: die Bar in Palma, deren Cocktails ihm seine Freunde empfohlen hatten, das Restaurant in Pollença, die schicke Wellness-Anlage in dem exklusiven Badeort Deià, den Nacktbadestrand, um mal so richtig was zum Lachen zu haben …

Sie hatte sich gefreut, mit ihm diese Fahrt zu unternehmen. Schließlich hatte sie fast noch nichts von der Insel gesehen, seit sie bei Rachel wohnte, und es machte Spaß, mit James auf Besichtigungstour zu gehen. Diese Art, seinen Besuch zu gestalten, kam ihr sehr entgegen: Er wollte jede Minute und jede Situation so genussvoll wie möglich gestalten, und sie wollte so wenig wie möglich an Sam erinnert werden.

Und sie musste zugeben, dass sie sich tatsächlich gut amüsiert hatten. Schon allein, weil sie an den drei Abenden mit ihm mehr getrunken hatte als in der gesamten Zeit, die sie auf Mallorca allein gewesen war. Sie waren bis spät in der Nacht unterwegs gewesen, um am Ende auf einen Taxisitz und anschließend ins Bett zu fallen. Ein paar Mal hatten sie auch miteinander geschlafen, doch Laurie war zu betrunken gewesen, als dass sie sich allzu viel daraus gemacht oder genau analysiert hätte, was sie dabei empfand.

Erst am allerletzten Tag war es ein wenig schwierig geworden. Bei einem morgendlichen Gang über den Markt hatte Laurie an einem der Stände eine Tüte reifer Pfirsiche gekauft, und sie hatten sich auf die abgetretenen Stufen der alten Kirche am Platz gesetzt, um sie zu verspeisen.

«Ich habe dich vermisst», hatte James plötzlich gesagt. «In London, meine ich. Ich habe es dir bisher nicht gesagt, aber es ist wahr. Ich habe dich vermisst.»

«Hast du nicht», hatte Laurie ihn aufgezogen.

«Doch, ich schwöre es. War total komisch. Vorher habe ich dich nie richtig vermisst, und darum dachte ich zuerst, ich hätte Hunger. Weil ich mich so seltsam gefühlt habe. Und dann habe ich gemerkt, dass mir deine Gesellschaft fehlt.»

Laurie lachte. «Gut. Ein Glück, dass es nur wegen mir war. Ich will ja nicht, dass du dick wirst oder so was.»

«Und jetzt werde ich dich noch mehr vermissen.»

Sie schnitt ihm eine Grimasse – der Versuch, dieses erste wirkliche Eingeständnis seiner Gefühle für sie auf scherzhafte Weise abzutun.

«Das liegt nicht an mir. Du bist einfach nur gern im Urlaub.»

Doch als James darauf nicht mit einer weiteren flapsigen Bemerkung reagierte, hatte Laurie ihm in die Augen gesehen und erkannt, dass er es ernst meinte. Er würde sie wirklich vermissen.

Sie hatte sich abgewandt. James sollte sich nicht in sie verlieben. James war der Mann, der sich niemals verliebte, das hatten all seine Freunde ihr versichert. Und sie merkte jetzt, dass das einer der Hauptgründe war, warum sie überhaupt etwas mit ihm angefangen hatte – weil es nichts Ernstes war. Weil sie den Eindruck hatte, dass es auch niemals ernst sein würde.

James stieß mit seinem Knie an ihres und brach das angespannte Schweigen. «Ich komme wieder», sagte er.

«Ja, das machst du.»

«Ich werde zu Rachel gehen und fragen.»

«Ihr beide seid ja schon gute Kumpel», gab sie zurück und biss erneut in ihren Pfirsich, um zu vermeiden, dass er sie etwas fragte.

«Ich muss mich unbedingt bei deiner Familie einschmeicheln.»

Sie spürte, dass dieses Gespräch sie abschreckte und sie an sich selbst verzweifeln ließ. Sie hätte ihn gern ermutigt, ihm gesagt, sie würde sich freuen, wenn er wiederkäme, und es sei auch ihr wichtig, dass er sich um ihre Familie bemühte. Aber irgendetwas hielt sie davon ab.

Sam, schon wieder. Sie hatten auf dem Boot doch klargestellt, dass sie keinesfalls wieder etwas miteinander anfangen konnten, oder etwa nicht? Sie hatten die Vergangenheit ad acta gelegt. In ihrem Leben gab es keinen Sam mehr, nur noch als Ehemann ihrer neu entdeckten Cousine. Sie musste ihn sich aus dem Kopf schlagen.

«Wir haben wirklich viel Spaß gehabt, und ich bin froh, dass du gekommen bist», brachte sie schließlich hervor, um keinen Trübsinn aufkommen zu lassen.

James hielt inne. Er nahm seine Sonnenbrille ab, und seine blaugrünen Augen funkelten im Sonnenlicht. «Weißt du, ich habe mir gedacht … wenn du nach deiner Rückkehr was zum Wohnen brauchst, kannst du jederzeit bei mir einziehen.»

«Du willst, dass wir zusammen wohnen?»

«Warum nicht? Wir waren jetzt drei Tage lang vierundzwanzig Stunden zusammen, und es ist gut gelaufen, oder etwa nicht?»

«Ach, war das ein Probelauf? Du bist hierher gekommen, um auszutesten, ob ich eine gute Mitbewohnerin wäre?»

«Nein. Ich bin gekommen, weil ich dich süß finde, und weil ich dich, wie gesagt, vermisst habe. Und ich will nicht, dass du hier bleibst, wenn du es nur tust, weil du keine Wohnung hast. Da fände ich es besser, wir würden zusammen wohnen.»

Dieses Mal verharrte Lauries Hand mit dem Pfirsich auf halbem Weg zu ihrem Mund. Dieses Mal konnte sie seine Äußerung nicht mit einer spöttischen Bemerkung abtun. Sie drehte sich ein wenig zur Seite und blickte James an, als sähe sie ihn zum ersten Mal. Sie hatte ihn immer wie einen kleinen Jungen behandelt, ihn absichtlich nicht ernst genommen, nur weil er ein paar Jahre jünger war als sie. Doch jetzt, wo er endlich seine Gefühle ausgedrückt hatte, schämte sie sich, dass sie so leichtfertig über sein Innenleben hinweggegangen war.

Sie war ja so naiv gewesen. Dass sie sich nicht ernsthaft für James interessierte, war genau die richtige Taktik gewesen, um in ihm echtes Interesse für sie zu wecken. Und er war tatsächlich an ihr interessiert. Du meine Güte, er war nach Mallorca gekommen, nur um sie zu sehen. Und mit seinem Vollzeitprogramm in den vergangenen drei Tagen hatte er ihr weiszumachen versucht, dass sie ihm nichts bedeutete. Doch jetzt wurde ihr klar, dass es keine Ironie gewesen war, als er dem Zigeuner im Restaurant eine Rose für sie abgekauft hatte. Es war auch kein Scherz gewesen, als er auf der Terrasse der Cocktailbar die romantische Arie nachgeäfft hatte. Und jetzt, wo sie auf den kühlen Stufen der Kirche saßen und ihnen der Pfirsichsaft vom Kinn tropfte, wurde ihr bewusst, dass dies nur einer von vielen romantischen Augenblicken war, die sie nicht wahrgenommen hatte.

Und jetzt war sie wirklich sprachlos. Sie fühlte sich ertappt. Was war nur los mit ihr? James bot ihr eine ernsthafte Beziehung und eine Lösung für all ihre Probleme an. Warum jubelte sie nicht vor Freude und Dankbarkeit? Warum willigte sie nicht bedingungslos ein? James war das Beste, was ihr passieren konnte. Alle zu Hause liebten ihn – seine Freunde ebenso wie ihre. Warum also klebte sie so an ihrer Vergangenheit? Sam hatte ihr nichts als Seelenqual gebracht.

Tu was!, ermahnte sie sich selbst. Sie zweifelte zwar daran, dass sie das Richtige sagen würde, aber sie konnte ihn jetzt nicht in der Luft hängen lassen. Sie musste etwas sagen oder tun. Von Panik ergriffen, entschloss sie sich, zu lächeln und ihn zu küssen, sich vorzubeugen und ihre Pfirsichlippen auf seine zu pressen.

Zurück in der Villa wurde alles nur noch schlimmer. Sie hätte James nicht so bereitwillig vor der Kirche küssen dürfen, wurde ihr klar, als er sie behutsam entkleidete. Und als sie zum ersten Mal, seit James angekommen war, nüchtern miteinander schliefen, fiel ihr auf, dass er es nicht wie gewöhnlich mit einem Lachen abtat.

Danach blieb er neben ihr liegen, ohne etwas zu sagen, als schwelgte er in der Intensität des Augenblicks, wohingegen Laurie reglos die Balken über ihrem Bett anstarrte und das Gefühl nicht loswurde, Sam sei irgendwie mit im Raum und würde sie beobachten. Verzweifelt versuchte sie, sich Sam mit Claire im Bett vorzustellen, in *seinem* Bett, aber dieser Gedanke verschlimmerte alles nur noch.

Als James dann seufzte und sie zu küssen versuchte, drehte sie sich weg und stammelte, er werde noch seinen Flug verpassen.

Jetzt, wo sie im Internetcafé auf den blinkenden Cursor

am weißen Bildschirm starrte, kam ihr zu Bewusstsein, dass sie sich nur etwas vorgemacht hatte. Sie war die ganze Zeit über in Sam verliebt gewesen. Und sie hatte es bereits gewusst, als sie ihn und James nach dem Segeln nebeneinander gesehen hatte.

Lieber James, schrieb sie. Dann seufzte sie und rieb sich das Gesicht, während sie sich James' Lächeln vorstellte. Er sah so gut aus. Für eine andere Frau wäre er ideal. *Es fällt mir nicht leicht, dies zu schreiben …*

Später in der Villa umkreiste sie das Telefon und wartete sehnsüchtig darauf, dass Sam anrief. Sie bog die Finger gegeneinander, als hätten sie sich nach ihrer E-Mail an James vor lauter Schuldgefühlen verkrampft. Sie hatte ihm die ganze Geschichte mit Sam geschildert. Sie war auf brutale Weise ehrlich gewesen, in der Hoffnung, die Intensität ihrer Gefühle für Sam würde das rechtfertigen.

Doch jetzt, während sie auf ein Lebenszeichen von Sam wartete, sah sie keinen Weg, mit sich ins Reine zu kommen oder sich weiszumachen, sie könnte am Ende noch als netter Mensch dastehen. Sie hätte von Anfang an ehrlich zu James sein sollen. Sie hätte ihm gleich nach seiner Ankunft die Wahrheit über Sam erzählen sollen. Stattdessen hatte sie ihn hingehalten, ihn in dem Glauben gelassen, sie werde nach ihrer Rückkehr nach London bei ihm einziehen. Sie hatte ihn wie ein Kind behandelt, ihn zum Narren gehalten. Nachdem er ihre E-Mail gelesen hatte, würde er zu Recht wütend auf sie sein. Bei dem bloßen Gedanken daran zuckte sie zusammen.

Und dann stieg noch eine andere Befürchtung in ihr auf. Was war, wenn James Rachel anrief? Wenn er so aufgebracht war, dass er Rachel von Lauries Affäre mit Sam erzählte? Sie wusste, dass Rachel es erfahren würde, aber ausgerechnet von James? Eine unerträgliche Vorstellung.

Gegen zehn Uhr am Abend hatte Laurie das Gefühl, verrückt zu werden. Sie hätte Sam nicht mehr aus den Augen lassen dürfen. Sie hätte mit ihm gehen müssen. Wie konnte sie annehmen, dass er allein für ihre gemeinsame Zukunft kämpfte? Vor lauter Schuldgefühlen Rachel und ihrem Vater gegenüber war sie zu keinem klaren Gedanken in der Lage gewesen, als Sam gesagt hatte, sie sollten bis morgen warten.

Das gab Sam eine ganze Nacht in Gesellschaft seiner Familie. Stunden über Stunden, in denen er erkennen würde, wie schrecklich er Archie und Claire zu verletzen im Begriff war. Stunden über Stunden, in denen ihm klar werden konnte, was er alles aufgab.

Und was war, wenn sich alles wieder genauso abspielte wie vor drei Jahren? Wenn Sam die Nerven verlor und nicht mit Claire sprach?

In heller Panik wählte Laurie Roz' Nummer.

«Hör mir einfach nur bis zum Ende zu, bevor du irgendwas sagst», flehte sie, als Roz den Hörer abnahm. Roz würde schon an ihrer Stimme erkennen, dass es ein Notfall war. Und sie würde ihr das lange Schweigen nicht übel nehmen, wenn sie gleich mit ihren Gefühlen herausplatzte.

«In Ordnung», willigte Roz ein, «aber was zum Teufel ist denn los? Du hörst dich grauenhaft an.»

«Ach, Roz», fing Laurie an und fürchtete, an ihren Tränen zu ersticken. «Ich weiß einfach nicht mehr weiter.»

«Jetzt erzählst du mir erst einmal alles», beruhigte sie die Freundin. «Und immer schön der Reihe nach.»

Fünf Minuten später, nachdem Laurie ihr in allen Einzelheiten geschildert hatte, in was für einer Zwickmühle sie momentan steckte, spendete Roz ihr jedoch nicht den Trost, den Laurie so dringend brauchte. Im Gegenteil, sie kochte vor Wut.

«Du hirnverbrannte Idiotin», tobte sie.

«Bitte, Roz, versteh mich doch», flehte Laurie. «Ich liebe ihn.»

«Weißt du eigentlich, wie erbärmlich das klingt?»

«Aber …»

«Einmal war schon schlimm genug, aber wie kann man sich zweimal von der gleichen Schlange beißen lassen? Das ist doch der reinste Selbstmord.»

«Nein, ist es nicht … er liebt mich ja auch.»

«Und wo ist der verliebte Junge dann jetzt? Warum rufst du mich an, wenn er so verdammt toll ist?»

«Er ist … weg. Er ist bei Claire.»

«Er sagt es ihr jetzt?»

«Nein, sie hat … sie gibt eine Party.»

«Eine Party. Natürlich!» Der sarkastische Unterton in Roz' Stimme traf Laurie bis ins Mark. «Du raufst dir die Haare, und sie gibt eine Party? Ich kann kaum glauben, dass du dieses Spiel noch einmal mitspielst, Laurie. Ich dachte, du wärst über ihn hinweg.»

«Das dachte ich auch.»

«Hör mal, warum kommst du nicht einfach nach Hause, Schätzchen?», sagte Roz etwas sanfter. «Hier hast du alle deine Freunde. Hier ist dein Leben. Deine Karriere. Lass einfach alles hinter dir.»

«Ich kann nicht.» Dass morgen ihr Vater in der Villa eintreffen würde, hatte sie Roz noch gar nicht gestanden. Jetzt vergrub sie den Kopf in den Händen, aber je verzweifelter sie die Situation zu erklären versuchte, desto größer wurde ihre Verwirrung.

Als sie schließlich auflegte, war sie nur noch ein Nervenbündel. Roz hatte Recht. Wozu diese Qualen? Was bedeutete schon eine Party, wenn sie und Sam im Begriff waren, ihrem Leben ein für alle Mal eine ganz andere Wendung zu geben? Warum hielt er sie mit einer derart faulen Ausrede hin? Laurie stellte sich vor, wie er in diesem Augenblick mit Claire all ihre gemeinsamen Freunde in seinem Haus begrüßte, als wäre nichts geschehen.

Du musst an uns glauben, hatte sie kurz zuvor gesagt. Sie hatte an ihre Beziehung geglaubt. Sie hatte mit James Schluss gemacht. Mit James, dessen Gefühle für sie viel stärker waren, als sie je angenommen hatte. Mit James, der bereit gewesen war, sich auf sie und eine gemeinsame Zukunft einzulassen. Sie hatte ihn abserviert. Mit ihm Schluss gemacht, ganz herzlos, per E-Mail. Und das verdiente, wie Roz so schlicht gesagt hatte, doch ganz bestimmt niemand. James erst recht nicht. Und was hatte Sam im Gegenzug getan?

Laurie wählte seine Handynummer.

«Hallo?», flötete Claire in einem Singsang, der Laurie sofort verriet, dass Sam kein Wort von dem erwähnt hatte, was geschehen war. Claire war betrunken und die Party, dem Lärm im Hintergrund nach zu schließen, in vollem Gange.

«Ist Sam zu sprechen?», fragte Laurie und tat, als würde sie Claires Stimme nicht erkennen.

«Laurie, bist du das?»

«Äh … ja. Oh, hallo, Claire.» Lauries Gesicht verzog sich zu einer Grimasse. Sie war eine schrecklich schlechte Schauspielerin.

«Bleib mal dran, ich gehe rüber. Sam hat sich im Bad versteckt, er nimmt eine Dusche», sagte Claire laut, um die

Partygeräusche zu übertönen. «Kannst du dir das vorstellen – erst ist er so unhöflich, auf seiner eigenen Party den ganzen Tag lang nicht aufzutauchen, und jetzt beschwert er sich darüber, dass alle schon zu blau sind, um sich zu unterhalten!»

Unvermittelt hörte Laurie den Partylärm nur noch gedämpft und vernahm stattdessen im Hintergrund das Plätschern von Wasser. Sam war nackt, nur ein paar Meter von der Stelle entfernt, wo Claire mit ihr telefonierte. Sie saß hier, ganz allein, und quälte sich mit Gedanken an die Zukunft herum, und Sam war *unter der Dusche*?

«So ist's besser», sagte Claire, offenbar in Bezug auf den Lärmpegel. «Ich bin so froh, dass ich Gelegenheit habe, mit dir zu sprechen. Sag mal, ist dein wunderbarer Freund noch in der Villa?»

«Nein … nein. Er ist abgereist», stammelte Laurie. Ihr Puls raste, ihre Kopfhaut kribbelte, und sie bekam fast keine Luft.

«Schade. Ich hatte gehofft, wir könnten mal zu viert zu Abend essen. Rachel hat gesagt, er sei umwerfend. Sie hat seinen Überraschungsbesuch organisiert, stimmt's? Sie war richtig gespannt, aber auch ganz schön nervös. War es toll? Kein Wunder, dass du nichts von dir hast hören lassen! Ich wäre wahnsinnig gern vorbeigekommen und hätte mich vorgestellt, aber ich habe es mir verkniffen.»

«Wir waren … beschäftigt.» Mehr als ein Flüstern brachte Laurie nicht zustande, aber Claire schien es gar nicht zu bemerken.

«Das kann ich mir vorstellen!» Laurie hörte, wie sie sich eine Zigarette ansteckte. «Du bist nicht beleidigt wegen der Party, oder, Laurie? Ich hätte dich ja auch eingeladen …»

«Nein, nein, kein Problem.»

«Mannometer, Sam duscht immer ewig lang. Brauchst du ihn für irgendwas?»

Nur für den Rest meines Lebens, hätte Laurie am liebsten gesagt, aber sobald sie es gedacht hatte, brachen die Schuldgefühle mit noch größerer Wucht über sie herein. Sie merkte, wie ohne jeden Grund heiße, lautlose Tränen aus ihren Augen strömten. «Ach, nein, nicht nötig. Ich will ihn nicht stören, Claire. Es ist spät, und ich nehme an, er hat wahnsinnig viel zu tun … und dann auch noch während der Party …»

«Nein, nun komm schon … was gibt's für ein Problem?»

Was es für ein Problem gab? Als wenn Claire das Ausmaß des Problems auch nur ansatzweise verstehen könnte!

«Es ist wegen des elektrischen Tors», stieß sie hervor. Das war die einzige Ausrede, die ihr einfiel. Und nur mit Mühe gelang es ihr, die Gefühle aus ihrer Stimme herauszuhalten. «Ich bekomme es irgendwie nicht auf, und da habe ich gedacht, vielleicht … Hat Sam die Nummer von Fabio?»

«Wenn's weiter nichts ist! Fabio brauchst du um diese Zeit nicht zu stören. Ich gebe dir Sam.»

«Nein, lass nur. Ich bin sicher, ihr habt zu tun … ich kann warten …»

Doch es war zu spät.

«Liebling?», hörte sie Claire sagen, während sie an die Badezimmertür klopfte.

Liebling. Laurie hörte im Hintergrund die Dusche rauschen und stellte sich vor, wie Sam sich ihren Geruch von der Haut wusch. Ihr war übel.

«Er antwortet nicht. Wahrscheinlich meint er, irgendjemand will hier rein, um eine Nummer zu schieben. Ich sage ihm, dass du angerufen hast. Mach dir keine Sorgen wegen des Tors. Bis morgen früh ist es bestimmt repariert. So, und jetzt muss ich wieder zu meinen Gästen.»

Und dann war Claire weg. Laurie drückte auf die rote Taste und schleuderte ihr Telefon mit einem Wutschrei an die Wand.

18. Kapitel

Stepmouth, August 1953

Selbst heute, wo der Regen gegen die Schaufenster des Ladens peitschte und diagonale Streifen auf dem Glas hinterließ, war Emily Jones unbeschwert und heiter, wie dieser Sommertag hätte sein sollen. Rachel stand in der dunkelsten Ecke des Ladens hinter der Theke und faltete einen Stapel neuer gelber Staubtücher zusammen, doch ihre Aufmerksamkeit galt einzig und allein Emily, die ihr vorkam wie ein leuchtend bunter Schmetterling, der in dem düsteren Laden herumflatterte.

Immer, wenn sie Emily sah, empfand Rachel eine seltsame Mischung aus Neid, Stolz und Sehnsucht, und so verhielt es sich auch heute. Sie war eben etwas Besonderes, und sie hatte sich in all den Monaten seit ihrer Rückkehr nach Stepmouth auch ihren unfehlbar modernen Stil erhalten. Rachel kannte nicht ein einziges Mädchen in der Stadt, das nicht hätte genauso sein wollen wie sie.

Heute trug sie einen Filzhut, der in einem kecken Winkel auf den blonden Locken saß, und einen getupften Regenmantel, der zu ihrem Schirm passte. Ein mit Nelken bedruckter Seidenschal war um ihren Hals geschlungen. Auf ihren Wangen prangte ein hübsches pinkfarbenes Rouge, und der Duft ihres Parfüms in der staubigen Luft überlagerte selbst den Geruch der Schuhcreme, die in einer Schachtel neben Rachel stand. Es war, als würde Emily allem den Stempel ihrer Persönlichkeit aufdrücken und damit jeden zur Fröhlichkeit zwingen. Kein Wunder, dass Bill sich aufführte wie ein liebestolles Hündchen.

Rachel beobachtete, wie Emily mit einem Lächeln die große Keksdose aus Blech, die ihre neueste Lieferung enthielt, über die Theke zu Mrs. Vale hinüberschob.

«Sie brauchen mir wirklich nicht jedes Mal Kuchen mitzubringen», meinte Mrs. Vale in einem Ton, der gleichzeitig Missbilligung und tiefe Dankbarkeit ausdrückte. «Ich habe Ihnen schon mal gesagt, dass ich sehr gut selber backen kann, wenn uns der Sinn nach Leckereien steht …»

«Ach, wissen Sie, ich habe heute Morgen einfach überlegt, wer mir wohl aus der Misere helfen könnte», fiel ihr Emily ins Wort, «und plötzlich dachte ich mir, dass eine intelligente Frau wie Sie, die es nicht gern sieht, wenn Essen verdirbt, eigentlich dazu in der Lage sein müsste. Wissen Sie, bei diesem Wetter kommt kaum jemand zum Nachmittagstee. Und darum würde mein Kuchen in den Abfalleimer wandern. Es ist frische Sahne drin, und …»

«Und Schokolade», sagte Rachels Mutter, während sie den Deckel anhob und in die Schachtel spähte, in einem Tonfall, als wäre der Kuchen mit Rattengift glasiert.

«Mrs. Vale, lohnt sich denn das Leben überhaupt, wenn man sich nicht ab und zu ein wenig verwöhnen lässt?»

«Dann möchte ich ihn wenigstens bezahlen.»

«Nein, es ist ein Geschenk. Und wenn Sie ihn schon nicht essen können, dann können Sie wenigstens versuchen, ihn zu verkaufen. Wir sollten uns das Geschäft ein wenig teilen. Wir müssen zusammenhalten.»

Emily blinzelte Rachel zu, die sich ein Lächeln verkneifen musste. Emilys Taktik, das Herz ihrer Mutter durch ihren unermüdlichen Enthusiasmus zu erweichen, zeigte die ersten Erfolge. In letzter Zeit arbeitete sie kontinuierlich daran, sie für sich zu gewinnen. Sie kam regelmäßig in den Laden, brachte kleine Geschenke mit und nutzte jede Gelegenheit, anzudeuten, dass Mrs. Vale und sie mehr verband als trennte.

Rachel persönlich konnte sich kaum zwei unterschiedlichere Menschen vorstellen. Doch Emily spielte das Spiel geschickt und würzte ihre Äußerungen mit höflichen, respektvollen Komplimenten, die ihre Wirkung taten, ehe Rachels Mutter merkte, dass sie sich einwickeln ließ. Das Ergebnis war, dass Laurel Vale in letzter Zeit ihre Einstellung der Freundin ihres geliebten Sohnes gegenüber zumindest so weit geändert hatte, dass sie ihre Existenz anerkannte.

«Dieses eine Mal nehme ich an, nur um Ihnen einen Gefallen zu tun, aber bitte keine weiteren Geschenke mehr», warnte ihre Mutter, doch in ihren Augen glitzerte leise Freude.

«Ich bin Ihnen so dankbar», entgegnete Emily, während Mrs. Vale die Schachtel in ihren Schoß legte und aus dem Laden in den Flur fuhr, um sie in der Küche abzustellen.

«Du schaffst es», sagte Rachel und kam wieder aus ihrer Ecke an der Theke hervor.

Emily sah Rachels Mutter hinterher. «Ich werde schon dafür sorgen, dass die alte Fledermaus mich mag!», sagte sie mehr zu sich selbst. «Lieber Himmel! Hör zu, ich wollte nicht … immerhin ist sie deine Mutter …»

Rachel kicherte. Sie fand es unheimlich erfrischend, dass Emily so normal war und immer aussprach, was sie dachte.

«Erzähl bloß nicht deinem Bruder, was ich gesagt habe», warnte Emily, aber sie lächelte dabei.

«Mach ich nicht. Er ist sowieso nicht da.»

«Ich weiß. Ich bin gekommen, um dich zu sehen.»

«Mich?», fragte Rachel geschmeichelt, doch in diesem Augenblick betraten zwei Kinder den Laden, die Glocke schrillte, und Emily trat beiseite, damit Rachel sie bedienen konnte. Die beiden verlangten Lakritz und zankten sich, über die Theke gebeugt, um ihr Geld. Normalerweise hätte Rachel sich Zeit für sie genommen und ihnen vielleicht hinter dem Rücken ihrer Mutter ein Bonbon zugesteckt, aber heute war sie nicht in der Stimmung. Sie wollte, dass sie verschwanden, damit sie allein mit Emily reden konnte.

Als sich die Tür mit einem Klingeln hinter ihnen schloss, trat Emily wieder vor die Theke.

«Also, was gibt's?»

Emily beugte sich ein wenig vor und holte tief Luft, ehe sie sprach. «Ach, Rachel, es ist so schwierig.» Ihre Stimme war kaum mehr als ein drängendes Flüstern.

«Was denn?», fragte Rachel alarmiert. Sie konnte sich gar nicht vorstellen, dass für Emily irgendetwas schwierig war.

«Die Sache ist die ... du wirst Bill von dir und Tony erzählen müssen.»

Rachel spürte, wie ihr die Schamesröte in die Wangen stieg. Nervös warf sie einen Blick in Richtung Tür, doch Emily schien ihre Furcht zu spüren. Sie streckte den Arm aus und berührte Rachels Hand. Ihre Fingernägel waren knallrot lackiert.

«Du kannst es nicht länger vor Bill geheim halten. Und ich will es ihm nicht sagen. Aber ich werde es tun müssen ...»

Rachel fuhr zusammen und starrte Emily in die sanften Augen. «Nein, bitte nicht! Ach, Emily ...»

«Es wird immer schwieriger. Mit Bill, meine ich. Ich lüge ihn zwar nicht direkt an, aber ich sage ihm auch nicht die Wahrheit. Er verdient es, eingeweiht zu werden. Ich hasse es, mit ihm zusammen zu sein und zu wissen, dass er hintergangen wird. Du bist die Einzige, die es ihm sagen kann.»

«Du weißt, dass das nicht geht. Er würde total wütend werden.»

«Bill hat sich verändert. Vertrau mir. Vielleicht wird er ein wenig wütend, aber längst nicht so, wie du glaubst. Er ist dein Bruder. Und es ist nicht so, dass er nie mehr mit dir sprechen würde.»

Emily lächelte, doch Rachel konnte nicht zurücklächeln. Sie hatte geglaubt, Emily würde die Sache mit ihr und Tony verstehen, doch sie begriff nicht, dass Bill – sollte er von Rachels und Tonys Zukunftsplänen erfahren – alles in seiner Macht Stehende tun würde, um sie zu vereiteln.

Emily seufzte. «Ich weiß, dass es schwierig für dich ist, aber denk über meine Worte nach, um meinetwillen, das ist alles, worum ich dich bitte. Und jetzt muss ich gehen.»

Als Emily im Regen verschwunden war, erfüllte Rachel eine böse Vorahnung, die sich nicht mehr abschütteln ließ. Aber was war, wenn Emily – ganz zufällig – richtig lag?, fragte sie sich, während sie begann, die Geschirrtücher zu falten. Was war, wenn Bill sich verändert hatte? Was war, wenn er eingesehen hatte, dass Tony mit Keith nichts zu tun hatte? Was war, wenn er dank Emily endlich gelernt hatte zu verzeihen?

Eine leise Hoffnung regte sich in Rachel, doch da öffnete sich die Tür zum Flur, und ihre Mutter kam zurück. Und im selben Augenblick erstarb dieses Fünkchen Hoffnung wieder. Sie konnte Bill nicht trauen. Wenn er die Sache mit Tony erfuhr, würde er ihrer Mutter davon erzählen, und sie wusste mit Sicherheit, dass sie in diesem Haus nicht auf Verständnis stoßen würde.

Pearls Mutter war in einer wohlhabenden Familie aufgewachsen, ehe sie Dr. Glaister geheiratet und sich mit ihm in Stepmouth niedergelassen hatte. Sie bewohnten eines der viktorianischen Stadthäuser in Hafennähe, und ihr Vorgarten reichte bis zur Kaimauer. Die nüchtern und einfach eingerichtete Praxis lag im Souterrain, an den senffarbenen Wänden, von denen sich die Farbe ablöste, hingen eingerissene Werbeplakate für Medikamente neben Schaubildern, auf denen Skelette abgebildet waren. Die hölzernen Bänke im Wartezimmer und der Desinfektionsmittelgeruch, der durch die Schiebetür des Behandlungsraums mit den faszinierend undurchsichtigen Milchglasfenstern drang, waren Rachel ebenso vertraut wie allen anderen Bewohnern der Stadt.

Anders als die übrigen Bürger jedoch kannte Rachel auch die oberen Räumlichkeiten, deren Einrichtung dem extravaganten Geschmack von Pearls Mutter entsprach – unvorstellbar, wenn man die dunklen Praxisräume unten kannte. Von der Decke über dem Treppenabsatz hing ein altmodischer Kronleuchter, ein Familienerbstück; überall gab es Rüschen und phantasievolles Dekor, und alle Fenster waren eingerahmt von geblümten Vorhängen.

Von Pearls großem Zimmer blickte man auf die Hafenmauer und die Flussmündung, auf der immer Fischerboote herumtuckerten. Doch trotz der Nähe zum Wasser war der Raum, in dem Rachel von Kindheit an gespielt hatte, warm und gemütlich. Inzwischen kannte sie jede einzelne Puppe und jeden der Teddybären, die auf den hölzernen Bücherregalen aufgereiht saßen.

Als sie am Abend hinter Pearl stand, die an ihrer Frisierkommode mit dem verspielten Dekor saß, empfand Rachel angesichts der vertrauten Umgebung ein Gefühl von Sicherheit, das sie zu Hause seit einiger Zeit vermisste. Die beiden Mädchen betrachteten sich in dem langen Spiegel. Pearl trug einen gefütterten Morgenrock, und ihr Haar war auf die neuen rosafarbenen Lockenwickler gedreht – ein

Versuch, Leben in die feinen blonden Strähnen zu bringen. Rachel hatte die Haare so fest eingedreht, dass Pearls reine, blasse Haut an den Wangen und an der Stirn spannte.

«Emily hat erwähnt, dass sie sich Zeitschriften aus Amerika kommen lässt», sagte Rachel, wohl wissend, dass sie Pearl damit beeindrucken würde. Wie Emily heute gekleidet gewesen war, hatte sie bereits in allen Einzelheiten beschrieben. «Vielleicht können wir ein paar neue Schnittmuster bestellen. Fragen könnte ich sie zumindest mal.»

«Echt, würdest du das tun? Ich meine, auch für mich fragen?»

Rachel nickte und wandte ihre Aufmerksamkeit wieder Pearls Frisur zu, froh, dass sie eine Möglichkeit gefunden hatte, sich bei der Freundin einzuschmeicheln. Sie hatte sich schrecklich schuldig gefühlt, weil sie Tony so lange vor Pearl geheim gehalten hatte, und jetzt erfüllte sie eine tiefe Sehnsucht nach der Nähe, die einst zwischen ihnen geherrscht hatte. Als ein zufriedenes Schweigen entstand, nahm Rachel ihren Mut zusammen und fragte ihre Freundin in einer Angelegenheit um Rat, mit der sie sich seit Tagen herumquälte.

«Weißt du, es gibt da ein Mädchen», begann Rachel, ohne Pearl anzusehen, während sie eine Strähne am Hinterkopf um einen rosa Lockenwickler drehte. Pearl summte vor sich hin und spielte mit einer großen Puderquaste, und Rachel sprach weiter, ohne sie anzusehen. «Sie kommt manchmal in den Laden. Sie ist nicht von hier, aber sie muss in unserem Alter sein. Vielleicht sogar jünger. Jedenfalls kam sie neulich ins Geschäft und sah ganz furchtbar aus. Irgendjemand hat zu mir gesagt, sie sei vielleicht … na ja … von irgendeinem Kerl reingelegt worden.»

Es gelang Rachel, genug Entsetzen in ihre Stimme zu legen, um Pearls Aufmerksamkeit zu gewinnen. Pearl, die mit dem weißen Puderfleck an ihrer Wange aussah, als hätte sie ein Schneeball getroffen, richtete den Blick im Spiegel auf Rachel.

«Du meinst, sie ist schwanger?», rief Pearl aus. «Und das in unserem Alter? Wie furchtbar. Dann kann sie wirklich nicht von hier sein!»

«Nein, nein. Aber sie ist nicht, wie du denkst. Sie stammt aus einer netten Familie, ganz normal. Wie du und ich. Aber eins ist sicher, verheiratet oder verlobt ist sie nicht. So was ist doch schrecklich, oder? Ich wüsste nicht, was ich tun sollte. Du etwa? Angenommen, wir hätten es gemacht, was wir natürlich nicht haben», fuhr Rachel rasch fort. «Aber mal angenommen, es wäre uns passiert – wie kann man denn feststellen, ob man wirklich … schwanger ist?»

«Daran, dass die Regel ausbleibt und man morgens kotzt und solche Sachen, sagt Dad.»

«Was würdest du in so einem Fall tun? Nur rein theoretisch?»

«Ich? Ich würde mich umbringen», erklärte Pearl. «Kannst du dir vorstellen, was meine Eltern sagen würden? Lieber würde ich sterben, als ihnen die Wahrheit beichten zu müssen.»

Rachel lächelte gequält. Sie kannte Pearls Eltern, solange sie denken konnte. Sie konnte sich vorstellen, dass sie zu diesem Thema eine Menge zu sagen hätten, aber ganz sicher nichts Nettes oder gar Verständnisvolles.

«Ich wäre nicht mehr in der Lage, hier zu leben, wenn mir etwas Derartiges passieren würde», griff Pearl das Thema noch einmal auf. «Ich meine, alle wüssten Bescheid, stimmt's? Das lässt sich ja nicht verbergen. Und meine Eltern würden sich zu Tode schämen. Die Leute würden hinter ihrem Rücken tuscheln.»

«Nicht, wenn du heiraten würdest.»

«Aber man kann erst mit achtzehn heiraten. Und außerdem heiratet einen sowieso keiner mehr, wenn man schon ein Kind hat.»

«Wie wär's mit dem Mann, der einen geschwängert hat?», schlug Rachel vor.

«Denk doch mal nach! Zu dem könntest du doch auf keinen Fall gehen. Das hätte überhaupt keinen Sinn. Kein Mann, und schon gar kein netter, würde bei einem Mädchen bleiben, das vor der Ehe mit ihm geschlafen hat.»

Rachel gab keine Antwort. Sie brannte darauf, Pearl von Tony zu erzählen, und hatte doch schon so viele Gelegenheiten verstreichen lassen – und jetzt wusste sie, warum. Pearl würde sie nicht verstehen.

«Oben beim Stützpunkt gab es vor ein paar Jahren ein Mädchen, dem das passiert ist», sagte Pearl, die Ellbogen auf die Frisierkommode gestützt. «Ich kann mich erinnern, dass Dad sie hergebracht hat. Sag's nicht weiter, ich darf das nämlich nicht erzählen.»

«Was war passiert?»

«Sie hatte versucht, sich das Baby selbst wegzumachen.»

«Kann man das denn?»

«Sie hat probiert, es mit einem Drahtkleiderbügel herauszuholen!»

Rachel wurde übel.

«Sie war in einem schrecklichen Zustand. Überall war Blut, unser ganzer Küchenboden war voll davon. Sie wollte ursprünglich zu einem Arzt in Exeter, der es ihr wegmachen sollte, doch Dad meinte, das sei ein Quacksalber, der sie eher umbringen als ihr helfen würde.»

«Oh», sagte Rachel. Sie hatte nicht erwartet, dass Pearl bereitwillig so grausige Einzelheiten erzählen würde.

«Ja, stell dir das mal vor», fuhr Pearl fort. «Ich meine, du müsstest dich entweder umbringen oder für immer verschwinden, oder etwa nicht? Vor allem, wenn du allein bist.»

Rachel nickte stumm. Ihr fiel nichts ein, was sie hätte entgegnen können. «Aber wenn man kein Geld hat …», sagte sie schließlich, «… wenn man woanders niemanden kennt … und wenn man nirgendwo sonst Verwandte hat?»

Pearl nahm die Zeitschrift von der Frisierkommode und begann, sie durchzublättern. «Dann würde man wahrscheinlich verhungern oder in irgendeiner Großstadt als Prostituierte enden. Meinst du, ich sollte mir die Haare färben, Rach? Wie wär's mit Rot, ein ähnlicher Ton wie bei dir? Oder meinst du, dass mir eine Frisur wie die von Emily besser stehen würde?»

In dieser Nacht trommelte der Regen auf das Dachfenster in Rachels Zimmer. Bei dem monotonen Geräusch wäre sie normalerweise innerhalb weniger Minuten eingeschlafen, aber diesmal lag sie noch wach, als bereits der Morgen dämmerte, und starrte den hin und her tanzenden Schatten an, den ein Ast der alten Eiche an ihre Zimmerdecke warf.

Sie sehnte sich nach Tony. Ein Dutzend Briefe an ihn hatte sie begonnen und wieder zerrissen. Sie stellte sich ihn in seinem Schuppen vor und fragte sich besorgt, ob er in Sicherheit und im Trockenen war. Sie sah vor sich, wie er in diesem Augenblick auf seinem Bett aus Kisten lag, während im Ofen ein Feuer flackerte. Es war alles so ungerecht. Tony hatte so viel mehr verdient.

Wenn sie doch nur zusammen sein könnten. Aber je länger sie über ihr Gespräch mit Emily nachdachte, desto überzeugter war sie, dass die Möglichkeit in unendliche Ferne rückte.

Es war wie Folter, dieses Leben im Verborgenen. Rachel hatte sich in so viele Lügen verstrickt, dass sie vor lauter Angst, sich zu verraten, mit kaum jemandem mehr zu sprechen wagte. Nur Tony würde sie verstehen, dachte sie. Doch das war es auch, was ihr am meisten Angst machte. Wenn sie Tony treffen, wenn sie zu ihm gehen oder mit ihm sprechen würde, merkte er sicher, dass etwas nicht stimmte.

Und es stimmte wirklich etwas nicht. Ganz und gar nicht. Immer wenn sie diese Möglichkeit in Erwägung gezogen hatten, war es gewesen, als tauchte sie die Zehen in siedend heißes Wasser. Sie hatte gehofft, ein Gespräch mit Pearl würde helfen, doch jetzt wusste sie mit Sicherheit, dass ihre Symptome nur eines bedeuten konnten. Und dass sie sich nichts mehr vorzumachen brauchte.

Während Rachel so an die Decke starrte, das kalte Leintuch und das Federbett bis zum Kinn hochgezogen, gestand sie sich schließlich die Wahrheit ein. Sie trug Tonys Kind unter dem Herzen.

Rachel weinte leise vor sich hin. Was war, wenn Pearl Recht hatte? Was, wenn Tony sie reingelegt hatte? Was, wenn er ihr die Ehe nur versprochen hatte, damit sie sich ihm weiter hingab? Was, wenn er das vor ihr schon Dutzenden von Mädchen versprochen hatte?

Aber Tony liebte sie doch. Sie wusste es. Er hatte es ihr gesagt. Er wollte doch für immer und ewig mit ihr zusammen sein, oder etwa nicht?

Doch sosehr sie sich auch an dem Bild festklammerte, wie Tony sie in den Armen hielt, sie wusste doch, dass jetzt alles anders war. Vielleicht hasste er sie ja, wenn sie ihm von dem Baby erzählte. Schließlich wollte er jetzt bestimmt noch kein Kind – in seinem Alter … Er hatte doch das Leben noch vor sich. Er war jung, und die Zukunft stand ihm offen. Und wenn er das mit dem Baby erfuhr, würde ihm klar sein, dass er all seine Pläne begraben konnte.

Du müsstest dich umbringen, oder etwa nicht?, hatte Pearl gesagt. Rachel spürte eine Welle der Übelkeit aufsteigen und griff nach dem Nachttopf. In diesem Moment hörte sie das verräterische Quietschen der Tür unten. Bill kam endlich heim. Rachel wimmerte vor sich hin, während ihr Bruder versuchte, sich unbemerkt ins Bett zu schleichen, nachdem er die Nacht mit Emily verbracht hatte. Sie konnte sich seinen träumerischen Gesichtsausdruck vorstellen und hasste ihn dafür.

Es ist nicht fair, dachte Rachel, während sie möglichst leise in den Nachttopf erbrach. Warum durfte Bill sich bis spät in die Nacht draußen herumtreiben, und sie selbst saß ganz allein hier oben in der Falle?

Eine Stunde später hatte Rachel immer noch keinen Frieden gefunden. Sie schlich die Treppe hinunter, um den Nachttopf in die Außentoilette zu entleeren, ehe Bill oder ihre Mutter auch nur den leisesten Verdacht schöpfen konnten. Sie stippte den Finger in die Dose mit dem weißen Zahnpastapulver und steckte ihn in den Mund, um es auf ihrer Zunge zu verteilen. Wieder würgte sie, doch sie musste ihren übel riechenden Atem überdecken, ehe sie beim Frühstück ihrer Familie gegenübertrat.

Bill stand als Erster auf und pfiff vor sich hin, als er sich, noch ohne Hosenträger, in der Küche rasierte. Er wirkte kein bisschen müde, obwohl er, wie sie ja mitbekommen hatte, nur wenige Stunden geschlafen hatte.

Rachel hingegen fühlte sich erschöpfter denn je. Es kostete sie etliche Mühe, das Würgen zu unterdrücken, während sie auf dem Herd Eier und Speck briet. Als sie sich dann schließlich zum Frühstück gesetzt hatten, merkte sie, dass ihre Mutter und Bill besorgte Blicke austauschten.

«Alles in Ordnung, Rachel?», fragte Bill. «Du siehst sehr blass aus.»

«Mir geht's gut», erklärte sie, wagte aber nicht aufzusehen. Stattdessen zwang sie sich zu einem weiteren Bissen von dem gerösteten Brot. «Kannst du vielleicht das Ding auf den Wetterbericht einstellen?», fragte sie mit Blick auf das Radio. «Der Regen wird immer schlimmer.»

Ihre Ablenkungstaktik schien zu funktionieren. Trotzdem war sie kaum in der Lage, Bills Abschiedsgruß zu erwidern, als er aufbrach, und nahm teilnahmslos hin, dass sie schon wieder im Laden antreten sollte. Jetzt, wo sie die Prüfungen hinter sich hatte, erwartete er von ihr, dass sie nicht weniger, sondern mehr arbeitete. Es war unfair, aber sie hatte keine Kraft zu streiten.

Als ihre Mutter ihn zur Tür begleitete, nutzte Rachel den Moment, um aufzuspringen, zum Spülstein in der Küche zu laufen und ihr Frühstück zu erbrechen.

Dann ließ sie eilig Wasser nachlaufen und sah zu, wie das Beweismaterial davonsickerte, während der Wasserhahn dumpfe, stotternde Geräusche von sich gab. Als Rachel die Essensbestandteile in den Ausguss schob, entschlüpfte ihr ein leises Stöhnen.

«Rachel?»

Über das Waschbecken gebeugt, wandte sich Rachel um und erkannte im Türrahmen zwischen Küche und Wohnzimmer die Umrisse ihrer Mutter. Nachdem sie leise die Tür hinter sich zugezogen hatte, griff sie zu Rachels Entsetzen nach dem großen Schlüsselring, der von ihrer Taille baumelte, und schloss ab.

«Was tust du da, Mum?»

«Du hast dich erbrochen, stimmt's?» Ihre Mutter kam die Rampe zur Küche heruntergerollt. Rachel wich gegen den Spülstein vor ihr zurück.

«Nein.»

«Lüg mich nicht an.»

Den Blick zu Boden gerichtet, kämpfte Rachel gegen die Übelkeit und gegen die Angst an, die beim Tonfall ihrer Mutter in ihr aufstieg.

«Ich habe dich beobachtet», erklärte die Mutter.

Rachel wandte sich von ihr ab und tat, als widme sie sich dem Abwasch. Doch als ihre Mutter weitersprach, erstarrte sie.

«Ich weiß es, Rachel.»

«Du weißt was?»

«Ich weiß, was mit dir los ist.»

Rachel traten Tränen in die Augen. Nein, sagte sie sich. Sie durfte nicht weinen. Nicht vor ihrer Mutter. Wenn sie weinte, dann wusste sie wirklich Bescheid. Aber ihre kindliche Seite war stärker. Sie brauchte das Verständnis ihrer Mutter. Sie brauchte eine Umarmung. Sie brauchte jemanden, der ihr sagte, es würde alles in Ordnung kommen.

«Schau mich an!», fuhr die Mutter sie an. Rachel begann zu zittern. «Schau mich an!»

Rachel war der Meinung, ihrer Mutter alles Mögliche verheimlichen zu können, aber ihr Instinkt sagte ihr, dass es ihr diesmal misslungen war. Ihr Geheimnis war heraus. Als sie sich umwandte, rang ihre Mutter nach Luft. Selbst wenn sie die Kraft dazu hätte, war es sinnlos, weiter Theater zu spielen.

«Es ist nicht so, wie du denkst», wimmerte Rachel.

«Du bist schwanger», zischte ihre Mutter. «Das sieht doch

der letzte Idiot. Glaubst du vielleicht, ich hätte dich heute Morgen nicht gehört? Und gestern. Und vorgestern. Hältst du mich für blöd? Meinst du, ich wüsste nicht, was mit meiner eigenen Tochter nicht stimmt?»

Rachel spürte, wie die Tränen über ihre Wangen rannen. Sie wünschte sich nichts als Verständnis, und als ihr jetzt bewusst wurde, dass ihre Mutter mit eigenen Augen sah, wie sie litt, und doch anstelle von Mitleid nichts als Verachtung für sie übrig hatte, wuchs ihre Verzweiflung.

Ihre Mutter kam noch näher. «Wer hat dir das angetan? Sag es mir! Sag es mir sofort!»

Die Mutter packte Rachels Arm und zog sie hinunter, sodass sie neben dem Rollstuhl auf die Knie fiel. Rachel schrie vor Schmerz auf. Sie glaubte schon, ihre Mutter würde sie schlagen, doch offenbar besann sie sich im letzten Augenblick und ließ stattdessen einen langen Seufzer hören. Rachel merkte, dass es ihre Mutter übermenschliche Anstrengung kostete, sich wieder zu fassen. Dann hörte Rachel sie ein kurzes Gebet sprechen.

Ein langes Schweigen entstand. Rachel wischte sich die Tränen ab und wartete darauf, dass der mütterliche Zorn über sie hereinbrach. Doch dann strich ihre Mutter ihr sanft das Haar aus dem Gesicht.

«Ach, mein armer Liebling. Ich hätte nicht böse werden dürfen. Es tut mir Leid. Es tut mir Leid», seufzte sie und streichelte Rachels Wange. Rachel spürte, wie sich etwas in ihr entspannte. Ihre Mutter liebte sie also doch. Sie verstand sie.

«Oh, Mum, ich habe solche Angst.»

«Hat er dich dazu gezwungen?», fragte ihre Mutter.

«Wer?»

«Wer auch immer dir das angetan hat.»

Rachel wurde ganz steif und schniefte. «Es ist nicht, wie du denkst. Ich liebe ihn …»

«Liebe!» Alles Mitleid war aus der Stimme ihrer Mutter gewichen. «Was weißt du schon von Liebe?»

«Eine Menge», konterte Rachel, denn sie spürte, wie ihre Kraft zurückkehrte. «Tony und ich …»

Sie hielt inne. Der Name, sie hatte seinen Namen verraten! Die Augen ihrer Mutter verdüsterten sich.

«Tony? Du meinst doch nicht etwa diesen Glover-Sprössling? Willst du damit sagen … willst du damit sagen, dass er dir das angetan hat?»

Rachel hatte die ganze Zeit über gekniet, doch jetzt rutschte sie zurück, um wieder aufzustehen. «Nicht mit Absicht. Es ist nicht seine Schuld. Wir sind beide dafür verantwortlich. Wir lieben uns.»

Der Schlag ihrer Mutter traf ihr Gesicht mit derartiger Wucht, dass sie das Gleichgewicht verlor, auf den Rücken fiel und mit der Schulter hart gegen den Küchenherd prallte. Reglos vor Schrecken blieb sie neben der kalten Metalltür liegen. Ihre Mutter hatte sie noch nie geschlagen. Rachels Lippen pochten. Blut tropfte auf den Boden.

«Du wirst es wegmachen lassen!» Ihre Mutter schrie nicht, aber ihre Stimme war messerscharf.

«Nein», weinte Rachel.

«Du wirst sein Kind auf keinen Fall zur Welt bringen. Hast du verstanden?»

«Nein, Mum, nein! Wir werden heiraten …»

«Nur über meine Leiche!», zischte die Mutter. Dann beugte sie sich so weit vor, dass sie Rachels Schulter packen konnte. Ihre Finger gruben sich tief in das Fleisch. «Wie konntest du nur, Rachel? Wie konntest du deinem Vater und mir das antun? Deiner Familie?»

«Es tut mir Leid.» Während Rachel mit den Armen ihr Gesicht gegen weitere Schläge abschirmte, schluchzte sie so laut, dass sie das leise Wehklagen der Mutter kaum zur Kenntnis nahm.

Sie hätte nicht sagen können, wie lange das Schweigen zwischen ihnen anhielt, doch als sie aufblickte, sah sie Tränen auf den Wangen ihrer Mutter. Ihre Blicke trafen sich, und plötzlich nahm sie Rachel in den Würgegriff.

«Du darfst das keiner Menschenseele erzählen, nicht einmal Bill oder diesem jämmerlichen Mistkerl. Es bleibt unser Geheimnis, hast du verstanden?» Rachel spürte, wie sich etwas in ihr zusammenzog, als sie den Sinn der Worte begriff. «Niemand braucht es jemals zu erfahren. Wir lassen es wegmachen. Ich werde das arrangieren, und damit hat sich's.»

«Mum, nein, bitte nicht!»

Rachel versuchte sich loszureißen. Ihr Schluchzen wich jetzt blankem Entsetzen. Aber ihre Mutter nahm es nicht wahr. Stattdessen umklammerte sie Rachel mit eisenhartem Griff und drückte ihren Kopf auf ihr Knie.

«Mein kleines Mädchen. Da, siehst du, du bist immer noch mein kleines Mädchen. Es ist nicht deine Schuld. Jetzt wird alles wieder gut, du wirst sehen.»

Rachel stürzte zur Hintertür, sobald ihre Mutter sie hatte gehen lassen, damit sie den Laden öffnete. Ihr einziger Gedanke war, so schnell wie möglich zu Tony zu gelangen. Sie nahm sich nicht einmal die Zeit, eine Jacke anzuziehen, und rannte blindlings in den Regen hinaus.

Tony wischte gerade das Wasser von den Betonplatten vor seinem Schuppen, als Rachel bei ihm eintraf. Sie brach in seinen Armen zusammen, ihre Kleider klebten am Körper, und ihre Zähne schlugen aufeinander.

«Was ist passiert?», fragte er mit Panik in der Stimme und packte sie an den Oberarmen. Er sah ihr ins Gesicht und berührte vorsichtig die aufgeplatzte Lippe. «Wer hat dir das angetan?»

«Sie hat es rausgekriegt», schluchzte Rachel. «Sie hat es rausgekriegt.»

«Wer? Wer hat es rausgekriegt?»

«Mum.» Beim Gedanken daran, dass ihre Mutter sie geschlagen hatte, brach Rachel erneut in Tränen aus. «Ich hasse sie! Ich hasse sie abgrundtief! Ich wünschte, sie wäre tot!»

«Sie hat rausgekriegt, dass wir zusammen sind? Wie denn? Wer hat es ihr gesagt?»

Rachel wischte sich die Tränen weg. Sie musste jetzt tapfer sein. Nur Tony würde sie verstehen. Er musste einfach. Er war ihre letzte Chance. Oh, Gott. Was war, wenn er sie verließ? Was, wenn er sie nicht mehr wollte? Was war, wenn er das Kind nicht wollte? Was dann?

Sie spürte seine Hände auf ihren Schultern und zwang sich, ihm ins Gesicht zu sehen.

«Ach, Tony, es ist alles viel schlimmer, als du dir vorstellen kannst.»

«Wie meinst du das?»

«Sie weiß von dem Baby.»

Tony schien der Atem zu stocken. Er umklammerte immer noch ihre Schultern.

«Unser Baby? Du meinst, du bist …?»

Rachel nickte. Sie zitterte. «Sie will, dass ich es wegmachen lasse. Ich sollte es dir nicht sagen. Sie hat mich geschlagen. Sie … sie …» Wieder wurde Rachel von Schluchzern geschüttelt.

Tony schloss sie fest in die Arme, sodass ihr Gesicht an seiner Brust ruhte.

«Pssst. Nicht weinen. Bitte nicht weinen. Überlass es mir», murmelte er dicht an ihrem Ohr. «Überlass einfach alles mir.»

19. Kapitel

Palma, 2003

Laurie fuhr mit dem roten Leihwagen in das Betonlabyrinth der Straßen um den Flughafen von Palma. Es war erst zehn Uhr morgens, aber laut dem Personal im Leihwagenbüro sollte es – selbst nach mallorquinischen Maßstäben – einer der heißesten Tage dieses Sommers werden. Die Sonne brannte bereits jetzt so unbarmherzig, dass sie sich, nervös und mit ausgedörrter Kehle, fühlte, als wären Scheinwerfer auf sie gerichtet. Sie sah auf das Autothermometer, das bereits über vierzig Grad anzeigte.

Draußen schienen nur die Palmen unter dem strahlend blauen Himmel bewegungslos. Alles andere, vom Pflaster bis zu den Autos auf dem Parkplatz, flirrte in der Hitze. Die Urlauber, die in Trauben aus der kühlen Ankunftshalle strömten, schwirrten aufgeregt hin und her wie Insekten, als hätten sie ganz und gar die Orientierung verloren.

Laurie konnte nachempfinden, wie sie sich fühlten, aber heute musste sie sich konzentrieren. Sie nahm eine Abkürzung an einem «Zufahrt verboten»-Schild vorbei, fuhr quer über den Parkplatz und stellte dann den Motor ab. Verfluchte Hitze! Sie schwitzte am ganzen Körper, und ihre Beine fühlten sich an, als wären sie mit dem schwarzen Sitz verschmolzen. Die Luft im Terminal war kühler, aber sie verminderte ihre Nervosität nicht im Geringsten. Der Ankunftsanzeige auf dem Monitor entnahm sie, dass das Flugzeug ihres Vaters in vierzig Minuten landen würde. Nur noch vierzig Minuten …

Sie zog die Wasserflasche aus ihrer Handtasche und trank einen Schluck von der lauwarmen Flüssigkeit, doch die Angst, die sie wellenartig durchfuhr, ließ nicht nach.

Hinter der Glasscheibe sah sie die im Kreis laufenden Gepäckbänder, umringt von gestressten Passagieren, die sich nach ihren Koffern drängten. Nur die Leute vom Bodenpersonal schienen ungerührt. Lässig schlenderten sie in ihren Uniformen umher und ließen sich weder von der hektischen Betriebsamkeit noch von den offenbar dringlichen Lautsprecheransagen in spanischer Sprache aus der Ruhe bringen.

Laurie spürte einen Kloß im Hals. Was hatte sie sich bloß dabei gedacht, ihren Vater hierher einzuladen? Er kam für eine ganze Woche, und zwar in der Erwartung, ruhige Ferien mit ihr zu verbringen. Bei ihrem Telefongespräch vor ein paar Tagen hatte sie nicht einmal angedeutet, was für eine Überraschung sie für ihn bereithielt. Stattdessen hatte sie sich angehört, wie teuer der Flug sei und dass er zum ersten Mal seit dem Tod ihrer Mutter allein verreiste.

Warum nur hatte sie sich von Rachel zu dieser Farce überreden lassen? Und warum ausgerechnet jetzt, zum schlechtesten Zeitpunkt? Glaubte Rachel etwa im Ernst, dass Bill bei ihrem Anblick auf der Stelle alles, was zwischen ihnen stand, vergeben und vergessen würde? Und selbst wenn das Unwahrscheinliche eintrat, wenn sie sich küssten und miteinander versöhnten, was würden sie sagen, wenn sie von der Sache mit ihr und Sam erfuhren?

Es war alles ihre Schuld, warf sich Laurie vor. Sie hätte Rachel den Gedanken an Versöhnung ausreden müssen, anstatt ihren Hoffnungen Vorschub zu leisten.

Laurie dachte an die Reaktion ihres Vaters, als sie seine Schwester zum ersten Mal erwähnt hatte. Er hatte sich vor all den Jahren entschieden, seine Familie zu vergessen. Daran hatte er festgehalten und eine neue, eigene Familie gegründet. So wie sie es jetzt mit Sam vorhatte.

Sam. Beim bloßen Gedanken an ihn krampfte sich Lauries Magen zusammen. Wie sollten ihr Vater oder Rachel jemals die alles verzehrende, verzweifelte Liebe begreifen, die sie für ihn empfand? Ihr Vater war kein leidenschaftlicher Mensch. Er hatte noch nie eine Liebe auf die Art und Weise verloren wie sie damals. Wie also sollte er verstehen, dass sie bereit war, alles aufs Spiel zu setzen – selbst ihre einzige echte Verwandtschaft –, um diese Liebe nicht noch einmal zu verlieren? Und Rachel? Das, was ihre Tante sagen würde, wollte sich Laurie lieber gar nicht erst vorstellen.

Als sie nun durch die Scheibe in der Ankunftshalle zur Passkontrolle schaute und in der Schlange ihren Vater entdeckte, holte sie tief Luft, um ihren Pulsschlag zu beruhigen.

Er trug einen neuen Panama-Strohhut und ein perfekt gebügeltes weißes Hemd mit kurzen Ärmeln. Sein Pass lugte aus der Brusttasche, und um in seinem Mallorca-Führer zu lesen, hatte er den Sonnenschutz auf seiner Brille hochgeklappt. Sie kannte ihn gut genug, um zu wissen, dass er entschlossen war, den Passbeamten auf Spanisch anzusprechen.

Für alle anderen war er sicher nichts weiter als ein Urlauber, ein Rentner, einer von vielen. Ihr hingegen bedeutete er unendlich viel, und sie merkte jetzt, wie sehr sie ihn vermisst hatte. Tränen stiegen ihr in die Augen. Sie würde ihm furchtbar wehtun müssen, sein ganzes Vertrauen in sie zerstören. Brachte sie das wirklich fertig?

«Dad». Sie reckte sich, um ihn zu umarmen, als er wenige Minuten später durch die sich automatisch öffnende Glastür trat. Ob er spürte, wie angespannt sie war? Sie fühlte sich, als würde sie auf der Achterbahn in eine weitere Todeskurve einfahren. «Endlich bist du da.»

«Laurie», sagte er, küsste sie auf die Wange und ließ sich von ihr eine der Reisetaschen abnehmen. «Du bist ja ganz schön braun geworden.»

Diesen Augenblick hatte sie gefürchtet, doch als er anfing, von der Eigentümergemeinschaft und den Nachbarn zu erzählen, die sie kaum kannte, und dass die Erdbeeren in diesem englischen Rekordsommer so wunderbar gediehen, war sie verblüfft darüber, wie normal er sich verhielt. Damit wurde sein Besuch in einer Weise real, die geradezu schmerzte.

«Wie geht's mit der Arbeit voran?», fragte er, als er seine Zusammenfassung der jüngsten Ereignisse beendet hatte.

«Oh, ganz gut. Ich habe in den letzten paar Monaten fast fünfzehn Bilder gemalt.»

«Eine ganz schöne Sammlung. Ich kann es kaum abwarten, sie zu sehen.»

An der Drehtür zögerte Laurie. Sie hoffte, er werde ihr in die Augen sehen, die Angst darin erkennen und alles wieder ins Lot bringen. Stattdessen deutete er ihr Schweigen als Aufforderung zu einer Entschuldigung. Langsam nahm er die Brille ab, und Laurie bemerkte die vielen Falten um seine Augen.

«Ich denke, wir sollten uns aussprechen, bevor wir uns etwas anderes vornehmen», sagte er seufzend, als hätte sie ihn gedrängt. «Ich habe wohl etwas überreagiert, als wir uns das letzte Mal gesehen haben. Ich hatte einfach Angst, du würdest dich mit Rachel einlassen, weißt du? Aber du warst ja wie immer vernünftig und bist hierher gefahren, um Abstand von der ganzen Sache zu gewinnen.»

«Dad, ich …»

«Ich weiß, dass es dir Leid tut, Laurie, du musst es mir nicht sagen. Dass du mich hierher eingeladen hast, ist schon genug. Wir hätten uns nicht streiten sollen. Ich habe mich schrecklich danach gefühlt. Aber so ist es nun mal. Jetzt bin ich hier, und wir können uns ein paar schöne Tage machen.»

Laurie suchte verzweifelt nach den richtigen Worten.

«Na, komm», fuhr er fort und drückte ihren Arm. «Reden wir nicht mehr davon. Ich möchte, dass du mir all das zeigst, wovon du mir vorgeschwärmt hast.»

Und damit schob er sie durch die Tür in den strahlenden Tag hinaus.

20. Kapitel

Stepmouth, 15. August 1953, 18:30 Uhr

Tony starrte in den prasselnden Regen, aber von Rachel war weit und breit nichts zu sehen. Er stand eng an die Holztür der Garage in der Lydgate Lane gedrückt, wo ihm das rostige Blechdach Schutz bot.

Das Wasser ergoss sich über dessen Rand auf die Spitzen seiner besten schwarzen Lederstiefel. In Böen wehte der klagende Wind heran, heulte wie ein Wolf durch die Straße und zwang Tony, seine Mütze tief ins Gesicht zu ziehen.

An diesem Tag war bereits etliches schief gelaufen, und jetzt befürchtete er, es könne noch schlimmer werden. Er war nicht abergläubisch, aber irgendetwas stimmte nicht. Eine Art Spannung lag in der bleischweren Luft. Seit Stunden spürte er ein heftiges Pochen in den Schläfen, und jetzt hatte er auch noch Ohrenschmerzen.

«Total unheimlich», hatte Emily gesagt, als er sich vor zwei Stunden von ihr verabschiedet hatte. «Je eher dieser Tag vorüber ist, desto besser.»

Er hatte sie auf die Wange geküsst, was er noch nie zuvor getan hatte. Und sie hatte ihn irritiert angesehen, jedoch für sich behalten, was sie dachte. Total unheimlich … Tja, damit hatte sie absolut Recht gehabt. Um zehn Uhr an diesem Morgen hatte sich der blaue Himmel zunächst weiß und dann grau gefärbt. Und um die Mittagszeit war es so düster geworden, dass sie im Haus das Licht einschalten mussten, um überhaupt etwas sehen zu können. Dann hatten sich er und Emily in der Küche an die Fensterbank gehockt und staunend beobachtet, wie eine riesige, weit in den Himmel hinauf ragende Cumulonimbus-Wolke mit einem lila-purpurroten Sockel über der Stadt heraufzog. Sie hatte die Form eines Hammers gehabt, der jeden Augenblick niederfahren konnte.

Tony sah zum Himmel hinauf. Wenn die Hammerwolke immer noch da war, musste sie hinter dieser größeren grauen Masse verborgen sein, die sich rasend schnell über den Himmel bewegte. Er schauderte. Je schneller Rachel herkam, desto besser für sie beide.

Plötzlich wurde aus der leisen Besorgnis Panik. Und wenn nun etwas passiert war? Wenn sie gerade jetzt mit ihrer Mutter und Bill im Laden stand und sie sie dort festhielten? Oder wenn sie es sich anders überlegt hatte? Tony rieb seine kalten Hände aneinander. Wie viel Zeit sollte er ihr noch geben? Fünf Minuten? Weniger? Und dann? Sollte er hingehen? Zu Vale Supplies? Sie packen und einfach mitnehmen?

Als hätte sie diesen Schwall von Fragen gehört, war sie plötzlich da, in einem glänzenden grünen Regenmantel und mit einem gelben Regenhut aus Wachstuch, den er in ihrem Zimmer gesehen hatte. Ein wenig unbeholfen schwankte sie unter dem Gewicht der roten Reisetasche, die sie bei sich trug, auf ihn zu.

Er winkte und lief ihr durch überquellende Schlaglöcher und anschwellende Pfützen entgegen. Dann nahm er ihr die Tasche ab, ergriff ihre Hand und führte sie unter das schützende Garagendach. Dort legte er ihr die Arme um die Schulter, küsste ihr nasses Gesicht und schmiegte seinen zitternden Körper an ihren.

«Hat dich auch niemand gesehen?», fragte er.

«Ich habe Angst.»

Ich habe auch Angst, hätte er am liebsten gesagt. Ja, er hatte mehr Angst als je zuvor in seinem Leben, Angst vor der Zukunft, die plötzlich wie ein klaffender Abgrund vor ihnen lag. Aber was für einen Zweck hatte es, ihr das zu sagen? Sie würde sich nur noch elender fühlen. Wenn er Zweifel an den Tag legte, würden sie wahrscheinlich beide in Panik geraten. Nein, er musste sich stark geben. Um ihrer beider willen. Für sie alle drei, dachte er bei sich, als sie ihren Bauch an seinen drückte. Sie waren jetzt eine Familie, und diese Familie war in Gefahr.

«Hast du sie?», fragte er.

Sie nickte. «Aber ich weiß immer noch nicht, ob das eine gute Idee ist ...»

«Wir haben keine Wahl.»

Ja, so war es. Er hatte die letzte Nacht kein Auge zugetan und sich das Gehirn zermartert, um eine Alternative zu dem Plan zu finden, den sie ausgeheckt hatten, nachdem sie ihm gestanden hatte, dass sie schwanger war. Aber alle anderen Möglichkeiten schieden aus. Rachels Mutter würde nie ihre Meinung ändern. Weder über Tony noch über das Baby. Man hatte ihnen keine andere Wahl gelassen. Rachel konnte nicht zu Hause bleiben, und er selbst durfte nicht mehr bei Emily arbeiten. Sie konnten nur noch weglaufen. Rachel kniete sich hin und öffnete den Reißverschluss ihrer Tasche. Nachdem sie eine Weile darin herumgewühlt hatte, brachte sie einen Schlüsselbund zum Vorschein.

«Hier ist er.»

Trotz der Dunkelheit konnte er das Funkeln in ihren Augen sehen. Was sie da taten, war beängstigend, sicher. Aber auch aufregend. Er ließ den Blick die Straße auf und ab wandern, doch außer den verschwommenen Umrissen eines Mannes, der etwa vierzig Meter entfernt Schutz suchend von einem Gebäude zum anderen sprang, war niemand zu sehen. Tony wandte sich um und steckte einen der Schlüssel in das Vorhängeschloss an der schweren Garagentür. Und schon waren sie drinnen.

Da stand er in der Mitte des Raums, glänzend wie eine frisch geprägte Münze: der Jowett Jupiter – Bill Vales ganzer Stolz. Aber nicht mehr lange, dachte Tony, atmete die warme, nach Öl riechende Luft ein und ging rasch zum Wagen.

Er sperrte die Fahrertür auf, warf erst seine und dann Rachels Tasche hinein, kletterte hinter das Lenkrad und sah sich die Instrumente an. Die Anordnung unterschied sich nicht sonderlich von dem Vauxhall seines Stiefvaters, in dem er das Fahren gelernt hatte. Er steckte den Zündschlüssel ein und drehte ihn, der Motor sprang sofort an.

«Er bringt uns um, wenn er das entdeckt», sagte Rachel und stieg neben ihm ein.

«Dazu muss er uns erst einmal finden.» Tony schaltete die Scheinwerfer ein.

«Wir können immer noch den Bus nehmen …» Rachels Stimme bebte vor Angst. «Es fährt einer um …»

«Nein. An den Bus denken sie als Erstes, wenn sie merken, dass wir abgehauen sind, und dann werden sie anrufen, und wenn wir aussteigen, empfängt uns die Polizei.»

«Aber …»

Er nahm ihre Hand und drückte sie fest. «Wir nehmen die Nebenstraßen durch das Moor. Dann können sie die Busstrecken absuchen, solange sie wollen. Bill wird erst morgen früh entdecken, dass der Wagen weg ist, und dann sind wir längst über alle Berge.»

Sie holte tief Luft. «Bitte, Tony, sag, dass alles gut wird, ja?»

Er nickte, dann legte er, so glaubte er zumindest, den

Rückwärtsgang ein, blickte über die Schulter nach hinten und ließ die Kupplung kommen. Der Wagen machte einen Satz nach vorn und der Motor starb ab.

Sie blickten beide auf den Schaltknüppel, dann sahen sie sich an. Zum ersten Mal, seit Rachel am Tag zuvor mit ihrer Mutter gestritten hatte, brach sie in Gelächter aus, und Tony lachte mit ihr.

«Nicht gerade ein sanfter Start», scherzte er, fand diesmal den Rückwärtsgang und fuhr langsam aus der Garage auf die Straße.

Der Regen war noch stärker geworden und prasselte so laut auf das Wagendach, dass sie schreien mussten, um sich zu verständigen.

«Was meinst du, wie lange wir bis dorthin brauchen?», fragte Rachel.

Womit sie natürlich Schottland meinte. Gretna Green. Dort wollte er sie hinbringen. An den einzigen Ort in Großbritannien, wo er – sobald er am zweiten September achtzehn wurde – die siebzehnjährige Rachel ohne Zustimmung ihrer Eltern heiraten konnte. Sie würden also durchbrennen. Um sich und ihr Kind in Sicherheit zu bringen. Darauf hatten sie sich geeinigt. Und danach? Vielleicht konnten sie ja den Wagen verkaufen. Und dann war da noch das Geld, das er zurückgelegt hatte, während er bei Emily arbeitete. Es würde eine Weile reichen. Danach würden sie improvisieren. Er würde sich etwas einfallen lassen. Er würde für seine junge Frau und sein Kind sorgen wie noch kein Mann zuvor.

«Ich weiß es nicht», antwortete er und starrte geradeaus in den hellen Streifen, den die Scheinwerfer in die wirbelnde dunkle Regenwand schnitten. Weder Tony noch Rachel waren jemals über ihre Grafschaft hinausgekommen, geschweige denn an einen so fernen Ort wie Schottland. Und Tony hatte nur so weit gedacht, dass er das Auto nehmen und Richtung Westen fahren würde, um etwaige Verfolger zu täuschen, um dann einen Bogen zurück nach Bristol Richtung Osten zu schlagen. «Ein paar Tage», schätzte er. «Wir müssen unterwegs irgendwo eine Straßenkarte auftreiben.»

Sie kamen nur langsam voran. Kaum hatten die Scheibenwischer für einen Augenblick klare Sicht geschaffen, strömte ein neuer Wasserschwall über die Windschutzscheibe. Am Ende der Lydgate Lane bogen sie nach rechts ab. Die Straßen waren so leer wie an jenem Tag vor einem Jahr, als der Sendemast jenseits des Bristolkanals in Betrieb genommen wurde und man in der Stadt zum allerersten Mal fernsehen konnte. Tony konnte sich noch daran erinnern, wie er zusammen mit zweihundert anderen Menschen im Rathaus gehockt und über dieses Wunder gestaunt hatte. Damals hatte er geglaubt, an diesem Tag hätte sich die Welt verändert. Aber das war gar nichts gewesen im Vergleich zu jetzt.

Natürlich wäre er gern schnell gefahren, um die Stadt möglichst rasch hinter sich zu lassen. Aber vielleicht war es auch gut, die Granville Road entlangzukriechen, die parallel zur Hauptstraße verlief. Jedenfalls würden sie hier kaum Aufmerksamkeit erregen. Durch den Regenschleier wirkte die ganze Stadt unscharf wie eine Kohlezeichnung. Als würde sie im Nebel versinken.

Er schloss den obersten Knopf seiner alten Jacke aus Wachstuch, die er vor kaum einer Stunde aus dem Haus seiner Mutter geholt hatte.

Als er durch die Küchentür eintrat, hatte sie über den Herd gebeugt gestanden und in einer Kasserolle gerührt. Wie er am Geruch erkannte, köchelte darin die dicke Suppe aus Fleisch, Gerstengraupen und Gemüse, mit der er aufgewachsen war.

«Du siehst aus, als könntest du eine Schüssel voll gebrauchen», hatte sie nur gesagt, als sie sich auf sein Räuspern hin zu ihm umdrehte. «Don meinte zwar, dass du dich sehr gut selbst um dich kümmern kannst, aber ich finde, du siehst ziemlich schmal aus.»

«Ich bin gekommen, um mich zu verabschieden», hatte er erwidert.

«Ist das nicht ein bisschen spät? Du bist doch schon vor fünf Monaten gegangen.»

«Ich meine, für immer.»

«Schon wieder Ärger?», hatte sie vorwurfsvoll gefragt.

«Nicht wie du denkst. Nein.» Und dann hatte er einfach weitergeredet und gesagt: «Ich werde Vater.»

Sie war blass geworden und hatte ihn mit offenem Mund angestarrt. «Wer ist es?», hatte sie dann gefragt.

«Das kann ich dir noch nicht sagen.» Er hatte sich schon vorher dagegen entschieden. Für ein längeres Gespräch, wie es sich sonst sicher ergeben hätte, blieb keine Zeit. «Später», versprach er ihr. «Ich schreibe dir, sobald ich kann.»

Ihre Augen hatten sich mit Tränen gefüllt. «Aber du bist doch selbst noch ein Kind.»

«Nein, Mum, ich werde bald Vater sein, und zwar ein guter. Es tut mir Leid … Es tut mir Leid, dass die Dinge bei mir nicht so gelaufen sind, wie du es dir gewünscht hast …»

Kaum hatte er dieses «Es tut mir Leid» ausgesprochen, hatte sich ihr Mundwinkel nach unten gezogen, und sie hatte sich die Hand vor dass Gesicht gehalten. Er war zu ihr gegangen und hatte sie im Arm gehalten wie ein Vater sein Kind, während sie an seiner Schulter schluchzte.

Jetzt folgte er der Kurve, die in eine Kreuzung am Ende der Hauptstraße mündete. So weit, so gut. Sie hatten immer noch kein anderes Fahrzeug gesehen, geschweige denn einen

Menschen. Links von ihnen erstreckte sich die Hauptstraße mit der hübschen Häuserzeile, an deren Rückseite der Step floss, bis hinunter zur Harbour Bridge.

Im zweiten Haus befand sich Vale Supplies. Schweigend blickten sie zu den schwach beleuchteten, regennassen Fenstern.

Tony legte die Hand auf Rachels Bein. Sie zitterte.

«Fahr weiter», sagte sie.

Geradeaus vor ihnen, jenseits der Kreuzung, erhob sich der große Steinbuckel der South Bridge, die auf die Ostseite der Stadt führte. Doch Tony bog nach rechts ab und fuhr die steile Barnstaple Road hinauf.

Bis sie die Kuppe des Summerglade Hill erreicht hatten, sprach keiner von ihnen ein Wort. Ein dünner Regenfilm bedeckte die Straße, die glänzte wie Öl. Tony sah in den Rückspiegel. Anderthalb Kilometer entfernt und zweihundertfünfzig Meter unter ihnen lag die Stadt, deren Häuser sich in der einbrechenden Dunkelheit und dem alles erstickenden Regen eng aneinander duckten, und er fragte sich, ob er sie jemals wieder sehen würde.

Er dachte an die Zwillinge. Seine Mutter hatte sie bestimmt schon ins kuschelige Bett gesteckt und ihnen vielleicht sogar gesagt, dass er fortgegangen war. Er würde ihnen so bald wie möglich schreiben, damit sie wussten, dass es ihm gut ging.

Dann kam ihm Keith in den Sinn und dass er ihm ebenfalls einen Brief schreiben würde. Er musste ihm von Rachel erzählen und ihm mitteilen, dass er sich fern halten sollte. Sie würden ein Kind bekommen, und Tony konnte seinem Kind niemals sagen, was sein Bruder getan hatte.

Jetzt bog er in die Küstenstraße ein, die am Moor entlangführte.

«Immer noch Angst?», fragte er Rachel.

«Ja.»

Sie fuhren mittlerweile mit über sechzig Stundenkilometern, und Tony hielt sich in der Mitte der holprigen Straße. Hier oben, schätzte er, würde ihnen sicher kein anderes Auto begegnen. Der Wind – der hier in der offenen Ebene stürmischer wehte – schüttelte den Wagen hin und her.

«Du brauchst keine Angst zu haben», sagte er, denn plötzlich erfüllte ihn ein Gefühl unerhörter Freiheit. Er sah zu Rachel hinüber, deren Züge im Dunklen lagen. «Das hier ist nicht das Ende», sagte er, «sondern erst der …»

Der Laut, den sie von sich gab, kam leise, es war alles andere als ein Schrei. Eher ein Ausdruck von leichter Überraschung. Unwillkürlich trat Tony auf die Bremse.

Als sie darauf prallten – was immer es war, was Rachel vor ihnen auf der Straße gesehen hatte –, merkte Tony nur, dass sich sein Körper zusammenkrümmte, bevor alles um ihn in tiefschwarze Dunkelheit versank.

21. Kapitel

Mallorca, 2003

In Sa Costa stand Rachel unter dem surrenden Holzventilator, der an der Decke ihres Badezimmers hing, und fühlte sich wie ein Teenager. Schon lange – seit der Flut eigentlich – war sie nicht mehr so aufgeregt gewesen. Sie bekam kaum Luft vor gespannter Erwartung. Laurie holte Bill vom Flughafen ab und würde ihn hierher bringen. Gleich.

Rachel hatte ihre leichteste Sommerkleidung herausgesucht – die dünne weiße Musselinhose und eine Tunika, die sie sich in Marokko hatte anfertigen lassen, dazu Zehensandalen –, und trotzdem war ihr unangenehm heiß. Dabei liebte sie die Hitze. Sie zog ihr Oberteil nach vorn und fächelte sich damit Luft zu, wobei der Silberanhänger an ihrer Halskette und das Zauberarmband, das sie als Glücksbringer trug, leise klirrten. Dann steckte sie die Haarsträhne, die sich gelöst hatte und im Luftzug des Ventilators flatterte, wieder mit der großen Muschelspange im Nacken fest.

Erneut konnte sie der Versuchung nicht widerstehen, die Fensterläden ein wenig aufzuschieben und auf die Zufahrt hinunter zu lugen, aber es war nichts zu sehen. Es herrschte vollkommene Stille, nicht einmal die Meeresbrise wisperte wie sonst in den Bäumen. Selbst die Vögel schienen eine ungewöhnlich stumme Siesta zu halten. Es war, als würden Haus und Umgebung den Atem anhalten. Nur die Rasensprenger, die im Garten Überstunden machten, waren zu hören. Wo der Sprühregen auf den gleißenden Asphalt fiel, verdampfte das Wasser sofort wieder.

Rachel wandte sich vom Fenster ab. Die Fensterläden warfen diagonale Streifen aus Licht und Schatten in das Schlafzimmer. Sie ging hinüber zu ihrem Teakholzbett. Die dünne Überdecke aus roter Seide war zurückgeschlagen und enthüllte das Leintuch, auf dem die gerahmten Fotografien ausgebreitet lagen, die sie von unten geholt hatte.

Laurie hatte ihr dazu geraten, damit Bill, wenn er das Haus betrat, nicht schon, ehe Laurie ihm alles erklären konnte, merkte, dass Rachel darin wohnte. Rachel nahm eins der gerahmten Fotos in die Hand und befreite das Glas vom Staub. Sie wusste nicht mehr, wer das Bild aufgenommen hatte, Christopher oder Nick, jedenfalls zeigte es sie und Tony als Paar vor ein paar Jahren hier in der Villa. Tony hatte den Arm um sie gelegt und zog sie an sich. Beide lachten und hatten gebräunte Gesichter. Sie sahen aus wie frisch verliebt und gar nicht wie Großeltern, die sie zu diesem Zeitpunkt schon waren. Damals war ihr gar nicht in den Sinn gekommen, dass sie eines Tages allein sein könnte.

Rachel berührte mit den Fingerspitzen Tonys lächelnden Mund. Tat sie wirklich das Richtige?, fragte sie sich unschlüssig. Tony hatte immer darauf bestanden, die Vergangenheit zu begraben. Er war zutiefst von der Richtigkeit seiner Entscheidung überzeugt, die Tür zu jenem Teil ihres Lebens zuzuschlagen und nach vorne zu schauen, und hatte diesen Entschluss nie infrage gestellt. Sie hingegen hatte immer heimlich durch das Schlüsselloch zurückgeblickt.

Die Leere, die Tony in ihrem Leben hinterlassen hatte, war Rachel in den letzten Wochen größer erschienen denn je. Sie hatte so viel durchgemacht, so viel Leid und Trauer erfahren. Ob es ihr wohl besser ging, wenn Bill da war und sie ihre Zeit mit ihm verbringen konnte? Wenigstens ein kleines bisschen besser? Denn schon das wäre eine Hilfe.

Als Rachel das Foto auf den Nachttisch stellte, hörte sie in der Ferne ein Auto. Aber es fuhr am Tor vorbei, und sie stellte fest, dass sie den Atem angehalten hatte. Das war nicht gut, fand sie. Dieses Warten wirkte sich katastrophal auf ihren Blutdruck aus. Es war sinnlos, am Fenster herumzustehen und darauf zu lauern, dass er endlich eintraf. Sie kam sich lächerlich vor – als wartete sie auf eine längst verlorene Liebe.

Von ihrem letzten Besuch wusste Rachel, dass Laurie die Mansarde bezogen hatte. Deshalb erwartete sie, als sie in letzter Minute das Haus inspizierte und dabei die obere Tür aufstieß, überall Lauries Kleider und Besitztümer vorzufinden. Doch stattdessen sah sie ihren Koffer und ihre Taschen neben der Tür stehen, während die Bilder in Reih und Glied am Schrank lehnten. Rachel hielt auf der Schwelle inne.

Was ging hier vor? Sie hatte ihre Nichte am Morgen zwar nur kurz gesehen, aber Laurie hatte mit keinem Wort erwähnt, dass sie gepackt hatte. Es musste eine logische Erklärung dafür geben, überlegte sie auf dem Weg zurück in ihr Zimmer. Vielleicht hielt es Laurie, taktvoll wie immer, für besser, wenn Rachel und Bill eine Zeitlang allein wären. Außerdem hatte Laurie ja auch ihr eigenes Leben. Wahrscheinlich sehnte sie sich nach James. Das wird es sein, dachte sie erleichtert. Sie wollte bei ihrem Freund sein. Trotzdem wäre es zu dumm, wenn Laurie ausgerechnet jetzt abreisen wollte, zumal Rachel eine Überraschung für ihre Nichte plante. Sie hatte nämlich den Kunsthändler Anton, bei dem sie und Tony Kunden gewesen waren, gebeten, Ende der Woche zu kommen und sich Lauries Bilder anzusehen.

Und dann hörte sie, dass ein Wagen vorfuhr. Sofort stürzte sie zum Fenster und sah, wie Laurie aus dem Auto sprang.

Dann öffnete sich die Beifahrertür. Ein älterer Herr stieg aus und hielt sich dabei am Rand der Wagentür fest. Als er seinen Hut abnahm und zum Haus hinaufschaute, stockte Rachel der Atem. Sie hielt die Hand vor den Mund, um nicht Bills Namen zu rufen.

Es war ein Schock, ihn nach all den Jahren wieder zu sehen. Immer wenn sie sich im Geiste an ihn gewandt und eingeübt hatte, was sie zu ihm sagen wollte, hatte sie das Gesicht des Sechsundzwanzigjährigen vor sich gehabt. Aber er war alt geworden, stellte sie fest, als er sich mit seinem Strohhut Luft zufächelte. Sicher, sie erkannte seine Züge, doch das Gewicht der Zeit lastete plötzlich so schwer auf ihr, dass ihr unwillkürlich Tränen über die Wangen liefen.

Sie presste sich dicht an die kühle Backsteinwand neben dem Fenster, um nicht gesehen zu werden, und wusste nicht, was sie tun sollte. Warum verhielt sie sich so kindisch? Fast kam es ihr vor, als hätte Bill wieder das Sagen im Haus.

Aber Laurie hatte darauf bestanden, dass es so ablief. Sie wollte unbedingt erst mit ihrem Vater sprechen und ihm in Ruhe alles zeigen, bevor sie ihm verkündete, dass Rachel da war.

Doch Lauries gepackte Sachen hatten Rachels Vertrauen darauf, dass alles glatt gehen würde, erschüttert. Wenn sich Bill nun nicht so leicht davon überzeugen ließ, die Vergangenheit zu begraben, wie sie hoffte? Wenn er hartnäckig daran festhielt, für den Rest ihres Lebens nicht mehr mit ihr sprechen zu wollen, wie er einst erklärt hatte?

Rachel blickte auf die Kommode neben der Tür, auf der all die zurückgekommenen Briefe lagen, die sie Bill im Laufe der Jahre geschrieben und die sie von Dreycott Manor mitgebracht hatte. Auf Zehenspitzen ging sie durch das Zimmer und nahm die Briefe und Zeitungsausschnitte in die Hand.

Sie betrachtete sich in dem mannshohen Spiegel, glättete sich zum fünfzigsten Male das Haar und frischte ihr Make-up auf. Nun, da sie Bill gesehen hatte, fragte sie sich, wie Bill *sie* sehen würde. Schon seit vielen Jahren unternahm sie alle möglichen Anstrengungen, sich ihre Jugendlichkeit zu bewahren, aber natürlich war auch an ihr die Zeit nicht spurlos vorübergegangen, wie sie jetzt an ihrem Gesicht sah. Sie dachte an die vielen Tragödien, mit denen sie in ihrem Leben hatte fertig werden müssen: ihr Vater, die Flut, ihre Mutter, Anna und nun Tony. Ein ums andere Mal war ihr das Herz gebrochen. Ein Wunder, dass sie all das überhaupt überlebt hatte. Und jetzt wollte sie die Spuren in ihrem Gesicht mit Make-up überdecken. Plötzlich erschien ihr das lächerlich.

Und zwecklos. Der ständige Wechsel zwischen Höhen und Tiefen in ihrem Leben hatte ihre Persönlichkeit geprägt. Und sie hatte all das durchgestanden, weil sie nie die Hoffnung aufgegeben hatte.

Sie holte tief Luft und zwang sich, ihre letzten Hoffnungsreserven zu mobilisieren. Bill war hier. Und das bedeutete, dass sie endlich ihren Frieden finden und die Geister der Vergangenheit ruhen lassen konnte.

Beim Blick auf die Zeitungsartikel in ihrer Hand dachte sie daran, wie sie zum ersten Mal schwarz auf weiß gelesen, was genau sich bei der Flut abgespielt hatte, wie sie zum ersten Mal die Liste der Toten gesehen hatte. Damals war es entsetzlich für sie gewesen, während sie sich heute nur noch an knapp die Hälfte der Leute erinnern konnte, die in der Zeitung genannt wurden.

Generationen waren gekommen und gegangen. Die Zeitungsartikel, die sie aufgehoben und gehütet hatte wie einen Schatz, wären sonst zweifellos bereits mehrmals durch

Komposthaufen gewandert, hätten dazu gedient, den Boden Hunderter Kaninchenställe zu säubern.

Für sie aber waren sie immer noch von Bedeutung. Die Flut war immer noch Realität. Sicher, sie hatte nicht jeden Tag daran gedacht, und dennoch war ihr dieses Ereignis stets präsent gewesen: die Tragödie, bei der sie unversehrt geblieben war.

Das war es, dachte sie, und richtete sich gerade auf. So würde sie ihre Versöhnung mit Bill einleiten. Als Erstes würde sie ihm danken. Sie würde sich großzügig und edelmütig zeigen, dankbar anerkennen, dass er ihr damals das Leben gerettet hatte. Oder war es dafür zu spät? Waren fünfzig Jahre eine zu lange Zeit?

Fünfzig Jahre. War das wirklich schon so lange her? Sie schloss einen Moment die Augen und lauschte dem Surren des Ventilators, ein Geräusch, das ihr jene schreckliche Nacht lebhaft in Erinnerung rief, in der sie in Bills Wagen hinauf ins Moor gefahren waren.

22. Kapitel

Stepmouth, 15. August 1953, 19:30 Uhr

Pechschwarz war es, schwarz wie Guinness, schwarz wie die nächtliche See.

Der Regen prasselte wie ein Trommelfeuer gegen Mauern und Fenster und Dach und dämpfte das langsame Ticken der Uhr. Über den Ofen gebeugt tastete Bill mit den Fingerspitzen nach dem Streichholz, um es anschließend an der großen Schachtel anzureißen. Eine phosphoreszierende Flamme schoss empor. Gelbes Licht flackerte nervös durch die Küche. Schatten tanzten.

«Hast du sie gefunden?», rief Mrs. Vale von oben.

Bill roch den Lammeintopf, der vom Abendessen übrig war. «Ja», rief er zurück.

Aus der Tischschublade kramte er eine Hand voll Kerzen sowie eine Taschenlampe aus Lagerbeständen der Armee, die er kurz testete, ehe er sie einsteckte. Dann begann er die Kerzen anzuzünden, unten anzuschmelzen und auf Teller zu kleben. Die Schatten verkrochen sich in die Ecken. Wachsgeruch lag in der Luft.

Draußen im Flur überprüfte Bill den Sicherungskasten unter der Treppe, doch es war alles in Ordnung. Die Stadt erhielt ihren Strom vom Kraftwerk, das talaufwärts bei Watersbind stand. Diese Riesenmengen Wasser und dazu die Stämme und Äste und das ganze andere Zeug, dachte Bill, das durch die Turbinen schießt – vielleicht liegt es daran.

Mrs. Vale wartete oben in ihrem Schlafzimmer auf ihn, wo sie im Bademantel und mit einem schwarzen gehäkelten

Tuch um die Schultern vor ihrer Frisierkommode saß. Sie hatte gerade ein Bad nehmen wollen, als der Strom ausgefallen war.

«Stell sie bitte aufs Fensterbrett, ja?», bat sie und drehte ihren Rollstuhl so, dass sie zum Fenster blickte. Beruhigt vom warmen Licht der Kerze, die er mitgebracht hatte, lächelte sie Bill an. «Ich hasse die Dunkelheit.»

Bill tat, worum sie ihn gebeten hatte, und Mrs. Vale rollte den Stuhl und spähte nach draußen. Die Hauptstraße war in undurchdringliche Finsternis getaucht. In den Fenstern der gegenüberliegenden Gebäude sah man Kerzen und Öllampen leuchten wie Glühwürmchen. Also war der Strom in der ganzen Stadt ausgefallen.

«Was für eine grässliche Nacht», klagte seine Mutter.

«Der schlimmste August, seit es Aufzeichnungen gibt», gab Bill zurück. Das hatte er nachmittags im Radio gehört. 1650 Millimeter Niederschlag allein in den vergangenen zwei Wochen. Die Ernte der Grafschaft war zur Hälfte vernichtet, hatte der Nachrichtensprecher berichtet. Im Moxborough Valley war ein Fluss über die Ufer getreten, und sechs der seltenen gescheckten Ponys, die in der Ebene gegrast hatten, waren ertrunken.

«Ich denke, wir sollten Rachel bei Pearl abholen», meinte die Mutter. «Gefällt mir nicht, wie es da draußen aussieht. Es wird eher schlimmer als besser.»

«Ich gehe gleich», antwortete er, während er die Taschenlampe herauszog und anknipste.

Er war bereits fertig zum Gehen – die Stiefel an den Füßen, der Regenmantel zugeknöpft. Nachdem er versucht hatte, Emily anzurufen, die Leitung jedoch tot war, hatte er ohnehin vor, bei ihr vorbeizugehen, um sich zu vergewissern, dass dort alles in Ordnung war. Den ganzen Tag lang hatte er beobachtet, wie sich der Zustand des Step an der Stelle, wo er zwischen den beiden Straßen hindurchfloss, entwickelte: Der Fluss war mächtig angeschwollen und immer wilder geworden. Den Nachmittag über war der Wasserpegel kontinuierlich gestiegen. Noch gab es seiner Meinung nach keinen Grund zur Besorgnis, obwohl das Wasser immer schwärzer wurde, weil es so viel Torferde mit sich führte. Doch wenn es noch etliche Stunden so weiter regnete, dann bestand tatsächlich die Gefahr, dass der Fluss über die Ufer trat und sowohl in seinen als auch in Emilys Hinterhof sickerte.

Bill besaß noch ein paar Sandsäcke von dem Luftschutzbunker, den sein Vater und er während des Krieges errichtet hatten. Zwei davon hatte er bereits vor die Hoftür gezerrt. Falls sie nicht selbst schon Vorkehrungen getroffen hatte, würde er auch einige mit der Schubkarre zu Emily hinüberfahren.

Während er an der Leiter, die zu Rachels Zimmer hinauf führte, eine Öllampe aufhängte, fuhr Bill ein Schauer über den Rücken, denn er erinnerte sich an die Wasserschäden, die er als Kind, nach dem großen Sturm von 1933, im nahen Castleton gesehen hatte. Er war zusammen mit seinem Vater auf dem alten Karren hinübergefahren, um Decken abzuliefern, nachdem der mächtig angeschwollene Lox die Menschen aus ihren Häusern vertrieben hatte, während ihre Besitztümer dem zerstörerischen Wasser anheim fielen. Der Gedanke, all die Arbeit, die Emily in das Sea Catch Café gesteckt hatte, könnte umsonst gewesen sein, obwohl man es mit einfachen Mitteln hätte verhindern können, bedrückte ihn.

Als er am Fuß der Treppe seinen Schlüsselbund herauszog, um die Tür zur Gasse aufzuschließen, begann die Tür unter Faustschlägen von außen zu vibrieren. Bill erstarrte. Das Geräusch verstummte und begann gleich darauf erneut.

Schnell sperrte Bill die Tür auf, öffnete sie und leuchtete mit der Taschenlampe nach draußen. Bei dem Anblick, der sich ihm bot, blieb ihm fast das Herz stehen. Ein Mann – er konnte ihn zunächst nicht erkennen – lehnte am Türrahmen und klammerte sich daran fest, als würde er jeden Moment zusammenbrechen. Er ließ den Kopf hängen. Seine Fingernägel waren schmutzig, das schwarze Haar klatschnass. Als der Mann den Kopf hob, sah Bill eine klaffende Wunde auf seiner Unterlippe, und an seinem Kiefer hing ein großer Klumpen gerade erst getrockneten Blutes wie ein obszöner Parasit. Er war außer Atem und sah aus, als hätte er eine Prügelei hinter sich.

«Wenn du Hilfe suchst, das kannst du vergessen», erklärte Bill, als er ihn erkannt hatte.

Der Mann zeigte sich nicht überrascht über Bills Begrüßung. Aber er rührte sich auch nicht. Er öffnete den Mund, um zu sprechen, doch sein Atem ging zu schwer, und was auch immer er zu sagen versuchte, heraus kam nur ein Keuchen.

«Hau ab», sagte Bill und wollte die Tür wieder schließen.

«Nein», keuchte der Mann, bewegte sich mühsam vorwärts und stellte mit einer unsicheren Bewegung den Fuß in die Tür. «Du musst mit mir kommen.»

«Den Teufel werde ich …» Doch dann sah Bill, dass nicht nur Regentropfen dem Mann über die Wangen rannen, sondern auch Tränen.

«Es ist wegen Rachel», sagte der Mann. «Es hat einen Unfall gegeben.»

Bill Vale sah Tony Glover ungläubig in die Augen.

«Wer ist denn da?», rief Mrs. Vale von oben. «Was ist los, Bill? Was gibt's?»

Bill packte Glover, wirbelte ihn herum und drückte ihn gewaltsam an die klatschnasse Mauer. Seine Stimme wurde scharf und kalt. «Sag mir, was du getan hast.»

Glover fielen die Augen zu, als würde er gleich ohnmächtig werden. Er stank nach Benzin. Um sie herum stürzte das Wasser aus allen Regenrinnen. «Wir wollten abhauen», krächzte Glover, «mit dem Auto …»

Abhauen. Bills Gesicht verzog sich. Glover … wollte abhauen mit Rachel? Aber wie war das …

«Ein Baby … wir bekommen ein Baby …»

Bill klemmte die Taschenlampe unter Glovers Kinn. «Wo ist sie?»

Die brutale Art, wie er diese Frage stellte, schien Glover zur Besinnung zu bringen. «Oben im Moor», sagte er. «Ich habe sie dort gelassen, um Hilfe zu holen. Du warst am nächsten …» Während Glover Bill in die Augen sah, schien er wieder Kraft zu gewinnen. Er befreite sich aus Bills Griff. «Kapierst du denn nicht?», knurrte er und warf die Arme in die Luft. «Wir hatten einen Unfall. *Ich* hatte einen Unfall. Sie ist bewusstlos. Sie braucht einen Arzt. Sofort.»

Das letzte Wort brüllte er förmlich heraus.

Sofort.

Glover hatte Recht. Sie mussten sofort handeln. Denk an Rachel, sagte sich Bill. Nur an sie. Vergiss alles, was du gerade gehört hast.

Rachel … bewusstlos … im Moor … in Gedanken spielte er alle Möglichkeiten durch. Sie konnten auf dem Weg Pearls Vater Dr. Glaister abholen. Aber der Doktor war bei einer Konferenz, das hatte Pearl am Nachmittag gesagt, als sie Rachel besucht hatte … Blieb also nur Dr. Barnard, der in einem Weiler zwei Meilen östlich der Stadt wohnte. Aber da das Telefon nicht funktionierte, konnte man nicht herausfinden, ob er daheim war ... vielleicht machte er gerade einen Hausbesuch ... Sie hatten bereits genug kostbare Zeit verloren. Und wenn sich nun herausstellte, dass Rachel mehr brauchte als einen Kleinstadtdoktor? Dann würde er sie so schnell wie möglich zur Klinik in Barnstaple fahren müssen ...

Sofort zu Rachel fahren – das war die Entscheidung, die Bill traf.

«Du kannst beten, dass es ihr einigermaßen gut geht», riet er Glover.

Glover nickte nur dumpf zur Antwort.

«Mein Wagen steht drüben in der Lydgate Lane», sagte Bill und wollte schon die Treppe hinaufspringen, um die Schlüssel zu holen.

Glover schüttelte den Kopf. «Nein. Wir haben ihn genommen. Mit deinem Wagen ist der Unfall passiert.»

Bill gab keine Antwort. Das Auto interessierte ihn nicht.

«Was ist los, Bill!», rief Mrs. Vale erneut. «Wer ist es?»

Es klang, als sei sie jetzt näher, als hätte sie sich zum oberen Treppenabsatz bewegt. Bill wandte sich nicht um. Sie würde sich zu Tode sorgen, wenn er wiederholte, was Glover gerade gesagt hatte. Es war besser, sie anzulügen, bis er wusste, wie schlimm es um Rachel stand. Er starrte die Gasse entlang, und dann sah er etwas, was sein Problem lösen konnte.

«Es ist Giles», rief er durch den Flur seiner Mutter zu. «Er fährt rüber zu Lewis Cook, um sich seinen neuen Fernseher anzusehen. Er nimmt mich mit bis zu Pearl, damit ich Rachel abholen kann.»

Ohne auf eine Antwort zu warten, rannte Bill durch den

Laden und schnappte sich den Erste-Hilfe-Kasten, der unter der Theke lag.

«Mach schon», sagte er zu Glover, als er wieder draußen war und die Tür hinter sich zuzog.

«Aber ohne Auto … wie …»

Das Norton-Motorrad war nicht stabil genug, um Rachel darauf zu transportieren, doch davor stand der weiße Citroen-Lieferwagen, der Giles Weatherly gehörte. Der Eisenwarenhändler, der sich, wie Bill gesehen hatte, tatsächlich vor mehr als einer Stunde auf den Weg zu Lewis Cook gemacht hatte, lieh Bill den Wagen ab und zu für größere Lieferungen. Nun griff Bill unter den vorderen rechten Radkasten und zog die Ersatzschlüssel hervor, die Giles dort deponiert hatte.

Bill dachte an Emily. Das Sea Catch Café stand direkt neben dem Haus von Lewis Cook. Plötzlich wollte er sie in seiner Nähe haben.

«Steig ein», befahl er Glover, während er das Schloss aufsperrte und in den Lieferwagen sprang.

Gerade als Bill aus der Gasse auf die Hauptstraße hinausfuhr, kam flackernd der Strom wieder. Im Licht der Straßenlaternen wich die gespenstische Stimmung der letzten paar Minuten plötzlich der Realität. Bill hoffte, seine Mutter möge nicht herabschauen oder, falls doch, die alte Eiche möge vor ihrem Blick verbergen, dass neben ihm Tony Glover saß. Erst in diesem Moment fiel ihm ein, dass er zum ersten Mal seit dem Mord an seinem Vater von zu Hause wegfuhr, ohne die Gassentür hinter sich abzuschließen. Er umklammerte das Lenkrad noch fester. An seinen Händen klebte Glovers Blut.

«Verarzte mal dein Gesicht», sagte Bill zu Glover, nahm den Erste-Hilfe-Kasten von seinem Schoß und streckte ihn

Tony hin. Glover rührte sich nicht. Bill schob ihm den Kasten unsanft zu.

«Ist mir egal», antwortete Glover. «Wir müssen zu Rachel.»

Als er an der Kreuzung beschleunigte, warf Bill einen Blick nach links in Richtung der South Bridge. Einen Moment lang hatte er den Eindruck, sie sei überflutet, denn im Licht der Straßenlaternen glänzte sie wie goldener Sirup – so, als wäre der Fluss bereits bis auf ihre Höhe angestiegen und würde sich gleich in die Straßen ergießen. Aber das konnte doch nicht wahr sein, oder? Es musste eine Sinnestäuschung gewesen sein, ausgelöst durch das Licht. Der Fluss konnte unmöglich so schnell einen so hohen Wasserstand erreicht haben.

Während er den Lieferwagen den Summerglade Hill hinauf und in die Wand aus Wind und Regen jagte, dachte Bill an seine Mutter, die allein zu Hause, und an Emily, die allein im Sea Catch Café saß. Der Motor heulte unwillig auf, während sie die Stadt zurückließen, und Bills Gedanken überschlugen sich. Ein Baby. *Glovers* Baby. Er konnte es nicht fassen. Glover und seine Schwester. Ein Baby. *Ihr gemeinsames* Baby. Rachel wollte mit Glover abhauen? Glover war der Kerl, mit dem sie sich die ganze Zeit über getroffen hatte? Ob Emily das gewusst hatte? Hatte sie sich deshalb geweigert, ihm zu sagen, wer es war? Hatte sie etwa auch von ihren Fluchtplänen gewusst?

Sie erreichten den Bergkamm und bogen nach rechts in die Straße durchs Moor ein, die gleiche Straße, auf der Bill in jener heißen Sommernacht mit Emily gefahren war. Er warf einen Seitenblick auf Glover, auf das Blut in seinem Gesicht, und betrachtete dann seine eigenen blutigen Hände. Er stellte sich vor, wie Glover in die Stadt zurück gerannt war, wie er alles darangesetzt hatte, dort anzukommen und Hilfe zu holen. Er dachte an Rachel, seine kleine Schwester. Er wollte nicht ihr Blut sehen. Alles hätte er gegeben, wenn sie nur nicht … wenn sie nur überlebte …

Plötzlich spielte es keine Rolle mehr, dass ausgerechnet Glover neben ihm saß. Es interessierte ihn nicht, ob Rachel ihn heiraten und sein Baby bekommen wollte. Sie sollte tun, was immer sie wollte. Wenn nur alles in Ordnung war mit ihr. Wenn nur nichts … Wenn sie nur nicht schon …

«Da», rief Glover und deutete geradeaus.

«Das darf doch nicht wahr sein!» Bill schnappte nach Luft. Ein riesiger Kastanienbaum lag quer über der Straße. Vollkommen verbogen, auseinander gerissen und zusammengedrückt hingen darin die Überreste des Jowett Jupiter, an dessen Instandsetzung Bill und Richard Horner so viele Monate gearbeitet hatten.

Desolation … trotz der Wetterverhältnisse erkannte Bill, dass dies der Ort war, an den Emily ihn in jener Nacht gelotst hatte.

Noch ehe der Lieferwagen zum Stehen kam, sprang Glover mit dem Erste-Hilfe-Kasten hinaus. Bill zog die Handbremse an und kletterte ebenfalls hinaus in den Sturm, rannte hinter Glover her durch den prasselnden Regen. Zweieinhalb Meter vor dem Autowrack, neben dem Rachel – an das dichte Blattwerk des Baumes gelehnt – zusammengekrümmt dalag, holte er ihn ein. Die rote Tasche an ihrer Seite war offen, ihr Inhalt – Pullover, Hosen und Blusen – war in dem verzweifelten Versuch, sie gegen den Regen zu schützen, wahllos über das Mädchen geworfen worden.

Glover kniete im Schlamm, beugte sich über sie, küsste ihr Gesicht, flüsterte ihren Namen. Bill stand hinter ihm, den Blick nach unten gerichtet. Seine kleine Schwester rührte sich nicht. Er merkte, dass Glover schluchzte – verzweifelt, Mitleid erregend. Bill zog die Taschenlampe hervor und ließ ihren Strahl über Glovers durchnässten Rücken und die Teile von Rachels Gesicht wandern, die er sehen konnte. Am Ohr hatte sie eine Wunde, und die rechte Gesichtshälfte war aschgrau und von blauen Flecken übersät. Immer noch keine Bewegung: nichts. Bill streckte den Arm aus, um Glover aus dem Weg zu schieben.

Doch dann erstarrte er. Rachel hatte sich gerührt. Ihre Lippen öffneten sich.

«Tony», war das erste Wort, das sie herausbrachte.

Bill starrte sie an. Diese beiden Menschen waren zusammen. Eine Einheit. Gott sei Dank war sie zu sich gekommen.

«Kannst du dich bewegen?», fragte Glover Rachel. «Kannst du deine Beine bewegen?»

«Ja. Nur mein Kopf tut weh … und meine Rippen …» Vor Angst war ihre Stimme höher als sonst. «Ich bin aufgewacht, und du warst nicht mehr da … Ich bin zum Auto gekrochen und habe dich gesucht …»

«Ich habe Hilfe geholt … deinen Bruder …»

«Bill?»

Bill wischte sich die Tränen aus dem Gesicht und beugte sich über sie, damit sie ihn sehen konnte. Er drückte seine Hand an ihre eiskalte Wange.

«Ach, Bill», sagte sie, nahm seine Hand in ihre und küsste sie.

«Wir werden dich jetzt nach Barnstaple bringen», erklärte er ihr.

«Nein.» Schon unternahm sie den Versuch, auf die Beine zu kommen. Bill und Tony halfen ihr gemeinsam. «Ich will nach Hause.» Sie blickte über die Schulter zur Straße, wo der Sturm toste. Angst stand in ihren Augen, als sie sich ihnen wieder zuwandte. «Hier oben ist es zu gefährlich.»

Bill betrachtete den Bluterguss an ihrem Kopf. Es war nicht allzu ernst. Vielleicht hatte sie eine Gehirnerschütterung, aber damit würde Dr. Barnard fertig werden. Rachel hatte Recht, was die Straßen betraf. Wenn hier schon ein Baum umgestürzt war, stand es in den Sternen, ob sie es überhaupt über die Moore bis nach Barnstaple schaffen würden.

«Dann also nach Hause», stimmte er zu. Sobald er sie zurück zur Mutter gebracht hatte, konnte er versuchen, Dr. Barnard ausfindig zu machen. «Dahin, wo du hingehörst.» Er starrte Glover an. «Wir werden alle gemeinsam nach Hause fahren.»

23. Kapitel

Mallorca, 2003

«Nach Hause», verkündete Archie von seinem Kindersitz auf der Rückbank des Porsche-Geländewagens, als Sam den Motor abstellte.

«Hat es dir gefallen heute?», fragte Sam mit einem Blick über die Lehne seines Sitzes. «Hast du Spaß gehabt?»

«Ja, Daddy, habe Fische seht.»

«Gesehen», korrigierte Sam.

«Habe Fische geseht ...»

«Nein», wollte Sam ihn erneut korrigieren, doch dann verdüsterte sich sein Gesicht. «Ja», sagte er stattdessen. «Genau, Archie: du hast Fische gesehen.»

Sie befanden sich in der Tiefgarage des Wohnhauses und waren gerade von einem Ausflug in die Reserva Africana in der Nähe von Porto Cristo zurückgekehrt. Sam schaltete das knisternde Radio aus und starrte durch die mit Insekten übersäte Windschutzscheibe auf die Schlackensteinwand vor ihm. Sein Herz schlug unregelmäßig, es klopfte wie ein gefangener Vogel gegen seine Brust.

Absichtlich – um sich ihr nah zu fühlen – trug er die gleiche Kleidung, die er am Tag zuvor bei seinem Treffen mit Laurie angehabt hatte. An seinem Hemd hing noch ein Hauch ihres Parfüms. Wenn er wie jetzt die Augen schloss, konnte er so tun, als wäre sie hier bei ihm. Sehnsucht erfüllte ihn. Selbst etwas so Einfaches wie mit ihr in einem Auto zu sitzen erschien ihm jetzt als ein Wunder, weil noch so viel geschehen musste, ehe es selbstverständlich war.

Er ahnte, dass sie fast verrückt wurde, weil sie nicht wusste, was gerade passierte. Er wollte sie anrufen, aber er konnte es nicht. Nicht, ehe er mit Claire gesprochen hatte. Nicht, ehe er Laurie etwas Konkretes sagen konnte.

Und Claire war heute Morgen, als er sie gesehen hatte, in einem Zustand gewesen, der kein Gespräch zuließ. Darum hatte er bis jetzt warten und die Zeit totschlagen müssen. Ihm war körperlich übel vor Nervosität.

«Daddy …»

«Na schön», sagte er, während er die Augen öffnete und nach der Tür griff. «Bringen wir's hinter uns.»

Er befreite Archie aus dem Kindersitz und ging mit ihm durch die von Neonröhren erleuchtete Garage zum Lift. Im Vorbeigehen zählte er die gelben Wohnungsnummern, die die Parkplätze markierten, und lauschte dann dem Summen des ankommenden Lifts. Archie scharrte mit seinen Turnschuhen auf dem Asphalt. Die winzigen roten Lämpchen an den Fersen blinkten in schnellem Rhythmus.

Dieser Anblick, diese Geräusche … sie kamen ihm bereits vor wie Erinnerungen. Ob das alles war, was ihm von diesem Ort bleiben würde?

Während der Aufzug sie zu ihrem Penthouse hinauffuhr, ließ Sam den Tag, den er mit seinem Sohn verlebt hatte, noch einmal Revue passieren. Die Nacht hatte er auf dem Sofa im Kinderzimmer verbracht, um der Party zu entfliehen. Als er und Archie aufgewacht waren und sich angezogen hatten, war Claire gerade auf dem Weg ins Bett gewesen.

«Ich muss nachher unbedingt mir dir sprechen», hatte er gesagt.

«Ja-ja», hatte sie geantwortet und war in ihr Zimmer verschwunden.

Das Wohnzimmer war vollkommen verqualmt gewesen,

und er hatte Isabel helfen wollen, die Flaschen und Aschenbecher wegzuräumen.

«Gehen Sie», hatte sie gesagt. «Machen Sie einen Ausflug mit Archie.»

Und so war er an den erstbesten Ort gefahren, der ihm in den Sinn kam und den Archie noch nie gesehen hatte: die Reserva Africana. Sam war langsam durch das Autosafari-Areal kutschiert, und Archie hatte auf seinem Schoß gestanden und gekreischt vor Entzücken, wenn sich die Affen von den Bäumen auf ihr Auto fallen ließen. Dann waren sie zum Mittagessen an den Strand gefahren, hatten anschließend Eis gegessen und mit Ästen Zebras, Antilopen und andere Wildtiere in den Sand gezeichnet.

Erinnerungen. Wunderbare Erinnerungen. Obwohl an diesem Tag nicht eine Sekunde vergangen war, ohne dass Sam an Laurie gedacht hätte, an ihre gemeinsamen Pläne und daran, wie sehr sich alles verändert hatte.

Archie und Laurie … Laurie und Archie … keiner von ihnen sollte Erinnerung werden. Er wollte sie alle beide. Für immer. Er wollte keinen von beiden aufgeben müssen.

Und damit war er wieder dort, wo er angefangen hatte: zerrissen zwischen seiner Familie und der Frau, die er liebte.

Claire … er fühlte sich schuldig, weil er sie verlassen wollte. Aber würde es für sie wirklich so schlimm sein, wenn er ging? Es fiel ihm schwer, das zu glauben. Er stellte sie sich auf der Party vor und dachte daran, wie sie an diesem Morgen zu Bett gegangen war, als sie beide aufstanden. Hatten sie sich nicht bereits seit langem auseinander gelebt?

Er dachte daran, mit welcher Entschlossenheit er drei Jahre zuvor von Frankreich nach Mallorca zurückgeflogen war. Damals war er bereit gewesen, alles hinzuwerfen, um mit Laurie leben zu können.

Doch seine Entschlossenheit hatte ihn verlassen, als er von Archie erfuhr. Und nun verließ sie ihn aufs Neue, weil Archie jetzt so viel mehr war als eine namenlose Ansammlung von Zellen in Claires Bauch. Jetzt konnte er schon laufen und sprechen und hielt Sams Hand. Und Sam wollte nicht loslassen.

Auf der Stockwerksanzeige blinkten die Nummern auf, eine nach der anderen. Er drückte fest die Hand seines Sohnes.

Aber wer sagte denn, dass er Archie verlieren musste, wenn er Claire verließ? War es nicht denkbar, dass er ihn zu sich nahm? Gleichzeitig aber wusste er, dass es unmöglich war. Wenn er versuchte, Claire Archie wegzunehmen, würde sie um ihren Sohn kämpfen, wie sie noch nie im Leben um etwas gekämpft hatte. Nicht nur Archies wegen – obgleich Sam wusste, dass sie ihn auf ihre Weise liebte –, sondern auch seinetwegen. Weil er sie verließ. Und weil das bedeutete, dass zum ersten Mal in Claires Leben etwas nicht nach ihrem Kopf ging.

Und Rachel … die wunderbare, kluge und verständnisvolle Rachel, die er liebte und die ihn mit offenen Armen sowohl in ihrer Familie als auch in ihrer Firma aufgenommen hatte. Sie würde sich gegen ihn wenden, sobald sie ihre Familie in Gefahr sah.

Die Aufzugtüren öffneten sich zischend, und Sam trat mit Archie in den Flur. Auf diesem Stockwerk befand sich nur die Wohnung von Sam und Claire. Sam starrte die weiße Eingangstür an.

«Archie», sagte er, kniete vor seinem Sohn nieder und packte ihn an den Schultern.

Der Kleine lachte und begann sich zu winden. Er glaubte, das sei ein neues Spiel.

«Nein», sagte Sam. «Du musst mir jetzt zuhören.»

Archie runzelte die Stirn, las etwas in Sams Augen und verstummte.

«Wenn Daddy eine Zeit lang weggehen müsste ...», setzte Sam an.

«Weg?»

«Ja, genau. Weg, wie wenn wir in Urlaub fahren oder ...»

«Urlaub?» Archie strahlte.

«Nein, du nicht», sagte Sam. Na schön, er würde versuchen, es anders zu erklären. «Manchmal», sagte er, «wenn Erwachsene sich lieben ... wenn Mummies und Daddies ...»

«*Shrek* sehen», unterbrach ihn Archie.

Sam ließ seinen Sohn los und sah zu, wie er auf die Tür des Penthouse zuging. Es war hoffnungslos. Archie war zu klein, um zu verstehen. Und wenn er zu klein war, um Sams Erklärung zu verstehen, wie viel weniger würde er begreifen können, wenn Sam tatsächlich fortging? Oder sollte er Archies mangelndes Verständnis eher als tröstlich empfinden? Wenn er zu jung war zu verstehen, hieß das dann vielleicht auch, dass er zu jung war, um sich zu erinnern? Und damit auch zu jung für Schuldzuweisungen?

«Mummy!», rief Archie aufgeregt und polterte gegen die Tür.

Sam stand auf. Zu jung, um sich zu erinnern? Wo Rachel und Claire ihn immer wieder mit der Nase darauf stoßen würden? Wie groß konnte diese Chance schon sein?

Es war Isabel, die zur Tür kam.

«*Shrek!*», kreischte Archie ihr entgegen.

«Nein», sagte Sam.

«Nein?», fragte Isabel.

«Nein, ich will, dass Sie einen Spaziergang machen, mit

ihm in eine Konditorei gehen oder so was. Nehmen Sie ein Handy mit, ich rufe Sie an, wenn Sie zurückkommen sollen. Jetzt gleich, bitte. So schnell wie möglich.»

Isabel schnappte ihre Tasche von der Kommode gleich am Eingang. Wahrscheinlich glaubte sie, es sei wegen des Saustalls, den Claires Freunde hinterlassen hatten – jedenfalls wirkte sie verlegen und wich Sams Blick aus, als sie sich an ihm vorbeidrückte und auf den Aufzugknopf drückte.

«Ich hab dich lieb», sagte Sam, während er Archie hochhob und umarmte. In die Augen konnte er ihm nicht sehen.

«Ich dich auch, Daddy», antwortete Archie und lief dann Isabel hinterher. «Kuchen!», rief er aus, als sich die Lifttüren öffneten.

Im Wohnzimmer angelangt, sah sich Sam in seinem Zuhause um. Den Mittelpunkt des Raumes bildeten ein Robin-Day-Sofa aus schwarzem Leder, das Claire per Schiff aus London hatte kommen lassen, ein ‹Bob›-Sitzsack von David Design und ein gläserner Couchtisch von Merrow Associates. Von der Decke hing der ‹Ball›-Kronleuchter von Tom Dixon, den sie letztes Jahr von der Mailänder Möbelmesse mitgebracht hatte, und an der Wand zu seiner Rechten befand sich die eigens angefertigte Bartheke mit den vier Azumi-Barhockern aus Edelstahl und Walnussholz.

Er kannte die Namen der verschiedenen Designer – nicht, weil er sich wie Claire mit dieser jüngsten Modeströmung, dem Retro-Chic, befasst hätte, sondern weil er so oft zugehört hatte, wenn sie sich ihren Freunden gegenüber mit diesen individuellen Möbelstücken brüstete.

Seine Augen suchten den Raum nach irgendeinem Gegenstand ab, den er selbst erworben hatte, nach einem noch so kleinen eigenen Beitrag. Er fand keinen einzigen.

Seine Sachen, Archies Sachen … nichts davon war hier

zu sehen. Nicht einmal ein Foto von ihnen oder von Sams Bruder und Eltern. Seine Mutter hatte bei ihrem letzten Besuch – vor inzwischen beinahe einem Jahr – eine Bemerkung darüber gemacht. «Ich will nicht, dass das Zimmer voll gestopft ist», hatte Claire geantwortet – dabei wusste sie nur zu gut, dass das Wohnzimmer seiner Mutter einer Galerie von Familienfotos glich. Mit dem gleichen Argument hielt Claire diesen Bereich auch frei von Spielzeug. «Das hier ist Erwachsenenrevier. Ich will nicht, dass hier etwas herumliegt.»

Sams Sachen, Archies Sachen ... sie wurden alle separat aufbewahrt: die von Sam in seinem Arbeitszimmer, die von Archie im Kinderzimmer. Separat. Getrennte Lebensbereiche. War das ein Spiegel ihrer Beziehung?

Sams Blick blieb an dem Ölgemälde von Santo Bartolomeo hängen, dem Kloster, das er tags zuvor besucht hatte. Das Ende des neunzehnten Jahrhunderts entstandene Werk passte nicht zur übrigen Einrichtung des Raums. Es war ein Geschenk von Tony an Claire gewesen – das gleiche Gemälde, das neun Jahre zuvor in Claires ehemaliger Wohnung Sams Aufmerksamkeit erregt hatte, nachdem er zum allerersten Mal mit ihr geschlafen hatte.

«Mann, ich fühle mich so scheiße», verkündete Claire. In einem grünen, mit Drachen bestickten Seidenkimono stand sie in der Tür, die in das große Schlafzimmer führte. Ihr Haar war noch nass von der Dusche.

«Überrascht dich das?»

«Jetzt komm mir bloß nicht so, Sam», sagte sie. «Ich bin nicht in der Stimmung. Oh», entfuhr es ihr plötzlich.

«Was denn?»

«Ich habe vergessen, dir auszurichten, dass Laurie gestern Abend angerufen hat, während du unter der Dusche warst ...»

Plötzlich durchflutete ihn Panik. Was war, wenn Laurie es sich anders überlegt hatte? Aber er ließ sich nicht beirren. Er liebte sie, hatte sie immer geliebt. Und sie würde nie aufhören ihn zu lieben. Jetzt musste er nur noch zeigen, dass er es auch wert war. «Weswegen?»

«Irgendwas mit dem Tor, das nicht funktioniert hat. Ich kann mich nicht richtig erinnern.» Sie ließ den Blick durch den Raum wandern. «Isabel!», rief sie. «Es ist wieder kein Hair Conditioner da», beschwerte sie sich bei Sam. «Isabel!», rief sie erneut, diesmal lauter.

«Sie ist nicht da», sagte Sam und spürte, wie ihm der Schweiß ausbrach. Sein Herzschlag war jetzt vollkommen aus dem Takt. Er versuchte, nicht an die Anfälle zu denken … den bei Tonys Begräbnis … und später, mit Claire im Bett …

«Und warum nicht?»

Sam versuchte seinen Atem zu kontrollieren.

«Weil ich ihr gesagt habe, sie soll mit Archie rausgehen.»

«Aber warum?»

Sein Herz schlug zum Zerspringen. Archie … sein kleiner Junge … «Weil wir reden müssen.»

«Hör mal», sagte sie, «wenn es darum geht, dass Toby die Glasplatte vom Tisch zerbrochen hat, keine Sorge, ich lasse das reparieren.»

«Es geht nicht darum.»

Sie machte nicht den Eindruck, als würde sie ihm glauben. «Na schön», sagte sie. «Aber erst will ich mich anziehen.»

«Gut.»

Draußen auf der Terrasse nahm Sam eine Zigarette aus dem Marlboro-Päckchen, das jemand auf dem Tisch hatte liegen lassen. Er hatte nicht mehr geraucht, seit Claire ihm erzählt hatte, dass sie schwanger war. Jetzt steckte er sich die Zigarette an und inhalierte tief. Als er nach unten blickte, stellte er fest, dass seine Finger zitterten und sein Atem wieder ganz flach geworden war.

24. Kapitel

Stepmouth, 15. August 1953, 20:17 Uhr

Tony spürte Rachels Atem an seinem Hals. Er hielt sie so fest umschlungen, dass sich seine Arme bereits verkrampften, aber er wollte sie nicht loslassen. Sie lebte. Er hatte zwar den Wagen zu Schrott gefahren, sie dabei aber – entgegen seinen schlimmsten Befürchtungen – nicht umgebracht.

Sie saßen in der Fahrerkabine von Giles Weatherlys Citroën-Lieferwagen, etwa auf halber Höhe des Summerglade Hill. Der Regen prasselte in Strömen auf die Windschutzscheibe, die Scheibenwischer kamen kaum hinterher. Bill saß schweigend am Steuer, den Blick fest auf die Straße gerichtet. Was immer er dachte, er behielt es für sich. Oben im Moor hatte er eine Decke aus dem Laderaum hervorgekramt, und gemeinsam hatten sie Rachel fest darin eingewickelt.

Tony war so schnell gerannt, um Bill zu holen, dass seine Muskeln jetzt schmerzten, als wären sie in einem Schraubstock zusammengequetscht worden. Sein Gesicht fühlte sich an wie geschmirgelt von Wind und Regen, und die Schnittwunde am Kinn pochte unaufhörlich im Rhythmus seines Pulses. Doch dann sah er plötzlich Rachels Mutter vor sich. Sicher wartete sie bereits auf ihren Sohn und ihre Tochter, und wenn sie bei ihr eintrafen … sie würde natürlich die Polizei holen … und dann …

Tony legte die Hand sacht auf Rachels Bauch. Sollen sie doch machen, was sie wollen, dachte er. Er würde Vater werden. Vater.

Er würde die Herausforderung dieser Nacht und was immer daraus folgen mochte annehmen. Und er würde als Sieger daraus hervorgehen.

Der Wagen kam rutschend zum Stehen.

«Was ist los?», fragte Tony.

Aber Bill ignorierte ihn, zog die Handbremse an und stieg aus.

«Bill?», rief Rachel, erhielt aber keine Antwort.

Sie stöhnte auf, so sehr schmerzten ihre geprellten Rippen, als sie sich vorbeugte, um zu sehen, was Bill machte. Vor ihnen schimmerten die Lichter von Stepmouth im sintflutartigen Regen wie eine Fischerflotte auf sturmgepeitschter See.

«Ich gehe mal nachsehen», meinte Tony.

Abgesehen von dem scheußlichen schneidenden Wind war das Erste, was Tony spürte, als er auf die Straße trat, dass seine Füße sofort eiskalt waren. Ein Blick nach unten verriet ihm den Grund: Er stand bis zu den Knöcheln in rasch dahin schießendem Wasser, das mit noch zunehmender Geschwindigkeit abwärts auf die Stadt zu strömte.

Bill verharrte auf der anderen Seite des Wagens, reglos wie ein Jagdhund und mit finsterem Blick. Tony schaute ebenfalls nach vorn und erstarrte.

Die Straße führte noch etwa zwanzig Meter einen steilen Abhang hinab bis zur Kreuzung, die die Stadtgrenze markierte. Tony war auf dieser Straße schon so oft gefahren, dass er sie kannte wie seine Westentasche.

Doch die Kreuzung war verschwunden. Oder zumindest nicht mehr sichtbar. An ihrer Stelle befand sich jetzt ein stetig anschwellender Fluss.

Zuerst meinte Tony, es sei die Folge des herabströmenden Wassers zu seinen Füßen, doch dann wanderte sein Blick nach rechts, wo sich einst die Kreuzung befunden hatte. Die South Bridge stand zwar noch, aber sie war zur Hälfte überflutet und bildete jetzt einen Damm.

Etwas musste den Kanal blockiert haben. Und das Wasser hatte sich einen anderen Weg gesucht, nämlich den des geringsten Widerstandes, indem es aus seinem Bett geströmt war wie Blut aus einer geplatzten Ader. Und nun glitt der Step gleich einer schwarzen Riesenschlange durch die Hauptstraße, leckte gierig an den Mauern und Türen der Reihenhäuser und versperrte den Menschen, die darin wohnten, den Weg nach draußen.

«Warte hier», schrie Bill.

Tony sah, wie er zum Lieferwagen zurückrannte und einstieg. Lautstark krachte das Getriebe, dann fuhr der Wagen rückwärts weiter nach oben. Die Augen zum Schutz gegen das gleißende Licht der Scheinwerfer mit der Hand beschirmt, blickte Tony ihm nach: zehn Meter, zwanzig, … Er wartete, aber nichts geschah. Dann erloschen die Scheinwerfer und er hörte, wie die Wagentür zuschlug. Eine Gestalt watete durch das Dunkel mühsam auf ihn zu.

«Meine Mutter und Emily», sagte Bill. «Wir müssen sie da herausholen.»

Tony war so erschöpft, dass er sich am liebsten an Ort und Stelle hingelegt und geschlafen hätte. Er würde nirgends hingehen, denn er wollte bei Rachel bleiben, egal was geschah. «Aber warum?», fragte er. «Wir können doch bis morgen warten und sie dann holen. Im Haus kann ihnen nichts passieren. Während wir hier erfrieren in dieser …»

«Weil ich glaube, dass sich die Situation da unten verschlimmern wird. Und zwar gravierend.»

Die beiden Männer starrten sich an. Tony sah erneut zur Hauptstraße hinüber. Was meinte Bill damit, es werde noch viel schlimmer werden? Wie viel schlimmer *konnte* es überhaupt werden? Aller Wahrscheinlichkeit nach standen die Häuser in der Hauptstraße bereits unter Wasser, und zumindest das Erdgeschoss war zerstört. Und was bedeuteten diese Leute Tony schon? Was spielte es für ihn für eine Rolle, wenn ihre Tische und Sofas von Wasser durchtränkt wurden?

«Vergiss es», hob er an.

Aber Bill hörte ihm nicht zu. Mit einer Hand die Augen vor dem Regen schützend, deutete er mit der anderen zur South Bridge. «Bestimmt ist alles mögliche Zeug flussabwärts gespült worden … Äste, Blätter, umgestürzte Bäume, sogar Felsbrocken … es ist an der Brücke hängen geblieben und blockiert den Fluss … In der Hauptstraße steht das Wasser schon einen halben Meter hoch», fuhr er fort, schnellte herum und deutete geradeaus. «Ich fürchte, es wird in kürzester Zeit bei einigen Häusern die Fundamente wegreißen … Sie sind sehr leicht gebaut … Ich habe mein ganzes Leben in so einem Haus gewohnt und mich genug mit Bautechnik beschäftigt, um das zu wissen …» Bill deutete wieder zur Brücke. «Und schau dir das an. Der Fluss ist auch auf der anderen Seite schon über das Ufer getreten, das heißt, das Wasser wird auch in die East Street fließen, und Emilys Haus wird genauso gefährdet sein …»

Er hatte Recht: Von ihrer erhöhten Warte aus konnte Tony im Licht der Straßenlaternen einen weiteren schwarzen Wasserlauf erkennen, der jenseits der Brücke in die Stadt strömte. «Aber vielleicht ist Emily schon aus dem Haus», sagte er.

«Warum sollte sie? Sie sieht nicht, was wir von hier aus erkennen können. Nein, ich möchte sichergehen.»

«Und was wird mit Rachel?», fragte Tony. «Wir können sie doch nicht einfach hier lassen.»

«Der Fluss ist die eigentliche Gefahr, nicht das Wasser, das hier herunterfließt.»

Tony zögerte. Das hieß, hier waren sie in Sicherheit. Warum also nicht an Ort und Stelle bleiben? Warum sollte er Mrs. Vale helfen? Und Emily: Tony mochte sie, doch sein Platz war an Rachels Seite, nicht an ihrer. Er wollte Protest einlegen, doch Bill kam ihm zuvor.

«Rachel möchte es so», sagte er.

Tony kannte Rachel gut genug, um zu wissen, dass Bill die Wahrheit sagte. Und dass sie selbst helfen würde, wenn sie die Kraft dazu hätte.

Sich in das Unvermeidliche fügend, sah er Bill an. «Was soll ich machen?»

«Wir teilen uns auf», erwiderte Bill. «Dann geht es schneller, und ich weiß nicht, wie viel Zeit uns bleibt.»

«Gut», willigte Tony ein. Der Weg zu Emily war weiter und schien außerdem schwieriger. «Ich hole Emily», erklärte er. Bill sagte nichts. Er schloss die Augen, als kämpfte er mit sich selbst. Dann schüttelte er den Kopf.

«Nein. Du hast nicht die Kraft, um über die South Bridge zu kommen», sagte er, «nicht nach dem, was du schon getan hast … Und das vergesse ich dir nicht, Tony, niemals …»

Was meinte er damit? Verzieh er ihm? Oder wollte er damit sagen, dass er alles andere nicht vergessen hatte? Waren sie zu Verbündeten geworden? Oder waren sie immer noch Feinde? Aber jetzt war nicht die Zeit, Fragen zu stellen.

«Ich muss den Weg über die Brücke nehmen», schloss Bill.

«Aber was ist mit deiner Mutter? Sie kann nicht gehen. Wie soll ich …»

«Man wird dir helfen. Hol die Nachbarn aus ihren Häusern. Warne sie vor der Gefahr. Sorg dafür, dass sie dir helfen, Mum wegzubringen. Und sag ihnen, was mit der Brücke passiert ist. Sag ihnen, sie sollen auf jeden Fall ihr Haus verlassen und sich an einen höher gelegenen Ort begeben.»

Tony drehte sich um und winkte in Richtung des Lieferwagens hinter ihnen. Obwohl er Rachel nicht erkennen konnte, wusste er, dass sie sie beobachtete. Er konnte nicht fassen, dass er sie verlassen musste. Nicht nach alledem, was sie bereits hinter sich hatten. Gleichzeitig war ihm klar, dass Mrs. Vale zu retten vielleicht seine und Rachels letzte Hoffnung war, akzeptiert zu werden. Also würde er es tun, nicht für die alte Frau, die ihn hasste, sondern ihr zum Trotz. Er würde es für sich tun, für Rachel und für die Familie, die sie bald waren. Er würde die Gelegenheit ergreifen, um Bill und Mrs. Vale und allen anderen in der Stadt, die ihn für einen schlechten Kerl hielten, zu zeigen, wie gründlich sie sich geirrt hatten.

Die letzten zwanzig Meter der Straße, die den Summerglade Hill hinabführte, legte er noch gemeinsam mit Bill zurück. Je näher sie der Stadt kamen, desto mehr Zeichen von Leben nahmen sie wahr: die Umrisse von Leuten, die das Geschehen von ihren Fenstern aus beobachteten, ein Hund, der verzweifelt gegen den Strom paddelte, ehe er in einen Strudel geriet und jaulend aus dem Blickfeld verschwand. Donner grollte, Blitze zuckten, das Wasser toste lärmend, wo der Fluss vor der Brücke sein Bett sprengte. In der Ferne meinte Tony ein Luftschiff zu erkennen, doch dann war es auch schon wieder verschwunden.

An der Kreuzung blieben weder Bill noch Tony stehen, sondern stapften ohne Zögern in das eiskalte Wasser.

«Wie spät ist es?», rief Tony Bill zu.

«Fünf vor halb neun», brüllte Bill zurück.

Um Viertel vor neun, schwor sich Tony, würde er wieder

trockenen Boden unter den Füßen haben und mit Rachels Mutter irgendwo in Sicherheit sein. Bis dahin, das nahm er sich vor, würde er alles hinter sich haben.

Und wie um damit die Wahrscheinlichkeit zu erhöhen, dass er sein Vorhaben in die Tat umsetzen konnte, rief er es auch Bill zu: «Spätestens um Viertel vor ist sie in Sicherheit. Das schwöre ich. Wir sehen uns dann da oben wieder. Viel Glück.»

«Dir auch.»

Dann trennten sie sich, Bill watete in die Fluten, die von rechts heranströmten, während Tony in entgegengesetzter Richtung über die Kreuzung Richtung Hauptstraße stapfte.

Der Boden unter seinen Füßen war schlüpfrig wie eine Lachsleiter, und er breitete die Arme aus, als wäre er ein Seiltänzer. Als würde er zum ersten Mal auf Rollschuhen stehen, schlitterte und stolperte er voran. Irgendein Gegenstand, den die Flut mitgerissen hatte, prallte an seine Hüfte.

Auf der anderen Seite der Kreuzung stützte sich Tony an der Backsteinwand des Eckhauses an der Granville Road ab. Weiter stadteinwärts sah er, wie die von oben beleuchteten bunten Holzschilder über den Eingängen des Channel Arms und des Smuggler's Rest im Wind hin und her schlugen, trotzdem aber noch einladend strahlten. Plötzlich hörte er jemanden seinen Namen rufen. Es war Mr. Tyler, der Lehrer, der ihm einst das Lesen beigebracht hatte und sich jetzt aus einem Fenster über ihm lehnte.

«Die Brücke», rief Tony, «sie ist durch Baumstämme blockiert. Nehmen Sie Ihre Familie und gehen Sie auf den Berg. Bill Vale … er sagt, es ist zu gefährlich, in der Stadt zu bleiben.»

Tony hörte nicht mehr, was Mr. Tyler antwortete. Ein Windstoß fuhr mitten in ihn hinein und gellte in seinen

Ohren. Dicht an der Wand des Eckhauses entlang tastete er sich in die Hauptstraße und bis zum nächsten Gebäude. Dort klemmte er sich an die Eingangstür und schlug immer wieder mit der Faust dagegen.

«Wer ist da?», rief schließlich jemand durch den Briefkasten.

Tony ging in die Hocke, sodass nun auch Beine und Hüften vom Wasser umspült wurden. Ein entsetztes Augenpaar starrte ihn durch den Schlitz an.

«Tony Glover», schrie die Stimme gegen den heulenden Wind an, «bist du es?»

Gott sei Dank. Es war Wilfred Lee. Tonys Mutter kannte ihn seit ihrer Schulzeit. In knappen Worten gab Tony Bills Warnung die Brücke betreffend weiter und erklärte ihm, dass er hier sei, um Mrs. Vale zu holen. Ohne weitere Fragen zu stellen, erbot sich Wilfred sofort, ihm zu helfen.

«Ich ziehe mich nur schnell noch um», sagte er. «Kümmere du dich darum, dass sie aufbruchbereit ist. Ich komme nach.»

Tony blickte über die Straße. Das Wasser schien bereits weiter gestiegen zu sein. Es reichte ihm fast bis zu den Oberschenkeln.

Gegenüber lag Vale Supplies und rechts daneben Giles Weatherly's Eisenwarenhandlung. Am Kopf der Gasse, die die beiden Läden voneinander trennte, stand die große alte Eiche, die Tony im Juni hochgeklettert war, um zu Rachel zu gelangen.

Im Eisenwarenladen brannte kein Licht. Doch in dem erleuchteten oberen Fenster von Vale Supplies entdeckte Tony plötzlich die Umrisse eines Kopfes. Es musste Mrs. Vale sein. Hatte sie ihn auch gesehen? Er hob den Arm, um ihr zuzuwinken, doch gerade in dem Augenblick flackerte die Straßenlaterne über ihm und erlosch. Funken sprühten herab.

Als Tony die Augen wieder öffnete, war die Stadt in tiefste Dunkelheit versunken. Plötzlich fühlte er sich schrecklich verlassen, als wäre das Gespräch, das er soeben mit Wilfred Lee geführt hatte, nur eine Sinnestäuschung gewesen. Als wäre er in Wirklichkeit mutterseelenallein.

Zunächst erschien ihm die Dunkelheit undurchdringlich wie ein Meer von Öl, doch als sich seine Augen daran gewöhnt hatten, zeichneten sich im schwachen Licht des flimmernden Nachthimmels allmählich Umrisse und Formen ab – Häuser, Fenster, Eingangstüren. Und bald war nur noch das Wasser, in dem er stand, schwarz wie Pech.

Der Strom war komplett ausgefallen. Tony dachte an Don. Ob er wohl gerade oben im E-Werk Nachtschicht hatte? Hoffentlich nicht. Hoffentlich war er irgendwo in Sicherheit. Dann kam ihm seine Mutter in den Sinn … die Zwillinge … und Rachel … alle, die ihm lieb und teuer waren …

Plötzlich erhellte Kerzenlicht das Fenster im ersten Stock und erinnerte ihn daran, warum er hier war. Alles rückte wieder an seinen Platz. Wie viele Minuten waren wohl vergangen, seit er sich von Bill getrennt hatte? Fünf, höchstens zehn wahrscheinlich. Er wollte das hier hinter sich bringen, und zwar rasch.

Er würde das Kerzenlicht als seine Bake nehmen und sich davon leiten lassen. So nahm er seinen ganzen Mut zusammen und trat hinaus auf die Straße. Sofort bemerkte er die Veränderung: Das Wasser stand ihm jetzt bis zur Hüfte, die Fließgeschwindigkeit hatte zugenommen, und die Strömung zog ihn mit sich.

Die Schultern nach vorn gezogen, stapfte er mit gesenktem Kopf vorwärts, doch die Wassermassen schoben ihn bei jedem Schritt ein Stück weiter die Straße hinab, sodass er sie, hektisch mit den Beinen rudernd und der Verzweiflung nahe, in einer diagonalen Zickzacklinie überquerte. Als er die Mitte erreicht hatte, befand er sich bereits zwei Häuser weiter unten.

Hier war die Strömung am schnellsten und hätte ihn beinahe umgerissen. Einen Moment lang spürte er keinen Boden mehr unter den Füßen, doch irgendwie gelang es ihm, sich aufrecht zu halten und wieder Tritt zu fassen. Erst mit einem Fuß, dann mit dem anderen. Er stemmte sich gegen die Kraft des Wassers und ging vorwärts … einen Schritt … zwei … noch einen, und er würde …

Plötzlich tauchte aus der Dunkelheit schemenhaft ein Gegenstand auf. Tony warf sich nach vorn, bekam ein Stück Metall zu fassen, das irgendwo befestigt war, klammerte sich daran und schwang sich nach Luft japsend hoch.

Doch hier auf dieser Straßenseite konnte er das Kerzenlicht nicht mehr sehen. Seine Hoffnungsbake war verschwunden, und ihm sank der Mut.

Er spähte in die Dunkelheit, bis er schließlich erkannte, wo er war: an der Bushaltestelle vor dem Gemeindesaal der Kirche, wo er sich im März mit Bernie Cunningham geprügelt und den Kürzeren gezogen hatte. Von der Wand des Wartehäuschens lösten sich Filmplakate ab und leckten an dem vorbeifließenden Wasser wie durstige Zungen.

Tony blickte auf die Markise des Fischladens, die in der Dunkelheit wie ein Flügel hin und her schlug. Zwei Türen weiter aufwärts hatte er erst wenige Minuten zuvor mit Wilfred Lee gesprochen. Ein Anflug von Panik. Wie sollte Wilfred noch helfen? Selbst wenn er es über die Straße schaffte, wie sollten sie Mrs. Vale stromaufwärts in Sicherheit bringen?

Er hätte nicht herkommen sollen.

Aber er war gekommen. Also musste er weitermachen und sehen, was er tun konnte. Stromaufwärts, los, stromaufwärts, zu Vale Supplies. Er streckte den Arm aus, klammerte sich an die Türklinke des Gemeindesaals und hangelte sich ganz langsam an den zwei Häusern entlang, die ihn von Rachels Zuhause trennten. Er pochte an alle Türen und Fenster, an denen er vorbeikam, aber niemand rührte sich.

Schließlich hatte er Vale Supplies erreicht. Er schlug an die Eingangstür, rüttelte an der Klinke, rief etwas zum Fenster hinauf. Nichts. Allmählich schwanden ihm die Kräfte, da das Wasser unablässig an ihm zerrte. Aber er würde nicht aufgeben. Er dachte an den Hund, den das Wasser mitgerissen hatte. Inzwischen war er sicher ertrunken und über den Kai am Ende der Straße in den Hafen gespült worden wie ein Stück Abfall. Auf keinen Fall wollte Tony so enden.

Als er ein letztes Mal an der Tür rüttelte, fiel ihm etwas anderes ein: der große Schlüsselbund, den Rachel ihm im Bus gezeigt hatte. Schlüssel für die Fenster, Schlüssel für die Eingangstür, die Hoftür und die Tür zur Gasse.

Natürlich: die Tür zur Gasse. Ob Bill sie abgeschlossen hatte, als er das Haus verließ? Es war zumindest einen Versuch wert.

Noch einmal zwei Minuten, und er war dort.

Die Tür stand sperrangelweit offen. Das Wasser, das inzwischen hüfthoch durch die Gasse flutete, stand bereits im Erdgeschoss des Hauses. Er arbeitete sich weiter vor.

Es herrschte eine unheimliche Stille, wie im Inneren des Schiffswracks, in dessen Maschinenraum Robinson Crusoe in einem Film, den Tony einmal gesehen hatte, Zuflucht suchte. Überall tropfte es. Auf dem sechseckigen Holzpfosten unten an der Treppe flackerte eine Kerze, die auf einer Untertasse stand. Ein paar Zentimeter darunter schwammen Tischsets aus Stroh und das Titelblatt einer Zeitschrift mit dem durchweichten Gesicht von Marilyn Monroe auf der Wasseroberfläche.

Am oberen Ende der Treppe schien ein gelbes Licht. Tony hievte sich aus dem Wasser und stürmte die noch trocken gebliebenen Stufen hinauf.

«Mrs. Vale?», rief er, als er den Treppenabsatz erreicht hatte und sah, dass die Lichtquelle eine alte Öllampe war. Diese hing an der Holzleiter, die, wie er vermutete, zu Rachels Zimmer hinaufführte.

Keine Antwort.

«Mrs. Vale?», rief er noch einmal.

Er wollte sich gerade dem Zimmer zu seiner Linken zuwenden, das zur Straßenseite hinausging und in dem er von draußen Mrs. Vale zu sehen geglaubt hatte. Doch plötzlich erregte etwas anderes seine Aufmerksamkeit: ein schwach flackerndes Licht im Zimmer rechts von ihm. Dort kauerte jemand mit einer Kerze in der Dunkelheit und hielt eine Hand schützend davor.

«Mrs. Vale?», fragte er jetzt leiser, um sie nicht zu ängstigen. Dann trat er über die Schwelle. Das Fenster hinter ihr, von dem man wahrscheinlich auf das Flussbett schauen konnte, war eine einzige schwarze Fläche. «Ich bin es. Tony Glover», hob er an.

«Bleib, wo du bist.»

Nach allem, was er gerade durchgemacht hatte, traf ihn der Hass in ihrer Stimme wie ein Schlag. Es war das erste Mal, dass sie überhaupt das Wort an ihn richtete. Aber was erwartete er? Er ermahnte sich, ruhig zu bleiben.

«In den Häusern ist niemand mehr sicher. Wir müssen

Sie hinausbringen. Bill hat mich hergeschickt, um Ihnen zu helfen.»

«Lügner.»

Jetzt sah er, dass sie neben einem Zeichentisch saß. Die Kerze flammte auf und warf ihr Licht kurz auf eine Zeichnung an der Wand. Wahrscheinlich das alte Badehaus, dachte Tony.

«Aber ich schwöre Ihnen, Mrs. Vale», beharrte er. «Wilfred Lee von gegenüber, er versucht …»

Etwas entglitt ihrer Hand und fiel klimpernd zu Boden. Es war ein kleines silbernes Kruzifix an einer Silberkette. Dann erlosch die Kerze, und so blieb nur noch das Licht vom Treppenabsatz hinter ihm. Sein Schatten erstreckte sich bis zu ihr.

«Raus hier», schrie sie. «Du glaubst wohl, ich wüsste nicht, warum du hergekommen bist.» Panik mischte sich in ihre Stimme. «Wegen Rachel. Weil …»

«Ja», unterbrach er sie, «wegen Rachel. Weil sie ein Kind von mir bekommt. Weil ich sie liebe und sie ihre Mutter liebt.»

«Um mich zum Schweigen zu bringen. Weil du genau weißt, das ich das nicht zulasse. Das Kind. Niemals.»

Er versuchte, nicht hinzuhören. Er konnte Rachel jetzt nicht enttäuschen, nicht nach allem, was er bereits auf sich genommen hatte. «Sie kommen jetzt mit mir», erklärte er Mrs. Vale, «ob Sie es wollen oder nicht.»

Er musste sie aus diesem Zimmer bringen, dachte er. Notfalls indem er sie trug. Und dann auf Hilfe warten. Irgendjemand würde schon kommen. Was war mit dem Luftschiff, das er gesehen zu haben glaubte? Vielleicht hatte es in dieser Minute schon begonnen, die Bewohner der Hauptstraße aus ihren Fenstern zu ziehen und in Sicherheit zu bringen …

«Du bist gekommen, um mich umzubringen, genau wie dein Bruder», sagte sie, als er sich ihr näherte.

«Nein», erwiderte Tony, «das ist nicht …» Aber die Bösartigkeit ihres Hasses hatte ihn mittlerweile angesteckt, und plötzlich verfluchte er sich, weil er so nachgiebig gewesen war. Er hätte nicht auf Bill hören dürfen. Er hätte bei Rachel bleiben sollen. Er hätte sich um sie kümmern und den Rest ihrer Familie seinem Schicksal überlassen sollen.

«Aber er hat es nicht geschafft», geiferte sie, «und du wirst es auch nicht schaffen.»

Dass sie einen Schürhaken in der Hand hielt, wurde ihm erst klar, als das Ding an seinem Kopf vorbei zischte und sein Gesicht nur um wenige Zentimeter verfehlte. Er wankte rückwärts bis in den Flur. Sie rollte in ihrem Stuhl hinter ihm her, bis sie die Stelle erreicht hatte, wo er auf dem Boden lag, und holte erneut aus. Sie befanden sich beide am oberen Treppenabsatz. Als Tony sich aufrappelte, schlug sie zu. Doch dieses Mal war er schneller als sie und packte fest ihren Unterarm. Mit der anderen Hand umschloss er ihre Faust, sodass sie jetzt beide den Feuerhaken hielten.

Er hätte nicht für möglich gehalten, was für eine Kraft sie besaß. Nur mit äußerster Anstrengung konnte er verhindern, dass sie ihm den Schürhaken entriss. Sie fletschte die Zähne, wand sich und fauchte wie eine Katze. Tony fasste jetzt mit beiden Händen den Griff des Feuerhakens und entwand ihn ihr mit einem kräftigen Ruck.

Im selben Augenblick stürzte Mrs. Vale mitsamt ihrem Rollstuhl die Treppe hinunter, überschlug sich einmal und krachte dann gegen das Geländer. Ein Fuß verfing sich zwischen zwei Stäben. Ihr Kopf war merkwürdig abgewinkelt. Mit Augen wie feuchte Kieselsteine starrte sie zu ihm hoch und rührte sich nicht mehr.

In diesem Augenblick hörte Tony den Lärm: ein immer lauter werdendes Rumpeln, das näher und näher kam. Wie ein Zug, dachte er. Wie ein Frachtzug, der durch die Dunkelheit auf ihn zu raste. Er spürte, wie der Boden zu vibrieren begann, und dann sah er voller Schrecken, wie sich Mrs. Vales Fuß lockerte und sie und ihr Rollstuhl in das pechschwarze Wasser kippten, das den unteren Teil der Treppe überspülte.

25. Kapitel

Mallorca, 2003

Laurie öffnete den großen Kühlschrank in Rachels Küche und nahm den Krug mit dem gefilterten Wasser heraus. Als sie zwei Gläser mit Eiswürfeln füllte und auf die Arbeitsplatte stellte, zitterte ihr die Hand. Sie spürte, dass Rachel oben war. Es war, als würde ihre Gegenwart durch die Decke sickern.

Ihr Vater legte seinen Hut ab und sah sich in dem großen, offenen Wohnbereich der Villa um. Wie kam es, dass sie ihren Dad so sehr liebte und gleichzeitig seinetwegen diesen Stress hatte? Die sentimentale Zuneigung, die sie empfunden hatte, als er noch jenseits der kugelsicheren, schalldichten Scheibe im Flughafen stand, war wie weggeblasen. Stattdessen fühlte sie sich nur noch schrecklich frustriert. Es war, als würde seine schiere Nähe dafür sorgen, dass sie nicht mehr sie selbst sein konnte, als wäre sie plötzlich wieder ihr altes Ich, dem sie längst entwachsen war.

Jetzt ging ihr alles, angefangen von seinen unbekümmerten Bemerkungen über die Gefahren allzu intensiver Kontakte mit den Einheimischen bis hin zu seiner wild entschlossenen Kriegserklärung gegen die «infernalische Hitze», auf die Nerven. Ganz zu schweigen von seiner unablässigen Kritik an ihrem Fahrstil! Am liebsten hätte sie sich die Ohren zugehalten und geschrien wie ein kleines Kind.

Sie trank einen großen Schluck Wasser und spürte dankbar, wie die kühle Flüssigkeit ihre ausgedörrte Kehle hinunterrann. Sie musste Geduld haben und ruhig bleiben, ermahnte sie sich. Es waren ihre eigenen Schuldgefühle, die ihr so zu schaffen machten, ihr Vater trug keinerlei Verantwortung dafür.

Laurie wusch sich im Spülbecken die Hände und ließ das lauwarme, klare Wasser über ihre Handgelenke laufen, um sich zu beruhigen. Aber es half nicht. Als sie sich abtrocknete, fiel ihr auf, dass Rachel ihrer Bitte nachgekommen war und die Bilder von Tony abgenommen hatte, doch das machte es auch nicht leichter. Sie hatte geglaubt, sie würde mit dieser Situation schon irgendwie fertig werden und den geeigneten Zeitpunkt finden, um ihrem Vater von Rachel zu erzählen. Aber es war weitaus schwieriger, als sie es sich vorgestellt hatte.

Es war ihr beinahe unerträglich, nun mit ihm in Rachels Villa zu stehen. Sie kam sich wie eine Verräterin vor. Alles, was ihr Vater von dem Augenblick an gesagt hatte, als sie ihn am Flughafen abholte, jede noch so kleine Bemerkung bekam durch ihren Betrug einen bitteren Beigeschmack.

«Meine Güte, da hast du aber ganz schön Glück gehabt!» Ihr Vater pfiff anerkennend, als er das Glas Wasser mit den klirrenden Eiswürfeln entgegennahm. «Jetzt verstehe ich, warum du dich so zurückgezogen hast. Das hier ist wirklich etwas ganz Besonderes, nicht wahr?»

«Hör zu, Dad, es gibt da etwas, was ich dir sagen muss.» Laurie stützte beide Hände auf die Arbeitsplatte und sah ihrem Vater ins Gesicht. Doch zu ihrer Bestürzung ging ihr Vater überhaupt nicht auf den ernsten Ton ein, den sie angeschlagen hatte, sondern lachte.

«Ach … hab ich's mir doch gedacht», meinte er. «Ich fand schon die ganze Zeit, dass du so anders aussiehst. Du hast jemanden kennen gelernt, nicht wahr? Sollte ich deshalb herkommen, um dem neuen Freund meinen Segen zu geben?

Ich bin ja schon ein wenig tatterig, aber die Zeichen kann ich immer noch deuten.»

Laurie wusste nicht, was sie erwidern sollte.

«Sieht man mir das so deutlich an?»

Selbstgefällig schlug ihr Vater mit der Hand auf die Arbeitsplatte. «Ich habe mich schon unterwegs gefragt, warum du so still bist. Und jetzt habe ich die Antwort. Du warst noch nie so aufgeregt und verliebt.»

Laurie deutete mit einer Geste auf die Terrassentür. Hier drinnen konnte sie nicht über Sam sprechen, nicht, wo Rachel jeden Moment herunterkommen und lauschen konnte.

Draußen gelang es ihr, ihren Vater noch eine Weile hinzuhalten, indem sie ihn kurz durch den Garten führte, doch als sie dann im Schatten am Tisch Platz nahmen, konnte sie nicht mehr ausweichen.

«Und, wo ist der Glückliche jetzt?», fragte ihr Vater und nippte an seinem Glas. Irgendein Aspekt seiner Begeisterung ließ sie erschaudern. Offensichtlich hatte er schon lange auf dieses Gespräch gewartet. Womöglich hatte er bereits mit seinen Freunden über ihr fortgesetztes Singledasein debattiert, vielleicht hatten ihn auch seine Nachbarn nach ihrem Liebesleben gefragt. Unwillkürlich nahm sie eine Abwehrhaltung ein. Sie hatte ihm bislang nicht einmal von James erzählt, geschweige denn von Sam. Nahm ihr Vater etwa an, sie hätte die ganze Zeit über als keusche Jungfer gelebt?

Genau deshalb hatte sie nie über persönliche Dinge mit ihren Eltern gesprochen. Weil sie mit ihrer Begeisterung ebenso wenig umgehen konnte wie mit ihrer Enttäuschung oder damit, dass sie sich ein bestimmtes Bild von ihr machten und sich gleichzeitig so eifrig bemühten, es zu verbergen. Außerdem war es ihr peinlich, über ihr Intimleben zu sprechen, besonders mit ihrem Vater. Sie wünschte, ihre Mutter wäre noch da.

Seit sie erwachsen war, hatte ihr Vater immer nur eine zensierte Hochglanzversion der Wahrheit zu hören bekommen. Ihm jetzt die Sache mit Sam zu gestehen war, als bräche sie plötzlich alle Regeln in der Beziehung zu ihrem Vater. Sie war im Begriff, seine Illusionen zu zerstören und sich ihm als Erwachsene zu präsentieren. Das war Neuland für sie, Neuland, in dem viele Gefahren lauerten. Schon jetzt, beim Antritt ihrer Offenbarungsreise, hatte sie das Gefühl, auf Treibsand zu gehen. Die einzige Überlebenschance bestand darin, es so schnell wie möglich hinter sich zu bringen.

«Wo er jetzt im Augenblick ist?», wiederholte sie, und dabei klang ihr gestriges Gespräch mit Roz in ihr nach. Aber sie musste jetzt mutig sein. Es war einfach zu wichtig, um zu Lügen Zuflucht zu nehmen. «Tja, im Augenblick ist er … ist Sam … er wäre gern hier und freut sich schon darauf, dich kennen zu lernen, aber, um ehrlich zu sein, er ist bei … er ist bei seiner Frau.»

«Oh …» Das Gesicht ihres Vaters fiel in sich zusammen. Er starrte auf sein Glas.

«Es ist nicht so schlimm, wie es sich anhört.»

«Aber … aber du könntest jeden haben …»

Sie hatte gewusst, dass es schwer sein würde, es ihrem Vater beizubringen, aber jetzt erschien es ihr geradezu unmöglich.

«Er trennt sich von seiner Frau, das wollte ich damit sagen.»

«Tja, ich billige es ganz gewiss nicht, dass du eine Ehe zerstörst», hielt ihr ihr Vater entgegen. «Das hast du doch gar nicht nötig.»

Sie konnte an seinem Gesicht ablesen, wie enttäuscht er

war. Es lief alles schief. Sie wünschte sich so sehr, dass er Sam mochte und ihn akzeptierte, doch jetzt war sie dabei, alles zu vermasseln.

Laurie schüttelte den Kopf und brummte enttäuscht über sich selbst etwas vor sich hin. Dann richtete sie sich in ihrem Stuhl auf und beugte sich zu ihm. «Du verstehst mich nicht. Ich habe es ganz falsch angefangen. Wir kannten uns nämlich schon. Ich meine, wir hatten schon einmal eine Affäre miteinander. Vor drei Jahren, bevor Mum starb. Erinnerst du dich noch an die Postkarte, die ich dir damals geschrieben habe … dass ich verliebt sei? Nun, das war derselbe Sam.»

«War er damals auch schon verheiratet?»

«Nein, war er nicht. Damals noch nicht. Wir wollten zusammen bleiben, aber dann erfuhr er, dass seine Freundin schwanger war …»

«Ach, das wird ja immer besser», platzte ihr Vater heraus. «Laurie, was soll das alles? Hast du etwa damit den ganzen Sommer zugebracht? Mit dem Ehemann einer anderen schäkern? Ich weiß, es geht mich nichts an, aber für mich klingt das, als hättest du dich da ganz schön in die Bredouille gebracht.»

Er hatte Recht. Sie war in der Bredouille. Ihr Vater gab ihr das Gefühl, ihre Affäre mit Sam sei etwas Unanständiges. Jetzt hatte sie noch mehr Angst davor, ihm auch noch die Einzelheiten darzulegen. «Aber … hm … die Sache ist die … ich dachte, ich wäre über ihn hinweg», begann sie, entschlossen, auch wenn es ihr schwer fiel, mit der Wahrheit herauszurücken, bevor die Zweifel übermächtig wurden. «Wirklich, so war es. Ich hatte einen neuen Freund und dann, dann habe ich vor ein paar Monaten Sam wieder getroffen, und da habe ich … haben *wir* gemerkt, dass es alles andere als vorbei ist. Der springende Punkt ist, dass er, Sam, damals einen Fehler gemacht hat, als er sie … als er Claire geheiratet hat. Er hätte es nicht tun sollen, aber er meinte, er dürfe nicht kneifen … wegen des Kindes …»

«Und jetzt meint er das nicht mehr?»

«Oh, Dad, ich erwarte ja gar nicht, dass du mich verstehst, aber Sam und ich, wir lieben uns. Wir müssen einfach zusammen sein. Es ist etwas Besonderes. Mehr als das. Er ist der Mensch, mit dem ich mein Leben teilen möchte.»

Bill zog sein Taschentuch hervor, schlug es auseinander und wischte sich die Stirn ab. «Bist du dir sicher, dass du weißt, was du tust? Bist du dir sicher, dass er genauso empfindet wie du? Ich meine, du weißt doch gar nicht, wie es in seiner Ehe wirklich aussieht, nicht wahr? Die Ehe ist etwas Heiliges. Sie haben sich gegenseitig Treue geschworen. Und überhaupt, wird dieser Sam tatsächlich seine Frau verlassen, wo doch ein Kind im Spiel ist?»

«Ich glaube … ich hoffe es.»

«Du *hoffst* es?»

«Er wird es tun. Da bin ich mir ganz sicher. Eigentlich müsste er gerade jetzt in diesem Augenblick dabei sein.»

Das Entsetzen ihres Vaters über ihre missliche Lage war unübersehbar, und sie spürte, wie ihr nach und nach alles, wovon sie zutiefst überzeugt gewesen war, entglitt.

«Ich liebe ihn, Dad. Und er liebt mich.»

Tränen stiegen in ihr auf, sie konnte nicht weitersprechen. Aber sie hatte sich fest vorgenommen, nicht zu weinen. Ihr Vater konnte mit solchen Gefühlsausbrüchen nicht umgehen. Sie wedelte mit der Hand vor ihrem Gesicht.

«Oje, oje», brachte er nur heraus. Dann sah er weg und wartete, bis sie sich wieder gefasst hatte.

Sie trank einen Schluck Wasser.

«Und dieses Haus?», fragte er. «Gehört es Sam?»

Am liebsten hätte sie alles ausradiert und mit ihren Erklärungen noch einmal von vorn angefangen, und zwar ganz anders. Es gab noch so vieles, was sie ihm erzählen musste. Seine Jovialität war einer misstrauischen Haltung gewichen. Er ließ den Blick über den Garten schweifen, als sähe er ihn jetzt mit anderen Augen.

«Nein», erwiderte Laurie. Jetzt war ohnehin nichts mehr zu retten, also konnte sie auch das hinter sich bringen. Sie holte tief Luft. «Du musst mir versprechen, dass du nicht sauer bist ...»

Ihr Vater runzelte die Stirn. «Hast du etwa noch mehr auf Lager?»

«Also», begann sie. Du lieber Himmel, war das schwierig. «Es gehört Rachel ... und Tony. Ich habe die ganze Zeit bei Rachel gewohnt. Und Sam ist ...»

«Dieses Haus gehört Rachel?», platzte ihr Vater heraus. «Meiner Schwester? Ist das dein Ernst? Aber du hast doch gesagt, es gehöre einer Freundin. Du hast gesagt ... du ... du hast mich diese lange Reise machen lassen, damit ...»

«Dad, versteh doch», flehte Laurie.

Aber ihr Vater hörte nicht mehr zu. Er knallte das Glas auf den Tisch, stand abrupt auf und marschierte die Terrassenstufen hinunter. Laurie lief ihm nach und holte ihn am Ende des Swimmingpools ein. Er war aschfahl im Gesicht und blickte in die Ferne.

«Ich dachte ... ich wollte dich nicht ärgern.» Sie fühlte sich absolut erbärmlich. Er war in ihrem ganzen Leben so selten wirklich wütend auf sie gewesen, dass sie überhaupt nicht wusste, wie sie jetzt damit umgehen sollte.

«Ärgern? Ärgern?» Die Stimme ihres Vaters bebte vor Zorn. «Wie konntest du das tun? Mich so zu hintergehen. Und ich dachte, du wärst ...»

«Ich habe es für Rachel getan», warf Laurie rasch dazwischen. «Sie dachte ...»

«Was immer sie gedacht hat, sie hat sich geirrt», stieß ihr Vater barsch hervor.

«Aber, Dad, was zwischen euch vorgefallen ist ...»

«Du weißt ja gar nicht, wovon du redest, Laurie, in was du dich da einmischst. Hast du überhaupt eine Ahnung, wer er war?»

«Wer?»

«Tony Glover. Er hat alles zerstört. Seine Familie ...»

«Was?» Sie sah zu, wie sich ihr Vater das Gesicht rieb. Natürlich hatte sie eine Reaktion erwartet, aber nicht diese. Er sah aus, als würde er gleich in Tränen ausbrechen. Laurie nahm all ihren Mut zusammen. «Ich wollte sagen, was immer es ist, du bist zweifellos inzwischen darüber hinweg», fuhr sie fort. «Es ist jetzt fünfzig Jahre her. Wäre es da nicht an der Zeit, die Vergangenheit ruhen zu lassen? Tony lebt nicht mehr.»

«Das spielt keine Rolle», sagte er mit erstickter Stimme.

Warum diese heftige Reaktion? Rachel hatte die Probleme zwischen ihr und Bill heruntergespielt, als wäre ihr Zwist mit ihrem Bruder nur ein dummes Missverständnis, das mit der Zeit bedeutungslos geworden war, doch was für Gefühle ihren Vater jetzt auch bewegen mochten, sie waren offenbar noch genauso heftig wie damals.

Trotzdem, es wurde Zeit, dass er sich wie ein Erwachsener benahm. Gut, sie hatte ihm ein paar Lügen erzählt, damit er herkam, aber das war nichts im Vergleich zu all den Lügen, die er ihr ihr ganzes Leben lang aufgetischt hatte. Über Rachel. Und, wie sich jetzt herausstellte, auch über die Ursachen ihres Zwistes.

«Was ist es? Worüber kommst du nicht hinweg, Dad?»

«Ich hätte nie gedacht, dass ich dir das sagen muss.»

«Mir was sagen?»

«Keith Glover hat meinen Vater erschossen … deinen Großvater», erklärte Bill.

Laurie schüttelte den Kopf. «Keith?»

«Tonys Bruder. Er ist in den Laden eingebrochen und hat Dad erschossen. Und dann hat er auch auf Mum gezielt. Deshalb war sie gelähmt. Deshalb konnte sie das Haus nicht verlassen, als die Flut kam. Weil sie in einem Rollstuhl saß. Wegen Keith Glover. Er hat unsere Familie auf dem Gewissen.»

«Aber du hast mir erzählt, Großpapa sei im Krieg gestorben. Du hast mich belogen.»

«Ich wollte dich vor alledem schützen.» Seine Stimme klang völlig aufgewühlt. Laurie starrte ihn ungläubig an, während er ihr in zusammenhanglos hingeschleuderten Brocken schilderte, wie das Leben seiner Mutter zerstört worden war. Welch einsames, qualvolles Leben sie ohne ihren Mann habe führen müssen, ein Leben, das diesen Namen gar nicht mehr verdiente. Und das alles wegen Keith.

Laurie zwang sich, einen kühlen Kopf zu bewahren. Es musste einen Ausweg aus alledem geben. Aber welchen? Was ihrer Familie damals widerfahren war, war furchtbar und grausam. Sie sah nur noch den Schmerz ihres Vaters, und sie wünschte sich nichts sehnlicher, als ihn zu lindern.

Doch eins ergab keinen Sinn: «Aber du kannst Tony doch nicht für das verantwortlich machen, was sein Bruder getan hat.»

«Ach Laurie», entgegnete er und wandte sich mit tränennassen Augen zu ihr. «Das wirst du nie verstehen. Es war …» Er zögerte einen Moment, versuchte, seine Gefühle zu beherrschen. «Auch Mum … Tony …»

Laurie schüttelte erneut den Kopf. Es irritierte sie, dass er nicht weitersprach. Offenbar gab es noch mehr, was er verschwieg. «Was wolltest du sagen? Du meinst Großmutter? Was hatte sie mit Tony zu tun?»

Plötzlich verhärtete sich sein Blick, und er zog sich in sich zurück. «Das spielt keine Rolle», sagte er barsch und rieb sich wütend die Augen. Als er sie wieder ansah, waren seine Tränen versiegt, und in seinem Blick lag nur noch Verachtung. «Es reicht, wenn du weißt, dass Rachel sich für Tony entschieden hat. Sie hat sich für ihn und damit gegen ihre eigene Familie entschieden.»

Diese gärenden Gefühle, die er all die Jahre mit sich herumgeschleppt hatte … Laurie hatte ihren Vater immer für offen und unkompliziert gehalten, doch jetzt musste sie erkennen, wie sehr sie sich geirrt hatte. Nie hätte sie auch nur geahnt, dass er im Innersten so verbittert war.

«Aber man kann sich nicht aussuchen, in wen man sich verliebt, Dad. Soweit ich das beurteilen kann, waren Rachel und Tony glücklich miteinander. Er war ein guter Mensch.»

Aber ihr Vater verschloss sich ihrer logischen Argumentation.

«Rachel und Glover, sie haben mir etwas weggenommen. Etwas, das ich nie zurückbekommen habe. Erst als ich deine Mutter kennen lernte, hatte ich überhaupt wieder das Gefühl zu leben.»

Benommen stemmte Laurie die Hände in die Hüften. Ihr war schwindelig von dem, was ihr Vater erzählt hatte. Und außerdem war es furchtbar heiß. Zu heiß jedenfalls, um die Rätsel zu lösen, die ihr die Gefühlswelt ihres Vaters aufgab.

«Und du willst Rachel nie mehr eine Chance geben?»

Ihr Vater schwieg eine halbe Ewigkeit. Mit zusammengekniffenen Augen blickte er zum Horizont.

«Was habe ich bloß falsch gemacht?», fragte er plötzlich.

Wieder war sie wie vom Donner gerührt. «Was meinst du damit?»

«Waren deine Mutter und ich dir nicht genug?»

«Doch, natürlich.»

«Warum musstest du dann unbedingt Rachel besuchen? Warum nur?»

«Ich weiß es nicht», erwiderte Laurie leise. Es fiel ihr kein nachvollziehbarer Grund ein.

«Wir haben für dich getan, was wir konnten.»

Laurie blickte in das azurblaue Wasser des Swimmingpools und sah am Boden ihre Schatten. Als würden sie ertrinken. Verschwommen. Ihr ganzes Leben war plötzlich verschwommen. Nichts von dem, was sie stets über die Menschen, die sie kannte – mit Ausnahme von Sam –, zu wissen geglaubt hatte, stimmte noch.

«Hör zu, Dad, ich habe es dir bisher nicht gesagt, aber drinnen wartet Rachel», sagte sie plötzlich. Es gab keinen Grund, die Wahrheit noch länger vor ihrem Vater zu verbergen. Sie hatte geglaubt, Einfluss darauf nehmen zu können, was zwischen ihm und Rachel ablaufen würde, doch jetzt fühlte sie sich vollkommen machtlos. Es gab zu vieles, was sie nicht wusste. So vieles, was man ihr vorenthalten hatte. «Sie ist oben im Haus. Sie möchte mit dir sprechen. Warum klärst du das alles nicht mit ihr?»

Jetzt geriet er völlig aus der Fassung. Er fuhr herum und starrte sie ungläubig an.

«Oh, nein, oh, nein», sagte er. «So läuft das nicht, Laurie. Man kann nicht einfach Menschen wie Puzzleteile zu glücklichen Familien zusammenstecken. Aber das ist typisch für dich. Für dich war das Leben schon immer ganz einfach. Du meinst, man braucht die Leute nur dazu zu bringen, miteinander zu reden, und schon ist alles eitel Sonnenschein. Aber so einfach ist es nicht, und in deinem Alter sollte man das eigentlich begriffen haben. Alles, was man tut, hat Folgen. Das gilt für jeden. Und manchmal können auch Worte nichts mehr daran ändern.»

Er ließ seinen Zorn an ihr aus, klar, dennoch fühlte sie sich tief getroffen. Sie musste jetzt stark sein. «Schenk ihr nur einen Augenblick. Sie braucht dich jetzt», bat sie. «Sie hat Tony verloren, und du bist alles, was ihr geblieben ist.»

«Sie hat doch das hier, oder?», gab er mit einer ausladenden Geste zurück. «Und sie hat dich.»

«Nein, Dad. Ich bin nicht parteiisch.»

«Bist du sehr wohl.»

«Ach Dad, bitte», sagte sie. Allmählich wurde auch sie wütend.

«Ich möchte diese Frau nicht sehen. Und verzeihen werde ich ihr erst recht nicht.»

«Gut, dann lässt du es eben.» Laurie seufzte. Sie hatte getan, was sie konnte. «Ich habe bereits gepackt und bin abreisebereit. Wir steigen einfach ins Auto und lassen Rachel allein. Wenn du es möchtest, Dad. Ich halte zu dir. Wir hauen einfach ab. Zusammen. Versprochen.»

Laurie berührte seinen Arm, aber er antwortete nicht. Dann klingelte im Haus das Telefon, und ihr wurde flau im Magen. Was, wenn es Sam war? Sie sah noch einmal ihren Vater an, bevor sie die Terrassenstufen hinauflief.

«Laurie! Warte.»

Sie blieb stehen und drehte sich um. Mit einem Blick, der von eiserner Entschlossenheit zeugte, kam er auf sie zu. Und ohne ein Wort zu sagen oder sie auch nur anzusehen, ging er an ihr vorbei.

Das Telefon verstummte.

26. Kapitel

Stepmouth, 15. August 1953, 20:25 Uhr

Bill stapfte in das eiskalte Wasser, das die Kreuzung inzwischen völlig überschwemmt hatte. Irgendwo hörte er Schreie, doch das Rauschen des sintflutartig herabströmenden Regens dämpfte sie so stark, dass er nicht ausmachen konnte, aus welcher Richtung sie kamen. Die Hauptstraße lag verlassen da, nur das Wasser lief in einem steten Strom an den Häusern vorbei. Niemand, der von Todesangst ergriffen in die Fluten sprang. Außer Tony Glover konnte Bill niemanden entdecken.

War er etwa ohne wirklichen Grund derart in Panik geraten? Hätte er Tony Glover vielleicht gar nicht losschicken müssen? War es wirklich nötig gewesen, sein eigenes Leben bewusst aufs Spiel zu setzen? Hatte er womöglich überreagiert und aus den spärlichen Informationen und den wenigen bautechnischen Kenntnissen, die er besaß, die falschen Schlüsse gezogen? Würde er am Ende seine Mutter und Emily erst recht in Gefahr bringen?

Möglich, aber er durfte jetzt nicht wankelmütig werden und musste sich die Angst vergegenwärtigen, diese kalte, triebhafte Angst, die in ihm hochgekrochen war, als er aus dem Wagen stieg und spürte, wie das eisige Wasser über seine Schuhe lief.

Dabei galt seine Sorge nicht nur den schwachen Fundamenten der Häuser. Ihm war sofort klar gewesen, dass bei der immensen Wassermenge, die den Summerglade Hill hinunterstürzte, der Torf oben im Moor seinen absoluten

Sättigungsgrad erreicht haben musste. Dennoch blieb die Frage, warum das überschüssige Wasser nicht wie sonst in den Tälern des East und des West Step abfloss.

Weil auch ihre Aufnahmekapazität bereits erschöpft war, lautete die erschreckende Antwort.

Dabei war ein Ende der Flut noch nicht in Sicht. Das Gewitter wurde immer heftiger. Wie Kanonenfeuer grollten die Donnerschläge über den Himmel. Und immer noch goss es in Strömen.

Doch erst der Anblick der South Bridge hatte Bill zu dem Entschluss gebracht, seine Mutter und Emily aus ihren Wohnungen zu holen. Ganz offensichtlich war die Brücke zumindest teilweise blockiert, und doch konnte sich Bill keinen Gegenstand vorstellen, der groß genug gewesen wäre, eine Brücke von diesem Ausmaß gegen das Wasser abzuriegeln. Es mussten mehrere, ja, zig Gegenstände sein … die beiden angeschwollenen Quellflüsse mussten jeden Baum mitgerissen haben, der ihnen auf ihrem Weg vom Moor herunter begegnete.

Und wenn das schon bei der South Bridge der Fall war, wie mochte es dann bei der Watersbind Bridge weiter oben im Tal und bei dem natürlichen Staubecken dahinter aussehen, wo die beiden Flüsse sich vereinigten?

War die Watersbind Bridge ebenfalls blockiert? Staute sich das Wasser dahinter bereits und suchte sich einen anderen Weg?

Bill hoffte inständig, die Antwort auf alle diese Fragen möge nein lauten. Denn wenn er sich nicht irrte und der Wasserdruck hinter der Watersbind Bridge weiter anstieg, konnte das Wasser die Brücke nicht nur überspülen, sondern sogar ganz fortreißen.

Und wenn das passierte … nun, dann stand der gigantischen Wasserwand, die sich in diesem Fall durch das Tal gen Meer wälzen würde, nur noch eines im Weg: die Stadt Stepmouth.

Ihm ging durch den Kopf, dass Giles Weatherly möglicherweise schon versucht hatte, seine Mutter in Sicherheit zu bringen. Er hoffte es inständig.

Emily dagegen lag das Sea Catch Café viel zu sehr am Herzen, als dass sie alles zurücklassen würde, nur weil der Fluss außer Rand und Band geriet.

Sie war zu zupackend und vertraute viel zu sehr auf ihre eigenen Fähigkeiten, die Dinge selbst zu regeln, dachte er, als er sich stromaufwärts Richtung South Bridge kämpfte. Sie würde da sein, die Tür verbarrikadieren, das Wasser mit einem Kochtopf hinausschöpfen, dem Fluss mit bloßen Händen entgegentreten.

Bill schaltete die Taschenlampe aus und hielt sie sich hoch über den Kopf. Während er auf die South Bridge zu watete, schlug das Wasser in stetigen Wellen an seine Oberschenkel. Er warf seinen Mantel weg, der sich voll gesogen hatte und schwer geworden war, und duckte sich wie ein Hund, der an der Leine zieht, um seinen Schwerpunkt nach unten zu verlagern. Dabei stellte er sich vor, er wäre ein mächtiger, unerschütterlicher Felsbrocken.

Doch je näher er der Brücke kam, desto schneller wurde die Strömung des ausbrechenden Flusses. Bis er und der Fluss etwa fünfzig Meter vor der Brücke schließlich gleich starke Gegner waren. Trotzig tosend maß der Strom die Kräfte mit Bill, der sich mit aller Gewalt gegen ihn stemmte und doch auf der Stelle trat.

Also zur Seite ausweichen. Wenn er es nicht durch den Fluss schaffte, musste er ihn eben umgehen. Er wandte sich nach rechts, auf die Felsen unterhalb des Summerglade Hill zu. Mit jedem Schritt wurde das Wasser seichter, gab als Erstes seine Hüfte frei, dann seine Schenkel und schließlich auch die Knie.

Unsicher stakste er an das mit Büschen bewachsene Ufer und blieb dort nach Luft ringend stehen, während der Wind durch seine durchnässten Kleider schnitt und seine Glieder betäubte.

Er überlegte, wie er vorgehen sollte. Die Brücke zu überqueren konnte er glatt vergessen. Die Strömung war an dieser Stelle viel zu stark. Es auch nur zu versuchen war verrückt gewesen. Er würde talaufwärts gehen, weg von der Stadt, und versuchen, den Fluss weiter oben zu überqueren.

Mithilfe seiner Taschenlampe bahnte er sich einen Weg durch die schwarze Nacht und umrundete mit schnellem Schritt den Fuß des Berges, stolperte über Felsen, Schlamm und Gras, bis er schließlich bergab in die Ebene taumelte. Etwa zwanzig Meter oberhalb der South Bridge brach er endlich aus dem Gebüsch.

Normalerweise floss der Step über einen Meter unterhalb dieser Stelle dahin, doch jetzt war der Wasserpegel fast auf gleicher Höhe mit Bills Füßen. In der Finsternis wirkte der Fluss unbewegt wie ein Entwässerungskanal im Marschland. Erst als Bill die Taschenlampe darauf richtete, sah er die starke Strömung. Treibgut schwamm vorüber … Zweige, die herausragten wie die Hände Ertrinkender. Auch Äste mit grünem Laub … abgerissen von gesunden Bäumen an den Flussufern …

Stromabwärts leuchtete wie entrückt die South Bridge, und die viktorianischen Straßenlaternen darauf warfen kleine Regenbögen in das Dunkel. Von seiner Warte aus konnte Bill sehen, dass die Brücke nur teilweise von Bäumen blockiert war und immer noch Wasser unter ihr hindurch floss.

Der Grund dafür, dass der Fluss über die Ufer getreten war und sich in zwei neue Arme rechts und links der Brücke geteilt hatte, war die riesige Wassermenge, die oben von Watersbind herunterschoss.

Also war das Staubecken in Watersbind so voll, dass es bereits überlief. Das bedeutete, dass die Wassermassen – falls die Brücke dort nachgab – auch Watersbind sprengen konnten.

Bill vertat keine Zeit mehr mit solchen Gedanken. Er warf die Taschenlampe hin, zog Pullover und Hemd aus und stürzte sich in die eisigen Fluten.

Beim Eintauchen ins Wasser stockte ihm der Atem. Es war so kalt, dass es schmerzte. Mit langen, kräftigen Stößen steuerte er das gegenüberliegende Ufer an, doch er wurde immer weiter von seiner Bahn abgetrieben.

Wenn er nicht rechtzeitig die andere Seite erreichte, würde er bald wie eine Fliege an dem Geflecht von Treibgut kleben, das sich an der Brücke sammelte: zerschmettert, ausgeweidet, ertrunken. Oder er würde von der Strömung mitgerissen werden, unter der Brücke hindurch, und an den Steinen im Kanal dahinter zerschellen.

Eine weitere Sekunde verging. Wie Donner rollte das Wasser gegen die Brücke. Doch dann hatte Bill das Ufer erreicht. Mit ausgestreckten Armen tastete er nach etwas, irgendetwas, an dem er sich festhalten konnte, denn er wurde immer noch flussabwärts gezogen. Seine Hände rissen an den scharfen Kanten der Felsen auf. Plötzlich schoss ein Schmerz durch seinen Arm, sein rechter Daumen knickte um und brach. Dann endlich bekam seine Hand etwas zu fassen und umschloss es wie ein Schraubstock.

Wasser strömte ihm übers Gesicht, in den Mund, in Augen und Ohren, der Fluss schleuderte seinen Körper herum und versuchte, ihn wegzuzerren. Sein rechter Arm schien sich wie ein Gummiband zu dehnen, das jeden Augenblick zerreißen konnte. Doch dann bekam auch seine Linke den Gegenstand zu fassen, an den sich seine Rechte klammerte.

Baumwurzeln. Sie hatten verhindert, dass der Sog ihn unter die Brücke zog. Er fand noch eine Wurzel etwas weiter oben, dann noch eine und noch eine, bis er sich schließlich aus dem Wasser gezogen hatte.

Sobald seine Knie festen Boden berührten, ließ er sich nach vorn fallen. Mit dem Gesicht nach unten lag er am Ufer und übergab sich, erbrach das Wasser, das ihm soeben mit Gewalt eingeflößt worden war.

Aber er hatte keine Zeit sich auszuruhen und zwang sich aufzustehen. Das Tosen des Wassers war ohrenbetäubend. Er sah sich um, versuchte, sich zu orientieren. Er befand sich etwa drei Meter vor der Brücke. Der Baum, an dem er Halt gefunden hatte, war seine letzte Chance gewesen. Wenn er seine Wurzeln verfehlt hätte, wäre er jetzt tot.

Er stand ganz oben am Flussufer. Durch den rauschenden Regen hörte er schwach die Glocke von St. Hilda läuten. Er stolperte weiter, entfernte sich vom Fluss und erreichte die Stelle, wo das Wasser der Brücke ausgewichen war. Was er hier sah, war ein Spiegelbild der Situation auf der anderen Seite der Brücke. So wie das Wasser dort durch die Hauptstraße flutete, so schoss es hier durch die East Street.

Und anscheinend hatte es denselben Pegel erreicht: etwa sechzig Zentimeter, vielleicht sogar mehr, vielleicht neunzig …

Bill hörte Rufe. Durch die Regenwand sah er Menschen aus den Straßen, die parallel zu Emilys Straße verliefen, mit ihrer Habe beladen gegen die Strömung ankämpfen, um an einen höher gelegenen, trockeneren Ort zu gelangen.

«Richard», rief er, als er seinen Freund sah, der Rosie und die Mädchen von der nahenden Flut weg Richtung Osten lotste. «Hast du Emily gesehen?»

«Nein», rief Richard zurück. «Was ist bloß los, Bill?»

«Nicht stehen bleiben», brüllte Bill. «Entfernt euch so weit wie möglich vom Fluss, so schnell ihr könnt.»

Ob Richard ihn verstanden hatte, sollte Bill nie erfahren. Er war bereits auf dem Weg in die entgegengesetzte Richtung und ging an dem neu entstandenen Flusslauf entlang bis zu der Stelle, wo er sich in die East Street ergoss. Hier stieg Bill wieder ins Wasser.

Zunächst schien die Strömung nicht besonders stark. Bill blickte die East Street hinunter. Bis zu Emilys Haus waren es etwa fünfzig Meter, nicht wahr? Er würde in null Komma nichts dort sein. Und dann? Dann würde er sie rausholen, ein Stück stromabwärts bringen und nach rechts durch die Straßen Richtung Osten gehen, möglichst weit weg von dem Weg, den die Flut nahm.

Doch dann zerrten die Wassermassen plötzlich immer heftiger an seinen Beinen. Das Herz pochte ihm gegen die Rippen. Er spürte, wie sich unter seinen Füßen die Pflastersteine hoben und senkten und unter dem Druck der Fluten verschoben. Dann prallte etwas gegen seine Hüfte, und er kippte um und tauchte unter.

Dunkelheit. Kälte. Nichts als Wasser. Ein ganzer Ozean drang in seine Ohren, Millionen rasender Bläschen.

Er überschlug sich, wieder und wieder, versuchte sich aufzurichten. In seinem Kopf schrie es. Etwas Weiches berührte sein Gesicht, war aber gleich wieder verschwunden. Seine Fingerknöchel scheuerten am Straßenbelag. Dann war plötzlich Luft da. Eine Lunge voll. Genug, um ihn nach oben zu bringen.

Er konnte atmen. Aber er sah nichts. Eine Sekunde lang glaubte er, tot zu sein. Immer noch unter Wasser zu sein. Und nur deshalb atmen zu können, weil er bereits seinen Körper verlassen hatte und keinen Sauerstoff mehr brauchte.

Noch einmal eine Lunge voll Luft. Und noch einmal. Er ruderte mit Armen und Beinen wie ein Betrunkener, der versucht, wieder Tritt zu fassen. Dann begriff auch sein Gehirn, was sein Körper bereits herausgefunden hatte. Er war nicht mehr unter Wasser. Er war nicht tot. Der Strom war erneut ausgefallen.

Er hörte jemanden rufen. Schreien. Seinen Namen. Ein Licht leuchtete ihm in die Augen. Etwas streifte seine Beine und zerrte dann an seinem Gürtel.

«Zieh!», schrie jemand.

Dann schlug ihm erneut ein Wasserschwall ins Gesicht, während er gegen den Strom gezogen wurde.

«Pack ihn an den Armen», brüllte dieselbe Stimme.

Bill spürte Hände unter seinen Ellbogen. Finger gruben sich in sein Fleisch, sie brannten auf seiner eiskalten Haut. Als er aus dem Wasser gehievt wurde, schrie er vor Schmerz laut auf, denn sein Brustkorb schrammte über Mauerwerk. Aus dem Nichts tauchte ein erleuchtetes Fenster auf. Er wurde hindurch gezerrt, bevor er sich überschlug und auf einem trockenen Teppichbelag landete.

Dann eine andere Stimme, die warm in sein Ohr drang, eine Stimme, die er nie wieder zu hören geglaubt hatte: «Bill, Bill, mein Liebling, Bill.»

Atemlos lag er im Kerzenlicht und starrte in Emilys Augen. Sie war völlig durchnässt und in Handtücher gewickelt. Wärme durchströmte ihn, als wäre nichts von dem, was soeben geschehen war, Wirklichkeit, als befände er sich in Emilys Badezimmer, wäre in der Wanne eingenickt und sähe beim Aufwachen in ihr Gesicht. Es gelang ihm, sich aufzusetzen und sie an sich zu ziehen.

«Wir müssen hier verschwinden», sagte er heiser.

Als er aufsah, stellte er fest, dass sie nicht allein waren. Ebenfalls durch und durch nass und mit blassem Gesicht starrte Giles Weatherly zu ihm hinunter. Neben ihm stand Lewis Cook, Giles' Freund, der Tür an Tür mit Emily wohnte. Lewis zitterte. Seine linke Schläfe war geschwollen und aufgeplatzt. Sein blauer Pullover mit V-Ausschnitt war zerrissen, der Ärmel hing schlaff herab. In der Hand hielt er den Bootshaken, mit dem er soeben Bill aus dem Wasser gezogen hatte.

Wenn Giles hier war, konnte er drüben nicht Glover helfen, seine Mutter von der Hauptstraße wegzutragen. Ob Glover jemand anderen gefunden hatte? Ob seine Mutter in Sicherheit war? Er stand mühsam auf.

«Wo sind wir hier?», fragte er und sah sich in dem fremden Raum um. Emily hatte ihre Hand in seine gelegt, ihre Finger waren fest ineinander verschlungen. Bill entdeckte eine Kommode und ein weißes Waschbecken, das im Kerzenlicht schimmerte. Komischerweise stand mitten auf dem Bett ein nagelneuer Fernseher – richtig, Giles kam ja immer hierher, um sich etwas anzuschauen.

«In meinem Haus», antwortete Lewis Cook. Der stämmige Mann mit dem weißblonden Schopf war Leiter der Poststelle und einer der Freiwilligen, die beim Rettungsdienst der Stadt Dienst taten.

«Das Café ist überflutet», fügte Emily hinzu. «Giles und Lewis haben mich hierher geholt.»

«Wir dachten, hier wären wir sicher, weil unsere Türschwelle höher liegt», erklärte Lewis. «Aber das Wasser ist immer weiter gestiegen.»

«Hier.» Lewis' Frau Josephine stürzte ins Zimmer und legte Bill eine Decke über die Schultern.

Lewis ging wieder zum Fenster. Wortlos folgten ihm Bill, Emily und die anderen, um sich ein Bild von der Situation zu machen. Das Prasseln des Regens klang wie atmosphärische Störungen. Blitze zerrissen den Himmel. Der Geruch von Torf, Holz und Schlamm drang herauf.

Erst jetzt begriff Bill, dass sie sich im ersten Stock befanden und die anderen bereits vom Wasser nach oben vertrieben worden waren. Er spähte in die Dunkelheit. Das Wasser in der East Street hatte inzwischen wohl an die eineinhalb Meter erreicht. Und es rauschte mit rasender Geschwindigkeit dahin. Er hatte Glück gehabt, dass er nicht ins Meer hinausgeschwemmt worden war.

In den Gebäuden gegenüber brannte nirgendwo Licht. In dem schwarzen Rechteck eines Fensters auf der gegenüberliegenden Straßenseite knipste jemand eine Taschenlampe an und aus. Morsezeichen. Bill entzifferte sie automatisch, wie er es beim Militär gelernt hatte: SOS – Save our souls, der internationale Notruf.

«Das ist John Mitchell», rief Lewis über das wogende Wasser, «aber wir schaffen es jetzt auf keinen Fall mehr, zu ihnen zu kommen. Sie sind dort jetzt sich selbst überlassen, genau wie wir.» In Bills Gedanken blitzte die Erinnerung an das Frühjahr auf, als John sich aus eben diesem Fenster gelehnt hatte, um seine Osterglocken in den Hängekörben zu gießen. War das hier wirklich noch derselbe Planet?

«Wir müssen uns überlegen, wie wir von hier weg kommen», sagte Bill. Doch im gleichen Augenblick überkam ihn Panik. Denn wie sollte das gehen? Wie sollte er Emily von hier weg schaffen, wo das Wasser inzwischen so schnell dahinschoss, dass es sie mit sich reißen würde?

«Nein», meinte Giles. «Wir müssen hier bleiben. Hier sind wir in Sicherheit.»

«Selbst wenn das Wasser höher steigt – was ich mir nicht vorstellen kann –, gibt es immer noch das Dachgeschoss», stimmte ihm Lewis zu.

«Ihr begreift nicht», erwiderte Bill. «Die Brücke ist blockiert. Und ich fürchte, Watersbind auch. Ich habe Angst, dass …»

Ehe Bill die drohenden Gefahren schildern konnte, begann seine Stimme zu zittern. Er hüstelte und räusperte sich, doch als er erneut zu sprechen anhob, geschah dasselbe. Erst dann merkte er, dass das Zittern gar nicht von ihm selbst ausging.

Bill lief in das rückwärtige Zimmer und blickte hinaus, doch auch dort schoss das Wasser in rasender Geschwindigkeit vorbei.

Als er zu den anderen rannte, übertönte ein dumpfes Dröhnen die Kakophonie von Regen und Wind. Es war kein Donner, denn es verklang nicht. Stattdessen wurde es immer lauter, kam näher wie ein Güterzug, der mit zunehmendem Tempo auf sie zu rollte. Eine alte Uhr in einem Glaszylinder fiel vom Kaminsims und zerbrach.

«Runter mit euch!», schrie Bill, legte die Arme um Emily und zog sie zu Boden.

Es war, als würde das Haus plötzlich lebendig. Die Bodendielen bogen sich unter ihnen wie Muskeln, die Wände ächzten, die Decke bebte. Staub rieselte herab. Die Kerzen flackerten und erloschen. Dunkelheit, so dicht wie Samt, erfüllte den Raum.

Als das Donnern stärker wurde, schloss Bill die Augen und presste die Lippen auf Emilys Gesicht. Was immer da herannahte, es würde sich nicht aufhalten lassen … Die

Brücke bei Watersbind … Jetzt wusste Bill, dass er Recht gehabt hatte. Das Wasser hatte das Staubecken gesprengt, und nun rollte eine gigantische Flutwelle auf die Stadt zu.

In diesem Moment begriff Bill, dass er sterben würde. An Emilys Seite. Er hatte sie nicht retten können, aber er hatte sie noch rechtzeitig erreicht. Er war froh, dass er selbst gekommen war und nicht Tony zu ihr geschickt hatte. Bei ihr zu sein statt bei seiner Mutter war die richtige Entscheidung gewesen. Lieber wollte er mit Emily sterben, als sie allein sterben zu lassen. Er zog sie an seine Brust und schützte sie mit seinem Körper.

Er öffnete den Mund, um ihr Worte des Abschieds zuzuflüstern.

Doch dann schlug das Wasser zu.

Mit einem Krach, als rollte eine Lawine heran. Als würden sie gleich bei lebendigem Leibe begraben.

Das Haus wankte wie unter einem gewaltigen Hammerschlag, und als dann die Welle kam, wurde die Luft aus dem Raum gesogen. Das Wasser brach durch Türen und Fenster. Es war, als befänden sie sich auf einem sinkenden Schiff. Bill klammerte sich fest an Emily, während sie über den Boden an die Wand und wieder zurück geschleudert wurden. Keuchend versanken sie, sich gegenseitig umarmend, während das Wasser sie hin und her warf.

Und dann nichts mehr.

Absolute Dunkelheit. Bill konnte nicht das Geringste erkennen. Die Hand, die seine hielt, bewegte sich.

«Emily?»

Er lag zusammengekrümmt irgendwo eingeklemmt, vielleicht in einer Ecke des Zimmers, vermutete er.

Er drückte die Hand fester.

«Emily?», fragte er noch einmal.

«Bill.»

Er tastete nach ihrem Gesicht, ihren Lippen ... «Du lebst», sagte er und küsste sie. Ein Glücksgefühl durchflutete ihn wie Sonnenstrahlen eine Wolke. «Ist alles in Ordnung?», rief er in die Dunkelheit.

Eine männliche Stimme – war es die von Giles? – antwortete: «Ja.»

Josephine kreischte in heller Panik: «Lewis! Lewis, bist du da?»

Von der anderen Seite des Zimmers kam ein leises Stöhnen. «Mein Arm ... Ich spüre meinen Arm nicht ...»

Aber Bill hörte nicht zu. Seine Hände umschlossen Emilys Gesicht. «Jetzt ist es vorbei. Es ist vorbei. Es war der Wasserspeicher, aber jetzt gibt es ihn nicht mehr ...»

Er spürte ihre Hände auf seinen. «Ich hätte dir schon vorher sagen sollen, wie sehr ich dich liebe», flüsterte sie. «Ich hätte es dir jeden Tag sagen sollen.»

«O mein Gott.» Es war Giles. «O mein Gott. O mein Gott. Seht nur.»

Bill kroch durch das gurgelnde, schäumende, schwappende Wasser zu der Stelle, wo er Giles vermutete. Er erkannte die Umrisse des Fensters, das sich grau von dem tieferen Dunkel des Raums abhob, und versuchte zu stehen, aber seine Beine waren noch zu schwach. Seine Haut brannte. Irgendetwas bewegte sich neben dem Fenster und glitt vorbei. Wie ein Schatten. Endlich erreichte er sein Ziel und zog sich an der Fensterbank hoch.

Ein Wetterleuchten zuckte über den Himmel wie ein Röhrenblitz. Den Anblick, der sich ihm jetzt bot, sollte Bill für den Rest seines Lebens nicht mehr vergessen. Das vorbeirauschende Wasser reichte bis ungefähr sechzig Zentimeter unterhalb des Fenstersimses. Eine Riesenwelle jagte die nächste, schaukelnd, schäumend, zu hohen Bögen aufspringend, und schoss als riesige schwarze Masse durch die Straße.

Doch nicht dieses Schauspiel zog Bills Blick auf sich, sondern die Häuser gegenüber, die zertrümmert waren wie die Zähne eines Boxers. Ziegel waren von den Dächern gerissen, Erkerfenster herausgebrochen. Das Fenster, von dem John Mitchell seine Signale ausgesandt hatte – ja, das ganze Obergeschoss des Hauses –, existierte nicht mehr. Ebenso wie die oberen Hälften der Häuser zu beiden Seiten.

Die halbe East Street war buchstäblich ins Meer gespült worden.

«Gott möge sie segnen», sagte sich Giles immer wieder vor.

Plötzlich entdeckten sie jenseits des Wassers zwei Lichtstrahlen, die – sie konnten es kaum glauben – auf sie gerichtet waren.

«Aber das ist doch nicht etwa ein Au …» Emily stand jetzt neben Bill.

«Doch, ein Auto», bestätigte Bill.

Es stimmte. Voller Staunen beobachteten sie, wie es, bis zur Hälfte eingetaucht, auf dem höllischen schwarzen Fluss schwamm, irgendwie kurzgeschlossen, denn das Fernlicht war eingeschaltet und beleuchtete das Wasser. Gerade als es auf ihrer Höhe ankam, sank es vornüber und hinterließ einen Strom von Blasen, während es von der Bildfläche verschwand.

Die Blitze erstarben. Die Dunkelheit kehrte zurück.

Hinter ihnen schrie Lewis vor Schmerz auf.

Bill konnte die Hand nicht vor den Augen sehen.

«Ich komme», rief Emily.

Doch dann erstarrten sie alle, als sie das donnernde Geräusch erneut vernahmen. Bill verzog irritiert das Gesicht. Das konnte doch nicht sein, oder? Wo doch das Speicherbecken von Watersbind bereits zerstört war?

Sechzehn Brücken, lautete die Antwort. Sechzehn Brücken insgesamt in den beiden Tälern von East und West Step. Und jede von ihnen konnte auf dieselbe Weise wie die South Bridge blockiert sein. Jede von ihnen konnte soeben nachgegeben haben …

Die Wände schienen zu brüllen. Das Rollen wurde zum Donner. Die teuflische Kakophonie wurde lauter und lauter. Bill rief Emilys Namen, aber genauso gut hätte seine Zunge abgeschnitten sein können. Er wankte durch das pechschwarze Gefängnis, als plötzlich der Boden unter seinen Füßen nachgab und auseinander brach wie eine Eisscholle. Er schnappte nach Luft und betete für Emily.

Dann wieder ein Blitz: Er sah sie, eine Silhouette am Fenster, die Arme ausgestreckt, genau wie er. Er lief auf sie zu.

Doch seine Hände berührten nur die massive Wasserwand, die an ihm vorbei durch das Zimmer jagte.

27. Kapitel

Mallorca, 2003

«Du Hure!»

Rachel hielt den Hörer vom Ohr weg, während ein Schwall von Beschimpfungen auf sie niederprasselte. Was, zum Teufel …? Dafür hatte sie jetzt wirklich keine Zeit, dachte sie aufgebracht. Sie hatte keine Zeit für den Anruf einer Irren, nicht jetzt, da sie hinuntergehen und nach fünfzig Jahren zum ersten Mal wieder ihren Bruder begrüßen wollte.

Eben noch hatte sie durchs Fenster Laurie und Bill am Swimmingpool beobachtet. Offenbar war das Gespräch zwischen den beiden nicht gut gelaufen. Rachel hatte zwar nicht hören können, worüber sie sich unterhielten, ihren Gesten jedoch entnommen, dass es Zeit war einzuschreiten. Sie durfte sich nicht länger in ihrem eigenen Haus verstecken, sondern musste endlich die Initiative ergreifen.

Sie war schon auf der Treppe gewesen, als das Telefon läutete. Warum hatte sie es nicht einfach ignoriert?

«Hallo?», versuchte sie jetzt ein weiteres Mal, die Stimme am anderen Ende zu unterbrechen. «Würden Sie bitte …»

Plötzlich wurde ihr klar, dass es Claire war, die sie beschimpfte.

«Liebes? Liebes? Bist du es?» Aber Claire antwortete nicht. Sie war außer sich. «Claire, Claire, so beruhige dich doch», übertönte Rachel Claires Schluchzen. «Was ist denn passiert? Sag mir, was los ist. Ist etwas mit Archie?»

Bill und Laurie waren augenblicklich vergessen, und sie nahm den Hörer in beide Hände. Nackte Angst stieg in ihr auf. Sicher, Claire hatte schon so manches Beispiel ihrer Schauspielkunst gegeben, doch so hysterisch hatte Rachel sie noch nie erlebt.

«Er hatte die ganze Zeit eine Affäre», brachte Claire mit erstickter Stimme heraus. «Die ganze Zeit …»

«Wovon zum Teufel sprichst du?» Rachel hatte das Gefühl, in die Tiefe zu stürzen. Als hätte der Boden unter ihren Füßen plötzlich nachgegeben.

«Sam. Mit ihr», jammerte Claire.

«Mit wem?»

«Mit deiner geliebten Laurie. Jawohl. Diese Hure, diese … diese … ich habe sie angerufen, um ihr zu sagen …»

Rachel sank schwer aufs Bett. Dabei fiel eines der gerahmten Fotos von der Bettdecke, und das Glas zerschellte auf dem Boden.

«Bist du sicher?»

«Natürlich. Sam hat mir gerade alles gestanden.»

Rachel hörte am anderen Ende heisere Klagelaute und legte die Hand auf den Mund. Am liebsten hätte sie selbst geweint. Etwas wie Angst – oder war es Adrenalin? Wut? – überflutete ihren Körper, und sie hielt sich an der Bettkante fest, während Claire ihr erzählte, was Sam gesagt hatte.

Nicht Sam. O mein Gott, nein. Nicht Sam. Er und Claire waren doch glücklich verheiratet, oder nicht? Sam konnte Claire nicht betrogen haben, das durfte einfach nicht sein.

Und ausgerechnet mit Laurie?

Nein, das konnte nicht stimmen. Sam mochte Laurie ja nicht einmal. Doch dann fiel ihr plötzlich der Abend ein, als sie hier auf der Terrasse zusammen gegessen hatten und Laurie so verschüchtert gewirkt hatte. Hatte sich Sam an jenem Abend so seltsam benommen, weil Laurie da war? Weil sie seine Geliebte war?

Und was war mit James? Angeblich war Laurie doch in ihn verliebt. Es ergab alles keinen Sinn. Sie hatte selbst mit James gesprochen. Aber vielleicht war er nur ein Alibi. Und vielleicht hatte sie sich auch in ihm getäuscht. Und während sie sich einen Reim auf all das zu machen suchte, hatte sie plötzlich schlaglichtartig all die Situationen vor Augen, in denen sie Sam und Laurie zusammen gesehen hatte.

«Ich kann es nicht glauben …», hauchte sie ins Telefon. Doch dann fielen ihr Lauries Reisetaschen wieder ein, die ordentlich gepackt oben in ihrem Zimmer standen, und sie begriff, dass es wahr sein musste, was Claire ihr da erzählte. Laurie hatte gewusst, dass es herauskommen würde.

«Was soll ich bloß machen?», jammerte Claire.

Etwas Verzweifeltes in ihrer Stimme, in ihrem Hilfeschrei riss Rachel aus ihrem Schockzustand. Sie musste sich konzentrieren, klare Gedanken fassen. Es würde nicht so weit kommen. Sie würde es nicht zulassen. Was immer sich zwischen Sam und Laurie abgespielt haben mochte, es musste ein Ende haben, und zwar augenblicklich. Sam war der Vater von Claires Kind. Bildete er sich etwa ein, dass er einfach so weggehen konnte?

Na, sie würde ihn schon eines Besseren belehren! Er hatte Verpflichtungen. Alles, was er als selbstverständlich betrachtete, hatte er nur, weil Claire die war, die sie war. Nein, Sam würde sich verdammt nochmal bei Claire entschuldigen und sich ins Zeug legen müssen, um den Schaden, den er angerichtet hatte, wieder gutzumachen. Jede Ehe hatte ihre Höhen und Tiefen – Himmel nochmal, das wusste sie doch selbst am besten. Und auch Sam und Claire würden dies hinter sich bringen und weitermachen.

Und Laurie? Zum Teufel mit ihr! Laurie Vale konnte ihre gepackten Koffer nehmen, verschwinden und Rachels

Familie in Ruhe lassen, ehe sie noch mehr Unheil anrichtete.

«Claire, beruhige dich», versuchte es Rachel erneut. Es kostete sie unendliche Mühe, ihre Stimme unter Kontrolle zu halten. «Liebling, bitte. Hör auf zu weinen. Versuch, dich zusammenzureißen. Ich bringe das wieder in Ordnung, das verspreche ich dir. Das kann Sam nicht machen. Überlass es mir. Ist er jetzt bei dir?»

«Ja, er …»

Rachel stand auf. «Sorg auf jeden Fall dafür, dass er da bleibt. Es wird alles wieder gut.»

Rachel knallte den Hörer hin. Ihr mütterlicher Instinkt drängte sie, sofort zu Claire zu fahren, sie in die Arme zu nehmen, ihr zu helfen. Doch da war noch etwas anderes, etwas, das stärker war. Das Gefühl unbändiger Wut. Sie hatte versagt, und zwar auf der ganzen Linie. Sie hatte nicht genügend auf ihre Familie aufgepasst. Es war alles ihre Schuld. Und sie musste es wieder in Ordnung bringen, jetzt sofort.

Sie taumelte die Treppe hinunter in den Flur. Ohne zu wissen, was genau sie sagen wollte, war sie fest entschlossen, Laurie den Kopf zurechtzurücken. Sie würde ihr ins Gesicht sagen, was sie von ihr hielt. Und zwar augenblicklich.

Und dann stand Bill vor ihr. Die Arme vor der Brust gekreuzt wie ein Rausschmeißer.

«Rachel», sagte er.

Sie blieb wie angewurzelt stehen. Diese vertraute Stimme … Fünfzig Jahre schmolzen augenblicklich zusammen, und sie fühlte sich ertappt wie das Schulmädchen von einst, das ständig irgendwelche Geheimnisse zu verbergen hatte. Dass er trotz seiner guten siebzig Jahre so kraftvoll, so präsent und so gut gebaut wirkte, überwältigte sie, und von ihrer Entschlossenheit und Tatkraft war nichts mehr zu spüren.

Plötzlich hatte sie alles vergessen, was sie ihm hatte sagen wollen. Ihr Kopf war leer. Die Einigkeit ihrer Familie, die Trumpfkarte, die sie ihm hatte präsentieren wollen – sie existierte nicht mehr. Wie ihrer Kleider beraubt hatte sie das Gefühl, er sähe sie in ihrer ganzen Schwäche.

«Bill.» Mit ungeheurer Klarheit erinnerte sie sich an das letzte Mal, da sie sein Gesicht gesehen hatte. Doch dann verhärtete sich sein Blick, wie sie es noch nie erlebt hatte.

«Hör mir zu, und zwar gut», hob er an. Er richtete drohend den Finger auf sie. «Ich weiß nicht, was für ein Spiel du hier spielst und welchen irrsinnigen Plan du verfolgt hast, als du Laurie dazu brachtest, mich hierher zu bitten, aber ich verzeihe dir nicht. Niemals. Du hast deine Entscheidung getroffen. Und glaub bloß nicht, nur weil du jetzt Witwe bist, könntest du alles ungeschehen machen.»

Die Kälte in seiner Stimme, seine mangelnde Anteilnahme, das Fehlen jeglichen Mitgefühls – sie war wie erschlagen. Ihr Herz raste.

«Du hast einen Lügner geheiratet, Rachel. Wenn du darauf aus bist, dass ich dir irgendwie helfe, dein schlechtes Gewissen loszuwerden, dann bist du auf dem falschen Dampfer. Zwischen uns, dir und mir, besteht keinerlei Verwandtschaft. Und zwar schon seit langer Zeit. Seitdem du weggegangen bist.»

Seit fünfzig Jahren hatte niemals auch nur irgendjemand auf diese Weise mit ihr gesprochen. Niemand hatte gewagt, sie oder Tony oder ihre Integrität infrage zu stellen. Niemals hatte jemand die Dreistigkeit besessen, ihr seinen Willen aufzuzwingen, und schon gar nicht in ihrem eigenen Haus.

Sie bebte. All ihre Hoffnungen von zuvor waren dahin, all ihre Erwartungen hatten sich in Nichts aufgelöst. Es war aussichtslos. Nichts hatte sich geändert. Was war sie nur für eine Närrin gewesen, zu glauben, Bill sei mit der Zeit vielleicht weicher geworden? Wie hatte sie nur jemals annehmen können, er werde ihr verzeihen? Sie hatte sich vorgestellt, die Vergangenheit werde wie durch ein Wunder ausgelöscht sein, sobald sie einander auch nur sahen. Doch nun, da sie sich endlich von Angesicht zu Angesicht gegenüberstanden, erkannte sie, dass diese Gedanken unrealistisch gewesen waren. Wie ein Kartenhaus fielen ihre Träume von einer Versöhnung mit Bill in sich zusammen. Er war festgefahrener als je zuvor. Er wollte nicht das Gleiche wie sie, und er brauchte es auch nicht. Er sehnte sich weder nach Versöhnung noch nach Verständnis. Er würde bis zu seinem Tod mit seinem Hass und seiner Verbitterung leben, genau wie ihre Mutter, in dem unbeirrbaren Glauben, er sei im Recht.

«Du bist derjenige, der weggegangen ist, Bill», hielt sie ihm entgegen.

Bill schüttelte den Kopf, als wollte er ihre Worte abschütteln. «Darüber möchte ich nicht diskutieren. Dazu ist es zu spät.»

«Warum bist du dann hier? Warum stehst du da?» *Warum quälst du mich so,* hätte sie am liebsten hinzugefügt.

«Wegen Laurie. Ich möchte nicht, dass sie an meiner Stelle sagen muss, was ich gesagt habe.»

«Ha!», spie Rachel hervor. Plötzlich wurde ihr das Groteske dieser Situation, dieser Begegnung, bewusst. Sie hatte die ganze Zeit geglaubt, Laurie wolle ihr helfen. In Wahrheit aber hatte sie Bill dazu gebracht, ihr noch mehr weh zu tun. Vater und Tochter. Einer war so schlecht wie der andere. Selbstsüchtig. Verbohrt und stur. Wie passend, dass Laurie nach ihrer Mutter benannt worden war.

«Es war abscheulich von dir, Laurie da hineinzuziehen»,

fuhr Bill fort. «Warum, meinst du wohl, habe ich ihr all die Jahre verschwiegen, dass es dich gibt? Um sie vor dir zu schützen. Um zu verhindern, dass sie erfährt, was ihren Großeltern zugestoßen ist. Aber ich hätte wissen müssen, was für eine falsche Schlange du bist. Dass du bei der erstbesten Gelegenheit ihre Gutmütigkeit ausnützen würdest. Dass du immer noch genauso egoistisch bist wie damals, dass du nach wie vor nur an dich denkst. Wie schade, dass du damit warten musstest, bis dein Mann tot war.»

Rachel hätte am liebsten nach Tony geschrien. Zum ersten Mal hatte sie das überdeutliche Gefühl, ihn betrogen zu haben. Kaum war er tot, hatte sie sich um Bill bemüht. Sie hatte ihren Mann hintergangen, und das hatte sie nun davon. Das war die Strafe.

Sie hätte Tony vertrauen sollen. Sie hatte es getan, als er noch gelebt hatte. Warum hatte sie damit aufgehört, als er tot war? Denn was Bill betraf, hatte er vollkommen Recht gehabt. Sie versuchte, sich Tonys Gesicht vorzustellen. Dachte an all die Fotos von ihm, die sie abgehängt hatte, um Laurie und Bill zu schonen, wenn sie in der Villa eintrafen. Wie hatte sie das nur tun können? Sie schämte sich doch nicht ihres Mannes. Nicht einen Augenblick. Sie hätte die Aufnahmen lassen sollen, wo sie waren.

«Lauries Gutmütigkeit? Du sprichst von Lauries Gutmütigkeit?» Rachel konnte ihren Zorn nicht mehr im Zaum halten. «Wie kannst du es wagen, in mein Haus zu kommen und mir all das zu sagen? Wie kannst du es wagen, so zu tun, als wärst du immer noch das Oberhaupt der Familie? So etwas muss ich mir von niemandem gefallen lassen, und von dir erst recht nicht. Insbesondere, weil du wie üblich überhaupt nichts verstanden hast.»

Es war an der Zeit, Bill über seine eigene Familie aufzuklären, bevor er anfing, über ihre herzuziehen. Sie stürmte die Treppen hinunter, sodass er zurückwich.

«Und das nach allem, was Laurie sich hat zuschulden kommen lassen!», brüllte sie. «Wie kannst du Tony so schlecht machen, wo du ihn nicht einmal richtig gekannt hast? Dich hat doch nie interessiert, was aus ihm geworden ist. Er war ein guter Mensch, freundlich, ehrlich und wahrhaftig. Im Gegensatz zu deinem Töchterchen, dieser Hexe.»

«Was um alles in der Welt meinst du damit?»

Rachel hätte ihn am liebsten angeschrien. «Wenn du nur einmal den Mund halten und mir eine Sekunde zuhören würdest … dann erkläre ich es dir, Bill.»

28. Kapitel

Stepmouth, 15. August 1953, Mitternacht

Rachel saß, eine graue Armeedecke um die Schultern, zitternd auf einer Kiste und umklammerte eine blaue Blechtasse mit Tee, der inzwischen kalt geworden war. Mit klappernden Zähnen starrte sie auf die vom Summerglade Hill hinunterführende Straße, die in so tiefes Dunkel gehüllt war, dass sie fast glaubte, ins Leere zu blicken. Krampfhaft versuchte sie, etwas zu erkennen, und betete, Tony möge endlich aus der Dunkelheit treten, doch sie sah nichts außer den Tropfen, die wie ein Vorhang vom Rand der grünen Persenning über ihr herunterfielen und auf den voll gesogenen Boden tropften. Sie hatte keine Ahnung, wie viel Uhr es war. Sie wusste nur, dass dieser Albtraum nun schon seit Stunden anhielt.

Jedenfalls schien es ihr eine Ewigkeit her, dass Tony und Bill sie in dem Lieferwagen allein gelassen hatten. Vollkommen verängstigt hatte sie dem Heulen des Windes gelauscht und gehört, wie der Regen im Gleichtakt mit dem pochenden Schmerz in ihrer Brust auf das Metalldach getrommelt hatte. Als sie dann draußen vor dem Wagen im Licht eines Blitzes ein paar Leute bemerkte, hatte sie Hoffnung geschöpft, ihre Qualen könnten nun ein Ende nehmen, doch es war erst der Anfang gewesen.

Obgleich Rachel die verdreckten, durchnässten Gestalten durch die Windschutzscheibe des Autos nur erahnen konnte, hatte sie genug gesehen, um zu wissen, dass etliche von ihnen verletzt waren. Sie hatte mit der Faust ans Fenster gehämmert und geschrien, sie sollten stehen bleiben und auf sie warten, doch niemand hatte sie gehört. Das Tosen des Windes war ohrenbetäubend gewesen. Dann war sie in ihrer Verzweiflung aus der Fahrerkabine geklettert.

Die einzige Lichtquelle war die Taschenlampe eines Mannes gewesen, doch als Rachel sich, gegen den Regen ankämpfend, der Gruppe angeschlossen hatte, begann der schwache Strahl zu flackern und erstarb. An irgendjemandes nassen Mantel geklammert, hatte sie sich ihren Weg durch die Dunkelheit gebahnt und war gemeinsam mit der Gruppe den Summerglade Hill hinauf gehumpelt.

Plötzlich hatte ein Blitz den Himmel zerrissen und Rachel einen kurzen Blick auf das schreckliche Drama gewährt, das sich weiter unten abspielte – eine Szenerie, die zu begreifen sie kaum in der Lage gewesen war. Ein unvorstellbarer Wasserstrom rauschte durch die Stadt.

Die Überlebenden hatten es erst bis zu der Lichtung auf halber Höhe des Berges in der Nähe des Aussichtspunkts geschafft, als sich die Gruppe zerstreute. Irgendjemandem war es gelungen, mit seinen Schreien das Heulen des Windes und das Tosen des Wassers zu übertönen und die Überlebenden durch das Tor zu dem ausrangierten Zigeunerwagen zu treiben, in dem Rachel und Tony sich einst geliebt hatten.

Dann warteten sie alle eng aneinander gedrängt im Dunkeln, während der Regen durch das Dach des heruntergekommenen Wohnwagens hereinströmte und sich säuerlicher Lehmgeruch mit Schimmelgestank mischte. Niemand wusste so recht, was eigentlich geschehen war, außer, dass sie es geschafft hatten, den Wassermassen zu entkommen. Rachel fand in einer Kiste unter einem der Sitze eine Kerze, und jemand zündete sie an. So konnte sie im Dämmerlicht die nassen Gesichter ihrer Gefährten erkennen: Mrs. Tamar von der Metzgerei, Janet von der Eisdiele mit ihren beiden

Schwestern, Mr. Barry und der alte Mr. Stebbing. Eine andere Frau, die vermutlich im Hotel zu Gast war, stillte leise weinend ein Baby, während neben ihr ein kleines Mädchen wimmerte. Unterdessen schüttelte Mr. John seine Taschenlampe, bis sie wieder zu flackern begann. Er erklärte sich bereit, einen ersten Blick nach draußen zu werfen, und begann dann, mit klagender Stimme zu rufen, damit sich weitere Überlebende zu ihnen flüchten konnten.

Niemand fragte Rachel, wieso sie allein in dem Lieferwagen gesessen hatte. Anscheinend standen ihre Gefährten unter Schock und waren zu sehr mit ihren Schmerzen beschäftigt, als dass ihnen der Sinn danach gestanden hätte, sich zu unterhalten. Alle lauschten angestrengt in den heulenden Wind auf die Stimmen weiterer Überlebender, auf irgendein Anzeichen dafür, dass Hilfe nahte. Rachel war wegen der quälenden Schmerzen in der Brust kaum in der Lage, aufrecht zu sitzen. Unbemerkt von den anderen liefen ihr Tränen über die Wangen, während sie den rachsüchtigen Gott da draußen anflehte, sie aus diesem schrecklichen Albtraum erwachen zu lassen.

Wohl eine Stunde später traf der erste Krankenwagen aus Barnstaple ein. Rachel hatte keine Ahnung, wer es fertig gebracht hatte, Hilfe anzufordern, denn Mr. John zufolge waren alle Telefone ebenso ausgefallen wie der Strom. Dann kamen vom Armeestützpunkt her weitere Krankenwagen. Die Helfer erklärten, die Straßen seien in so schlechtem Zustand, dass die Gruppe nicht evakuiert werden könne, und begannen, auf der Lichtung ein provisorisches Lager zu errichten. Eine freundliche Frau in grauer Uniform verteilte heißen Tee und Decken.

Wenn der Wind sich einen Augenblick legte und die Planen nicht mehr so laut flatterten, hörte Rachel jetzt gelegentliches Stöhnen. Mehr zu sehen jedoch als die eigenen Füße war trotz der flackernden Gaslaternen, die die Armee aufgestellt hatte, auch weiterhin schier unmöglich. Es blitzte nicht mehr, doch gelegentlich erleuchteten die Scheinwerfer eines Fahrzeugs eine Hecke oder einen Baum und erinnerten sie daran, dass sie auf dem Summerglade Hill saß, an der Straße, die sie wie ihre Westentasche kannte.

Plötzlich bekam sie einen Riesenschrecken, aber es war nur der Armeearzt, der gerade von der Ladefläche eines Krankenwagens heruntergesprungen war, derselbe, der ihr die Rippen verbunden und das Gesicht gereinigt hatte. Er hatte nach Mr. Barry gesehen, der auf der Liege im Krankenwagen lag, nachdem der Doktor ihm ein Beruhigungsmittel verabreicht hatte. Manche äußerten sich empört darüber, dass der Arzt so kurzen Prozess mit dem Mann machte, doch Mr. Barry hatte dermaßen getobt, dass auch Rachel keine andere Möglichkeit gesehen hatte, als ihn zum Schweigen zu bringen.

Die Gerüchte über die so genannte Wolkenimpfung durch die Royal Air Force, die Rachel im Laden gehört hatte, waren offenbar weiter verbreitet, als sie geglaubt hatte. Und Mr. Barry, der einen Sohn vermisste und offenbar von der Schuld der Streitkräfte überzeugt war, hatte seine Wut sofort an deren Vertretern ausgelassen, die jetzt vor Ort waren.

Rachel tat der bedrängte Arzt Leid. Sie hätte gern etwas – irgendetwas – getan, um zu helfen, aber sie wusste bereits, wie die Antwort lauten würde. Man hatte ihr erklärt, sie habe zwei gebrochene Rippen und müsse sich ruhig verhalten. Außerdem fühlte sie sich leicht benommen, weil sie sich bei dem Unfall irgendwo den Kopf angeschlagen hatte. Und sie fragte sich, ob sie womöglich das Baby verloren hatte, denn ihr war, als wäre ihr Unterleib arg in Mitleidenschaft gezogen worden.

Doch all das spielte plötzlich keine Rolle mehr. Es zählte jetzt einzig und allein, dass Tony es schaffte und sie ihn – und natürlich auch Bill und ihre Mutter – wiederbekam. Gerüchte über riesige Flutwellen und einstürzende Gebäude erreichten die Flüchtlinge, aber Rachel weigerte sich, ihnen Glauben zu schenken. Wie hätte das denn irgendjemand feststellen sollen, wo es doch immer noch stockfinster war und man gar nichts sehen konnte?

Trotzdem ergriff Furcht von ihr Besitz. Was war, wenn eine Flutwelle ihr Haus traf? Was, wenn ihre Mutter es nicht hinaus geschafft hatte? Beim bloßen Gedanken daran, wie ihre Mutter voller Angst und allein in ihrem Zimmer saß, mit einer Kerze als einzigem Licht und unfähig, hinaus zu gelangen, wurde Rachel von Verzweiflung gepackt. Sie dachte an den Streit vom Vortag, bei dem sie für ihre Mutter nur noch blanken Hass empfunden hatte. Es schien so lange her. Und wenn nun der Gedanke daran ihre letzte Erinnerung bliebe? Wenn Rachel nie mehr Gelegenheit haben würde, ihrer Mutter zu sagen, wie sehr sie sie liebte? Wenn ihre Mutter nie mehr zu der Einsicht gelangen könnte, dass ihre Tochter sie *und* Tony liebte?

Und Tony? Was war, wenn die Flut ihn mit sich gerissen hatte? Wenn er verletzt war und da unten darauf wartete, dass jemand ihm zur Hilfe kam? Wenn er Schmerzen litt? Es wäre einzig und allein ihre Schuld.

Alles hätte so viel anders laufen sollen. Um diese Zeit wäre sie mit ihm schon ganz weit weg gewesen. Und morgen, oder am nächsten Tag oder am übernächsten, wären sie in Gretna Green eingetroffen und hätten geheiratet. Fernab von ihren Familien hätten sie einander ewige Treue gelobt.

Und dann hätte niemand mehr sie auseinander bringen oder ihnen das Baby nehmen können. Nicht einmal ihre Mutter.

Doch nun dachte sie an alle, die sie liebte. Wie groß war die Gefahr tatsächlich, in der sie schwebten? War es wirklich möglich, dass die South Bridge fortgeschwemmt worden war? Das Wasser im Tal konnte doch nicht so weit angestiegen sein, oder? Es war ganz und gar unmöglich.

Sie waren doch in Stepmouth. In Stepmouth passierten keine Katastrophen. Es war kein Ort, der irgendjemanden interessierte. Es war kein Ort, der solchen Verwüstungen anheim fallen konnte. Solche Dinge geschahen im Ausland, passierten anderen Menschen. Überschwemmungen gab es in der Wochenschau, aber nicht bei ihnen.

Doch der Anblick der Wasserfluten ließ sie nicht mehr los. Was war, wenn Menschen umgekommen waren? Wenn sie hier oben nur deshalb so wenige waren, weil die anderen alle nicht mehr lebten? Rachel wurde geradezu schwindlig vor Angst. Konnte es sein, dass außer ihrem Zufluchtsort hier oben nichts mehr übrig war von der Welt, die ihr gestern noch so gewöhnlich und langweilig erschienen war?

«Gibt es irgendwelche Neuigkeiten?», rief sie und packte einen aus der gerade eingetroffenen Rettungsmannschaft am Arm. Er starrte sie unter der Kapuze seiner triefenden Regenjacke an.

«Bisher nicht», gab er zur Antwort. Um das Getöse zu übertönen, sprach er betont laut. «Wir haben versucht, durchzukommen, aber wir schaffen es nicht über den Fuß des Hügels hinaus. Zu viel Wasser. Wir tun, was wir können. Wir geben Ihnen Bescheid, sobald es etwas Neues gibt. Keine Panik, meine Liebe, irgendwann wird der Regen schon nachlassen.»

Doch Rachel fühlte sich nicht getröstet. Erneut versank sie

im Dunkel ihrer Angst, starrte auf die Straße und wünschte sich, Tony und Bill würden endlich kommen. Sie hatte keine Ahnung, wie lange sie so dagesessen hatte, und als sie plötzlich eine Hand auf ihrer Schulter spürte, erschrak sie. In der Erwartung, einen Polizisten oder Soldaten vor sich zu sehen, fuhr sie herum, doch es war Bill. Ihre Teetasse fiel scheppernd zu Boden und die Flüssigkeit spritzte auf ihren durchweichten Rock, als sie aufsprang. Sofort wimmerte sie vor Schmerzen.

Vollkommen durchnässt stand er vor ihr, nur mit Weste und Hose bekleidet. Als wäre er schwimmen gewesen. Selbst die Schuhe hatte er verloren. Überall hatte er Schrammen und blaue Flecken, den linken Arm hielt er vor sich in die Höhe. Offenbar litt er höllische Schmerzen.

Rachel hatte erwartet, dass er wütend sein und ihr eine Standpauke halten würde, weil Tony und sie sein geliebtes Auto gestohlen hatten, oder – schlimmer noch – einen niederschmetternden Vortrag wegen ihrer Schwangerschaft. Doch sein Anblick erschreckte sie so sehr, dass ihr all das plötzlich unwichtig war.

Sie schnappte nach Luft, und er streckte ihr die Arme entgegen.

«Gott sei Dank», sagte Bill und drückte sie fest an sich. Er zitterte am ganzen Leib. «Gott sei Dank bist du am Leben.»

Sie zwang ihn, sich auf die Getränkekiste zu setzen, und legte ihm ihre Decke um die Schultern. Er war vollkommen durchnässt, sein Gesicht verkrustet von Schlamm und Blut.

«Ich habe mir solche Sorgen gemacht», sagte sie. «Ach, Bill, es ist so furchtbar. Wo bist du gewesen?»

«O Gott!» Er brach weinend zusammen und klammerte sich an sie.

«Was ist denn?»

«Emily», glaubte sie ihn sagen zu hören. «Sie ist tot.»

Als Bill zu ihr empor sah, waren seine Augen blutunterlaufen. «Ich habe versucht, sie festzuhalten, aber ich habe es nicht geschafft. Ich habe versagt», sagte er. Die Worte blieben ihm im Hals stecken. «Ich musste mit ansehen, wie das Wasser sie mit sich gerissen hat, Rachel. Ich war nicht schnell genug bei ihr.»

Als er den Kopf an Rachels Brust legte, stöhnte sie leise auf vor Schmerz.

«Man wird sie finden. Bestimmt hat sie schon jemand gefunden. Mach dir keine Sorgen.» Sie versuchte, Kraft in ihre Stimme zu legen, damit er nicht merkte, wie entsetzt sie war.

«Ich gehe wieder», sagte Bill plötzlich, ließ sie los und sprang von der Kiste. «Ich werde sie suchen.»

Rachel klammerte sich an ihn. «Aber das geht nicht. Es ist zu …»

«Lass mich», schrie er und schüttelte sie ab.

«Was ist denn los da hinten?», rief jemand.

Dann stürzten zwei Soldaten herbei und packten ihn.

«Niemand verlässt das Lager», sagte der eine. «Nicht, bevor wir Entwarnung bekommen haben.»

«Doktor!», rief der andere Soldat. «Hier ist noch jemand, um den Sie sich kümmern müssen.»

Erst mehrere Stunden später – die Morgendämmerung brach schon herein – kam dann tatsächlich die Entwarnung. Kurz darauf begab sich eine Gruppe Menschen in Begleitung mehrerer Polizisten und Soldaten auf den Weg bergan.

Während die Nachtschwärze einem dunklen Grau wich, waren plötzlich überall Männer und Frauen und Geräusche. Flackernde Lichter und Sirenen kündeten von den Kranken-

und Feuerwehrwagen, die sich durch die Scharen einen Weg zu den Verletzten bahnten.

Verzweifelt und mit steifen Beinen gab Rachel ihren Platz unter der Plane auf. So schnell sie konnte, humpelte sie durch die Menge und suchte unter all den verunstalteten, gezeichneten Gesichtern nach Tony. Schluchzer entrangen sich ihrer Brust, während die Menschen an ihr vorbeizogen.

Und dann sah sie ihn. Er wurde von einem Polizisten gestützt, aber er lebte. Tony.

Sein Gesicht war aschgrau, das Haar klebte ihm am Kopf. Das Hemd hing in Fetzen, die Hose war durchnässt und zerrissen und er hinkte, und dennoch fand ihn Rachel schöner als jemals zuvor.

Sie drängte sich durch die Menge und rannte auf ihn zu, warf die Arme um seinen Hals, bedeckte sein Gesicht mit Küssen.

«Du bist da, du bist da», stieß sie atemlos und unter Tränen hervor. Es kam ihr gar nicht in den Sinn, dass jemand sie zusammen sehen könnte. Alles, was gestern noch so wichtig zu sein schien, war jetzt belanglos.

Doch Tony hatte keine Gelegenheit zu antworten, denn Bill war herbeigehastet und stellte sich zwischen sie.

«Wo ist Mum?», wollte er wissen.

Tony starrte erst Rachel an und dann Bill. «Es tut mir so Leid», flüsterte er.

Sie konnte den Blick nicht von ihm wenden, während sie versuchte zu verstehen, was er damit sagen wollte. Sein Gesichtsausdruck verriet ihr, dass es nur die allerschlechteste Botschaft sein konnte.

«Was?», fragte Rachel und trat einen Schritt zurück.

«Ich habe es nicht geschafft … ich bin nicht mehr rechtzeitig gekommen.»

«Was soll das heißen? Sie muss hier irgendwo sein», sagte Bill und versuchte, sich an Tony vorbeizudrängen.

Tony packte ihn bei der Schulter. «Nein. Es ist zu spät.»

«Wie meinst du das?», fragte Rachel.

«Das Haus. Ich habe gesehen, wie die Flutwelle es fortgerissen hat. Ich habe versucht, hinzukommen. Der ganze Laden. Weg.»

«Weg?» Rachel verschlug es den Atem.

«Ich konnte gerade noch auf die alte Eiche in der Gasse klettern, bevor die Wassermassen kamen. Dort hat man mich eben erst gefunden.»

Bill schüttelte den Kopf. Rachel sah im schwachen Licht, dass sein Gesicht kreidebleich war vor Wut. «Du hast es bis zu dem Baum geschafft? Dann hättest du es auch bis zu Mum schaffen können. Du … du verdammter Feigling!»

«Nein, Bill, nein», wehrte sich Tony. «Nein, ich hab's versucht, ich schwöre es dir …»

«Du lügst. Du hast einfach nur deine Haut gerettet, stimmt's? Du hast sie einfach sterben lassen.»

«He, jetzt beruhigen Sie sich mal», sagte ein Polizist, der die Auseinandersetzung mitbekommen hatte. «Ich bin sicher, der arme Junge hat sein Bestes getan. Sie haben doch selbst gesehen, was da unten los war. Der Kerl hat Glück, dass er mit dem Leben davon gekommen ist. Er hat die ganze Nacht auf dem Baum gehockt.»

Rachel konnte kaum fassen, was sie da hörte. Ihre Mutter war tot. Und sie hatte ihr den Tod gewünscht. «Du kannst sie genauso gut selbst umgebracht haben», schrie Bill und drückte seine Stirn gegen Tonys.

Durch einen Tränenschleier sah Rachel, wie Tony zusammenzuckte und zurückwich.

«Er meint es nicht so, Tony», versuchte sie zu schlichten.

«Ich hätte dir einfach nicht trauen dürfen», brüllte Bill. «Ich hätte selbst hingehen müssen. Du bist genau wie dein Bruder ... du ... du Mörder!» Bill hieb ihm mit der Faust ins Gesicht. Rachel kreischte auf, als Tony rückwärts taumelte. Bill stürzte sich auf ihn, und sie fielen keuchend auf die nasse Straße.

«Hör auf», schrie Rachel Bill an. «Hör auf!»

Sie sank neben den Männern auf die Knie. Beide schnappten nach Luft. Bill packte Tonys nasses Hemd und wand es ihm um den Hals. Der Polizist versuchte verzweifelt, sie zu trennen.

Rachel zerrte an Bills Schulter. «Lass ihn los, Bill! Lass ihn los!»

«Ich wollte sie retten, das schwöre ich dir», stieß Tony hervor, während Bill ihn im Würgegriff hielt.

«Du lügst. Das sehe ich dir an.»

Schließlich bückten sich zwei weitere Polizisten und rissen sie alle auseinander. «Das reicht. Wenn Sie nicht aufhören, sind Sie verhaftet.»

Bill stand auf und schüttelte sich. Mit vor Trauer und Wut verzerrtem Gesicht raufte er sich das Haar und ballte die Hände zu Fäusten.

Tony lag immer noch auf der Straße. Das Haar war ihm ins Gesicht gefallen, und er betastete seine Wange, wo ihn Bills Fausthieb getroffen hatte.

Rachel starrte ihren Bruder an. «Was tust du da eigentlich?», brüllte sie ihn an. «Es ist nicht Tonys Schuld.»

Bill ging auf und ab und versuchte sich zu beruhigen. Dann streckte er ihr die Hand entgegen.

«Komm, Rachel, lass ihn», sagte er schließlich. «Komm mit mir, und zwar sofort.»

Doch Rachel blieb bei Tony und half ihm auf.

«Ich komme nirgendwohin mit», schluchzte sie. «Nicht mit dir. Wie konntest du bloß so schreckliche Sachen sagen?»

Bill trat näher. «Jetzt sofort!»

Sie klammerte sich an Tonys Arm.

«Wenn du ihn nicht loslässt, und zwar gleich, dann bist du nicht mehr meine Schwester. Hast du verstanden?» Bills Stimme war eiskalt. «Er ist schuld, dass ich zu dir gefahren bin, als ich bei Mum hätte bleiben sollen. Ich hätte sie beide retten können, Mum und Emily. Ich hätte nicht bei dir sein sollen, bloß wegen deiner Blödheit, deiner, deiner …»

«Es tut mir Leid!» Rachel weinte. «Es tut mir Leid.»

«Dann komm jetzt mit, und zwar sofort!»

«Nein», schluchzte Rachel.

«Dann werde ich nie wieder ein Wort mit dir reden.»

Und damit ging er davon. Rachel lief ihm nach und versuchte, ihn am Arm zu packen, doch er schüttelte sie ab.

«Lass ihn», sagte Tony, als er sie eingeholt hatte, und legte die Arme um sie. Durch einen Tränenschleier sah Rachel zu, wie Bill sich seinen Weg durch die Menge bahnte, den Summerglade Hill hinab zur Stadt.

29. Kapitel

Mallorca, 2003

Am späten Nachmittag war die Hitze geradezu unerträglich, als würde ein unsichtbares, aggressives Feuer alles versengen.

Laurie saß im einzigen schattigen Winkel des Gartens unter einem Sonnenschirm am Swimmingpool und ließ die Beine ins warme Wasser baumeln. Sie bewegte sich so wenig wie möglich, und trotzdem meinte sie zu ersticken und schwitzte am ganzen Körper – selbst an den Fingerspitzen –, als würde sie einen Marathon laufen.

Blinzelnd betrachtete sie die glänzende, spiegelglatte Oberfläche des Meeres, das die Sonnenstrahlen reflektierte wie ein Stück Aluminiumfolie, und fast schmerzten ihr beim Hinsehen die Augen. Weit draußen am Horizont erkannte sie eine Jacht, und sie musste an den Tag denken, den sie mit Sam auf der *Flight* verbracht hatte. Wie viel seitdem passiert war … Laurie nahm die Füße aus dem Wasser, zog die Knie an und legte den Kopf darauf. Sie hatte immer noch nichts von Sam gehört. Vorhin, als das Telefon im Haus läutete, hatte sie zunächst vermutet, es sei Sam, den Gedanken dann aber wieder verworfen. Sie war ja verrückt. Unzählige Menschen konnten Rachel angerufen haben.

Sam spricht vermutlich gerade jetzt mit Claire, überlegte sie. Vielleicht fühlte sie sich deshalb so seltsam. Ihr klangen die Ohren. Eine Melodie ging ihr durch den Kopf, eine Melodie zu einem Kinderreim. Wie ging er doch gleich? Links für Liebe, rechts für Diebe? Nun, es war jedenfalls ihr rechtes Ohr, das klingelte.

Vorsichtig berührte sie ihr Ohrläppchen und wünschte, sie könnte hören, was über sie geredet wurde. Sie fühlte sich so hilflos. Und gleichzeitig war sie schrecklich unruhig. Daran war der Streit mit ihrem Vater schuld. Jetzt war sie allein und hatte Zeit, sich seine Worte durch den Kopf gehen zu lassen. Die zornige Art, in der er ihr vorgeworfen hatte, sie wisse ja gar nicht, wie es in Sams Ehe wirklich aussehe, und seine Zweifel an Sams Versprechen, Claire zu verlassen – je länger sie darüber nachsann, desto mehr fühlte sie sich davon getroffen.

Hatte sie sich nicht betrogen gefühlt, als sie bei ihrer Ankunft das Hochzeitsfoto von Sam und Claire entdeckte? Ihr Hauptaugenmerk hatte zwar Sam gegolten, doch trotzdem war ihr nicht entgangen, dass Claire an seiner Seite sehr glücklich wirkte. Glücklich und vergnügt. Vielleicht hatte ihr Vater Recht, grübelte Laurie, während sie zwei Schmetterlingen zusah, die über die Wasserfläche des Pools tanzten. Sie wusste, was in Sam vorging und wie er die Dinge sah, doch wie Claire über ihre Ehe dachte, entzog sich vollkommen ihrer Kenntnis. Wahrscheinlich hatte sie Sam in vollster Überzeugung und im absoluten Vertrauen geheiratet. Wie hätte sie auch ahnen sollen, dass Sam eine heimliche Schuld mit sich herumtrug?

Und jetzt, drei Jahre nachdem das Foto aufgenommen worden war, bestand ihre Ehe immer noch. Laurie dachte an die Gelegenheiten, bei denen sie Claire und Sam zusammen gesehen hatte, daran, wie Claire ihn geneckt und öffentlich bloßzustellen versucht hatte. Laurie hatte das immer wütend gemacht, doch was, wenn das einfach nur Claires Art gewesen war, ihre Zuneigung zu zeigen?

Laurie stellte sich vor, in Claires Haut zu stecken. Sie wäre am Boden zerstört, wenn Sam ihr wie ein Blitz aus heiterem Himmel erklärte, er würde sie verlassen. Den Hass, den Claire gegen sie empfinden musste, konnte sie sich wahrscheinlich nicht einmal annähernd vorstellen. Und Claire hatte allen Grund, sie zu hassen, oder etwa nicht? Schließlich war es Lauries Schuld. Sie hatte ihr den Mann weggenommen. So jedenfalls würde Claire es sehen. Sie würde die Augen davor verschließen, dass Liebe im Spiel war, und nur Lügen und Betrug sehen.

Claire hatte Laurie niemals etwas angetan, sondern vielmehr ihre Freundin sein wollen. Seit sie einander vorgestellt worden waren, hatte sie sich immer bemüht, Laurie einzubeziehen und ihr das Gefühl zu geben, zur Familie zu gehören. Und der Lohn dafür war, dass Laurie sie betrogen hatte. Sie hatte die Hand, die ihr gereicht wurde, ausgeschlagen und auf die Familienbande gepfiffen.

Laurie vergrub das Gesicht in den Händen. Sie fühlte sich abgrundtief schlecht, verdorben. Ihre Liebe zu Sam, die ihr so gut und rein und edel erschienen war, kam ihr jetzt schmutzig vor, und die Schuldgefühle erdrückten sie förmlich. Jetzt, wo sie wusste, wie ihr Vater Sam sah – als Verräter –, fühlte sie sich selbst als Geächtete. Weder Claire noch sonst jemand auf dieser Welt würde die Wahrheit über sie und Sam je begreifen.

Es war eine Reise ins Ungewisse, voller Risiken. Lieber Himmel, sie wusste ja noch nicht einmal, ob Sam und sie im Alltag miteinander zurechtkamen. Er hatte nicht viele ihrer Freunde kennen gelernt, und die wenigen – Roz zum Beispiel – misstrauten ihm wegen dieser Sache vor drei Jahren. Würden Lauries Freunde je begreifen, dass eine unerklärliche, magische Anziehung sie mit Sam verband? Es war alles so unfair. Sie wollte nicht selbstsüchtig sein, wollte alle glücklich sehen.

Doch nun erkannte sie, wie naiv diese Hoffnung war. In Wirklichkeit hatte sie von nichts eine Ahnung gehabt. Erst ihr Vater hatte ihr die Augen geöffnet. Laurie spähte zur Hintertür der Villa hinüber und fragte sich, was sich dort wohl gerade abspielte. Ihr Vater hatte den Eindruck erweckt, dass er Rachel unbedingt allein gegenüber treten wollte, und Laurie hatte gewusst, dass es sinnlos wäre, ihn davon abhalten zu wollen. Jetzt wagte sie nicht zu stören, obwohl sie nichts lieber getan hätte, als hineinzugehen, ihre Sachen zu holen und abzureisen.

Als hätten die beiden da drinnen ihre Gedanken gelesen, hörte sie plötzlich, wie die Terrassentüren aufgeschoben wurden. Sie rappelte sich vom Rand des Pools hoch und zog ihre Schuhe an. Ihr Vater und Rachel traten schweigend auf die Terrasse. Laurie beschirmte ihre Augen mit der Hand gegen die Sonne.

Der grimmige Gesichtsausdruck der beiden wies darauf hin, dass ihre Begegnung nicht gut verlaufen war. Und doch kamen sie Seite an Seite die Stufen herunter, im vollkommenen Gleichschritt, und selbst aus der Entfernung konnte Laurie die Familienähnlichkeit zwischen ihnen erkennen.

Doch als sie näher kamen und auf der gegenüberliegenden Seite des Pools stehen blieben, erschrak Laurie zutiefst. Rachel hatte geweint. Schlimmer als das, sie sah aus, als hätte sie einen furchtbaren seelischen Schock erlitten. Ihre Augen waren stark gerötet, ihr Gesicht voller Falten, als wäre sie in diesen zwanzig Minuten um zwanzig Jahre gealtert.

Laurie fühlte sich entsetzlich. Am liebsten hätte sie Rachel umarmt und versucht, alles zum Positiven zu wenden. Ihr Vater war furchtbar wütend gewesen. Hatte er seinen Zorn an Rachel ausgelassen? Hatte er sie so gedemütigt, dass sie jetzt nur noch ein Schatten ihrer selbst war? Heute Morgen war Rachel noch voller Vorfreude gewesen, und jetzt wirkte sie vollkommen verstört. Laurie versuchte es mit einem Lächeln, doch Rachel wich ihrem Blick aus.

Als Erster ergriff ihr Vater das Wort.

«Du hast mir über Sam nicht die Wahrheit gesagt, Laurel», stellte er fest.

Laurie öffnete den Mund und blickte wie gebannt zwischen ihm und Rachel hin und her.

«Du hast mir nicht erzählt, dass er mit meiner Schwester verwandt ist», fuhr er fort. «Dass er mit ihrer Enkelin verheiratet ist.»

Jetzt war Rachel an der Reihe. Ihre Stimme zitterte, und sie funkelte Laurie wütend an. «Ist es wahr?»

Also hatte ihr Vater Rachel von Sam erzählt. Sie wusste Bescheid. Wie absurd, dass die beiden da drinnen die ganze Zeit über Sam und sie diskutiert hatten, während sie angenommen hatte, sie würden über ihre eigene Vergangenheit sprechen. Kein Wunder, dass ihr die Ohren geklungen hatten.

«Rachel, ich wollte nicht …», hob Laurie an, doch der Ausdruck in Rachels Augen ließ sie gleich wieder verstummen. Ihr Magen krampfte sich zusammen.

«Du bist hierher gekommen, weil du wusstest, dass du in Sams Nähe sein würdest. Und du …» Rachel stockte. «Ich habe dir vertraut.»

Völlig ratlos, wie sie sich verteidigen sollte, starrte Laurie die beiden an. Egal, welches Szenario sie für diese Konfrontation mit Rachel entworfen hatte, immer hatten Sam oder ihr Vater ihr beigestanden und sie unterstützt. Sie hatte nicht erwartet, dass sich ihr Vater auf Rachels Seite schlagen, dass er so hehre moralische Grundsätze vertreten und seine Schwester so seltsam in Schutz nehmen würde. Nun fühlte sie sich in die Enge getrieben.

«Aber … aber …», stammelte sie.

«Du bist nichts weiter als eine Lügnerin!», schnaubte Rachel, und Laurie merkte, dass das Urteil über sie bereits gefällt war, egal was sie jetzt erwiderte. In der Stimme der Tante lag eine solche Verachtung, dass es ihr kalt den Rücken hinunterlief.

Sie wandte sich an ihren Vater.

«Es tut mir Leid, aber wenn du von Anfang an ehrlich zu mir gewesen wärst und mir von Rachel erzählt hättest, anstatt mir unsere Familie über all diese Jahre hinweg vorzuenthalten, dann hätte ich auch gewusst, wer Sam ist. Ich hätte gewusst, dass er zur Familie gehört, als ich mich *vor drei Jahren* in Frankreich in ihn verliebt habe.»

«Er war nicht frei, sich in dich zu verlieben», fauchte Rachel.

«Mag sein, Rachel. Aber … aber Sam ist ein Mensch und nicht dein Eigentum.»

«Deines genauso wenig. Ich will, dass du mein Haus verlässt. Ich will, dass du gehst, ehe du noch mehr Schaden anrichtest.»

Rachels Gehässigkeit traf Laurie tief. «Oh, Rachel. Glaubst du wirklich, dass ich aus diesem Grund gekommen bin? Um Menschen unglücklich zu machen? Nein, das ist nicht meine Art.»

«Ach, wirklich?»

«Nein! Ich wollte nicht … ich wollte nicht, dass es so kommt …»

«Darf ich dich daran erinnern, dass Sam mit Claire verheiratet ist», warf Rachel ein.

Wie sinnlos es war, ihrer Tante alles erklären zu wollen, doch Laurie versuchte es ein letztes Mal.

«Ja, das weiß ich. Und er ist absolut loyal gewesen. Er ist bei Claire geblieben und hat Archie ein Zuhause gegeben. Er hat alles getan, um es dir recht zu machen, aber er hat dabei auf sein eigenes Glück verzichtet. Auch er hat nicht gewollt, dass es so kommt.»

«Wie kannst du es wagen! Er war rundum glücklich, bis du daherkamst. Du wirst ihn nicht kriegen. Hörst du? Ich werde es nicht zulassen!»

Laurie fühlte sich wie ein geprügelter Hund, aber aufgeben wollte sie noch nicht. Sie würde ihre Gefühle für Sam verteidigen.

«Es tut mir Leid, wenn ich gegen deine Moralvorstellungen verstoße, Dad, und es tut mir Leid für dich, Rachel, weil es deine Familie betrifft, aber ich werde mich nicht dafür entschuldigen, dass ich Sam liebe. Bei keinem von euch beiden. Ich habe es nicht darauf angelegt, aber es ist passiert. Und ich werde nicht versuchen, meine Gefühle zu verheimlichen, nur um euch einen Gefallen zu tun.» Sie hielt inne. Der eisige Ausdruck in beiden Gesichtern zeigte ihr, dass ihre Worte auf taube Ohren stießen. «Das ist mein Leben, und euch geht es verdammt nochmal überhaupt nichts an.»

«Sie hat Recht, Rachel.»

Sam. Er musste durchs Haus gekommen sein und stand nun wie eine Erscheinung hinter Rachel und ihrem Vater oben auf der Terrasse. Sie hatte keine Ahnung, wie lange er ihnen schon zuhörte.

Er nahm die Sonnenbrille ab, und erst da bemerkte Laurie, dass er aschfahl war. Sie fühlte, wie die Tränen über ihre Wangen liefen, und rannte zu ihm.

Er war zu erschüttert, um ein Wort zu sagen. Stattdessen drückte er sie kurz an sich und küsste ihre Stirn. In diesem Augenblick wusste sie, dass er es Claire gesagt hatte.

«Das kannst du nicht tun, Sam!», erklärte Rachel mit zitternder Stimme.

«Es tut mir Leid, Rachel, aber ich habe es bereits getan.» Seine Stimme war kaum mehr als ein Flüstern.

«Untersteh dich …», polterte Rachel.

Er ergriff Lauries Hand. Sie wusste, wie viel ihn mit Rachel verband. Ihr auf diese Weise den Rücken zu kehren war einer der schwierigsten Schritte auf ihrem gemeinsamen Weg.

«Dad?», fragte Laurie, während sie sich die Tränen abwischte. Doch ihr Vater wandte sich ab und steckte die Hände in die Hosentaschen. Sam würdigte er keines Blickes.

«Bill», schrie Rachel. «Willst du nicht etwas unternehmen?»

«Ich kann sie nicht davon abhalten, Rachel. Das weißt du ganz genau. Gerade du müsstest es wissen.»

Rachel starrte ihn erstaunt an.

«Bist du bereit?», flüsterte Sam Laurie zu. Er sah gequält aus.

Sie nickte.

«Wenn du durch diese Tür gehst, dann ist das endgültig, Sam», rief Rachel aus. «Wenn du gehst, dann bleibt dir nichts mehr. Du bist entlassen. Ich warne dich …»

Doch Sam drückte Lauries Hand. Sie ließen Rachel stehen und gingen schnell ins Haus.

Laurie schaffte es gerade mal in den Flur, ehe sie die Arme um Sam schlang und ihn an sich drückte.

«O Gott, Sam, es war so furchtbar», sagte sie zitternd. «Grässlich.»

«Alles in Ordnung mit dir? Ich habe mir solche Sorgen gemacht.»

Er nahm ihr Gesicht in die Hände und sah ihr fest in die Augen. «Ach, Laurie, ich liebe dich so sehr.»

Er küsste sie erneut und wand sich dann aus ihren Armen.

«Was ist passiert?», wollte Laurie wissen. «Was ist mit Archie?»

Sam schüttelte den Kopf. Lange zurückgehaltene Tränen stiegen ihm in die Augen. «Claire … sie … ich musste ihn zurücklassen.»

«Oh, Liebling, es tut mir so Leid.»

Warum war das alles so schwer? Es fiel ihr einfach nichts ein, was sie sagen konnte, um seinen Schmerz zu lindern.

«Ich ertrage es nicht», sagte er. «Allein der Gedanke, dass er keinen Vater mehr haben … oder einen anderen Mann ‹Dad› nennen wird.» Sam bedeckte die Augen mit der Hand.

«Du bist sein Dad», sagte Laurie mit fester Stimme und zog seine Hand fort, sodass er sie ansehen musste. «Was auch geschieht, Archie wird das immer wissen, Sam. Er wird mit der Wahrheit aufwachsen. Nicht wie ich. Wir werden ihn besuchen. Und wir werden ihm alles erzählen. Wir werden dafür sorgen, dass er versteht.»

Sam flocht seine Finger in ihre und drückte ihre beiden Hände.

«Wir haben jetzt einander», sagte sie.

Sam nickte. «Und nun lass uns sehen, dass wir möglichst schnell hier herauskommen!»

Sie rannten die Treppen hinauf und schnappten sich Lauries Gepäckstücke. «Was ist mit den Bildern?», fragte Sam.

«Lass sie. Ich kann neue malen. Verschwinden wir einfach.»

Auf der Zufahrt zum Haus stellte Laurie das Gepäck neben sich ab.

«Mit welchem Auto?», fragte sie. «Ich habe meins nur gemietet, aber das dürfte eigentlich egal sein.»

Sam zog seinen Autoschlüssel aus der Tasche und steckte ihn in die Fahrertür des Porsche. «Da ich nicht mehr für die Firma arbeite, müssen wir wohl deinen nehmen.»

Ohne sich umzusehen, ging er auf den Fiesta zu, öffnete die Beifahrertür und warf Lauries Taschen auf den Rücksitz. Sie staunte, wie tapfer er war. Er sah sie über das Autodach hinweg an.

«Ich fühle mich miserabel wegen Dad», sagte Laurie unschlüssig und blickte zurück zum Haus.

«Willst du da wirklich nochmal hineingehen?»

Laurie schüttelte den Kopf und warf einen letzten Blick auf die Villa, doch sie hatte immer noch ein schlechtes Gewissen, weil sie ihren Vater im Stich ließ. Sie dachte an all das, was er ihr über die Vergangenheit, über sich und Rachel, erzählt hatte. Laurie ertrug den Gedanken nicht, dass er ihr nie verzeihen würde, was sie getan hatte. Aber vielleicht würde er, wenn er erst einmal den Schock überwunden hatte, begreifen, dass sie diesen klaren Schnitt hatte machen müssen – genau wie er vor so vielen Jahren. Sie musste gehen, um mit Sam ihre eigene Familie zu gründen – selbst wenn das bedeutete, Menschen, die ihr nahe standen, zu verletzen.

«Laurie?», fragte Sam sanft.

Sie schüttelte den Kopf und stieg rasch ins Auto, während Sam neben ihr Platz nahm. Sie beugte sich zu ihm hinüber und küsste ihn immer und immer wieder. Dann hielt sie inne und sah ihm fest in die Augen.

«Oh, Laurie», sagte Sam mit einem langen Seufzer und

lehnte sich an die Kopfstütze. «Warum haben wir bloß so lange gebraucht, um das hier zu schaffen?»

«Freu dich nicht zu früh», sagte sie mit einem erschöpften Lächeln, während sie den Motor anließ. «Geschafft haben wir es noch nicht.»

30. Kapitel

Stepmouth, 23. August 1953

Eine handbetriebene Sirene schickte unregelmäßige Heultöne zum blassblauen Himmel. Die Leute hatten sich bereits so an das Warnsignal gewöhnt, dass niemand von denen, die vor der Essensausgabe der Heilsarmee Schlange standen – unter ihnen auch Tony Glover –, auch nur mit der Wimper zuckte. Dann war wie ein Donner die Detonation des Sprengstoffs zu hören. In der Ferne stieg eine Wolke aus Staub und Gesteinssplittern in die Luft, wo einst das Rathaus gestanden hatte.

Eine Trillerpfeife ertönte, und man hörte am Rattern der Bulldozer und den Rufen der Soldaten, dass die Arbeit wieder aufgenommen wurde. Wohin auch immer man blickte, waren Uniformierte unterwegs: Angehörige der Armee, des Zivilschutzes, der Luftwaffe, der Flak, des Automobilclubs und des Freiwilligen Frauenhilfsdienstes.

Es gab noch unendlich viel zu tun. Der sechzig Tonnen schwere Felsbrocken, den die Pioniere gerade in die Luft gesprengt hatten, war nur ein Bruchteil der schätzungsweise fünfzehntausend Tonnen Felsgestein, die der Step in der Flutnacht in die Stadt geschwemmt hatte.

Acht Tage waren seitdem vergangen. Am Nachmittag zuvor hatten sich Tony und Rachel zusammen mit den anderen Überlebenden am grasbewachsenen Hang rechts vom Hafen auf dem Friedhof St. Jude zu einem Gottesdienst für die Toten versammelt.

Sechsunddreißig Menschen, so viel wusste man inzwischen, waren in der Nacht des 15. August in den Straßen von Stepmouth und den umliegenden Dörfern ums Leben gekommen. Das älteste Opfer war eine Achtzigjährige gewesen, das jüngste ein kaum drei Monate alter Junge. Vier Erwachsene wurden noch vermisst, aber man ging davon aus, dass auch sie umgekommen waren. Ein einsamer Dudelsackpfeifer hatte zu Ehren der Toten «Flowers of the Forest» gespielt. Die traurige Melodie war vom Friedhof über die Hügel getragen worden.

Ein Denkmal, auf dem die Namen der Toten eingemeißelt waren, sollte errichtet werden, und der Herzog von Edinburgh hatte seinen Besuch angekündigt.

Einem Zeitungsbericht zufolge, den Tony gelesen hatte, waren in der Nacht vom 15. August 228 Millimeter Regen gefallen, davon 127 während des Wolkenbruchs zwischen sieben und halb neun Uhr am Abend. Obwohl bislang einzig und allein die Natur für das Geschehene verantwortlich gemacht werden konnte, war nun die Rede davon, beim Verteidigungsminister wegen der Wolkenimpfungs-Experimente vorzusprechen, die in den vergangenen Monaten über den Mooren durchgeführt worden waren.

Ein BBC-Fernsehteam hatte die ganze Woche über in Stepmouth gedreht und die Öffentlichkeit live mit Nachrichten versorgt. Die Flut war die erste britische Katastrophe, die über die Grenzen hinaus übertragen wurde, sodass jetzt die ganze Welt das Schicksal der Stadt kannte.

Stepmouth war verwüstet. Seine Straßen waren unter Trümmern begraben, die Gebäude stark beschädigt oder eingestürzt. Am schlimmsten hatte es das Stadtzentrum getroffen. Gesplitterte Fenster hingen aus den Häusern, zerbrochene Möbel blockierten Eingänge und lagen im Schlamm, der sich an manchen Stellen drei Meter hoch abgelagert hatte. Zum Teil waren ganze Stockwerke bis unter die Decke mit Erdreich und Gesteinsschutt voll geschwemmt oder von den Wassermassen weggerissen worden. Wo einst zwei- und dreistöckige Gebäude gestanden hatten, ragten jetzt nur noch einzelne Mauern empor.

Leute, die einmal in London gelebt hatten, verglichen die Schäden sogar mit denen, die die Hauptstadt während der Luftangriffe erlitten hatte.

Das schreckliche Bild setzte sich jedoch landeinwärts fort. An diesem Morgen waren Tony und Rachel von einem Armeelaster mitgenommen worden und durch das westliche Step-Tal und dann über den Summerglade Hill hinab in die Stadt gefahren.

Ein dunkler, schlammiger Streifen zeigte, wie weit das Wasser im Tal angestiegen war. Fast alle Fußgänger- und Autobrücken waren eingestürzt, auch die Watersbind Bridge. Dass Bill nach der Flutwelle eine Brücke gefunden hatte, die er gefahrlos überqueren konnte, grenzte an ein Wunder. Auch das Wasserkraftwerk war zerstört. Tonys Stiefvater Don hatte in der Flutnacht dort sein Bestes getan, um die Stromversorgung aufrecht zu erhalten, bis er schließlich gezwungen gewesen war zu fliehen. Zwei von Dons Freunden hatten es nicht mehr hinaus geschafft, doch Don selbst war mit dem Leben davongekommen.

Inzwischen stand Tony vor der Ausgabestelle der mobilen Kantine der Heilsarmee.

«Tony, nicht wahr?», fragte einer der dort arbeitenden Männer.

«Richtig.»

«Holst du immer noch das Essen für deine Familie und …» – der Mann in der schmucken Uniform studierte die vor ihm liegenden Liste – «… Rachel Vale?»

«Ja.»

Der Mann füllte Tonys Flasche mit sauberem Wasser und hob anschließend eine Kiste auf den Tisch. FAMILIEN GLOVER & VALE (SIND ZUSAMMEN UNTERGEBRACHT) stand darauf.

In dem Straßenzug, wo Tony zur Welt gekommen war, standen nur noch drei Häuser. Die übrigen hatte der angeschwollene West Step auf seinem Weg abwärts mit sich gerissen. Tonys Familie jedoch hatte Glück gehabt. Das Haus seiner Mutter, die sich zusammen mit den Zwillingen in ihrem Schlafzimmer verkrochen hatte, war heil geblieben.

Tonys Streit mit seiner Mutter hatte sich angesichts der so viel schrecklicheren Tragödie in Luft aufgelöst. Nachdem das Wasser zurückgegangen war, war er wieder zu Hause eingezogen. Auch Rachel gegenüber hatte sich seine Mutter großartig verhalten und ihr geholfen, das Geschehene zu verarbeiten. Sie hatte ihr sogar angeboten, ebenfalls in ihrem Haus zu wohnen – zumindest bis das Baby auf die Welt kam.

Das war durchaus vernünftig. Mrs. Vale war tot, und damit bot sich Tony und Rachel die Möglichkeit, doch zusammen in der Stadt zu bleiben. Und für die nächsten zwei Jahre, in denen Tony und Rachel die meiste Zeit über getrennt sein würden, war es sowieso eine gute Lösung.

Zu dem wenigen, was die Flut nicht mit sich fortgerissen hatte, gehörte Tonys Einberufungsbescheid, der am 14. August morgens eingetroffen war. In der kommenden Woche musste er sich in Barnstaple ärztlich untersuchen lassen, und dann waren zwei Jahre Militärdienst fällig. Tony wollte sich rechtzeitig für eine Familienunterkunft bewerben, doch er hatte gehört, dass es davon nur wenige gab.

«Das müsste für zwei Tage reichen», sagte der Mann von der Heilsarmee freundlich, während er Tony den braunen Pappkarton über den Tisch zuschob. «Aber melden Sie sich, falls Sie mehr brauchen.»

Etwas in der Schachtel fiel Tony ins Auge, und er kramte die anderen Sachen beiseite, bis eine gelbe Riesenklaue zum Vorschein kam. «Sind das …»

«Bananen», bestätigte der Mann. «Sind als Teil der Hilfslieferung aus Jamaica gekommen.»

«So sehen die also aus», sagte Tony. «Bisher kannte ich sie nur getrocknet, und da sind sie ganz schwarz …»

«Genau, und so sehen sie frisch aus.»

Die beiden Männer lächelten einander an. Frische Bananen, dachte er. Ein neuer Anfang. Die Welt veränderte sich. Das konnte man überall spüren.

«Tony!» Es war Rachels Stimme.

Er sah sie langsam von der Hauptstraße her auf sich zukommen. Sie trug zu große schwarze Lederschuhe, zu lange gestreifte Strumpfhosen und ein zu warmes Wollkleid, allesamt Spenden.

Unter dem Kleid waren ihre Rippen immer noch fest bandagiert, um die Heilung zu beschleunigen. Sie hätte eigentlich im Bett liegen sollen, hatte aber darauf bestanden, mit Tony in die Stadt zu fahren. Um ihre Freundin Pearl zu besuchen, hatte sie gesagt. Um sich zu vergewissern, dass es ihr gut ging.

Tony dankte dem Mann hinter dem Tisch, nahm den Karton und ging über den holprigen Boden auf Rachel zu.

«Sieh mal!», sagte sie, als sie vor ihm stand. Ihre Schuhe waren schmutzverkrustet, aber ihre Augen leuchteten. Sie streckte die Hände aus, um ihm ihren Fund zu zeigen. «Das hat Mum gehört», sagte sie.

Er wusste genau, was es war: das schlichte silberne Kruzifix, das Mrs. Vale in der Flutnacht in Bills Zimmer hatte zu Boden fallen lassen. Er war erstaunt, es in Rachels Händen zu sehen.

«Aber du hast doch gesagt, du würdest nicht mehr hingehen.» Am Morgen nach der Flut, als sie gemeinsam den stinkenden Schlammhaufen an der Stelle betrachtet hatten, wo sich einst Vale Supplies und die Eisenwarenhandlung befunden hatten, hatte sie geschworen, nicht mehr dorthin zurückzukehren. «Ich konnte nicht anders», sagte sie. «Ich musste Abschied nehmen. Nicht wie gestern beim Gottesdienst, sondern dort, wo es passiert ist. Und dann sah ich es am Buswartehäuschen hängen … als hätte sie es dort für mich zurückgelassen …» Er erwartete, dass sie anfangen würde zu weinen, doch stattdessen lächelte sie ihn an. «Ich bin so froh, dass ich jetzt etwas habe, was mich an sie erinnert.» Sie schob es ihm in die Hand. «Kannst du es für mich aufheben? Ich habe die Kette zerrissen, um es frei zu bekommen, und mein Kleid hat keine Taschen.»

Er stellte den Pappkarton am Boden ab. Das Kruzifix schien sich in seine Haut zu brennen, als er es nahm.

«Jetzt sollten wir uns aber auf den Weg machen», sagte er, steckte das Kreuz in die Hosentasche und nahm die Schachtel wieder auf.

Doch Rachel rührte sich nicht. «Lass uns nicht gleich zurückgehen», bat sie.

«Aber es gibt nichts, wo wir sonst hin könnten.»

«Tun wir wenigstens so als ob», schlug sie vor und berührte sein von blauen Flecken übersätes Gesicht. Eine verrückte Hoffnung stand in ihren Augen. «Lass uns nur für kurze Zeit so tun, als wäre alles normal.»

«Und wie soll das aussehen?»

Schließlich war genau das doch unmöglich, oder etwa nicht? Normal zu sein. Nach all der Zerstörung hatte man jetzt mit dem Wiederaufbau begonnen.

Ein Elektrokabel war mittels einer Rakete über das Tal geschossen worden, um die Stromversorgung wieder herzustellen. Beschädigte Gebäude wurden von Bulldozern abgerissen. Riesige Lkws krochen über die Straßen um den Summerglade Hill und transportierten den Schutt ab. Gemeindearbeiter setzten die geplatzten und freiliegenden Abwasserleitungen in Stand. Die Meeresbrise wehte den Gestank des Desinfektionsmittels, das die Feuerwehr versprühte, um Epidemien vorzubeugen, über die Stadt.

«Wir gehen zum Strand», sagte Rachel entschlossen. «So weit, bis wir die Stadt nicht mehr sehen können.»

«Na gut», stimmte er zu. Er war zu allem bereit, was ihr half, den Schmerz zu lindern.

Sie hakte sich bei ihm unter, und dann spazierten sie schweigend zum östlichen Teil der Stadt. Überall im Hafen lagen Felsbrocken verstreut, und die Kaimauer war wie eine Sandburg ins Meer gebröckelt. Soldaten arbeiteten fieberhaft, solange noch Ebbe war. Sie schoben mit dem Bulldozer Schotter beiseite und gruben Schlamm und Sand aus, um den Hafen zum Meer hin zu befestigen.

Der Flusskanal, der die Stadt in zwei Teile teilte, wurde nun ausgehoben, gereinigt und verbreitert, damit nie wieder Ähnliches geschehen konnte. Die Steine, aus denen die South Bridge und die Harbour Bridge bestanden hatten, waren in die Flussmündung hinausgeschwemmt oder von den Schlammmassen verschluckt worden. An ihrer Stelle standen nun zwei Behelfsbrücken, errichtet von Angehörigen des Königlich Britischen Pionierkorps. Auf der grünen Eisenbrücke, die die Harbour Bridge ersetzte und auf die Tony und Rachel jetzt zugingen, flatterte eine auf einem Ölfass montierte britische Fahne in der Brise.

Tonys Herz litt zwar mit Rachel, doch ein anderes Gefühl wuchs in ihm. Das Gefühl, Glück gehabt zu haben. Glück, dass er überlebt hatte. Glück, dass seine Familie wohlauf war.

Wilfried Lee, den Tony zum letzten Mal gesehen hatte, als er durch den Briefkasten mit ihm sprach, war umgekommen. Sein Körper war am Morgen halb verschüttet in einem Schlammhaufen gefunden worden. Sein Haus stand noch, und Tony ging davon aus, dass er sein Wort gehalten und versucht hatte, die Hauptstraße zu überqueren, um ihm zu helfen, Mrs. Vale zu retten. Und dass er dabei vom Wasser mitgerissen worden war.

Tonys ältester Freund Pete Booth war ebenfalls ums Leben gekommen, genau wie sein Vater und seine Mutter, als sich die zweite – und, wie inzwischen unzweifelhaft feststand, größere – Flutwelle durch das Zentrum der Stadt gewälzt hatte. Ihr kleines Reihenhaus war in Stücke gerissen worden. Petes Leichnam wurde noch vermisst, seine Eltern hatte man unter den Trümmern ihres Häuschens gefunden.

Am schlimmsten jedoch hatte Tony Emilys Tod getroffen. Bills Freund Richard Horner zufolge hatte Bill selbst ihre verstümmelte Leiche gefunden. Sie war nahe der Stelle, wo einst das alte Badehaus auf die Wellen geblickt hatte, ans Ufer geschwemmt worden. Niemand wusste, was er eigentlich dort unten zu suchen gehabt hatte, doch er hatte ihren Leichnam den ganzen Weg bis zum Friedhof allein getragen.

An Emily hatte Tony gedacht, als auf dem Friedhof der einsame Dudelsackpfeifer gespielt hatte.

Glück gehabt, dass er überlebt hatte … weiß Gott, ja.

Nicht wie Mrs. Vale, deren Leiche mit gebrochenen Knochen im Geäst eines Bergahorns gefunden worden war. Dieselben Polizisten, die Tony gerettet hatten, hatten zwanzig Minuten lang versucht, sie zum Herunterkommen zu bewegen, ehe sie gemerkt hatten, dass sie schon tot war.

Tony sah wieder vor sich, wie das Kruzifix in Bills Zimmer zu Boden geglitten war, und dabei fiel ihm ein, wie Mrs. Vale ihn angebrüllt hatte, er sollte das Haus verlassen.

Als Mrs. Vale am Fuß der Treppe im Wasser versunken war und draußen der Donner immer heftiger wurde, hatte Tony sich aus seinem Trancezustand gerissen und war aufgesprungen.

Keine Zeit zum Nachdenken.

Und dann erfasste die erste Flutwelle das Haus. Vom Treppenabsatz aus sah er zu, wie Bills Zimmer im wahrsten Sinne des Wortes vom Haus brach. Dann rollte eine Welle auf ihn zu und schleuderte ihn gegen die Wand. Die Lampe flackerte auf und erlosch. Doch Tony hatte bereits die Leiter gesehen, die zu Rachels Zimmer hinauf führte …

Er kämpfte sich durch die Gischt ins Dachgeschoss und schlug die Falltür hinter sich zu. Um ihn her war nichts als Dunkelheit. Er tastete sich über die knarrenden Holzdielen. Hinter ihm zerbarsten Dachsparren. Draußen tosten die Wellen.

Er dachte nur noch daran, was Bill über die Fundamente gesagt hatte. Das Haus würde unter ihm zusammenbrechen. Er spürte bereits, wie es entzwei ging. Es konnte jeden Augenblick vom Wasser verschlungen werden.

Dann zuckte ein Blitz auf, und da sah er es – ein weißes Rechteck in der Dunkelheit. Das Oberlicht, das aufs Dach führte.

Sofort fiel ihm die Eiche ein, die er in jener Juninacht erklommen hatte. Ob sie standgehalten hatte, als der Fluss sie zu entwurzeln versuchte?

Sie war seine einzige Chance.

Als er das Oberlicht öffnete, hörte er nur noch ein gewaltiges Rauschen. Wasser toste und schäumte unter ihm, zwei Stockwerke hoch. Aber die Eiche war stehen geblieben. Als das Dach unter ihm knarrte, schwang sich Tony in ihre Zweige hinauf, kletterte so hoch wie möglich.

Er zog seinen Ledergürtel aus den Schlaufen und band seinen Arm an den dicksten Ast, den er finden konnte.

Als das Donnern noch lauter wurde, blickte er hinunter in das heftig schwankende Geäst und in die schäumenden, strudelnden schwarzen Wassermassen. Dies war das Ende der Welt, der Eingang zur Hölle. Ein schwarzes Gebräu aus verlorenen Seelen. Und er war jetzt auch verloren, nicht wahr? Er würde sterben, ohne Trost und allein.

Er unterdrückte ein Wimmern. Er hatte sie umgebracht. Er hatte es nicht gewollt, aber er hatte es getan. *Es war ein Unfall,* rief eine Stimme in ihm. Doch das Ergebnis blieb gleich. Er hatte Rachels Mutter umgebracht, wie sein Bruder ihren Vater ermordet hatte.

Er wusste, dass er Rachel verlieren würde, wenn er ihr die Wahrheit sagte.

Das Gewitter war jetzt genau über ihm, und die zweite große Flutwelle traf ihn wie ein Faustschlag auf den Hinterkopf. Der Baum bog sich. Dann schnellte er zurück, tauchte wieder aus dem Wasser auf und riss Tony empor.

Erneut flammten vielfach gespaltene Blitze auf. Das Haus schwankte. Einen Augenblick lang dachte Tony, es würde standhalten, doch dann brach es los und verschwand in dem Strom unter ihm.

Das Haus war fort, und Mrs. Vales Leiche auch. Alles Geschehene war ausgelöscht worden.

Ein Gedanke schoss ihm durch den Kopf. Niemand brauchte je zu erfahren, was sich abgespielt hatte. Er würde Rachel und Bill erzählen, dass er es nicht rechtzeitig geschafft hatte. Er würde behaupten, keinen Fuß in das Haus gesetzt zu haben. Warum sollte Rachel ihn je verlassen, wenn er nichts Falsches getan hatte?

Doch plötzlich waren all diese Pläne bedeutungslos, denn der Baum bog sich erneut. Wenn das hier das Ende der Welt war, dann würde er in der Hölle seinem Bruder begegnen. Er hatte sich nicht einmal von Rachel verabschiedet … Rachel … ihr sollte sein letzter Gedanke gelten.

«Irgendetwas stimmt nicht, oder?», fragte Rachel jetzt. «Sag es mir.»

Schuldgefühle. Das war es, was sie in seinen Augen las, als sie stehen blieben und er ihr ins Gesicht blickte. Von dem Moment an, da er sie und Bill angelogen hatte, plagte ihn das schlechte Gewissen. Und seit er sich von Bill durchschaut fühlte, war es nur noch schlimmer geworden.

Er wollte Rachel so gern vertrauen. Wenn er das nicht schaffte, was für einen Sinn hatte dann überhaupt das alles? Eine Liebe, die auf Lügen beruhte, taugte nichts.

Sie standen am östlichen Stadtrand, dort, wo das Steilufer begann. Autos – nur ein Bruchteil der vielen, die als verloren gemeldet worden waren – lagen am Ufer verstreut wie Blechbüchsen. Über dem Meer flog in geringer Höhe ein Hubschrauber.

«Ich muss dir etwas sagen.» Er setzte sich auf einen breiten, flachen, sonnenwarmen Stein, den das Meer glatt geschliffen hatte wie Stahl.

«Was denn?» Sie ließ sich neben ihm nieder.

Nachdem er die Schachtel mit den Lebensmitteln abgestellt hatte, zog er die Halskette aus der Tasche. Er wollte, dass alles ans Licht kam. Je eher, desto besser für sie beide. Vertrau ihr, sagte er sich noch einmal. Glaub an sie. Vertrau darauf, dass sie dir vergeben wird.

«Es ist wegen deiner Mutter. Wegen der Art, wie sie ums Leben gekommen ist. Wegen dem, was zwischen mir und ihr geschehen ist.»

Rachels Gesicht verriet Unsicherheit. «Was meinst du damit? Du hast doch gesagt, du hättest es nicht rechtzeitig geschafft.»

Tränen schossen ihm in die Augen, die gleichen Tränen, die er geweint hatte, als er sich in der Flutnacht an der Eiche festgeklammert und den Tod erwartet hatte.

Stockend erzählte er ihr, wie er ins Haus gelangt war und dass Mrs. Vale sich geweigert hatte, mit ihm zu kommen.

«Sie hat mich angeschrien», sagte er. «Sie hat gebrüllt, ich solle abhauen. Sie hat mich angeschrien, weil ich der bin, der ich bin, und weil sie Angst hatte …»

«Aber du bist Tony», sagte Rachel, während sie seine Schultern fasste und ihm tief in die Augen blickte. «Mein Tony. Du hättest ihr niemals etwas zu Leide getan.»

Und mit diesem Satz, mit diesem Vertrauen, das Rachel in ihn setzte, starb plötzlich sein Glaube an ihre Fähigkeit, ihm zu vergeben. Du hättest ihr niemals etwas zu Leide getan.

Die Wahrheit – dass er mit ihrer Mutter gekämpft und sie die Treppe hinunter gestoßen hatte – würde diesen Glauben erschüttern.

Und so log er erneut, genau wie in dem Moment, als die

Polizei ihn aus der Eiche gerettet hatte, und so wie später, als er Rachel und Bill im Lager angetroffen hatte.

Er erfand einen anderen Schluss, glättete die Fakten, aus Angst, Rachels Liebe zu verlieren.

«Deine Mutter war immer noch in Bills Zimmer, als die erste Flutwelle hereinbrach», sagte er. «Sie wurde mit diesem Teil des Hauses fortgerissen.»

Rachel sah ihn erstaunt an. «Aber warum hast du mir das nicht schon längst gesagt? Warum hast du mich angelogen?»

«Weil ich gesehen habe, wie sie starb», war die Antwort. Er erfand, während er erzählte, mischte Tatsachen mit Lügen, beschönigte und improvisierte, bis es sich glaubhaft anhörte. «Ich habe deine Mutter sterben sehen und wollte nicht, dass du es erfährst ... Ich wollte nicht, dass du weißt, dass sie bei ihrem letzten Atemzug daran gedacht hat, wie sehr sie mich hasst ... dass sie eher bereit war zu sterben, als mir zu vertrauen.»

«Aber ich liebe dich doch. Nichts von alledem hätte daran etwas geändert. Ich weiß, dass sie dich hasste. Ich habe dir erzählt, was sie zu dem Baby gesagt hat. Was ich damit machen sollte, weil es von dir war ...»

Tony schluckte schwer. «Ich dachte, wenn ich Bill erzähle, wie weit ich immerhin gekommen war, würde er mich nur noch mehr hassen ... weil ich ihr kurz vor ihrem Tod einen Schrecken eingejagt habe. Und dass er sich selbst die Schuld geben würde, weil er mich zu ihr geschickt hatte.»

«Wenn er gewusst hätte, wie sehr du dich *bemüht* hast, sie zu retten, wäre er vielleicht nicht fortgegangen.» Sie sprach jetzt schneller, dachte laut. «Wenn er gesehen hätte, dass nicht du Schuld trägst an ihrem Tod, sondern sie selbst ... Verstehst du das?»

Sie rappelte sich hoch. «Ich muss es ihm sagen. Er muss es erfahren.»

«Aber wie?», fragte Tony, der ebenfalls aufstand. Seit dem Streit hatten sie Bill nicht mehr gesehen. Richard Horner hatte ihnen berichtet, dass Bill bei ihm und seiner Familie untergekommen, jetzt aber fortgegangen sei. Er werde nicht zurückkehren, hatte Richard gesagt. Er habe geschworen, dass ihn nichts mehr hier halten könne.

«Er wird zurückkommen», sagte sie, und ihre Augen glänzten optimistisch. «Zu Mums Beerdigung ... zu ...»

«Und wenn nicht?», fragte Tony.

«Dann werde ich ihn ausfindig machen.» Wieder dieser entschlossene Blick. «Irgendwie. Dann ... dann werde ich ihm schreiben. Er muss die Wahrheit wissen.»

Tony blickte an ihr vorbei auf das von Bulldozern platt gewalzte Stück Land neben der neuen Harbour Bridge. Vom Badehaus war kein einziger Stein geblieben. Alles, was den großen Sturm von 1933 überstanden hatte, war der Nacht vom fünfzehnten August zum Opfer gefallen. Tony erinnerte sich an die Zeichnung, die er in Bills Zimmer gesehen hatte, unmittelbar bevor es fortgerissen wurde. Vielleicht hatte Bill Recht gehabt mit seiner Entscheidung fortzugehen. Vielleicht hielt ihn hier wirklich nichts mehr.

«Und was ist mit mir?», fragte Tony zaghaft. «Kannst du mir verzeihen, dass ich dich angelogen habe?»

Sie blickte ihm fest in die Augen. «Ich liebe dich, Tony ...»

Er nahm sie in die Arme und starrte über ihre Schulter hinweg auf die zerstörte Stadt. Er würde sie alle vermissen, die Menschen, die hier ums Leben gekommen waren. Aber mit der Zeit würde er lernen, ohne sie zu leben. Er und Rachel hatten eine Katastrophe überlebt. Das gehörte jetzt zu ihnen, für immer. Vor ihnen lag die Zukunft, unendlich und unergründlich. Sie würden ihr gemeinsam entgegengehen, Hand in Hand, wie Kinder, die dem Meer zustreben.

31. Kapitel

Mallorca, 2003

Rachel schlenderte über die Costa de la Seu zur gotischen Kathedrale La Seu im Zentrum von Palma. Die Hitze hatte zum Glück nachgelassen und jetzt, um halb zehn Uhr morgens, entschädigte die klare, frische Meerluft für die Bruthitze vom Vortag. Majestätisch ragte das Gebäude in den Himmel. Seltsam – Rachel hatte sich vollkommen an diesen Anblick gewöhnt, und doch hielt sie jetzt, unmittelbar bevor sie zum ersten Mal seit Jahren die Kirche wieder als Touristin aufsuchte, einen Augenblick inne und bestaunte die Dimensionen des Bauwerks. Schon komisch, dachte sie, dass so ein Riesending die Landschaft ihres Lebens zwar stark dominiert, sie es jedoch nie richtig gewürdigt hatte. Aber das war nicht die erste derartige Offenbarung, die sie heute erlebte. Mit einem verwirrten Lächeln schüttelte sie den Kopf.

Sie warf einen Blick auf die Armbanduhr. Eigentlich hätte sie Bill bereits vor fünf Minuten in der Kathedrale treffen sollen, aber sie kam zu spät, das ließ sich jetzt nicht mehr ändern. Außerdem hoffte sie, dass sich seine Stimmung in den Stunden des Alleinseins ein bisschen gebessert hatte. Aber möglicherweise war er auch noch genauso stur und verschlossen wie am Morgen.

Verrückt, dass sie sich immer noch nicht richtig ausgesprochen hatten. Immerhin, während sie so über das Pflaster spazierte, den süßen Duft der gebrannten Erdnüsse einsog, die an einem Stand verkauft wurden, und dem Getrommel eines Straßenmusikanten lauschte, fühlte sie sich energiegeladen und lebendig. Aus irgendeinem Grund hatte das Gespräch mit Bill über die Vergangenheit, das zu führen ihr wenige Stunden zuvor noch so wichtig erschienen war, seine Bedeutung verloren.

Sie dachte zurück an die Auseinandersetzung am gestrigen Nachmittag. Natürlich hatte sie nicht gewollt, dass die Situation ihr derartig entglitt, aber sein verbaler Angriff auf der Treppe war der Tropfen gewesen, der das Fass zum Überlaufen brachte. Und als sie dann noch Laurie ins Spiel gebracht hatte, war sie vollkommen am Ende gewesen.

Jetzt überlegte sie, ob sie nicht völligen Unsinn erzählt hatte. Jedenfalls hatte sie schlagartig nichts mehr von der Energie gespürt, die sie zuvor erfüllt hatte, und sie hatte Bill alles offenbart. Sie hatte ihm ihre Beziehung zu Laurie geschildert und ihm erklärt, wie betrogen sie sich fühlte. Sie hatte ihm von Sam und Claire und Archie erzählt. Davon, wie schmerzhaft es gewesen war, Anna zu verlieren, und dass sie und Tony anschließend Claire adoptiert hatten. Und sie hatte über Tony gesprochen, über ihre Ehe, über den großen Verlust, den sein Tod für sie bedeutete.

All das war als ein einziges schmerzerfülltes, zusammenhangloses, mit unkontrollierbaren Schluchzern durchsetztes Durcheinander aus ihr herausgebrochen. Erst jetzt, im klaren Licht des neuen Tages, wurde Rachel bewusst, dass ihr Zusammenbruch eine letzte Aufwallung der Trauer gewesen war. Es war, als hätte sie erst in diesem Augenblick wirklich begriffen, dass Tony tot war. Seltsam, dachte sie, dass sie so lange dafür gebraucht hatte.

Bill hatte zunächst abweisend reagiert, doch als Rachel ihm weiter ihr Herz ausschüttete, war ihm nichts anderes übrig geblieben, als sie zu trösten. Er hatte sie kein einziges

Mal unterbrochen, sondern zugehört und abgewartet, bis sie sich wieder gefangen hatte. Dann hatte er ihr ein Glas Wasser gereicht und sie mit gequälter Miene angesehen, bis sie schließlich erklärt hatte, es gehe ihr besser. Erst dann hatte er vorgeschlagen, gemeinsam hinauszugehen und mit Laurie zu sprechen.

Der arme Bill. Ihr Ausbruch musste ein Schock für ihn gewesen sein. Mittlerweile war ihr klar, dass er zwischen ihr und Laurie hatte vermitteln wollen, doch als Rachel über seine Tochter hergefallen war, hatte er wahrscheinlich den Eindruck gewonnen, dass es zwecklos sei. Er hatte vollkommen überfordert gewirkt, und nach Lauries Aufbruch mit Sam war er schweigsam und in sich gekehrt gewesen.

Doch immerhin war es ihr gelungen, Bill zu überreden, über Nacht zu bleiben. Im Gegenzug hatte sie versprochen, ihn heute Morgen zum Flughafen zu bringen. Als sie ihn ins Gästezimmer geführt hatte, war es ihr unmöglich gewesen, ihm in die Augen zu sehen. Sie war zu aufgewühlt gewesen und hatte sich ihres Zusammenbruchs geschämt. Bill seinerseits hatte keine Anstalten gemacht, darüber zu sprechen, geschweige denn, ihr diesen Anfall zu verzeihen. Schlimmer hatte es gar nicht mehr kommen können, also hatte sie in fliegender Hast all die Briefe zusammengerafft, die sie ihm einst geschrieben hatte, und sie ihm aufs Bett gelegt.

Und dann hatte sie ihn allein gelassen, um zu Claire zu fahren und sie zu trösten. Als Rachel nach einem qualvollen Abend bei ihrer Enkelin zurückkehrte, war Bill bereits zu Bett gegangen. Sie hatte eine Ewigkeit vor seiner Tür gewartet, die Hand bereits erhoben, um anzuklopfen und ihn zu wecken, doch schließlich hatte sie sich auf Zehenspitzen davongeschlichen.

Heute Morgen hatte sie sich verheerend gefühlt, weil sie kaum Schlaf gefunden hatte. Als sie zum Frühstück erschien, war Bill bereits wach und begrüßte sie höflich, aber distanziert, als wäre er in einer Frühstückspension. Worauf sie genauso kühl reagierte. Ob er sich die Zeit genommen hatte, die Briefe zu lesen, wusste sie nicht. Anmerken ließ er sich jedenfalls nichts. Und als sie dann gemeinsam von der Villa wegfuhren, wurde ihr bewusst, dass sie ihn überhaupt nicht kannte.

Sie fühlte sich ihm so fern, dass sie davon Abstand nahm, ihn bei der Besichtigung der Kathedrale zu begleiten, zu der er sich beim Frühstück entschlossen hatte, da bis zu seinem Rückflug noch etwas Zeit blieb. Stattdessen überließ sie ihn sich selbst und nutzte die Gelegenheit, um die Ararat-Büros aufzusuchen und dort Schadensbegrenzung zu betreiben.

Sie legte Wert darauf, klug mit Sams unvermittelter Abwesenheit umzugehen. Es war sinnlos, die Mitarbeiter zu verunsichern, denn sie hatten genug damit zu tun, den Verlust Tonys zu verwinden. In der Nacht hatte sie sich schlaflos hin- und hergewälzt und versucht, zu einer Lösung zu kommen. Es war ihr unmöglich gewesen, die Wut, die sie auf persönlicher Ebene auf Sam empfand, von der Panik zu trennen, die sie bei dem Gedanken überkam, dass das Unternehmen jetzt ohne ihn da stand. Konnte die Firma ohne Sam überhaupt überleben? Rachel hatte ihm so viel gegeben, und jetzt stieg er einfach aus, als bedeutete das alles überhaupt nichts.

Es war ein einziges verwirrendes Durcheinander, doch als sie die kühle Empfangshalle mit dem pastellfarbenen Teppich betrat, deren Wände Hochglanzbilder aller Ararat-Hotels schmückten, konnte Rachel plötzlich wieder klar denken – sie befand sich eben auf vertrautem Terrain.

Da es Wochenende war, würde sie wohl um diese frühe Stunde kaum jemanden antreffen. Allerdings war ein wenig Überzeugungsarbeit nötig, ehe die neue Empfangsdame sie widerstrebend in Sams Büro ließ. Rachel musste sich darauf berufen, dass ihr die Firma gehörte.

Die Firma gehörte ihr. Außer dem Anteil von fünf Prozent, den Sam hielt – diesbezüglich würde sie so bald wie möglich ihren Anwalt konsultieren. Rachel breitete ihre Hände auf dem Schreibtisch aus und sah sich in dem Raum um, der sie so sehr an Sam erinnerte. Vielleicht war es unnötig, ein Drama daraus zu machen. Vielleicht ging sie ganz falsch an die Sache heran. Vielleicht war es besser, Sams Vergehen nicht über die Familie hinaus bekannt zu machen. Vielleicht sollte sie der Belegschaft erst einmal nur sagen, er habe einen langen Urlaub genommen. So konnte sie Zeit gewinnen.

Dann musste sie plötzlich an ihren letzten Besuch in diesen Büros vor einigen Wochen denken und daran, wie ausgeschlossen sie sich gefühlt hatte. Erst jetzt erkannte sie, dass damals auch Neid im Spiel gewesen war. Das hier war Tonys und ihr Kind – ein Unternehmen, das sie gemeinsam aufgebaut hatten und das ihnen beiden ans Herz gewachsen war. Vielleicht war sie innerlich noch gar nicht bereit, sich zurückzuziehen und die Firma zu übergeben. Vielleicht hatte Sams bestürzende Neuigkeit auch etwas Gutes. Vielleicht rüttelte er sie auf diese Weise wach. Wollte sie wirklich jetzt schon aussteigen?

Wozu eigentlich?, fragte sie sich. Sie war zwar nicht mehr jung, aber als alt empfand sie sich auch nicht. Noch nicht. Und sie war gut in Form. Was sollte sie bloß mit all der Zeit anfangen, wenn sie nicht weiter arbeitete? Eines jedenfalls hatte sie in den letzten Monaten gelernt, nämlich dass es nicht der richtige Weg war, ihre Energie auf ihre Kinder und Enkel zu konzentrieren.

Selbst Claire hatte sie nicht wirklich gebraucht, als es darauf ankam. Als Rachel am Vorabend in ihrer Wohnung eingetroffen war, spendeten ihr bereits mehrere Freundinnen Trost. Rachel war aufgebracht und voller Hass. Sie fühlte sich betrogen und war bereit, Sam um Claires willen zu bekämpfen, doch während sie ein weiteres Telefongespräch Claires mit einer Freundin mit anhörte, wurde Rachel klar, dass Claire und Sam, ohne dass sie etwas davon geahnt hätte, eigentlich ohnehin getrennt gelebt hatten. Am Ende war sie zu dem Schluss gekommen, dass Claire nicht in erster Linie deswegen wütend war, weil Sam sie verlassen hatte, sondern vor allem, weil sie ihm nicht zuvorgekommen war. Hier ging es mehr um verletzten Stolz als um ein gebrochenes Herz.

Und Archie ... der arme Archie hatte schon geschlafen. Ihm hatte bisher niemand erklärt, was geschehen war.

Ja, folgerte Rachel dort in Sams Stuhl im Firmensitz von Ararat, ihre Familie glich einem Zerrspiegelkabinett: Nichts von dem, was zu sehen war, entsprach der Realität. Was sie brauchte, war etwas Konkretes. Etwas mit Hand und Fuß. Etwas, worauf sie sich konzentrieren konnte. Und hier war es, vor ihrer Nase, die ganze Zeit schon.

Sie dachte an Tony und an das Gefühl, ihn verraten zu haben, das sie gestern empfunden hatte. Und dann daran, wie sehr sie um ihn getrauert hatte. War es das? Stand sie im Begriff, ihn loszulassen? Wollte sie sich auch im Betrieb von allem entfernen, was ihm etwas bedeutet hatte?

Nein, ganz gewiss nicht. Wenn sie gestorben und Tony noch am Leben gewesen wäre, hätte er sich in die Arbeit gestürzt. Ja, dachte sie, es war Zeit aufzuwachen und ihr Leben umzukrempeln. Das hier war ihre Firma, und wenn schwierige Zeiten bevorstanden, so war es ihre Aufgabe, sie hindurch zu manövrieren.

In dem hohen, prachtvollen Kirchenschiff von La Seu war es kühl und dunkel. Die schlurfenden Schritte schweigender Touristen hallten in dem geräumigen halbdunklen Innenraum wider und mischten sich mit dem Echo der monotonen Litanei betender Priester. Rachel brauchte eine Weile, um Bill aufzuspüren, fand ihn aber schließlich in einer der dicht besetzten Kirchenbänke im Hauptschiff, wo er durch seine halbmondförmigen Brillengläser einen Reiseführer konsultierte.

«Wusstest du eigentlich, dass diese Kirche ein erstaunliches Werk der Ingenieurskunst ist?», fragte er anstatt eines Grußes, als sie sich an einer betenden Nonne vorbei neben ihn auf die Bank zwängte.

Sie hatte ganz vergessen, dass er sich so für Architektur interessierte. Von Laurie wusste sie, dass er sein Leben lang als Lehrer gearbeitet hatte. Wie viele seiner übrigen Träume wohl ebenfalls unerfüllt geblieben waren?

«Man hat hundert Jahre daran gebaut. Und danach mussten sie sie ständig irgendwo stützen. Und so kam ein Strebepfeiler nach dem anderen dazu. Aber sie haben nie aufgegeben. Erstaunlich, diese Beharrlichkeit, mit der sie damals an ihrer Vision festgehalten haben.»

Rachel folgte seinem Blick durch das Kirchenschiff mit seinen dünnen, mindestens zwanzig Meter in die Höhe strebenden Säulen, die sich am oberen Ende verzweigten wie Palmwedel und in das Rippengewölbe der Decke übergingen. In der Erwartung, Bill würde ihr kalt und unfreundlich begegnen, hatte sie sich vorgenommen, ihn rasch aus der Kathedrale zu scheuchen und zum Flughafen zu fahren.

Doch die Atmosphäre hier war so heiter, dass sich ihre Gedanken mehr und mehr verflüchtigten, bis die Gelassenheit und Ruhe des weiten Raums ihr aufgewühltes Gemüt besänftigt hatten.

«Die fünfzig Jahre sind schnell vergangen, nicht wahr?», sagte er schließlich.

Rachel wandte sich ihm zu.

«Warum bist du nicht zurückgekommen? Zur Beerdigung?», fragte sie, noch ehe sie sich darüber klar war, dass sie damit die Vergangenheit wieder zur Sprache brachte.

Er ließ sich Zeit mit seiner Antwort. «Ich hatte es eigentlich vor, aber es wäre zu schwierig für mich gewesen. Ich hatte das Gefühl, niemandem gerecht geworden zu sein, und zurückzukommen … Ich weiß es nicht. Ich hätte es nicht ertragen. Ich wollte mich von diesem Ort befreien.»

«Ich war danach noch jahrelang mit Richard in Kontakt», sagte sie. «Von ihm habe ich erfahren, wo du lebtest. Wo ich meine Briefe hinschicken musste …»

Bill klappte leise das Buch zu und legte es auf seinen Knien ab.

«Warum hat Tony gelogen?», fragte er. «Warum hat er behauptet, er sei nicht rechtzeitig beim Haus gewesen, um Mum zu retten?»

Er hatte die Briefe also doch gelesen! Hoffnung keimte in Rachel auf.

«Ich denke, er hat nur das gesagt, was ihm in diesem Moment am einfachsten erschien. Nach allem, was er gesehen hatte, war er verängstigt und stand unter Schock. Er glaubte, er könnte es mir damit leichter machen. Und dir auch.»

«Er hat es also wirklich versucht? Er ist rechtzeitig beim Haus gewesen? All das, was du mir geschrieben hast – ist das wirklich wahr?»

Rachel erkannte, dass ihm dieser Gedanke – dass ein Rettungsversuch unternommen worden und fehlgeschlagen war – viel mehr zu schaffen machte, als das zu glauben, woran er so viele Jahre festgehalten hatte: dass Tony Glover ein Feigling war und es gar nicht erst versucht hatte.

Wenn er ihr bloß damals Gehör geschenkt hätte … Wenn er auch nur einen ihrer Briefe geöffnet und gelesen hätte, anstatt ihn zurückzuschicken, dann wäre alles anders gekommen. Aber sie begriff jetzt, dass Vorwürfe sinnlos waren.

«Ja, aber das Problem war, dass Mum nicht gerettet werden wollte. Jedenfalls nicht von Tony. Ihr Starrsinn hat sie umgebracht, nicht die Flut», sagte sie. «Sie hat sich geweigert, ihm zu vergeben.»

«Trotzdem – ich hätte sie retten müssen.»

Rachel seufzte. «Weißt du, es ist so traurig, dass wir uns beide schuldig fühlen. Genau das wollte Tony uns ersparen.»

«Warum fühlst du dich denn schuldig?» Bill wirkte überrascht.

«Weil ich es ihr gewünscht habe. Unmittelbar vor der Flut hatten wir einen schrecklichen Streit. Deshalb bin ich mit Tony abgehauen. Ich war so wütend, ich habe mir gewünscht, sie wäre tot.»

«Du warst in Schwierigkeiten. Und du warst noch ein Kind, Rachel. Du konntest ja nicht wissen, wie die Dinge sich entwickeln würden.»

«Ja, das stimmt wohl.»

«Ich war für sie verantwortlich.»

Rachel sah ihn an. «Aber merkst du denn nicht, dass auch du dich nicht schuldig zu fühlen brauchst? Du hast richtig gehandelt. Du hast versucht, Emily zu retten.»

«Und bin gescheitert.»

«Es war ein Unfall, Bill. Eine Naturkatastrophe.»

«Aber ich habe Mum einfach sterben lassen.»

«Ach, Bill, ich weiß genau, dass du nicht wolltest, dass Mum stirbt. Es war dir einfach noch wichtiger, dass Emily am Leben bleibt. Emily war deine Zukunft, Mum deine Vergangenheit. Du hast richtig gehandelt, das musst du doch einsehen!»

Sie schwiegen eine Weile, und dann fuhr Bill in seine hintere Hosentasche und zog seine Brieftasche hervor.

«Ich habe sie nie vergessen, weißt du», sagte er. Er kramte in einem der ledernen Fächer und förderte schließlich einen winzig kleinen, braunen Umschlag zu Tage, dem er ein altes Foto von Emily entnahm.

Rachel betrachtete es erstaunt. Das Foto war so verblichen und das Licht in der Kathedrale so schummrig, dass sie zunächst nicht wusste, was er ihr da zeigte. Doch dann erkannte sie Emilys Züge. Wehmut stieg in ihr auf, während sie auf das winzige Foto blickte.

«Sie war so hübsch, nicht wahr? Ich glaube, ich war selbst ein bisschen in sie verliebt.» Rachel lächelte Bill traurig an. «Ich kann es kaum glauben. Wo hast du das denn die ganze Zeit über aufbewahrt? Und was hat deine Frau dazu gesagt?»

«Sie hat es nie erfahren. Jedenfalls nicht genau. Außerdem war es mit ihr … anders. Wir waren älter. Du bist der erste Mensch, der das hier zu sehen bekommen hat.»

Rachel wusste, dass er, indem er ihr das Foto zeigte, der langen Zeit Rechnung trug, die verstrichen war. Wortlos gab sie es ihm zurück.

Bill seufzte und warf noch einen letzten Blick darauf, ehe er es wieder in die Brieftasche steckte. «Ich weiß nicht, wieso ich es behalten habe. Ziemlich kindisch eigentlich. Aber ich hatte immer das Gefühl, wenn ich es bei mir trage, kann ich mir ein wenig von ihrem Geist bewahren. Es ist eine Art Talisman.»

«Sie war immer so optimistisch, nicht wahr? Sie hätte …»

Rachel verstummte. Sie wusste nicht, was Emily getan hätte, wenn sie am Leben geblieben wäre. Wahrscheinlich hätte sie alles verändert. Ob sie dann womöglich alle zusammengeblieben wären?

«Na ja», sagte Bill, und seine Miene hellte sich auf. «Es hat keinen Sinn, darüber nachzugrübeln, was hätte sein können. Das ist mir schon vor langer Zeit klar geworden. Wenn Emily nicht gestorben wäre, hätte ich Jean nie kennen gelernt. Wir waren glücklich zusammen, weißt du.»

Ein langes Schweigen entstand.

«Wir auch», sagte Rachel dann.

«Ich habe gestern ein paar Dinge gesagt, die ich nicht so gemeint habe, Rachel. Ich spüre, dass Tony dir ein guter Ehemann war. Und jetzt, wo ich weiß, dass er sein Bestes getan hat, begreife ich auch, dass ich vielleicht nicht auf diese Weise hätte gehen sollen …»

«Ich wünschte, es wäre alles anders gekommen. Ich wünschte, ich hätte nicht zwischen euch gestanden. Du hättest ihn kennen lernen können.»

«Ja, aber ihn nicht zu kennen hat es mir leichter gemacht, ihm die Schuld zuzuweisen. Ich weiß, ich habe so getan, als würde ich ihn hassen, aber um das einmal festzuhalten, so war es gar nicht wirklich. Emily hatte mir in dieser Hinsicht die Augen geöffnet. Wäre die Flut nicht gewesen, vielleicht wären wir sogar Freunde geworden, wer weiß das schon? Aber damals war ich wahrscheinlich einfach eifersüchtig auf ihn.»

«Eifersüchtig? Auf Tony?»

«Ja, ich glaube schon. Eifersüchtig und wütend. Weil er mir meine kleine Schwester weggenommen hatte und weil das bedeutete, dass ich versagt hatte.»

«Versagt? Wie meinst du das?»

«Weil ich es Dad versprochen hatte. Ich hatte ihm versprochen, mich immer um dich zu kümmern. Um dich und Mum. Und das habe ich nicht getan. Ich habe ihn enttäuscht. Ich habe zugelassen, dass du dich mit Tony einlässt, und als es darauf ankam, habe ich euch beide im Stich gelassen.»

«Ich glaube nicht, dass du Dad enttäuscht hast», sagte sie ruhig.

«Sag mal, hast du eigentlich Keith Glover einmal wieder gesehen?»

Rachel seufzte. «Nein, habe ich nicht. Er ist bei einer Kneipenrauferei ums Leben gekommen, kurz nach seiner Entlassung. Noch bevor Tony sich mit ihm treffen konnte.»

«Ich habe davon gehört.»

«Den Kindern haben wir nie von ihm erzählt. Davon, was er getan hat. Wir haben es hinter uns gelassen. Wir haben alles hinter uns gelassen.»

Rachel starrte empor zu dem Farbkaleidoskop in dem Rosettenfenster aus Buntglas. Sie hatte sich vorher oft gefragt, wie es ihr bei diesem Gespräch wohl ergehen würde, und sie hatte es sich viel schlimmer vorgestellt. Jetzt, in der riesigen Kathedrale, erschienen ihr die Gefühle, die Bill und sie in der Vergangenheit gehegt hatten, ganz unbedeutend. Es war, als würde irgendetwas in diesem Kirchenraum sie beide versöhnen. Als würden sie beide loslassen, und irgendwo tief unten hätte immer schon die Vergebung geschlummert.

Plötzlich erinnerte sie sich an das silberne Kreuz ihrer

Mutter, das sie um den Hals trug. Sie hob die Arme hinter den Kopf und löste den winzigen Verschluss.

«Das hier habe ich später gefunden», sagte sie und reichte es Bill. «Ich möchte, dass du es an dich nimmst.»

Bill starrte auf das kleine Kettchen in seiner Hand. Sie spürte, dass der Anblick ihn bewegte.

«Die arme alte Mum. Ich glaube, wir sind ihr beide ähnlicher, als wir zugeben wollen», sagte er und suchte ihren Blick. Tränen standen in seinen Augen. Rachel fühlte sich in ihre Kindheit zurückversetzt.

«Ich nicht», sagte Rachel. «Ich habe mich mein Leben lang bemüht, nicht wie sie zu sein.»

«Wenn ich schon zugebe, dass ich starrsinnig bin, wird es dich auch nicht umbringen zuzugeben, dass du immer alles unter Kontrolle haben willst, genau wie sie», erwiderte er.

Plötzlich mussten sie beide lachen.

Doch dann wandte sich Bill ihr zu, und sein Gesicht war ernst. «Mach nicht den gleichen Fehler, Rachel. Tu Sam und Laurie nicht das an, was Mum dir angetan hat.»

Rachel wedelte ablehnend mit der Hand. Es ärgerte sie, dass er gerade jetzt, wo sie den Durchbruch geschafft hatten, auf Laurie und Sam zu sprechen kam. «Das ist ganz etwas anderes.»

«Ach, wirklich? Laurie ist ein gutes Mädchen, Rachel», sagte Bill. «Glaub mir. Sie ist wie ihre Mutter. Sie empfindet sehr tief. Und sie hat es verdient, ihr Glück zu finden. Und nach dem, was sie gesagt hat, ist es für Sam und sie die große Liebe.»

Rachel seufzte. «Aber ich dachte doch, Claire und Sam wären so glücklich miteinander», sagte sie. «Für mich waren sie das ideale Paar.»

«Ach, Rachel, so etwas gibt es doch gar nicht. Das solltest

du inzwischen eigentlich wissen. Es ist ja nicht deine Schuld, dass du nicht Bescheid wusstest. Stimmt es etwa nicht, dass die Menschen ihre Angehörigen viel häufiger belügen als alle anderen Leute? Das habe ich gelernt. Ich hätte auch nie gedacht, dass Laurie mich auf diese Weise hinters Licht führt. Ich hätte nie gedacht, dass sie mich so weit bringt.»

Rachel warf ihm einen Seitenblick zu. «Ich habe sie dazu veranlasst.»

Bill schloss die Hand um das Silberkreuz ihrer Mutter. «Lass die beiden ziehen, Rachel. Vergib ihnen, alles andere würde dich umbringen. Dich alt und verbittert machen.»

Er sagte nicht «wie Mum», aber Rachel spürte, dass es ihm auf der Zunge gelegen hatte.

«Ich wollte nur das Beste für alle.»

«Du weißt nicht, was das Beste ist. Das musst du akzeptieren. Gib es auf. Können Sam und Laurie und Claire denn überhaupt mehr Fehler begehen als wir?»

«Wahrscheinlich nicht.»

Rachel legte ihre Hand auf die von Bill.

«Komm», sagte er. «Ich glaube, wir sollten gehen.»

Vor der Kathedrale strahlte die Sonne so hell, dass Rachel die Augen schmerzten. Sie setzte ihre Sonnenbrille auf. Was hatte sich gerade zwischen ihnen abgespielt? War nun wirklich alles geklärt, oder hatten sie nur beide akzeptiert, dass das nicht möglich war? Auf jeden Fall aber fühlte sie sich leichter, seitdem sie das Kreuz ihrer Mutter nicht mehr um den Hals trug. Als wäre sie jetzt nicht mehr verantwortlich für das, was damals geschehen war.

Bill sah hinaus zum Horizont, und sie folgte seinem Blick über die Palmen an der Straße und den Hafen bis hin zu den weißen Segelbooten, die weit draußen in der Bucht kreuzten. Sie fragte sich, ob Laurie und Sam wohl zusammen auf der *Flight* waren. Plötzlich sah sie die beiden vor sich, sie lachten, und das Bild erinnerte sie so sehr an sich selbst und Tony, dass sie am oberen Treppenabsatz stehen blieb.

Und mit einem Mal fühlte sie sich frei. Vielleicht hatte Bill Recht. Vielleicht sollte sie die Vergangenheit und ihre Familie ruhen lassen. Vielleicht sollte sie endlich anfangen, zu tun und zu lassen, wonach ihr der Sinn stand.

«Hör mal, Bill, musst du wirklich abreisen?», fragte sie unvermittelt. «Hier gibt es noch so viel zu sehen. Ich muss zwar in ein paar Tagen wieder arbeiten, aber …»

Bill wandte sich zu ihr um. «Du möchtest, dass ich bleibe?»

Sie nickte langsam. «Aber nur, wenn du willst.»

Er betrachtete die Aussicht, sog tief die Luft mit ihren Gerüchen ein. Dann sah er wieder sie an. «Nun, ich denke, ein paar Tage mehr können nicht schaden.»

Und mit diesen Worten bot er ihr seinen Arm. Als sie ihn nahm, drückte er sanft ihre Hand. Und dann gingen sie zusammen die weißen Steinstufen hinunter in den Sonnenschein.

Anmerkung der Autorin

Die in diesem Roman geschilderten Ereignisse beruhen zum Teil auf Schilderungen der Flutkatastrophe in Lynmouth im Jahre 1952, bei der vierunddreißig Menschen ums Leben kamen. Ich danke folgenden Autoren, deren Bücher unschätzbare Informationen über die Flutnacht und die historischen Hintergründe liefern:

Delderfield, Eric R., *The Lynmouth Flood Disaster*, E.R.D. Publications Ltd., 1953

Haynes, Richard, *The Day that the Rain Came Down*, Mediaworld PR, 2002

Hesp, Martin, *Snow, Storm & Flood on Exmoor*, Exmoor Press, 1999

Prosser, Tim, *The Lynmouth Flood Disaster*, Lyndale Photographic Publications, 2001

B 12/3

Foto: Isolde Ohlbaum

Elke Heidenreich

«Literatur hat mich Toleranz und Gelassenheit gelehrt.»

Erika *oder Der verborgene Sinn des Lebens*
3-499-23513-7

Kein schöner Land
Ein Deutschlandlied in sechs Sätzen. 3-499-23535-8

Der Welt den Rücken
Geschichten. 3-499-13470-5 und 3-499-33204-3 (Großdruck)

Kolonien der Liebe
Erzählungen. 3-499-13470-5 und 3-499-33202-7 (Großdruck)
Neun ironische, zärtliche, melancholische Geschichten über die Liebe in unserer Zeit.

Wörter aus 30 Jahren
30 Jahre Bücher, Menschen und Ereignisse. 3-499-13043-2 und 3-499-33209-4 (Großdruck)
Mit ansteckender, nie nachlassender Begeisterung und Leidenschaft schreibt Elke Heidenreich seit drei Jahrzehnten über die Dinge und Menschen, die sie faszinieren: Literatur, Städte, Reisen, Schriftsteller, Zufallsbekanntschaften und Berühmtheiten.

Best of also … *Die besten Kolumnen aus «Brigitte»*
Lockere, mit klugem Witz geschriebene und ironisch pointierte Texte über nur scheinbar banale Alltagsthemen.

3-499-23157-3

Weitere Informationen in der Rowohlt Revue oder unter www.rororo.de